ROBERTO SAVIANO
GRIDALO

BOMPIANI
OVERLOOK

Tutti i link presenti nelle note ai testi sono aggiornati al 15 ottobre 2020. I lettori che desiderano consultarli più agilmente li trovano qui: https://www.bompiani.it/percorsi/gridalo.

Illustrazioni di Alessandro Baronciani

www.giunti.it
www.bompiani.it

Via Bolognese 165, 50139 Firenze - Italia
Via G. B. Pirelli 30, 20124 Milano - Italia

ISBN 978-88-301-0091-6

Prima edizione: novembre 2020

A G., perso nel buio,
il suo grido mi ha fatto trovare la strada.

È l'universo che grida il suo essere vivo.
E noi siamo una di quelle grida.
Ray Bradbury

MAPPA

Parlo a te, come se tu fossi un altro me. Sei tu ora che frequenti il liceo Diaz a Caserta, lo stesso che frequentavo io. Sei tu ora che stai cercando le stesse risposte che allora cercavo io.

Sai, io vengo ogni giorno davanti all'uscita della tua scuola. Ci vengo malgrado me.

Quando sta per suonare la campana, io sono già nel piazzale. Devi notarmi per forza, sto sempre vicino al palo, davanti al cancello, ad aspettare il me ragazzo.

Ho sempre l'ansia di avvicinarlo. Temo il suo sguardo. Sai perché? Perché temo il suo giudizio. Quel ragazzo lo sento ormai un estraneo.

Se mi osservi mentre lo aspetto, ti accorgerai che sono nervoso.

Quando i cancelli si aprono e l'edificio si svuota gli vado incontro, lo afferro per il maglione, gli agito le mani davanti, provo ad attirare la sua attenzione, ma sono trasparente ai suoi occhi.

La cosa mi fa disperare. Lo so, dovrei smetterla di tornare ogni giorno qui. Devo smettere di aspettarlo fuori da scuola. Ormai non c'è nulla che posso fare per lui. Lui non può sentirmi, o forse non vuole. Magari mi vede. Magari già sa cosa vorrei dirgli e ha paura che io provi a fermarlo.

Non è così. O meglio, lo è parzialmente o almeno non è solo così. Io vorrei solo dargli una mappa, dirgli le cose che ho appreso, segnalargli le trappole, i vicoli ciechi, indicargli che il percorso più breve non sempre è quello più sicuro, e il percorso più lungo non sempre è quello più giusto. Insomma, vorrei dargli una cartina, una bussola. Vorrei dargliela perché so che poi imparare il tracciato in salita, mentre hai il sole contro, è difficile. Fa esaurire subito l'aria dentro al serbatoio dei tuoi polmoni, ti perdi molte volte, e ritrovare il cammino è quasi impossibile. Conoscere le strade invece può far comodo.

Allora parlo a te, che mi stai leggendo, come fossi un altro me. Tu ora hai quindici anni, oppure ne hai sedici, o diciotto. O invece ne hai settanta, non importa. Sei un uomo, sei una donna, anche questo in qualche modo è indifferente, sei comunque tu, l'altro me, quello a cui gli incastri non tornano e che ha sempre la sensazione di vivere il rovescio della storia e non il suo dritto.

Ecco, io voglio mostrarti cosa c'è sottotraccia. Cos'è che nel mio caso non ha funzionato. Ma non per provare a fermarti, anzi, voglio dare più forza ai tuoi passi.

Quando ero uno studente scrivevo molte lettere, ne ero ossessionato. Scrivere era il mio modo di stare al mondo. "Scrivo quello che non saprei dire a nessuno," diceva Primo Levi. C'era chi si preoccupava per queste mie lettere. Mia madre, ad esempio. Avrebbe voluto che uscissi di più, che incontrassi più persone, che riempissi la mia vita non solo di parole. Spesso uscire mi faceva sentire un vuoto. Però è il vuoto che permette il pieno. Aveva ragione lei, un elastico sempre teso non serve a nulla. Un elastico diventa una formidabile molla solo quando alterna inerzia a tensione.

Oggi scrivo lettere raramente. Ma non perché abbia smesso di cercare. È solo che ho smesso di chiedere. Chiedere a chi sta davanti a me cosa si veda più in là, se abbia un senso lottare, se ci sia una possibilità di riuscire. Oggi sento l'impulso opposto, non di chiedere a chi mi sta davanti, ma di provare a dire qualcosa a chi mi sta dietro. Voglio essere io a dirti cosa si vede da questo punto del cammino.

Ti ripeto, voglio solo darti una mappa. Voglio solo metterti in guardia.

Brutta espressione "metterti in guardia". La guardia è alzare il pugno destro, portarlo vicino al mento, e se sei destro protendere il sinistro davanti al naso, incurvarti appena in avanti, metterti sulle punte dei piedi, essere pronto a dare o ricevere. Ecco perché ho detto che è una brutta espressione "metterti in guardia", perché quando sei in guardia significa che sai già che darai un pugno oppure lo riceverai: non c'è una terza via.

Eppure è proprio quello che vorrei fare, metterti in guardia.

Dicono che se vedessimo in anticipo quello che ci aspetta non saremmo più in grado di muovere un passo. Non sono persuaso di questa cosa, al contrario credo che avere indicata la direzione possa aiutarci a spendere tutto il tempo, quel poco tempo che abbiamo a disposizione, per affrontare meglio il viaggio. Meglio intendo con più forza, sentendo attimo per attimo quello che si prepara.

Se entri in un bosco con la cartina dei sentieri in mano, non è che il cammino diventa predeterminato. La cartina non ti salva dalla fatica di attraversare il guado, non ti ripara dalla sterpaglia fitta, che dovrai spesso strappare, e soprattutto nessuna cartina ti impedisce di perderti lungo il cammino; forse te lo rende più sicuro, mostrandoti dove stai andando: certamente ti evita di sprecare tempo a percorrere strade che non conducono da nessuna parte.

Con la carta in mano, ed è questo che mi sta a cuore dirti, potrai vedere in anticipo il luogo dell'imboscata. Perché quella – posso garantirtelo – arriverà. Non appena la radura si farà più folta e le gole scenderanno a picco sul burrone, l'imboscata arriverà. Prevedilo. A quel punto del tuo cammino sarai catturato. E dopo sarà la notte. Forse arriverà anche il dubbio, e la paura.

Mentre ti sto consegnando questa mappa una parte di me recalcitra, riflette sul fatto che lo scarto che distingue un esploratore dal semplice nocchiero di una nave è non rispettare le rotte, diffidare delle cartine, perché le cartine tracciano solo il già noto, la terra conosciuta: non indicano i luoghi selvaggi. E invece è proprio lì che tu devi andare. Ma ascoltami, è lì che ti voglio portare. Ti voglio portare al punto dove starà a te perderti. Consegnandoti una mappa, cerco solo di farti arrivare al punto dove sono arrivato io, cosicché tu possa partire da dove io non ce l'ho fatta ad andare oltre. Non voglio farti percorrere strade già battute per tenerti dentro a un sentiero segnato, non voglio insegnarti la prudenza, al contrario, voglio portarti nel punto in cui la prudenza deve diventare azzardo e la saggezza temerarietà, perché forse solo così si arriva a tracciare una strada nuova.

È come ti dico: vedere da dove i sentieri prendono forma e dove vanno a morire non rallenta la tua andatura, la rende solo più decisa. Le nuove terre da scoprire non te le cancella una mappa che segna il già noto. La mappa ti aiuta, però, quando cadi nello strapiombo, quando sei sicuro che ormai non c'è più niente da fare, quando scommetti sul fatto di essere spacciato.

Quando cadrai, dondola, ma non mollare l'aggancio. Penzola nel vuoto, ma non addormentarti, altrimenti finisci pasto per gli avvoltoi.

Ti ho segnato i sentieri, le radure, ti ho indicato i punti in cui l'acqua è più bassa ed è più facile attraversare il fiume, proprio per dirti questo: quando il cammino si fa duro, tu non retrocedere. Fatti piuttosto guidare dalla tua bussola cieca, quella che continua a condurre lo scafo quando ormai al timone non c'è più nessuno. Segui il campo magnetico. Non rinnegare l'orizzonte di giustizia e di bene che hai imparato da ragazzo. Quell'orizzonte deve restare dentro di te indipendentemente da quello che succede intorno. Indipendentemente dai tuoi errori. Non importa se a farti cadere, magari, saranno stati proprio loro. Di errori ne farai, questo pure mettilo in conto. Di contraddizioni ne vivrai, accettalo. Ti trasformerai, e non sarai sempre corretto, sempre giusto come avresti voluto. Ma non cadere per questo nella trappola di pensare che quell'orizzonte non esista, che non vada rivendicato e difeso ogni giorno, che non sia più segnato a fuoco dentro di te. Non cedere alla tentazione di proclamare che verità e giustizia sono favole per anime ingenue o maschere per i "finti buoni". Non credere che la ricerca della verità radicale sia un atto narcisistico, che il tentativo di sopravvivere sia un'aspirazione borghese e il guadagnare dal proprio lavoro un intollerabile imbroglio. Vivi. Resta in piedi, perché un guerriero stecchito non serve a nessuna causa. Ma preserva quello spazio di giustizia che hai scovato da ragazzo. Quello spazio deve continuare a esistere oltre il termine della tua giovinezza. Non cedere, non pensare che sia stata ingenuità di gioventù professare la sua esistenza.

Tu che mi stai qui davanti, credi davvero che la vita sia solo fregare o farsi fregare? Competere? Nascondere le informazioni a qualcuno per paura che le sputtani o rivelargliele per far del male agli altri? Non ingorgare il tuo cuore con questa spazzatura. Non credere al canto di queste sirene, il cui metodo sarà sempre quello di farti dubitare di tutto e di tutti, di convincerti che non c'è alcuna differenza tra un cuore puro e un cuore marcio.

C'è un salmo, il numero 24, che amo molto: "Chi salirà il monte del Signore? Chi ha mani innocenti e cuore puro, chi non pronunzia menzogna". Mi piace perché non si limita all'enunciato. Non è un aforisma, una massima, o una banale sentenza. Si prende la briga di spiegare cosa sia un cuore puro: quello che non pronuncia menzogna. Ma non la menzogna per proteggersi o la bugia pronunciata per non ferire, la menzogna vera, quella che serve a danneggiare il prossimo.

Prova a prendere il tuo cuore in mano, prova a metterlo sul piatto di una bilancia, sull'altro metti una piuma, in modo che gli faccia da contrappeso: se non pesa più di quella piuma, vuol dire che ha seguito verità e giustizia, che è rimasto leggero. Ma se, invece, pesa, vuol dire che è intasato, che qualcosa lo ha occluso. Allora verrà a divorarlo Ammit, la mostruosa creatura della mitologia egizia. Ma non c'è alcun giudizio in questo, il male te lo sei fatto da solo. Questo mi piace del mito, che spiega bene che se comprometti il cuore, non c'è alcun ergastolo o inferno ad attenderti. Nessuna pena se non quella di arrivare alla porta dell'aldilà con il centro degli organi già in putrefazione, con le carni già ammorbate dal di dentro. Il male te lo sarai fatto da solo! Ma non quando hai sbagliato, quello sarà inevitabile; non quando sei caduto, capiterà più di una volta; non quando sei rimasto impigliato nelle contraddizioni della vita, ti troverai spesso a poter scegliere solo il male minore; ma quando avrai ceduto alla tentazione di credere che sia tutto una merda, quando avrai fatto vincere l'istinto del "si salvi chi può".

Cercare la verità, provare a credere che esista una giustizia, mantiene il cuore sano, consentendogli di svolgere la funzione che gli è propria: fare da guida al tuo agire. Sono le ragioni del cuore a far battere tutta la vita. E il cuore, come sai bene, pulsa indipendentemente dalla testa, dal suo volere. È la bussola cieca, che ti farà andare in molte direzioni nelle quali spesso non ti riconoscerai. Crederai – a torto – di essertici spinto per impulsività o solo per caso. Avrai fastidio di quelle scelte. Ti accadrà di non saper spiegare perché sei stato a quella manifestazione, perché non ti sei presentato a quel colloquio di lavoro, perché non sei andato a quella trasmissione televisiva... Di molti improvvisi cambi di rotta darai la colpa alla stanchezza, a un momentaneo stato di confusione, a una sospetta debolezza, quando è lei, la bussola, ad aver invece capito che tu non c'eri più in quelle scelte. E, siccome non c'era più nessuno al timone, lei ha preso a guidarti.

Da quando nasciamo a quando moriamo il cuore batte all'incirca tre miliardi di volte. Ho imparato ad ascoltare i tre miliardi di battiti che ci sono stati dati in sorte, più o meno a tutti. Questa è la mappa di quei battiti. Storie che voglio t'insegnino un metodo. Quello che a me è mancato, perché avanzavo senza addestramento, senza orizzonte. Non avevo paura, non l'ho mai avuta – questo è stato il grande problema – ma ero del tutto impreparato.

Le storie che ti racconterò, se saprai leggerle, potrebbero all'occorrenza farti da scudo. Spero persino da munizione, una munizione particolare che, quando esplode, concede vita invece che toglierla. Consideralo il regalo di un amico, di un reduce, oppure consideralo una lanterna.

Alcune storie sono recenti, odorano ancora di esplosivo. Altre sono trapassato remoto, le ho tirate fuori da uno stagno che era ormai solo melma compatta, quasi impossibile da fendere. Alcune te le ho raccontate come le ho tratte dalle fonti, altre le ho narrativizzate in modo che ti suonassero come un adagio, come una parabola, come un esempio di vita.

Però – sta' attento – è tutto vero, quello che ti ho raccontato. Nulla è inventato. Ho solo fatto come fanno gli archeologi quando hanno a disposizione le fondamenta dei muri perimetrali di un edificio e, con l'immaginazione, devono descrivere gli alzati che c'erano un tempo. Ma quell'immaginazione è solo una prova di verità che mette insieme i palpiti di quel muro.

Tutte le storie che ho raggruppato le ho scelte con cura. Le ho aggiunte e le ho tolte in maniera quasi compulsiva. Le ho disegnate e ridisegnate con ostinazione, volevo che fossero quelle giuste, non una di meno, non una di più, e ti prego non usare solo la testa per capirle. Ho evitato apposta di farle fluire in ordine cronologico, non volevo seguissero solo un tracciato razionale, non volevo che ti apparissero un manuale. Anche perché quello che ti ho raccolto qui non è una sequenza di storie, ma una processione di negativi di storie. Sono solo rovesci. E io sarò la tua controguida. Non voglio mostrarti ciò che sta sopra, ma solo ciò che sta sotto: niente costruzioni sopraelevate, solo cunicoli, scantinati, tunnel, fogne…

Da bambino, quando venivano a trovarci i parenti dal Nord d'Italia, non sapevo condurli negli angoli turistici della mia città. Gli facevo vedere i crocicchi dove erano stati sparati i soldati di camorra. Li portavo davanti alle lapidi, ai gessetti, cioè alle edicole improvvisate, quelle nate come funghi dopo una notte di pioggia, nei vicoli del mio paese. Mi piaceva fargli osservare da lontano la guerra che vivevo, le madri dei morti portare fiori in quei luoghi squallidi, pulire le cornici delle foto, spendere lacrime, parole e qualche preghiera. Le macchie di sangue sull'asfalto, quelle dovevano vederle tutte. Quelle dovevano vederle tutti. Le raffiche di mitra sulle saracinesche dovevano fotografarle per mostrarle ai loro amici, al rientro. Mi sembrava così di far palpitare la verità, perché la verità sanguina, non secca.

Mia madre non era contenta di questo. Forse avrebbe preferito mostrassi il mare e il sole, le piazze e i monumenti. Li conoscevo tutti i monumenti del mio paese, conoscevo la strada che portava al mare, ma quelli erano luoghi che potevano respirare senza di me. Il sangue secco invece doveva tornare in vena, farsi ossigenare, trovare nuove coronarie.

Per me è impronunciabile il sole, per me è impronunciabile la luce quando nasconde l'ombra. L'ombra esiste proprio perché c'è la luce ed è questo che volevo vedere e mostrare.

Di te, però, ho la certezza che tu voglia conoscere l'altra città. Quella che respira sotto ai nostri piedi. Sono sicuro che sei stanco della città di cartapesta, quella che ti sorride in posa. A te interessa la fibra vera del mondo, la sua periferia più profonda, quella dove non arriva mai la luce diretta, ma solo quella trasversale, sbilenca.

Anche qui ti devo mettere in guardia però: per conoscere la periferia del mondo ci vuole un cuore che vede. E il cuore che vede è un cuore puro.

La purezza del cuore non è quella della camera sterile, buona per isolare virus e batteri, e non è neppure la purezza biologica, quella degli pseudoscienziati della razza. Loro ci hanno rubato questa parola che dobbiamo riprenderci. Che dobbiamo sottrarre a un passato subdolo, fatto di misurazioni di crani, di catalogazioni di femori, di rilevazioni dell'ampiezza delle narici. La purezza non è quella che serve a certificare il pedigree degli animali, e non è neppure quella morale. Quella di chi segue sempre virtù, di chi non si sporca mai, di chi non accetta di cadere nel vizio neppure quando caderci è l'unico modo per realizzare un grado di virtù superiore, come capita a Cristo, seduto a tavola con i peggiori peccatori, che grida ai farisei scandalizzati: "Voglio misericordia e non sacrificio!"

La purezza non è nemmeno quella sessuale. Quella della verginità, dell'astinenza, della castità, della fedeltà. Quella di chi mantiene il corpo lontano dai desideri e dalle pulsioni della carne. La visione manichea del corpo come carcere dello spirito mi è sempre sembrata punitiva. Preferisco quella di un corpo che, quando ha pulsioni contrarie a quelle dello spirito, rinnega lo spirito, tenendo però a garanzia il cuore.

Puro non è il cuore che è rimasto sempre nascosto, protetto, che è stato sottratto all'errore, che non è stato contaminato da nulla, che non si è mai sporcato, che è ancora illibato. Puro al contrario è il cuore che ha vissuto, che ha toccato tutto, che si è contaminato, che ha camminato insieme agli altri in mezzo all'inferno. E che però è rimasto autentico. "Un petto inerme può resistere anche ai carri armati, se al suo interno batte un cuore degno," scriveva Aleksandr Solženicyn.

Puro è il cuore che ha puntato sempre e solo se stesso sul tavolo da gioco.

Tu grida i suoi palpiti.

Gridali forte!

La citazione di Primo Levi è tratta da *Se questo è un uomo*, Einaudi, Torino 2005.

Per la stima dei battiti cardiaci di una vita, vedi Sandeep Jauhar, *Il cuore. Una storia*, trad. it. di Benedetta Antonielli D'Oulx, Bollati Boringhieri, Torino 2019.

Per l'immagine di Cristo a tavola con i pubblicani, vedi *Matteo*, 9,9-13.

La citazione di Aleksandr Solženicyn è tratta da *Vivere senza menzogna*, in Id., *Il mio grido*, trad. it. di Daniela Campanini, Piano B edizioni, Prato 2015.

PERCHÉ QUANDO TI TENDONO LA MANO PENSI SEMPRE CHE TI STIANO FREGANDO? [364]

SAI QUANDO IL VELENO DI UNA MENZOGNA COMINCIA A FARE EFFETTO? [42]

SEI CONSAPEVOLE DI TUTTE LE PAROLE CHE TI VENGONO MESSE IN BOCCA OGNI GIORNO? [318]

SAI CHE LA TUA PRIVACY VA DIFESA OGNI GIORNO, A OGNI PASSO, A OGNI CLICK? [74]

SAI CHE IL SOLO MODO DI DIFENDERE LA VERITÀ È CONDIVIDERLA? [104]

SAI CHE IL GOSSIP UCCIDE? [276]

CHI HA SCRITTO IL COPIONE CHE STAI LEGGENDO? [164]

CREDI IN UN'IDEA PERCHÉ È GIUSTA O PERCHÉ TI RASSICURA? [172]

SAI SCORGERE IL FILO ROSSO CHE UNISCE LA VITTIMA AL CARNEFICE? [58]

SAI CHE LA BELLEZZA È NELLO SGUARDO DELLE PERSONE LIBERE? [240]

E TU, HAI DECISO DA CHE PARTE STAI? [192]

PENSI DAVVERO DI ESSERE PIÙ INTELLIGENTE DEGLI ALTRI SE DICI CHE TUTTO FA SCHIFO? [118]

CHE COSA TI RESTA DOPO CHE HAI MANDATO A 'FANCULO TUTTO? [344]

SAI ASCOLTARE IL GRIDO SENZA VOCE NASCOSTO NEGLI OGGETTI CHE RIEMPIONO LE NOSTRE VITE? [382]

E SE FOSSI TU QUELLO A CUI MANCA L'ARIA? [488]

PENSI CHE IL FANATISMO
SIA SOLO QUELLO DEGLI ALTRI? [22]

**SAI CHE UN CAPO POLITICO
INDOSSA LA DIVISA
QUANDO VUOLE SPAVENTARTI?** [88]

QUALI ALIBI INVOCA
CHI ESERCITA IL POTERE INTORNO A TE? [30]

SAI COMBATTERE
ANCHE SE HAI PAURA? [214]

SAI CHE NESSUNO HA IL DIRITTO
DI GIUDICARE IL TUO PRIVATO? [266]

RIESCI A RICONOSCERE LE TRAPPOLE
FATTE DI PAROLE? [228]

QUANTE VOLTE HAI PENSATO DI UNA VITTIMA
CHE "SE L'È CERCATA"? [302]

SAI CHE UNA DONNA ARMATA SOLO DI PAROLE
PUÒ FAR PAURA A UN DITTATORE? [136]

SAI CHE PIÙ PAROLE CONOSCI,
PIÙ SEI LIBERO? [96]

ANCHE TU PROVI ORRORE
QUANDO LA SCELTA È TRA IL MALE
E "UN MALE MINORE"? [478]

UNA MANGANELLATA
E UNA FOTO RUBATA
SONO DUE COSE DIVERSE? [252]

OGNI TALENTO PER CRESCERE HA BISOGNO
DI UNA TERRA GENEROSA. [462]

CI SONO INGIUSTIZIE CHE GRIDANO
PIÙ FORTE DELLE ALTRE. [475]

SAI CHE NEGARE DIRITTI AD ALTRI
VUOL DIRE PRIVARTENE ANCHE TU? [448]

RICORDI CHE ANCHE NOI ABBIAMO ATTESO DI ENTRARE
IN UNA TERRA STRANIERA, IN FILA,
SENZA NEMMENO UNA VALIGIA TRA LE MANI? [410]

**SEI PRONTO A GRIDARE,
QUANDO SONO IN CENTO CONTRO UNO?** [150]

IPAZIA

1.

IPAZIA E I TALEBANI

Sono solo parole!
Solo parole?
E quando tu dichiari amore che cosa usi?
Parole.
Quando tu ferisci?
Parole.
Quando cerchi di proteggere?
Parole.
Di proteggerti?
Parole.
Quando cerchi conforto?
Parole.
Di confortare?
Parole.
Persino quando invochi Dio, non usi forse parole?

Non sono mai state solo parole, altrimenti non si spiegherebbe perché da sempre sono state cancellate, messe a tacere, nascoste, distorte, stracciate, proibite, bruciate, perseguitate, imprigionate.

Non sono mai state solo parole, altrimenti non si spiega perché sono da sempre tanto temute. Le parole sopravvivono a coloro che le hanno pronunciate, sopravvivono nei secoli a quelli che le hanno soffocate e strangolate.

Fanno paura, le parole! Le parole attraversano i secoli, bucano le pareti, prendono dimora nei cuori, abitano le coscienze, non sono isolate dalla segregazione, non vengono strozzate dalla corda, sono immuni al fuoco, non vengono dilaniate con lo squartamento, non vengono colpite dai proiettili né sventrate dal tritolo.

Il punto è se pronunciarle o no, quelle parole. Perché ogni parola ha un prezzo altissimo, e questo prezzo si paga in termini di fastidio, di astio, di derisione, di calunnia, d'invidia, d'isolamento, di minaccia, di tortura, di reclusione, di morte.

Che cosa ci spinge ancora a parlare? Pensare che con la parola l'uomo ha abbandonato la ferinità, la caverna che lo teneva legato ai suoi bisogni primari, alla caccia, al cibo, al fuoco, alla sopravvivenza; l'idolo cui attribuiva ogni potere. Con la parola l'uomo ha creato strade, connessioni, ponti; con la parola si è legato ad altri, si è spiegato e ha lasciato che altri si spiegassero a lui. Con la parola si è unito per lottare, migliorarsi, bonificare nuovi spazi di vita, di pensiero, di diritto. Per mezzo della parola l'uomo è uscito dalla preistoria ed è entrato nella storia, quella delle società complesse, stanziali, delle civiltà della scrittura, del libro, della lettura. Con la parola l'uomo ha superato il graffito preistorico e ha scelto la riflessione, l'analisi, la testimonianza, la legge.

La parola è il pensiero e non esiste pensiero al di fuori della parola.

Più aumenta il numero delle parole che siamo in grado di pronunciare, più si espande e si fortifica il nostro pensiero. Tante parole, tanto pensiero; poche parole e si torna alla caverna, alle superstizioni, alla paura delle ombre, all'allarme incontrollato cui non si riesce a dare spiegazione né conforto.

Col tempo ho capito che ognuno pensa alla storia a modo suo. Voglio dire che più ci si allontana dagli anni della scuola, più si smette di pensare alla storia come alla successione delle date spartiacque, dei personaggi famosi, delle guerre sanguinose. Tutti, cioè, cominciamo a ricostruire la storia seguendo un nostro filo rosso.

Ognuno guarda il passato secondo una propria visuale, precisa, parziale, personale. Anche a me è successo, senza che me ne accorgessi. A mano a mano che il tempo passava, sono sparite dal mio immaginario le grandi battaglie, quelle che amavo da bambino, con la fanteria e la cavalleria schierate sui due fronti; poi se n'è andata la storia delle grandi esplorazioni, delle rotte commerciali, delle scoperte scientifiche, che mi tenevano inchiodato all'enciclopedia durante l'adolescenza; poi è sparita anche la storia "tutta economica" dei miei vent'anni. Ormai, se vuoi vedere le diverse aree del mio cervello entrare in connessione, devi parlarmi di storia della *parola*. Oggi per me la Storia è storia delle persone che hanno combattuto con le parole, che hanno costruito con le parole, che hanno provato a cambiare attraverso le parole. E anche in senso inverso: la storia di quelli che hanno contrastato, perseguitato, messo a tacere quelle parole. Quindi storia di roghi, di cappi, di ceppi, di manette, di campi di rieducazione, di ospedali psichiatrici, di olio di ricino; la storia delle parole sequestrate, torturate, vilipese, umiliate, tenute a macerare dentro a vasconi pieni di merda affinché nessuno le avvicinasse più... parole multate, minacciate, querelate, processate, fottute, sfottute, hackerate, *fakerate*. Parole fatte esplodere con una quantità di tritolo ridicola, spropositata, ché la metà della metà bastava. Più le inseguo, più le schedo, più le segnalo, più le pubblico, più le twitto, più le inoltro, più mi convinco che il fenomeno, anziché sfebbrare, si aggrava.

E nel frattempo non vedo altro: distese, cumuli, depositi, magazzini, selve, macchie, montagne di parole. Parole di libertà, parole di cambiamento, parole di conforto, parole di servizio, parole di solidarietà, parole di ringraziamento, parole di rinuncia, parole di pentimento, parole di dissociazione, parole d'intimidazione, parole di minaccia, parole di scomunica, ovunque e comunque soltanto parole.

Sai come inizia la mia storia della parola? Salta a piedi pari la preistoria. Non sono un archeologo, la preistoria non mi parla. Se devo dirla tutta non mi parlano neppure i balbettanti ideogrammi dei sumeri e i geroglifici egizi. Da ragazzo avrei pensato che solo un coglione potesse vederla così, ma ora non ci posso fare nulla, ora se mi chiedi di raccontarti la storia, così, dal principio, io comincio dall'agorà ateniese. Solo quando inizio a sentire il rumore scomposto della folla, la pressione fisica dei corpi in una piazza, la puzza di sudore della gente che discute, che si accapiglia, che si confronta, che cerca soluzioni, allora il sangue inizia a circolare con forza.

Dell'età romana, sai cosa vedo? Vedo i tribuni della plebe che si alzano in piedi per sfidare il senato; che alzano la voce perché è un loro diritto; che usano la loro parola per dare voce a chi fino ad allora non l'ha avuta.

Nell'età tardoantica c'è solo una donna. Io amo quella donna, e non in senso figurato. Una donna generosa delle proprie parole. Una donna che ha creduto nel potere salvifico della conoscenza, e che con ogni mezzo ha cercato di condividerla e renderla contagiosa. Una donna che – tra l'altro – stava lì a dimostrare che, quando si permetteva loro di studiare, le donne erano come gli uomini. È una banalità questa? Lo so, ma credimi: c'è ancora chi ne dubita. Parlo di Ipazia, che da sola ha creato ad Alessandria d'Egitto una propria scuola filosofica, in tempi in cui questa era una cosa eccezionale per una donna. Però Ipazia era così determinata che gli uomini intorno a lei superarono il pregiudizio e si fecero suoi seguaci. Ipazia era una filosofa nel senso più ampio della parola, amava la conoscenza e alla sua scuola fiorirono la matematica e l'astronomia. I suoi discepoli erano disposti a tutto per lei, anche a morire, come ogni allievo per il suo maestro, quando di maestro si tratta.

Sai cosa vuol dire talebano?

Talebano vuol dire "studente", ma per estensione "studente del Corano", in riferimento a quel gruppo di studenti coranici che tra il 1996 e il 2001 imposero in Afghanistan un regime fondamentalista; dunque, per ulteriore estensione, significa "studente integralista" e ancora "censore e nemico giurato della parola". Ma come può accadere che uno *studente* censuri la parola?

I talebani ammettono – più esattamente auspicano – l'uso della violenza quando si tratta di punire chi non rispetta i principi che, con evidenti forzature, traggono dal Corano. Che cosa c'entra questo con Ipazia? Ecco: furono i "talebani" a ucciderla.

È vero, all'epoca l'Islam non era neppure nato, ma il fanatismo religioso sì, e dava già straordinarie prove di sé. Furono studenti fanatici della Bibbia, neofiti cristiani, a dichiarare guerra alle parole libere e coraggiose di Ipazia, e anche nel loro caso non c'era limite alla violenza che erano disposti a mettere in campo per bloccare le sue parole.

Rapirono Ipazia. La portarono in una chiesa e, dopo averle tolto i vestiti, la fecero a pezzi. Poi le diedero fuoco. Di queste azioni quella che mi fa più male è che la spogliarono.

Dirai: ma davvero, che la spogliarono è ciò che a te fa più fa male? La fecero a pezzi, la bruciarono e davvero a te fa più male che prima le avessero tolto i vestiti? Sì, certo, hai capito bene. So che potrebbe sembrare un paradosso, so che dei tre potrebbe sembrare il gesto in apparenza meno violento, ma non avere fretta, ti dirò tutto quando arriveremo a Giordano Bruno. A lui, 1185 anni dopo, fecero la stessa cosa.

In ogni ambito, in ogni tempo ho diviso le persone tra chi difende e protegge la parola e chi la viola e la compromette. Anche se di idee opposte, anche se in contesti violenti e contraddittori, chi difende la parola appartiene per me a quella preziosa e spesso invisibile parte del genere umano che difende l'umanità.

GRIDALO QUANDO TI COSTRINGONO
ALLA BANALITÀ DELLA SEMPLIFICAZIONE.

Su Ipazia, vedi Silvia Ronchey, *Ipazia. La vera storia*, Rizzoli, Milano 2010, e Maria Moneti Codignola, *Ipazia muore*, Baldini & Castoldi, Milano 2013.

COSTRUTTORI DI IDEE

CARL SCHMITT

2.

AMICO NEMICO

> Lo stato di eccezione ha per la giurisprudenza un significato analogo al miracolo per la teologia.
> Carl Schmitt

Mi è sempre interessato andare nei luoghi a me non familiari, in quella parte di mondo dove venivo contraddetto. Per cercare sentieri diversi mi sono trovato in compagnia di autori di cui spesso mi veniva sconsigliata la lettura, perché chi conosceva l'armonia dei miei suoni era certo che li avrei avvertiti come dissonanti. Invece quei libri mi hanno permesso di conoscere altre strade, di considerare nuovi orizzonti, gli unici che in me generano cambiamento.

Il mio sogno era raccontare storie a chi, se gli avessi chiesto: "Ti interessa ascoltare la storia di uno scrittore dissidente rinchiuso nei Gulag? la morte di un afroamericano gay pestato a sangue dalla polizia? l'omicidio di una giornalista russa?", mi avrebbe risposto: "Ma di cosa cazzo mi stai parlando?"

Ecco, io volevo arrivare proprio a quel tipo di persona.

La televisione per molto tempo me lo ha permesso, perché i telespettatori si fidavano di quello spazio in cui, come in una passeggiata, ti capita d'incontrare chi è molto diverso da te.

Negli anni ottanta Raffaella Carrà ha condotto in TV per un paio d'anni *Pronto, Raffaella?* Il momento clou del varietà consisteva nel quiz telefonico, quando il pubblico da casa doveva indovinare la quantità di fagioli contenuta in un enorme barattolo di vetro. Un giorno in trasmissione fu invitato Jorge

Luis Borges. Molti dei suoi lettori s'indignarono nel vedere un intellettuale di quel calibro mischiarsi con i fagioli di Raffaella Carrà. Eppure, quel giorno, una fetta del mondo che seguiva la trasmissione incontrò Borges, forse poi iniziò pure a leggere un suo libro, magari lasciandolo a metà, ma quei due universi, destinati a non incontrarsi mai, dialogarono.

L'incontro tra i diversi, tra i più distanti è quello che oggi i filtri applicati dalle piattaforme online scoraggiano. Imbuti creati apposta per spingerci a leggere libri che sviluppano idee che già abbiamo, ad ascoltare canzoni simili a quelle che già ascoltiamo, ad andare in vacanza in posti che hanno caratteristiche identiche a quelli che abbiamo già visitato.

I filtri ci fanno anche arrivare sullo schermo dello smartphone annunci e notizie simili a quelli che abbiamo già cercato. In un certo senso, notizie che già conosciamo e idee che già abbiamo. Le piattaforme sfruttano quello che sanno di noi. Non si preoccupano di quello che potremmo ancora conoscere, vogliono solo che continui a piacerci ciò che già ci piace. Che continuiamo a incontrare donne simili a quelle che abbiamo già frequentato. A praticare sport simili a quelli che abbiamo già praticato. A vedere film simili a quelli che abbiamo già visto. Ci hai fatto caso? Se tu e una tua compagna di classe fate una ricerca in Rete dai vostri rispettivi telefoni, ottenete risultati diversi, o perlomeno non nello stesso ordine. E questo per un fatto banale: negli anni avete cliccato su siti diversi, avete posto al Web domande diverse, così i pop-up, le inserzioni, gli annunci che si aprono per te non sono gli stessi che si aprono per lei. Di te sanno che hai una paura fottuta di perdere i capelli, di lei che non vuole avere un fidanzato, ma una fidanzata. Questo vuol dire che le piattaforme sanno, di lei e di te, cose più private di quelle che sanno le vostre madri.

I filtri ci condannano a percorrere strade già segnate, come se alla nascita avessero già deciso la nostra professione e ci avessero incastrato in un matrimonio programmato. Senza rendercene conto viviamo chiusi in pollai: ognuno nella sua batteria, vicino solo ai suoi simili. La contaminazione – che è il vero motore del progresso e del cambiamento – non è più possibile. A separarci non sono le classi sociali, ma le idee.

In base alle tue idee ti fanno comprare, ti fanno mangiare, ti fanno incontrare persone. Chi vorrà venderti qualcosa cercherà di scoprire dalle piattaforme cosa ti piace; se ti piace l'heavy metal, proveranno a venderti il cuoio, se guardi film di "interracial romance" ti proporranno l'acquisto di una biografia di Nelson Mandela o di Martin Luther King. Un politico che vorrà vincere le elezioni a Montréal proverà a presentarsi agli elettori come appassionato di musica country o come tifoso di hockey, perché mostrare di condividere gli interessi dei propri elettori sarà la sola chiave d'accesso al municipio. Ma l'appiattimento non riguarderà i soli consumatori, anche gli autori saranno condannati a sfornare sempre lo stesso prodotto. Scrittori come Umberto Eco che un giorno parlava di san Tommaso d'Aquino e l'altro di Mike Bongiorno non esisteranno più. Se nascerai romantic, morirai romantic, crime crime, fantasy fantasy, comedy comedy. A ogni scrittore, a ogni regista, a ogni cantante, a ogni atleta, persino a ogni attivista e politico verrà assegnato uno scaffale virtuale su cui verrà posizionata un'etichetta. Guai a cercare di mischiare il sangue, vietato partorire ibridi.

E mentre loro impareranno a incasellarci sempre meglio, noi avremo sempre meno elementi per comprendere quello che accade intorno a noi, perché tutto sarà studiato apposta per renderci il più banali possibile, perché più siamo banali, più diventa semplice e veloce farci acquistare merci.

In un mondo così, di che cosa hai bisogno? Be', hai bisogno di uno schema semplice: "amico-nemico", in tedesco *Freund-Feind*, in francese *ami-ennemi*, in albanese *mik-armik*.

Questo lo aveva capito Carl Schmitt, come ho scoperto leggendo *Teologia politica*, un libro uscito nel 1922 del quale, mentre lo leggevo, tutti mi dicevano: ma perché perdi tempo con quel nazista di merda?

Tu, però, non chiuderti mai nelle tue certezze, anzi quando inizi a sentirti comodo, metti del brecciolino sulla tua sedia: c'è sempre bisogno di una certa scomodità per cambiare orizzonte.

Quando i giovani spartani venivano obbligati a dormire fuori dalle porte della città per testare la loro capacità guerriera, non gli veniva dato di che coprirsi, ma solo un consiglio, di non rivestire mai col paglericcio il proprio giaciglio, quello che – calata la notte – certamente si sarebbero scavati nella terra. Meglio riempirlo di rovi spinosi, perché le spine, nel sonno, bucando la carne, gli avrebbero fatto sentire il calore del sangue.

I rovi sono questo, l'andare a cercare quello che non ti somiglia affatto. Io, per farlo, mi sono trovato spesso in compagnia di Louis-Ferdinand Céline, Ezra Pound, Ernst Jünger, Julius Evola e persino, sì, di quel nazista di Carl Schmitt, il filosofo che ha offerto la base teorica alla costruzione del nazionalsocialismo. Sai, negli anni mi è capitato di rincontrare persone, conosciute alla tua età, che seguendo percorsi che non c'entrano nulla con i miei sono arrivate alle mie stesse identiche conclusioni. Non esiste un'unica strada per la verità, non c'è un solo sentiero per arrivarci. Non ho pregiudizi. Ho un giudizio, però, certo: nessuno di questi scrittori è parte della mia carne, del mio DNA, ma tutti hanno ugualmente partecipato alla mia formazione. Non sono stati il mio ossigeno, ma l'anidride carbonica, anch'essa fondamentale.

Carl Schmitt: sai perché mi interessa? Perché la radicalizzazione a cui stiamo assistendo oggi, in politica e nel dibattito mediatico, ha a che fare con lui.

Schmitt aveva preconizzato che solo assecondando la polarizzazione, la contrapposizione, la semplificazione si sarebbe riusciti a conquistare consenso. Ecco cosa aveva scoperto: che solo se c'è un nemico – un nemico infido, pericoloso, incombente – allora il corpo sociale si compatta.

E tu mi chiederai: "Ma perché il corpo sociale si deve compattare?"

Per rendere possibile la nascita del capo.

"Non v'è bisogno che il nemico politico sia moralmente cattivo, o esteticamente brutto; egli non deve necessariamente presentarsi come concorrente economico e forse può anche apparire vantaggioso concludere affari con lui. Egli è semplicemente l'altro, lo straniero, e basta alla sua essenza che egli sia esistenzialmente, in un senso particolarmente intensivo, qualcosa d'altro e di straniero, per modo che, nel caso estremo, siano possibili con lui conflitti che non possano venir decisi né attraverso un sistema di norme prestabilite né mediante l'intervento di un terzo 'disimpegnato' e perciò 'imparziale'."

Cosa ci dice Schmitt? Cosa svela? Ci rivela che l'unico modo possibile per governare una persona è farla sentire circondata da nemici. Il marketing, oggi, fa questo. Ti vuole far sentire circondato solo da ciò che ti è familiare, così, senza che te ne accorgi, ciò che non ti somiglia inizierà a creare in te sospetto, perché un prodotto per piacerti dovrà somigliarti, o fingere di somigliarti. Sentirai allora sempre più il bisogno di riporre la tua fiducia in chi ti dice che quello che sei va benissimo e che sono gli altri, o meglio, una parte di essi, a essere nemici della tua identità. Tu non cedere a questa tentazione, e metti in guardia anche chi ti circonda.

Sai per quante volte ricorre il termine "nemico" in quel libraccio che è il *Mein Kampf* di Hitler? Più di centosettanta volte. Sai cosa vuol dire questo? Che Hitler aveva appreso bene la lezione di Schmitt. Quando vogliono farti sentire che tutti quelli che ti stanno intorno sono nemici, non cadere nella trappola. Gridalo!

Schmitt aveva compreso che un politico che ha studiato per fare quello che deve fare, uno che si "limita" – una volta al governo – a svolgere bene le sue funzioni, ad applicare le leggi e a rispettare gli organi istituzionali, non ha nessuna speranza di avere presa sulle persone. Anche oggi si vuol far credere questo, che la politica vincente, quella che suscita passione, non è quella del politico mite e competente.

Pensavamo di aver chiuso per sempre con la liturgia del potere, con le sue parate scenografiche, con i suoi riti, con le sue finzioni, e invece ci siamo ripiombati in pieno.

Schmitt sosteneva pure un'altra cosa che mi pare sinistramente attuale, diceva che un leader può accrescere il consenso solo nello "stato d'eccezione". Il potere, a suo giudizio, viene percepito come tale solo quando interviene a indicare vie d'uscita dallo stato d'eccezione. È nello stato d'eccezione che il capo diventa capo, che consolida la percezione di essere insostituibile e imprescindibile. Lo stato d'eccezione – Schmitt ne era certo – è come il miracolo per chi crede in Dio. Hai presente cos'è lo stato d'eccezione? È come la pandemia. La conosci bene questa parola, vero? L'hai provato cosa voglia dire trovarsi nel mezzo di un evento che rende insufficienti le sintassi ordinarie, che fa collassare le nervature della società, mandando in tilt il sistema.

Quando il pericolo mi atterrisce e gli eventi non sono decifrabili, voglio qualcuno che prenda decisioni. Voglio un capo sopra di me. Non mi importa a quel punto delle tutele e delle garanzie delle leggi, sono disposto a cedere la mia libertà e i miei diritti pur di avere qualcuno che mi rassereni, che mi guidi e che, soprattutto, guidi gli altri intorno a me che rischiano di venirmi addosso. Ecco, Schmitt ti avrebbe spiegato che il coronavirus ti ha permesso di toccare con mano il fatto che vivi all'interno di un "sistema insufficiente". Sì, proprio così, il mondo in cui vivi è un sistema insufficiente, e lo è persino per Dio. Perché? Perché Dio crea il mondo, dà le sue leggi, ma questo poi non basta. Continuamente deve intervenire a rattopparlo, a sistemare le falle improvvise che si aprono. Questo, per Schmitt, è ciò che noi chiamiamo "miracolo": un intervento eccezionale e non programmato di Dio nel mondo. Ragionando per analogia, Schmitt ti dice che anche gli stati non funzionano, e per la stessa ragione: perché si dotano di costituzioni, si danno delle leggi nell'illusione di poter tenere tutto sotto controllo, ma in realtà restano maglie allentate e piene di buchi. Basta un terremoto, un tornado, una guerra, una crisi finanziaria, una pandemia, appunto, e il sistema inizia a fare acqua da tutte le parti. Stato d'eccezione. Rottura momentanea di un equilibrio. Ed è questa falla a rendere necessario l'intervento di un "capo", che senza seguire il percorso ordinario imposto dalle leggi assuma decisioni, prenda in mano la situazione. È solo in quel momento, dice Schmitt, che le persone iniziano a guardare al "capo" come a un astro nascente, una luce improvvisa e accecante che fa dimenticare secoli di conquiste e di diritti, e tenere gli occhi fissi in quella direzione, verso il suo volto luminoso.

Immagino tu abbia capito dove vuole portarti Schmitt. È solo lo stato d'eccezione che può creare un capo. Nel ripetersi meccanico e ordinario della vita, nessuno vuole un capo: le leggi bastano e ognuno se la sbriga da solo. Ma quando gli eventi sono imprevisti e terribili, a fine giornata hai bisogno di sentire la voce del "capo", di affidarti alla sua protezione, alle sue decisioni che ti fanno un po' l'effetto che farebbe un sedativo quando hai la febbre altissima.

Il corollario però qual è? Che chiunque voglia davvero essere visto dai "sudditi" come una guida, come un duce, come un Führer, al di là delle leggi, del bene e del male, deve avere a disposizione uno stato d'eccezione, deve sperare, confidare e scommettere sullo stato d'eccezione. Deve augurarsi che il suo mandato sia segnato non dalla prosperità e dalla salute, ma da una o più emergenze, perché solo nell'emergenza un capo smette di essere un corpo corruttibile e mortale come tutti, e diventa un semidio come i faraoni d'Egitto o gli imperatori dell'antica Roma.

Allora ti chiedo: ma che cosa fa uno che vuole diventare "capo" quando non ha a disposizione gli stati d'eccezione? Li inventa. Li moltiplica. Le stime degli omicidi e dei furti sono in calo? Ma no, non è vero, sta' attento: ti entreranno in casa, ti stupreranno, ti porteranno via i figli. Il numero dei migranti è contenibile e fisiologico? No, non è così, sono in aumento vertiginoso, c'è un'invasione!

Perché "l'invasione", appunto, è lo stato d'eccezione!

In nessun sistema ordinato può prendere forma l'uomo della provvidenza, il leader carismatico, l'uomo forte, capace d'intervenire in circostanze eccezionali, capace di riportare l'ordine, di salvare il suo popolo, di rasserenare il figlio che in preda a un incubo si è svegliato di soprassalto.

Polarizzazione, radicalizzazione, "amico-nemico", in una parola, stato d'eccezione. Tutto deve divenire stato d'eccezione perché tu non chieda più alla legge o a te stesso di capire, ma a qualcun altro di prendere decisioni. E quanto è più facile per te, alla fine di una giornata faticosa, metterti ad ascoltare il "capo" che ti dice come stanno andando le cose.

Ma, quando questo sta accadendo, quando te ne accorgi, gridalo forte!

Quando ero al liceo, si facevano spesso le occupazioni. Si fanno ancora oggi da te, al liceo Diaz? Io mi rivedo, ancora con i capelli, mentre salto sulla cattedra e sento tutto l'imbarazzo di stare con i piedi sopra la scrivania. E, però, mi sento ancora più ridicolo oggi a vergognarmi per la mia maleducazione, perché quello è un gesto ribelle, stiamo occupando: il sopra deve diventare il sotto e il sotto deve diventare il sopra. Sono lì, prendo la parola e sento che c'è qualcosa che sta cambiando intorno a me, le persone iniziano ad ascoltarmi, a darmi fiducia, perché l'autogestione è uno stato di eccezione, è il mio stato d'eccezione, quello che mi porta a diventare leader. Qualcosa, però, nel meccanismo si sta già inceppando, mi rendo conto che le persone ora si fidano di me e non di quello che dico. Questo è rischioso. E se mi metto a trattare con la polizia? E se i professori mi convincono a far cessare l'occupazione? Realizzo che potrei fare entrambe le cose, senza dare spiegazioni, perché le persone ora credono in me. Ma io non voglio questo. Una cosa è essere un portavoce, mantenendo il dibattito vivo… I miei compagni, invece, hanno versato in me la tazza della loro ribellione e ora di quel vino posso fare ciò che voglio… lo posso persino buttare a terra. Così, ora mi dico che chi vorrà contrastare il movimento e i suoi principi dovrà solo prendere in ostaggio me. Entro nel bagno della scuola e mi guardo con sospetto allo specchio: sono diventato un capo! Un brivido mi corre lungo la schiena: "Sta' attento, la fine di ogni capo è di trasformarsi in capetto." "Ma quale capetto!?" protesto a brutto muso, con quello che dallo specchio se la gode a provocarmi. "Io non sono un capetto!" gli urlo con rabbia. "Il potere mi fa schifo! Non è per questo che ho messo le scarpe su quella cattedra! Pezzo di vetro piombato, mi ascolti? Io sto lottando per un principio, difendo la scuola pubblica, io sono contro le privatizzazioni… Anzi, non 'io', 'noi' siamo contro la privatizzazione della scuola, noi siamo contro Iervolino: vogliamo mantenere una scuola soggetta all'inutile, e non all'utile… Siamo adepti di una religione senza Dio, professiamo l'inutile dell'etica e della conoscenza! 'Noi' non vogliamo sponsor, né presidi-manager, né profitti… Lottiamo affinché le regole che stanno fuori non entrino dentro e quelle che stanno dentro escano fuori!" Argomento, mi agito, protesto, ma il bastardo che mi guarda dallo specchio neppure mi ascolta, ride e continua a canzonarmi: "Capetto! Capetto! Roberto è un capetto!"

In effetti il preside mi ha già chiamato, vuole interloquire solo con me, ha capito che la brocca sono io, che in me i miei compagni hanno riversato il loro vino, che basta mandare me in frantumi. Non me lo dice dritto, ma lo capisco lo stesso: a trattare con lui, ho solo da guadagnare. E la causa è nobile, s'intende: ora che sono "leader" devo puntare a entrare in politica, a cambiare davvero le cose... Cazzo, mi maledico, sono entrato qui, nell'ufficio del preside, senza tappi nelle orecchie! Sento già che la nave che sto guidando vira dritta verso gli scogli, tra poco s'incaglia e cola giù a picco. "Capetto, capetto, Roberto è un capetto!" continua a martellarmi in testa quel motivetto orrendo. Mollo il preside, mi stacco di dosso le braccia dei compagni che mi si aggrappano per sapere com'è andata, spingo via uno che dice d'essere un giornalista, che vorrebbe farmi qualche domanda... torno nel bagno e tiro un destro contro lo specchio. Sanguino, ma sono di nuovo libero.

GRIDALO CHE TU IMPARI DA CHI PENSA
QUELLO CHE NON PENSI.

L'esergo e il brano riportato nel capitolo sono tratti da Carl Schmitt, *Le categorie del "politico". Saggi di teoria politica*, a cura di Gianfranco Miglio e Pierangelo Schiera, il Mulino, Bologna 1972.

Per la coppia "amico-nemico" come fondamentale categoria del pericolo, vedi Schmitt, *Le categorie del "politico"*, cit.

Per le idee sul "politico" di Carl Schmitt, vedi anche Id., *La dittatura*, trad. it. di Bruno Liverani, Laterza, Roma-Bari 1975.

Per il filtro operato dalle piattaforme, vedi Eli Pariser, *Il Filtro. Quello che Internet ci nasconde*, trad. it. di Bruna Tortorella, il Saggiatore, Milano 2012.

Sull'incontro tra Jorge Luis Borges e Raffaella Carrà vedi Michele Serra, "L'amaca", in *la Repubblica*, 28 aprile 2004.

ANNA POLITKOVSKAJA

3.

NIENTE È COME SEMBRA

Sono abitata da un grido.
Di notte esce svolazzando
in cerca, con i suoi uncini, di qualcosa da amare.
Sylvia Plath

Sai qual è la prima cosa che succede quando cadono i regimi? Tutti? Sai qual è la prima cosa che hanno fatto quando è caduto il regime comunista nella Repubblica democratica tedesca, che di democratico non aveva proprio nulla? Nei locali in cui si poteva ancora prendere una birra per pochi marchi e dove si poteva ancora incontrare qualcuno, un amico, un parente, senza essere spiati, hanno iniziato a vendere le cassette porno. Sì, all'epoca c'erano ancora le videocassette, e poi subito nei negozi hanno iniziato a vendere i fuseaux, le scarpe con i tacchi altissimi, le borsette con gli strass, e lo stesso avviene ovunque cada un regime: la prima cosa che succede è sempre il libero accesso al porno, come se il porno fosse prova certa della fine del controllo militare. Se c'è il porno non può esserci ordine totale. Non è misura di altro: di diritti, di giustizia, però è certo che i regimi non lo tollerano, almeno pubblicamente. Ogni regime vuole reprimere la natura dei singoli per paura che la libertà, a partire da quella sessuale, possa trasformarsi in una libertà totale. Il consumo della pornografia in Unione Sovietica era vietato. E quando è caduta l'Unione Sovietica ha continuato a essere non esplicitamente proibito, ma fortemente scoraggiato in Russia. Persino l'educazione sessuale, che con la pornografia non ha nulla a che vedere, è ritenuta offensiva dei valori della Chiesa ortodossa e della morale laica di stato.

Questo per Boris, però, non era mai stato un problema, perché Boris, come gli altri 147 milioni di russi, la pornografia andava a guardarsela in Rete, dove restava comunque accessibile malgrado i risoluti tentativi di censura condotti, a più riprese, dal Roskomnadzor, il servizio federale russo per la supervisione della comunicazione massmediale.

Fermo al semaforo, in una mattina moscovita come tante, Boris non può credere ai propri occhi: una donna semisvestita spunta dall'alto di un cartellone pubblicitario. La pornografia, dunque, è uscita dal Web e ha fatto irruzione nei palazzi e nelle strade di Mosca. Pelle bianca, occhi semichiusi, rossetto acceso, pube nascosto, capezzolo in vista. Quattro braccia maschili e una testa – maschile anche quella – affondano sotto il ventre della donna non più giovanissima, ma asciutta e attraente. Particolare interessante – agli occhi di Boris – è il contrasto tra il corpo nudo di lei e quello vestito dei ragazzi, che indossano la divisa. La divisa dell'esercito russo.

"Ma perché alle donne piace tanto la divisa?" si chiede Boris, che dovrebbe chiedersi invece come mai nella Russia di Putin, nemica della pornografia, sia spuntato quel cartellone pubblicitario, manco si fosse a Milano o a New York... Se Boris avesse letto l'unica scritta che campeggia nella parte bassa del cartellone, avrebbe capito, però, che non si tratta affatto di pubblicità o di pornografia, ma di politica. Ma Boris non è interessato alla politica, quello che gli preme è registrare con soddisfazione la felice anomalia. Nonostante il freddo, abbassa il finestrino, ammicca a un ragazzo che attraversa la strada e gli dice: "Ma perché alle donne piace tanto la divisa?"

Quello non risponde, lo prende per matto.

Boris riparte appena scatta il verde, poi parla ad alta voce, continuando il dialogo con il ragazzo di poco prima: "La divisa è ordine, il sesso è disordine: la divisa è benzina per l'eros, ecco qual è il punto!"

Arrivato a casa, Boris chiama il suo più caro amico. Non smette di pensare a quel cartellone, gli chiede se lo ha visto. Quello replica annoiato: "Be', cosa ti aspettavi? Sono tutte uguali, queste giornaliste."

"Che c'entrano i giornalisti?"

"Ma come, non l'hai riconosciuta? È Anna Politkovskaja! Non hai letto la scritta? *Speciale Ogonëk: Anna Politkovskaja e i festini a luci rosse con i soldati russi.*"

"Ahahah, non posso crederci!"

L'altro risponde: "Infatti! Tutti quegli articoli spesi per dire al mondo che i militari russi sono stupratori di stato e poi finisce proprio nel loro letto..."

"Quella i soldati li voleva tutti per sé!"

"Infatti... era solo gelosa che stuprassero le altre! Le donne sono così, dicono che non gli piace, ma poi invece gli piace eccome."

Finita la telefonata, Boris accende la TV. Anche al telegiornale parlano di quel cartellone pubblicitario. Non c'entra la liberalizzazione della pornografia. Aveva ragione il suo amico: la notizia è che la giornalista del quotidiano *Novaja Gazeta*, quella che ha schedato ogni abuso commesso dai soldati russi in Cecenia, poi di nascosto se la spassa con loro proprio mentre sono di stanza laggiù.

Boris ripensa a un articolo in particolare, uno in cui quella giornalista, Anna Politkovskaja, era così feroce con loro: isterica, come sono le donne quando si tratta di sesso. Raccontava un fatto accaduto a tre ragazzine, nella città di Argun, in Cecenia. I soldati le avrebbero esposte nude in piazza con un cartello scritto in russo, come monito per le donne che passavano di là: "È quello che vi aspetta tutte, tutte, troie schifose. Scoperete tutte con noi." Anche in quel caso, gli uomini erano in divisa e le ragazze completamente nude. È proprio questo il contrasto interessante, pensa Boris. Le donne più anziane, continuava l'articolo, si toglievano il velo dalla testa per coprire le ragazzine, ma i militari le bloccavano.

Lui che ha fatto il servizio militare lo sa che la mentalità nell'esercito è così, e comunque le donne cecene ti viene voglia di violentarle, perché tanto quelle poi non parlano, non denunciano mai. È una mentalità particolare quella delle cecene. Il loro colonnello li avvertiva: "Non toccate le occidentali, soprattutto le giornaliste o le operatrici di Amnesty International, perché quelle poi ti piantano un casino con tutti gli amici giornalisti che si ritrovano, le troie! Ma con le musulmane andate tranquilli, loro non possono raccontare perché poi i loro uomini non se le riprenderebbero." Sergej Kuznecov, il colonnello, gli raccontava che in Bosnia era lo stesso. Le bosniache non parlavano. I serbi, per far sapere a tutti che erano state violentate, iniziarono a staccare loro uno dei due incisivi; era un modo per marchiarle, cosicché fosse evidente che le avevano stuprate. Tornavano a casa e il padre, i figli, pure i mariti al ritorno dal fronte sapevano quello che era successo. "Noi però," gli ripeteva sempre il colonnello, "dobbiamo avere più cautela, perché qui non è la Bosnia, che tanto poi non frega a nessuno! Qui è la Russia, e Putin si innervosisce quando certe cose finiscono sulla stampa internazionale. Ha timore soprattutto del giudizio dei tedeschi, chissà perché dei tedeschi più degli altri..."

Eccolo, Putin. È apparso proprio adesso in TV. Si mostra contrariato per le rivelazioni circa il comportamento poco ortodosso della giornalista. Dice che quelle foto rischiano di compromettere l'immagine di tutto l'esercito, dice di essere dispiaciuto per il battage mediatico che se ne sta facendo, invita i giornalisti a un maggiore rispetto verso le famiglie dei militari e i congiunti della giornalista.

Boris pensa, però, che Putin si sbagli di grosso, che quel

cartellone non rovini affatto l'immagine dell'esercito. Mica l'hanno stuprata, Anna Politkovskaja, è lei che se la gode un sacco a prenderlo da loro! Semmai quello è un megaspot per l'esercito russo! Vedi come triplicheranno le domande per entrare in accademia...

Squillo del telefono.

"Visto?"

"Visto, visto. Avevi ragione tu, magari voleva solo intervistarli... ahahah!"

"Niente è come sembra!"

"Già... Niente è come sembra."

Tra la mezzanotte e l'una del 27 marzo 2000, in Cecenia fu commesso un omicidio, che diede fuoco alle polveri in tutta l'area.

C'è sempre, all'origine di una faida, un fatto di sangue crudo, scatenante. Qualcosa che marchia a fuoco la coscienza di quelli che stanno da una parte e dall'altra della barricata, e da cui dipende poi "l'infinita catena di lutti" che ne consegue.

La stessa strage di Beslan, nella vicina Ossezia, si potrebbe far risalire a questo omicidio. Le immagini della scuola di Beslan le hai viste? Quando i terroristi iniziarono la tortura della sete sui bambini? Più le loro richieste tardavano a essere accettate, più i bambini continuavano a non bere. Ogni ora che passava era un'ora di acqua sottratta ai bambini. Ecco, è come se le immagini di quei bambini che, certo, hai ragione, sono di quattro anni successive, fossero, però, in rapporto di causa-effetto con l'omicidio occorso in Cecenia tra la mezzanotte e l'una del 27 marzo 2000.

Ogni terra ha le sue zone di conflitto. Terre in cui le violazioni sono state talmente profonde da aver segnato rancori atavici, pesanti come pietre. Il Regno Unito ha l'Ulster, la Spagna ha le province basche, l'India ha il Kashmir. La Russia, dopo la caduta del comunismo, aveva, tra le molte questioni d'identità irrisolta, quella della Cecenia.

Alla fine del Settecento, i ceceni furono sottomessi e i loro territori annessi a forza all'impero russo, alla Russia degli zar. Da allora, pur di ottenere la propria indipendenza, ogni volta che se n'è presentata l'occasione, hanno tifato per qualsiasi nemico, buono o cattivo che fosse, del Cremlino. Hanno appoggiato anche quelli che sulla divisa facevano mostra della croce uncinata, perché, per quanto incredibile possa apparirti, avrebbero preferito i nazisti ai russi. Per punirli Stalin li deportò in massa, e così facendo uccise i loro corpi, rendendo il loro spirito ancora più indomito.

Nel 1991, col disfacimento dell'Unione Sovietica, tra le strade polverose di quelle montagne di frontiera si uscì a festeggiare! Le zie baciavano le nipoti, i padri abbracciavano i figli, i vicini si stringevano commossi la mano! Ma le aperture di Gorbačëv ed Él'cin si sgonfiarono presto sulle alture del Caucaso. E fu così che tra le nebbie di quell'ennesima delusione s'infilarono i "signori della guerra" islamici, che resero le cose ancora più complicate. A quel punto fu una gara a chi pestava più forte la popolazione civile: i guerriglieri ceceni pestavano i civili per non permettere loro di collaborare con i russi e i russi pestavano i civili per non farli collaborare con i guerriglieri ceceni. Una "gara" che la Russia vinse negli anni novanta, con due guerre sanguinose, costate la vita a 100.000 civili, 25.000 militari e l'invalidità permanente a 31.000 bambini ceceni, seguite da un'estenuante e violentissima guerriglia.

Profughi, deportazioni, stupri, traumi. La prassi, in questo genere di conflitti, l'hai studiata e la conosci, no?

In Cecenia – sentirai dire – passano oleodotti e gasdotti che la Russia non poteva permettersi di perdere. Sentirai anche ripetere come il caso dell'Afghanistan avesse insegnato alla nomenklatura di partito che nelle zone islamizzate, quando i carri armati russi se ne vanno, non è che poi arriva la democrazia, ma arrivano invece i talebani. Ma quello che dimentica di dirti chi sostiene queste posizioni è che, come è accaduto in Siria, "i talebani" arrivano perché lo stato pesta a sangue i civili, e non perché i carri armati battono in ritirata. Ragazzi senza diritti, senza scuola, senza rispetto, senza futuro, sono quelli che vanno a ingrossare le fila di chi per primo gli mette in braccio un AK-47.

Quando lo stato abdica al suo ruolo e si fa banda armata, metà della popolazione civile finisce in mano ai signori della guerra, e l'altra metà aspetta solo di essere sgozzata e gettata in una fossa comune. Se poi ti chiami Vladimir Putin – e quindi sei stato svezzato all'interno del KGB – per te è difficile, se non impossibile, uscire dallo schema della vendetta di stato.

Il consiglio che ti do, quando nella lettura di un conflitto non riesci a ritrovare il bandolo della matassa, è di attenerti sempre al diritto. Perché vedi, i governi nascono e muoiono, a volte sono buoni, più spesso sono cattivi, ma le conquiste del diritto, quelle sono immutabili. I tribunali internazionali esistono per questo scopo, per affermare che nessuno stato d'eccezione, in nessuna parte del mondo, sotto qualsivoglia governo, può legittimare la sospensione, totale o parziale, del diritto.

Ora, già lo so, tu starai pensando che quello che ho appena finito di dirti è una banalità. Anche perché tu sei sicuro di far valere il diritto in ogni tua azione. E sei anche sicuro che soffiare sul fuoco di certi sentimenti, come l'odio o la vendetta, con te non attacca. La legge del taglione, occhio per occhio, dente per dente, sei pronto a giurare che sia un codice superato. Poi, però, accade che, se qualcuno ti tocca l'amico, il fratello, la fidanzata, imbracci il kalashnikov e allora può anche darsi che neppure ti limiti all'occhio per occhio, dente per dente, ma inizi a ragionare in termini di rappresaglia: tu cavami un occhio, io te ne faccio saltare venti, i tuoi e quelli della tua famiglia. Se ne hai solo due di occhi, scelgo a caso gli altri nove e glieli faccio cavare tutti e diciotto.

Lo so. La rappresaglia fa schifo. E anche la legge del taglione. E non c'è da stare a discuterne. Però devi ammettere che il concetto di vendetta ha su di noi una certa presa, mantiene una sua aura di nobiltà.

Che questo sentimento, non contemplato dal diritto, covi in segreto nei nostri cuori è provato dal fatto che gli assassini di tutto il mondo vi fanno appello nelle aule dei tribunali per difendersi. Gli imputati di omicidio giustificano l'origine del proprio gesto dicendo: "Vendetta!", quasi come a dire che è qualcosa di scritto nel nostro sangue, indipendente dalla nostra volontà. La vendetta ci muove, non siamo noi a muovere la vendetta.

Ora, dunque, questo ti chiedo: di farmi da giurato nel processo n. 14/00/0012-00, meglio conosciuto come caso Budanov. Un processo che si tenne in Russia tra il 2000 e il 2003, a carico di Jurij Dmitrievič Budanov, colonnello, assegnato – all'epoca dei fatti – al distretto militare del Caucaso settentrionale. Vorrei che tu ascoltassi con attenzione le due versioni udite in aula dalla corte, e mi dicessi se, secondo te, l'omicidio ebbe o no a che fare con il sentimento sbagliato – ma a suo modo nobile – della vendetta.

Versione della difesa

Il giorno 26 marzo 2000 il colonnello Jurij Budanov, due medaglie al valore, di stanza alla periferia del villaggio di Tangi-Ču, nella provincia di Urus-Martan, in Cecenia, è informato che al numero 7 di via Zarečnaja vivono due tiratrici scelte: madre e figlia.

L'informatore del colonnello, un civile ceceno, gli mostra lo scatto che ritrae una delle due, la figlia, mentre stringe un fucile.

Alla vista della foto, il colonnello Budanov, che un mese prima ha perso alcuni uomini durante uno scontro a fuoco con i guerriglieri ceceni nella gola di Argun, è preso dalla sete di vendetta. Si affollano nella sua mente, ancora sconvolta per il recente lutto, i volti dei compagni agonizzanti tra la polvere delle alture del Caucaso.

Torturato dai sensi di colpa per non aver saputo difendere i suoi, al calare della sera, progetta la vendetta. Organizza un commando con tre dei suoi uomini e a bordo di un BMP, armati di AK-47, lasciano l'accampamento militare e si dirigono al villaggio.

È notte fonda e nella casa color bianco sporco o di mattoni rossi – non ricorda più bene –, comunque quella che gli è stata indicata dall'informatore, tutto tace.

La famiglia non ha la corrente elettrica e quindi è a letto già dall'ora del tramonto. Il padre, che quella notte dorme da solo poiché sua moglie è in visita dai parenti, al rumore della camionetta che frena si alza dal letto di soprassalto e va a svegliare la figlia più grande. Le intima di vestire i fratelli e di scappare, perché una camionetta militare s'è fermata proprio davanti alla porta di casa. Esce poi, senza farsi vedere, per andare ad allertare suo fratello, che abita poco distante. Quando rientra, trova ad attenderlo solo i figli piccoli: la più grande l'hanno presa i militari.

Arrivati all'accampamento, il colonnello Budanov dà ordine ai suoi uomini di portare la ragazza nel proprio alloggio e di restare a piantonare fuori, ma un poco distanti, perché desidera essere da solo mentre interroga la prigioniera.

Il colonnello Jurij Budanov, due medaglie al valore, incalza la ragazza con domande che riguardano la madre: perché non è in casa? Da chi prende ordini? Dove nasconde le armi? La ragazza, El'za Visaevna Kungaeva, gli risponde che non sa niente, ma che se anche sapesse non direbbe nulla a un "maiale russo". I russi si limita a ucciderli, quando li ha a tiro con un fucile tra le braccia.

Gli insulti velenosi della ragazza fanno ribollire il sangue a Budanov, il quale le assesta un ceffone sul viso. La ragazza sputa sangue, ma non ingoia l'insolenza. Lo provoca ancora, accusando i militari russi di essere tutti degli stupratori seriali che i guerriglieri scuoieranno prima o poi, uno a uno, tra le gole del Caucaso.

Il ricordo dei commilitoni caduti eroicamente tra quelle montagne, infangati nell'onore dalle menzogne della ragazza, accende una seconda vampa di collera nel colonnello, il quale le stringe le mani intorno al collo.

Lei fugge alla presa, ma lui la ferma. Nell'afferrarla le strappa – involontariamente – la camicetta. Inizia una colluttazione serrata durante la quale alla ragazza salta anche la spallina del reggiseno beige. Quando la sua resistenza sembra essere ormai vinta, El'za afferra invece una pistola, poggiata sul comodino di fianco alla branda, e tenta di sparare al colonnello. Questi riesce a disarmarla prima che lei prema il grilletto e, stavolta, le stringe le mani intorno al collo fino a soffocarla.

Tornato in sé, comprende il proprio errore. Chiede allora ai suoi uomini di portarla nel bosco attiguo per darle una degna sepoltura affinché riposi in pace.

L'indomani mattina, ancora scosso per la nottata appena trascorsa, viene raggiunto telefonicamente dal suo comandante, Valerij Vasil'evič Gerasimov, il quale gli intima di liberare subito la ragazza, che tutti dicono abbia prelevato durante la notte senza aver ricevuto alcun ordine in questo senso.

Versione dell'accusa

Il giorno 26 marzo 2000, il colonnello Jurij Budanov fa irruzione nella casa di mattoni rossi sita al numero 7 di via Zarečnaja nel villaggio ceceno di Tangi-Ču, dove abita una famiglia di agricoltori indigenti, la famiglia di Visa Kungaev. È notte fonda e in casa dormono tutti, perché non hanno la corrente elettrica.

Svegliato di soprassalto da una camionetta militare che frena nel piazzale, Visa Kungaev – che quella notte dorme solo perché la moglie è in visita dai parenti – va in camera della figlia più grande e le dice di vestire i fratelli e scappare. Lui esce intanto per andare ad allertare il fratello, che abita a una ventina di metri di distanza. I militari entrano in casa mentre la ragazza sta vestendo i fratelli e la portano via. La ragazza – El'za, diciotto anni – viene nascosta dentro a una coperta, ma i vicini intravedono alcune ciocche dei suoi capelli fuoriuscire dal fagotto.

El'za è bella, forse un po' troppo timida. Esce poco, non ha amici, è quasi sempre impegnata a badare ai fratelli più piccoli, perché la madre è spesso malata. Non è mai stata fotografata con un fucile in mano perché non sa sparare, e non frequenta uomini né guerriglieri. C'è da escludere, a detta dei vicini, che possa aver insultato il colonnello, poiché non parla russo.

Secondo i medici presenti al momento del rinvenimento del cadavere, nel bosco attiguo all'accampamento militare, c'è anche da escludere che i vestiti della ragazza fossero stati lacerati accidentalmente. La maglia di lana stracciata sulla schiena, la gonna scucita lateralmente, la maglietta bianca e gialla strappata sul retro, il reggiseno beige con la bretella saltata sono stati infatti ritrovati di fianco al suo corpo e non indosso.

Nel corso del processo non si è riusciti ad acquisire alcune prove cruciali: la fotografia della ragazza armata, che scatenò l'intervento punitivo del colonnello, e il nome dell'informatore ceceno che fece la soffiata.

Per questa ragione l'accusa è persuasa che il giorno 26 marzo 2000, il colonnello Jurij Budanov non chiese notizie su una possibile cecchina da punire per la morte dei suoi commilitoni, ma su una ragazza da stuprare dopo una sonora bevuta. Una ragazza giovane e di famiglia tradizionalista, che avrebbe avuto vergogna a denunciare il fatto. Una ragazza bella, di famiglia povera, che avrebbe avuto difficoltà a pagarsi un avvocato.

Il verbale redatto dalla Scientifica al momento del disseppellimento del cadavere registra – oltre a percosse in tutto il corpo, e in particolare, come ammesso da Budanov, sul lato sinistro del volto – lacerazioni nella zona dell'ano e dell'imene, prodotte da un corpo rigido, delle dimensioni circa di un pene in erezione.

La storia che hai appena letto, a Putin non piace che venga raccontata e Anna Politkovskaja, la giornalista russa che l'ha raccolta, la raccontava invece di continuo. L'ha fatta anche confluire in un libro: *Putin's Russia*, pubblicato in Inghilterra nel 2004. Vedi, Anna dava fastidio a Putin non solo perché raccontò in duemila articoli la guerra cecena, ma perché sapeva raccontare. Scriveva in un russo chiaro, pulito, evocativo, che sembrava quello di Gogol'. Scriveva senza risparmiare colpe a nessuno, né al terrorismo indipendentista né al governo di Mosca. Gli assalti ai mercati, ai reparti di maternità, alle donne, ai bambini, quelli li raccontava tutti. E poi li raccoglieva nei suoi libri, in modo che i nomi degli assassini, degli stupratori, dei sequestratori, dei torturatori, non fossero dimenticati, in modo che restasse prova dei loro crimini. Non si limitava a denunciare, non si faceva bastare la notizia, e neppure sacrificava tutto al primato della notizia. Se scopriva qualcosa che, se rivelato, avrebbe messo in pericolo la vita di qualcuno, di un civile o di un giornalista come lei, rinunciava a divulgare quell'informazione. Sai, quando tocchi con mano che qualcuno sta difendendo una causa che non gli porterà alcun vantaggio, che sta solo esponendo se stesso per difendere quella causa, quella persona ti convince. Ad Anna accadde questo, calamitò la fiducia dei civili ceceni. Al suo arrivo, la popolazione l'aveva guardata di traverso, come si guarda a una russa privilegiata, una che dopo qualche domanda, dopo un paio di foto, rientra di filato a Mosca, mentre loro sarebbero rimasti in quell'inferno, sotto il tacco dell'esercito russo. Vedendola poi resistere, giorno dopo giorno, mese dopo mese, anno dopo anno, in quel loro stesso inferno, girando di casa in casa, a offrire aiuto, a intrecciare fili tra la popolazione umiliata e le associazioni, i volontari, gli assistenti sociali, le ONG, gli avvocati che gratuitamente davano assistenza a famiglie senza risorse come quella di Visa Kungaev, iniziarono a pregare per lei. Ogni sera, quando riprendeva la strada, spesso a piedi, fino al suo rifugio, pregavano perché su quelle strade buie non le accadesse nulla. Ogni sera, le donne più anziane come quelle più giovani pregavano per lei, affinché Allah la proteggesse fino al suo rientro. All'inizio pregavano perché non fossero i terroristi a farle del male, sapevano che i guerriglieri potevano farne molto ai russi, poi, però, col passare del tempo, quando arrivò anche alle loro orecchie l'eco di quello che Anna pubblicava sulla *Novaja Gazeta* a proposito delle brutalità, degli inganni, delle umiliazioni, delle vessazioni a cui l'esercito russo li sottoponeva, iniziarono invece a pregare perché fosse Putin a non farle del male. Poi, quando a parlare con lei iniziarono pure i militari russi di stanza in Cecenia, per confermarle che quello che denunciava la popolazione civile era vero e che lo avevano compiuto i loro commilitoni sotto i loro stessi occhi, allora il governo di Mosca la fece espellere dal paese e a lei toccò tornarci di nascosto, ancora più sola ed esposta, con l'FSB, il Servizio federale per la sicurezza della Federazione russa, a seguirla tra quelle colline lunari, come fosse la sua stessa ombra.

Durante i giorni cruciali della strage di Beslan, dalla vicina Ossezia, i sequestratori richiesero lei per la trattativa, perché solo di lei si fidavano, perché sapevano che la parte onesta di Russia era con lei, e che lei avrebbe messo il proprio corpo a garanzia di ogni parola data, come già aveva fatto nel 2002, quando il teatro Dubrovka di Mosca fu preso d'assedio dai terroristi.

Il marito la scongiurò di non andare, la famiglia tutta la implorò di non andare, perché non era neppure misurabile il tasso di rischio di quell'operazione. Ma Anna andò. Salì sull'aereo diretto in Ossezia, e mentre era in volo, iniziò a sentirsi male. Sulle prime pensò che le molte scissioni che aveva vissuto le stessero fottendo il cuore. Poi, però, quando stava ormai per perdere conoscenza, ebbe una folgorazione, quasi una certezza: il tè che lo stuart le aveva servito dal carrello dell'aereo era avvelenato.

Fu portata d'urgenza in ospedale a Rostov. Si riprese lentamente e il bollettino medico derubricò l'incidente come malore passeggero, perché in Russia le veline che il Cremlino passa ai medici – fin dai lontani tempi di Brežnev – sono scritte in modo tale da far sempre passare una polmonite per raffreddore e il novičok per digestivo.

Il 7 ottobre 2006, Anna Politkovskaja è stata uccisa davanti alla porta dell'ascensore dello stabile moscovita in cui viveva, mentre rientrava dal supermercato: quattro colpi di pistola esplosi da uno sconosciuto. In ambiente giornalistico, però, si dice che l'idea iniziale non fosse né quella di spararle né quella di avvelenarla, ma di narcotizzarla per poi scattarle delle foto hard insieme ai militari russi di cui aveva denunciato i crimini contro la popolazione cecena.

La storia del cartellone pubblicitario che hai letto all'inizio è una storia che non è accaduta, ma che stava per avvenire. Anna avrebbero voluto distruggerla così, come ho immaginato che accadesse. Non sono riusciti a delegittimarla, e allora l'hanno uccisa.

Devi pensare che questa donna ha vissuto per mesi nel terrore che ciò accadesse, con il timore di essere drogata, di essere sbattuta in qualche caserma da cui poi sarebbe uscito un racconto diverso dai fatti realmente avvenuti. Ha vissuto così, al punto da preferire la morte a questo scempio, perché la morte – Anna lo sapeva – non avrebbe fermato i suoi lettori, mentre la delegittimazione sì, li avrebbe resi sospettosi. Chi avrebbe creduto che quelle foto fossero finte? O meglio vere, ma scattate in un set orchestrato ad arte? Chi avrebbe creduto, a cominciare dai suoi amici, che non fosse davvero lei ad accarezzare la sera quegli stessi soldati che di giorno denunciava?

La delegittimazione distrugge più della morte perché insinua cellule cancerogene non nei nemici, ma negli amici. Ecco perché l'unico modo di combatterla, non appena ci si accorge che sta cominciando a iniettare il suo veleno, è gridarlo. Gridarlo forte.

GRIDALO CHE DENUNCIARE NON È SPUTTANARE LA PATRIA!

Anna Politkovskaja, *Cecenia. Il disonore russo*, trad. it. di Agnès Nobécourt e Alberto Bracci, Fandango, Roma 2003 (da qui l'episodio dei militari russi e delle tre ragazzine con il cartello).

Un'altra lettura fondamentale è Anna Politkovskaja, *La Russia di Putin*, trad. it. di Claudia Zonghetti, Adelphi, Milano 2005. Da qui è stata tratta la ricostruzione del processo a Jurij Budanov.

Una coraggiosa testimonianza sugli orrori della guerra in Cecenia è raccolta in "Torture e detenzioni illegali in Cecenia. Intervista a Zareta Khamzatkhanova", a cura di Matteo Ermacora, in DEP. *Rivista telematica di studi sulla memoria femminile*, 9, 2008, https://www.unive.it/pag/fileadmin/user_upload/dipartimenti/DSLCC/documenti/DEP/numeri/n9/16_Dep009Ermacora-int.pdf.

Sulla guerra cecena si veda anche Norman Naimark, *La politica dell'odio. La pulizia etnica nell'Europa contemporanea*, trad. it. di Sergio Minucci, Laterza, Roma-Bari 2002.

JAMAL KHASHOGGI

4.

IL TRADITORE

> Se è morto, e spero ancora che non sia vero,
> migliaia di Jamal nasceranno.
>
> Hatice Cengiz

Nel settembre del 2017 il giornalista Jamal Khashoggi si trasferisce negli Stati Uniti per fuggire dall'Arabia Saudita, dove è diventato un bersaglio del regime. Dalle pagine dei quotidiani nazionali e attraverso gli hashtag di Twitter ha attaccato più volte i metodi illiberali e intimidatori del principe ereditario di Riad, Mohammad bin Salmān, criticandone duramente lo sconsiderato intervento militare in Yemen.

Negli Stati Uniti, Khashoggi riprende a fare quello che gli riesce bene: raccontare il proprio paese. Sai, l'atto di lealtà, di vera cittadinanza, che ti lega a un paese è perdere il sonno nel vederlo martoriato e ostaggio della peggiore incuria e corruzione. Ciò che rende cittadini di un paese non è il passaporto, ma il provare a cambiarlo. E lui, Khashoggi, lo fa sistematicamente dalle colonne del *Washington Post*, giornale presso cui ha trovato impiego.

Articolo dopo articolo – anche ora che è a New York – non rinuncia a seminare dubbi sull'immagine che il principe di Riad cerca di mantenere radiosa e sorridente. L'immagine di un paese che si sta facendo sempre più aperto e permissivo. Anche verso le donne che, grazie alla sua benedizione, sfrecciano ormai sole alla guida per le strade asfaltate e rettilinee della sua "nuova Arabia".

Il governo saudita ha i mezzi e la determinazione necessari affinché gli organi di stampa nazionale diffondano solo questa immagine, la stessa che in Internet è mantenuta artificialmente limpida e bugiarda, tra esotismo turistico e Lawrence d'Arabia, da un team di hacker – forse gli stessi, coordinati dall'avvocato Saud al-Qahtani, che avranno un ruolo centrale nello spiare Jamal. A Mohammad bin Salmān non mancano il denaro e l'autorità per fare in modo che collaboratori di fiducia sorveglino ogni singola informazione che esce dalle dune del deserto e va in Rete. Se la foto scattata da uno dei suoi sudditi, se il commento postato da un saudita non dovessero convincerlo, sa come dare mandato a un esercito di tecnici, di hacker, di informatici competenti affinché quel materiale sia cancellato. E come, in un secondo momento, scovare il colpevole di quell'azione irresponsabile per revocargli il diritto alla vita. Chi detiene un patrimonio di decine di miliardi di euro non ha difficoltà ad assumere persone disposte a rinnovare, ogni volta, il suo trucco di scena.

Se un giorno ti trovassi in Arabia Saudita, ti consiglio di non digitare con troppa insistenza le diciassette lettere che formano il nome di Mohammad bin Salmān su un qualche motore di ricerca. Le tue ricerche verrebbero intercettate e l'ID del tuo computer identificato. E diciassette – lo sai – è un numero che non promette niente di buono.

Mohammad bin Salmān è giovane. Alto. Lineamenti del viso regolari. Nel complesso ha qualcosa di avvenente. E soprattutto può permettersi acquisti pressoché illimitati, dato che ogni giorno guadagna cinquanta milioni di euro grazie agli introiti che il petrolio – ma non solo quello – continua a far affluire abbondanti nelle casse regie. Tu cosa faresti se ti trovassi ogni giorno cinquanta milioni di euro sulla carta di credito?

Sui principi arabi, lo sai, in Occidente circolano molte leggende: ma che nella sua residenza ci sia uno zaffiro a indicare il rubinetto dell'acqua fredda e un rubino per quello dell'acqua calda pare invece sia realtà. Ma Mohammad bin Salmān sa anche donare diamanti con la stessa noncuranza con cui si offrono i fiori di campo. Perché ha imparato, fin da bambino, che il sedicesimo e il quarantaduesimo nome di Allah sono rispettivamente, al-Wahhāb e al-Karim: "il Munifico" e "il Generoso".

È ingiusto quindi che Jamal Khashoggi, nelle righe dei suoi editoriali, non riesca mai a mettere in luce questi lati positivi del suo carattere, e si ostini invece a insistere su aspetti poco lusinghieri, come la ferocia con cui è solito perseguitare i propri oppositori politici, facendoli spiare da hacker corrotti che violano sistematicamente gli account di Twitter o Facebook.

Khashoggi sa che gliela faranno pagare per questo. E, in cuor suo, è certo che pagherà, anche se amici e parenti gli dicono che il principe ereditario non avrà l'ardire di toccarlo fuori dai confini dell'Arabia e che fin quando è fuori è al sicuro.

Nel maggio del 2018, però, Khashoggi lascia New York per partecipare a una conferenza in Turchia. Qui conosce una donna, Hatice Cengiz. Una dottoranda con cui scopre di avere molte affinità. È il modo di guardare il mondo di Hatice che accende la scintilla in Jamal. Il disegno delle gambe, il movimento delle dita, la carnosità delle labbra, la rotondità del seno, tutto questo si accende quando senti che sul mondo c'è lo stesso sguardo e la stessa voglia di cambiarlo.

Nel settembre di quell'anno Jamal decide di sposare Hatice e si reca così al consolato saudita di Istanbul per richiedere i documenti che attestino la separazione dalla sua precedente compagna. Al consolato sono tutti gentili, capiscono bene la sua fretta: il nulla osta per le nuove nozze, lo rassicurano, sarà pronto presto, può andare a ritirarlo il 2 ottobre.

La percezione non è un pensiero compiuto, definito. Al contrario, è una sensazione che vaga, senza riuscire mai a concretizzarsi. Come uno stato di dormiveglia, di semicoscienza:

indizi che il cervello non ha ancora registrato, ma che lo hanno lasciato in uno stato di allerta. Jamal Khashoggi registra un impercettibile imbarazzo – forse paura – nella voce dell'impiegato che gli fissa l'appuntamento. E quell'impercettibile imbarazzo, quell'ansia che ha sentito lo agita, anche se alla fidanzata dice invece di essere tranquillo.

Il giorno del ritiro del certificato, nella luce del primo pomeriggio, Jamal e Hatice sono di nuovo di fronte al consolato. Solo un cancello separa l'edificio dalla strada, ma al di qua Khashoggi è nel paese della sua fidanzata, la Turchia, al di là, invece, ripiomberà in un altro paese, quello in cui gli è stata giurata la morte, l'Arabia Saudita. Un passo in avanti è a Riad, un passo indietro a Istanbul. L'imbarazzo dell'impiegato lavora ormai da giorni nella sua pancia, erode le viscere senza però riuscire a raggiungere il cervello.

È strano come gli uomini si fidino solo della ragione e non diano retta all'istinto. In realtà, l'istinto ha sondato cose a cui la ragione non ha ancora dato udienza.

Scappa, Jamal, non fare l'uomo, fa' il bambino, i bambini sono svegli, i bambini fiutano il pericolo.

Non entrare, Jamal, torna negli Stati Uniti, porta a casa la pelle prima che sia troppo tardi…

Voltati, Jamal, torna indietro.

Mentre attende che il cancello gli si richiuda alle spalle, Jamal lancia un ultimo sguardo d'intesa ad Hatice. Un "a tra poco". Ma qualcosa gli fa presentire che si tratta di un addio. Che senso avrebbe, altrimenti, dirle: "Chiedi aiuto, se non hai mie notizie tra poco." Perché è proprio questo che le dice. Di fronte a una richiesta del genere Hatice forse è stata tentata di rispondergli: "Fermo! Che ci vai a fare? Cosa ci importa del matrimonio? Fermo! Non andare…" Ma non l'ha fatto. Le persone che vivono accanto ai minacciati di morte devono, presto o tardi, imparare a sorvolare sulle proprie cattive sensazioni; ne hanno troppe, e quindi non danno più ascolto ai cattivi presagi, altrimenti finirebbero per impedire al minacciato di vivere, perché tutto intorno a loro parla di morte, tutto è rischio, agguato, e allora si inizia a lasciar cadere. E comunque, quando l'aria è luminosa e gli odori sono intensi, come quel giorno, la morte non si riesce a misurarla per davvero, ci appare come qualcosa di confuso e irreale.

Mentre, fuori dal consolato saudita, Hatice Cengiz passava in rassegna tutti i motivi per cui non poteva succedere nulla di male – almeno non in quel giorno e non alla vigilia del loro matrimonio – al di là del cancello Jamal aveva iniziato a giocare a scacchi con la morte.

Con chi stava giocando? Non con l'impiegato con cui aveva parlato pochi giorni prima. No, l'impiegato quel giorno non era in servizio. Nessuno del personale diplomatico era in servizio quel giorno. Era stato concesso a tutti un permesso speciale. Al loro posto, la mattina stessa, erano arrivati con un volo privato da Riad quindici scarafaggi dell'intelligence saudita.

Jamal riconobbe tra loro una sua vecchia conoscenza, Maher Abdulaziz Mutreb, forse una guardia del corpo di Mohammad bin Salmān, e pure un secondo uomo vicino alla corona, Salah al-Tubaigy, medico forense, che pur avendo giurato fedeltà a Ippocrate si era poi specializzato in occultamento di cadaveri.

Sai, a differenza di quello che puoi pensare il lavoro del dottor Salah è estremamente duro. L'idea che con il crimine si lavori saltuariamente e a condizioni privilegiate è sbagliata. Non ci sono tutele nella filiera del crimine, nessuna maggiorazione in busta paga per lo straordinario o il festivo, solo turni di lavoro lunghi e sfiancanti.

Quello di Salah potrebbe addirittura essere considerato un lavoro usurante, perché il rumore della motosega provoca sensibili diminuzioni dell'udito e frequenti stati d'ansia. Forse per questo Salah ha imparato a lavorare tenendo gli auricolari nelle orecchie con la musica ad altissimo volume. Si aiuta anche bevendo molti caffè, soprattutto se la vita nel corpo da lavorare è ancora in stato di dormiveglia.

I corpi caldi non vuole lavorarli nessuno: il rigor mortis non vi ha ancora fatto ingresso, i muscoli sono molli e i tessuti zuppi. Al contatto con la lama, la carne sfrigola e tende a schizzare dappertutto. Ma non esistono lavori buoni e lavori cattivi. Questo il dottor Salah lo sa. Il lavoro è buono per definizione. Al massimo si tratta di distrarsi un po', quando lo sforzo si fa più intenso e la sensazione di soffocamento opprimente.

Jamal non è affatto sorpreso per l'incontro con il dottor Salah.

Chi ha un appuntamento con la morte non si sorprende mai di trovarsela, tutt'a un tratto, davanti. Anzi. È come tirar via un cerotto. Come cavarsi un dente. Smettere di stare perennemente in bilico, un po' di qua e un po' di là. Un colpo netto e non ci pensi più.

Sì, ma Hatice? Non è che ad Hatice lui non pensasse, ma vedi, il suo patto con la morte veniva prima di lei. E ad Hatice probabilmente lo aveva pure detto, di non essere più un uomo libero. Che c'era già la morte nella sua vita. E la morte ti presidia a ogni passo, impedendoti di compierlo completamente. Hatice, innamorandosi di Jamal, aveva accettato di vivere con la morte al fianco. Probabilmente aveva sperato fino alla fine di mettersi tra i due, e così di allontanarla.

Jamal era un condannato a morte e questo lo sapeva, come lo sappiamo noi anche se ci fa orrore ammetterlo. Il solo problema dell'intelligence saudita era come presentare al mondo quella scomparsa. I suoi assassini decisero di discutere la cosa direttamente con lui, anche se – su questo hai ragione – non si dovrebbe mai discutere con il proprio cane del piano per abbandonarlo. Ma Jamal non era un cane ed era abbastanza esperto per capire che non c'era nulla di personale nella decisione di eliminarlo e che quelle persone stavano obbedendo solo all'ordine del principe.

Gli chiesero di scrivere un messaggio. Un semplice SMS a suo figlio, in modo da confondere le acque circa gli ultimi istanti della sua vita. La cosa gli fu chiesta con garbo. Non sono le buone maniere ciò che difetta agli agenti segreti di tutto il mondo:

"Forza, signor Jamal, ci aiuti in modo che noi possiamo aiutare lei. Si accomodi e scriva questo messaggio, poi noi la riporteremo in Arabia Saudita... Se lei non ci aiuterà, lo sa che cosa potrebbe accaderle."

Ma Jamal non si sedeva. Perché se uno proprio deve morire preferisce farlo in piedi. Perché è come se lo stare in piedi ci facesse sentire più noi stessi. E comunque quando intendi rispondere alla chiamata vuoi stare in piedi, come davanti a un plotone di esecuzione. In piedi. Presente. Non mi sottraggo. I fascisti non sopportavano che i partigiani li guardassero dritti negli occhi mentre li giustiziavano. Il segreto per premere un grilletto con decisione è silenziare i rumori di fondo della coscienza e i dubbi della testa, ma se quello che muore ti guarda dritto negli occhi, se quello che muore ti sta dicendo che è più spaventoso vivere sotto un tiranno che morire per la libertà, allora il fragile castello di carte della propaganda rischia di venire giù. Così i fascisti imponevano agli oppositori di stare di spalle e seduti, di fronte al plotone. Un uomo in piedi muore con forza, e un uomo che muore con forza apre voragini di incertezza nello stomaco di chi resta.

"Signor Khashoggi, si sieda, per favore. C'è un ordine dell'Interpol che ci chiede che lei venga rimpatriato a Riad. E noi siamo qui per eseguirlo."

Jamal si ostinava a rimanere in piedi. Disse anzi che cose del genere non potevano accadere dentro a un consolato e che fuori c'era ad attenderlo qualcuno che avrebbe testimoniato se gli fosse accaduto qualcosa:

"Non c'è nessun provvedimento contro di me. E qui fuori c'è la mia fidanzata che mi sta aspettando."

Ma gli uomini dell'intelligence questo lo sapevano. Sapevano benissimo che c'era Hatice ad attenderlo, sapevano chi era Hatice e con quale marca di dentifricio si lavava i denti la mattina. Ma che cosa vuoi che conti la testimonianza di una donna, oltretutto straniera, per chi è cresciuto in Arabia Saudita? Nulla, non conta nulla.

La loro preoccupazione era di altro tipo. Era in che modo raccontare quanto stavano per fare a dei maschi, sauditi come loro: i quattro figli di Jamal, che non erano più dei bambini. Sai, un aspirante re deve tenere presente certe cose, perché vuole essere percepito come un padre dai propri sudditi. Così insistettero:

"Scriva un messaggio per suo figlio, Jamal, gli scriva di non preoccuparsi se non riesce a chiamarla."

Perché quel messaggio? Jamal sa che quel messaggio serve per dire ai figli che quando non troveranno più il padre non dovranno fare null'altro che tacere e, così, acquistare il diritto a vivere. Il diritto, che solo bin Salmān in Arabia può concedere con un sì o con un no, ad avere una vita normale. Ma quel diritto in Arabia Saudita si paga con il silenzio. Jamal sa che se non manda quel messaggio mette a rischio la vita dei propri figli. Ma sa anche che se non scrive quel messaggio, darà ai figli la verità. Verità e non sicurezza: li protegge in altro modo, mettendoli in guardia su chi sia il nemico da cui guardarsi, confermando loro che si tratta di un uomo che non si fermerà di fronte a nulla. Jamal li protegge con la verità, anche perché la menzogna, a lungo termine, ti fa impazzire. Sono sicuro che questi sono i pensieri che hanno attraversato in quei minuti le sue tempie, o forse dovrei dire il suo cuore.

Jamal non si sedeva. Non voleva partecipare all'insabbiamento del proprio omicidio. Perché, di questo era certo, di omicidio di lì a poco si sarebbe trattato, altrimenti non avrebbe avuto senso la presenza dell'imbalsamatore:

"Io non scrivo proprio niente."

E quelli, ancora, con affettuoso paternalismo, lo pregarono:

"Forza, signor Jamal, ci aiuti."

Ma Jamal non si sedeva, e allora gli impiegati furono costretti ad agire senza più preoccuparsi di salvare le apparenze. Gli misero in testa un sacchetto di plastica e iniziarono a soffocarlo. Una cimice turca nascosta nei muri del consolato – come di routine se ne mettono per sorvegliare cosa facciano in casa tua quelli che sventolano un'altra bandiera –, all'insaputa degli inviati del principe saudita, stava captando le ultime parole di Jamal Khashoggi. Registrò i rumori che produceva il suo corpo, perché, quando soffochi, ogni centimetro del tuo corpo lotta per l'ossigeno, le unghie, le dita, le braccia, le gambe, i piedi, le spalle, tutto si allea per cercare l'aria, così come ogni parte del corpo lotta per conoscere la verità. Khashoggi morì soffocato:

"Ho l'asma. Non fatelo! Mi state soffocando..."

Il dottor Salah impiegò una mezz'ora buona per ridurre in pezzi il corpo di Jamal. A lavoro ultimato, ripulirono il tavolo e riposero con cura i monconi di Jamal dentro a buste di plastica che inserirono in diverse valigie. Quando i bagagli furono pronti, li caricarono su un furgone parcheggiato sul lato posteriore dell'edificio.

Hatice non percepì l'odore del sangue del suo fidanzato: nessuna vibrazione, non un urlo. Sai come lo so? Perché Hatice continuò contro ogni evidenza a cercare di scoprire dove i sauditi avessero condotto Jamal. Meccanismo di difesa tipico di chi ama: finché non ha una prova tangibile – finché gli occhi non si posano su un corpo –, non crede alla morte. La speranza, lo sai, è figlia della nostra disperazione.

Qualche mese dopo, sui giornali e in Rete, hanno fatto scalpore gli hot selfie di Jeff Bezos, il fondatore di Amazon. Autoscatti da lui inviati a Lauren Sánchez, all'epoca sua amante.

Non accusarmi di cinismo se con la bocca ancora impastata di morte mi metto a parlare di gossip erotico. Per quanto contorto possa apparirti, i monconi di carne che passarono sotto lo sguardo ignaro di Hatice Cengiz hanno a che fare con i selfie erotici di Jeff Bezos.

Seguimi per qualche riga. La potente società editoriale americana AMI, proprietaria del tabloid scandalistico *National Enquirer*, è entrata in possesso di alcuni selfie e messaggi erotici riguardanti la relazione extraconiugale di Bezos, quella con Lauren Sánchez appunto. Ne ha resi pubblici alcuni, e ha deciso di ricattarlo con quelli più intimi.

Metabolizzato lo choc iniziale per la sorpresa di sapere che brandelli della sua intimità erano ostaggio di gente senza scrupoli, il capo di Amazon ha ingaggiato una squadra di avvocati e detective per scoprire da quale falla della sua vita privata fossero filtrati quei selfie.

Contestualmente, Jeff Bezos ha reso pubbliche le e-mail intimidatorie inviategli dalla AMI.

Sì, esatto, hai capito bene: Bezos ha fatto da sé quello che la AMI minacciava di fare a lui. Una cosa inusuale. Come dare fuoco alla propria casa prima che lo facciano altri. No, non è autolesionismo. È sottrarre corpo al ricatto. Disinnescare il detonatore della minaccia. Togliere il pasto da sotto i denti dei ricattatori:

"Se nella mia posizione non posso sopportare questo tipo di estorsione, quanti possono? Numerose persone hanno contattato la nostra squadra investigativa per segnalare un'analoga esperienza con la AMI e per lamentare di aver dovuto cedere perché, ad esempio, rischiavano di perdere i loro stessi mezzi di sussistenza."

Così ha scritto Bezos. Vuole dare una lezione esemplare al "giornalismo spazzatura". Credo speri di arrivare a una sentenza storica, perché vedi, sempre più, la Storia è scritta dalle sentenze dei tribunali. Una sentenza può interrompere, secondo Bezos, la logica del ricatto scandalistico. È una sorta di manifesto programmatico, il suo: chi ha soldi e avvocati per difendersi, lo faccia. Combatta per tutti quelli che devono cedere ai ricatti ogni giorno perché non possono permettersi buoni avvocati, perché hanno figli piccoli, perché non hanno tempo, perché vengono minacciati di conseguenze peggiori, perché possono perdere il posto di lavoro senza essere nelle condizioni di trovarne un altro.

Sì, questo modo di ragionare mi conquista e per me è il solo possibile.

Poi, però, c'è dell'altro. La storia dei selfie di Bezos ha a che fare con Jamal Khashoggi e con il regime efferato che l'ha ucciso. Quello che non mando giù è che si tratta di un regime che riesce sempre a farla franca. Riesce a non pagare per i suoi crimini, tenendo perennemente sotto scacco il suo popolo.

Ma qual è il collegamento tra l'omicidio di Khashoggi e il ricatto a Jeff Bezos? Sei sul punto di chiedermelo, lo so.

Pare che a passare gli hot selfie di Bezos alla AMI sia stato il fratello di Lauren – lei consenziente? lei ignara? non lo so. Però so che il fratello intendeva fare un favore a un amico. Un amico molto in vista. Il suo idolo politico: Donald Trump.

Ora, come credo tu sappia, Trump non ama Bezos – e non per gli stipendi bassi dei dipendenti di Amazon o per gli orari estenuanti dei suoi magazzinieri, figuriamoci se Trump è interessato a questo! – perché Bezos è il proprietario del *Washington Post*, il giornale per cui lavorava Khashoggi.

Riesci ora a leggere la saldatura? C'è un filo rosso che corre tra Trump, Bezos e Khashoggi. Chi ha in mano quegli hot selfie non è un guardone né tantomeno uno interessato al denaro. È piuttosto uno che intende silenziare i giornalisti del *Washington*

Post. Il perché lo sai: sai come la pensa Trump, no? Che i giornalisti siano dei privilegiati, che abbiano spirito di casta, che stiano sempre lì a difendersi gli uni con gli altri. Ma non è solo il suo modo di sentire, in molti amano tirare a segno sui giornalisti e ironizzare poi: "Oh, non gliene puoi ammazzare uno che si mettono a urlare allo scandalo!" Perché, ormai lo hai visto, non c'è nulla di peggio di chi si ostina ad accendere la luce là dove è stato chiesto – per favore, per cortesia – di tenerla spenta! E quell'accendere la luce è percepito da molti, tutti quelli a cui piace il buio, come un intollerabile sconfinamento. Se vuoi fare il giornalista, la cosa ti è perdonata finché ti limiti a scrivere, ma se ti metti a indagare o a suggerire piste, allora ti danno dello Sherlock Holmes, dicono che non hai perso la mania di comporre puzzle, come quando eri bambino. In qualche modo hanno ragione, a me piacciono ancora i puzzle... E in questo caso, sai cosa c'è al centro di quel puzzle? Ci sono Trump e i reali sauditi che si scambiano inviti, gentilezze e favori. Allora non puoi stupirti se Trump fa pressioni sul *Washington Post* affinché queste gentilezze non siano rese pubbliche. Ma da dove nasce la necessità di un'amicizia tra una democrazia laica e una teocrazia islamista ora che il petrolio non disegna più, come faceva un tempo, le alleanze sullo scacchiere del mondo? Ora che il mondo interconnesso permette di cambiare velocemente fonti di approvvigionamento e il mercato globale permette di cambiare in fretta fornitori? Vedi, se hai seguito anche solo distrattamente Trump sui social, e se solo distrattamente hai visto qualche film recente o serie girata negli ultimi anni in America, sai che i sauditi oggi comprano dall'America quello che Trump è più intenzionato a vendere: le armi. A spiegarti dunque il collante tra due paesi apparentemente così distanti ci sta il fatto che i sauditi si sono impegnati a spendere, tra il 2017 e il 2021, ben 50 miliardi di dollari in armi americane, nonché 100 miliardi di dollari in investimenti in cantieri statunitensi.

Però, nonostante la salda amicizia, cementata sull'interesse, tra i sauditi e Trump, quest'ultimo ha detto di voler indagare sull'omicidio di Jamal Khashoggi, si è indignato: non ammette che un atto così grave resti impunito! Trump ha chiesto a Mohammad bin Salmān di prendere tutte le misure necessarie affinché sia chiarita la dinamica della sparizione del giornalista saudita e – ti prego di non ridere a questo punto – lo stesso Mohammad bin Salmān gli ha risposto di voler, lui per primo, punire i responsabili di quello che sostiene essere un vergognoso crimine contro la libertà di parola.

Sì, lo so, anche Mussolini, dopo l'assassinio di Matteotti, rispose all'opinione pubblica in tumulto che avrebbe preteso chiarezza. Che avrebbe scoperto i responsabili dell'omicidio. Che avrebbe punito i responsabili di quell'assassinio con esemplare ferocia. Poi ci ripensò. In Parlamento disse qualcosa che più o meno suonava così: "E se anche l'avessi ucciso io, Matteotti? Che cosa mi fate?!"

GRIDALO QUANDO STA PER VINCERE
– ANCHE IN TE –
LA CERTEZZA CHE NULLA CAMBIERÀ.

Hatice Cengiz descrive il suo ultimo giorno con Jamal nell'articolo "My Fiancé Jamal Khashoggi Was a Lonely Patriot", apparso sul *New York Times* il 13 ottobre del 2018, https://www.nytimes.com/2018/10/13/opinion/jamal-khashoggi-saudi-arabia-fiancee-mbs-murder.html.

In merito alla censura messa in atto contro i giornalisti "critici" verso Mohammad bin Salmān – a titolo esemplificativo – si veda l'articolo dello stesso Khashoggi: "Saudi Arabia's Crown Prince Is Acting Like Putin", pubblicato il 6 novembre del 2017, sul *Washington Post* e consultabile qui: https://www.washingtonpost.com/news/global-opinions/wp/2017/11/05/saudi-arabias-crown-prince-is-acting-like-putin.

Le frasi del colloquio di Jamal con i suoi carnefici, inserite nel testo, sono quelle realmente pronunciate poco prima dell'omicidio, registrate da una cimice nascosta nel consolato saudita di Istanbul. Sono state rese disponibili alla pubblicazione nel settembre 2019 e sono apparse sul quotidiano turco *Daily Sabah*. La traduzione italiana della conversazione è ripresa da: Marco Ansaldo, "Khashoggi, gli ultimi minuti", *la Repubblica*, 11 settembre 2019, vedi https://ricerca.repubblica.it/repubblica/archivio/repubblica/2019/09/11/khashoggi-gli-ultimi-minuti-dobbiamo-riportarla-a-riad-no-e-non-figlio15.html.

Sul regime saudita e le talpe dei social, vedi Anna Lombardi, "Talpe saudite dentro Twitter. Così il regime spiava i dissidenti", *la Repubblica*, 7 novembre 2019, vedi https://rep.repubblica.it/pwa/generale/2019/11/07/news/arabia_saudita_twitter_talpe_spie_stati_uniti-240535253/ e anche l'intervento del giornalista David Ignatius sul *Washington Post* del 7 dicembre 2018 "How a Chilling Saudi Cyberwar Ensnared Jamal Khashoggi", https://www.washingtonpost.com/opinions/global-opinions/how-a-chilling-saudi-cyberwar-ensnared-jamal-khashoggi/2018/12/07/f5f048fe-f975-11e8-8c9a-860ce2a8148f_story.html.

Il post di Jeff Bezos, in cui si rendono pubbliche le minacce ricevute dalla AMI, "No Thank You, Mr. Pecker", è stato pubblicato su *Medium* il 7 febbraio del 2019, vedi https://medium.com/@jeffreypbezos/no-thank-you-mr-pecker-146e3922310f.

Le cifre di investimento saudita in armi statunitensi sono riprese da Maria Grazia Rutigliano, "USA-Arabia Saudita: i rapporti più che cordiali e gli accordi informali", in *Sicurezza internazionale*, 10 dicembre 2018, https://sicurezzainternazionale.luiss.it/2018/12/10/usa-arabia-saudita-rapporti-piu-cordiali-gli-accordi-informali/.

Il discorso in Parlamento del 3 gennaio del 1925, sette mesi dopo l'omicidio DI Giacomo Matteotti, quello con cui Mussolini si assume la responsabilità di tutto ciò che è stato commesso dai fascisti, segna – non c'è dubbio – la data di "inizio" della dittatura fascista, in quanto con esso si rivendica – nella sostanza – la liceità dell'assassinio di tutte le voci dissidenti.

EDWARD SNOWDEN

5.

TRECENTOMILA *UN*LIKE

> Mi serve un po' della lingua che usano gli amanti. [...]
> Ho bisogno di un ululato, di un grido.
>
> Virginia Woolf

Immagina di accendere lo smartphone una mattina, e di trovare sul desktop, in ordine sparso, tutti i ricordi della tua vita, anche quelli che non ci tenevi affatto a conservare: il primo bacio, la prima vomitata, quando hai risposto male a tua madre, quella volta in cui non ti sei fermato allo stop, la prima rissa, la volta in cui hai tradito la tua fidanzata o il tuo fidanzato, tutti gli audiomessaggi mandati su WhatsApp, l'elenco dei porno che hai visto, ogni commento stupido, sessista o qualunquista fatto col tuo migliore amico, qualche selfie nudo... Ora immagina che tutto quello che stai guardando lo possa vedere chiunque. Che nulla di tutto ciò possa più essere cancellato né dal tuo smartphone né dalla Rete. Ogni volta che accendi lo smartphone o il computer sei condannato a rivivere le emozioni, negative e positive, dalla tua nascita fino a ora. Tutto insieme: ogni dolore, ogni gioia simultaneamente riattualizzati su un desktop virtuale cui tutti hanno accesso. Anche se tu non sei più quello del tuo primo bacio né quello della sbronza finita in vomito; anche se ora ti fermi allo stop e rispondi gentilmente a tua madre, in Rete continuano a mettere un fiume di like a ogni tua passata sciocchezza, tenendole inevitabilmente tutte in vita. Un altro te cammina in Rete, senza il tuo consenso, una specie di zombie con cui tutti si divertono un sacco. Tutti tranne te.

Forse hai già riflettuto su uno scenario di questo tipo. Ma non so se te ne rendi conto fino in fondo: da quando hai fatto le tue prime richieste a un motore di ricerca, hai consegnato alle piattaforme la chiave di lettura della tua anima. Hai svelato quali sono i tuoi desideri segreti, di che cosa hai paura, che cosa vorresti cambiare della tua vita.

Pensaci bene. Sei sicuro di non aver mai detto alle piattaforme – Facebook, Twitter, Amazon, ThisCrush, TikTok – che sei tentato di tradire il tuo partner o, scherzando con gli amici, che se ti proponessero un sacco di soldi, ma proprio tanti, forse sì, lo trasporteresti un chilo di coca da Dakar a Milano? Può darsi che le tue chat restino per sempre private e che le ricerche che hai compiuto non vengano mai rese pubbliche. Te lo auguro. Gli store dove hai fatto acquisti, però, non passeranno la lista della tua spesa a terzi solo nel caso in cui tu non diventi famoso, non ti dedichi alla politica, non vinca alla lotteria, non abbia un complicato incidente stradale, non divorzi tumultuosamente, non partecipi a sit-in di protesta, non resti coinvolto in una rissa, non incappi in una denuncia o in un controllo approfondito della polizia. In tutti questi casi, stanne certo, le informazioni sui tuoi comportamenti saranno cedute. Perché? Perché le piattaforme non le hanno mai cancellate. Le conservano, pronte a venderle al migliore offerente. Ora lo vedo, stai trattenendo il respiro nello sforzo di ricordare tutto quello che hai seminato nel Web. Tranquillo, non puoi fare più niente. Ormai è tardi. La cosa è irreversibile. E anche se hai vissuto la tua adolescenza come un frate trappista, qualcosa che non ti fa piacere ricordare salta sempre fuori. Non è necessario che siano reati, basta la normalità delle tue chat private: confidenze fatte agli amici, desideri espressi, dichiarazioni d'amore, foto, video... gusti personali, qualsiasi contraddizione, anche la più scema, errori, passioni di cui avresti il diritto di rispondere solo a te stesso. O al massimo alle persone con cui hai deciso di condividerle. Invece, a un certo punto della tua vita, realizzi che appartengono alle piattaforme, che possono finire nelle mani di chiunque, ma soprattutto di un "giornalista" prezzolato, di un sito di gossip, di un profilo social spazzatura, di hacker decisi a distruggere la tua immagine.

Non temere, non voglio demonizzare il Web. Credo anch'io nella "prima legge della tecnologia" formulata da Melvin Kranzberg:

La tecnologia non è né buona né cattiva.

Sì, è così. Il Web non è buono. Ma non è neppure cattivo. Non è cattivo perché ci permette di esprimerci, ed esprimendoci prendiamo coscienza dei nostri desideri, dei nostri gusti, delle nostre aspirazioni. Ci ha connessi gli uni agli altri anche se eravamo lontani mille miglia. Il Web non è cattivo perché oggi, in Africa, ci sono app che aiutano le donne a partorire. Donne che vivono lontane dagli ospedali o che comunque non potrebbero permettersi un parto assistito. Il Web non è cattivo perché i mariti di quelle donne – apprendisti, falegnami e muratori – imparano il mestiere dai tutorial messi in Rete. Il Web non è cattivo perché insegna un unico alfabeto a milioni di individui, proprio come negli anni settanta, in Italia, la televisione insegnava l'italiano a persone che parlavano solo il dialetto. Il Web non è cattivo perché ha permesso a schiere di adolescenti bocciati senza appello dalla scuola di mostrare su TikTok quello che sanno fare: il ballo, lo humour, il travestimento, il canto, la gag… Il Web non è cattivo perché ha permesso a un'umanità dispersa e isolata di restare unita in piena pandemia, perché permette a ragazzi selettivamente – o elettivamente – muti di sgolarsi giocando in Rete alla PlayStation con sconosciuti soli quanto loro. Il Web non è cattivo perché ci permette di confrontarci, di coordinarci e di organizzarci per ritrovarci in piazza a manifestare. Il

Web non è cattivo perché fa nascere movimenti di protesta a costo zero. Però, sta' attento, la prima legge di Melvin Kranzberg non si chiude come ho scritto poco fa. Termina con un'aggiunta significativa:

> La tecnologia non è né buona né cattiva; ma non è neppure neutrale.

Le piattaforme dicono di esserlo, invece, neutrali. Dicono di non averci mai rubato nulla, di non essere neppure interessate a condizionare i nostri comportamenti. Controbattono che da soli abbiamo seminato profili, sostando nei suoi hub, nuotando tra le sue correnti, curiosando tra i suoi scaffali. Abbiamo volontariamente spuntato ogni clausola, con spazientita noncuranza: ACCETTO ACCETTO ACCETTO ACCETTO ACCONSENTO ACCONSENTO ACCONSENTO ACCONSENTO. Mentre noi cercavamo di capire il Web, lui aveva già scoperto ogni cosa di noi.

Ce ne siamo accorti tardi, solo quando abbiamo riacceso il telefono e abbiamo trovato sul desktop decine di notifiche affini a ciò che avevamo già cercato. Perché questo è il vantaggio del Web: lui pensa a noi anche quando noi non pensiamo a lui. Lui continua ad associare i pezzi della nostra vita anche quando noi ci illudiamo di esserci disconnessi. Mentre noi piagnucolavamo che nessuno ci ascoltava, lui ci ha dato attenzione, si è preso cura di noi, ci ha permesso di stare in vetrina, di sovraesporre le nostre idee, di mostrare i nostri talenti. Mentre noi guardavamo altrove – anche quando il nostro telefono era spento, mentre il nostro computer era scollegato – lui ci guardava. Mentre noi dormivamo, mentre ci baciavamo sotto le coperte, il Web continuava a respirarci, come una silenziosa ventola perennemente accesa.

No, non dirmi anche tu che sono solo io a vedere tutto in una luce angosciosa; un hacker di nome Edward Snowden ha fornito la prova di quello che sto dicendo. Aveva più o meno la tua età Snowden, quando, agli inizi degli anni duemila, fu reclutato come tecnico informatico dai servizi d'intelligence statunitensi. Non aveva una laurea né un PhD. In realtà, non aveva neppure un diploma, lo avrebbe preso più tardi. A fare la differenza, per Edward, fu che era il migliore del suo gruppo. La CIA lo notò e lo assunse in qualità di ingegnere informatico. Fu così che, a soli ventitré anni, Snowden si ritrovò in mano un potere enorme: lui e pochi altri ragazzi erano in grado di far arrestare, di far trasferire, di far uccidere persone e, volendo, persino di scatenare guerre. Come lo capirono? A mano a mano che passavano ai servizi d'intelligence le informazioni che gli era stato chiesto di hackerare, si accorgevano che i matrimoni delle persone spiate finivano, i loro amici venivano trasferiti a mille miglia di distanza, le imprese di cui erano titolari fallivano. Perché questo succede quando iniziano a spiarti: la tua vita poi va in pezzi. Che tu sia un capo di stato o un operaio, poco importa: la tua vita rimane tale solo fin quando puoi proteggerla e dunque ti appartiene. Quando c'è qualcuno a spiare ogni tua debolezza, ogni tua incoerenza, la tua libertà finisce, e con essa il diritto alla felicità.

All'inizio, Snowden superò il senso di colpa per i furti di privacy compiuti ogni giorno perché i suoi capi continuavano a dirgli che si trattava di informazioni necessarie per la difesa degli Stati Uniti d'America. Devi immaginare che erano gli anni immediatamente successivi all'attacco alle Torri gemelle. Era facile fare leva su un certo tipo di emozioni nel cuore di un giovane uomo americano.

In poco tempo, Snowden arrivò ad avere soldi, una posizione e una reputazione. Eppure, nonostante questo, decise di mandare tutto all'aria. Perché lo fece?

Vedi, Snowden aveva imparato a fare bene i calcoli. Somme e sottrazioni. E la politica, spesso, purtroppo è solo questione di somme e di sottrazioni. Grazie ai suoi calcoli, Snowden capì che non era plausibile spiare persone per evitare attacchi terroristici: solo i suoi connazionali ammontavano a 320 milioni di individui, impossibile spiarli tutti. Risibile pensare di spiare l'intero pianeta.

Snowden dedusse allora che ciò che interessava ai suoi capi non era il terrorismo, ma la vita di alcune persone: capi di stato, magistrati, imprenditori, qualche attivista. Capì che l'hackeraggio era un potere: in effetti è il nuovo potere che governa il mondo intero. Grazie ai dati raccolti dagli hacker, si può addirittura determinare l'esito di un'elezione presidenziale. Pensa se oggi, qui in Italia, Facebook decidesse di vendere i dati dei profili. Non è un mistero: sapere che cosa desiderano certe persone, quali film amano, quali letture prediligono permetterebbe a un nuovo partito di costruire la prossima campagna elettorale in modo da intercettarne il voto.

Snowden aveva capito, dunque, che questo era un meccanismo perverso in politica e poteva fare seri danni nella sfera privata. Basta finire nel mirino dell'intelligence perché la tua vita vada in frantumi. Sai, si parla spesso di quanto sia terribile sentirsi amati per ciò che si ha e non per ciò che si è, ma non si pensa mai davvero a quando accade l'inverso: quando abbiamo, cioè, il dubbio che chi ci ama smetta di farlo perché qualcuno sta manipolando ciò che siamo.

Immagina se a distruggere la tua vita di coppia non sia un tradimento o un fisiologico momento di crisi. No. Mi hai capito bene. Il tuo o la tua partner non ha incontrato nessuno. E non è neppure stanco dei tuoi difetti. Non ti accusa di dedicarle poco tempo e prova ancora desiderio verso di te.

Qualcuno però vi sta osservando. Qualcuno spia le vostre chat private, le vostre conversazioni, e ha iniziato a passare quei dati a terzi. Persone che hanno il potere di far trasferire il tuo partner in un'altra città. Di fargli perdere il lavoro. Di avvicinarlo, indurlo a bere e poi a mettersi in macchina, rischiando un incidente. Oppure possono decidere di inviare sul suo smartphone la foto di un tuo abbraccio innocente con un'amica, o di un bacio colpevole, dato per sbaglio.

Ci sono molti modi per mandare in frantumi la tua vita, basta che a selezionare le informazioni che ti riguardano siano persone che seguono una lista delle priorità diversa dalla tua. Gli esempi che ho citato, la foto di un bacio o indurre qualcuno a bere, sono fatti realmente accaduti e denunciati da Snowden. Non è una fantasia.

Dovrebbe essere un diritto che la vita di ciascuno di noi segua traiettorie naturali. Non varrebbe la pena di vivere, se a farci litigare con nostra madre o con la nostra fidanzata non fossero i nostri comportamenti, ma qualcuno che – dall'alto – ha il potere di muoverli. Riflettici. Per farci collassare emotivamente basta poco. È sufficiente che, magari a distanza ravvicinata, mandino in panne la nostra auto, ci licenzino, blocchino il nostro conto corrente, ci facciano fermare dalla polizia cinque volte di seguito. Alla fine di una giornata nella quale si verifica anche uno solo di questi eventi chiunque potrebbe reagire in modo aggressivo per un nonnulla, oppure cadere nel raggiro di persone che sono state pagate per avvicinarci... Ci vuole poco, credimi, per far deragliare un individuo per bene.

Non appena capì che le informazioni che passava ai servizi d'intelligence americani avevano questo tipo di conseguenze sulla vita delle persone, Snowden si dissociò. Decise che nessun fine poteva giustificare l'impiego di quei mezzi. Decise che un dio qualunque non può e non deve diventare il demiurgo delle nostre vite.

Snowden chiamò i giornalisti e vuotò il sacco. Oggi vive in Russia. Paradossale questo, non trovi? Si è giocato la serenità di vita per difendere un principio di libertà, e per fare questo ha perso per sempre la sua libertà. Braccato dai servizi segreti statunitensi, si è dovuto ritirare in uno dei paesi più illiberali al mondo. Questa è la prova che nessuna possibilità di libertà è concessa quando i servizi segreti ti monitorano.

Tra i suoi molti gridi d'allarme, quello che preferisco è questo:

"Affermare che la privacy non ci interessa perché non abbiamo nulla da nascondere è un po' come affermare che la libertà di parola non ci interessa perché non abbiamo nulla da dire. Che la libertà di stampa non ci interessa perché non ci piace leggere. Che la libertà di professione religiosa non ci interessa perché non crediamo in Dio."

È davvero così: il Web ci ha attirati nelle sue sabbie mobili, facendoci credere di essere democratico, indifferente alle classi sociali, alle ideologie, alle fedi religiose. Però il suo è uno stomaco vorace, in perenne digestione, che ci sta masticando tutti. E noi non sappiamo che cosa saremo diventati quando ci avrà risputato fuori, dopo averci trattenuti così a lungo a macerare tra i suoi succhi gastrici.

Per il momento sappiamo solo che ha in mano le nostre identità. E non è la profilazione di massa a fini commerciali quella che spaventa, ma il fatto che, dopo i mercanti, a servirsene saranno gli autocrati. Lo stanno già facendo. Avranno lo schedario con i nostri profili, quelli che le piattaforme hanno raccolto senza chiedere permessi alla magistratura, alla polizia o ai servizi segreti, e allora balleremo tutti, come avverte Snowden:

"Una volta raccolti i dati e archiviati in modo permanente, un governo può rendere qualsiasi persona un capro espiatorio: gli basta selezionarla e cercare fra i suoi dati la prova del reato più conveniente."

Un tempo, il potere usava i servizi segreti come la Gestapo o la Stasi per spiare, spingendo i familiari, i vicini, gli insegnanti, gli amici a denunciare chiunque si disallineasse. Oggi il potere spia tutti indistintamente senza avere bisogno di una polizia segreta, o di obbligare alla delazione. Un tempo la Stasi ti minacciava: "Spia tuo marito, altrimenti gli faremo perdere il lavoro. E allora come farai a far mangiare i tuoi figli?"

La Stasi ti metteva sempre davanti a una scelta: tuo marito o i tuoi figli? La casa o il lavoro? La salute o la sicurezza? Oggi non c'è bisogno di minacciare, perché siamo noi a fornire i dati sulle nostre vite. Un tempo, per mitigare gli effetti della delazione, i familiari, i vicini di quelli che entravano nel mirino della polizia segreta avevano imparato, quando venivano interrogati, a omettere qualcosa, a dissimulare il più possibile per non dire tutto. Oggi la Rete non omette nulla, è tutto lì, ogni nostro passo tracciato. Ed è vero che questo genere di informazioni sembra fare più danno alle persone famose, perché su di loro si genera più facilmente attenzione, ma il paradosso, invece, è che fa ancora più male a quelle comuni che si trovano, spesso, sole e impreparate a difendere il proprio privato all'interno di una comunità fatta non di utenti social feroci e tuttavia distanti, ma di persone in carne e ossa, vicine. Vicinissime.

Ti vedo scettico. "Ma io non ho fatto nulla! Non ho nulla da nascondere! Puoi tranquillamente spiare le mie chat, non ci sarebbe alcun problema!" Guarda, sono sicuro che sia così, però i dettagli della tua vita non significano nulla finché restano tuoi, ma se diventano pubblici, se rimbalzano sui social, sullo smartphone dei tuoi amici, di tuo padre, di tua zia, per te diventerà estremamente complicato dare conto di ogni tua affermazione, di ogni tua scelta, di ogni tua azione, anche la più innocua. Ciascuno di noi ha diritto a una zona cieca nella quale vivere, fare cose che non tutti devono sapere, e non perché si tratti di crimini o di gravi immoralità, ma perché ogni vita ha bisogno di uno spazio intimo.

L'intimo delle persone è bello da indagare, il privato no. L'intimo è il valore profondo, le scelte personali, i sentimenti sottratti alla luce pubblica ed espressi solo a chi merita. Il privato è il quotidiano, lo sfilarsi le scarpe, il piatto a tavola per cena, il bacio solitario, tradimenti e corteggiamenti: mettersi su queste tracce è l'orrido spiare da una finestra mal chiusa. Alla violazione del privato non reggono neppure gli eroi. Gandhi al gabinetto, seduto sulla tazza, trasmesso in mondovisione non è più Gandhi; Mandela che si masturba nella cella di Robben Island non è più Mandela. Forse, sai, per abituarci fin da bambini a tutto questo dovremmo corredare i manuali di storia non con immagini patinate di eroi e capi di stato, ma con immagini di presidenti della repubblica che si fanno il bidè, di alti gradi dell'esercito piegati in due dalla colite e di attivisti per i diritti civili che contemplano i propri brufoli nello specchio di un bagno pubblico o in ascensore. Sì, forse dovremmo imparare a familiarizzare, una volta per tutte, con gli aspetti più intimi e fragili del nostro essere uomini per non restare traumatizzati poi, quando qualcuno li scippa e li dà in pasto alla Rete. Diversi analisti preconizzano che per le prossime generazioni tutto questo sarà normale. E, anzi, ogni personaggio dal profilo pubblico come un capo di stato saprà di dover condividere tutto online: il primo bacio, la prima festa idiota in cui è uscito nudo nella neve… I confini della privacy già stanno cambiando. I giornalisti che si dedicano alla sistematica violazione degli spazi privati, e le testate che per raggiungere più lettori si prestano a questo, usano un trucco per giustificarsi, ti dicono che se è vero, se davvero ti sei infilato le dita nel naso, allora si tratta di cronaca e loro la possono pubblicare! Ma è come quando a scuola ricevi un rapporto per aver preso in giro i tuoi compagni di classe: non è che poi te lo tolgono se fai presente che Silvia vive davvero in una casa-famiglia, che è vero che la madre di Marco è in carcere, che Jashan puzza sul serio di cavoli e cipolla, che il padre di Mirko è davvero disoccupato!

Noi, allora, dovremmo lottare perché le regole che vigono dentro la scuola si estendano anche fuori della scuola, nel mondo. Perché il punto è questo: se mentre stai lottando per difendere una causa importante qualcuno ti apre all'improvviso la porta del bagno, ti fotografa e poi posta tutto su un sito di retroscena, qualunque parola tu dirai o scriverai dopo faticherà a essere ascoltata, le persone faticheranno a concentrarsi sul suo senso, tutti vedranno sempre e solo te con i pantaloni calati e il rotolo della carta igienica in mano.

Qualcuno ha detto che la cronaca è letteratura compressa. Io ti dico che la cronaca scandalistica è vita compressa. Quando la vita di una persona – delicatissimo marchingegno – viene sottratta alla sua interezza, alla sua complessità, si riduce solo a imbarazzanti dettagli: una ricrescita dei capelli, una risata a sproposito, un SMS scemo, il costume che ti cala mentre stai facendo il bagno in spiaggia, la bocca spalancata mentre stai mangiando un'oliva, gli occhi semichiusi di uno sbadiglio, un'espressione idiota.

Così quando qualcuno si prende parti della nostra intimità per stenderle in piazza, dovremmo essere tutti d'accordo che si tratta di furto con scasso, di rapina a mano armata, di violenza, di abuso, e che come tale va punito. Invece stiamo andando nella direzione opposta; si nicchia, si lascia correre, e ci si diverte, perché la violazione dell'intimità altrui fa comodo a tutti: è una formidabile arma d'intimidazione e di ricatto che può essere usata sul vicino di casa, sul magistrato ingombrante, sul giornalista scomodo. Nel mondo del tutti contro tutti, infangare è ormai la regola e non più l'eccezione. Non è più roba da servizi segreti deviati, non è più il metodo intimidatorio di potenti organizzazioni criminali o di regimi violenti e corrotti; è la vertigine dentro alla quale siamo tutti piombati, quella del "tanto siamo tutti uguali", "siamo tutti mostri". Se questo discorso intendesse ammettere la fragilità connaturata a ciascuno di noi mi piacerebbe moltissimo, lo sottoscriverei in pieno; ma è usato in senso contrario. È un "rompete le righe" perché ormai il gioco non ha più regole. È la massima espressione del disimpegno.

Ora ciò che inquieta me, rispetto a questa moratoria internazionale della privacy, è che il diritto di parola oggi è minacciato seriamente dal far west mediatico. Se qualcuno critica il potere viene trasformato in un mostro attraverso queste tecniche di violazione sistematica del privato, e il Web dà una grossa mano a tutto ciò. Un tempo per punire gli oppositori i fascisti usavano l'olio di ricino, i maoisti il campo di rieducazione, i videliani i voli della morte, i sovietici i Gulag. Oggi le dittature di tutto il mondo scippano dettagli della vita privata di chi oppone loro resistenza e li mettono in Rete, fomentando odio, pettegolezzo, vergogna, isolamento. Trecentomila *un*like e cinquemila minacce di morte sono in grado di trasformare una sopravvissuta ai campi di concentramento in un meme ridicolo, senza peso né autorevolezza.

GRIDALO CHE CIASCUNO HA DIRITTO
ALLA SUA ZONA CIECA.

Per la "prima legge della tecnologia" di Melvin Kranzberg, vedi Id., "Technology and History: 'Kranzberg's Laws'", in *Technology and Culture*, 27, 3, 1986.

Per l'analisi delle politiche delle piattaforme nel Web di Edward Snowden, e le sue frasi citate in questo capitolo, rimando al suo libro *Errore di sistema*, Longanesi, Milano 2019.

Vedi anche Franco Berardi "Bifo", *Futurabilità*, Nero, Roma 2018, e Roger McNamee, *Zucked. Come aprire gli occhi sulla catastrofe di Facebook*, trad. it. di Ilaria Oddenino, Nutrimenti, Roma 2019.

SAI CHE UN CAPO POLITICO
INDOSSA LA DIVISA
QUANDO VUOLE SPAVENTARTI?

6.

L'ETERNA SENTINELLA

Il prezzo della vigliaccheria è sempre e solo il male.
Aleksandr Solženicyn

Quando vuoi capire fino a che punto si spingerà chi ti governa nel forzare le leggi e nel logorare i fragili equilibri della democrazia, devi metterti a misurare il tasso di liturgia sospeso nell'aria. Il modo di vestire, ad esempio, nel corso delle apparizioni pubbliche fa parte della liturgia nebulizzata del potere. Chi davvero vuole mettersi al servizio della propria funzione pubblica non la personalizza mai, non indossa abiti eccentrici, porta quelli che ha sempre usato prima di andare al governo. Il politico che intende invece servirsi del potere per accrescerlo studia l'abito con cui si presenterà alle folle. Ma attenzione, uno che affida al proprio modo di vestire i suoi messaggi è uno che quei messaggi evidentemente non può affidarli alle parole, al dibattito democratico, alle scelte, perché se lo facesse i suoi messaggi verrebbero letti per quello che sono: messaggi vuoti. Così per lui è preferibile comunicare attraverso i gesti, i simboli, gli indici puntati sulla videocamera, gli ammiccamenti, le minacce, gli insulti e, chiaramente, attraverso i costumi di scena. Questo deve inquietarci, perché ogni volta che nella storia l'abbiamo visto accadere non ha mai portato a nulla di buono, soprattutto quando il costume di scena ha coinciso con una divisa.

Chi indossa una divisa al di fuori del suo ruolo effettivo, al di fuori dell'orario di servizio, vuole suggerirti qualcosa: lui non è uguale agli altri. Vuole dirti che è lui l'eterno gendarme, l'eterna sentinella che veglia sui suoi sudditi buoni. Vuole dirti: "Dormi pure tranquillo, penso io a te! Però in cambio di un sonno presidiato, mi devi affidare la tua veglia."

Ma chi veglierà sui suoi sudditi "cattivi"? Quelli che dissentono? Quelli che irritano i governanti? Quelli che criticano? Anche loro possono dormire sonni tranquilli? O quella divisa serve forse a ricordare loro che se dissentono, se fanno opposizione, avranno guai?

Ti diranno: ma che c'è di male? Sta solo indossando una divisa. Sei forse contro la polizia? E poi, tutti i capi di stato lo hanno fatto! Sì, ma lo hanno fatto in condizioni eccezionali, in cui il capo di stato che indossa la divisa è diventato poliziotto per un giorno, per quella determinata occasione, per qualche ora. Diverso è far diventare un governatore o un ministro poliziotto o soldato.

Ti diranno che è un omaggio alle forze dell'ordine: cosa c'è di male? C'è che la forza di una democrazia è la separazione dei poteri, perché le polizie non abbiano mai un intento politico e la divisa non si trasformi in uno strumento di forza. C'è un'altra riflessione: in democrazia si indossa la divisa quando il paese è in guerra e il rappresentante eletto è anche il grande generale – ma persino in quel caso è rischioso.

Sai, la divisa serve a questo: a distinguere, a permettere all'occhio, allo sguardo, di riconoscere immediatamente la funzione di chi la indossa. La divisa è una garanzia per chi gli si trova di fronte. La divisa del medico, dell'infermiere, la tonaca del prete indicano che lui è a disposizione di quelli che non indossano quella divisa, permette ancora di riconoscere un punto di riferimento senza bisogno di mediazioni. Quando, invece, un politico indossa una divisa sta facendo riconoscere qualcos'altro di sé, ecco perché è sinistro. L'infermiere mette i suoi zoccoli e il suo camice bianco per meglio praticare la sua attività, per mettere al sicuro i suoi vestiti, per ragioni igieniche, oltre che per essere immediatamente riconoscibile per il suo paziente. Ma perché un politico dovrebbe rendersi riconoscibile?

Nelle democrazie le forze dell'ordine dovrebbero vivere in quel delicatissimo equilibrio che si fonda sull'equidistanza tra polizie e forze politiche. Al contrario, nelle dittature, i tiranni indossano sempre la divisa, proprio per dire che quella distanza è stata azzerata e a capo delle milizie e della polizia ora ci sono loro, in altre parole vogliono far passare il messaggio che l'esercito risponde a loro e a nessun altro. Fidel Castro ha indossato la divisa per decenni, nel corso delle sue apparizioni pubbliche. La logica era la stessa usata in tutti i paesi del socialismo reale: l'esercito è il popolo, io sono il capo dell'esercito, io sono il conduttore del popolo. Di conseguenza, attaccare Fidel Castro significava avere tutte le forze dell'ordine contro. In rarissimi casi, Fidel Castro dismise la divisa militare: quando incontrò Giovanni Paolo II, ad esempio, nel 1998, e non fu un caso che a seguito di quell'incontro molti detenuti politici furono liberati. È come se l'assenza di divisa avesse coinciso col dire al pontefice: "Vengo in pace!", ed è come se indossare la divisa per un civile voglia dire: "Sono disposto alla guerra." Ma contro chi?

Gheddafi indossava la divisa militare perché fosse chiaro che il suo era un potere militare, guadagnato con le armi; serviva a dire ai sudditi: "Vi governo col pugno di ferro." Nessuno stupore allora che sotto il suo governo la Libia fu trasformata nella sua caserma.

È vero, anche nelle democrazie, mi dici tu, si è indossata la divisa. Winston Churchill, ad esempio. Sì, ma l'Inghilterra era ufficialmente in guerra, e questo voleva dire che Churchill era a capo delle forze armate per il tempo strettamente necessario a compiere quell'impresa di "lacrime e sangue" in cui aveva trascinato il suo paese per resistere a Hitler. A Jalta, davanti a Stalin in divisa di "generalissimo dell'Unione Sovietica" si staglia Roosevelt in abiti borghesi che gli grida senza profferire parola: quella divisa nel mio paese spetta solo a Eisenhower.

Ricordalo, indossare una divisa per un capo non è mai banale teatralizzazione del potere: la divisa rimanda sempre all'idea della disponibilità delle armi e alla facoltà di usarle. Chi indossa una divisa presto o tardi si farà anche ritrarre con un'arma in mano: io e l'esercito, io e la polizia, abbraccio, fusione, identità. O forse chi indossa una divisa che non gli appartiene vuole informarti che c'è uno stato d'allerta? Qualcosa che tu non sai, ma che lui sa perché lui è il capo. Lui sa tutto, ma non ti dice niente perché lui pensa a te, veglia sui suoi sudditi bambini.

Tu, però, gridalo forte: non sei un bambino. Grida che non vuoi che lui s'immoli notte e giorno con quella divisa addosso per garantirti la sicurezza, perché se lo fa vuol dire che qualsiasi tua critica al suo operato verrà trattata come un problema di sicurezza.

Facci caso, quando devi richiamare alla mente le peggiori dittature del mondo, il pensiero corre a uomini in divisa: Hitler, Stalin, Mussolini, Gheddafi, Fidel Castro, Pinochet, Omar al-Bashīr, Mobutu Sese Seko. Uomini autoritari che vogliono farti credere che il loro non sia un semplice corpo, ma l'incarnazione di una funzione metastorica.

La divisa del capo è il segno del suo comando. Un capo in divisa non è più il frutto della libera scelta dei votanti, ma di un "carisma", di una "nomina" più alta.

Tu gridalo! Non lasciarti ingannare dalla liturgia muta, volgi lo sguardo verso chi rispetta i confini delle regole e dei mandati democratici, ricorda che un voto non si esprime come un like, sull'onda di un'adesione istintiva, ma dopo aver ragionato, ascoltato, confrontato dati. Se ti diranno che strofinando due legnetti si dà avvio alla combustione, quell'esperimento chiedi che venga ripetuto sotto ai tuoi occhi... Non importa se ti daranno dello scientista del cazzo.

Di qualunque cosa un politico voglia convincerti, chiedigli di smettere di tirar fuori conigli dal cilindro: non deve avere il fascino di un intrattenitore, non deve stupirti, ma solo dimostrare di essere competente – perché se ti si fonde il motore, l'automobile tu la metti nelle mani di un meccanico, non certo in quelle di un barbiere.

Il gesto muto, la divisa, la teatralità senza parole, la liturgia subliminale non devono incantarti.

E già lo so, su di te non funziona. Non ha alcuna presa.

GRIDALO CHE NON VUOI ESSERE TRASFORMATO NEL MILIZIANO ARMATO DI ALCUNA GUERRA.

SOLO PAROLE

SAI CHE PIÙ PAROLE CONOSCI,
PIÙ SEI LIBERO?

7.

SABOT

Sono uno scrittore.
Non mi trovo né dove sono, né dove non sono.
Potete mettermi in carcere, ma non potete tenermi in carcere.
Io faccio una magia. Passo attraverso i muri.

Ahmet Altan

Sai che cosa non mi piace delle biografie? Condensano le vite e finiscono per farle apparire tutte uguali. Vite in serie, che smettono di parlare perché sono state ridotte a pochi dati, pochi eventi che sembrano avere il medesimo peso: la nascita, i matrimoni, le opere, qualche guaio, la morte. Ma se provi a ragionare sulla tua di vita, concludi che un anno non vale l'altro, che per capire chi sei veramente bisognerebbe occupare le tre-quattrocento pagine della tua biografia parlando solo di un unico evento, perché quello solo conta, quello solo ti ha segnato, quello solo ha senso interrogare. Tutto il resto non è che un commento *a latere*.

Invece tu avrai certamente studiato, come è capitato anche a me, solo biografie ristrette, ridotte al loro scheletro, dove la gioia e il dolore si equivalgono. Dove la lotta, anche se raccontata, è compressa in qualche singolo atto, e quindi scompare. Solo qualche processo o condanna.

Prendi la letteratura, per esempio. Hai trovato una serie di scrittori in fila su un manuale, se va bene con un pezzetto antologico di corredo; oppure hai aperto qualche biografia online: e così ti sei fatto l'idea che gli scrittori siano persone innocue. Che le loro armi siano spuntate. Che non feriscano nessuno, che non fermino nessuno, non uccidano nessuno. Sei convinto che le parole non possano né abbattere muri né forzare sbarre. "Sono solo parole!" Non si dice così?

Ci hai mai pensato? Per leggere ci si deve appartare, si deve intrattenere con il libro un rapporto intimo. E questo rapporto con il libro è da sempre percepito come pericoloso. Quello che fai in piazza lo vedo, lo controllo, lo attacco, lo monitoro, posso esporlo al ludibrio pubblico, ma quello che fai e pensi in privato mi è insopportabile perché non lo posso controllare e non riesco a prevederne i risvolti. Nell'intimità di tende tirate, il libro sottrae il lettore alla diligente opera di seduzione del demagogo.

La parola autentica fa questo: interrompe l'ipnosi, blocca il transfert, vanifica la trance che il demagogo-seduttore tenta con ogni mezzo d'instaurare con la folla. La parola vuole fare da forza d'interposizione, creare disturbo, come lo zoccolo di legno dell'operaio, piantato a bloccare gli ingranaggi della catena di montaggio. Sai come si chiama in francese lo zoccolo? *Sabot*. Da cui il nostro *sabotaggio*. Di questo viene accusata la parola. E lo so che di per sé il tentativo d'interrompere un transfert non è un reato, ma nei fatti è punito quasi in ogni parte del mondo. Prova ne è il numero di giornalisti, scrittori, filosofi, artisti e intellettuali che il potere si premura – direttamente o indirettamente – d'infangare, di deridere, di umiliare, di multare, di punire ogni giorno. Ti rendi conto che quel numero è largamente superiore a quello dei criminali e degli assassini con cui il potere entra in scontro aperto? Un assassino uccide una persona, lo processi e lo condanni, un ladro compie una rapina, lo processi e lo condanni. Fermi il suo crimine, blocchi la sua refurtiva, metti al sicuro le banche, gli impedisci di uccidere ancora. Ma la parola come la imprigioni? Come la strappi?

Poi però capisci che il potere ha fastidio di chi scrive perché, in realtà, ha fastidio di chi legge. Chi scrive di per sé non è pericoloso, perché se nessuno lo legge ha solo perso il suo tempo.

Il problema sono i lettori. Chi legge difficilmente si fa bastare lo slogan, la frase fatta, l'icona, il simbolo. Il lettore è un cercatore solitario, ma chi cerca scava e a forza di scavare prima o poi trova.

Non è il libro che manipola il lettore, ricordatelo, è il lettore che manipola il libro. Il libro è uno strumento che il lettore usa per esprimere se stesso, per tirarsi fuori, per pensare, per esistere. Queste pagine certo che le ho scritte io, ma hanno fibra solo se vanno a prendere tutto quello che era nel fondo, quello che tieni dentro, e che ora stiamo, insieme, portando fuori. Sono io che, in un certo senso, sto scrivendo le tue parole. Questo non vale per tutti i lettori e ovviamente non vale per tutti gli scrittori. Certo, c'è la scrittura d'intrattenimento, quella che ti porta a una festa. È meno importante? Assolutamente no. Ma quella rischia assai meno. Quella è accettata a qualsiasi latitudine e in ogni epoca. Diverti! Canta poesie innocue!

Vedi, io frequento intrattenitori, ma sento la differenza che c'è tra loro e quelli che con la parola hanno provato a combattere. Quelli che per la propria parola sono stati perseguitati peggio di pericolosissimi criminali. E tu, che lettore vuoi essere? Un lettore innocuo? Eh, ma allora devi accontentarti di scrittori innocui. Non leggere la *Commedia*, ad esempio, perché quel libro è nato dal sangue dell'esilio di Dante! E non dirmi che ormai hai già letto *L'insostenibile leggerezza dell'essere*. Neppure le parole di Milan Kundera sono leggere. Tutt'altro, pesantissime. Talmente pesanti che, dopo essere stato espulso per due volte dal partito comunista cecoslovacco, fu accusato di esser stato un delatore, proprio in favore di quello stesso partito! Certo, hai capito bene, Kundera un delatore! Uno che ha spedito dritto dritto ai lavori forzati in miniera un suo amico di gioventù! E non dirmi: "Ma queste sono cose che si credevano ai tempi del comunismo!" Sbagli, se pensi che sia musica arcaica. È notizia recente il ritrovamento del documento che lo inchioderebbe: un breve estratto di un presunto rapporto di polizia attesterebbe come Milan Kundera, allora studente, non avrebbe esitato a denunciare un giovane pilota, condannandolo a trascorrere anni in un campo di concentramento.

Chi ci crede? Molti ci hanno creduto. Gente che ha studiato, non solo il primo sprovveduto. Gente che ti dice: "Ma il documento è autentico!" Eh sì, è stato redatto davvero negli anni cinquanta, e davvero dalla polizia praghese! Però, che coincidenza? Un documento vero, che fu scritto proprio negli anni in cui Kundera fu espulso dal partito comunista, e che oggi viene riproposto in un articolo pieno di ambiguità e imprecisioni... Però è autentico! Tu grida che anche la condanna al rogo di Dante è annotata in un libro autentico! Il famoso *Libro del chiodo*, in cui erano registrate le condanne delle famiglie fiorentine "ribelli" e perciò escluse dalla vita del Comune. Un vero libro del Trecento, che registra i provvedimenti veri di un vero tribunale.

E allora dov'è il falso? Nell'accusa. È l'accusa a essere falsa. Di Kundera hanno fatto un delatore e di Dante un nemico della sua città. E l'autore del *Dottor Živago*? Anche tu hai amato quel romanzo? Eh, ma allora lo vedi, neppure tu ti accontenti degli scrittori innocui! Pasternak per quel libro è stato accusato di essere "ozioso", "degenerato". "Scrittura intimista", così si bollava all'epoca la letteratura che non tesseva le lodi in onore di Stalin. Varlam Šalamov, del resto, *I racconti della Kolyma* li scrive dopo aver trascorso anni nei Gulag. E gli scritti di Liu Xiaobo sono proibiti in Cina. Potrei continuare a lungo...

È il lettore che fa tremare la dittatura sovietica, leggendo i racconti di Šalamov. È il lettore che apre le sbarre di ferro che tengono prigioniero Liu Xiaobo nel carcere cinese!

Questo è il tuo potere, lettore: il potere più forte che ti sia mai stato concesso! Quello di leggere ed entrare in queste pagine e in queste vite. Quello di difendere queste vite. Quello di far parte di una comunità che lotta, che grida, che non si lascia zittire. Questa è una "community", termine usato spesso con troppa leggerezza, ma che indica un gruppo di persone legate da una profonda solidarietà, che si fanno seguaci di un'idea, di una visione di giustizia e di lotta, di uno scrittore, di un politico, di un attivista. Questo è quello che con disprezzo viene chiamato "gregge", ma che dobbiamo invece chiamare comunità. Dobbiamo imparare a sentirci comunità, perché solo la comunità può tenere botta, solo la comunità può sperare di far avanzare le cose. E allora dobbiamo contarci, dobbiamo contare quanti appartengono al nostro gregge.

C'è stato un tempo in cui anche io usavo questa parola senza capirne il significato. L'ho usata per indicare la sequela acritica, ottusa di idee che non condividevo. Quando al liceo usavo la parola "gregge" pensando a quanti avevano spento il cervello per farsi bastare la propaganda, quando chiamavo "gregge" i tedeschi che acclamavano i discorsi eversivi e sconclusionati di Hitler, non pensavo che c'era anche l'altro gregge, quello che sosteneva Martin Luther King o Nelson Mandela. Un gregge senza il quale questi uomini non ce l'avrebbero fatta. Nessuno di loro ce l'avrebbe fatta, se quando ricevevano uno sputo non ci fossero stati intorno altri a prendere con loro quegli sputi, se ogni volta in cui ricevevano uno spintone altri non si fossero stretti attorno a loro a prendere quegli spintoni, quei calci, quei pugni, quelle offese, rimanendo vicini, scambiandosi uno sguardo per sostenersi nella paura, passandosi la lanterna per rischiarare un poco la via, per scaldare un poco il cammino, per stemperare un poco l'incertezza, per sollevare a turno chi cade anche quando non c'è davanti alcun orizzonte di gloria, anche quando marciare insieme significa solo questo: ricevere colpi, insulti e privazioni. Anche quando marciare insieme significa subire la stessa sorte. Gregge sono gli apostoli che si fanno testimoni della crocefissione di Gesù, consapevoli che i loro nomi verranno schedati dall'autorità romana che non tarderà a ripagarli con la stessa sorte. Gregge sono tutti quelli che gridano ogni volta in cui si fa di tutto per presentare gli uomini di buona volontà – quelli che ogni mattina si alzano col solo scopo di provare a riparare il mondo – come impostori, profittatori, degenerati, nemici della patria, sovversivi, violenti, egocentrici, paranoici, squilibrati, manipolatori, bugiardi, mentecatti, inetti, calcolatori e avidi.

Durante il fascismo, le guardie carcerarie si stupirono nel veder arrivare nei penitenziari un nuovo tipo di detenuto: vestito bene, cortese, molto grato a chi gli procurasse libri o carta su cui scrivere. Di lì a poco, però, vedere occhi presbiti, corpi esili, schiene scoliotiche, doppiopetti composti, braccia innocue, gambe inermi varcare le soglie delle prigioni fasciste divenne la norma. Giornalisti, scrittori, intellettuali, artisti, poeti riempirono le carceri italiane. "Animali braccati" li definiva Gaetano Salvemini. E lo sai perché gli scrittori italiani non possono neppure oggi smettere di ragionare sul fascismo? Perché il fascismo, più di qualunque altro movimento o periodo storico italiano, ci ha rubato parole. E non c'è cosa peggiore che tu possa fare a uno scrittore che sottrargli parole.

A me il fascismo ne ha sottratte tante. Sono parole che spesso evito di usare o che mi sforzo di togliere dal sacco in cui le ha messe il fascismo; operazione delicata e assai complessa, che non dà garanzie di successo. Sì, lo so. Non è colpa delle parole in sé. Non sono loro che si sono asservite, sono state vittime e io dovrei averne pena, ma è come se fossero irrimediabilmente contaminate.

PUGNO, MANGANELLO, OLIO DI RICINO, BAVA, PEDATA, MANIPOLO, PATRIA, MARCIA, RAZZA, IMPERO, ONORE, POPOLO ITALIANO, ARDIMENTO, CAMERATA; e gli aggettivi GAGLIARDO, MASCHIO, VIRILE, SANO, ARDITO, FEMMINEO, EFFEMINATO; e poi i verbi VINCERE, OBBEDIRE, COMBATTERE, SCATTARE, OSARE, BALZARE, SOTTOMETTERE, SPEZZARE; e gli imperativi TACETE! TACI! STAI ZITTO! e la prima persona del riflessivo pronominale "fregarsene": ME NE FREGO!

Cerco di non usarle, queste parole; e se mi capita di farlo le sorveglio e poi mi succede di sorprendermi a recitare, tutti in fila, i loro contrari come fossero una litania, un'invocazione, una disperata preghiera: non voglio osare, non voglio essere gagliardo, non voglio "credere e combattere", ma dubitare. E non voglio manganellare, non voglio marciare, non voglio dare pedate. E mi importa, mi importa eccome e me ne faccio carico. E soprattutto, NON TACERÒ. E vorrei che scegliessi di non farlo mai nemmeno tu. Anzi gridalo che non tacerai.

GRIDALO CHE NON SONO MAI STATE SOLO PAROLE.

Sulla vicenda di Milan Kundera, vedi tra gli altri, Fernando De Valenzuela, "La mia verità su Milan Kundera", in *la Repubblica*, 29 novembre 2008, https://ricerca.repubblica.it/repubblica/archivio/repubblica/2008/11/29/la-mia-verita-su-kundera.html.

Sempre a questo riguardo, vale la pena leggere i versi di Fernando Arrabal – tradotti da Francesco Forlani – in difesa di Kundera:
"Quanto a lungo la calunnia si ergerà, incancellabile?
Quanto a lungo le carogne infangheranno delle loro ignominie i solitari?
Quanto a lungo la frontiera tra vita privata e pubblica sarà napalmizzata?
Quanto a lungo i violentatori dell'indispensabile segreto delle nostre vite si sfameranno nelle latrine della storia?
Quanto a lungo gli sterminatori della sfumatura tra l'opera e il suo autore continueranno a imperversare?
Quanto a lungo la vittima sarà ricoperta di sputi e inchiodata al palo della gogna?"
Il testo originale della poesia è disponibile in Fernando Arrabal, *Defensa: Kundera/Arrabal*, Libros del innombrable, Zaragoza 2008.

Molti sono i modi per zittire il dissenso. Vedi i dati del ministero della Giustizia – "Un esercito di professionisti 'intimiditi' con l'arma della querela per diffamazione. [...] 6 mila procedimenti penali, il 90% dei quali finisce nel nulla: il 70% già in istruttoria, il 20% nelle fasi del processo", https://odg.roma.it/ossigeno-3122-giornalisti-minacciati-dal-2011/ – e il dossier sulla SLAPP (la querela strategica contro la partecipazione pubblica) consultabile a questo link: https://www.balcanicaucaso.org/ECPMF/ECPMF-news/Dossier-SLAPP-la-querela-che-minaccia-la-liberta-di-espressione-198695.

GIORDANO BRUNO

8.

IL PLAGIATORE

Cibo dell'anima è la verità.
Giordano Bruno

Il 17 febbraio dell'anno 1600 un uomo viene condotto in Campo de' Fiori a Roma, spogliato sulla pubblica piazza e arso vivo su un fascio di legna. Dove fu bruciato quell'uomo, oggi sorge una statua di bronzo che ci tiene a tiro, anche quando cerchiamo di ignorarla.

Alzo gli occhi, mi dice:

"Guarda che cosa succede a un uomo che parla!"

L'uomo che arde sul rogo ha poco più di cinquant'anni, ma a detta dei religiosi che gli hanno elargito l'ultimo conforto ne dimostra meno: segno esteriore di un agonismo interiore. In effetti, la carne che sta bruciando in piazza è quella di un filosofo, un tipo d'uomo abituato al combattimento.

La vampa, che sale fin quasi a raggiungere i tetti delle stamberghe strette attorno alla scena, nasconde in sé un paradosso. La Chiesa che sta punendo Giordano Bruno – così si chiama il reo – gli ha fornito le armi per il suo crimine. La Chiesa lo ha formato e gli ha insegnato tutto quello che sa. Gli ha mostrato come scassinare i depositi del sapere, come appropriarsi indebitamente di dottrine, come svaligiare teorie invecchiate da cui è ancora possibile spremere idee nuove. Gli ha mostrato dove giacciono gli arsenali della parola e come servirsene all'occorrenza, parole che sul mercato valgono molto o parole banali che non riusciresti a scambiare con un buco di tonaca.

Dopo i primi furti, però, Giordano Bruno si è stancato di fare il piazzista della solita merce e si è messo a produrre in proprio.

La Chiesa di Bruno persegue la strategia del pensiero unico. Non vuole rinunciare alla conoscenza, non incoraggia l'ignoranza: ma il prodotto da vendere deve restare sempre lo stesso. Quindi nulla di personale se la libertà di pensiero non è concessa. Anche oggi il pensiero unico è legge di mercato: mai diversificare l'offerta, uniformare invece la domanda. È la legge base del capitalismo, che si tratti di manufatti o di idee le regole sono le stesse. È più facile uniformare la domanda, cioè spingere al consumo di un unico prodotto, piuttosto che diversificare l'offerta. Sembrano tante canzoni diverse, sembrano tante scarpe diverse, sembrano tante camicie diverse, sembrano tante giacche diverse, sembrano tante idee diverse, ma in realtà è sempre lo stesso prodotto: cercano sempre di uniformarti.

Perché diversificare vuol dire rischiare e magari mettere in ginocchio l'intero sistema produttivo. Rinnovarne anche una sola filiera può provocare terremoti dagli esiti incerti. Ridisegnare il mercato significa dover imparare una nuova geografia della produzione. Meglio allora non innovare, lasciare tutto com'è, evitando scosse dolorose e possibili cadute.

Ma dietro a quell'uomo che brucia si nasconde un altro paradosso. Da giovane ha vestito l'abito di un ordine religioso specializzato nel portare a processo il pensiero difforme: catari, eretici, apostati, pauperisti, spiriti liberi. I domenicani avevano il compito di scovarli, e domenicano era Bruno.

Una decina d'anni dopo averlo indossato, a quell'abito però lui ha già voltato le spalle. E questo gli è valso una scomunica e un'accusa di apostasia. All'inizio sono state solo noie: fastidiose, ma innocue. Nel dubbio che la macchina inquisitoriale si mettesse in moto sul serio, Bruno ha però preferito lasciare l'Italia, e viaggiare in un lungo, volontario esilio.

Anche nei paesi passati alla Riforma, il suo pensiero si è dovuto scontrare con il dogmatismo di calvinisti e luterani. Anche lì i suoi detrattori l'hanno accusato e perseguitato. E anche lì nel fare questo hanno dimostrato un grande senso dell'umorismo: l'hanno accusato di plagio e pensiero difforme, cioè di copiare e di innovare allo stesso tempo.

Per tutta la parte del suo pensiero che non poteva essere smentita, Bruno fu accusato di plagio: "L'hanno già detto!", "S'è già sentita, questa cosa...", "Ma questo l'ha già detto Marsilio Ficino". Il pensiero invece radicalmente nuovo, quello sull'infinità dei mondi, venne cassato.

Questa è una strategia che devi tenere bene a mente. Chi delegittima usa sempre questo doppio livello: salva qualcosa e condanna il resto. È un metodo per mostrare che c'è stata una valutazione completa dell'opera di un autore, che non c'è nulla di personale nell'attaccarlo, per tentare di apparire equidistanti, per mostrare di essere in buona fede, per fingere di agire in nome della scienza e per amore della verità, spinti da un obbligo morale, da etica professionale. "Metà è buono e metà è copiato," dicevano a Giordano Bruno, a proposito del suo pensiero. "Metà buono, metà pericoloso." "Metà edificante, metà immorale!" E non: "Tutto immorale!" o "Tutto eretico!" o "Tutto copiato!" Metà e metà. Ricordalo.

Bruno, dunque, è disprezzato dai protestanti, che lo accusano di essere rimasto un cattolico ipocrita, ma anche dai cattolici che lo accusano di essersi lasciato sedurre dalle bugie di Lutero e di essere più in generale un eretico, uno che coglie qualsiasi dottrina, senza badare a quale bocca l'abbia pronunciata.

Ma pensare non è un reato, dirai tu. Però questo lo dici perché a te non mette paura chi pensa, ti spaventa semmai chi agisce. Tu hai paura di essere pestato per strada, di saltare in aria mentre sei in coda al check-in di un aeroporto o davanti alla cassa di un mercatino di Natale, di essere derubato. Ma per il potere non è così. Il potere non teme la violenza fisica, da quella può difendersi, quella può persino utilizzarla, manipolarla. Teme invece la parola, che è fibra incorporea: scavalca, striscia, s'incunea, s'acquatta, s'infila. Se provi a stringerla, ti scivola via dalle mani come fosse acqua. Questa lotta tra il potere e la parola è atavica: al potere non piace essere messo in discussione, perché anche solo all'insinuarsi di un piccolo dubbio la sua autorità rischia di sgonfiarsi come un palloncino bucato.

Attenzione, però: non è vero, è solo una leggenda metropolitana l'idea che il potere provi gusto a fare fuori chi parla. Non è così. L'eliminazione fisica è solo l'*extrema ratio*. All'inizio, lo sai, il potere cerca di spingerti a riconoscere il tuo errore, cerca di farti smettere di parlare, di convincerti a cambiare le tue idee. Anche con Bruno è andata così. La Chiesa ha temporeggiato per otto anni prima di condurlo in piazza per l'atto finale. Dal maggio del 1592 – quando si è aperto il processo a Venezia – fino al pronunciamento della sentenza finale – nel febbraio del 1600 a Roma – sono passati ben otto anni. Otto anni di accuse, di verbali, di interrogatori, di deposizioni, ma anche di tentativi di ricondurlo alla ragione, di indurlo a ritrattare, ad abiurare, magari anche con un impiego moderato della tortura, ma sempre nell'intento di non abbandonarlo a un rogo insensato. Hanno provato in tutti i modi.

Perché è tornato in Italia?, mi chiedi. Sai, non sono mai riuscito a darmi una risposta! Certo, rimanendo in esilio avrebbe potuto salvarsi. Ma erano sedici anni che viveva randagio. Forse sperava che le acque si fossero calmate. Forse l'esilio aveva iniziato a minare il suo equilibrio, così quando quella lettera arrivò preferì credere che l'invito che conteneva fosse una benedizione.

Quale lettera? Tutto nacque da una lettera. Bruno era all'estero, i suoi libri erano stati confiscati, gli editori non stampavano più i suoi testi, ma allo stesso tempo il suo sapere era ammirato: veniva chiamato nelle corti di tutta Europa, sostenuto spesso da re, da principi, da nobili. Di bocca in bocca, di mano in mano, gli ammiratori si passavano i suoi libri; cercavano di assistere a una sua lezione; volevano vedere quest'uomo così piccolo, che chiamava la sua filosofia "nolana filosofia".

Ecco, gli arrivò la lettera di un suo ammiratore, uno che giurava di volerlo aiutare, uno che prometteva di essergli amico, uno dei tanti che lo leggevano di nascosto. Un ammiratore ricco e potente, pronto ad aprirgli tutte le porte del suo palazzo veneziano. In cambio gli chiedeva solo il dono della sua presenza. Bruno si fidò. Probabilmente desiderò fidarsi, perché non è vita una vita fatta solo di circospezione e sospetto. Non voleva altro che potersi fidare.

Quando Giovanni Mocenigo – così si chiamava il suo ammiratore – lo ebbe in casa, svanirono però i suoi buoni propositi. Mocenigo si rese conto di aver sognato l'impossibile: voleva diventare come Giordano Bruno! E più si approfondiva la frequentazione con il suo idolo, più si acuiva il senso di frustrazione e infelicità. Mocenigo voleva sapere da Bruno come sviluppare una memoria prodigiosa, un eloquio tanto armonioso, la sua capacità di resistenza, il potere di seduzione. Mocenigo voleva sapere tutto, voleva diventare come lui. Bruno intuì il malessere del suo ospite, e decise di tornare in esilio.

Ma davanti ai bagagli di Giordano Bruno, Mocenigo perse la calma: se non poteva diventare lui, doveva almeno poterlo tenere presso di sé, come una propria appendice!

Provò con le buone, gli disse che era preoccupato per la sua sicurezza fuori dalle mura di quel palazzo, ma Bruno ormai aveva mangiato la foglia. Mentre ancora finiva i preparativi per il viaggio, Bruno si vide raggiungere da sei presunti domestici (in realtà robusti gondolieri) che avevano ricevuto l'ordine di condurlo a forza nella soffitta del palazzo. La porta di quella soffitta si riaprì solo per lasciar entrare due ufficiali pronti a scortarlo nelle carceri del Sant'Uffizio.

Le accuse – quelle fondate e quelle di fantasia – Bruno le immaginava. Aveva stazionato a casa del suo ospite troppo a lungo. Troppe settimane consecutive, durante le quali aveva formulato ragionamenti sinceri, quindi irresponsabili. Discorsi in cui sono maestri gli uomini quando stanno davanti a una birra o a un bicchiere di vino, quando diventa difficile trattenere le parole al di qua del recinto. Cose che faresti meglio a tenere per te o che dovresti confidare al massimo a un amico, nel caso tu ne abbia uno. Bruno, invece, le spifferò al suo ammiratore, e quello se le mise in tasca, forse già deciso a rivenderle.

Gli confidò che le donne gli piacevano molto. Che ne aveva frequentate e che sperava di incontrarne altre. Ma se si fosse limitato a quella confessione, non gli sarebbe accaduto nulla di male. La Chiesa cattolica era in assoluto l'istituzione più incline a perdonare un certo tipo di peccati. Lo sai, un buon confessore è sempre disposto ad assolverti per gli atti impuri, quelli consumati in segreto ma anche quelli in compagnia.

Il punto è che Bruno, come tutti i filosofi, non si accontentava di trovare libertà per sé, ne cercava per tutti. Di più. Voleva trarre da ciò che osservava leggi universali. Disse questo a Mocenigo: nel sesso non c'è nulla di sporco, e quelli sessuali non sono peccati.

A peggiorare la sua posizione, dal piano morale si addentrò anche in quello dottrinale. Disse che non credeva ai miracoli, che probabilmente neppure Mosè o Gesù ne avevano compiuti, che adorare le reliquie era feticismo e non pratica devota, che una vergine non può partorire, che l'Inferno non esiste, che nessun Dio può desiderare la dannazione in eterno nemmeno per il peggiore dei suoi figli, e aggiunse che l'abitudine genera ignoranza e che l'ignoranza genera mostri. Aveva gridato queste verità, probabilmente non curandosi dell'interlocutore, perché voleva solo dirle, voleva solo trovare uno spazio di libertà.

Interrogato in aula, sulle prime Bruno ribadì quanto si era lasciato sfuggire con Mocenigo. Mostrò che le sue convinzioni non erano in contraddizione con la Bibbia. Difendersi e difendere le proprie idee voleva dire non solo combattere Mocenigo, ma diffondere la propria visione del mondo, realizzare la propria natura: lui non era solo un filosofo, era un Mercurio, un messaggero incaricato di distogliere gli uomini dagli specchi deformanti attraverso cui guardavano la vita.

Quando, dopo alcuni anni, capì che il muro di ottusità che gli si levava contro era troppo alto da scavalcare, smise di tentare l'impossibile e affermò – una volta per tutte – che non si può smettere di pensare ciò che si pensa!

I suoi giudici, però, insistevano che la cosa fosse ben possibile.

Ecco, tutte le dittature del mondo nascono dalla stessa convinzione: di poter modificare il pensiero degli uomini tramite un addestramento e una sorveglianza costante sulle procedure attraverso cui si pensa, lo *stopreato* lo definiva Orwell:

"Lo *stopreato* sta a rappresentare la facoltà di arrestarsi in modo rapido e deciso, e come per istinto, sulla soglia di qualsiasi pensiero pericoloso. [...] *Stopreato* significa, in sostanza, stupidità protettiva. Ma la stupidità non basta. Al contrario, la piena ortodossia richiede un controllo sopra la propria capacità induttiva pari a quello che si suppone debba avere un contorsionista sul suo corpo."

È come quando hai iniziato a sottoporre il tuo corpo a flessioni e giri di campo. La pratica, l'addestramento permettono anche di imparare a bloccare i pensieri. Questo tipo di allenamento i potenti continuano a tentare di imporlo in tutto il mondo, per correggere il pensiero non conforme.

Il pensiero conforme è garanzia di stabilità e di progresso, mentre al contrario quello difforme crea allarme sociale e tensione, rovina il buon nome delle città e la reputazione dei governi, dei partiti politici e delle nazioni.

In ogni caso – su questo gli inquisitori avevano ragione – Giordano Bruno non provò ad addestrarsi allo *stopreato*. Il fatto è che aveva dedicato il meglio di sé allo studio, al cammino per affrancarsi dai pregiudizi e dai luoghi comuni, e ormai tutto gli si poteva chiedere tranne che di tornare indietro. Non avrebbe voluto neppure fare il martire, per niente. Per Bruno la vita era fondamentale. E quindi provò a negoziare, a spiegare. Dal carcere dove lo avevano rinchiuso si mise a riempire pagine e pagine di appunti. Poi le inviò ai suoi giudici e ai suoi detrattori. Voleva dare ai giudici la possibilità di risparmiargli la vita senza negargli ciò che la rende vita, il pensiero. Cercò una strada di conciliazione, era disposto a chiedere scusa su certe cose, a rivedere alcune posizioni, si mostrò deciso a salvarsi, ma quando comprese che i suoi giudici non chiedevano questo, che gli chiedevano di cambiare natura, di parlare come loro, di credere in quello che credevano loro – autorità, censura, tortura, formalismo, dogma –, a quel punto smise di tentare una mediazione e andò dritto incontro al suo destino. E guardandoli in faccia disse:

"Tremate più voi nel pronunciare questa sentenza che io nell'ascoltarla."

Si capisce che non restò che eliminarlo, col fuoco.

Sai, quando studiavo filosofia a Napoli mi dispiaceva di non poter andare più spesso a Roma. Mi sarebbe piaciuto farlo una volta al mese, per un paio d'ore. Sentivo il bisogno di passeggiare fino a Campo de' Fiori per sostare nel luogo in cui l'hanno bruciato. E ora, che a Roma vivo per molti mesi l'anno, per paradosso non posso andarci mai, perché le macchine di lì non passano, e comunque da dietro i vetri blindati non sarebbe la stessa cosa. Tu, però, se ci andrai, che ci sia il mercato oppure no, sappi che ti capiterà una cosa strana. Sentirai il crepitio delle fascine che ardono davanti alla folla muta, come in quel 17 febbraio dell'anno 1600.

Sai quando lo prelevano dalle carceri di Tor di Nona, dov'è recluso, cosa gli fanno? Gli chiedono di tirar fuori la lingua, poi gli piantano un chiodo in bocca. Così ha "la lingua in giova", non può più parlare, la mordacchia glielo impedisce. Allora ingoia il suo sangue e perde bava lungo il mento. Il timore è che possa parlare, che le sue parole raggiungano le orecchie della gente accalcata lungo i pochi metri che separano il carcere dal luogo del rogo.

Si sta facendo l'alba, lo portano nella piazza di Campo de' Fiori. Giunti sul posto, lo fanno spogliare e lo legano al palo. Che bisogno c'è di denudare un uomo a cui di lì a poco il fuoco svestirà la pelle? I vestiti, come le parole, ci proteggono, ci danno dignità. Ricordi ciò che fecero a Ipazia? Prima di farla a pezzi, prima di darle fuoco, la spogliarono. Chi ti spoglia a forza, la tua dignità vuole cancellarla. La folla guarda allibita lo spettacolo di quell'uomo umiliato fino al grado più basso di ciò che è sopportabile. Nudo nel gelo di febbraio, arso sul rogo mentre la luce del giorno fatica a dissipare le tenebre. La folla guarda con sgomento l'esecuzione feroce delle sue parole torturate e uccise. La folla le vede abbandonare la piazza a una a una, parole di apertura, di libertà, di uguaglianza che si perdono ora nell'aria cupa di Roma. A rogo terminato, l'aria lentamente si distende. La folla, adesso, tira un sospiro di sollievo: lo strazio è finito. La folla lo sa. Sa perfettamente che quello spettacolo macabro non è stato inscenato per schiacciare un uomo. La folla è muta, ma non è stupida! Sa che lo spettacolo era rivolto a lei; per questo ci si è preoccupati di dare massima risonanza all'evento, di annunciarlo tramite "avvisi" per tutta Roma. Si doveva chiamare il pubblico a raccolta:

Campo de' Fiori, il 17 di febbraio dell'anno 1600.

E una volta in piazza, ci si è premurati di controllare che nessuno si distraesse, che tutti guardassero bene la punizione inflitta a un uomo che ha pensato, ha parlato, ha scritto in libertà.

Trionfo pieno: la folla muta è stata rieducata. È stata resa consapevole del fatto che tutto le sarà perdonato – invidia, dolo, fornicazione, viltà, cupidigia, avarizia, maldicenza, indifferenza – tranne la libera parola.

Colpa tua, Giordano Bruno. Colpa della tua dannata ostinazione, se ogni volta in cui venivo a Campo de' Fiori mi toccava d'ingoiare il puzzo della carne che fondeva, mi toccava di sentire la voce del tuo pensiero che si scioglieva.

Perché non l'hai fatto? Perché non ti sei rimangiato le tue parole? Perché non hai mentito, perché non hai ingannato i tuoi giudici come ha fatto Galileo? Perché non hai ammesso pure tu che la Terra è ferma, e che è il Sole a camminarle intorno?

Galileo era uno scienziato, questa è la risposta che per anni ho cercato e alla quale solo da poco sono arrivato. Se sei uno scienziato puoi anche abiurare. Perché anche se Galileo affermava che la Terra era piatta, tutti avrebbero continuato a vedere curva la linea dell'orizzonte. Le verità empiriche infatti – che tu le difenda o meno – presto o tardi trionferanno. Se non credi nella forza di gravità, la mela continuerà a cadere a terra e non si metterà improvvisamente a levitare verso il cielo. Le verità di pensiero, invece, no, perché – riflettici – con quale ultrasofisticato cannocchiale riuscirai mai a dimostrare che la fede di un ebreo è uguale a quella di un cristiano? Attraverso quale microscopio di precisione potrai certificare che i diritti di un bambino valgono quanto quelli di un adulto? Attraverso quali raggi X proverai che le donne e gli uomini sono uguali? Quale algoritmo dimostrerà che lo sfruttamento dell'uomo sull'uomo è una bestialità? Quale bilancia potrà mai misurare che il valore di un uomo è indipendente dalla classe sociale a cui appartiene, dai beni che possiede?

Non puoi.

Non puoi dimostrare la libertà con una formula, puoi solo provare a condividerla. Anche perché più ti metti a osservare gli uomini e le donne, più ti rendi conto che il pensiero non è qualcosa che banalmente puoi inoculare, non è come mettere una lente a contatto su un occhio per correggere la miopia o come iniettare un vaccino per non contrarre il vaiolo: il pensiero ha bisogno di strade, di sedimentazioni, di tempi, non ha nulla di immediato e di dimostrabile in via definitiva. Puoi provare a mostrarne la fondatezza, ma quando si tratta di pensiero e di diritto non ci sarà mai una legge dimostrabile come quella per cui due corpi si attraggono in modo direttamente proporzionale alle loro masse e inversamente proporzionale al quadrato della loro distanza. Il punto è che ci sono verità che possono solo essere difese, e non dimostrate.

Giordano Bruno aveva a che fare con questo genere di verità. Bruno pensava che tutti fossero uguali, donne, uomini, bambini, ebrei, musulmani, cristiani, bianchi, neri, filosofi, scienziati, servitori, tintori, capi di stato. Tutti fatti di un'unica sostanza. La sostanza infinita di cui – secondo Bruno – è costituito il mondo. Un'unica argilla con cui sono stati plasmati il genere umano, gli alberi, i fiori, la musica, il pensiero. Quello che te li fa percepire diversi è solo la diversa distribuzione di quella materia, la quantità di argilla impiegata. Quantità, e non qualità. Quindi nessun uomo è migliore dell'altro, si tratta solo di capire come è distribuita questa quantità per comprenderla, nel topo come nell'albero: l'infinità dei mondi è questa.

Gli infiniti mondi sono la sua intuizione. Bruno aveva già compreso l'universo, di cui noi siamo solo una piccolissima parte – grappolo d'uva, in cui ogni acino è un universo che a sua volta contiene altri grappoli d'uva, i cui acini sono universi che contengono altri grappoli d'uva. È un mondo di frattali, ed è esattamente quello che noi siamo: infiniti mondi! Tutti con l'unica regola di armonizzarci nelle infinite diversità e nelle infinite possibilità di mutare. Immagina questa sinfonia meravigliosa di libertà e la paura che essa genera in qualsiasi potere che voglia accentrare, controllare, delimitare i confini del ragionare e bloccare con mura il territorio del tuo essere.

Questi infiniti mondi – etici, politici, sociali, umani – sono verità che appena smetti di difendere muoiono, come se smetti di difenderli muoiono il diritto e la libertà.

Galileo poteva abiurare perché, mentre abiurava, la Terra continuava a muoversi, a girare intorno al Sole.

Le verità di Giordano Bruno, invece, se le negava si spegnevano, si fermavano. E allora non restava che morire per affermarle.

Quella morte è il suo grido sull'infinita libertà del pensiero e sulla possibilità che, tramite esso, infiniti mondi sono possibili. Quel grido ora appartiene a te. Ora quel grido è tuo.

GRIDALO CHE LA PAROLA RESISTE AL FUOCO.

In merito alle accuse di plagio rivolte a Giordano Bruno, vedi Germano Maifreda, *Io dirò la verità. Il processo a Giordano Bruno*, Laterza, Roma-Bari 2018: "L'autore era oramai in procinto di lasciare l'Inghilterra, per diversi aspetti deluso dall'esperienza. Riteneva che oltremanica il suo pensiero avesse ricevuto un'accoglienza deludente; si era scontrato con i colleghi dell'università di Oxford, che lo avevano accusato di aver plagiato, durante lo svolgimento di un corso, il *De vita* di Marsilio Ficino."

Sul processo a Giordano Bruno vedi anche Duilio Ricci, *Bruno e Galileo. Il silenzio del pensiero*, Firenze Atheneum, Firenze 2013: "La funzione del processo è quella di riaffermare, per la salvaguardia dell'Autorità, l'unica verità ammissibile, e questo è possibile solo riducendo al silenzio il pensiero non conforme."

Per Giordano Bruno isolato negli anni dell'esilio vedi Michele Ciliberto, *Giordano Bruno*, Laterza, Roma-Bari 2005.

Il brano di George Orwell riportato nel testo è tratto da *1984*, trad. it. di Gabriele Baldini, Mondadori, Milano 1950.

PENSI DAVVERO DI ESSERE
PIÙ INTELLIGENTE DEGLI ALTRI
SE DICI CHE TUTTO FA SCHIFO?

ROBERT CAPA

9.

FUORI FUOCO

Se non rimane altro bisogna urlare.
Il silenzio è un autentico delitto contro il genere umano.
Nadežda Mandel'štam

L'hai visto anche tu? È appena entrato in edicola. In tasca ha pochi spiccioli, quelli che il padre gli dà ogni mattina. È un momento prezioso, questo, quando il padre lo accompagna a scuola, è un momento loro, forse il solo. Esce dall'auto ed entra in edicola, vuole comprare il giornale prima di arrivare al Diaz. Prende sempre lo stesso. Ora sta' attento, quando esce assisterai a un rito: lo arrotola, lo infila nella tasca posteriore dei jeans. Finge noncuranza, ma in realtà ha fatto in modo che il nome della testata sia ben visibile a chi è dietro ai suoi passi. Lo mette apposta nella tasca, anche se sembra sia solo per comodità, solo per avere le mani libere. Compra sempre lo stesso giornale perché si è formato sul punto di vista espresso da quel quotidiano, e nel taglio di ogni nuova notizia ritrova se stesso. E allora ostentare quel giornale è come ostentare le sue idee.

Quello che stai vedendo sono io a sedici anni, quando volevo diventare un giornalista investigativo. Ecco, ho detto una cosa imprecisa, perché io volevo sì indagare la realtà, ma cercavo qualcosa di ancora diverso dal metodo giornalistico. Desideravo diventare uno scrittore investigativo: indagare e scrivere allo stesso tempo, scoprire e denunciare. Questa idea mi entusiasmava. Pensavo che non si potesse desiderare altro che gridare, gridare la verità, ma non una verità qualsiasi, quella che ognuno potrebbe mostrarti. No, una verità che scopri tu da solo, che senti sotto il naso, che puoi toccare con i polpastrelli, di cui senti il tanfo, che per raggiungerla sudi. Una verità che sta nella melma.

Conosci Robert Capa? Quello che mi ha insegnato Robert Capa è di non mettere mai completamente a fuoco la mia vita, di lasciarla sempre un po' sfocata. Solo se la tua vita non sarà perfettamente a fuoco, vorrà dire che stai vicino alle cose, che le stai vedendo, che le stai capendo. Ecco è Capa che mi ha insegnato a scrivere. Ma come "scrivere"?, ti chiederai. Non è un fotografo? Sì ma quando si tratta di raccogliere la verità scoprirai che ogni visuale si uniforma, si mescola in un unico lievito madre, perché quando si tratta della verità, ogni strada si somiglia. Ogni strada è la tua.

Capa non era il suo nome: neppure il nome doveva essere bene a fuoco. La sua ragazza glielo cambiò, da Endre Ernő Friedmann a Robert Capa, che suonava meglio, era più musicale. Anche lei portava un nome che aveva scelto, Gerda Taro. Gerda disse a Endre che con il nuovo nome avrebbe venduto meglio le sue foto, che erano la sua ossessione. Sai, il cognome "Capa" faceva eco a quello di un regista degli anni trenta molto famoso negli Stati Uniti, Frank Capra. Frank Capra, come Endre Ernő Friedmann, era un emigrante che chiedeva all'America – in quegli anni, dall'Europa, gli Stati Uniti sembravano il mondo, il mondo tutto intero – di esaudire i suoi sogni, che diceva all'America: dammi i mezzi per raccontare la verità! Mettimi a disposizione i molti megafoni che la tua società possiede, perché voglio moltiplicare le orecchie di quelli che staranno a sentire, voglio centuplicare gli occhi di quelli che staranno a guardare.

Ebbene, Capa diceva che quando scatti una foto non devi mai mettere completamente a fuoco. E sai perché? Perché solo se la tua vita non sarà perfettamente a fuoco, vorrà dire che stai vicino alle cose, che le stai vedendo, che le stai capendo. Se hai necessità di mettere a fuoco vuol dire che ti stai tenendo a distanza. La distanza che ti insegnano gli accademici, quella che ti permette di scrivere articoli scientifici. Ma se resti a distanza non vuoi arrivare dove voglio arrivare io. Io ti parlo di verità, non di conoscenza. Per scovare la verità devi trasformarti in quello che cerchi, devi essere prossimo al crimine se lo vuoi capire, devi capire come funziona un consiglio comunale per sapere come si trucca un appalto: per arrivare a catturare la tigre devi essere tigre, altrimenti non catturi la tigre, è la tigre che cattura te.

Come Jim Corbett. Jim era un cacciatore, talmente bravo che un giorno lo cercarono per dare la caccia a un leopardo che nella zona dell'Himalaya, in India, si nutriva di carne umana. Quando chiamarono Jim, il predatore di uomini ne aveva già sbranati più di cento. Nessuno capiva dove si nascondesse. Compariva davanti alle vittime all'improvviso. Era talmente imprevedibile che si iniziò a credere che non fosse neppure una fiera, ma che si trattasse piuttosto di un demone. Avevano provato in tutti i modi a catturarlo, ma lui appariva e scompariva, proprio come fanno gli spiriti, senza lasciare traccia. Sai perché Jim riuscì, alla fine, a catturarlo? Perché fu il solo a capire che comportandosi da cacciatore non l'avrebbe mai preso. Per catturare la fiera bisogna farsi fiera. Jim smise di ragionare da uomo, di vestire da uomo, di desiderare da uomo e si fece leopardo.

Ma allora, mi chiedi tu, per catturare la morte bisogna farsi morte? Bisogna incontrarla, poi deciderà lei, se prenderti o lasciarti in vita. Robert Capa fa questo. Va in Spagna in mezzo alla guerra civile per fotografare i miliziani, va in Sicilia e sbarca con gli angloamericani, va in Normandia e attende che dal cielo piovano soldati. Sa che la verità va seguita, tenuta vicino. Capa perde la maggior parte delle foto dello sbarco perché impressiona la pellicola troppo velocemente, ma la tecnica usata fin dalla guerra civile spagnola gli permette di realizzare dei capolavori. Uno dei più straordinari è la morte di un soldato spagnolo nell'istante in cui un proiettile lo colpisce: è ancora vivo, nella foto si sente il suo respiro, ma la vita sta fuggendo via. Una foto talmente incredibile che Capa viene subito accusato di essersela inventata, di aver pagato un figurante affinché si prestasse a inscenare la parte del soldato colpito che allarga le braccia in segno di resa alla morte.

Tieniti pronto, non credere mai che scovare la verità sia come dimostrare un teorema. Non è come arrivare primo ai cento metri. Quando arrivi primo ai cento metri, pensi: "Nessuno mi può più fregare! È oggettivo! Non mi sono dopato, avete fatto le analisi! C'è il fotofinish, la telecamera mi ha inquadrato. Fine. Sono il numero uno!" No, con la verità non funziona così, perché molto spesso la verità non la vuole sentire nessuno, la verità è la cosa più difficile da accogliere, ti mette in crisi, ti costringe a cambiare, e il cambiamento spaventa sempre tutti, così il primo istinto è quello di dire: "Non è vero! Da qualche parte c'è il trucco!" Invece quella foto Capa l'aveva scattata proprio sul campo e l'uomo che moriva stava davvero morendo. Capa si era calato dentro a una buca, aveva lasciato fuori solo la sua macchina. La macchina se ne stava in bilico sulle sue braccia e scattava da sola, selezionava con il suo occhio, senza rispondere ad alcuno sguardo umano. Nessuno a dirle cosa dovesse inquadrare. Quell'occhio, a un certo punto, vide questo: un uomo respinto indietro nella corsa, un uomo con il baricentro ancora tutto spostato in avanti, che rincula. Un uomo che sta ancora lottando, quando la vita se n'è già andata. Per scattare una foto, diceva Capa, non servono trucchi, non occorre mettere in posa le cose o le persone, le foto sono già lì, basta andare a prenderle, perché la migliore foto è la realtà. Però la realtà è una cosa strana, che molti negano anche quando ce l'hanno sotto gli occhi.

Jason Russell, per esempio: sai chi è? È un attivista statunitense cresciuto in una famiglia cristiana di sani principi. Il padre e la madre avevano fondato un'associazione teatrale dedicata ai bambini e ai ragazzi, con l'idea che chi abbia frequentato un corso di teatro da ragazzo non diventerà mai un criminale, non impugnerà mai un'arma per uccidere, perché il teatro ti permette di vedere la tua vita come se fosse separata da te. Recitando tu separi le dinamiche del bene e del male dalla tua vita e, finalmente a distanza, diventate altro da quello che vivi, puoi iniziare a capirle. Questo è il teatro per tutti, come per tutti questo è il cinema, la letteratura, l'opera, la poesia, l'arte: osservare la vita per capirla e provare a cambiarla. Osservare è già capire e capire è consapevolezza e già assunzione di responsabilità.

Fin da bambino Jason è portato a considerare la felicità non come un fatto personale, ma come qualcosa che deve riguardare tutti. Nessuno si stupisce, quindi, quando ventenne, all'inizio degli anni duemila, parte con due amici per l'Uganda. In Uganda Jason incontra Jacob: e da allora, dal momento in cui la sofferenza e l'ingiustizia assumono il volto di Jacob, il suo tono di voce e il suo modo di piangere non escono più dalla testa di Jason. Finché il dolore resta una parola astratta possiamo coabitarci come se non fosse il nostro, ma quando il suo grido diventa quello di una persona in carne e ossa non riusciamo più a ignorarlo.

Jacob è un ragazzino a cui le bande ribelli del comandante Joseph Kony hanno impedito di vivere nel suo villaggio. Arrivano di notte, all'improvviso, per rapire i bambini e arruolarli come soldati. Durante una di queste incursioni, hanno ucciso il fratello più grande di Jacob, così ora lui e gli altri ragazzi del villaggio dormono ogni notte in un posto diverso, in luoghi di fortuna, per non farsi catturare.

Tornato negli Stati Uniti, Jason decide di impegnare fino all'ultima delle sue energie per aiutare Jacob e i ragazzi come lui.

Scava a fondo tra i suoi talenti, per cercare quello giusto da investire per la causa di Jacob. Cos'è che Jason sa fare? Che cosa gli riesce bene? Fin da bambino ha recitato, ha imparato a farlo nel teatro sociale dei suoi genitori, e questo vuol dire che conosce l'arte della comunicazione. Perciò pensa di usare quella, perché importante non è solo la storia che vuole raccontare – quella di Jacob – ma il modo in cui la racconterà: ne va della possibilità di ottenere aiuto per i bambini ugandesi. Inizia a girare dei filmati e fonda un'associazione che si chiama Invisible Children, con lo scopo di rendere visibili, presenti nelle coscienze di tutti, i destini di quei ragazzi e della loro terra. Nel 2012, il documentario che racconta al mondo la storia di Jacob e denuncia gli orrori degli uomini del Lord's Resistance Army di Kony, in soli sei giorni, registra cento milioni di visualizzazioni in Rete! Non solo gente comune, ma musicisti, cantanti, politici, giornalisti guardano il filmato e decidono di impegnarsi per sostenere la battaglia di Jason per salvare Jacob e i ragazzi dell'Uganda.

"Bene!" mi dirai a questo punto, "finalmente una storia a lieto fine!" E invece no. Perché la grande visibilità che ottiene il documentario di Jason gli fa piovere addosso – in sole due settimane – insieme ad attestazioni di stima, le peggiori dimostrazioni di disprezzo. Sai, quando realizzi uno spot per una causa, è importante il senso di quello che dici. Uno spot non è un articolo scientifico né un nuovo codice di legge. Il senso del video di Jason è cristallino: in Uganda ci sono bambini costretti a vivere senza casa e senza famiglia perché bande di ribelli distruggono le loro vite. Jason chiede di fermare i ribelli guidati da Kony, di investire fondi per recuperare quei bambini.

Di fronte al successo del documentario, invece, non ci si mette a discutere dell'urgenza dell'appello che esprime, ma ci si chiede se il comandante dei ribelli sia ancora Joseph Kony, se Jason non si confonda, per caso, con un altro che aveva quel ruolo qualche anno prima in Uganda, ma che ora si è spostato in Congo. Sorgono obiezioni, anche da parte delle forze di governo ugandesi, sulla natura delle violenze descritte nel filmato, si dice che Jason menziona ferite da arma da taglio, ma che forse si tratta di escoriazioni da arma da fuoco; e comunque il numero dei bambini reclutati non è esattamente quello riportato nel docufilm, e poi alcune foto usate non sono state scattate nel Nord ma nel Sud del paese.

Poi parte dritta, e senza mezzi termini o giri di parole, la campagna di diffamazione: Jason stava usando Jacob per diventare famoso! Certamente il suo fine era arricchirsi. Anche gli amici, quelli che insieme a lui avevano fondato l'associazione Invisible Children, furono travolti dal fango. Che dirti? I suoi amici erano più "corazzati", o forse il cuore di Jacob nei loro petti pulsava un po' meno forte, o forse si trovarono meno esposti alla gogna mediatica e agli attacchi degli hater e dei manipolatori, non lo so: so che loro, gli amici, ressero meglio, mentre Jason ebbe un crollo nervoso. Sai, devi pensare che Jason era stato quel tipo di bambino abituato a sentirsi sempre dire "che bravo bambino che sei!" dalla maestra, abituato a sentirsi sempre dire "che bravo figlio che sei!" dai genitori; insomma questa era la sua percezione di sé, quella di essere considerato buono, onesto, di sani principi. E, bada, aveva dovuto lottare per mantenersi all'altezza di quel vestito. Da adulto, dopo avere incontrato sua moglie, dopo aver messo al mondo due bambini, avrebbe potuto accontentarsi, pensare solo alla felicità della sua famiglia. Invece si sforzò di non farlo: iniziò a lottare per la felicità degli altri, senza la quale la sua non era possibile.

Ora ti è chiaro perché Jason crollò?

Jason crollò perché era del tutto impreparato. Non pensava che sarebbe stato attaccato su quel terreno, quello su cui non ci sarebbe mai stato motivo di difendersi, quello dell'onestà.

Non si aspettava di ricevere, insieme ai like, così tanti insulti da essere costretto a dubitare di sé, della bontà delle proprie azioni. Perché raccoglieva soldi?, aveva iniziato a chiedersi con angosciosa insistenza. Doveva ripetersi mille volte la stessa risposta: raccoglieva soldi perché senza soldi non avrebbe potuto aiutare Jacob. Sì, ma perché con i soldi che raccoglieva pagava anche uno stipendio a se stesso e ai suoi amici? Per tranquillizzarsi era costretto a rispondersi cento volte al giorno: perché senza quello stipendio non avrebbe potuto mandare avanti l'associazione e allora non ci sarebbe stata speranza di aiutare Jacob e di fermare Kony, di provare a salvare quanti più bambini possibile. Sì, ma perché spendeva così tanti soldi in spot che Jacob non avrebbe neppure mai visto? Per sensibilizzare l'opinione pubblica, per cercare appoggio, per creare consenso alla sua iniziativa, per dare forza alla sua idea e trasformarla in azione: non l'azione isolata di tre ragazzi, ma l'azione comune di centinaia di migliaia di persone. Qualcosa che fosse capace di fare pressione sui governi, di riorientare una volta e per sempre le politiche generali di cooperazione e sostegno verso l'Africa.

Per quanto si facesse e si rifacesse mille volte le stesse domande, e si desse poi mille volte le stesse risposte, quelle che dovevano rasserenarlo e fargli ritrovare il senso della propria lotta, Jason finiva inevitabilmente con il dubitare persino di se stesso, perché è una legge di natura: si fa sempre fatica a credere a un complimento, ma non si dubita mai di un insulto.

Proprio su questo voglio farti riflettere, su come funziona il complottismo, l'altra faccia del populismo, che pretende di svelarti i piani occulti nascosti dietro ogni azione.

Dietro a questa battaglia ambientale ci sono... Dietro a questa marcia di protesta si celano... Dietro a questa azione umanitaria si annidano... Al complottista sentirai sempre dire: "Ora ti spiego come vanno le cose, ora ti svelo come va il mondo... non essere ingenuo, sveglia!"

Messa così, ci si sente subito più intelligenti degli altri; a noi spiegheranno tutto, noi soli capiremo la vita e i suoi trabocchetti, mentre i fessi rimarranno indietro. E indovina un po' qual è la conclusione per i duri e puri del complottismo internazionale, per i sottili analisti dagli stomaci forti e dal pensiero lucido? È che siamo tutti uguali, tutti corrotti, tutti interessati, tutti sporchi!

Ma tu chiediti sempre: perché si ostinano a farci intonare questo orrendo motivetto? Perché se è così che stanno le cose, se tutti siamo irrimediabilmente compromessi, allora non c'è più niente da imparare, più niente per cui valga la pena di lottare, niente che valga la nostra resistenza, niente da migliorare, niente da gridare... E se a te tutto questo non torna? E se tu invece continui a gridare? Ti daranno dello stupido.

Proprio come nella favola di Hans Christian Andersen, se non riesci a vedere i vestiti nuovi dell'imperatore è perché sei uno sciocco! Non è quel che i finti sarti dicono all'imperatore? Gli abiti che stanno cucendo sono fatti di una stoffa molto particolare, di cui solo gli intelligenti possono vedere la trama, mentre gli stupidi non riescono a scorgerla!

Tu invece gridalo che il re è nudo!

Questo vogliono insegnarti, che il mondo è popolato da un'unica specie, quella dei predatori-fottitori. E quest'unica specie si divide in due sottospecie: i sinceri e gli ipocriti. I sinceri sono quelli che ammettono che siamo tutti fottitori; gli ipocriti, invece, sono quelli che lo negano. Ma è questo che da sempre dicono, nella mia terra, le organizzazioni criminali: che non c'è nessuna possibilità di cambiamento, che prima lo impari, prima ti fai furbo, così inizi a fottere anche tu.

Ma eccoti un esempio che dimostra quanto questa filosofia sia falsa. Yvan Sagnet è un ragazzo camerunense arrivato in Italia con una borsa di studio al Politecnico di Torino, ma la borsa di studio non gli basta per vivere ed è costretto a lavorare come raccoglitore di pomodori in Puglia. Yvan si rende subito conto delle condizioni in cui versano le migliaia di braccianti che vivono dei lavori stagionali nelle campagne italiane. Nessuno si cura di garantire loro la sistemazione abitativa prevista dal contratto nazionale, così sorgono interi ghetti dalle condizioni igieniche precarie. Il lavoro si svolge ovviamente in luoghi lontani dalle arterie stradali e dai centri abitati, quindi i braccianti sono costretti a pagare per qualsiasi spostamento e per il cibo, vedendo così eroso il loro misero stipendio quotidiano. Ribellarsi sembra impossibile perché i caporali che fanno da intermediari tra domanda e offerta di lavoro sono temibili, perché la condizione giuridica di ogni migrante è fragile, perché questo modo di gestire il lavoro agricolo affonda le sue radici in un tempo lontano, quando erano gli stessi italiani a subire un simile trattamento, prima di trasformarsi in operai e impiegati e lasciare spazio a questi nuovi schiavi. Yvan potrebbe tacere, pensare che è tutto uno schifo, che è "così che va il mondo" e stringere i denti per un'estate e poi tornare alla sua borsa di studio. E invece no: sceglie di alzare la testa e la voce, di creare una rete. Nell'agosto del 2011 riesce a organizzare il primo sciopero dei braccianti stranieri contro i caporali nelle campagne pugliesi.

Sentirsi uniti, gridare insieme, serve eccome e ci restituisce, prima di tutto, dignità. Dà fiducia nella possibilità di rivendicare diritti. Non solo, la mobilitazione di Sagnet ha portato a introdurre il reato di intermediazione illecita, di sfruttamento del lavoro: di caporalato, insomma. La sua è stata un'azione fondamentale.

Non sentirti fico quando ti spiegano che "il più pulito ha la rogna!", non c'è nessuna profonda verità nascosta in questa idiozia. E il pessimismo non è una virtù, ma un vizio. È il vizio degli accidiosi, di quelli che non vogliono cambiare, di quelli che vogliono solo un alibi per restare fermi, per disinteressarsi del mondo… Ma presto o tardi sarà il mondo a interessarsi a loro. Accadrà loro quello che accade a tutti noi: l'ambiente che abbiamo trascurato si fa soffocante perché è finita l'aria dentro al suo serbatoio; le foreste che abbiamo lasciato bruciare si vendicano sputandoci addosso virus sconosciuti, cacciati dai loro habitat; nazioni a cui non abbiamo concesso alcuna possibilità di sviluppo esplodono, facendo saltare in aria anche noi. Forse sarebbe bello – forse sarebbe liberatorio – dire "'fanculo tutto", ma il fatto è che niente e nessuno ti lascerà in pace fintanto che starai su questo pianeta. E allora fai come fai a casa: se il lavandino sgocciola riparalo prima che allaghi tutto, se il tubo del gas perde aggiustalo, prima di saltare in aria. E credimi, al peggio non c'è mai fine. Ogni volta che arretri perdi solo terreno, ogni volta che arretri il disastro avanza, e presto o tardi busserà anche alla tua porta, presto o tardi ti presenterà il conto.

È facile e alleggerisce la coscienza concludere che Jason Russell sia un avido, un imbroglione che sfrutta i bambini ugandesi per fare soldi a palate. È più difficile impegnarsi a capire se possiamo sostenere la sua causa, se possiamo dare il nostro contributo. È più consolante credere che i nostri problemi siano troppo grandi perché ci sia spazio anche per pensare ai bambini dell'Uganda. Ma un conto è non avere le forze per abbracciare anche la sua causa, un conto è rinunciare a portare avanti qualsiasi battaglia e delegittimare chi invece sta lottando.

La fama, il successo – anche questo voglio dirti, ragazzo del Diaz – sono solo un dito al culo, non un sogno da perseguire. Una cosa dolorosissima, che devi fuggire finché sei in tempo. Tu credi che la fama ti porterà consenso, ma per ogni "bravo!" che ti diranno, riceverai due "crepa!": è quello che è accaduto a Jason Russell. Tu credi che la fama ti farà guadagnare l'ammirazione dei tuoi familiari, ma loro saranno i primi, invece, a venirne travolti. E quando tutti li fermeranno per strada, quando ogni giorno chiederanno notizie, quando in molti pretenderanno favori, saranno i tuoi cari per primi a dirti: "Così non si può più andare avanti!" Tu credi che la fama porti con sé affetto, vicinanza, ma verrai circondato da un tale numero di squali, interessati e avidi, che rinuncerai per sempre a ricercare calore. Tu credi che il successo ti darà modo di curare la tua immagine, ma le pressioni che vivrai saranno invece così forti da togliere luce ai tuoi occhi, finché smetterai di guardarti allo specchio. Tu credi che la fama ti porterà denaro, tanto denaro, ma sarà altrettanto il denaro che dovrai spendere per proteggerti, per far fronte alle azioni giudiziarie che saranno intentate contro di te. Tu credi che la fama ti aiuterà a trovare più amici, ma gli amici si allontaneranno, perché ogni giorno della tua vita sarà impossibile, e a te mancherà sempre quella distensione che è il solo terreno su cui l'amicizia può crescere.

Il successo per il successo non conta nulla. Il successo per il successo non vale il peggiore dei tuoi momenti di vita ordinaria. Il successo ha valore solo se vale il tuo progetto, se è giusta la tua causa, se riguarda tutti, se è un sogno che può essere diviso e condiviso, se può migliorare vite, salvare anime, non importa in che modo, se attraverso la musica, la politica, lo sport, la danza, l'insegnamento, il servizio agli altri... solo se si tratta di un sogno collettivo, che allarga i diritti e le possibilità di tutti, allora insegui il successo, perché in quel caso il successo non sarà più il tuo fine, ma il mezzo attraverso cui si formerà un gregge, una comunità, decisa quanto te a combattere la battaglia.

Sentiti fico solo quando sei parte di una comunità che vuole costruire il mondo e non quando vogliono farti credere che, facendo bere veleno agli altri, la tua sorte poi migliora. Non funziona così: facendo bere veleno agli altri, ammazzi solo chi potrebbe aiutarti a riparare il mondo.

Non ci vuole nessun coraggio a gridare l'evidenza, a proclamare che tutto fa schifo. Fico è chi rischia per quello che grida, come fece Sophie Scholl, una ragazza tedesca che, mentre le urla eccitate della Germania nazista montavano, gridò di svegliarsi e di leggere l'aberrazione nei loro slogan. Pagò con la vita il suo grido. Li riconoscerai, lungo il cammino, quelli che gridano davvero e quelli che fingono di gridare. Quelli che, mentre gridano, gettano secchiate d'acqua sul fuoco e quelli invece che gridano rovesciandoci sopra benzina. Allena il tuo occhio, molte sono le trappole e infiniti i labirinti in cui rischierai di perderti, ma furbo, sveglio e fico lo sarai solo quando userai tempo e ragionamento per vedere.

Penso che non si possa che desiderare questo: alzare la voce, gridare al mondo la verità. Per questo voglio che ti prepari, perché non è un cammino facile: se frugherai, se non "ti farai i fatti tuoi", se vorrai capire, se amerai la vita tanto da scrutare le sue ombre, poi vorrai gridare. E, se racconterai quello che vedi, rischierai di essere condannato alla morte civile. Credimi, la morte civile è peggiore di quella fisica.

Sai, mi sentivo al riparo quando Epicuro diceva che la morte fisica è quando noi non ci siamo più. Ecco, la morte civile invece è quando noi ci siamo eccome. È un tipo di pena che sconti lentamente, che senti sulla carne ogni giorno, 365 giorni all'anno, 4 settimane al mese, 24 ore al giorno. Tu e tutti quelli – quei pochi – che ancora ti sono rimasti vicini.

Negli anni, ho osservato i tre stadi attraverso cui si infligge questo tipo di condanna e ormai mi sono chiari.

Il primo livello è privato. Si punta a far saltare il tuo equilibrio domestico. Ognuno di noi è legato a degli affetti, a una rete, piccola o grande, con cui proviamo a tenere insieme i pezzi della nostra vita. Far saltare questi legami è come togliere il salvagente a qualcuno che nuota in mare aperto, ed è semplicissimo. Si mettono sotto pressione le persone che ti circondano: scruti impietosamente la loro vita e le loro frequentazioni, scatti foto nei momenti più privati, pubblichi quelle e i numeri di telefono, gli indirizzi; scruti gli orari di entrata e di uscita dal lavoro, diffondi le informazioni sul volo che prenderanno, sulla classe del treno che sceglieranno; li segui, li pedini, gli aliti sul collo, li fai sentire perennemente sotto schiaffo. Fai in modo che passino il tempo a ragionare sulle multe prese col motorino, sui baci che si sono scambiati, sulle canne che hanno fumato. Ogni casa in cui vivono la descriverai come una reggia, ogni vacanza come un lusso. Il trucco è farli sentire perennemente sotto processo da parte del più esigente tribunale della coscienza, in modo che ogni minimo, umano errore che hanno commesso diventi ai loro stessi occhi enorme. Sta' in guardia, a quel punto, perché ogni donna che frequenterai sarà fatta passare come una tua amante e ogni uomo a cui stringerai la mano sarà dipinto come un criminale... tutto sarà macchiato dal sospetto, tutto sarà presentato nella luce peggiore, tutto verrà irrimediabilmente sporcato.

In casa, allora, le atmosfere si faranno tese. La pasta scuocerà sui fornelli. Le guarnizioni del bagno salteranno, e siccome non potrai chiamare l'idraulico perché anche lui potrebbe essere un nemico, capace di inventarsi che vivi in una casa di lusso, che eri a letto con due persone, che picchiavi il gatto – allora il rubinetto del bagno lo farai saltare tu a martellate. A quel punto, chi ti sta accanto farà i bagagli e se ne andrà. Nessuno vuole vivere ai domiciliari senza aver commesso alcun reato.

Il secondo livello è quello economico. Ti sommergono di multe, bloccano i tuoi conti correnti, ti intentano processi che non avranno alcun esito dentro l'aula di un tribunale, così, solo per farti ballare, provano a insinuare che sei un evasore fiscale per tenerti sotto pressione.

Il terzo livello è svuotare la tua immagine pubblica. Svuotarla di credibilità, di dignità. Seminano dubbi, indiscrezioni, menzogne. Se sei maschio verrai dipinto come un puttaniere, un pervertito, un impotente, un cornuto, un evasore, un mitomane, un tossico, uno sfigato, un furbo, un malato, uno psicopatico; se sei donna diranno che sei una strega, un'oca, un'isterica, una rifatta, una frigida, una mummia, una suora, una romantica, una lesbica, una puttana.

Ogni tua imperfezione, ogni tua fragilità, ogni tua più piccola contraddizione verrà ingigantita, deformata e data in pasto a stampa e siti specializzati in gossip e spazzatura. Tuo marito leggerà che per finire in copertina sei andata a letto con l'intera redazione, a tua madre manderanno un messaggio in cui l'avvertono che hai fatto sesso con tua cugina, mentre il marito filmava la scena, nessuna prova, ma tanto non servono prove, basta il dubbio e l'imbarazzo. Tua madre sa che non è vero, ma vorrebbe comunque sparire dalla faccia della terra. Tua zia, che su Google ha impostato l'alert con il tuo nome perché vuole tenersi informata, riceverà il link a un articolo senza firma in cui c'è scritto che potresti essere tra gli intestatari di società off-shore del valore di diversi milioni di euro, nessuno ne ha la certezza, nessuno ha ancora controllato, ma intanto la voce inizia a circolare. Sullo smartphone della tua fidanzata pioveranno foto di te che balli il latino-americano con un'altra su una terrazza di Dubai. Pianti, urla, liti, anche se tu sei sicuro, a Dubai non ci sei mai stato e il latino-americano non lo sai ballare. Ma a nulla varrà difendersi a quel punto, perché intanto la tua vita continuerà a sgretolarsi, i rubinetti a sgocciolare, la pasta a scuocere, i tribunali a processarti e il numero delle notizie false in Rete e sui giornali sarà aumentato in progressione esponenziale. Non varrà nemmeno più la pena di smentirle tutte.

Ci vuole poco per mandare in pezzi la tua vita. E mentre la pena per un crimine puoi sempre scontarla e poi tornare in libertà, quando ti cuciono addosso una maschera deformante, con quella maschera poi sei costretto a confrontarti per il resto della tua vita.

Ti perseguiterà anche quando gli altri l'avranno ormai dimenticata. Perché sarai tu a pensare che quando qualcuno ti guarda, ti parla, ha davanti agli occhi quella. Così nulla più di ciò che farai sarà naturale, tutto accadrà sempre e solo in riferimento a quella maschera.

Ma non è solo questo il punto. Il fatto è anche che il nostro cervello avrebbe diritto all'oblio, perché se non elimina parte di ciò che è già accaduto, il nuovo non può arrivare. Se mantieni dentro di te il dolore per una storia finita male, non fai spazio per una nuova, che deve iniziare. A questo serve la fase REM del sonno, a sfrondare i ricordi nocivi e a consolidare quelli necessari. Mantenere artificialmente in vita ogni dettaglio della tua esistenza ti costringe a stare perennemente ripiegato sul tuo stomaco, sulle tue storie passate, sulle tue sconfitte, sulle tue contraddizioni.

La delegittimazione, la diffamazione, il gossip, le leggende metropolitane sono diventati molto più distruttivi con l'avvento della Rete e della sua capacità di connettere milioni di persone. Non è che il mondo in cui vivi oggi sia peggiore di quello in cui vivevo io alla tua età, ma la lettura delle cose oggi è resa più complicata dalla velocità della comunicazione digitale, prima inimmaginabile. Questo ti richiederà di essere doppiamente vigile e di avere una capacità infinitamente superiore nel districarti tra le notizie false. Ogni notizia sguinzagliata in Rete assume proporzioni che nel mondo reale non potrebbe mai avere, per banali ragioni di spazio. Il Web ha la capacità di ingigantire e sfalsare le proporzioni, e questo rende molto più difficile considerare in modo equilibrato ciò che vi leggiamo. Un tempo quello che pubblicavi sui giornali dovevi dimostrarlo. Era soggetto a controlli da parte degli editori e dei direttori delle testate. E le enciclopedie da cui attingevi erano sorvegliate da comitati scientifici che verificavano i dati e le fonti. Oggi l'immenso moltiplicarsi dei contenuti in Rete rende difficilissimo appurarne la fondatezza, ed è molto semplice far passare per autorevole e comprovato ciò che non lo è. Un tempo, se ti abbonavi a un giornale-schifezza, la schifezza arrivava solo a te; ora invece quella schifezza arriva anche a chi non la vorrebbe. Le notizie oggi ti arrivano sul telefonino gratuitamente, non scegli più, non ti curi di sapere da dove provengano o chi le abbia scritte. Se tu pagassi per quelle notizie, prima di concedere loro attenzione, molto probabilmente, ti cureresti di sapere da dove arrivano. Nell'immediatezza di un click però il tempo per selezionare, per scegliere, per separare le notizie buone da quelle cattive non c'è.

Così arriverai sempre a un punto in cui sarai solo tu a dover decidere, a stabilire che cosa è vero e che cosa è falso, che cosa è giusto e che cosa è sbagliato. Certo, puoi imparare un metodo per districarti nell'ordito, ma arriverà comunque il momento in cui dovrai saper intuire se le voci che senti sono solo voci registrate. E non ci sarà il tempo per seguire tutte le piste: con una sola vita a disposizione, potrai seguirne solo una.

GRIDALO QUANDO USANO TECNICISMI ERUDITI
PER COPRIRE LA LUMINOSITÀ DEL VERO.

Per le foto di Robert Capa e il suo diario di guerra, vedi Id., *Leggermente fuori fuoco*, trad. it. di Piero Berengo Gardin, Contrasto, Roma 2002.

Sul sito invisiblechildren.com è ancora possibile vedere il docufilm di Jason Russell, *Kony 2012*.

Sui conflitti e le violazioni dei diritti umani in Uganda, vedi Adam Branch, *Displacing Human Rights: War and Intervention in Northern Uganda*, Oxford University Press, Oxford 2011.

Yvan Sagnet ha fondato un'associazione internazionale di lotta al caporalato, NoCap, ha scritto due libri ed è stato insignito dal presidente della Repubblica Sergio Mattarella dell'onorificenza di cavaliere dell'Ordine al merito della Repubblica Italiana.

ANNA ACHMATOVA

10.

METÀ SUORA, METÀ PUTTANA

> Sappiamo ciò che oggi sta sulla bilancia,
> ciò che oggi si compie.
> Sul nostro orologio suonò l'ora del coraggio,
> e il coraggio non ci abbandonerà.
> Non ci spaventa cadere sotto il piombo,
> non ci duole restare senza tetto,
> ma noi ti salveremo, favella russa,
> alta parola russa.
> Ti recheremo pura e libera
> e ti daremo ai nipoti, ti salveremo dai ceppi
> per sempre!
>
> Anna Achmatova

La censura sotto il regime di Stalin si chiamava – senza mezzi termini – "repressione culturale". Lo so, a te suona paradossale tanto quanto oggi ti suonerebbe paradossale la locuzione "repressione del verde pubblico". Però fattene una ragione: metà degli uomini si batte per portare un po' di libri e un po' di cultura in ogni angolo del mondo, l'altra metà si batte per cancellarla, come se si trattasse di una minaccia. Ma ormai lo sai, la parola è libertà, quindi se devi soffocare la libertà di un popolo devi iniziare proprio col soffocare la sua parola.

Anna Achmatova, che prima della rivoluzione d'ottobre era probabilmente considerata la maggiore poetessa russa vivente, pur di non cadere vittima della repressione staliniana decise di non scrivere più.

Le sue poesie, quelle scritte prima della rivoluzione, parlavano di brezza, di alberi argentati, di nevischio e di piccoli tepori dell'anima: per questo non fu possibile per il regime accusarla e condannarla come fece, invece, con altri suoi colleghi. Per vent'anni Anna si limitò a mandare a memoria i propri versi. Quando qualcuno le chiedeva di scriverglieli, di passarglieli – inchiostro su carta – lei rifiutava di farlo. Cercava, anzi, di non poggiare mai la penna sul foglio: e se lo faceva, poi bruciava immediatamente la carta in un posacenere. Sapeva che questo poteva costarle il Gulag e la vita del suo unico figlio, Lev. Ma esistono dei silenzi rumorosissimi. Il suo silenzio gridava. E questo grido tormentava la nomenklatura sovietica non meno dell'opposizione aperta, delle parole scritte in Russia e degli articoli che uscivano sulla stampa estera. Sai quando hai la certezza che gli occhi di qualcuno – malgrado le tue labbra restino chiuse – ti stiano pesantemente giudicando? E poi, lo avrai studiato, i "tribunali della coscienza" non si accontentano mai del silenzio. Sono fatti apposta per passare ai raggi X ogni tuo più intimo pensiero, e non è che riesci a convincerli di essere d'accordo se nel profondo non lo sei affatto. È gente competente, quella, sa capire quando annuisci con la testa ma dissenti con il cuore; il regime è un amante geloso, vuole partecipazione piena e resa incondizionata.

Nelle parole non scritte di Achmatova, invece, c'era tutta l'eco di quello che non poteva essere detto. Come quando ascolti una musica, e le note che non vengono suonate sono presenti. Non c'è assenza, ma doppia presenza. Poesie che parlano di dolcezza, di sentimento, di desiderio di vita portano inevitabilmente a sentire e a volere vita, felicità e quindi libertà.

I regimi sanno che solo quando ti verrà sottratta ogni possibilità di felicità ti rassegnerai a marciare in riga. Per vivere privati della libertà ci vogliono teste annoiate, cuori spenti e orizzonti muti.

In Corea del Nord, per esempio, come pensi che la convincano tutta quella gente a marciare in parata? Semplice, hanno spento tutto il resto: la libertà, il gioco, l'informazione, Internet.

A suonare è rimasta solo la musica di regime. E per quanto deprimente e monotona sia, quando c'è solo quella poi ti metti a marciare pure tu.

Così, per quelle note non suonate ma presenti, Anna Achmatova divenne uno dei bersagli preferiti della polizia sovietica: si doveva trovare il modo di stanarla e avviarla alla "rieducazione" nei Gulag.

Devi anche tenere presente che nelle sue poesie c'era un secondo tipo di assenza: l'encomio a Stalin e alla rivoluzione. Mancavano quegli applausi scroscianti sotto i quali – come dice la madre di Luke Skywalker – muore sempre la libertà.

Dopo la rivoluzione, molti tra i suoi colleghi si erano affrettati a chiedere un visto di espatrio per lasciare la Russia, ma Anna Achmatova soffriva di un male che conosco bene: amava il suo paese, voleva condividerne il destino per quanto miserabile fosse. Sai, è un po' una legge di natura, più cercano di buttarti fuori dal tuo paese, più tu ci resti intrappolato dentro:

> [...] Una voce mi chiamava confortevole,
> Dicendo: "Vieni qui, lascia
> Il tuo paese peccaminoso e sordo,
> Lascia la Russia per sempre.
>
> Laverò le tue mani del sangue,
> Trarrò dal tuo cuore la nera vergogna,
> Con un nuovo nome coprirò
> Il dolore di sconfitte e di offese."
> Ma calma e indifferente
> Mi tappai con le mani gli orecchi
> Perché da questo discorso indegno
> Non fosse profanato lo spirito afflitto.

Il punto è che gli apparati di governo sovietici non si lasciavano sedurre dai buoni sentimenti. Non si commossero davanti a quel nobile attaccamento alla sua terra, al contrario s'impegnarono per renderla un inferno.

È così anche oggi. Se dissenti, se non abbracci la linea di governo, diventi un nemico, un traditore, uno straniero. Allora la tua patria non ti appartiene più.

Anna Achmatova, invece, per quanto la trattassero da traditrice, mantenne sempre un contegno fiero e rassegnato. Riuscirono però a farle dimenticare di essere stata la più grande poetessa russa, tenendola costantemente in apprensione circa la sorte del figlio.

Sai che per punire una donna non devi torturarla o ucciderla, ma torturarle e ucciderle un figlio. È una cosa che mi ha raccontato Maurizio Prestieri, il braccio destro di Paolo Di Lauro, il boss di Scampia. Un giorno, per punire una donna di camorra, le uccisero il figlio proprio sotto agli occhi, mentre a lei non torsero un capello: "L'abbiamo lasciata vivere," ha commentato, "perché quando a una madre uccidi il figlio, poi a spararla le faresti solo un favore!"

Un giorno Anna Achmatova era fuori dal penitenziario di Leningrado con un pacco per il figlio da consegnare alle guardie. Con lei, decine di altre donne. A volte erano dodici, a volte ventiquattro, a volte quarantotto ore di fila per consegnare un pacco vuoto. Sì, perché il pacco era vuoto, ma se le guardie lo prendevano voleva dire che il figlio era vivo, se lo rifiutavano, invece, che era già morto. E questo era l'unico modo per scoprirlo. Così, te lo immagini, le madri iniziavano la fila all'alba. Restavano in piedi sotto la neve, sotto la pioggia, sotto il sole accecante. E il problema non era fare la fila. A quello erano abituate. Il problema era non farsi restituire il pacco. Quando le guardie glielo rimettevano in braccio, quelle iniziavano una lotta disperata per farglielo riprendere: potevano picchiarle, potevano stuprarle, ma non dovevano in nessun caso restituire loro il pacco.

Un giorno, una donna riconobbe Anna Achmatova e le chiese:

"Può raccontare tutto questo?"

Lei lo fece:

[...] E se un dì pensassero in questo paese
di erigermi un monumento,
acconsento ad essere celebrata
ma solo ad un patto: non porre la statua
accanto al mare ove nacqui –
col mare ho reciso l'estremo legame –
o nel parco dello zar, presso il fatale ceppo
dove mi cerca l'ombra sconsolata,
ma qui, dove stetti trecento ore e dove
non mi apersero i chiavistelli.
Perché anche nella beata morte temo
di scordare un rombo di nere marúsi,
di scordare come l'odiosa porta sbatteva
e – bestia ferita – una vecchia ululava.

Mi sono spesso chiesto perché il dolore voglia essere raccontato. Mai nessuno che fosse felice mi ha chiesto di raccontare la sua felicità. Ma l'infelicità tutti mi hanno pregato di scriverla. "L'infelicità vuole essere parlata," direbbe Corrado Alvaro.

Mi impressiona anche il modo in cui Aleksandr Solženicyn raccontò il Gulag vissuto negli stessi anni in cui Anna Achmatova faceva la fila davanti al carcere del figlio. Dalla sua scrittura non emerge alcuna attenzione alla forma, allo stile, all'organizzazione dei capitoli. Solo l'urgenza di registrare, di testimoniare, di trasmettere. Come se solo salvare la testimonianza fosse importante, perché consegnare la verità alla storia è l'unico calibro necessario dell'atto di scrivere. Non è un caso che il suo libro più importante, *Arcipelago Gulag*, si apra con queste parole:

> Dedico questo libro
> a tutti coloro cui la vita non è bastata
> per raccontare.
> Mi perdonino
> se non ho veduto tutto,
> se non tutto ricordo,
> se non tutto ho intuito.

Ti ricorderai che durante gli anni della seconda guerra mondiale, Stalin cambiò strategia per galvanizzare gli animi dei soldati russi in guerra. La propaganda bolscevica si ammantò così di nazionalismo, recuperando persino il passato zarista. In funzione antitedesca, certo, quando quelli che erano stati poco prima gente con cui siglare patti divennero degli infidi invasori. Serviva quindi un nuovo racconto, stavolta nazionale, se non proprio nazionalista. È in questo nuovo contesto che devi leggere il permesso concesso a sorpresa ad Anna Achmatova di pubblicare una nuova raccolta di poesie.

Purtroppo si verificò per lei uno di quei maledetti problemi che sono tra i maggiori che uno scrittore possa incontrare quando scrive parole scomode per alcuni, o per tutti gli apparati di governo: avere troppi lettori.

Sfidando i rigori dell'inverno russo, la penuria di rubli e l'occhio nervoso della polizia sovietica, i lettori di Anna Achmatova si riversarono nelle strade, formando code davanti alle librerie in attesa dell'uscita dei suoi versi.

L'ho detto tante volte. Scrivere di per sé non è un atto sovversivo, è il fatto che ti leggano a rendere estremamente pericoloso quello che scrivi.

Il regime si affrettò a ritirare i volumi.

Quella gente stava usando Anna Achmatova come pretesto; mettersi in fila voleva dire "noi resistiamo". Piegati, purgati, privati di ogni libertà, noi resistiamo.

Ora è chiaro che bisognava punirla per aver creato, anche se involontariamente, quell'incidente. Per aver messo in ridicolo il regime, costringendolo a una clamorosa marcia indietro: ritirare il suo libro, inoltre, significava riconoscere che la sua scrittura aveva un peso. Non era servito a nulla impedirle di esistere per tanti anni. Anche la carcerazione, la soppressione fisica sarebbero state inutili a quel punto, perché ormai aveva un seguito troppo grande ed era divenuta un simbolo. Non potevi cancellarla, perché in molti avevano imparato a memoria le sue poesie. Quali fogli potevi bruciare a quel punto, quali libri potevi requisire, quali occhiali potevi spezzare per impedire la lettura dei suoi versi? Dovevi entrare nella testa delle persone. Ci hanno provato i servizi segreti di tutto il mondo, ma è ancora piuttosto complicato se non si possiedono le chiavi d'accesso. Non bisognava fare di Anna Achmatova una martire del popolo russo! Non si deve mai fare di una scrittrice o di uno scrittore un martire, perché poi non te li togli più di torno, non li seppellisci più.

Ricordati dell'impero romano: non appena iniziarono le persecuzioni, i cristiani si unirono come cemento intorno a ogni singola unghia, a ogni capello, a ogni osso dei loro martiri. Ancora oggi, tocca una falange di Pietro o una goccia del sangue di san Gennaro e sarà ribellione e rivolta.

Ci voleva qualcosa di più sottile, bisognava screditare la poetessa, renderla inoffensiva attraverso una campagna diffamatoria. Per onorare questo compito si mise in campo il meglio che il regime potesse offrire: Andrej Ždanov, l'ombra di Stalin, uno degli autori delle purghe staliniane, l'ideologo della "repressione culturale" nell'Unione Sovietica.

Ždanov devi immaginartelo come il tipico burocrate di partito: ottuso, grigio, zelante. Il tipo d'uomo che siccome non riesce a mettere a posto se stesso – soffriva di un'inguaribile dipendenza dall'alcol – cerca di mettere in ordine la società.

Stalin lo indicò come suo successore, tanto ne apprezzava il volenteroso servizio. È chiaro che uno che piaceva così tanto a Stalin doveva far ribrezzo ad Anna Achmatova. E questo costituì un motivo in più per colpirla. Ždanov dichiarò che Anna Achmatova era "metà suora, metà puttana", e i giornali zelanti lo trascrissero.

Mi sono spesso chiesto che cosa volesse dire Ždanov con quell'accusa, "suora e puttana", che è chiaramente una contraddizione in termini. "Puttana" non mi stupisce, da secoli è l'insulto che si usa per delegittimare le donne che si ribellano e creano fastidio con la propria azione. Un modo facile per sminuire Anna, per sporcarne la bellezza, per suggerire che quella bellezza servisse a uno scambio, che avesse un prezzo. Un modo per ridurre l'infinito valore, non monetizzabile, dei suoi capelli nerissimi, che contrastavano con la carnagione lattea, e della postura altera, un po' ieratica, da antica imperatrice di Bisanzio, dei gesti lenti, dei lineamenti geometrici, come sono stati descritti dai pittori che l'hanno incontrata.

Ma certo, hai ragione se pensi che il fine di Ždanov non fosse solo quello di sminuire la sua grazia fisica, quanto di ignorare i contenuti della sua silenziosa protesta, presentata a tutti come riflesso invece di una cattiva condotta: disposta a vendersi, ambigua, disonesta, profittatrice, questo Ždanov intendeva insinuare con quell'insulto. Ma perché associare "puttana" a "suora", perché unire gli estremi? Be', Ždanov sapeva che la propaganda sovietica si vantava di aver liberato la donna, di averla resa lavoratrice, di averla arruolata come cecchina nella guerra contro i tedeschi, quindi provava imbarazzo nell'usare l'espressione "puttana" che sapeva di quel vecchio mondo patriarcale e maschilista che la rivoluzione d'ottobre si vantava di aver eradicato di netto. Così si corresse aggiungendo quel "suora", che non negava la prima accusa, di essere una donna pronta a vendersi, ma la gravava anche dell'insinuazione di non voler partecipare al nuovo modo di essere donna in Russia, libera sì, ma fedele al partito: se Anna Achmatova neppure provava a esserlo, evidentemente era chiusa, bigotta, religiosa, cioè, in una parola: antisovietica!

Devo avvisarti, però, Ždanov si ribellerebbe a questa mia lettura delle cose. Protesterebbe che chiamava Achmatova "puttana" in maniera tutt'altro che ideologica o metaforica, perché "puttana", per lui, lo era davvero, come dimostrerebbero i suoi diversi mariti e amanti che il regime si premurò di fucilare o di mettere in carcere.

Tra gli anni venti e l'inizio degli anni cinquanta, come credo avrai studiato, in Russia furono fucilate settecentomila persone. Tra queste c'era il primo marito di Anna, il poeta Nikolaj Gumilëv, accusato di attività antisovietica. Il suo terzo compagno, invece, Nikolaj Punin, morì, internato per le stesse accuse, in un Gulag nel Nord della Russia.

Ma su tutto, già lo so, Ždanov farebbe valere quella notte passata da Achmatova in compagnia del grande filosofo britannico di origini ebraiche Isaiah Berlin.

Perché Berlin passò una notte da Anna Achmatova?

In Europa lei era molto amata. Si sapeva che le cose per gli intellettuali russi andavano molto male dopo la rivoluzione. Si sapeva delle purghe e dei campi di lavoro correttivi, delle fucilazioni sommarie e delle carcerazioni arbitrarie. Probabilmente Berlin provò a mettersi in contatto con Anna per capire se fosse ancora viva e fino a che punto l'avessero piegata. Sono sicuro che Berlin volesse incontrarla per lo stesso motivo per cui ognuno di noi vuole incontrare i propri scrittori di riferimento. Per un fatto banale: le loro parole si rivolgono proprio a noi, parlano proprio di noi, capiscono proprio la nostra condizione. Quando ci accorgiamo che qualcuno ci vede, che qualcuno ci comprende, al punto da riuscire a spiegare le nostre vibrazioni più interne, poi è matematico, inizia l'amore.

I versi di una poetessa, le parole di una scrittrice, non sono mai solo parole, ma la risultante di un milione di altre parole. Parole incubate nell'arco di una vita: lette, studiate, analizzate, interiorizzate, fatte crescere dentro di sé lentamente. Ognuna il riflesso di altre mille. Ognuna frutto di stratificazioni complesse. Ognuna impastata di pensiero e di vita, di alto e di basso, di teoria e di prassi, di momenti passati a leggere e momenti spesi a vivere. Di file davanti al teatro e alla cassa del supermercato.

Lo stesso ordine attraverso cui una parola trova posto nel verso o nelle righe di una prosa è conseguenza di tutte le parole pensate, selezionate, accolte, rielaborate, masticate, vissute, digerite. E dietro ogni parola un pensiero, un libro letto, un gesto compiuto, una scelta operata, una rinuncia fatta, una battaglia intrapresa. Berlin questo sapeva e questo cercava: voleva vedere gli occhi che avevano selezionato le parole che lui aveva letto, sentire il timbro della voce che le aveva pronunciate, assorbire il sorriso che le aveva accompagnate. Voleva essere sedotto per la seconda volta, e definitivamente, da chi l'aveva atterrito con la *sola* forza delle parole.

Per questo sfidò le restrizioni della Russia sovietica, rischiando la vita e facendola rischiare ad Anna Achmatova.

Giunto a Leningrado, nel novembre del 1945, in veste di diplomatico britannico – quindi per i sovietici in veste di spia – si mise a cercare disperatamente notizie su di lei. Quando seppe che era ancora in vita, pretese il suo indirizzo. Poi, folle e sconsiderato, bussò alla sua porta.

Lui, allora, era uno sconosciuto. Un uomo qualunque. Lei la più grande poetessa russa vivente.

All'epoca Achmatova abitava in quello che era stato un palazzo nobiliare, poi requisito e diviso tra più famiglie.

Nella poca, pochissima, intimità di quella casa, come poi

sarebbe stato riferito a Ždanov, “il giudeo e la puttana” trascorsero una notte insieme.

A fare che cosa? Non lo so. Questa è la domanda che fece impazzire Ždanov: c’erano ancora in Russia cose che il regime non riusciva a impedire. Nonostante tutti gli sforzi compiuti con zelo dalla burocrazia di partito, la poesia della vita ancora risuonava.

Se, però, non aveva potuto evitare quell’incontro – avvenuto di sorpresa, per il colpo di testa di un filosofo caparbio – poteva almeno punire Achmatova per averlo permesso e protratto così a lungo.

Le fu requisita la tessera alimentare, e qualche anno più tardi le arrestarono di nuovo il figlio. Questa volta per mandarlo nei Gulag: dieci anni di lavori forzati. Nessuno tornava da detenzioni così lunghe in Siberia. Fu a quel punto che Anna Achmatova interruppe ogni contatto con Berlin – che la cercò ancora – e compose una raccolta di poesie in onore di Stalin.

Questo fu il prezzo che dovette pagare per far sopravvivere suo figlio nella Russia sovietica.

GRIDALO QUANDO COPRONO DI FANGO
GLI UOMINI DI BUONA VOLONTÀ,
QUANDO DERIDONO GLI EROI.

Nel suo *Impressioni personali*, trad. it. di Gilberto Forti, Adelphi, Milano 1989, Isaiah Berlin scrive: “Tutta la sua vita fu un ininterrotto atto d’accusa contro la realtà russa.”

Circa il silenzio mantenuto da Achmatova per molti anni, lei stessa ne scrisse: “Hanno frustrato a morte la mia Musa.” Vedi Anna Achmatova, *Frantumi*, in *La corsa del tempo*, *Liriche e poemi*, a cura di Michele Colucci, Einaudi, Torino 1992.

L'espressione i "tribunali della coscienza" è una citazione da Adriano Prosperi, *Tribunali della coscienza. Inquisitori, confessori, missionari*, Einaudi, Torino 1996.

Lo stralcio di lirica che ho fatto iniziare con "Una voce mi chiamava confortevole", tratta dalla raccolta *Piantaggine* del 1921, è citata da *Luna allo Zenit e altre poesie*, a cura di Bruno Carnevali, Passigli, Firenze 2007.

Anna Achmatova rispose alla richiesta di raccontare il dolore delle donne in fila davanti al carcere con *Requiem*, raccolta di poesie scritte tra il 1935 e il 1961, mai pubblicata in URSS, ma ben conosciuta all'estero: in Italia è stata pubblicata in Anna Achmatova, *Poema senza eroe*, a cura di Carlo Riccio, Einaudi, Torino 1966.

Il frammento che inizia con "E se un dì pensassero" è tratto da *Epilogo*, lirica riportata in Anna Achmatova, *La corsa del tempo*, cit.

Per la dedica con cui Aleksandr Solženicyn apre *Arcipelago Gulag*, vedi Id., *Arcipelago Gulag. 1918-1956. Saggio d'inchiesta narrativa*, trad. it. di Maria Olsùfieva, Mondadori, Milano 1974.

"L'infelicità vuole essere parlata" è un voluto richiamo a "Il calabrese 'vuole essere parlato'" di Corrado Alvaro (vedi Id., *Un treno nel Sud*, Rubbettino, Soveria Mannelli 2016). Alvaro racconta di un regista romano che girava in auto in una delle aree più povere della Calabria. Un gruppo di donne scalze, con pesanti ceste sulla testa, gli si fece incontro. Il regista mise mano al portafogli: "No," disse una delle donne, "non cerchiamo denari. Voi venite da Roma. Raccontate a Roma quello che vedete in mezzo a noi."

ÉMILE ZOLA

11.

IO VI VEDO

> Sono offeso da tutte le parti;
> è il destino degli scrittori;
> sono uccelli su cui ognuno spara
> mentre sono in volo, e poi,
> una volta che gli hanno spezzata l'ala,
> faticano a riguadagnare la tana.
> Voltaire

Alla fine dell'Ottocento i palazzoni parigini dai tetti d'ardesia erano già stati frammentati e divisi in una miriade di piccole unità abitative, sempre più anguste, sempre più lerce. Divisi e divisi, a formare da due quattro, da quattro otto, da otto sedici appartamenti; e le soffitte riempite di bagni, bagni sovraffollati e comuni a servire una folla di inquilini, che da sedici erano diventati trentadue e da trentadue sessantaquattro, da sessantaquattro centoventotto... Superfetazioni, stanze-dormitorio affollate non solo di esseri umani di ogni età ma anche di ratti, cimici, pulci, pidocchi, scarafaggi, vapori, fumi, umidità. E freddo, tanto freddo in quei rigidi inverni di fine Ottocento.

Quando il freddo morde, non resisti. Bruceresti qualsiasi cosa pur di dare avvio al miracolo della combustione. Prendi un bidone, un catino, un pentolone, magari deformato, bucato, purché sia di metallo, poi gli dai in pasto tutto quello che trovi affinché ti restituisca un po' di calore, magari solo una pallida parvenza, qualcosa che ti distragga dal gelo martellante.

Lo facevano già i romani, e infatti già loro morivano, per via dei bracieri.

Perché il fuoco va maneggiato con cura. Non si dice sempre "non scherzare con il fuoco" per dire che il fuoco è più nemico che amico? Il fuoco ti abbraccia con il suo calore, però al contempo prova a gasarti con il monossido di carbonio, così, giusto per saggiarti, per vedere fino a che punto sai resistere alle due facce del suo temperamento.

Monossido di carbonio. Quando l'aria ne è satura, non ti risvegli più.

Morire per via di un braciere o di una stufa è frequente ancora oggi. Dove la povertà dilaga, lo capisci perché dilagano le stufe e i bracieri improvvisati, a lenire una miseria che non si riscalda mai.

Nelle soffitte parigine di fine Ottocento morivano asfissiati i poveracci, quelli di cui si occupava Émile Zola nei suoi romanzi. Sì, Zola voleva che le sue pagine parlassero dei poveracci.

Ora, prova a guardare dentro a questa stanza in rue de Bruxelles, civico 21 bis.

Ti do un indizio. È il 29 settembre del 1902.

Che cosa vedi?

Uno scrittore, Émile Zola, morto asfissiato da fumo e fuliggine.

Se vedi questo, allora vuol dire che, però, non ti stai concentrando abbastanza.

Guarda meglio.

Infatti. Non è morto asfissiato. È morto d'isolamento.

Tu oggi lo studi a scuola come il grande maestro della letteratura francese naturalista, ma quando era vivo accadde invece che amici e nemici si coalizzarono per spiegargli che non fosse un letterato: né grande né mediocre. Lo scrittore Léon Bloy lo definiva "un colossale sciocco", "un profanatore di anime"; Jules Claretie, all'epoca amministratore generale della Comédie Française, scrisse che "i suoi libri odoravano di fango", che "un odore di bestialità promanava da tutte le sue opere"; il critico teatrale Francisque Sarcey lo definì "un cattivo letterato"; lo scrittore e giornalista Louis Ulbach disse che il suo *Thérèse Raquin* era "putrido"; si sostenne anche che scrivesse per avere un reddito e non per fare arte. Di lui dissero è il "re della feccia" e "viscida" definirono la sua letteratura.

Zola, lo sai, era uno che credeva nella forza della parola. Pensava che se tu descrivi una realtà infame, quella realtà poi, per il solo fatto che ne hai parlato, inizia a cambiare, l'hai tolta dal buio e per molte vie la luce porta un cambiamento. Questa è la ragione per la quale nei suoi romanzi non trovi storie di dame raffinate, di incomprensioni tra padri e figli, di nostalgie d'infanzia, di amori traditi, di viaggi esotici. No, nei suoi romanzi solo miseria. Ingiustizia sociale e povertà. E ancora povertà. Miseria e un'ingiustizia sociale che grida.

Solo storie di disgraziati che scommettono sulla propria barcollante sopravvivenza, e poi, immancabilmente, uno sgambetto e cadono a terra, senza rialzarsi.

I quartieri operai erano il suo campo d'esplorazione e la sua ossessione. Bassifondi cupi dove se non eri nato non mettevi piede manco morto. E per fare che cosa, poi? Per assistere allo spettacolo delle mezze baldracche che ciondolavano tutto il giorno, mentre i loro piccoli bastardi gattonavano tra ratti e cimici? Per deprimerti a guardare omoni sciancati, orrendamente deformi, strafatti di alcol e semisvenuti su montagne di lerciume? Incidenti sul lavoro, li chiamiamo oggi. Quelli che ti deformano il corpo, impedendoti di lavorare. Solo che all'epoca non c'era alcuna assicurazione contro gli infortuni sul lavoro – hai ragione, spesso neppure oggi – e il lavoro per questi "rifiuti" della società arrivava solo a giornata, se andava bene.

A sera, anche quando avevi ricevuto la paga, ti rendevi conto che non sarebbe bastata per un pasto decente o per l'affitto di una notte. Allora meglio bersela. Una bottiglia d'acquavite della peggiore qualità e guadagnavi un'ora d'aria dalla tua vita. Roba che bruciava in fretta, ti masticava l'intestino, e se eri fortunato ti faceva pure vincere un posto nell'aldilà.

Zola, invece, in quei quartieri ci andava di continuo, a rimirare lo spettacolo infame della vita: studiava i volti, registrava i nomi, annotava le loro storie. Dieci, cento, mille storie. Più ne raccoglieva, più ne aveva fame. Schedare, catalogare, raccogliere, documentare, testimoniare. Per Zola questo solo aveva un senso. Per Zola questo solo doveva fare uno scrittore: farsi reporter del baratro, fotografare l'abisso. Giunto al fondo, rimandarne l'immagine in superficie. E nessun commento a quella foto, solo il ritratto delle cose, prese così, per quello che sono, come un urlo, senza nessuna consolazione, neppure quella della retorica, dell'indignazione o della solidarietà.

All'inizio questa roba faticava a trovare interlocutori. Gli editori dicevano che la gente voleva solo evasione e divertimento, e personaggi in cui identificarsi, che conducessero una vita simile a quella dei lettori. Invece la sua scrittura divenne presto contagiosa. Iniziò ad aumentare in maniera esponenziale il numero delle persone che volevano guardare dentro a quelle ferite, per capire da dove iniziare a curarle. E, cosa ancora più incredibile, le persone si riconoscevano in quelle ferite. Capivano che, anche se non appartenevano al mondo che lui raccontava, quelle storie erano le loro, quello era il mondo che sfioravano ogni giorno, che colpevolmente alimentavano, da cui provenivano o in cui temevano di finire.

Ma ora seguimi, lasciamo i quartieri operai della banlieue parigina e dirigiamoci verso quelli altoborghesi del centro. Qui c'erano aiuole ben curate e dietro alle vetrine delle pasticcerie spuntavano già allora *macarons* e *crèmes brûlées*. I bambini vestivano bene e non giocavano scalzi per strada.

Ebbene, sorpresa: a un certo punto Zola volge lo sguardo verso questi quartieri.

È che nei boulevard puliti e ordinati della Parigi di Haussmann vive un ufficiale di stato maggiore finito al centro del più clamoroso caso politico-giudiziario della Francia di fine Ottocento: Alfred Dreyfus.

Dreyfus è un ufficiale francese, un capitano d'artiglieria metodico e scrupoloso, zelante e patriota ai limiti dell'ottuso. Fa il militare per passione, perché la sua famiglia è talmente benestante che lui non avrebbe bisogno di lavorare.

Devi pensare – probabilmente lo sai – che la Francia di fine secolo è una Francia un po' ammaccata, che non riesce a scrollarsi di dosso la vergogna della sconfitta di Sedan, inflittale dalla Germania nel 1870 durante la guerra franco-prussiana. Una sconfitta che aveva portato alla caduta del Secondo impero francese e all'accrescersi, negli anni, di un profondo sentimento nazionalistico di ostilità e rivalsa. In questo clima di umiliazione e fastidio, si viene a scoprire che tra i ranghi dell'esercito si annida una spia dei tedeschi. Immagina che cosa voglia dire, in un paese in ginocchio, soffiare sul fuoco del risentimento, tamburellare l'adagio del traditore che passa informazioni riservate e vitali ai nemici della nazione.

Nel 1894 le autorità vengono in possesso di un documento inquietante. Una lettera senza firma e senza data, trovata nel cestino della carta straccia di una delle postazioni dell'ambasciata tedesca a Parigi. L'autore, s'intuisce a una prima lettura, è un ufficiale francese, e offre di consegnare al destinatario, evidentemente tedesco, documenti militari di una certa importanza per la sicurezza nazionale.

Gli indizi portano a sospettare di un numero ristretto di ufficiali. Uno di loro è ebreo. È il capitano che ti ho appena presentato. La grafia della lettera che ha destato i sospetti – dicono – è davvero simile alla sua. Ora è chiaro che se di tradimento si tratta, la spia non può che essere lui. Perché gli ebrei non sono francesi né tedeschi né italiani. Sono ebrei e basta.

Se Dreyfus s'illude di essere francese è solo perché ha una percezione distorta della realtà. Per la maggior parte dei francesi gli ebrei restano, in ogni caso, degli stranieri, e uno straniero – lo sai – è sempre un potenziale traditore.

Una campagna diffamatoria divampa sulla stampa francese. C'è la Lega dei patrioti, un movimento fondato qualche anno prima, poi sciolto dal tribunale penale della Senna, i cui adepti continuano a lavorare nell'ombra per soffiare sulle paure dei francesi. Paure che alimenta per potersi presentare poi come la parte politica che li salverà. Al capitano "giudeo" viene attribuito di tutto: Dreyfus è un femminaro, un cospiratore, un complottista, un avido, un riccone, un amico dei potenti, un profittatore, un sadico, uno speculatore, un cinico, un traditore, una spia.

In una gelida mattina d'inverno, nel cortile dell'École militaire di Parigi, Alfred Dreyfus viene degradato: gli strappano le mostrine, gli spezzano in due la sciabola d'ordinanza.

Lo sai lui che cosa fa? Grida: "Vive la France!"

Sia chiaro. Io non voglio farti riflettere sui traumi di una mancata integrazione, voglio parlarti di Émile Zola. Zola che si alzò in piedi. Zola che disse "J'accuse", cioè "Io vedo". Lascia stare, so bene che la traduzione letterale è "Io vi accuso": ma credimi, Zola sta dicendo "Io vedo!" Vedo che le cose non stanno come voi le raccontate, vedo che Dreyfus non è una spia, vedo che siete i volenterosi complici di una farsa, vedo che siete solo bravi a menare le mani quando siete cento contro uno.

Ora capisci perché Zola viene lasciato da solo a morire? Basta un solo uomo in rivolta e il potere poi frana, la menzogna scricchiola e l'arbitrio arretra.

"J'accuse", il lungo appello di Émile Zola al presidente della Repubblica francese in difesa di Alfred Dreyfus, pubblicato su *L'Aurore*, fu letto da milioni di francesi. E sortì il suo effetto. Dreyfus fu scagionato e, qualche anno dopo, reintegrato nell'esercito.

Certo, non dimentico che ci volle un tempo infinito prima

di arrivare a questo: dodici anni durante i quali Dreyfus fu travolto da uno scandalo di risonanza mondiale, per una colpa mai commessa. No, non voglio sorvolare neppure sulla condanna a "deportazione perpetua in un recinto fortificato", né sui cinque anni ai lavori forzati nel penitenziario dell'Isola del Diavolo, la colonia penale della Guyana francese, considerata allora una remotissima parte del mondo. Lo immagini, no? I carcerieri che si divertirono a torturarlo con vessazioni continue, solo per il gusto di rendere quell'isola all'altezza del suo nome. Immagina anche cosa accadde alla sua famiglia a Parigi: perse posizione e reputazione, e faticava a ricevere notizie su quanto accadeva a ore e ore di oceano. Ma chi vuoi che si curi della dignità di un uomo che è a così tante miglia da casa, sottratto alla vista degli amici, nascosto all'opinione pubblica che potrebbe fare pressione sul governo? Non pensi anche tu che questa è la ragione per cui lo si mandò così lontano, per toglierselo dalla coscienza? Per impedire che il tanfo di quella colossale ingiustizia, di quel vergognoso caso giudiziario, s'infilasse nelle mucose dei francesi già al mattino presto, quando seduti a un caffè leggevano il giornale e mangiavano un croissant? E infine, quando saltarono fuori le prove della falsità totale delle accuse, fu proposto a Dreyfus di chiedere la grazia... Proprio così, la grazia, cioè il *perdono*! Riesci a sentire nel tuo stomaco quello che provò Alfred Dreyfus quando il suo avvocato gli chiese di firmare la richiesta di grazia?

Eppure la ferita di Dreyfus che più sento dentro alla carne è quella che forse a te apparirà la meno grave: il modo in cui fu reintegrato nell'esercito.

Dopo la revisione finale del processo, quando si arrivò alla cancellazione della condanna, venne fissata – com'era d'obbligo – la data per la cerimonia. Te lo immagini Dreyfus quel giorno? Riesci a vederlo quest'uomo, travolto dalla tempesta da quando ha trentacinque anni, ora che ne ha quarantasette e ne dimostra dieci di più? Un uomo che porta impresse sul suo corpo tutte quante le piaghe di ciò che è stato: cammina male, non tiene la schiena bene dritta, parla a scatti, ha lo sguardo appannato. Ebbene, quest'uomo arriva finalmente a vivere il giorno del suo riscatto! Quel giorno è per lui la riabilitazione piena agli occhi del mondo, è il momento di gridare la sua innocenza, di far sapere che chi lo aveva incastrato lo aveva fatto con dolo, per coprire la propria corruzione e il proprio tradimento. Quello era il giorno della resa finale, il giorno in cui tutti gli si sarebbero stretti attorno per stringergli la mano, scusandosi! Molti avrebbero abbassato gli occhi, non osando confessargli di aver dubitato di lui, spinti dalle menzogne della cattiva stampa. Ebbene, la scena del suo trionfo non si decise, però, di girarla nel luogo in cui tutto era iniziato. Non nella grande corte dell'École militaire di Parigi, la Cour Morland, in cui dodici anni prima gli erano state strappate le mostrine e spezzata la spada d'ordinanza mentre i giornalisti si accalcavano dietro la cancellata. No, la scena finale, proprio quella che avrebbe dovuto sovrapporsi, cancellandola, a quella iniziale, si preferì girarla nel cortile interno, piccolo e riservato, quasi si dovesse occultare un cadavere. Dreyfus non resse molto a quel reintegro "con disonore". Un anno dopo lasciò l'esercito. La sua vita, ormai, si era storta per sempre. Qualche anno dopo, quando la stessa Francia che aveva cercato di annientarlo, allo scoppio del primo conflitto mondiale lo richiamò in servizio, tornò, e fece quel che doveva per il paese che, nonostante tutto, considerava ancora il suo.

Ma Zola? Cosa accadde a Zola che lo aveva così fortemente difeso? Zola morì per le esalazioni di un braciere nel 1902, prima di poter assistere alla completa riabilitazione di Dreyfus, nella stanza in rue de Bruxelles, civico 21 bis. Viveva ormai ostracizzato da anni. Non era più lo Zola di *Germinal*, dei tempi in cui i suoi romanzi dominavano il mercato editoriale e i suoi articoli influenzavano l'opinione pubblica. L'aver difeso Dreyfus gli era costato due condanne, una in primo e una in secondo grado, per vilipendio delle forze armate.

Alla fine fu amnistiato, cioè "perdonato", non scagionato. Ma chi dubitò di lui? Il processo a Dreyfus fu lunghissimo, molti furono gli anni della sua detenzione, molti furono i modi in cui la verità fu insabbiata, in cui l'opinione pubblica fu spinta a sospettare che fosse davvero Dreyfus il traditore, quello che aveva passato notizie riservate all'esercito prussiano. Moltissimi furono allora gli articoli di giornale spesi per spiegare che Zola fosse un degenerato, un dissoluto, uno che probabilmente aveva difeso Dreyfus solo per farsi pubblicità, per stare sotto i riflettori e vendere così di più i suoi libri. Dissoluto perché? Perché, vedi, coloro che vivono distorcendo la verità non usano mai argomentazioni per contrastare: tu dici bianco, io dico nero. Così fa solo chi rispetta le regole. Ma chi vuole solo vincere la partita non prova neppure a contrapporre alla tua idea la sua, alla tua proposta la sua, alla tua visione la sua visione del mondo. Troppo rischioso! Queste persone non risponderanno mai contrapponendo a un teorema un altro teorema, a una data un'altra data... Queste persone cercheranno sempre e solo di distruggere il loro avversario con un attacco personale. E poi prevale spesso un triste meccanismo: quando in merito a un caso giudiziario lo stravolgimento della verità diventa sistematico, nessuno vuole più sentirne parlare. Sei giovane per ricordarlo, ma in Italia accadde questo negli anni ottanta: un popolare conduttore televisivo, Enzo Tortora, fu accusato da un pentito e il processo che ne seguì fu talmente lungo da trasformarsi in un derby tra colpevolisti e innocentisti. Alla fine tutti tifavano, senza curarsi più della verità. Che fosse colpevole o innocente ormai non interessava a nessuno, e nessuno avrebbe più accettato di vedere la sua faccia sbucare il venerdì sera dallo schermo della TV. Il semplice suono della sua voce, i tratti del suo viso ormai erano legati indissolubilmente a quel "caso" doloroso e controverso. Enzo Tortora fece in tempo a veder proclamata la propria innocenza, tornò in TV ma quella vicenda lo aveva segnato per sempre. Due anni dopo morì, prima di compiere sessant'anni.

Quanto a Émile Zola, nessuno ormai sembrava ricordare che era stato il più innovativo scrittore di Francia. Tutti associavano il suo nome sempre e solo al caso Dreyfus e a ciò che quel caso significava in termini politici. Gli amici di un tempo iniziarono a tenersi alla larga per non venire travolti insieme a lui. Condannato, come ti ho detto, per aver leso l'onore delle forze armate, fu costretto a fuggire in Inghilterra, e al suo ritorno in Francia la sorte non gli concesse nemmeno di partecipare alla piccola cerimonia di reintegro nei ranghi di Dreyfus: nel freddo settembre del 1902, le esalazioni prodotte dalla brace del suo camino fermarono per sempre la sua penna.

Sulle circostanze di questa morte furono avanzate diverse ipotesi: ma ogni dubbio fu presto insabbiato. Henri Buronfosse, fumista di professione, aderente al gruppo antisemita e nazionalista della Lega dei patrioti, si fece sfuggire con un amico di aver messo un tappo in cima allo sfiatatoio della camera da letto dello scrittore.

Prove non ce ne sono!, mi dici tu. Non importa. Io non faccio l'ispettore di polizia. Io so che Zola l'hanno ammazzato. E non l'hanno ammazzato solo gli antisemiti della Lega dei patrioti. Zola l'hanno ammazzato i suoi colleghi, quelli che non si schierarono con lui. L'hanno ammazzato gli uomini di stato che non lo protessero. L'hanno ammazzato i giornalisti che accettarono di pubblicare commenti come quelli che ti ho riferito.

Quando il monossido di carbonio prodotto dalle braci del suo camino cercò un varco per togliere il disturbo, trovò il tappo messo dalla Lega dei patrioti. Si rassegnò, ridiscese e si acquattò nel letto con Zola. Buronfosse e i suoi compari, il mattino seguente, brindarono alla notizia della sua morte, così come all'Ucciardone i corleonesi brindarono alla notizia che Giovanni Falcone non ce l'aveva fatta a sopravvivere all'attentato.

Tu pensaci sempre, prima di isolare qualcuno che lotta per i diritti di tutti, perché quando lo fai è come se tu lo spingessi con le tue stesse mani dentro a un cono d'ombra. E di quel cono d'ombra approfitteranno i suoi nemici.

Te le ricordi le liste di proscrizione di epoca romana? Mettendo il tuo nome sulla lista dei proscritti, lo stato non s'incaricava materialmente della tua morte, la chiamava su di te. Era come dire a un potenziale assassino: "Accomodati, perché quest'uomo non vale più nulla." "Accomodati, perché nessuno ti punirà per la sua morte." "Accomodati, perché io mi sposto, te lo metto in luce, cosicché tu prenda meglio la mira." Le liste di proscrizione erano un modo per eliminare qualcuno, senza assumere su di sé la responsabilità di averlo fatto.

GRIDALO QUANDO UCCIDONO I POETI.

Di Émile Zola non si può prescindere dal leggere il *J'accuse*, il manifesto di tutti quelli che si schierano. Una delle edizioni italiane è quella a cura di Alessandro Mola, Garzanti, Milano 2019.

Per il trattamento riservato a Dreyfus, le pagine più significative sono le sue: Alfred Dreyfus, *Cinque anni all'Isola del diavolo*, trad. it. di Paolo Fontana, Medusa, Milano 2005.

Per tutti i dubbi sulla morte di Zola, vedi Frédéric Lewino, Gwendoline Dos Santos, "29 septembre 1902. Le jour où Émile Zola est assassiné par un fumiste", in *Le Point*, 29 settembre 2012, https://www.lepoint.fr/c-est-arrive-aujourd-hui/29-septembre-1902-zola-son-epouse-et-les-chiens-sont-retrouves-asphyxies-accident-ou-meurtre-29-09-2012-1511506_494.php.
E sempre su questo tema vedi il testo di Jean-Paul Delfino, *Assassins! Les derniers jours de Zola*, Éditions Héloïse d'Ormesson, Paris 2019.

ESPERIMENTI

FRATELLI GRIMM

12.

LE PAROLE DEL POPOLO

Avete taciuto abbastanza. È ora di finirla di stare zitti! Gridate con centomila lingue. Io vedo che a forza di silenzio il mondo è marcito.

Caterina da Siena

C'è una cosa che immagino abbiano insegnato anche te, si leggeva nel manuale di letteratura del liceo: le storie dell'*Iliade* e dell'*Odissea* sono state create dall'anima del popolo greco e poi tramandate per secoli, oralmente, di generazione in generazione. Poi arriva Omero, quelle parole volatili vengono intrappolate in un testo scritto e fine della tradizione orale.

Sono quasi certo che a te, come a me, quando eri bambino abbiano raccontato le favole di *Hänsel e Gretel* o dei *Messaggeri della morte*, scritte dai fratelli Grimm.

Ma che c'entrano i fratelli Grimm con Omero?

Questi due casi letterari, apparentemente distanti nello spazio e nel tempo, hanno un insolito punto di contatto. Nel caso di Omero, si tende a negargli la paternità della sua opera. Si dice che non fu lui a creare, ma che si limitò a raccogliere le mitiche gesta partorite dall'anima popolare greca. Nel caso dei Grimm, invece, sono loro stessi a rigettare la paternità delle proprie fiabe. Loro non hanno creato, ci avvertono, hanno solo raccolto, dalla viva voce del popolo, le sue tradizioni e le sue storie.

Vedi, i Grimm oltre a essere eccezionali scrittori erano anche etnografi. Il che vuol dire che passavano più tempo a ramazzare parole tra il puzzo delle stalle e l'untume dei focolari che a scrivere nel chiuso delle proprie stanze. La Foresta Nera la batterono tutta, sasso per sasso, dirupo per dirupo. Schedarono quasi tutto il paesaggio umano che abitava in quei paesi tormentati dalla fame e dal lavoro duro. Volti deragliati, informi, ferini. Lupi veri che sembravano usciti dalle loro fiabe, efferate e truculente.

Per cercare le parole del popolo, rivoltarono vecchi materassi ammuffiti e sedie sgangherate, le scovavano sotto stuoini infestati da pulci, le trovavano avvolte in coperte piene di zecche. Parole primitive, che poi portarono a casa e su cui iniziarono a lavorare. Ma più ci lavoravano, più sentivano di tradire quella materia viva che avevano messo insieme con tanto sforzo. Ogni macchia d'inchiostro sulla carta era una ferita inferta al blocco di marmo puro, che a ogni colpo cambiava pelle, che a ogni intervento perdeva un po' della sua carne. Questo appariva loro come un imperdonabile tradimento dell'anima popolare. Non si assolvevano per aver adulterato la parola del popolo, l'unica che per loro contasse, l'unica nella quale credessero. Allora si giustificarono, dissero che intervenire su quella parola non era stata falsificazione, ma metodo. Un metodo che intendeva restituirle il suo respiro più profondo, la sua verità più nascosta, la sua forza primitiva. Non stavano adulterando la parola del popolo, la stavano solo tagliando per renderla inalabile.

Nessuno però gli credette. Anzi, gli obiettarono che in mezzo al popolo avevano al massimo potuto raccogliere balbettii, sussurri, suggestioni, ma che poi la materia di quelle narrazioni era farina del loro sacco. Avevano munto qualche parola dal *Volk*, dal popolo, ma i creatori delle storie erano loro. Dovevano smettere di negarlo: avevano creato. Ma per i Grimm tutto questo era inaccettabile, perché la materia, l'arte, la parola, il pensiero, la verità appartenevano al popolo, e al popolo soltanto. Anche oggi si dice questo, che la verità appartiene al popolo. Solo il popolo ha idee sane, perché le idee del popolo sono vere.

Molti decenni dopo la loro morte, intorno agli anni quaranta del Novecento, un professore dell'Università di Venezia pensò che se i Grimm avevano davvero ragione, se solo il popolo sa creare, allora tutti potevano provare l'esperimento. Mise insieme una squadra di interpreti, di filologi, di antropologi e sbarcò sugli altopiani interni dei Balcani: terre spoglie, avare, ostili, prive di vie di comunicazione, rimaste chiuse per secoli. Se ancora esistevano in Europa delle enclave non contaminate, che avevano mantenuto integra la purezza della loro gente, quelle terre si trovavano lì.

Per mesi i componenti di quella squadra mangiarono con quelle genti, risero con loro, si commossero con loro. Non dormirono, però, con loro. Non dormirono affatto, rimasero vigili per tutto il tempo, avidi come avvoltoi, pronti a catturare ogni singola parola che uscisse da quelle bocche: verbi, sostantivi, ma soprattutto aggettivi. Perché negli aggettivi, lo sai, risiede il giudizio e quindi il pensiero.

Ammassate nel buio delle bisacce degli studiosi, le parole raccolte sbarcarono in terra consacrata dal bitume e dall'acciaio. Svuotate su tavolacci da laboratorio, furono analizzate, osservate al microscopio e poste a contatto con sostanze reagenti, finché rivelarono la loro vera composizione: il 90% era materia che aveva già vissuto sotto altra specie, omerica, biblica, *milleunanottica*, e solo il restante 10% era parola nuova, pura, non "tagliata".

Vedi, popolare non è quello che il popolo produce, popolare è quello che il popolo raccoglie. Quello che tra il popolo si diffonde, prende dimora, diventa moda, archetipo, struttura, categoria. Il popolo creatore non esiste, per la buona ragione che il popolo non esiste. "Popolo" è una parola astratta, un nome collettivo che sta a indicare un insieme di pezzi singoli che per comodità discorsiva consideriamo nel loro insieme.

In contemporanea mille teste possono ascoltare una storia, ma in contemporanea mille teste non possono partorirla. Tutti insieme non siamo capaci di pensare un'idea; le nostre idee sono per forza pensate in solitaria, e in un secondo momento condivise, postate, contagiate, diffuse. E questo vuol dire responsabilità. Questo vuol dire che quando tu, o io, esprimiamo idee, postiamo frasi, siamo responsabili delle parole che diciamo e che potrebbero venir raccolte, diventare virali. Vuol dire che all'origine di ogni processo di costruzione della parola dobbiamo sempre e comunque immaginare un mazziere, un burattinaio, un giocatore occulto, uno che dà avvio a tutto il processo. Uno che prepara la scena, scrive il copione e assegna i ruoli. Uno che gioca con le parole, come se le parole non avessero un peso, come se le parole non accendessero micce, non facessero detonare esplosivi, non uccidessero persone.

Se giochi con le parole, quando lo tsunami si gonfia non smarcarti, non dire che non è colpa tua, che è colpa del "popolo", che il popolo è bestiale, è volgare, è feroce, perché non è il popolo a essere bestiale, sei tu. Non è il popolo che crea e gli autori che raccolgono, ma gli autori che creano e il popolo che raccoglie: e vedi, il fatto che il processo sia inverso rispetto a come lo avevano immaginato i Grimm è qualcosa che puoi osservare oggi soprattutto nel Web. Contrariamente a quanto sento ripetere, il Web non è la personificazione del popolo. I populisti vogliono farci credere questo. I populisti vogliono farci credere che stanno dando voce a quello che il popolo vuole. E magari fanno anche in modo che dei software mettano migliaia di like a idee che vogliono far passare come "popolari", ma che sono solo le loro idee. Idee che giurano di aver ramazzato nelle osterie e negli autobus su cui viaggiava il popolo, ma che sono loro stessi ad aver consegnato al popolo, ad aver diffuso urlandole nei comizi e postandole sui social media.

Alla fine, però, tutti ci caschiamo. Tutti ci lasciamo convincere che sia "il popolo" a pensare quello che loro pensano e a volere quello che loro vogliono.

Tu non crederci mai.

Il popolo, se esistesse – e ti ripeto, è solo una formula discorsiva, un'astrazione –, si comporterebbe come farebbe ognuno di noi se al supermercato trovasse una sola marca di detersivo: comprerebbe quello, nonostante lavi male e lasci un odore nauseante sui vestiti.

Sai perché ho la certezza che oggi il Web non incarni affatto lo spirito del "popolo"? Perché quando il Web è nato, non era così. Non era dominato da dinamiche di polarizzazione, banalizzazione, manicheismo: bianco-nero. Chi si collegava aspirava a dare e ricevere aiuto. Voleva curiosare, scoprire, condividere esperienze. Voleva permettere a una delle sue identità – magari quella più vera, certamente quella più nascosta – di esprimersi in libertà. L'anonimato sotto cui spesso si celava l'identità di chi entrava in Rete non era una falsa identità, ma una delle sue identità. Uno dei "centomila" che convivono dentro di noi. Permetteva a quella parte di noi che per timidezza, vergogna, conformismo è quasi sempre costretta a restare in ombra di esprimersi liberamente. Per paradosso, ci permetteva di essere più autentici. Aveva la stessa funzione delle maschere del carnevale cinquecentesco: per un giorno, per una notte si poteva dire e fare qualunque cosa. *Semel in anno licet insanire*. Lo hanno insegnato anche a te, vero? Per un giorno all'anno era lecito dare libero sfogo ai desideri più profondi e a ogni contraddizione: il Web permetteva che quel giorno non finisse mai.

Quando Internet è nato era ancora una terra verdeggiante. I prati erano fioriti e l'acqua cristallina. Il vento che lo attraversava era una brezza leggera, quella della curiosità, persino della solidarietà. Ci collegavamo alla Rete per informarci, per sapere che cosa stessero facendo gli amici e i parenti o gli sconosciuti che sentivano il mondo come lo sentivamo noi. Poi questo spirito di condivisione solidale è stato aggredito. Tra le maglie della Rete hanno preso vita forme di aggregazionismo che hanno intravisto enormi possibilità di profitto, un po' come i palazzinari hanno guardato, all'inizio degli anni sessanta, a ogni distesa di erba verde della nostra penisola: metri quadri su cui far sorgere un grattacielo, un centro commerciale, una sfilza di villette a schiera. Così hanno violentato il terreno e tirato su alla svelta le celle dell'alveare, e gli esseri umani ci sono stati ammassati dentro senza altro fine se non quello del profitto. Polli in batteria da cui raccogliere uova ogni mattina.

Ma qual è il nesso tra il Web e Omero, e i fratelli Grimm? Eccolo. A infestare il Web non è stato l'arrivo del "popolo", il popolo violento e barbarico, dalle pulsioni basse che cercano un canale in cui sfogarsi, bensì l'arrivo di autori nascosti, non palesi, sconosciuti, ininterrottamente al lavoro su piattaforme pronte a convogliare ogni emozione, ogni desiderio ingenuamente espresso nella Rete in una corrente diretta dove loro, per convenienza, desideravano spingerla. L'odio, le fake news, il linciaggio, la diffamazione, il cyberbullismo, l'hackeraggio di dati personali non sono intervenuti a causa dell'"istintiva bestialità del popolo", ma perché le piattaforme hanno incominciato a proporre a ogni utente l'upgrade dei suoi peggiori istinti. Perché, nell'era dell'avvento dei social media e della guerra dei dati, vale la regola di sempre: quando siamo arrabbiati, quando ci sentiamo attaccati, esclusi, messi all'angolo, spendiamo di più e più voracemente. Perché dalla rabbia si trae maggiore profitto che dalla riflessione.

Ricordatelo: ogni copione ha un autore, per quanto bene possa nascondersi. Dalla solitudine e dalla potenza di visione degli autori nascono le opere letterarie che hanno forgiato il nostro immaginario, nascono interi universi di personaggi e di dèi. Ma possono nascere anche città circondate dal filo spinato, destinate a far proliferare le nostre fantasie più mediocri. Dietro a una storia che ci coinvolge tutti c'è sempre un autore:

di questo ero convinto da bambino quando ascoltavo le fiabe dei Grimm, da ragazzo quando leggevo Omero e oggi, mentre osservo la Rete.

GRIDALO CHE DI OGNI NOTIZIA CERCHERAI LA FONTE.

Per la prima edizione delle fiabe dei fratelli Grimm, quella che conteneva la stesura originale e più feroce dei racconti, vedi Jacob e Wilhelm Grimm, *Tutte le fiabe. Prima edizione integrale 1812-1815*, a cura di Camilla Miglio, Donzelli, Roma 2015.

A negare l'ipotesi di una genesi orale della poesia epica: Joseph Bédier, *Les légendes épiques. Recherches sur la formation des chansons de geste*, 4 voll., Champion, Paris 1908-1913, mentre per l'esperimento tentato nei Balcani da Italo Siciliano , il professore dell'Università di Venezia citato nel capitolo, vedi il suo *Le origini delle canzoni di gesta. Teorie e discussioni*, CEDAM, Padova 1940.

Vedi anche Italo Calvino, *Sulla fiaba*, Torino, Einaudi 1988.

CREDI IN UN'IDEA PERCHÉ È GIUSTA O PERCHÉ TI RASSICURA?

GEORGE SOROS

13.

IL COMPLOTTO

Ecco, l'empio [...] partorisce menzogna.
Salmi, 7,15

Dicono che le idee che si pensano a un piano alto di un palazzo siano migliori di quelle pensate a un piano basso. L'altezza è luminosità, è apertura, mette il cervello in condizione di lavorare di più ed elaborare pensieri più distesi e costruttivi. È per questo che i consulenti politici – persone chiamate a predisporre strategie – s'incontrano spesso ai piani alti.

Arthur ha un ufficio a un piano alto di un grattacielo di Manhattan. Ha una settantina d'anni e molta esperienza nel campo della consulenza politica. Si è fatto le ossa con pezzi da novanta come Richard Nixon e Ronald Reagan. Arthur è di destra, ma questo è solo un dettaglio, perché per un consulente politico non ha alcuna importanza che cosa si stia vendendo, ma sempre e solo come venderlo.

L'acme della sua carriera è arrivato con Netanyahu, il politico israeliano che appoggia le forze ultraortodosse del suo paese e reclama spazio vitale tra gli insediamenti oltreconfine. In realtà, a Netanyahu dell'identità ebraica importa poco, quello che gli interessa è vincere le elezioni, cosa che gli riesce bene da diversi mandati proprio grazie a consulenti esperti come Arthur.

Il fatto che potrebbe apparirti paradossale – ma non lo è – è che Netanyahu è amico di leader europei che appoggiano idee neonaziste. E i neonazisti, com'è noto, non hanno smesso affatto di odiare gli ebrei. In altre parole, mentre in Europa s'invocano i nazisti per ripulire città e campagne dai musulmani, in Israele Netanyahu accusa i musulmani di essere nazisti, precisando che non si tratta di un impiego maldestro del termine, ma della precisa accusa rivolta ai palestinesi di essere dei sanguinari antisemiti. Il loro antisemitismo, ricorda Netanyahu, ha radici storiche che affondano in quell'incontro del 1941, a Berlino, tra il Gran Mufti di Gerusalemme, Muḥammad Amīn al-Ḥusaynī, e Adolf Hitler. Incontro durante il quale i due leader decisero, una volta risolto "il problema ebraico" in Europa, di esportare quello stesso piano di sterminio in Medio Oriente. Il punto, però, è che Netanyahu inverte i rapporti di causa ed effetto, tanto che, nei suoi comizi preelettorali, è il Gran Mufti a suggerire a Hitler la soluzione finale, e non la soluzione finale già in atto a far nascere nel Gran Mufti l'idea di importarla.

L'obiettivo di Netanyahu, come è noto, non è la coerenza politica, ma l'appoggio di quelle forze di ultradestra che considera comunque meno pericolose rispetto alla sua sicurezza. Accade così che mentre in Europa Netanyahu stringe mani antisemite, fregandosene dell'antisemitismo, in Israele dà del nazista a chiunque gli si oppone.

Del resto, molto spesso per chi vuole vincere le elezioni la verità non è una priorità. Anzi la verità non influenza la tua campagna elettorale, né prima né dopo le elezioni. È la "new policy", quella secondo cui non ci si allea in base agli obiettivi, ma in base agli stili di vita. Si tratta solo di scegliere con quale dei tuoi possibili partner ti dispiacerebbe meno prenderti una birra. Quando vado a bere una birra – pensa l'elettore postmoderno – mi piace rilassarmi, mi piace sbottonarmi, non posso stare lì a pesare ogni parola. Una volta che l'alcol mi è entrato in circolo, voglio gente come me seduta al tavolo, gente con cui parlare fuori dai denti, perché in politica le cose sono infinitamente semplici: ci sono i manganellatori a cui piace menare le mani e poi ci sono i buonisti del cazzo, che stanno sempre lì a dirti questo-non-si-dice e questo-non-si-fa. E, insomma, con gente così non vado in birreria.

Torniamo ad Arthur. Netanyahu passa la sua "puttana", il suo spin doctor prezzolato, all'amico europeo Orbán, un ultracattolico populista e antisemita.

Lo abbiamo detto, per questo tipo di uomo politico non è mai una questione di fede. La fede del resto non ha corpo, non ha consistenza, è a tal punto astratta che si presta a essere indossata al rovescio da chiunque.

Ti faccio un esempio: Michele Greco. Greco era un capomafia palermitano arrestato nel 1986 e iscritto dallo stesso Falcone tra i quattrocentosettantacinque imputati del maxiprocesso di Palermo. Era stato il mandante di una novantina di omicidi, tra cui quello di Piersanti Mattarella – ma quando al processo parlò di sé si definì come un uomo di conclamata moralità e di altissimi principi cristiani. Non ti scaldare. Se ti scaldi fai il suo gioco. Di fronte alla sua autoproclamata santità, molti fecero quello che vorresti fare tu ora, gridarono allo scandalo, dissero che Greco stava tentando di mostrarsi devoto per imbrogliare la corte: come avrebbe mai potuto un uomo di principi cristiani compiere le efferatezze di cui era accusato? Scannare decine di persone? Altri invece dissero che lo stare in gabbia aveva generato in lui un'alterazione di coscienza e che le sue parole erano il riflesso di una completa rimozione di quanto aveva fatto. Non dar retta a queste assurdità. Le affermazioni di Greco erano, al contrario, in linea con i suoi convincimenti di un tempo.

Ciò che con lucida determinazione Michele Greco stava dicendo ai giudici e alla sua comunità – quella che lo ascoltava al di là dei muri dell'aula bunker – era che lui non riconosceva l'autorità degli uomini che lo stavano processando. I loro tribunali per lui erano risibili. Quella non era legge. E chi s'inchinava davanti a loro non era un uomo, perché non è da uomini inginocchiarsi davanti a un altro uomo. Lui – che era nato uomo d'onore – sarebbe morto uomo d'onore, fedele solo alla propria legge. Ad accusarlo erano servi, e da servi, da mezziuomini, sarebbero morti.

Nella piramide del potere, lui stava tra i sacerdoti che s'inginocchiano solo davanti a Dio. Tutti gli altri stavano in basso, tra le bestie da soma che si lasciano piegare.

Inginocchiarsi davanti a Dio – ormai lo hai capito – nelle logiche di potere non vuol dire essere devoti, vuol dire solo non riconoscere nessuna altra autorità sopra di sé; significa: la legge, su questa terra, me la faccio da solo, la stabilisco io, e il bilancio sulla mia vita spetta a me e a me soltanto.

Non credere che questo sia un ragionamento che trova spazio solo nelle aule dei tribunali o nelle celle delle carceri. I mafiosi hanno compreso che nel giudizio delle persone ciò che davvero conta non è il comportamento in assoluto, ma il comportamento in relazione alla propria famiglia, alla propria terra. Hai scannato? Hai fatto scannare? Non importa, se questo non lo hai fatto a me o ai miei. Secondo questa logica, Greco aveva davvero agito secondo onore e giustizia.

Andando avanti, ti accorgerai che questo tipo di pensiero è profondamente diffuso, ben oltre la criminalità organizzata. Nell'epoca in cui ogni opinione è manipolata, confusa, istigata, spesso anche da soggetti prezzolati, il metro di giudizio tende a diventare per tutti questo: a me che cosa ha fatto? Con me come si è comportato? E allora il codice antico delle mafie si allarga, il metro che giudica solo in base al rapporto personale, a quanto si è consumato nel patto esclusivo tra due persone o gruppi di persone, tende a diventare sentire comune. Lo stesso divieto fatto dai boss ai propri affiliati d'informarsi, di cercare di capire, di giudicare secondo la propria coscienza oltre la legge del clan, tende a divenire oggi una pratica collettiva, che misura persone e azioni secondo quel semplice test del vantaggio: che cosa ha fatto a me?

Una persona può aver recato anche il più grave danno agli altri, ma se con me è stata corretta, questo mi deve bastare. Che cosa ha fatto a me? Che cosa ha portato a me? Quale vantaggio e quale sicurezza garantisce alla mia famiglia? E se il vantaggio c'è, allora questo giustifica la mia omertà, necessaria a proteggere il suo agire, che mi porta frutto. La logica del non inginocchiarsi dinnanzi alla legge degli uomini questo significa: sarai giudicato non in base al rispetto della legge, ma del vantaggio che hai recato alla singola persona, alla singola famiglia, o alla singola comunità: soldi, protezione, appartenenza.

Ma torniamo ad Arthur. Netanyahu dunque ha presentato a Victor Orbán Arthur, il consulente della propria campagna elettorale. Arthur ha già lavorato con successo per Orbán, che ora – nuovamente in lizza per le elezioni – gli chiede un aiuto speciale. Arthur allora convoca a sua volta George, suo collaboratore di vecchia data, per dividere con lui l'ingaggio.

Lo attende per l'indomani nel suo ufficio di New York.

Quando George arriva – in anticipo, come sempre in anticipo arrivano i consulenti politici – s'informa alla reception se Arthur sia già in sede. Una donna gli conferma che Arthur lo sta aspettando.

Mentre l'ascensore si arrampica a singhiozzo tra i piani del grattacielo, come un autobus nell'ora di punta, George ha la sensazione di muoversi dentro un mondo irreale, di partecipare a un reality, in cui deve recitare il ruolo del cannibale cinico e risoluto.

È da alcuni mesi che a George capita di nutrire dubbi sul suo lavoro, ma sa di doverli tenere a bada. Se Arthur fiutasse che un'altra fibra gli si sta agitando dentro, lo congederebbe con disonore dall'esercito dei consulenti politici. George conosce bene Arthur. Sa che al primo cenno di debolezza lo escluderebbe dal gioco. Il bene e il male – gliel'ha sentito dire tante volte – sono un'invenzione buona per mandare i bambini a letto presto la sera. Gli adulti, invece, pensano che l'unica differenza è quella tra cose che funzionano e cose che non funzionano. A ognuno il suo mestiere: sei un climatologo, un prete, un attivista? Allora sì, devi per forza fare il cane da catastrofe. Preconizzare un futuro cupo. Parlare di gente che muore in mare. Denunciare il collasso del pianeta. Ragliare contro il neoliberismo selvaggio che cannibalizza cose e persone. Ma George e Arthur non appartengono a questo tipo di umanità. Loro sono consulenti politici, e questo vuol dire che per loro il futuro non esiste, perché il tempo di un uomo coincide con il lasso di mesi precedenti a una campagna elettorale. Se vinci guadagni una vita aggiuntiva, e allora continui il gioco, sennò *game over*.

Il tempo di una campagna elettorale, o quello immediatamente successivo, dura un soffio. Questo vuol dire che i loro clienti non dovranno mai fare i conti con cose lontane nello spazio e nel tempo come lo scioglimento dei ghiacci polari o la contaminazione irreversibile del terreno.

George scende finalmente dall'ascensore e, guardando la città al di là delle vetrate, dissimula i pensieri di poco prima, fa come se non li avesse mai pensati, e infatti non desta alcun sospetto in Arthur, che lo saluta, per nulla stupito del suo anticipo, e inizia a esporgli i termini del nuovo incarico: si tratta della rielezione di un candidato dell'Europa dell'Est, una vecchia conoscenza...

Alla parola "rielezione" George ha un sussulto. L'istinto gli dice di tirarsi indietro. Un consulente politico con un minimo d'esperienza sa che quando sei vergine, in politica, puoi far credere qualunque cosa, perché tutto ciò che è nuovo appare sempre migliore. Così, se sai promettere, è relativamente facile che tu faccia il pieno di voti. Ma quando, invece, hai già governato, devi solo far dimenticare chi sei, e questa è operazione assai più difficile.

Udita la proposta di Arthur, George fa mostra di volersi chiudere la porta alle spalle: il rischio di fallire è alto, con il suo curriculum può permettersi di meglio. Ma Arthur sa come trattenerlo. Lo avvisa, lo minaccia: la politica sta cambiando, nessun uomo di governo accetta più di mollare il comando. Quasi ovunque chi ha raggiunto il potere fa in modo di tenerselo stretto, di trasformare la sua carica da elettiva in ereditaria. Se George vuole davvero continuare a fare il consulente, deve rassegnarsi a lavorare alle rielezioni.

George si fa più collaborativo, sciorina la consunta teoria secondo cui è sempre necessario dopare il nemico: gli si devono far ingoiare tanti di quegli estrogeni da trasformarlo in un pollo gigante, dalle fattezze mostruose. Non ci sarebbe alcuna necessità che George rammenti ad Arthur quello che lui stesso gli ha insegnato, è solo un modo per fargli sapere che accetta nonostante le titubanze di poco prima.

I due cominciano a schizzare qualcosa su un vecchio bloc-notes perché Arthur sostiene che solo quando la grafite penetra nelle porosità della carta i pensieri prendono corpo, quindi niente tablet, sullo schermo le parole schizzano indietro, come una pallina contro un vetro.

Arthur avverte che stavolta devono scovare un grande nemico, qualcuno che faccia sentire minacciati tutti, dall'operaio di Kiev a quello di Coblenza, dalla studentessa di Cadice a quella di York, dal medico di Stoccolma a quello di Spalato. Non possono pescare tra i soliti avversari politici di Orbán. Un avversario politico mite, uno che gioca sempre dentro alle regole, non funzionerebbe. Gli uomini miti non funzionano mai in politica, né come potenziali premier né come potenziali nemici. Ci vuole qualcosa di forte. Di gigantesco. Qualcuno che sia già smisurato di suo. Uno in grado di generare gossip, perché non si crea pettegolezzo su un signor nessuno. E ci vuole qualcuno che abbia già un capitale sociale da investire nella loro campagna elettorale.

Nella vita non si è sempre padroni delle proprie scelte. Se ti scritturano a tua insaputa per una campagna elettorale, tu poi devi entrare in gioco, senza preavviso e senza compenso. Rassegnarti a non poter negoziare neppure le condizioni d'ingaggio – primi piani sì, nudo integrale no. E tanto più la tua fama è estesa, quanto più è possibile che ti scritturino a tua insaputa.

È una legge di mercato: la statura del tuo avversario si riflette sempre su di te. Se il tuo avversario è debole, anche tu sei debole. Ma se il tuo avversario è forte, anche tu apparirai forte. Funziona così anche nella boxe: non si accetta mai di affrontare un pugile scarso, altrimenti poi dicono che sei scarso pure tu.

In realtà Arthur sta già pensando a qualcuno così, ma vuole che George ci arrivi per conto suo, per sentirsi rafforzato nella sua idea. Ci vuole qualcuno, avverte Arthur, che porti scritte sul suo volto tutte quante le paure degli ungheresi, qualcuno che si presti a impersonare nell'immaginario collettivo il ruolo del grande ladro, dell'infame aguzzino, del cinico speculatore, ma soprattutto del grande corruttore della razza. Uno che possa apparire come lo sponsor della minaccia delle minacce in Europa: l'"invasione islamica". Ci vuole quindi uno che sia ungherese di nascita, ma con altre origini; addentro alle faccende del paese, ma sospettato di tifare per i suoi peggiori nemici.

"Sono in grado di trovare uno così?" Arthur pone a George una domanda retorica. "Ci vorrebbe un ebreo," incalza Arthur, perché la Storia glielo ha insegnato: con gli ebrei funziona sempre! Da quanto tempo sono loro i corpi estranei di ogni stato europeo? "Non sono forse loro," aggiunge sarcastico, "le cisti nelle carni sane degli stati europei?" Con la soddisfazione di chi abbia appena trovato la soluzione a un problema di matematica, Arthur traccia con la matita poche lettere sul foglio. Esse, o, erre, o, esse. "Soros," legge George, e sorride.

George Soros è ungherese di nascita come il loro cliente, è ferocemente ricco e influente, gode di un certo discredito, almeno in

Europa, dove è malvisto a causa di alcune speculazioni compiute negli anni novanta sulla sterlina e sulla lira italiana, ma soprattutto è ebreo. Si tratta quindi di soffiare sul fuoco di una diffidenza già esistente. Trasformare Soros-lo-speculatore in Soros-l'ebreo-cospiratore. E per operare la trasformazione, Arthur ha già in mente qualcosa: farne l'erede e il continuatore del piano Kalergi.

Richard Nikolaus di Coudenhove-Kalergi era un filosofo di madre giapponese e padre austriaco, che a partire dagli anni venti del Novecento aveva promosso con grande energia la necessità di un "meticciato universale", una mescolanza etnica volta a rafforzare gli spiriti e portare la pace nell'Europa scossa dai grandi conflitti mondiali. Sosteneva che non potesse esistere alcuna pace laddove i popoli fossero separati, fisicamente e sentimentalmente, e a questa unione dei corpi doveva corrispondere uno sfruttamento unificato delle risorse. Il carbone tedesco doveva unirsi all'acciaio francese, creando un mercato comune.

La sfortuna di Kalergi – ma probabilmente non si trattò di un caso – fu che le sue teorie iniziarono a essere condivise proprio nel momento in cui per altro verso prendeva piede la catalogazione delle cosiddette "razze". Con tanto di tabelle su riviste specializzate che avevano il fine di scoraggiare l'unione tra "razze naturalmente belle" e "razze naturalmente brutte" e di regalare a molti bianchi senza alcuna qualità l'illusione di appartenere a una élite superiore. L'idea, sostenuta da Kalergi, che il sangue – anche quello degli "ariani"! – fosse invece assetato di trasfusioni interetniche doveva quindi essere combattuta.

Ora: per combattere un'idea non bisogna attaccarla, lo sai, vero? Così facendo rischi solo il ridicolo, come accadde ai giudici di Galileo Galilei. Non devi mai interloquire con la scienza, perché sai com'è il metodo scientifico: a forza di esperimenti e verifiche, finisce che la Terra si mette a girare intorno al Sole giusto per darti torto! Il solo metodo, invece, è screditare l'autore della tesi che vuoi contrastare. Chi mai era questo Kalergi? Perché voleva mischiare il sangue dei popoli? Quali lobby lo finanziavano?

Queste erano le domande che bisognava porre. E soprattutto bisognava dire che le sue non erano osservazioni scientifiche tese all'avanzamento di tutti, ma il piano occulto e complottardo di uno scienziato in malafede per indebolire la "razza" europea.

George ridacchiò: la teoria del complotto Kalergi era un residuato bellico, non avrebbe mai funzionato. Arthur obiettò invece che funzionava eccome, che era già stata ripescata da un intellettuale francese di nome Renaud Camus, il quale se ne andava in giro rilasciando interviste che mettevano in guardia sul piano di "sostituzione etnica", a sua detta più che mai vivo e pericoloso!

Due consulenti scaltri come Arthur e George sanno che ai propri clienti bisogna affidare compiti semplici. A Orbán avrebbero suggerito di dire questo, durante un comizio: "Guardatevi intorno: non vedete che l'invasione delle città europee è già in atto? Immigrati ovunque!" Era una constatazione efficace, basata sulla percezione comune. Bastava insinuare che fosse Soros il responsabile di quell'invasione, e che fosse sempre lui l'erede del complotto attribuito a Kalergi.

Arthur pronunciò la parola "complotto" con la voce bassa e cavernosa con cui l'avrebbe intonata il presentatore di un format televisivo sui misteri insoluti della Storia. George rise, mostrando di prendere le sue parole come un gioco e aggiunse con voce altrettanto stentorea: "Tutti, del resto, sanno che Soros finanzia attività sospette in Asia e in Africa!"

"Certo!" riprese Arthur, stavolta serio e un po' risentito, come a voler sottolineare che non scherzava affatto: Orbán avrebbe sostenuto in campagna elettorale che lo scopo finale del progetto di Soros – quello noto solo a pochi adepti della sua "organizzazione massonica" – consisteva nel meticciato universale!

George ebbe un sussulto. Fu assalito dalla sensazione di essere stato chiamato non per dividere gli onori di quell'incarico, ma la vergogna. Non riuscì a nascondere il proprio imbarazzo. Allora Arthur precisò che lui non credeva affatto nel piano Kalergi. Aggiunse che la sventura di Kalergi era stata solo quella di vivere in un momento in cui in Europa s'iniziavano a progettare i Lebensborn, le "cliniche" speciali dove far nascere da padri e madri di sicura "razza ariana" figli di razza purissima. E per rafforzare quell'io-non-ci-credo fece un commento volgare, piuttosto insolito per Arthur: disse che i Lebensborn erano motel progettati da Himmler per permettere alle SS di fottere gratis! Sdraiate su asettici lettini, ragazzone bionde – accecate dall'eugenetica nazista – attendevano docili la visita dei giovani ariani. A forza d'infilare seme tedesco in tube germaniche, i nazisti erano certi che entro il 1980 l'Europa sarebbe stata popolata da soli "ariani": corpi bianchissimi e slanciati, iridi di ghiaccio. Niente più petti villosi, chiome crespe e nasi aquilini, abolite per sempre le barbe irsute e le stature basse!

Arthur stava andando in una direzione che a George non piaceva affatto. Diversi anni prima, per sostenere Netanyahu e il suo partito, i due consulenti avevano utilizzato un'arma non convenzionale che devi allenarti a riconoscere, perché è una delle più pericolose: una bufala. Ebbene sì, avevano diffuso la notizia che il candidato avversario di Netanyahu, Shimon Peres, all'epoca primo ministro, stesse pianificando la divisione di Gerusalemme: metà ai palestinesi, metà agli israeliani. Cosa di più verosimile che un leader di sinistra – come Peres – auspicasse di dividere Gerusalemme? Nonostante ogni smentita di Peres, questa bufala non faceva che esplicitare una corrente di pensiero reale ma assolutamente non presentabile in campagna elettorale: per questo era così pericolosa. Ecco – pensava George: un conto era far questo, un altro rispolverare teorie fasulle e deliranti come adesso Arthur sembrava voler fare.

Arthur non captò i pensieri di George, non si accorse del suo dissidio interiore. Continuò invece il suo monologo. Aggiunse che bisognava attribuire a Soros anche l'attuazione di un secondo piano cospirativo, quello dei Savi di Sion. Un complotto che risaliva alla Russia zarista. All'epoca, gli ebrei erano gli unici "stranieri" in Europa, e quindi i soli che potessero fare da capro espiatorio per i pesanti problemi della società. La Russia era un paese arretrato, privo d'infrastrutture, con un sistema di coltivazione da età del bronzo. Milioni di russi pativano la fame. Perciò – lo sai com'è, vero? – gli zar pensarono di riversare sugli ebrei le colpe della loro inesistente iniziativa politica e sociale. E la cosa era facile, sai perché? Perché gli ebrei agli occhi di molti apparivano sospetti – così chiusi nelle loro tradizioni. Molti si chiedevano che senso avesse, ad esempio, insegnare ai figli a leggere e scrivere, anche quando vivevano stipati in scantinati ammuffiti nelle periferie delle grandi città, anche quando tiravano avanti in catapecchie sperse tra i venti della steppa. Perché, ci si chiedeva, si ostinavano con quel vezzo elitario?

La polizia zarista disse che no, non era un vezzo: era un complotto.

Leggere e scrivere serviva per trasmettere ai propri figli un piano malvagio: l'annientamento dei cristiani e l'instaurazione di un governo mondiale degli ebrei. Il nome stesso dato dalla polizia al piano – devi ammettere – era geniale e assai evocativo: il "protocollo". Un protocollo è il documento che sigla un accordo internazionale. Te lo immagini, in quanti abboccarono? Fu insinuato che si trattasse di un accordo tra stati invisibili, tutti gli stati ebraici che vivevano incuneati dentro alle nazioni ospitanti come artropodi succhiasangue! Anche il nome dato ai firmatari di quel patto era stato trovato apposta per suonare sinistro: i "savi". I savi non sono forse i sapienti? E i sapienti non sono coloro che sanno molte, troppe cose – e magari le nascondono al popolo, approfittando della sua ignoranza? Queste erano le domande che bisognava tornare a farsi, del resto erano secoli che in Europa si fantasticava sugli stili di vita di quelle comunità un po' misteriose. E, lo sai, la fantasia quando incontra la paura partorisce mostri.

Quelle parole assemblate insieme, "protocolli-dei-Savi-di-Sion", erano in grado di scatenare una danza macabra, fatta di storie tristemente vere e di bugie grottescamente false. Bisognava rimettere in circolazione le confessioni rese dagli ebrei ai tribunali dell'Inquisizione; far intendere, ad esempio, che durante la riunione fondativa di quel patto i giudei avessero sacrificato del sangue cristiano. Erano secoli che in Europa si diceva che gli ebrei uccidevano i bambini cristiani per estrarre il sangue necessario al condimento di quei loro pani privi di lievito. Magari, a fine riunione, dopo essersi cibati di quelle *matzah* cannibali, avevano pure sputato sull'ostia dei cristiani e dileggiato la Madonna. Gli ebrei questo lo facevano sempre, si diceva, davano della puttana alla Madonna. E non c'era neppure da escludere che al momento dello scioglimento della riunione avessero scoreggiato sul crocefisso, offendendo ancora una volta quell'uomo che i loro antenati avevano lasciato appeso per giorni sulla croce, solo in compagnia degli avvoltoi.

Arthur lanciò a George uno sguardo d'intesa: era un piano perfetto da attribuire a Soros. Proprio perché pure Soros era ebreo!

George era incredulo. Non solo Arthur intendeva ridestare folli teorie antisemite, costate la vita a milioni di persone sotto la Russia zarista e la Germania nazista, ma aveva pronunciato quel "pure-Soros-è-ebreo" con un misto di compassione ed estraneità, come solo un *goy*, un non ebreo, avrebbe potuto fare. Come se non fossero ebrei anche loro! Perché proprio loro – protestò George – che avevano avuto genitori e nonni scampati ai campi di concentramento, dovevano mettersi ora a soffiare sul fuoco di quei deliri cospirazionisti? Non se ne parlava neppure. Non aveva studiato tanto per diventare un ciarlatano. Nessuno meglio di loro sapeva che gli ebrei non sputano affatto sulle ostie, non scoreggiano sul crocefisso, e che la crocefissione, poi, era un tipo di pena esclusivo dei romani... E comunque, in fin dei conti, non aveva nemmeno senso ricordare che anche loro erano ebrei. La religione – questo era fuor di dubbio – non aveva mai avuto influenza sulle loro vite, per la buona ragione che Dio non esisteva, e se mai fosse esistito sarebbe stato un consulente politico come loro: uno che creava e distruggeva stati, indipendentemente dal loro colore.

No, al fondo di tutto stava il fatto che se avessero messo in bocca al loro candidato idiozie di quel genere gli avrebbero solo fatto perdere le elezioni, e avrebbero perduto tutto insieme a lui. Chi avrebbe creduto che Soros – che pagava di tasca sua borse di studio a studenti di tutto il mondo, senza mai chieder loro se e a quale dio rivolgessero le loro preghiere – lavorasse poi in segreto a un piano anticristiano? Chi avrebbe abboccato a una panzana del genere?! Se volevano attaccare Soros, dovevano accusarlo di fare beneficenza per pagare meno tasse o per riscattare il suo passato da speculatore! Trasformare Soros in uno dei Savi di Sion non era un progetto malvagio, era un progetto idiota! Una narrazione infantilizzante.

Mentre George diceva queste cose, guardò per la prima volta Arthur come si guarda un vecchio. Uno ormai fuori dal mondo, uno che sta provando a scrivere con la biro su WhatsApp.

Arthur non si scompose affatto. Anzi, fu lui a guardare George con compassione: aveva vent'anni meno di lui, ma non aveva il polso del mondo in cui viveva. Non capiva che i tempi del verosimile, del buonsenso, del politically correct erano morti e sepolti per sempre. Non si accorgeva che l'epoca in cui la politica doveva provare a *convincere* era ormai tramontata, e con essa anche quella della verosimiglianza e della coerenza logica.

George lo accusava di strategia infantilizzante? Ma non erano forse gli elettori poco più che bambini? Bambini che vogliono essere solo intrattenuti, che vogliono che la mamma lasci fare loro tutto quello che vogliono? Solo diritti e mai doveri! Quale stolto, oggi, direbbe mai ai suoi elettori, come fece Kennedy: "Non chiederti cosa il tuo paese può fare per te, chiediti piuttosto cosa tu puoi fare per il tuo paese"?

Erano loro – i bambini-elettori – a pretendere che gli si dicesse sempre: bravo tu, cattivi gli altri. Quindi, che cosa importava se una teoria era vecchia o nuova? Se era onesta o tendenziosa? Se andava contro questa o l'altra "razza"? L'importante era che si adattasse a quel giardino d'infanzia globale, a quel mondo polarizzato, semplificato, spaccato a metà come una mela: bianchi o neri, buoni o cattivi, ricchi o poveri, probi o rei, popolo o élite; niente più sfumature, dialoghi, intrecci. Tutto semplice, finalmente!

Quello che restava da fare, era seminare in Rete una teoria e poi restare a guardare che cosa sarebbe accaduto nelle ventiquattro ore successive. Se non funzionava, la si cestinava e si ricominciava daccapo. Ma se, invece, rimaneva a galla, se i flutti iniziavano a trasportarla, allora poco importava che la tesi fosse vera o falsa. Il Web è un formidabile laboratorio in cui si può testare ogni tipo di esperimento senza chiedere il permesso a nessuno, tanto meno alla cavia. Le si può iniettare sottopelle ogni sorta di veleno e stabilire il dosaggio. Poi si sta a guardare: la cavia incattivisce? Rantola? Perde la vista? Impazzisce? Sopravvive?

Si sarebbe trattato, poi, solo di giocare su quello scarto di mesi che generalmente intercorre tra l'apparizione di una menzogna e il tempo necessario alla sua decostruzione. Un tempo abbastanza lungo da permettere di portare a termine una campagna elettorale.

Ma se le cose stavano davvero come Arthur le raccontava, se davvero la verità non contava più nulla, se esistevano solo "narrazioni" costruite apposta per bambini-elettori, perché non si poteva provare a cambiare di segno a quelle narrazioni?, gli chiese George. Perché non sguinzagliare in Rete idee costruttive, teorie scientifiche, parole autentiche? Perché invece di parlare di complotti e di menzogne non si affrontavano problemi e si proponevano soluzioni? Se verità e menzogna ormai si equivalevano, allora perché non impiegare la verità al posto della menzogna? Se ormai si potevano usare solo slogan e frasi fatte, perché non usare esempi che spingessero i governi ad affrontare il problema di un equo sfruttamento delle risorse in continenti come l'Africa, perché non adottare slogan positivi: "Conferenza sull'Africa subito!", "Piani Marshall per l'Africa subito!", "Accordi commerciali equi e solidali subito!", "Riscrittura delle regole d'impresa in Africa subito!", continuò George. Se davvero – come Arthur sosteneva – alla gente non importava più nulla dei contenuti, se nulla veniva più davvero recepito, se tutto veniva ugualmente contraddetto e sminuzzato nel tritacarne, allora tanto valeva ragionare all'inverso e postare nel Web idee sane, teorie intelligenti, foto e immagini veritiere. Per esempio, disegnare una villa con piscina circondata da una bidonville e aggiungerci sotto la scritta: "Alzare il muro non ti servirà a nulla!" oppure "Risana la catapecchia del tuo vicino e solo allora la tua casa sarà sicura!"

A quelle domande Arthur non sapeva cosa rispondere. Cercò tuttavia, come sempre, di dire qualcosa, di controbattere. Disse a George che il cervello è un organo estremamente pigro e pauroso. Traccia i suoi percorsi abituali nell'età infantile e poi ripercorre sempre quelli... non prova mai a cambiarli, anche quando sarebbe conveniente farlo. Anche quando prende coscienza che dovrebbe sperimentarne di nuovi.

Magari in futuro, con altre teste – teste addestrate fin dall'infanzia a quelle rotte – si sarebbe potuto tentare l'esperimento che George suggeriva, ma il capitale umano con cui si trovavano a lavorare adesso era ormai compromesso e troppo abituato a ragionare alla si-salvi-chi-può!, io-penso-a-me!, difendo-il-mio!, diffidare!, temere!, respingere!, padrone-a-casa-mia!, prima-io!

Anche loro, Arthur e lui, ragionavano in quel modo, questo George doveva ammetterlo. Nelle scuole di politica che avevano frequentato, questo gli avevano insegnato, a usare sempre gli stessi schemi: il nemico da inventare, la paura da diffondere, gli elettori da manipolare. Erano schemi giurassici, ma il cervello quelli conosceva, e a quelli si affidava.

Quando da bambini si inizia a capire che nulla sarà facile, anzi che tutto sarà difficile, ci si chiude spauriti dentro a un minuscolo angolo di cervello, determinati a non sperimentare più nulla. George stava proponendo di cambiare strategia, di mettere in moto nuove geografie sinaptiche, di scommettere sull'ignoto, ecco cosa stava facendo, suggeriva di rischiare!

Ma Arthur non rischiò, si rintanò nel solito angoletto buio del suo cervello, quello che si era ritagliato da bambino per difendersi dal mondo, e che per quanto angusto fosse almeno era noto e rassicurante. Non rispose neppure. Rimase a lungo a fissarsi le mani, in silenzio, poi si voltò a guardare il panorama dalla vetrata. Fuori si era fatto buio, non c'era più la città oltre il vetro: solo lo spento riflesso di se stesso.

Nei mesi successivi, Arthur e George seminarono a più riprese nel Web le loro teorie su Soros. Ogni volta – nelle ventiquattro ore successive – restarono a guardare quel che accadeva.

E ogni volta le loro costruzioni divennero virali.

Dicono che le idee che si pensano a un piano alto di un immobile siano migliori di quelle che si pensano a un piano basso. Ma non è vero.

GRIDALO CHE NON CREDERAI IN UN'IDEA
SOLO PERCHÉ TI RASSICURA.

Il dialogo che hai letto è di pura invenzione, ma trae ispirazione da una storia vera. Vedi l'articolo di Hannes Grassegger, "Die Finkelstein formel", pubblicato in Svizzera su *Das Magazin* a gennaio 2019, e uscito poi su *Internazionale*, nel numero 1298, con il titolo "Come si crea un nemico", https://www.internazionale.it/notizie/hannes-grassegger/2020/02/14/nemico-soros. Il disgusto e i turbamenti provati dal personaggio di George sono gli stessi di chi scrive.

Sugli accordi tra il Gran Mufti e Hitler, vedi Wolfgang G. Schwanitz, "Il Gran Mufti e Hitler (e Netanyahu)", in *Limes*, 10, 2015.

Su Michele Greco, vedi: Alfonso Madeo, "Michele Greco. L'autoritratto di un 'Papa'", in *L'Ora*, 12 giugno 1986; Attilio Bolzoni, "La verità del capomafia", in *la Repubblica*, 23 febbraio 1986; le interviste a Michele Greco durante il maxiprocesso iniziato nel 1986, reperibili nell'archivio RAI; Francesco Viviano, *Michele Greco. Il memoriale*, Aliberti, Reggio Emilia 2008. La sostanza della deposizione di Michele Greco al processo si coglie nella sua dichiarazione: "Io ho letto molto, signor presidente, soprattutto la Bibbia. E conosco solo coloro che si pentono davanti a Dio. Gli altri, quelli utilizzati dalla giustizia, sono soltanto dei criminali falliti che per farla franca non esitano a raccontare falsità." Vedi Attilio Bolzoni, *Parole d'onore*, BUR, Milano 2008 e Pietro Calderoni, Gaetano Savatteri, *Voci del verbo mafiare. Aforismi di Cosa nostra*, Tullio Pironti, Napoli 1993.

La teoria complottista della sostituzione della popolazione europea con popolazioni di origine africana e asiatica è sostenuta dallo scrittore francese Renaud Camus nel suo *Le Grand Remplacement*, David Reinharc, Neully-sur-Seine 2012. Di questo autore in lingua italiana si può trovare solo il romanzo *Tricks*, trad. it. di Maurizio Ferrara, Textus, L'Aquila 2012, per la collana "I racconti della realtà" diretta da Walter Siti.

Sui Lebensborn, tra gli altri, Lidia Beccaria Rolfi, Bruno Maida, *Il futuro spezzato: i nazisti contro i bambini*, Giuntina, Firenze 1997.

Per le credenze sui presunti riti ebraici legati alla Pasqua vedi le dichiarazioni rese sotto tortura dagli ebrei di Trento nei *Processi contro gli ebrei di Trento (1475-1478)*, a cura di Anna Esposito e Diego Quaglioni, CEDAM, Padova 2008.

Vedi anche Wolfgang Benz, *I Protocolli dei Savi di Sion. La leggenda del complotto ebraico*, a cura di Andrea Gilardoni e Valentina Pisanty, Mimesis, Milano 2009.

Il metodo dei leader populisti di "infantilizzare" il discorso politico è spiegato con efficacia da Ece Temelkuran, *Come sfasciare un paese in sette mosse. La via che porta dal populismo alla dittatura*, trad. it. di Giuliana Oliviero, Bollati Boringhieri, Torino 2019.

MARTIN LUTHER KING

14.

MOTEL

Dio è il silenzio dell'universo,
e l'uomo il grido che dà senso a questo silenzio.
José Saramago

Ogni volta in cui mi trovo in una camera di motel, non riesco ad associare a questo luogo l'immaginario allettante di una fuga clandestina, o del sesso veloce, attraente anche se consumato in un postaccio. No, a me la parola motel mette tristezza solo a pronunciarla. Le associo immagini come polvere, desolazione, fuori mano, grande arteria stradale, mobilacci in truciolato. Una Bibbia nel cassetto del comodino, tende pesanti tirate su vetri polverosi, sapone scadente sul lavandino, una vasca macchiata di calcare, raggi di sole agonizzanti che mi feriscono obliqui e, soprattutto, la certezza di non essere solo.

Colonie di microorganismi si agitano sotto i miei piedi in attesa di qualcosa di me: un grano di forfora, un pelo, un avanzo d'unghia. Promiscuità schifosa.

Ma il peggio nelle stanze dei motel è la paranoia di essere osservati: c'è stato un tempo in cui, se mi trovavo in una di quelle camere, ispezionavo ogni centimetro quadrato del soffitto, frugavo dentro al cestino, dentro all'armadietto del bagno, dietro al comodino, sotto le lampade, nelle grate degli aeratori; con le dita percorrevo le cornici degli orridi quadri appesi alle pareti, provavo a spostare il televisore. Niente. Solo paranoia la mia.

Forse il pericolo veniva da fuori. Fuori dalla finestra c'era sicuramente qualcuno pronto a fotografarmi. Allora restavo vestito, steso immobile sul copriletto, con le scarpe ancora indosso, senza quasi respirare, come dentro un loculo. Neppure dormivo, solo un leggero dormiveglia il mio, in cui combattevo demoni che mi vorticavano intorno aggressivi, pronti a strapparmi anche gli ultimi rimasugli d'intimità rimasti. "Non mi avranno," mi ripetevo.

Sai, da molto tempo ormai per me è normale avere questo tipo di accortezze.

Una stanza d'albergo per me è solo una cella d'isolamento e la goccia che mi scava il cervello è la paranoia di essere osservato.

Negli anni sessanta, però, devi immaginare, tutto questo iniziava solo ad accadere. Voglio dire che i sistemi non erano ancora così sofisticati, non si parlava ancora di occhi nascosti, ma solo di orecchie.

Una telecamera allora era grande quanto un pugno, oggi può stare nascosta dentro l'occhio di un piccolo omino Lego, che sorridendo con la sua faccia da pupazzo innocuo ti spia. Gli sguardi allora potevano colpirti solo in strada, ma dentro al motel, se ci eri entrato come un fantasma, facendo attenzione a non essere osservato, avevi l'illusione di averla scampata, di aver protetto la tua vita privata, di esserti guadagnato un'ora di libertà. Questo, ho immaginato pensava Martin Luther King in uno dei suoi pomeriggi di motel alla periferia di Atlanta, quando commise l'imprudenza di spogliarsi per stringere il corpo della sua amante.

Le cimici piazzate ovunque, dentro alla stanza, captarono solo il suono del suo orgasmo – quando arrivò il momento – senza riuscire a intercettare, però, se si trattasse del corpo di una bianca o di quello di una nera.

Che cosa importa – mi dici tu – se era bianca o nera? Ma tu, *ora* mi dici questo. Devi immaginartele all'epoca, le braccia di un nero che si stringono a quelle di una bianca, come un calcio ben piazzato in faccia a uno stronzo del Ku Klux Klan. Non solo, un calcio ben piazzato in faccia a qualunque benpensante, democratico o conservatore che fosse, cattolico o protestante, che accettava che una donna nera andasse con un uomo bianco, ma che faceva molta fatica ad accettare che una donna bianca si accompagnasse con un uomo nero.

Se tu avessi vissuto per un po' negli Stati Uniti, sapresti che il sesso tra bianchi e neri è una cosa diffusa ma che, tuttora, è meglio fare di nascosto. Non parlo di quello che accade nei campus delle università, dove la vita è come sospesa, organizzata, protetta. Parlo della vita nei quartieri, nel Queens o nel Bensonhurst di New York, nel South Side di Chicago. Ecco, lì l'accoppiamento interetnico non è ancora socialmente accettato. Lì ti metti a scomodare secoli di storia, affondi le mani nella melma viscida del segregazionismo, dello sfruttamento dei popoli sui popoli, del suprematismo bianco. In ogni caso, su questo hai ragione tu, per noi oggi non fa alcuna differenza sapere se la pelle della donna che raggiunse il reverendo King nel motel alla periferia di Atlanta fosse bianca oppure nera. Anche perché sappiamo per certo che, tra le donne del reverendo, ce n'erano anche di bianche. E questo è un particolare che ho annotato non per il gusto di guardare meglio dentro alla camera di quel motel, ma perché per l'FBI razzista, diretta da J. Edgar Hoover, i cui agenti avevano piazzato le cimici nella stanza del motel, il fatto che King avesse anche amanti bianche costituiva un'aggravante alla sua condotta.

Cosa fecero quelli dell'FBI di quell'orgasmo registrato forse non lo puoi immaginare. Te lo racconto io. Composero il numero di casa King, attesero che a rispondere fosse la voce di una donna adulta e poi lasciarono partire la bobina.

Coretta, la moglie di Martin, ascoltò dall'altro capo del telefono i mugolii del marito. Forse anche in quel caso King aveva gridato "Non sono un negro stanotte!", frase che alcune sue amanti giurarono di avergli sentito dire in quei momenti. Noi non lo sapremo mai, perché quelle bobine sono sparite dai dossier dell'FBI.

Ma quella telefonata non ebbe conseguenze. Con grande sorpresa dell'FBI, Coretta Scott restò al fianco del marito fino alla fine, cercò di proteggerlo come poté, e una volta rimasta vedova fece di tutto perché la smettessero di infangarne la memoria.

L'FBI aveva iniziato proprio in quegli anni ad affinare nuovi metodi per piegare la resistenza di quelli che considerava "nemici dell'America". Te lo ricordi? Quando devono fermarti, cominciano a impedirti la serenità tra le pareti domestiche. A casa devi litigare, i figli ti devono guardare con disprezzo, devi stare male nel tuo letto. Devi iniziare a vagare di stanza in stanza, da divano a divano nelle case degli amici. Deve correre voce che tu maltratti tua moglie, che l'hai tradita, che la trascuri. Questo è il primo passo per toglierti sicurezza. Non accadde.

Sai, quello a cui l'FBI non aveva pensato è che se passi ogni istante della tua vita con l'angoscia che il telefono ti annunci l'assassinio dell'uomo che ami, ricevere conferma che, invece, è vivo e che respira anche bene, è in fin dei conti una liberazione. Quando decidi di impegnarti, di essere un'attivista per i diritti civili, sai che la tua vita di donna non sarà quella di una donna qualunque. Quando decidi di dividere la vita con una persona che ha i tuoi ideali, che vuole impegnarsi nelle tue stesse battaglie, sai che nella vostra relazione non ci saranno molte gite al lago o passeggiate sotto le stelle. E presto cominci pure a intuire che è questione di tempo, bisogna solo capire se ad ammazzartelo saranno quelli del Ku Klux Klan o gli uomini del governatore dell'Alabama; forse un attivista come lui, invidioso del suo successo, o magari uno squilibrato in cerca di notorietà.

Queste cose Coretta se le aspettava. Ciò a cui non era preparata era che prima di ammazzarglielo, glielo avrebbero diffamato.

Realizzare che su quel morto che camminava, su quel povero cristo di suo marito pesasse anche quell'ulteriore condanna la gettò in uno stato di prostrazione.

Il perché l'FBI in luogo di occuparsi di pericolosi criminali, boss della mala, razzisti violenti, incappucciati sadici, attentatori seriali, impiegasse tanti mezzi e tante energie per mettere insieme dossier sul reverendo King le sfuggiva, e d'altra parte ancora oggi gli storici continuano a dividersi sulle ragioni per le quali l'FBI spiava Martin Luther King raccogliendo su di lui solo informazioni compromettenti o presentate come tali.

Io la risposta ce l'ho chiara in testa, anche se so che tu forse mi accuserai di soffrire di manie di complotto. Io ho la certezza che per il governatore dell'Alabama, così come per quelli del governo centrale, alla fin fine fossero meno d'intralcio gli uomini del Ku Klux Klan che agivano a volto coperto piuttosto che quest'uomo che – a viso scoperto – scoperchiava i verminai nascosti sotto gli sterminati campi delle contee del Sud. Per Robert Kennedy era fondamentale scoprire se davvero, come Hoover gli diceva, King fosse una spia dei sovietici, così diede mandato d'indagare su di lui e le sorde tensioni della guerra fredda si tradussero poi nelle miserie che ti sto raccontando. Sai, si inizia sempre così, si ascolta il telefono di qualcuno per trovare la prova di un qualche reato e poi, invece, gli si saccheggia la vita. Un conto era avere a che fare con qualche dozzina di razzisti assassini, pronti, però, a interrare bene le loro vittime in qualche fosso polveroso, un conto era invece questo pastore "negro" che pretendeva di spiegare al paese come quegli assassini non fossero affatto un problema esclusivo delle fottutissime regioni del Sud, ma infestassero invece tutti gli stati dell'Unione, dal Maine al Mississippi, dalla California al Kentucky.

Le parole del reverendo King impedivano di leggere i fatti di cronaca legati al Ku Klux Klan come fenomeni da sottosviluppo del Sud! Lui li raccontava, invece, come un cancro che correva lungo tutta la dorsale del paese, una malattia che colpiva tutti, che estendeva i suoi tentacoli su ogni cosa, che sversava i suoi veleni nel giardino di ciascuno di noi, che infettava il sangue e che quindi doveva essere affrontata da tutti, per non venirne tutti travolti.

A Washington la pensavano come sempre in questi casi: "L'ennesimo attivista che non ha la più pallida idea di come stiano le cose nel mondo reale!", "Il solito che non capisce che facendo così dà solo spazio ai nostri nemici!" Ecco, ricordati: quando qualcuno ti parla del "mondo reale" è perché a lui piace moltissimo quel "mondo reale", perché lui ci vive bene e non è disposto a cambiarlo. Vedi, le organizzazioni criminali in quel momento controllavano un pezzo importante del paese: ma non ricevevano le stesse attenzioni del reverendo King. Perché? È semplice: le mafie non mettevano davvero in crisi il potere, usavano scorciatoie, a tratti si sostituivano allo stato, minacciavano soprusi, compivano ingiustizie, sfruttavano la miseria... erano odiate da tutti, ma tollerate, per paura o per convenienza. Contro di esse si poteva intervenire in qualsiasi momento, senza alcun timore che l'opinione pubblica si rivoltasse. Anzi la loro esistenza era garanzia, per lo stato, che i cittadini considerassero necessarie le istituzioni che li proteggevano contro queste forze violente e disgregatrici. La mafia, insomma, non ti impedisce di continuare a seguire le tue regole, purché le permetti di seguire le sue. La mafia non cerca quasi mai lo scontro aperto con lo stato, bensì un patto di non aggressione. Le parole di Martin Luther King, invece, disegnavano un nuovo possibile modo di stare al mondo. Non si trattava solo di concedere maggiori diritti, ma di dare respiro a tutti coloro a cui era stato fino ad allora negato: e questo, sì, faceva paura.

Certo, quella degli equilibri del paese era una faccenda nata male fin dall'inizio, fin dal giorno in cui era finita la guerra di secessione. Era da cento anni che il governo federale aveva accordato agli stati del Sud una grandissima autonomia: facessero pure quel che gli pareva, purché il paese non fosse di nuovo diviso. Per il resto, i cittadini del Nord continuavano a vivere nella certezza di appartenere a un'umanità superiore, libera dai mostri del segregazionismo, rispetto a quelli del Sud, che in quel letame vivevano immersi.

Era da troppo tempo ormai che le cose negli Stati Uniti funzionavano così: gli stati del Nord non si volevano neppure sporcare le mani con quei subumani degli sceriffi razzisti della Georgia, dell'Alabama o del Mississippi. Ora però quel "negro", Martin Luther King, pensava di mettersi a spiegare al paese che i calzini sporchi e le mutande lerce di tutti gli Stati Uniti provenivano da un'unica, identica cesta.

Hai capito adesso perché l'FBI alimentava il suo dossier su Martin Luther King? Doveva tenerlo sotto scacco, minacciarlo, spingerlo nell'angolo, *convincerlo a tacere*, perché quello che Martin diceva era che bisognava cambiare tutto il sistema. Invece era necessario che smettesse di minare dalle fondamenta quell'equilibrio (o non-equilibrio, un problema che però ai federali non sembrava importare poi molto) tra la parte emancipata e sviluppata del paese e quella più povera e arretrata.

Ma l'FBI non aveva fatto i conti con un dettaglio: quel "negro" non si lasciò ricattare. Di fronte alla minaccia che le registrazioni dei suoi incontri segreti fossero rese pubbliche, capendo che il tempo che gli rimaneva si riduceva, King iniziò a moltiplicare le marce, i raduni, i proclami, gli appelli.

Continuò a parlare con le stesse identiche parole, con lo stesso tono, con la stessa forza di prima. E allora l'FBI non ebbe più scelta.

Non protestare, lo so, nessuno ha le prove che ad ammazzarlo furono loro, e infatti non ho detto che lo uccise l'FBI. Intendo dire che prepararono il terreno affinché quell'omicidio avesse luogo.

E, ti prego, non dirmi che se il reverendo King avesse avuto costumi irreprensibili gli uomini dell'FBI non avrebbero trovato nulla da usare contro di lui, perché allora significa che non hai capito come funziona il meccanismo del dossieraggio.

Il punto non è se ci sia o no qualcosa che vorresti nascondere nella tua vita privata: il punto è sempre e solo che cosa vogliono trovare su di te. È esattamente come quando decidi di farti fare una caricatura: non è che se non sei pelato e non hai il naso grosso, allora ti rispediscono a casa a mani vuote. Qualsiasi tuo tratto, anche il più bello ed equilibrato, nelle mani di un bravo disegnatore verrà amplificato, caricato, reso ridicolo.

Così quelli dell'FBI dovevano solo scegliere quale pezzo della carne di King aggredire: King il comunista? King il maniaco? King il falso profeta? King l'opportunista? King il furbo? King che sfrutta la fama per fare la grana? Ricordati che un dossier – proprio come una biografia – riflette sempre il punto di vista di chi guarda. E sai chi indagava su King all'epoca? J. Edgar Hoover, il primo e potentissimo direttore dell'FBI, un uomo paranoico, narcisista, ossessionato dal sesso, che amava attribuire alle proprie vittime i comportamenti che abitavano le sue stesse fantasie. In particolare, era fissato con il sesso interetnico. Nell'immaginario di Hoover le amicizie di King con donne bianche erano qualcosa di molto più interessante e terribile di qualunque nefandezza commessa dal Ku Klux Klan, un sintomo evidente della perversione del reverendo. E ricorda che il termine "perversione" ha un significato molto ampio e per questo facilmente manipolabile da chi lo usa: dentro a una sola parola c'è una gamma vastissima di comportamenti, dal fare sesso con indosso i calzini a pratiche ben più inquietanti.

Per capire davvero una parola bisogna risalire a chi l'ha scritta, scoprire dove e come è stata scelta. Per questo nessuna informazione raccolta con il metodo del dossieraggio può essere considerata una fonte storica o anche solo una mezza verità: è fondamentale ricordarlo, se non vogliamo accettare il gioco che l'FBI fece con Martin Luther King.

Balcony è una parola inglese di origine italiana che, come in italiano, significa "palco", "balconata", "struttura aggettante". Struttura che sporge dal corpo centrale della muratura.

Stazionare su un balcone è come stare appoggiati sopra a una mensola, perché la balaustra che lo delimita protegge solo la metà del tuo corpo. Aprire la portafinestra di una stanza di motel e uscire su un ballatoio è una cosa che io non farei mai. Preferisco restare immobile sul mio letto di veglia, fissare il soffitto e combattere i miei demoni, resistendo alla smania degli acari. Ma King, invece, uscì e stazionò – ben in vista – sul balcone del suo ultimo motel: il Lorraine Motel di Memphis, nel Tennessee.

Ovviamente c'era qualcuno a osservarlo nell'appartamento dirimpetto. Il binocolo di quella spia fu poi ritrovato.

Sì, hai ragione tu, gli avrebbero sparato lo stesso, anche se non fosse uscito su quel balcone. Così però fu come giocare al tirassegno.

No, la moglie non era con lui. In genere non lo seguiva nelle sue lunghe trasferte. Forse, nel momento in cui la pallottola uscì dal fucile del fanatico razzista per raggiungere la testa del reverendo King, lei stava lavando i piatti, o magari riordinava la casa. Forse allacciava la scarpa di uno dei suoi quattro figli. Magari stava pensando alla vita diversa che avrebbe voluto vivere. O forse, al contrario, si rimproverava di non avere abbastanza fede per continuare a vivere all'inferno e crescere da sola i suoi figli.

Sì, probabilmente si rimproverava di non riuscire più ad amare quell'esistenza fatta di processi, di tribunali, di visite nelle carceri, di insulti feroci, di minacce. Sai, quando tutto questo lo vediamo accadere in un film dura appena un paio d'ore. Anzi, ancor meno, perché un film in genere non dà spazio solo alle ombre ma anche alle luci: i titoli sui giornali, le marce portate a buon fine, i premi ricevuti, gli atti di solidarietà, i baci, gli abbracci, le strette di mano. Allora non riusciamo a immaginarci che cosa significhi sopportare l'inferno ogni giorno, per 24 ore, per 1440 minuti, per 86.400 interminabili secondi. Con l'afa, con il gelo, con il mal di testa, con l'angoscia, in mezzo al pianto dei bambini, quando la febbre sale e nessuno fa la spesa per te. E proprio in quel momento ti arriva la telefonata che annuncia che hanno riarrestato tuo marito e un ordigno schiantato contro la finestra della stanza dei bambini ti costringe a lasciare la cornetta penzoloni. Allora, una volta portati in salvo i bimbi a casa dei nonni, hai due secondi per decidere se sia preferibile restare vicina a loro o correre in carcere da tuo marito.

In mezzo a quei pensieri cupi, qualche volta a Coretta King capitava anche di accarezzare l'idea che il marito non glielo avrebbero più ammazzato. In fondo erano anni che quell'evento così temuto non accadeva. Quante volte ormai aveva risposto al telefono che squillava nella certezza di ricevere quella notizia? E invece ogni volta le avevano detto altro. Se quella notizia non era ancora arrivata, voleva dire che probabilmente non sarebbe arrivata più.

Si chiama processo di rimozione, quello che sopraggiunge – come uno scongiuro – quando il nostro cervello non ne può più di giocare a scacchi con la morte. Magari Coretta sperava solo che non glielo ammazzassero quel giorno, un giorno di primavera, quando il cielo era così caldo e vivo da rendere impensabile che l'incubo divenisse realtà. E però, mentre quel cielo così reale si stendeva sul mondo, a Memphis una non meno reale pallottola aveva iniziato a viaggiare per conficcarsi nella testa di suo marito.

Il telefono squillò.

"Coretta, hanno sparato al dottore. Sarà bene che accenda una sigaretta prima di sentire il resto."

La telefonata che aspettava era giunta.

Più avanti, le indagini fornirono a Coretta anche il nome dell'assassino: James Earl Ray. Lei continuò a sostenere per tutta la vita che non fosse quello il nome. In molti non hanno capito perché continuasse a negare l'evidenza. Le impronte di Ray erano dappertutto. Coretta intendeva, però, che il vero colpevole non era chi aveva premuto il grilletto. Ray aveva la testa dello scassinatore di auto e non quella dell'omicida politico. Il marito era stato ucciso non da Ray ma dall'odio, l'odio seminato contro di lui. L'odio dell'FBI e l'odio dei suprematisti bianchi del Sud, perché il grande potere di persuasione raggiunto dal reverendo King metteva a rischio l'equilibrio degli Stati Uniti e rendeva possibile per i neri pensare di potersi liberare dalle catene del segregazionismo.

Coretta stessa aveva ricevuto una lettera anonima, indirizzata a Martin Luther King, nella quale lo si invitava al suicidio. Perché? Perché non erano riusciti a fermarlo con i pedinamenti e le intercettazioni, con la diffamazione, con i processi, con le multe, con gli arresti e quindi cercarono di fare in modo che lui stesso ponesse fine ai suoi giorni. No, non è un piano assurdo: sono certo, invece, che King ci abbia seriamente pensato quando lesse quella lettera, per esasperazione, perché la misura era colma. In quella lettera gli veniva detto che là fuori qualcuno "sapeva". Che cosa? Nulla, in buona sostanza.

"King, guarda nel tuo cuore. Sai di essere una colossale truffa per tutti i negri. Tutti gli americani, tutti coloro che tu hai aiutato – protestanti, cattolici o ebrei che siano – devono sapere che sei il diavolo, una bestia anormale. Sei finito. C'è solo una cosa che puoi fare. E tu sai qual è."

Questo tipo di minacce aveva una presa enorme su Martin Luther King. La moglie dice che a differenza di quanto l'FBI di Hoover pensasse, Martin non temeva gli scandali sessuali, mentre aveva una paura folle di apparire disonesto, di passare come un profittatore, amante del lusso e del denaro in genere. Molti erano quelli che si toglievano il pane di bocca per sostenere il suo movimento, molti quelli che perdevano il lavoro, che venivano picchiati, che rinunciavano a usare i mezzi pubblici per aderire ai suoi scioperi. Lui temeva, quindi, che una sua radicale diffamazione avrebbe umiliato e offeso tutti coloro a cui aveva sempre chiesto grandi sacrifici per la causa dei diritti civili, così costringeva Coretta e i figli a vivere di privazioni, per essere certo che chi frequentava la sua casa potesse confermare che la sua vita era frugale quanto quella dei suoi sostenitori. Per questo sulla famosa "lettera del suicidio", che si ritiene scritta dall'FBI e che fu recapitata in forma anonima poche settimane prima che ricevesse il premio Nobel, pesa il sospetto che a scriverla fosse stato qualcuno di molto vicino a Martin. Solo una persona che conosceva bene la sua enorme paura di deludere i suoi poteva pensarlo capace di lasciarsi condizionare da una lettera del genere.

In ogni caso, Martin resistette anche alla tentazione di togliersi di mezzo, e allora ci pensò Ray.

La mano di Ray non fu armata, però, solo dall'FBI. Era anche diffusa, come abbiamo detto, la paura che i "negri" fossero liberi. Una paura che nel Sud degli Stati Uniti era stata così fomentata dal governatore dell'Alabama – di cui Ray era un fervente ammiratore – che in troppi ne avevano la mente satura. Fu facile, allora, per Ray mettere al servizio di quell'odio l'esperienza incamerata in anni di furti e di rapine.

George Wallace, il governatore dell'Alabama – per me è questo il nome dell'assassino di King, e non dirmi che non ho le prove, perché di prove te ne porto quante ne vuoi, senza l'aiuto della Scientifica –, all'inizio della sua carriera ci aveva provato, a parlare di parità tra bianchi e neri. Poi però si era dovuto arrendere: aveva capito che in Alabama lottare contro il segregazionismo era come risalire un fiume controcorrente. Così aveva iniziato a masticare slogan razzisti e subito il consenso era arrivato.

I giornalisti glielo fecero notare. Gli rimproverarono il suo cambiamento di tono e di linguaggio, ma lui si giustificò, disse che ci aveva provato a predicare i buoni principi, quelli appresi in tanti anni di messe alla domenica, ma in quel modo continuava solo a perdere. Poi un giorno aveva usato pure lui quella parola, "negro!", e allora tutti erano scattati in piedi. Un altro giorno aveva aggiunto che bisognava smetterla con i burocrati della Casa Bianca, e tutti avevano cominciato a urlare il suo nome... quando provò gli slogan "meno tasse", "legalità" e "sicurezza", la gente iniziò a saltare sui tavoli! Poi venne il turno dell'"Alabama first" e alla folla s'inumidirono gli occhi per la commozione: prima i cittadini dell'Alabama, poi tutti gli altri!

E Wallace, allora, non si era più mosso da lì. Doveva solo spingere sull'orgoglio di patria. E cosa sarebbe la patria? La casa sbilenca dove sei nato, la periferia infame dove ti tocca vivere, le abitudini ammuffite che hai incubato, le fobie paranoiche che ti hanno iniettato, il posto dove non hai trovato lavoro, dove ti hanno maltrattato? Perché dovresti esserne orgoglioso? Allora la patria fu presentata come ciò che "i negri" minacciavano, e la cosa funzionò. Nel 1962, Wallace fu sommerso dai consensi e per quell'incredibile rimonta è ritenuto ancor oggi il maestro mondiale dell'oratoria populista accalappia-voti. E più vinceva, più chiudeva i suoi comizi con dàgli-ai-negri! e agli-sbruffoncelli-*peace-and-love*-del-cazzo-poco-sapone-e-tanto-figli-di-papà! La gente lo portava in trionfo per le strade della contea! Eletto governatore dell'Alabama con quel meccanismo perverso, non fece che rilanciare. Più erano ridicole le cause che abbracciava, più era forte il consenso che mieteva. Nel settembre del '63 s'impegnò in un'impresa titanica: impedire a quattro bambini afrodiscendenti l'iscrizione alla scuola elementare dei bianchi. Poteva farlo?, mi chiedi tu. Nel 1954 un pronunciamento della Corte suprema degli Stati Uniti – la famosa sentenza *Brown versus Board of Education of Topeka* – aveva decretato la fine del segregazionismo nelle scuole. Con molti espedienti, l'applicazione di quel pronunciamento negli stati del Sud era stata evitata. Poi all'improvviso, i genitori di quei bambini, sedotti dal predicatore "negro", si misero a chiedere l'iscrizione nella scuola vicino a casa, anche se era popolata da soli bianchi.

Non avevano, però, fatto i conti con Wallace "il duro".

Il primo giorno di scuola, i bambini si presentarono con la cartella sulle spalle. Wallace si stagliò sulle scale, massiccio e inamovibile, deciso a fare da forza d'interposizione a oltranza con il proprio corpo tra il portone e i bambini. Questi, spauriti, esitavano a staccarsi dalle braccia dei genitori, che li spingevano, invece, per affermare il loro diritto a entrare. A un certo punto si ritrovarono soli ai due estremi della scalinata, Wallace in alto e i bambini in basso. Lui deciso a non fargli varcare la soglia della scuola, loro più decisi di lui a non entrare. Poco distante da lì, dietro le finestre delle loro case, i genitori degli allievi bianchi, che erano già dentro, seguivano con apprensione la scena, timorosi che i bambini forzassero infine il blocco. Quando i piccoli poggiarono il loro primo timido passo sul gradino più basso della scalinata, Wallace minaccioso posò il suo su quello più alto. I bambini subito indietreggiarono, ma quando spuntarono quelli della corte federale, decisi a far loro da scorta, Wallace fu costretto a lasciarli passare.

Quel giorno "il duro" aveva perso di fronte alla corte federale, ma aveva vinto di fronte agli elettori dell'Alabama, che giurarono di lavare col sangue l'offesa fatta al loro governatore. Tra chi giurò vendetta c'era anche Ray.

Ogni volta in cui proverai a costruire, anziché distruggere, ogni volta in cui proverai a metterti al servizio invece che a servire solo te stesso, ogni volta in cui proverai a far cambiare le cose, o semplicemente a sostenere chi vuole far cambiare le cose, un attivista, un sacerdote, un magistrato, un politico, un intellettuale, proveranno a fermarti. E il peggio è che non ti attaccheranno per quello che dici, ma sempre e solo per quello che dicono tu sia.

Tu allora ricordati che è successo persino a Martin Luther King, e ricorda anche che, con ogni probabilità, l'FBI non raccolse proprio nulla. Però, l'aver fatto credere di avere le "prove", fece sì che tutti, anche solo per una frazione di secondo, abbiano pensato che davvero King avesse partecipato a festini a luci rosse nei motel che frequentava durante i suoi spostamenti e che davvero avesse per amante ogni attivista bianca o nera entrata nel suo movimento. L'abbiamo letto sui giornali e abbiamo finito col crederci.

Quando leggerai il verbale – anche il più apparentemente inoppugnabile – annotato negli schedari dei servizi segreti di un qualunque paese del mondo, chiediti sempre se ciò che stai leggendo sia verosimile. Chiediti se non si tratti piuttosto di un'esca di chi per mestiere è abituato a mentire e mistificare. L'FBI, in oltre sessant'anni, non ha fornito ancora alcuna prova su King. Restano i riferimenti negli schedari, restano le lettere minatorie inviate a King, ma delle bobine neppure l'ombra.

Ti ho mostrato come queste costruzioni prendano avvio dall'azione di organizzazioni d'intelligence che hanno mezzi e capacità per elaborarle e meticolosamente arricchirle, però voglio anche che tu ti chieda se, per te, il valore della lotta di King risulterebbe minimamente scalfito se quelle bobine dovessero saltare fuori. Se King avesse avuto delle amanti, cambierebbe qualcosa per te? Toglierebbe qualcosa a ciò che ha lasciato, a ciò che ha costruito? Gli allegri "festini" con le "amanti", descritti dall'FBI, hanno davvero il potere di farci credere che la sua vita fosse "leggera"? O forse percepiamo che l'FBI di Hoover stesse lavorando per nascondere che l'America riservava a uno dei suoi uomini migliori una vita atroce, fatta solo di diritti negati, di insulti, di segregazione, di marce estenuanti sotto la pioggia, di multe continue, di botte, di violenze gratuite, di diffamazioni, di processi, di avvocati, di tribunali, di prigioni, di arresti, di manette, di attentati, di pressioni, e montagne di accuse... di immoralità, di evasione fiscale, di plagio.

E cambierebbe qualcosa per te sapere se le sue amanti erano nere oppure bianche? Perché, vedi, l'FBI fece intendere che la cosa avesse rilevanza, che fosse quasi più rilevante del suo venir meno ai doveri coniugali... E, bada bene che l'FBI di Hoover non parlava di relazioni, di amicizie, di affinità... l'FBI di Hoover annotava, con violenza e volgarità: "King fotte anche le bianche"...

Ma per te, te lo chiedo di nuovo, cambia qualcosa? Se anche King avesse chiesto libertà per le scelte del suo corpo, questo sposterebbe di un millimetro il senso della sua battaglia? Tornare a fabbricare eroi di carta – finti, statici, costruiti ad arte dall'inchiostro di una penna – come si faceva sotto i regimi, oppure come si faceva nell'Italia di fine Ottocento con i santini patinati, di uomini tanto perfetti, quanto irreali ed evanescenti, può aiutarci nella battaglia? O ci danneggia, invece? Chi pretende che per combattere tu non sia un uomo, ma un santo, un asceta, un martire, un eroe non ti sta forse dicendo che è una strada per pochi? Dire che un santo non cade mai, che un martire non conosce incertezze, che un eroe deve solo morire non significa forse dire: *Solo un martire, solo un eroe, solo un santo ce la fa*. E deve farcela, sempre e solo a prezzo del suo sangue, a costo della sua serenità di vita, esponendo i suoi familiari alle più atroci persecuzioni, privandosi egli stesso del cuscino su cui affondare la testa e del pane che lo tiene in vita. Allora, se così impraticabile è questa via, ognuno di noi si tira indietro, ognuno di noi ammette con se stesso di non potercela fare... e così vincono loro! Proprio come vinsero con Gandhi, a cui contestavano ogni chicco di riso messo nello stomaco, spingendolo a vivere di nulla, e a far vivere di nulla anche la propria famiglia, condannata al suo stesso martirio. Che male mi fa, ogni volta in cui rileggo che a sfinirlo non fu la lotta contro gli inglesi ma le accuse continue di essere un ipocrita, di non negarsi abbastanza il cibo, il riposo, di non tenere davvero tutto in comune, di voler mettere qualcosa da parte per le figlie, per la moglie, per i parenti. Leggere che ogni chicco di riso che scese nel suo stomaco gli fu rimproverato, gli fu mandato per traverso, che fu fatto passare come un'intollerabile impostura ai danni della sua causa, mi fa gridare.

Tu a chi credi? Questo devi chiederti sempre. A chi credi? A Gandhi, della cui azione parla il destino di milioni di persone, parla la Storia, o a chi aveva tutto l'interesse a fermarlo, usando ogni mezzo, anche esecrabile? A chi credi? Da che parte stai? Contro chi ti senti di gridare?

Trasformano il peso della verità in un fardello intrasportabile solo per fare in modo che tu ti tiri indietro, che rinunci a portare quel peso. Modo perfetto per dissuadere e insegnarti che FERMI e MUTI è meglio!

La verità, invece, è che a noi non interessa se Martin Luther King avesse o meno delle amanti, se la moglie lo sapesse o meno, se i figli di King lo rimproverassero di stare poco o tanto a casa, se dimenticò di pagare le bollette, se di tanto in tanto alzasse il gomito con gli amici, perché questi sono solo fatti suoi. Noi non vogliamo trasformarci nel Torquemada di alcun Tribunale dell'Inquisizione, non vogliamo trasformarci nella Stasi, nella CIA, nel Mossad, nell'FBI e in nessuna intelligence del mondo, non vogliamo diventare il GRANDE FRATELLO di nessuno. E soprattutto non ci lasceremo convincere che per militare dalla parte del diritto, della verità e della giustizia dobbiamo diventare miliziani mistici o sante marie goretti. Non è una strada per pochi, al contrario, è una strada per tutti, che tutti possiamo percorrere, ognuno dalla sua postazione, ognuno dalla sua trincea, ognuno pronto a gridare quando violano la verità e ci negano la giustizia. E non c'è gioco delle tre carte che tenga: non ci lasceremo incantare dalle multe non pagate, dalle ville con piscina mai acquistate, dalle risibili cospirazioni ordite ai danni della patria...

Te lo ripeto, per avanzare non è necessario che tu ti trasformi in un miliziano mistico, non devi essere né un santo né un eroe.

Uno scrittore afroamericano che amo molto e che vorrei che tu leggessi, James Baldwin, ha lasciato su questo pagine che considero il mio vangelo. Mentre era impegnato nella lotta per i diritti della sua comunità, quando ancora in America essere nero significava essere "un negro", Baldwin scriveva: continueranno a spararci, anche se siamo disarmati; continueranno a condannarci per stupro, anche se non abbiamo stuprato; continueranno a dirci che siamo spacciatori, anche se non abbiamo mai spacciato; continueranno a spezzarci ogni possibilità di costruirci una vita... Sarà sempre così? No. Tra trent'anni sarà diverso. Tra quarant'anni sarà ancora diverso. Tra cinquant'anni ancora diverso.

Però poi mi chiedo: noi intanto cosa facciamo? Tu e io, mentre aspettiamo che di trentennio in trentennio le cose migliorino, che facciamo? Mentre ci battiamo per un minimo di diritto per tutti, cosa facciamo? Nel frattempo continuiamo a subire?

No. Credo che tu e io – e tutti quelli per cui non esiste Il-diritto-per-me, ma solo Il-diritto-per-tutti – dobbiamo imparare... Sì, è così, dobbiamo imparare...

Noi impareremo a distinguere le ambigue bandiere.

Noi faremo in modo di riconoscerci sul campo di battaglia, anche quando proveranno a confonderci.

Noi resteremo uniti, faremo comunità, anche quando proveranno a disperderci.

Noi non crederemo alle loro bugie.

Noi non crederemo alle loro false accuse di complotto.

Noi non crederemo a ciò che dice la loro stampa spazzatura.

Noi resteremo accanto a chi è diffamato, a chi è perseguitato, a chi è condannato.

Noi useremo le nostre parole per dare e ricevere forza, per dare e ricevere conforto.

Noi cercheremo ogni giorno la verità.

Noi grideremo ogni giorno la verità.

E questa sarà la nostra disciplina di resistenza.

GRIDALO CHE DEVONO GIUDICARE
QUELLO CHE FAI E NON QUELLO CHE SEI.
GRIDALO CHE, COMUNQUE,
DIFENDERAI SEMPRE QUELLO CHE SEI.

Durante i primi anni di matrimonio, Martin Luther King visse a Montgomery, Alabama. In seguito, la famiglia King si trasferì ad Atlanta, Georgia, sua città natale e sede della chiesa battista di Ebenezer, dove il padre svolgeva la funzione di pastore. L'incontro con l'amante è solo immaginato in quella città, in quanto della bobina che lo "intercetta" resta oggi soltanto la segnalazione nei fascicoli dell'FBI. Vedi David J. Garrow, *The FBI and Martin Luther King, Jr.*, W.W. Norton & Co., New York 1981.

Circa le amanti – vere e presunte – di King, vedi l'intervista del 29 ottobre 1989, rilasciata dal suo amico, nonché attivista, Ralph Abernathy: http://www.booknotes.org/Watch/9718-1/Rev-Ralph-David-Abernathy. Circa i dossieraggi dell'FBI su King, vedi anche Curt Gentry, *J. Edgar Hoover. La vita e i segreti del primo capo dell'FBI*, trad. it. di Marina Astrologo, Mondadori, Milano 2012.

L'ansia con la quale la moglie di King visse per anni l'attesa della telefonata che le avrebbe annunciato la morte del marito è stata descritta da Coretta stessa nel libro autobiografico *La mia vita con Martin Luther King*, Pgreco, Milano 2018. I processi e i periodi di detenzione di Martin Luther King più sofferti non sono tanto quelli relativi ai sit-in di protesta o alle marce non autorizzate, quanto quelli che gli derivarono da denunce pretestuose che avevano il solo fine d'intimidirlo: accuse di falsa dichiarazione dei redditi, guida senza documenti, concorrenza sleale al servizio dei trasporti di linea. Processi che sottraevano energie vitali e denaro alla causa antisegregazionista e che, infatti, con questo scopo furono intentati. In merito alla denuncia per dichiarazione dei redditi fraudolenta, King dichiarò: "Voi tutti sapete bene che non ho il denaro per controbattere a un'accusa del genere in un tribunale." La moglie sostenne che quel processo – più degli altri – gettò il marito in uno stato di prostrazione, in quanto la sobrietà e l'onestà riguardo al denaro erano la sua ossessione.

Per la "lettera del suicidio" vedi: "La lettera con cui l'FBI invitò Martin Luther King a suicidarsi", https://www.ilpost.it/2014/11/13/lettera-suicidio-fbi-hoover-martin-luther-king/.

Il testo di riferimento circa la figura di George Wallace è quello di Stephan Lesher, *George Wallace. American Populist*, Addison-Wesley, Reading (MA) 1993. Lesher seguì in veste di giornalista i comizi di Wallace fin dagli esordi della sua carriera politica, dal boicottaggio dei mezzi di trasporto a Montgomery. Prima di scrivere, molti anni più tardi, la sua biografia, Lesher ottenne inoltre da Wallace sedici ore d'intervista in esclusiva. Lui definì Wallace il "padre della retorica populista".

Il libro di James Baldwin che vorrei tu leggessi è *Se la strada potesse parlare*, trad. it. di Marina Valente, Fandango, Roma 2018. I versi che hai letto in chiusura sono ispirati all'opera di Baldwin.

DAPHNE CARUANA GALIZIA

15.

I COCCI

L'impunità con cui i giornalisti vengono perseguitati e uccisi è più un problema nostro che loro. […] I giornalisti perdono le loro vite, ma noi che gli sopravviviamo perdiamo il nostro diritto a sapere, a parlare, a imparare. […] La libera circolazione delle notizie e delle opinioni, ferri del mestiere dei giornalisti, crea società più giuste e più libere, società più ricche e resilienti. In altre parole, società in cui vale la pena vivere.

Paul Caruana Galizia

Quando mi capita di parlare con ragazzi della tua età, mi dicono spesso che vogliono fare gli archeologi. Bella professione. Lo capisco. Penso quindi che la storia di Daphne ti interesserà, perché Daphne Caruana Galizia si è laureata in Archeologia.

Se nasci nel Mediterraneo, hai buone probabilità di diventare un archeologo perché sbatti talmente tante volte contro un tempio greco, contro un anfiteatro romano, che la passione per l'antico ti nasce spontanea, almeno quanto quella per il calcio. Ti nasce, cioè, come un gioco. Quando ero ragazzino, volevo fare l'archeologo perché andavo in vacanza ogni estate a Paestum e camminare dove probabilmente aveva passeggiato Parmenide, vedere i labirinti subacquei che erano sopravvissuti all'usura dell'acqua salina, mi dava la sensazione forte di capire da dove venivo e me ne faceva sentire anche il senso, mi dava la certezza che non ero nato per caso, ma per raccogliere un'eredità di dignità e bellezza che altri avevano costruito e tramandato per me.

Il problema arriva, poi, quando per te ogni strada, ogni pietra, ogni città non è più solo quella visibile ma anche quella nascosta dalla terra, quando ti abitui a ragionare su ciò che è sommerso e, così, non riesci più a fermare il tuo sguardo solo su ciò che appare in superficie. Diventa un continuo gioco di rimandi tracciare quello che si agita sotto al piano di calpestio. Un prato per te non sarà più un prato, vedrai solo le macchie di verde più scuro, quelle sotto cui si nascondono le fondamenta di una villa, i basoli di una strada romana, i muretti a secco di una canaletta di scolo. È una passione che non cambia solo il tuo modo di guardare. Cambia il tuo modo di sentire. Il tuo stomaco smette di essere un dispositivo metabolico, si trasforma in un potente metal detector. A ogni passo un segnale, a ogni segnale un pezzo di metallo sepolto e una vibrazione impazzita delle tue viscere. Ormai la metamorfosi è compiuta. Sei condannato. Su ogni strada che percorrerai, sentirai sempre correrne sotto un'altra, quella della città parallela. Un'altra storia che non puoi ignorare perché è più reale di quell'altra.

Io, vedi, mi immagino di averla qui Daphne, proprio ora. La vedo ventenne, col naso greco piantato al centro degli occhi, il sorriso dolce, la fiducia piena nella vita.

Ho conosciuto i tuoi figli, ho visto i tuoi tratti sui loro visi, ho ascoltato le tue parole dalle loro bocche, ho sentito veramente il tuo sangue nel loro e la tua dolcezza nella loro grazia di stare al mondo.

Sì, Daphne, è così che ti vedo, ti vedo nei loro gesti. Mi sono accorto che pur non avendo vissuto giornate con te, immagino i tuoi gesti avendoli osservati in loro. Così ora ti vedo mentre parcheggi, mentre telefoni, mentre fai la spesa, mentre il tuo metal detector continua a cercare per conto suo. E lo so che tu non ne puoi più di quell'insopportabile rumore di fondo. So pure che all'inizio è stata unicamente una passione, e che solo dopo si è trasformata in una maledizione. Ormai quando vedi un bancomat, non vedi più solo un bancomat, ma una lunga catena di azioni: l'uomo che ha caricato i soldi nello sportello, il furgone che li ha trasportati in filiale, l'impiegato che li ha messi in ordine, il cliente che li ha ritirati in mazzette dello stesso taglio. Pure il tuo olfatto non è più quello d'origine, perché l'hai addestrato a riconoscere l'odore della terra: sai che dov'è grassa conserva peggio, dov'è secca difende più a lungo. E anche questa abilità col tempo s'è rivelata pericolosa, perché hai iniziato a fiutare l'odore della grana, un tanfo di sangue misto a inchiostro, che ti resta incollato alle narici e non vuole saperne di andare via. Il tempo passato a classificare i cocci, a metterli insieme per vedere l'anfora, ti spinge ora a ricomporre il quadro tutto intero. Non ti accontenti più delle notizie patinate e rassicuranti che riportano i giornali locali. A te piacerebbe dare notizia di ciò che davvero accade. Ma a Malta non c'è mai stata libertà d'espressione, i giornalisti non osano neppure firmare i loro pezzi, preferiscono restare nascosti dietro alla formula fissa "la redazione". A te invece piacerebbe gridarlo col tuo nome che la tua isola non è solo mare. Vorresti anche consigliare alle redazioni dei giornali di smetterla di parlare di olivi e di mandorli in fiore, di matrimoni famosi e d'incidenti stradali. Vorresti raccontare cosa succede davvero a Malta quando, ad esempio, qualcuno prova a protestare, come è accaduto a te, nel 1984, quando sei stata arrestata per aver preso parte a una manifestazione. Ti hanno tenuta segregata in una cella ricoperta di escrementi, solo per il gusto di umiliarti. Anche per darti una lezione, certo. Un battesimo di fuoco che avrebbe dovuto toglierti la voglia di fare l'attivista. Forse per questo, dopo il liceo, hai coltivato anche la passione per l'archeologia: studi classici che nella tua isola la maggior parte delle persone pensa si adattino meglio a una donna, piuttosto dell'attualità, che è roba incandescente, per stomaci forti.

La tua isola non fa eccezione, qui i progressisti usano gli stessi metodi dei conservatori, hanno le stesse priorità e un'uguale scala di valori, soprattutto se si tratta di commissionare spedizioni punitive nelle tipografie dei giornali locali, quando quei giornali osano sfidare la classe politica. Eppure, mano a mano che vai avanti, tutto questo non ti mette paura, ti appare sempre più legato al passato. Cose simili accadevano quando non c'era Internet, ma ora che c'è, basterà anche una sola persona disposta a leggerti e ti seguirà ovunque scriverai. Così, anche se i giornali locali iniziano a rifiutare i tuoi articoli, sempre più sgraditi alla classe dirigente, e pure i consigli di amministrazione votano contro la pubblicazione dei tuoi pezzi, impauriti dalle pressioni e dalle querele, tu hai aperto un blog, il *Running Commentary*. Vedi, mi ricordo il tuo primo post: "Tolleranza zero verso i corrotti". Non fece clamore, però poi iniziarono ad aver paura delle tue parole quelli che non hanno mai paura perché con un versamento, in genere, risolvono tutto. Allora cominciarono a dire che gli articoli te li scriveva tuo marito avvocato, che la tua firma serviva solo come copertura, perché a una donna fragile nessuno avrebbe fatto ritorsioni.

La cosa che ti faceva impazzire è che a Malta – la cui superficie è più o meno un quarto di quella di Roma – vivessero abbarbicate più di cinquantamila società, metà delle quali con almeno un azionista straniero. Questo ti faceva arrabbiare perché sapevi cosa significava. Sapevi che quando in un'area periferica, in una città priva di fognature, in uno sperduto villaggio rurale, lungo un'arteria di transito fuorimano o su un piccolo scoglio del Mediterraneo si contano più filiali di banche che gelaterie, c'è qualcosa sotto; sapevi che quando un centro commerciale spunta all'improvviso in mezzo al deserto è sempre un segno cattivo.

È segno che lì il denaro va a farsi il bagno. Questo volevi gridare! Volevi denunciare che se il proprietario di una società registrata a Malta non risiede a Malta, e neppure fa affari a Malta, non c'è un altro modo per dirlo: è "off-shore"! Evasione fiscale! Nel migliore dei casi, culto del segreto bancario, che poi l'evasione fiscale la favorisce. Ho capito cosa provavi. Sei andata su WordReference.com, o forse allora usavi il dizionario, e insomma hai controllato. Volevi spiegare a chi ti leggeva che quella parola non vuol dire semplicemente "al largo". Le parole acquistano senso nel corso della storia, e off-shore ha acquistato il suo significato particolare in un momento particolare, quando cioè all'epoca del proibizionismo per bere e giocare d'azzardo si doveva andare sulle navi ormeggiate off-shore – al largo, appunto. Era un modo per eludere la legge senza eludere la legge, così come fanno i capitali che se ne stanno "al largo" rispetto alla propria patria. Questo volevi gridare. Che, comunque la si presenti, la sottrazione di entrate fiscali è un furto legalizzato. È una sottrazione di denaro che in patria farà scadere le strade, le scuole, gli ospedali.

Sai, Daphne, nei giorni in cui dilagava il coronavirus è successo questo: fuori da un ospedale francese è apparso uno striscione appeso dai medici e dagli infermieri che diceva: "Non vogliamo essere chiamati eroi e non vogliamo la vostra carità, pagate invece le tasse!" Era questo che intendevi? Era questo che volevi gridare al mondo? "Pagate le tasse e nessuno avrà più bisogno di raccolte fondi, sussidi e carità!" Perché lo so, è proprio così che funziona: maggiori entrate fiscali, più medici, più infermieri e quindi nessuna emergenza sanitaria, neppure in caso di pandemia o di cataclisma. Però la cosa che ti faceva più male era vedere che il conto più salato dell'off-shore – contrariamente a quanto si pensa – lo pagano i paesi che ricevono quelle imposte sottratte. Lo so, ho imparato anche io a vederlo con chiarezza: è nei paradisi fiscali che, dietro ai capitali dell'economia sana, arrivano puntualmente quelli insanguinati dell'economia mafiosa. È l'off-shore l'anello che tiene insieme l'evasione dell'economia legale e il riciclaggio di quella illegale.

E quando ti dicevano: "Ma cosa c'è di male a spostare la sede legale della tua società in un luogo in cui tu non vivi, ma la tua società vive benissimo? Non lo fanno forse tutti?" Tu il male invece lo vedevi, eccome. Non eri affatto contenta che la tua isola, da arretrato ma onesto scoglio del Mediterraneo, fosse stata trasformata in un paradiso fiscale. Tu lo sapevi che diventare un paradiso fiscale è come entrare nel giro delle organizzazioni mafiose: una volta dentro, poi sono loro che dettano le regole. Non c'è da sperare che vada tutto bene: quando un paese si converte all'off-shore, poi la politica la decidono i capitali stranieri, che spesso sono anche di origine criminale. Buoni o cattivi a quel punto si equivalgono. Non esiste più la possibilità di una reale alternanza tra partiti perché tutti si mettono a fare la stessa politica: favorire le banche e le società per azioni. E quando iniziano ad arrivare i soldi, i soldi veri, le persone vengono reclutate per pulire, per manutenere, per sorvegliare quelle banche e quelle società di servizi, e allora alla classe politica tutti chiederanno la stessa cosa: chiudere un occhio, o essere non vedente dalla nascita. Se, invece, ti opporrai al flusso della corrente, se denuncerai, se proverai a dare l'allarme, a dire che l'off-shore inquina peggio dei rifiuti tossici, ti daranno della catastrofista, della pazza, della strega: ma come, non sei contenta che i capitali di tutto il mondo non sognano altro che infilarsi gli infradito e gli occhiali da sole per tuffarsi nell'azzurro mare di casa tua?

Favorire la segretezza finanziaria, silenziare l'informazione, garantire l'impunità a quel punto sarà d'obbligo e verrà fatto passare per amor di patria. Tu che denuncerai, al contrario, sarai descritta come una traditrice della patria. So cosa provavi quando dicevano che quello che scrivevi faceva fuggire i turisti, so cosa provavi quando ti accusavano di impoverire la gente della tua isola, di farla scappare da lì, e con lei la ricchezza... "Brava! Tu sei diventata famosa e noi più poveri!" questo ti dicevano. Però tu sapevi bene che non si può tacere di fronte al passaggio di enormi flussi di denaro, perché è qualcosa che a lungo termine ha costi elevatissimi e si porta dietro una scia di morte e violenza che qualcuno vorrà mascherare da insignificante criminalità locale. Allora quelli che ti avevano implorato di non denunciare perché avrebbero perso il lavoro, perché avevano una famiglia da mantenere, capiranno che poi è proprio la famiglia che paga, che sono i figli a crescere attorniati dal crimine, dalla corruzione, dai proiettili, dall'omertà e quindi anche dalla morte. La morte, certo, perché il matrimonio tra sconto fiscale e segretezza bancaria è un'unione feconda, capace di generare figli sani e robusti. Le lavanderie a cielo aperto sono miele per le api delle organizzazioni criminali.

Lo so che anche a te dicevano che a Malta il problema non era la corruzione, ma i migranti... Lo so che il governo si metteva a soffiare sulle vele dei barconi per spingerli a forza in acque italiane, per poi aprire la porta della migliore suite d'hotel a magnati russi di dubbia reputazione e boss sudamericani. A quelli veniva subito offerto l'acquisto della cittadinanza maltese alla modica cifra di un milione di euro.

Certe cose, però, è meglio non raccontarle perché toccano interessi tanto insospettabili quanto lo è la traiettoria di un boccino da biliardo mandato in buca.

Io davvero non riesco a capire come hai fatto a guardare tutto questo e avere la forza di piantare peonie nel tuo giardino, di curare rubriche di cucina, come hai fatto a crescere tre figli e a renderli consapevoli, senza che questa consapevolezza accrescesse in loro il dolore ma, al contrario, stimolasse l'amore per la verità. Come hai fatto a proteggerli da tutto quello che vi facevano pensando di piegare la tua resistenza? Perché erano certi di piegarti, erano certi che con dei bambini così piccoli avresti subito mollato... e invece no: una volta un'ombra ha attraversato il giardino, e tu hai finto con i bambini che fosse una lepre selvatica; un'altra volta rincasando avete trovato il cane morto sullo zerbino e tu hai giurato che avesse ingoiato del veleno per lumache; un'altra ancora ti hanno incendiato la porta di casa e tu hai "confessato" di aver scordato delle candele accese sull'uscio. E i tuoi figli, come hanno fatto a crederti ogni volta? Lo so, neppure in questo caso ti attribuiresti alcun merito, ma mi diresti che sono i bambini ad avere una straordinaria capacità: si lasciano ingannare sempre quando capiscono che gli adulti sono in difficoltà.

Un giorno, però, è accaduto che non sei riuscita a mentire alla tua famiglia. Era un giorno di processione a Malta, che sotto molti aspetti assomiglia alla Campania, un amalgama di modernità e tradizione. Sulla tua isola, lo so, le processioni col santo patrono sono ancora sentite e capaci di aggregare gente diversa: il giovane e l'anziano, il ricco e il povero, il devoto e lo scettico, il tradizionalista e il progressista. E so pure, perché succede anche nel Sud d'Italia, che i politici non mancano mai a questo tipo di appuntamenti perché sanno che sono momenti di luce che sarebbe incauto sottovalutare. Se sei un politico abile puoi persino riuscire a rubare la scena al santo, e portarti avanti con la campagna elettorale. Quel giorno, alla processione, c'era anche uno di quei politici che tu avevi "diffamato". Ti riconobbe, affrettò il passo per raggiungerti e iniziò a scandire a ritmo serrato: "Stre-ga stre-ga stre-ga stre-ga," esortando la gente ad andargli dietro. Il coro montò, la folla iniziò a ripetere l'accusa e a venirti addosso, a premere, corpo contro corpo. Ho letto così tante volte quello che ti è successo quel giorno che sento ancora il mio petto nel tuo, e percepisco tutta intera la tua ansia. L'ansia che ti strappino i capelli, l'ansia che ti strappino i vestiti. Per sottrarti alla folla hai dovuto bussare al portone di un monastero… un monastero, neanche fossimo nell'Ottocento! Sembrava ti volessero giustiziare lì, davanti a tutti. O forse non volevano ancora ammazzarti, ma solo spaventarti e convincerti a chiudere il tuo blog. Perché, è vero, la verità è una merce strana: gli esperti di marketing sono pronti a giurare che non valga nulla, ma poi, quando la immetti sul mercato, capita che vada a ruba più dei generi alimentari. E infatti il pubblico del tuo blog cresceva a dismisura: quattrocentomila visitatori giornalieri, un milione sotto le elezioni politiche! Chissà se sei mai stata fiera di questo risultato. Io credo di no. Ma fiera di avvicinarti alla verità sì, perché eri un'archeologa e trovavi senso in quel mettere insieme i pezzi, i frammenti, fino a vedere il mosaico. Per i matematici è lo stesso. Una volta ho ascoltato un'intervista a un matematico al quale hanno chiesto: "Come fa a capire quando il suo risultato è quello giusto, prima di tutte le verifiche?" Lui ha risposto: "Quando vedo che il mio calcolo è bello!" Qualsiasi matematico te lo può confermare: i numeri hanno una loro bellezza, così come i cocci e i lacerti di muro. E così l'archeologo, come il matematico, sa quando è sulla strada giusta, e lo sa perché il suo lavoro è bello. Questo non vuol dire per forza che abbia trovato una moneta preziosa o una statua antica; bastano pochi pezzi, ma quelli giusti, quelli necessari a intuire il quadro intero, autentico.

E che adrenalina poi, quando arrivano le prove, quando le verifiche confermano le tue tesi, come quando nel 2016 dai terminali del più importante studio legale di Panama, il Mossack Fonseca, fuoriuscirono 11,5 milioni di prove a convalida delle tue tesi: 2,6 terabyte di file che denunciavano i nomi degli intestatari – quelli veri! – delle migliaia di società che risiedevano nel paradiso panamense. Non c'è dubbio, quello fu il più grande attacco sferrato all'off-shore che mostrò come anche Malta fosse parte integrante del sistema. Servirti di quei documenti fu possibile per una coincidenza strana, qualcosa che raramente capita a una madre: tuo figlio Matthew aveva iniziato a fare il tuo stesso mestiere, per cercare insieme a te. Vi immagino lavorare con il computer uno di fronte all'altro, a darvi forza l'un l'altro, a suggerire strade l'uno all'altro.

I documenti hackerati a Panama finirono sul desktop del quotidiano tedesco *Süddeutsche Zeitung*, regalo anonimo di qualcuno che voleva che fossero gridati al mondo i nomi e le attività del Mossack Fonseca. Il giornale tedesco capì che sarebbe stato travolto dall'immensa mole di quei dati, ma comprese anche che non se ne poteva lasciar cadere neppure uno, così decise di condividerli, di fare in modo che altri giornalisti ci lavorassero. Li mise in comune con il Consorzio internazionale dei giornalisti investigativi che ha sede a Washington e con reporter sparsi in tutto il mondo. I dati furono così analizzati da un esercito internazionale di collaboratori instancabili, che andavano a dormire solo quando i colleghi dell'emisfero opposto si rimettevano al lavoro. Uno di quei reporter era proprio tuo figlio Matthew. Studiare insieme le carte vi diede conferma che uno dei nomi su cui stavate indagando da tempo, Konrad Mizzi, allora ministro dell'energia, possedeva una società panamense, come pure un'altra vostra vecchia conoscenza, Keith Schembri, allora capo di gabinetto e braccio destro del primo ministro Joseph Muscat. Lavorare sui Panama Papers vi aiutò anche a fare luce su passaggi di denaro sospetti, come quelli tra la famiglia del presidente dell'Azerbaigian, la maltese Pilatus Bank, lo studio Mossack Fonseca e un'altra società panamense intestata alla moglie del premier.

Bingo! Le prove ora c'erano e tu eri sicura che quelle rivelazioni avrebbero messo fine alle persecuzioni cui eri stata sottoposta per così tanti anni. Avrebbero smesso di chiamarti strega, di accusarti di plagio, di farneticazione, ora di copiare ora d'inventare notizie di sana pianta. "Tutto questo appartiene al passato!" t'illudevi. Adesso ti avrebbero riconosciuto il coraggio, le competenze, agli occhi di tutti sarebbe stata chiara l'affidabilità delle tue inchieste. Come hai potuto, Daphne, pensare questo? Tu che hai sempre detto di aver trovato conforto, negli anni, leggendo quanto accadeva a giornalisti diffamati e minacciati come te?

Il tuo dolore mi lacera le carni, perché sento nello stomaco il tuo smarrimento di fronte al fatto che nulla cambiò, che i politici implicati rimasero al loro posto, che si continuò a negare che la politica maltese partecipasse all'off-shore, che favorisse il riciclaggio.

Lo so bene cosa hai provato di fronte al fatto che si continuò a dire che le tue erano solo menzogne per attirare visitatori sul tuo blog.

Lo sento nella bocca il gusto amaro della tua gigantesca sconfitta di fronte alla rielezione di Muscat. Lo percepisco fino all'ultimo grido il tuo sentimento d'impotenza, la certezza che fosse stato tutto inutile: inutili gli anni di multe da pagare, di querele da fronteggiare, di insulti da subire, di attacchi da respingere, di bugie da dire ai figli, di tempo sottratto agli amici, alla famiglia, alla vita.

L'ultimo giorno, quel 16 ottobre 2017, mi piace pensare che sei uscita di casa con Matthew negli occhi perché stavate studiando insieme. Sei uscita per andare in banca, perché ti avevano congelato i conti correnti un'altra volta. Perché lo so che fanno così, vogliono costringerti a indebitarti, vogliono spingerti a fare cazzate, così poi vincere diventa facile. Ti tolgono i soldi, ti tolgono serenità, sperano di mettere in difficoltà tutta la tua famiglia, vogliono che tornando a casa tuo marito, tuo figlio, tua madre arrivino a dirti che non si può andare avanti così!

Quando ti sei accorta di aver dimenticato il libretto degli assegni di tuo marito, l'unico che potevi usare, sei rientrata in casa, e poi sei uscita di nuovo in strada per salire sulla tua Peugeot 108 grigio scuro. Chissà quanti pensieri avevi in testa, Daphne. Con tutto il mondo contro, facile cedere al dubbio di non essere una buona madre, di aver messo a rischio la serenità familiare, di aver fatto vivere quelli che amavi in un continuo stato di incertezza e di privazione. Sei entrata in macchina, l'hai accesa. Bum!

#REL1=ON recitava l'SMS con cui hanno attivato i 400 grammi di tritolo piazzati sotto al sedile. Un SMS partito da una barca non lontana dal litorale, un SMS a una scheda collegata alla bomba messa proprio nella tua auto, per innescare la detonazione mortale. *To rely on* in inglese vuol dire "fare affidamento su".

Forse proprio questo significava nella mente di chi ha commissionato quell'omicidio: fare affidamento sul tritolo, sul fatto che nessuno avrebbe più scritto dal *Running Commentary*, nessuna minaccia sarebbe più arrivata alla politica locale.

Matthew si è precipitato fuori, ha gridato, ha chiamato aiuto, si è avvicinato all'auto, ma non ti ha vista dentro... giura che tu dentro alla macchina non c'eri, c'era solo una palla di fuoco.

Sai, Daphne? C'è un memoriale ai piedi del monumento del Grande assedio, proprio davanti al Palazzo di giustizia della Valletta, un memoriale che ti hanno dedicato: non una statua con una targa istituzionale, ma un memoriale spontaneo, nato dall'iniziativa della gente, che porta fiori candele, pensieri. Quel memoriale mi fa pensare ai castelli di sabbia che costruivo da bambino sulla spiaggia di Paestum: l'alta marea li buttava giù e io li ricostruivo, ogni volta. Anche il tuo memoriale lo buttano giù ogni giorno, a volte lo imbrattano con il ketchup, a volte bruciano i messaggi di stima e riconoscenza e al loro posto lasciano quelli d'odio: "Daphne was possessed by the devil", "Daphne needed an exorcist!" Non temere, so benissimo che non si tratta di qualche cane sciolto, so che le direttive partono dall'alto, come l'ordine di eseguire nell'area continui lavori di manutenzione che, guarda caso, obbligano la rimozione dei fiori e delle candele. Però, proprio come facevo io ogni mattina, quando mi accorgevo che durante la notte la marea aveva spazzato via il mio castello di sabbia, anche là c'è sempre qualcuno che con lena e con caparbietà ogni mattina ricomincia da capo: riposiziona le foto, aggiunge un vaso di fiori, depone un cartello con la scritta "Invicta"... e a seguire arrivano gli altri, un altro vaso di fiori, un'altra scritta, un altro pensiero.

Ecco, Daphne, io non credo che valga la pena di morire per un'idea, e nemmeno per la verità, dannazione! Difendere la propria vita è un imperativo sacro. Eppure, mentre lo sto dicendo, sono io il primo a cercare in te il coraggio di fottersela, invece, la vita. Sono io il primo a imparare solo da chi, come te, la vita l'ha rischiata. Dico rischiata, non giocata. Tu non hai giocato con la vita, al contrario. Non l'hai messa sul tavolo da gioco, correndo di notte in contromano. Tu alla tua vita hai dato un'intensità totale. Ecco, Daphne, allora io credo che il solo memoriale possibile è quello che si costruisce ogni volta dentro a chi legge.

GRIDALO CHE IL TUO PAESE NON È IN VENDITA.

Nel 2019 è uscita per Bompiani la prima raccolta di scritti di Daphne Caruana Galizia, *Di' la verità anche se la tua voce trema*. Il libro a cui Daphne stava lavorando prima che il tritolo la uccidesse è stato portato a compimento insieme ai figli, Andrew, Matthew e Paul, che dal giorno dell'uccisione di Daphne sono impegnati incessantemente per ottenere giustizia per lei e le sue inchieste. Poche settimane dopo la pubblicazione, un'improvvisa svolta nelle indagini ha portato all'arresto di Yorgen Fenech, presunto mandante dell'omicidio di Daphne, e a cascata alle dimissioni di Konrad Mizzi, Keith Schembri e Joseph Muscat (dimessosi poi soltanto nel gennaio 2020) e a una ulteriore serie di arresti, l'ultimo dei quali dello stesso Schembri per riciclaggio.

Vedi anche Roberto Saviano, *Criminali ovunque io guardi – Daphne Caruana Galizia*, in *Le mani sul mondo*, disponibile sulla piattaforma Audible, 2020.

RIESCI A RICONOSCERE LE TRAPPOLE FATTE DI PAROLE?

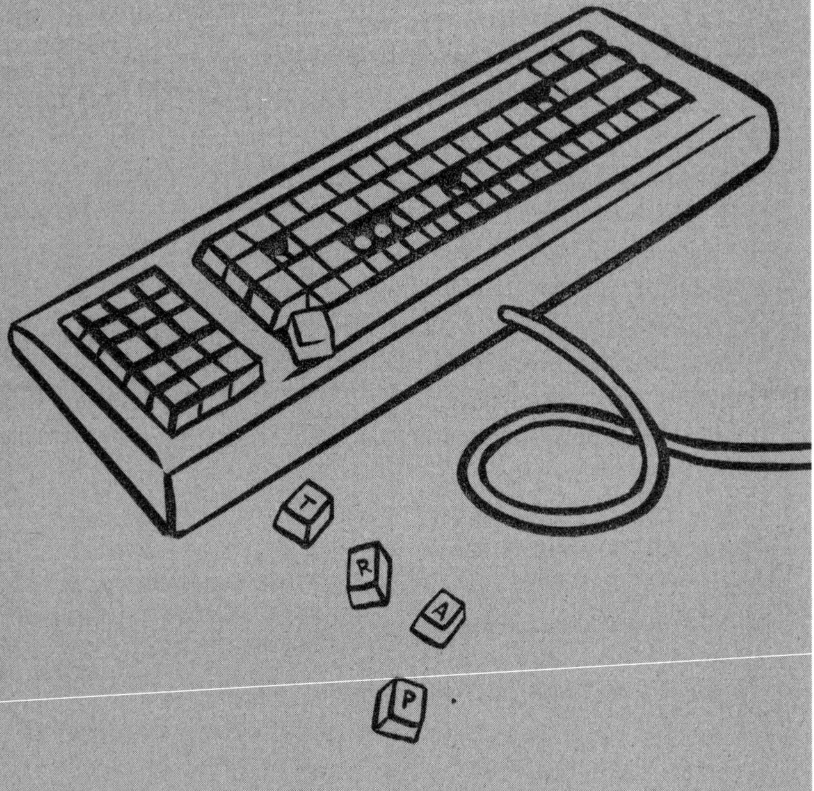

16.

QUELLO CHE NON MI DICI

> La libertà consiste nella libertà di dire che due più due fanno quattro. Se è concessa questa libertà, ne seguono tutte le altre.
>
> George Orwell

C'è sempre uno scarto tra ciò che uno pensa e ciò che uno dice. A volte lo scarto è a vantaggio della verità, a volte a svantaggio. Quando chi ti parla non dice tutto quello che pensa può essere per riserbo, perché vuole trattenere qualcosa soltanto per sé. O può darsi che insegua una strategia: usare le sue parole come un'esca, una trappola in cui farti cadere.

Però spesso se qualcuno non ti dice tutto quello che pensa è perché non può farlo. Sa che le sue parole sono tritolo e lui non vuole artificieri in giro. Allora preferisce non parlare. Fa in modo di alludere, di sottintendere, di suggerire. Così gli artificieri restano in caserma, e se tu sei abbastanza sveglio capisci ugualmente il non detto.

I despoti, i tiranni, gli autocrati, i dittatori, i sovranisti, da che mondo è mondo, hanno sempre cercato di sottrarre la parola ai loro governati per dare spazio, invece, alla propaganda, alla liturgia del potere, ai simboli, alle icone, ai riti, agli stereotipi ripetuti all'infinito.

Le parole, quelle vere, portatrici di significato, sono ridotte all'osso.

Perché per il potere il confronto è una strada rischiosa. Il potere preferisce alla parola la finzione scenica, la parata, l'ipnosi di piazza.

Ho ascoltato più volte i loro discorsi. Più li ascolto, più ci leggo dentro un metodo. Più li ascolto e meglio distinguo il non detto. Ormai li leggo in filigrana, vedo chiaro lo scarto tra ciò che mi dicono e ciò che *non mi possono* dire. Leggo la tara, che è la sola che mi interessa.

È nella fase gestatoria, nel momento in cui vengono scelte con cura le parole da non pronunciare, che risiede la verità di quei discorsi. Sono le parole non pronunciate a parlare: è il negativo del discorso a rivelare gli scopi del potere.

Io voglio recuperarle quelle parole, fartele ascoltare, farti sentire fino in fondo la loro carica eversiva.

Lui non faticherai a capire chi è.

Lei è Dorina, un personaggio di fantasia, che spero non me ne voglia per aver permesso che la si maltrattasse.

Dorina fa quello che fai tu con me: controbatte.

Lui, però, tira dritto per la sua strada.

"Dorina, ricontrolliamo il discorso? Ci ha messo tutti i punti? L'ha inserita la parte in cui dico che l'Europa ci umilia? NO, non così, così non va bene! Noi non *chiediamo pari dignità per il nostro paese* e blablabla, le avevo detto di mettere la frase secca: *l'Europa ci umilia*; no, che non è lo stesso... no, come l'ha messo lei diventa roba da burocrati, e si ricordi che noi invece dobbiamo essere quelli diversi dai burocrati di Bruxelles... noi siamo quelli delle piccole patrie, delle antiche tradizioni, del buon tempo antico, dei valori sani e genuini... L'ha letto Max Weber? Tradizione, carisma, efficienza... ma per prima *tradizione.* Se lo ricorda il partito comunista di Cecoslovacchia ai tempi di Stalin? La parola d'ordine era *tradizione*: cembali, balli tipici, antiche feste folkloriche... Che vuol dire che così non si capisce più se siamo di destra o di sinistra? Io le sto parlando di metodo, il metodo è uno, il nemico è uguale per tutti, è il villaggio globale, il capitalismo, il liberismo, in una parola Jean-Claude Juncker. Ecco, per Juncker vorrei trovasse un epiteto che alluda alla sua carriera nel mondo delle banche, qualcosa tipo *strozzino... strozzino* è troppo violento? Allora metta qualcosa tipo *il ruffiano*... sì, ecco, *il ruffiano del Fondo monetario internazionale*... In ogni caso metta qualcosa, qualcosa che alluda alla sua ex carica di governatore del Fondo monetario internazionale. Troppo caricaturale? Ma alla gente piace sempre quando si allude a un complotto dei ricchi... Dorina, con tutti questi scrupoli lei non farà mai carriera... il nostro è un partito d'attacco, deve essere un partito d'attacco, ha capito? Lei mi sembra un'amante del politicamente corretto... ma col politicamente corretto non si pescano più i voti, Internet l'ha chiusa per sempre l'era del politically correct, perché Internet è una piazza, la più grande piazza del mondo. E cosa si fa in piazza? Si deve attirare l'attenzione, e lei vuole attirare l'attenzione col ragionamento? Facendo perdere tempo a chi deve lavorare? Ha ragione Trump, non importa che sia vero, l'importante è che funzioni!

Lei ha una laurea, vero? Magari in Scienze politiche? O peggio, in Filosofia? Magari conseguita all'estero? Lo sapevo, studiare ingolfa il cervello... È successo anche a me sa, ai tempi dell'università... tutto quello studiare, tutto quel ragionare accademico, così lontano dalla gente, dalla strada, mi ha intasato, mi ha indebolito... Poi però mi è passata, ho sfebbrato! Ho imparato che quella è tutta roba che in politica ti fa fare solo errori. Le persone hanno rancore... le persone non vogliono ragionare, vogliono sfogarsi: che male c'è? Vogliono ruttare perché hanno l'aria nella pancia, vogliono vomitare perché gli è andato di traverso il cibo... è liberatorio! Così noi gli offriamo solo slogan e immagini forti, niente fair play, Dorina, forti, duri, virili... così si vince!

Noi dobbiamo dire che aprire il proprio paese coincide col degrado morale... far capire che se apri, poi non sai cosa ti entra dentro!

Ma torniamo al discorso. Cancelli la sua frase e metta: *Basta umiliazioni dall'Europa!* UMILIARE, questa è la parola chiave, questa è la parola che deve usare.

E la frase deve essere breve... lei usa periodi troppo complessi. Non sta preparando una tesi di dottorato, se lo ricordi, Dorina, sta preparando un comizio: deve essere semplice, frasi brevi, perentorie, che non ammettano spiegazioni, se devi spiegare vuol dire che non ti fai capire.

Basta umiliazioni dall'Europa, PUNTO: e zac, vedrà l'uditorio come si accende. La gente la tocchi nell'orgoglio e subito il risentimento serpeggia... Ma chi è il coglione che ha detto che l'orgoglio non è un gran sentimento? Bastona qualcuno nell'orgoglio e quello ti salta sull'attenti come il cazzo davanti alla fica... No, questa cosa non la scriva, è troppo volgare, e poi noi dobbiamo evitare i riferimenti al sesso, perché distraggono l'uditorio. Noi dobbiamo essere austeri, scegliere immagini che li mantengano concentrati su di noi... Peccato, però, il paragone del cazzo davanti alla fica... Mi perdoni, Dorina, ma vede, il cazzo davanti alla fica non sta su per libidine, come tutti credono, ma per l'orgoglio di essere il più lungo e il più largo di tutti. Ma non perdiamo il filo... Quindi il concetto, la parola da usare deve sempre essere *umiliazione*, perché nella vita siamo tutti umiliati, e l'orgoglio è l'antidoto all'umiliazione! Alla sua scuola di politica non gliel'hanno insegnato come vinse le elezioni Hitler? Facendo leva sull'orgoglio dei tedeschi sconfitti e UMILIATI! Le potenze europee a Versailles gliela misero su un piatto d'argento, quella vittoria... Loro pensavano che bastonando la Germania l'avrebbero messa in ginocchio, ed ecco cosa ottennero... Imbecilli! Non s'erano mai visti debiti di guerra così alti, avevano umiliato i tedeschi talmente tanto che il primo che si alzò in piedi a dire: 'Basta umiliazioni', bum, tutti i connazionali ad andargli dietro e battere i piedi sui tavoli delle birrerie da Monaco a Berlino! Si misero a marciare tutti insieme...

Guardi, glielo ripeto, se si fa leva sull'orgoglio, in politica, si arriva dove si vuole... E lo sa perché? Perché la gente non vede l'ora di cambiare vita, perché tutti blaterano di quanto sia importante arrivare a cent'anni, ma poi siamo tutti aspiranti suicidi. Sì, ci sta qualche privilegiato che se la spassa e vuole godersela a lungo, ma il popolo, la gente, digli di cambiare vita, digli di uscire dall'inferno del quotidiano, mettigli un'arma in mano, un nemico su cui sparare e 'fanculo alla loro vita di adolescenti sfigati, di disoccupati, di bollette da pagare, di suoceri che ti danno del fallito, di frigoriferi da riempire, di culetti da pulire, di responsabilità, di multe, di castrazioni continue. Una sfilza di 'non si fa'... Non si fa, non si fa, non si fa... non si può, non si può, non si può, non si può...

Ma no, certo che noi non daremo il fucile a nessuno, Dorina! Che discorsi sono, ma lei neppure le metafore capisce? Voglio solo dire che la chiave di tutti i nostri discorsi deve essere sempre e solo *orgoglio e umiliazione*: l'Europa ci umilia, ci trattano da paese subalterno, non ci lasciano sedere ai tavoli che contano, ci escludono, ci fanno gettare la monnezza senza invitarci mai a cena... non sediamo mai nei posti giusti, mai nelle poltrone riservate... solo Francia e Germania a dare le carte, a stilare la lista degli invitati, a decidere il dress code, a piazzare i buttafuori davanti al locale per scegliere chi far entrare e chi lasciare alla porta...

Quante volte lo sente dire in televisione che Francia e Germania fanno il *tête à tête* per parlare di questo e di quello, per decidere a chi dare i soldi, a quali guerre partecipare? Un tempo sì, contavano pure gli inglesi, ma ora si sono autoesclusi dal gioco... No, gli italiani non contano un cazzo... Ma che c'entra la moda? A chi vuole che gliene freghi della moda quando c'hai mezzo paese in mano alle organizzazioni criminali e l'altro mezzo nelle mani di politici collusi con le organizzazioni criminali? Ma chi vuole che si fidi degli italiani? No, gli italiani in Europa non devono contare un cazzo... e poi sono mezzi marocchini pure loro.

Se lo ricorda che cosa fecero alle loro donne i Goumiers durante la seconda guerra mondiale? Come, Dorina, 'chi erano i Goumiers?'! Ma la storia non la insegnano più alle Grandes écoles in Scienze politiche? I Goumiers erano berberi, arruolati dai francesi per compiere la grande impresa di cui tutti dobbiamo parlare bene, come fosse un dogma: la liberazione dal nazifascismo! E be', mentre le liberavano dai fascisti, quei berberi africani del cazzo le stupravano, Dorina, le donne che incontravano... giovani, vecchie, bambine, nessuna esclusa. Ma voglio dire: metti un fucile in mano a dei beduini, dopo cosa ti aspetti? Bottino di guerra. Per loro erano solo un bottino di guerra. Però sa quanti bastardelli sono nati da quel bottino di guerra? Bastardelli che stanno ancora lì a trasmettere, generazione dopo generazione, il loro sangue pieno di colpa...

Ma torniamo al nostro discorso. Ce l'ha messa l'allusione a Soros? Bene, brava. Soros funziona sempre. Ah, lei ha studiato grazie a una borsa di studio di Soros? Ma che c'entra, anch'io ho studiato grazie a una borsa di studio di Soros, però non mi sento in dovere di leccargli il culo a vita! Soros me lo deve sempre mettere sullo sfondo di tutti i discorsi perché è un altro di quei meccanismi che funzionano... Alla gente piace avere l'illusione di smascherare grandi complotti! No, davvero, la gente è così idiota che qualunque cosa gli fai passare per complotto se la beve, senza battere ciglio. Se usi il tono giusto è fatta. Qualcosa del tipo: 'Ti hanno fatto credere questo?' 'E invece dietro c'è Soros!' No, dica, ma lo sente come suona bene? 'Chi c'è dietro?' 'C'è Soros.' Non lo so perché suona così bene, forse perché è uno di quei nomi... come si dice, di quei nomi che si possono leggere nei due sensi, da destra a sinistra e da sinistra a destra... Palindromo! Brava, Dorina! Però, mi raccomando, i complotti attribuiti a Soros li deve solo accennare, deve alludere, con poche battute, dieci parole al massimo… altrimenti sforiamo e facciamo la fine della casta del blablabla: dati, stime, statistiche, analisi, complessità, e ci perdiamo gli elettori per strada… I dati e le analisi lasciamoli agli intellettuali, che a quelli piace parlarsi addosso nelle loro riserve… Noi, no, noi dobbiamo essere in attacco: attacco, mai difesa, e mai ragionamenti sofisticati o tortuosi ché poi sembra che ti stai giustificando. Noi rapidi, concisi, martellanti, ripetitivi, aggressivi.

Allora: dopo l'Europa che ci umilia e Soros deve mettermi l'invasione, trattata con le iperboli, qualcosa del tipo *le orde di islamici che vogliono forzare la porta d'ingresso*. E ci metta qualche allusione alla sfera sessuale, tipo *vogliono le nostre donne, si prenderanno le nostre donne*… spingere, spingere, Dorina, dobbiamo spingere sull'istinto primitivo degli uomini… Mi creda, lo devo ancora conoscere un uomo che non perde la testa se gli dici che vogliono prendersi la sua donna… di destra, di sinistra, alto, basso, ateo, credente, monogamico, puttaniere: è comunque matematica… Tu di': 'Vengono a scoparsi le tue donne' e bum, si risveglia subito l'orgoglio. Bisogna volare bassi, Dorina, se lo ricordi, più voliamo bassi più intercettiamo persone, in alto non vola nessuno, Dorina, qui non ci sono aquile, solo criceti stanchi di fare la ruota.

Poi chiuda con quest'altra cosa: che i paesi dell'Europa occidentale vogliono spedire i loro immigrati qui da noi, in maniera che dopo loro avranno paesi ripuliti e noi ripieni della loro merda… Metta pure che nelle grandi città d'Europa ormai i bianchi devi andarteli a cercare col lanternino, questo fa sempre lievitare la percezione della minaccia, dell'accerchiamento, dell'ingiustizia subita, del furto di patria, della sottrazione di spazio vitale… *Da quant'è che non prendete la metropolitana a Parigi?* scriva proprio così, *Solo uno su dieci è bianco sulla* RER *parigina!* Ah, e aggiunga: *Ci raccontano che hanno messo il bike sharing, per salvare l'ambiente: stronzate! La verità è che la gauche caviar s'è stancata di prendere la metro insieme ai bulabula, ora s'è pentita, ora vorrebbe tornare indietro, e indovinate come? Spedendoci qui tutti i loro preziosi immigrati…*

Deve scrivere anche che l'Unione europea vuole minare le nostre radici cristiane. Bisogna sempre farlo, il discorso religioso. Lo sa, vero, che per la propaganda la religione è come lo zucchero nella torta? Ah già, i suoi professori gliel'avranno detto… sì, ma con i loro paroloni che poi non si capisce niente, tipo: 'La religione è un potente fattore identitario…" No, io dico, ma se l'è mai chiesto perché qui da noi per mandare un ragazzo a messa bisogna fare carte false, mentre a Belfast le chiese sono zeppe di under 25? Esatto, Dorina, perché andare a messa a Belfast, portare al collo la croce della prima comunione a Belfast non vuol dire essere bigotto come una vecchia zia: vuol dire che, se c'è da dissotterrare l'arsenale bellico dell'IRA per riempire di piombo i fottuti inglesi, si è pronti! La guerra è sempre dei giovani, e la pace è dei vecchi! Se lo ricordi, Dorina…

Quindi, mi raccomando: religione = identità = conflitto, quest'equazione deve sempre tenerla presente mentre scrive. E quindi l'invasione non deve essere presentata come un'invasione qualunque, ma appunto come *l'invasione islamica*, e ci metta anche qualche riferimento storico… Sì, i riferimenti storici sono utili: altro che maestra di vita, la storia è come una serie TV, dove ogni puntata ti racconta i rancori che i popoli si portano dentro… Parli dei turchi, sì, dica che i turchi sono stati a premere sul confine balcanico per secoli, speranzosi di far sventolare la mezzaluna su Budapest… poi però ci metta pure un'immagine vittoriosa, ci metta Lepanto! Troppa sconfitta fa sentire sconfitti, ci serve una vittoria: Lepanto, sì, la grande battaglia navale del Cinquecento… Proprio quella, la vede? La vede la Lega cristiana muoversi in mezzo al mare e affondare quella musulmana dei turchi? È già un videogame, è già il finale di una serie di successo! Li vedo già i miei elettori che vogliono premere sul loro joypad per abbattere le navi musulmane… Slogan efficaci su Lepanto ne trova quanti ne vuole in Internet, dia un'occhiata, ci possono essere utili. Cosa dice? È pieno di siti neonazisti che usano questo frasario? Ma può andare bene lo stesso, non è che adesso perché sono neonazisti tutto quello che dicono è sbagliato, Dorina, tutto ciò che è efficace deve essere usato… Se lo ricorda Machiavelli? Cazzo, l'unico italiano che davvero stimo. L'importante è vincere, non importa come! Metta una chiusa a effetto, qualcosa del tipo: *Noi impediremo l'invasione e sarà una nuova Lepanto!* Dorina, perché non parla? La vedo pallida, si sente bene? Oddio, ma… Non si preoccupi, le tengo io la fronte, vada, vada, vomiti tutto, non si trattenga, ecco, così… vomiti tutto… è proprio questo!… le ha dato fastidio qualcosa che ho detto, ma va benissimo così, è esattamente questo che ci vuole, queste storie sono il bicchiere di acqua e sale che serve per farvi vomitare e riprendere dalla sbronza delle idiozie che vi hanno detto finora…

GRIDALO CHE LA POLITICA
NON TI DEVE ACCAREZZARE,
CHE NON DEVE DIRTI:
BRAVO TU, CATTIVI GLI ALTRI.

UN BUON NOME

SAI CHE LA BELLEZZA
È NELLO SGUARDO
DELLE PERSONE LIBERE?

17.

FOTTUTA BELLEZZA

> La bellezza non è una qualità delle cose stesse:
> essa esiste soltanto nella mente che le contempla,
> ed ogni mente percepisce una diversa bellezza.
>
> David Hume

Un tempo io e la donna più bella del mondo ci incontravamo di continuo. Ogni volta che potevo mollavo tutto, saltavo sulla mia Vespa e correvo da lei. Ha il ventre morbido, le cosce burrose e abbondanti, il volto ipnotico, sereno, che t'inchioda, che ti inonda di luce come un faro. Se vai al Museo archeologico di Napoli la troverai lì, è la Venere Callipigia.

Ebbene, se il suo corpo, ritenuto dai suoi contemporanei canone di perfezione assoluta, fosse oggi il tuo, se fosse la tua immagine, la tua foto, sono certo che esiteresti a pubblicarla su Instagram. Se il suo corpo fosse il tuo, sono certo che ti imbarazzerebbe. Se il polpaccio fosse il tuo, lo giudicheresti sproporzionato rispetto al resto della gamba. Anche le cosce, se fossero le tue, le troveresti insopportabilmente tornite, protesteresti per i seni troppo piccoli, e lamenteresti che nessun muscolo teso si intraveda in filigrana.

Verso i sedici, diciassette anni, una mattina, separando la testa dal cuscino, mi sono accorto che un mucchietto di capelli c'era rimasto attaccato, un numero non fisiologico, un numero che non rientrava nel ciclo naturale di caduta e ricrescita.

Sono entrato a scuola nervoso quel giorno. Sono rimasto chiuso tra il banco e la sedia muto, a pensare a quei capelli che al mattino mi si erano ammutinati. Ho sperato fosse stress passeggero, ansia da interrogazione, da voto mai abbastanza alto per chi lo aspettava a casa.

Ma, col passare del tempo, le cose non sono migliorate. Anzi, quei mucchietti hanno iniziato a farsi sempre più grandi, a guardarmi dalla vasca, dopo lo shampoo, dal lavandino dopo la barba, dal letto dopo ogni risveglio.

Anche i capelli che continuavano a essermi compagni, a lottare insieme a me, hanno cambiato natura, non si allungavano più, nessuna possibilità di fargli oltrepassare la cortina delle spalle. Poi, dopo un po', hanno smesso del tutto di crescere.

Lunghe file davanti allo studio di un endocrinologo, poi davanti a quello di un dermatologo, infine nel corridoio di un tricologo. Un'unica sentenza: alopecia androgenetica.

Colpa di tua mamma!

Sì, perché è la madre a scrivere il destino dei tuoi capelli, ad annotarlo sul DNA dei figli.

Lozioni unguenti pozioni. Nulla li ha trattenuti quei capelli, così lisci, così lunghi, così mogano. La mia immagine, la sola che conoscevo, non s'è più affacciata.

Il peggio, quando perdi i capelli, è se sei fidanzato, e io ero fidanzato, allora, con la Venere Callipigia... E mi bruciava un sacco di tornare sotto al suo sguardo, spelacchiato, spaurito; mi sentivo a disagio a portare in giro quel volto esposto, infinito, senza più recinto né protezione. Brutta sensazione guardarsi allo specchio e non vedere se stessi.

Così ho tergiversato un po', rimandando a lungo l'appuntamento.

E più temevo quel giudizio, più sentivo che mi ero già condannato da solo. Fu allora che decisi di non aspettare che i compagni rimasti mi abbandonassero, ma di liberarli io stesso. Mi rasai, mi rasai a zero e mi riconobbi, perché in qualche modo continuavo ad assomigliare a me stesso.

Presi la Vespa e tornai al Museo archeologico.
E lei?, starai pensando… Lei cosa fece? Lei cosa ti disse?
Niente, non fece niente. Non disse niente, per lei la bellezza è questo: non nascondersi.

Lo so che il tempo in cui viviamo è dominato dalla bellezza, quella che quantifica l'iniziale empatia verso l'altro, il metro con cui ci si sente misurati al primo impatto, la prima selezione. So che è difficile credere a chi ti dice che è solo superficie. La bellezza è un'ossessione, ma è soprattutto un rischio. Il rischio del canone, del peso, della forma, della misura. Il rischio che diventi confine, cortina, muro. O di qua o di là, o dentro o fuori. Da una parte quelli col passaporto della bellezza, dall'altra quelli senza cittadinanza, i brutti, i normali, quelli che non impattano quando postano una foto o si presentano a una festa.
Nel momento in cui tu decidi che la bellezza è misurabile, stai compromettendo la bellezza. La misura di un seno, l'altezza, quanto grande o piccola hai la vita, il taglio dell'occhio, misurare tutto questo è rischiosissimo. Ciò che non rientra in un canone di bellezza diventa allora l'espressione orrenda: "La bellezza non è tutto!"
Non cadere nella trappola schifosa dell'alternativa al bello per trovare altri mezzi di conquista. La bellezza non è un gioco di misura. E quando ti parlo di bellezza intendo proprio la bellezza erotica, quella che ti fa venire il cazzo duro, che ti fa bagnare, che ti fa battere il petto, che ti fa salivare. Di quella bellezza sto parlando. Ebbene, quella bellezza lì devi essere in grado di riconoscerla sempre, e non nella misurazione, perché bellezza è tutto, è arguzia, è talento, è dettaglio, è apertura, è simpatia. E soprattutto è "la somma delle proprie abilità e non delle proprie difficoltà", il che vuol dire che è la somma di tutto ciò che sai fare, che puoi fare, che sei in grado di essere. Di contro la bruttezza è la lagna infinita su tutto quello che non sai

fare, che non hai mai potuto imparare e che non potrai mai essere. Ogni pensiero speso su ciò che non sei e che non hai blocca il tuo movimento, asciuga la tua energia e allora sì che diventa irrimediabile bruttezza.

È come per la vita. Non puoi vivere tutte le vite, fare tutte le esperienze, avere il tempo per coltivare tutto. Dovrai scegliere sempre, e ogni scelta è una strada che non percorrerai, una direzione, un sentiero che non esplorerai mai, che ti resterà per sempre precluso.

Lo stesso per la bellezza. Quando guardiamo qualcuno, non riusciamo a produrre energia sufficiente ad apprezzare tutto, amare tutto, capire tutto di quella persona. Non ti affannare, dunque, a offrire all'altro una quantità di te che neppure può essere digerita, un-tutto-bello, un-tutto-da-ammirare, un-tutto-da-guardare. Cerca i tuoi rami da far crescere; sugli altri, quelli che ti sono già stati potati dalla sorte, non spendere neppure un pensiero, un rammarico, una parola. Non c'è una logica di pietà verso la bellezza, l'ho imparato ascoltando un corpo che è bello anche a forza di disabilità. La frase che hai letto poche righe sopra, quella virgolettata, non è mia, ma di Iacopo Melio, una "persona con delle disabilità". Solo così vuole essere definito, "persona con delle disabilità". E anche in questo mi convince. Non "diversamente abile", come si dice e si scrive, perché non ha abilità diverse, ma abilità proprie, come tu hai le tue e io ho le mie. Io sono bravo a fare centro con la carta, quando la butto nel secchio senza alzarmi dalla scrivania, tu sei bravo ad aprire una birra con l'accendino, e Melio? Melio cosa sa fare? Be', Melio stira da dio! È sublime Melio mentre ci prende per il culo stirando da dio, e anche io sono sublime quando faccio centro con la pallina di carta, perché in quel gesto ci sono, quel gesto mi corrisponde, mi appartiene.

Certo tu puoi essere una di quelle donne o di quegli uomini che si ferma alla superficie, e se ti fermi alla superficie, allora per te sarà bello solo il viso bambolina, il corpo palestrato, il culetto perfetto, il ricciolino ondulato; se non sei in grado di scavare nell'eros, nella sua profondità, allora troverai bello solo ciò che, all'apparenza, ti è stato indicato come bello.

Sì, certo, la bellezza cambia di cultura in cultura, di fase in fase. A me fanno salivare i buchi di cellulite della bagnante di Courbet, mi eccito davanti alla ciccia che esonda sui fianchi della Venere del paleolitico di Willendorf, mentre i samurai trovavano belle solo le donne sottili, quelle con i piedi piccolissimi, le forme contenute, appena accennate. Appunto. Non esiste una misura, perché già la mia e la tua non corrispondono, così come non corrisponde la nostra a quella dei sumeri, dei greci o dei romani. Ma sta' attento, non ti sto dicendo che mi piacciono i corpi trascurati, i giardini in abbandono, dove nessuno annaffia più e strappa la sterpaglia secca che attecchisce spontanea. Sto dicendo che mi piace la cura di quello che c'è. Mi piace quando una, uno, si sforza di nutrire le erbe che già stanno nel perimetro del proprio giardino, quelle che ci nascono spontanee, compresa la gramigna e l'ortica. Mi annoiano invece quei corpi impostati, con i giardini tutti uguali, quelli che a tutte le latitudini sfoggiano il prato rasato all'inglese e le palme esotiche delle villette in serie della Florida.

"Eh, dici bene, ma se poi non ho la tartaruga degli addominali sul ventre, non mi guarda nessuna!"

Certo, lo capisco, ma la bellezza non va costruita piegando il nostro corpo a un modello, a un ideale, va inseguita nello sforzo continuo di somigliare a noi stessi, di raccontare la nostra storia, di portare in luce quello che è solo nostro. Fuori dal campo del diritto, io odio la frase "siamo tutti uguali". Le persone mi piacciono solo perché sono diverse, mi piacciono in base alle storie che i loro corpi sanno raccontare. Quando la storia è sempre la stessa, già sentita, perché quel corpo è stato costruito sul-modello-di, mi si spegne la curiosità e l'immaginazione.

"Le donne belle lasciamole agli uomini senza immaginazione," era la frase di Proust che mi piaceva ripetere da ragazzino. Perché a me in un corpo è sempre piaciuto leggere il riflesso del cortile anonimo di un condominio in cui non sono mai stato, di uno sperduto campetto da calcio che non calpesterò mai, di una caletta da cui non mi sono mai tuffato, di una gradinata dove non sono mai salito. Quando un corpo racconta questo, mi si accende l'istinto alla caccia, voglio sapere ancora, mi si eccita la curiosità, mi si mette in moto l'eros. Ogni corpo una storia, ogni storia un set in cui mi voglio calare, un film in cui voglio entrare.

Lo so, lo so che tu stai pensando: "Ma che idiozia, se non sono bello nessuna mi guarda, e non è che importa che sappia raccontargli la mia storia, o suonare bene il piano, o recitare Lucrezio, devo essere comunque figo, oppure la scorciatoia è essere molto ricco, avere molto successo perché la ricchezza e il successo possono rendermi anche bello..." Lo sai anche tu che stai mentendo. Lo sai anche tu che se ora ti dico: pensa alla più bella della scuola, nel senso di quella che ha i canoni che più si avvicinano al cartellone pubblicitario; e poi ti dico: ora pensa a quella che ti tira di più, le due cose non coincidono mai, e quando coincidono è solo un caso.

Mangia bene, curati, vestiti con decoro, se ti diverte gioca pure con la moda, se ti dà soddisfazione scolpisci anche il tuo corpo con la palestra, però non metterti mai a misurare. Le misure servono solo all'industria che deve sfornare prodotti da vendere. E per venderli ha necessità di vendere il sogno: di dire a me e a te che ci faranno somigliare a quelli che vediamo sfilare. Ora capisci perché la moda seleziona per la passerella solo corpi che abbiano un tratto di carne e di ossa non comune? Se così non fosse, quel vestito perderebbe la sua magia e, insieme alla magia, la promessa di trasformarci. La moda deve cambiare, e continuamente fissare un nuovo modello da raggiungere. E devono essere uomini e donne che non trovi mediamente in giro, che non vedi per le strade vestiti come te: devono restare, loro, separati dall'anarchia e dalle necessità della strada. Odio la moda, o magari non la odio, però cerco di vestirmi sempre in altro modo.

Per quanto si continui a dire che un seno grande è meglio di uno piccolo, che una pancia a tartaruga è meglio di una flaccida, noi continueremo sempre a essere attratti dall'imponderabile e dall'imperfezione. Continueremo a trovare attraente, all'improvviso, un'occhiaia vistosa, un naso sporgente, una pancia poderosa, una stempiatura incipiente, e non sapremo mai spiegare il perché.

Non si nasce belli né lo si diventa. È bella la tensione, il movimento di chi insegue un progetto generale di bellezza. Con questo non voglio dire che la bellezza non esiste, "che nasce tutto dal cuore", "che conta ciò che sei dentro!" Sono espressioni che anche io detesto, che acuiscono il problema e non lo risolvono. Ti sto dicendo una cosa diversa. Sto dicendo che la bellezza è un talento, il talento di curare ciò che si è, di mostrare ciò che si è, di migliorare ciò che si è. Cosa diresti a un adolescente che si sente a disagio con il proprio corpo? Cosa diresti a una madre che vede sua figlia infelice perché non rientra nei canoni di bellezza? So cosa le diresti. Che non c'è un'unica strada per la bellezza, perché accade che ti convincano che bello sia il naso piccolo e proporzionato, e poi succede che a un provino il regista cerchi invece un naso greco, un naso importante, capace di tagliare in due un viso come una ferita, e allora di avere il nasino non ti importerà più nulla. La bellezza è una cosa complessa, non giocare ad adattarla a ogni stagione, o non ne esprimerai nessuna.

La bellezza è come il carattere. Non deve piacere a tutti, altrimenti vuol dire che non sta piacendo a nessuno. Tu cerca il tuo di timbro, e metti in conto che a molti non farà sentire alcuna vibrazione.

Bellezza è il corpo morbido della Venere Callipigia e non quelli cristallizzati che trovi sui social e che devono fungere da esche.

Questo è il pericolo nascosto nella bellezza: che ci trasformi in prede. L'aveva già capito Giordano Bruno, e lo raccontò in un mito, quello di Atteone e Diana.

Un giorno Atteone va a caccia nel bosco, è giovane, è prestante, ha le sue armi indosso. Sente delle voci femminili, fiuta l'odore di uno stagno, avverte il rumore dell'acqua. È incuriosito, è eccitato, perché capisce che le donne di cui sente le voci potrebbero essere nude. Sbircia impaziente tra i cespugli, con le mani si apre un varco, finché non le scorge: sono nude! Una di loro è Diana, l'inaccessibile, quella famosa per non tollerare alcun tipo di sguardo maschile addosso. Quella famosa perché non vuole vivere con un uomo vicino, quella che fa sempre ciò che fanno gli uomini: armarsi, sporcarsi, andare a caccia. Diana ride delle altre dee, quelle prigioniere della loro immagine riflessa negli specchi d'acqua, quelle che passano ore a spazzolarsi le chiome, a metterci sopra gli unguenti, quelle che quando camminano inciampano perché hanno vesti strette e scarpe scomode, quelle che vivono per strappare un complimento. Diana non vuole essere Venere, anche se di Venere ha la bellezza, perché la bellezza è un patrimonio di famiglia, lei è sorella di Apollo, il bello per antonomasia. Ma Diana non vuole essere bella, perché non vuole essere guardata, perché ogni sguardo è una richiesta e ogni richiesta un sottile ricatto. Non esce mai dal bosco, usa il bosco come mimetica, quella che deve schermare la sua bellezza, la sua fottuta bellezza, quella che non ha cercato, che ha ereditato malgrado sé, che rischia di farla diventare un'esca, che rischia di mettere in moto reazioni strane, come quella di Orione, che un giorno ha provato a forzarla. Quella bellezza non la vuole anche perché la condannerebbe a una cura di sé continua, maniacale, ossessiva, che le sottrarrebbe tempo per la caccia, per la notte, per le atmosfere lunari di cui va pazza. Non la vuole anche perché le toglierebbe libertà, la obbligherebbe alle vesti lunghe, quando lei non ama che la tunica cortissima che le lascia scoperte le gambe, libere di scattare, di correre dietro a una lepre. Non vuole che la bellezza la trasformi in preda, non vuole essere una preda, vuole cacciare.

Tutte queste cose Atteone dovrebbe saperle, e dovrebbe evitare di entrarle in casa con lo sguardo, invece entra, si accomoda e indugia. Quando Diana se ne accorge, lui prova a scappare, ma ormai è tardi, è rimasto invischiato nella sua bellezza, non riesce a staccarsi da quella visione, prova a fuggire ma le gambe gli si fanno pesanti, inamovibili, i piedi diventano pietra, perché nel profondo di sé non vuole fuggire ma restare. Diana per punirlo lo trasforma in cervo, poi gli aizza contro i suoi cani che lo sbranano senza pietà. Questa è la colpa di Atteone: essersi fatto preda a causa della bellezza.

"Rarissimi dico son gli Atteoni alli quali sia dato dal destino di posser contemplar la Diana ignuda; e dovenir a tale che dalla bella disposizione del corpo della natura invaghiti in tanto, e scorti da que' doi lumi del gemino splendor de divina bontà e bellezza, vegnano trasformati in cervio, per quanto non siano più cacciatori ma caccia."

Quello che Giordano Bruno vuole dirti è che la bellezza, quando la guardi, può trasformarti o bloccarti, può farti del bene o del male, e che questo dipende da te.

La bellezza è verità, e la verità è dinamica. Se la imbalsami, se la costringi dentro a una misura, dentro una posa, se le togli il movimento, che è sforzo, che è ricerca, allora da cacciatore vieni trasformato in preda. Che tu sia una ragazza o un ragazzo non impantanarti mai nella bellezza, concedile il tempo che merita, non restare al laccio come Atteone, incapace di muoversi: tu cambia, trasformati, invecchia.

Non ridurre la tua immagine a uno scatto, a una posa da cui restano fuori le tue espressioni, che sono il sapore delle tue forme. Non escludere dalla tua immagine il dolore, perché il dolore imbruttisce il corpo solo se lo nascondi; se invece lo liberi, in apparenza ti spettina, ti storce le labbra, ti congestiona gli occhi, ma in realtà ti sta dando sostanza. Non inseguire la foto perfetta, la forma perfetta, non rimanere bloccato in un'eterna posa. La bellezza è tensione, deve spingerci al movimento e non all'immobilità. È il movimento che ci migliora, non la guerra che facciamo al nostro corpo quando lo costringiamo ad assumere una forma che non gli appartiene.

Quando guardi un quadro di Vermeer, quando ascolti Mozart, quando compri una moto nuova o indossi un paio di scarpe che ti piacciono, quella bellezza ti nutre solo se senti che ti fa desiderare il movimento, se sprigiona energia, voglia di diventare parte della bellezza e non bellezza tu stesso.

Indossare un abito nuovo o un bel paio di scarpe è importante se serve a farti sentire che stai partecipando a un progetto più ampio di armonizzazione: la bellezza è tutta nello sforzo di costruire un insieme di bellezza, è nel disegno complessivo.

Noi dobbiamo essere cacciatori di bellezza, non esserne prede. Cacciare la bellezza vuol dire uscire dall'ossessione delle misure, dei centimetri, del taglio di capelli, e muoverci verso gli altri. Quando restiamo fissi sul nostro corpo, nell'ossessione di renderlo più bello e attraente per gli altri, la bellezza ci intrappola, ma quando siamo noi ad andare verso la bellezza, allora la bellezza ci trasforma.

La vera bellezza è altra cosa rispetto al canone, al numero, alla misura. Un canone è destinato a essere fuori sincrono perché tende all'esclusività, tanto più nell'era della massima condivisione. Un canone impone misure innaturali, è stampo per corpi rari, statici, chiusi dentro gabbie di presunta perfezione.

Oggi le foto che postiamo sui social rischiano di farci credere che la bellezza è canone. Se ti lascerai condizionare, se inizierai a contare i centimetri del tuo corpo e del tuo volto, se ne vivisezionerai ogni singola parte, se lamenterai di non essere una bellezza da cartellone vorrà dire che stai cedendo a un canone che non è il tuo, ma è quello che serve al mercato. Serve a uniformare il vasto mondo dei consumatori, che deve chiedere a una voce lo stesso identico prodotto, perché nella logica della produzione automatizzata, più la richiesta si uniforma, più fabbricare un oggetto costa poco.

Il canone della bellezza, oggi, serve a questo, a produrre accessori tutti uguali, dettati da un unico canone che è garanzia di mercato. Ma poi ognuno di noi sperimenta che ad attrarci, a colpirci, ad apparirci bello è solo l'imponderabile. E spesso è ciò che mai potremmo far passare come corrispondente a un canone.

Più indago la bellezza, più realizzo che il canone che l'Occidente ha scelto, e imposto, risponde a un intimo desiderio di infelicità. Pensare alla misurabilità della bellezza ha sempre generato in me un senso di oppressione, perché in una società in cui la bellezza si calcola, si entra presto in conflitto con il proprio corpo.

La bellezza non è uno schifoso ricatto pubblicitario, l'imposizione a stare dentro a una regola. La bellezza non deve cristallizzarci, ma spettinarci, farci sudare e, soprattutto, darci il coraggio di gridare.

GRIDALO CHE NESSUNO SCATTO
DEVE FERMARE IL MOVIMENTO.

Per il mito di Diana e di Atteone, vedi Giordano Bruno, *De gli eroici furori*, in Id., *Dialoghi filosofici italiani*, a cura di Michele Ciliberto, Mondadori, Milano 2000.

UNA MANGANELLATA E UNA FOTO RUBATA SONO DUE COSE DIVERSE?

TERRY BOLLEA

18.

HULK CHE NON È HULK

Un nome è meglio di un buon olio.
Qoèlet, 7,1

Nel 2003 Nick Denton, ex giornalista del *Financial Times*, fondò il blog di gossip Gawker.com. Denton aveva capito – di questo bisogna dargli atto – che sbattere in Rete la vita privata delle persone famose era assai più redditizio che lavorare dietro a una scrivania. Questa, però, è solo una mia illazione, perché lui sosteneva al contrario di essere animato da una missione deontologicamente fondata: quella di smascherare l'ipocrisia dell'establishment denunciando la discrepanza che corre tra condotta privata e immagine pubblica.

Ma l'establishment non era l'unico obiettivo di *Gawker*, che rivolse la sua crociata anche contro il mondo dello spettacolo, postando online foto e video hard delle star. *Gawker*, a quanto pare, intendeva documentare così l'impostura del loro modo di fare sesso, "tanto celebrato in quanto sesso dei VIP", ma di fatto "incredibilmente banale". Il tono era sempre compiaciuto e derisorio, qualcosa come lo "Ah-ah!" di Nelson dei *Simpson*, per intenderci.

È chiaro che quello non era giornalismo né qualcosa che lontanamente gli somigliasse. Non era pensiero né parola, era solo gogna mediatica. Ora, quello che mi preoccupa del giornalismo spazzatura è che per esso vale, come in economia, la legge di Gresham: quando immetti sul mercato una quantità sempre più elevata di moneta cattiva, quella poi finisce per cacciare la moneta buona. Gli estremi si toccano, si fondono e si confondono, e accade che vivere sotto un rigido controllo poliziesco o vivere nel mondo del fai-quel-che-ti-pare diventi la stessa cosa. Provo a spiegarmi meglio con un esempio.

Quando i fascisti riempivano di botte gli oppositori di regime era evidente a tutti che si trattasse di censura: a un antifascista si stava imponendo di tacere. Ma oggi chi potrebbe cogliere il nesso che esiste tra la pubblicazione di una tua foto rubata sulla tazza del cesso e le tue parole dissidenti? Staremmo tutti lì – io per primo! – a commentare quanto siano comiche le tue espressioni o le tue braghe svenute a terra. Nessuno capirebbe che tu nella tua intimità sei l'equivalente del dissidente bastonato a sangue dai fascisti: le tue braghe calate sono l'equivalente dei suoi zigomi gonfi e violacei. E il fatto che non ci sia il sangue è solo un dettaglio.

La colpa – quella che i nuovi manganellatori intendono sfruttare appieno – risiede nel fatto che un corpo pestato a sangue mantiene comunque la sua dignità, mentre un corpo violato, fotografato in atti intimi, non ne ha alcuna.

In passato si faceva campagna politica comprando giornali che orientassero le loro inchieste sulla condotta del nemico, e più quelle inchieste erano vere e argomentate, più quel giornale – e la parte politica cui dava voce – assumeva autorevolezza; se invece i giornali attaccavano riducendo tutto a battaglia ideologica, perdevano consenso. Oggi è esattamente il contrario: di tutto questo non importa più nulla a nessuno, si comprano siti di retroscena a cui si affida il compito di estorcere il privato agli avversari. Lo fanno tutti, in una rissa continua e a qualunque costo.

Vuoi instaurare il più feroce dei regimi di censura? Sdogana l'insulto, rendilo lecito, non punibile, ordinario, comune. Libertà di insulto e censura sono attitudini di un unico metodo: pestare. Che i metodi di *Gawker* non fossero giornalismo ma roba da picchiatori, i giornalisti – quelli veri – lo dissero, ma la cosa fu ignorata e derubricata a difesa di casta.

Il problema dell'informazione negli Stati Uniti è che tutto si regge sul principio – protetto dal Primo emendamento, che difende la libertà di pensiero e di stampa – secondo il quale se una storia è vera la posso raccontare. Non importa se sia o meno rilevante, o quanti e quali danni possa provocare, l'importante è che sia realmente accaduta. Amy Gajda l'ha definita la "bolla del Primo emendamento", a intendere che dentro quella sfera, fatta di aria e sapone, tutto è permesso.

Solo se quello che dico è falso, e se qualcuno riesce a dimostrare che lo è, sarò costretto a pagare un conto salato per aver mentito.

Sulla base di questo principio nessuno punì *Gawker* che, senza nulla a fargli da freno, inanellò un successo dopo l'altro postando rivelazioni sensazionalistiche sugli orientamenti sessuali di questo o di quel divo, filmati privati che testimoniavano del consumo di crack del figlio di questo o di quel politico, e poi multe, bollette non pagate, oltre al solito repertorio di foto venute male, occhi semichiusi, bocche spalancate e parti intime più o meno scoperte.

L'ascesa di questo sito spazzatura sembrava inarrestabile, e il fatto che si trattasse di "informazione" in tempo reale la favoriva. I colleghi delle testate giornalistiche cartacee non potevano stargli dietro e parevano già votati all'estinzione: i loro editoriali militanti e approfonditi venivano percepiti come estremamente barbosi rispetto all'"Ah-ah!" di *Gawker*, esilarante e supervirale.

C'era da avere paura, sicuro. C'è sempre da avere paura quando aumenta un certo tipo di domanda, perché di conseguenza cresce a ritmo esponenziale un certo tipo di offerta.

I paparazzi, per rifornire *Gawker* di ciò di cui si nutriva, si specializzarono in sport estremi. Si arrampicavano sui cornicioni delle abitazioni private, scavalcavano i balconi delle camere d'albergo, si aggrappavano ai davanzali delle finestre: tutto per fotografare una tetta o un incontro clandestino nella stanza di un motel.

Un giorno però accadde qualcosa. Qualcosa che doveva spazzare via come il diluvio universale il far west inaugurato da *Gawker*.

Ci fu una congiuntura astrale positiva. Io non credo alle congiunzioni astrali, ma questa cosa insolita accadde e non so come spiegarmela: due uomini diversissimi tra loro – quasi non appartenessero alla stessa specie – entrarono in contatto, unirono le proprie forze e dichiararono guerra a *Gawker*.

Il primo dei due è Peter Thiel, geniale miliardario, cofondatore di PayPal e azionista di Facebook; un uomo molto riservato e, all'epoca dei fatti, omosessuale non dichiarato.

L'altro è Hulk Hogan, wrestler sfacciato, logorroico, ferino, alto più di due metri, baffi e bandana, fiero della propria ignoranza.

Detto per inciso, Hulk, come immagini, è un nome d'arte. Quello vero è più prosaico: Terry Eugene Bollea. Un particolare da tenere a mente, perché come vedrai sarà determinante ai fini della sua difesa nel processo contro *Gawker*.

Fu il comune risentimento nei confronti del blog a unire questi uomini di galassie lontane. Anni prima *Gawker*, fingendo di difendere Thiel, si era lasciato "sfuggire" che era omosessuale. Thiel aveva dovuto incassare il colpo, ma la cosa non gli era mai andata giù. Tieni sempre a mente questo meccanismo: spesso ti difenderanno per attaccarti. Sì, proprio così, è un metodo: si intavola un ragionamento, che si finge a difesa tua o delle tue idee, ma che in realtà vuole mettere in luce accuse contro di te. Una notizia negativa, se nessuno ne parla, muore. Il metodo allora è difenderti a oltranza, in migliaia di post, in centinaia di articoli, in decine di pubbliche dichiarazioni, cosicché la notizia non venga mai dimenticata. Insomma, questo si era fatto con

Thiel: in un post che fingeva di parlare di altro, si diceva che era omosessuale.

Qualche anno dopo la rivelazione dell'omosessualità di Thiel, toccò a Hulk Hogan.

Hogan era andato a letto con la moglie del suo migliore amico, un famoso conduttore radiofonico di nome Bubba the Love Sponge. Bubba e la moglie, Heather Clem, dicevano di avere una relazione aperta, ed era stato proprio Bubba, sembra, a incoraggiare l'amico Hulk ad avere rapporti con lei. Ma uno di questi incontri non fu come gli altri. Bubba, infatti, aveva fatto installare telecamere ovunque in casa, perfino nella camera da letto, e aveva registrato l'incontro tra la moglie e l'amico.

Nel 2012 uno spezzone del sextape di Hulk fu caricato assieme a un lungo articolo sul sito di *Gawker* – non si sa chi fece avere il materiale al blog di Nick Denton. L'articolo attaccava così: "Internet ha permesso a tutti noi di essere guardoni e pervertiti spudorati, per questo ci piace guardare la gente famosa che fa sesso." La pagina fu visualizzata in breve da migliaia e migliaia di persone.

Hogan, attraverso il suo avvocato, cercò in tutti i modi di ottenere la rimozione immediata del video, ma non ci riuscì.

Ormai *Gawker* era destinato all'impunità, poteva fare ciò che voleva della vita privata delle persone.

Hulk si rivolse così allo studio legale di Charles Harder, il miglior avvocato di Beverly Hills, specializzato nella difesa di star del cinema e celebrità, il quale intentò due cause: la prima contro i Clem, la seconda contro *Gawker* per cento milioni di dollari. Mentre Bubba e Hogan raggiunsero un accordo, che oltre a un risarcimento economico prevedeva la cessione a Hulk del copyright del video, un giudice federale – James Whittemore, della corte distrettuale di Tampa, in Florida – si schierò dalla parte di *Gawker*, e proprio in virtù del Primo emendamento confermò il diritto del sito a non rimuovere il video.

Fu a questo punto che Peter Thiel decise che era arrivato il momento di assaporare la vendetta. Thiel sapeva che Hulk aveva perso perché non aveva soldi a sufficienza per impostare una causa efficace.

Ma come? Hulk, un wrestler famoso… un milionario! Appunto. Thiel sapeva che negli Stati Uniti essere milionario vuol dire non potersi pagare una buona difesa, perché ci vogliono molti soldi per difendere i soldi, e solo chi come Thiel ne ha davvero tanti può capirlo.

Un milionario negli Stati Uniti corrisponde in Europa a uno della classe media, cioè a uno costretto a capitolare se si trova di fronte il tipo di avvocati che può permettersi una testata giornalistica in ascesa come allora era *Gawker*. Ci voleva qualcuno in grado di poter pagare Harder e suoi servizi, di ingaggiare altri collaboratori per mesi, se non addirittura anni.

Insomma, Thiel chiamò al telefono Hulk e gli mise a disposizione il suo denaro per impostare una nuova causa.

La cifra che Thiel impegnò – a fondo perduto – per vendicare Hulk non è mai stata rivelata e per questo si ritiene che sia stellare; indiscrezioni parlano di dieci milioni di dollari per le intere spese processuali. Come puoi intuire, quando è il principio a muovere le azioni di un uomo e non l'interesse, nessuna cifra è troppo grande.

Sulle prime quelli di *Gawker*, nel rivedere Hulk tornare all'attacco, si fecero una grassa risata. Non sapevano che stavolta alle sue spalle c'era un miliardario scaltro e determinato. Erano invece certi che, anche stavolta, il Primo emendamento della Costituzione americana li avrebbe protetti.

Hulk però era il primo a non credere nella sua innocenza. Si rimproverava di averci provato ancora, anche se gratis, anche se con i soldi di Thiel; si ripeteva che non avrebbe dovuto rimettere in piedi un processo che ancora una volta gli appariva dall'esito scontato. La prepotenza di *Gawker* lo indignava e sentiva forte il desiderio di vendetta, ma in fondo pensava di non meritare giustizia.

Lui stesso sapeva che la donna del video non era stata l'unica, sapeva di aver tradito la moglie più volte negli anni, e questo lo faceva sentire colpevole. E però vedere quelle immagini così personali, quello spezzone di meno di due minuti, i dettagli sul video integrale descritti con minuzia dall'articolista, in una parola: la sua intimità sbattuta in Rete, alla portata di tutti... quella era tutta un'altra cosa da digerire. Quei bastardi di *Gawker* meritavano eccome di pagarla, Hulk non aveva dubbi, ma era anche convinto di non poter persuadere un giudice o una giuria del suo diritto a quella privacy. La verità, pensava Hulk, era che mettendo la sua vita in vetrina si era rovinato con le sue stesse mani.

Non c'è peggior cosa che affrontare un processo con l'intima convinzione di meritare la condanna, farsi esecutori del tribunale della propria coscienza, perché la giuria lo annusa e fa di tutto per accontentarti.

Gli avvocati di *Gawker* nel corso del processo non andarono per il sottile. Indagarono sul passato di Hogan, mostrarono che lui, negli anni, aveva sostenuto in pubblico di essere superdotato, aveva millantato fantastiche storie extraconiugali, aveva usato in TV un linguaggio scurrile e politicamente scorretto: che privacy voleva reclamare un uomo che aveva addirittura incentrato un reality sulla propria vita privata? Sostennero di aver postato il video senza malizia, solo perché quel video privato rispondeva agli interessi del pubblico di Hulk Hogan e apparteneva a un settore della vita privata di Hulk che egli stesso non si era mai dato la pena di proteggere. E *con* o *senza* malizia negli Stati Uniti fa la differenza, perché se un contenuto è postato e pubblicato senza malizia, ma solo per "informare" il pubblico, allora nessuna corte esprimerà mai una condanna per violazione della privacy.

Fu allora che Harder mostrò appieno di meritare la parcella da capogiro che Thiel gli aveva versato per la difesa di Hulk Hogan.

Harder seppe intuire che si doveva lavorare sulla reputazione di Hulk. Come è detto nel *Qoèlet*: "un nome è meglio di un buon olio", cioè un buon marchio di fabbrica, sul mercato, vale più del prodotto che stai vendendo. Allo stesso modo la fama, la reputazione – Harder ne era persuaso – contano più di ciò che realmente sei.

Da questo punto di vista Hulk aveva ragione a sentirsi in difetto davanti alla corte, perché era vero che il suo "nome" risultava fortemente compromesso a motivo delle sue esternazioni pubbliche e della sua professione: fare il wrestler suscitava sempre pregiudizio.

Il peggio poi, per Harder, era appunto vincere l'insicurezza che lo stesso Hulk mostrava quando arrivava il momento di difendere le proprie ragioni.

Fu così che, per imbastire la nuova causa contro *Gawker*, questa volta in un tribunale di stato, Harder e il suo team si misero a lavorare esclusivamente sulla fama di Hulk, lasciando da parte tutto il resto, compreso il problema spinoso di cosa debba intendersi per libertà di stampa, per etica del giornalismo e per difesa del Primo emendamento della Costituzione americana.

Era vero che la partecipazione di Hulk, qualche anno prima, a un reality show molto popolare lo aveva rivelato al pubblico puritano d'America come un uomo volgare e amante del vizio, ma i pregiudizi della giuria si potevano azzerare.

Per farlo, però, occorreva togliere di mezzo Hulk, bisognava ucciderlo. Un colpo secco e si doveva fare fuori lo spaccone ignorante, tronfio dei suoi millantati successi da amatore seriale, che l'America conosceva.

Quell'Hulk funzionava se si trattava di salire sul ring e affrontare avversari che, come lui, amavano la battuta forte e il richiamo esplicito al sesso, ma non avrebbe mai funzionato davanti a una giuria di cittadini che nutrivano sospetto per i toni eccessivi del linguaggio mediatico.

Sì, Harder non aveva dubbi, si doveva uccidere Hulk e portare in aula un altro tipo d'uomo. Harder cominciò a rivolgersi a Hulk, durante le udienze in aula, chiamandolo sempre e solo con il suo vero nome, Terry Bollea.

La sua linea di difesa consisteva nell'ammettere senza riserve che Hulk era sì uno sbruffone volgare e privo di riservatezza, ma che quei difetti non appartenevano anche a Terry Bollea. Quei difetti erano di quell'altro, di Hulk, il personaggio fittizio che Bollea aveva dovuto inventare per farsi strada nel mondo del wrestling. Hulk, però, non era Bollea: un buon americano che conduceva una vita tranquilla e di sani principi, che non era mai stata rivelata perché non era in linea con le feroci leggi del marketing del wrestling, così attente agli stereotipi e alle liturgie. In altre parole Terry Bollea era la vittima di un mondo che lo voleva così, che lo pretendeva sanguigno, spaccone e infedele alla moglie.

Terry Bollea era uno che veniva da un'infanzia difficile, durante la quale non era stato né amato né ammirato per quel corpo gigante che entrava a fatica dietro il banco di un'aula scolastica. E anche quando era riuscito infine a trovare una collocazione professionale a quel corpo fuori misura entrando nel mondo del wrestling, aveva dovuto lottare, sputare sangue, masticare sconfitte, ingoiare umiliazioni per arrivare. E una volta arrivato, aveva dovuto adattarsi a esibire solo la forza e i muscoli, l'arroganza e la spocchia, perché queste erano le regole di quel mondo. Tutta una sceneggiata!

La giuria – che sulle prime, visti i trascorsi, non era riuscita a capire perché per quell'omone tatuato fosse così importante la difesa della propria intimità – iniziò invece a credere nella sua buona fede. Forse proprio perché, seguendo la linea impostata da Harder, Hulk iniziò a rispondere con convinzione alle domande tendenziose e incalzanti dell'accusa, e quando in aula si fece ascoltare la registrazione in cui, dai microfoni della radio, Hulk millantava incredibili doti, Terry Bollea rispose candidamente, e non senza un certo infantile imbarazzo, che le misure in questione non erano le sue, ma quelle di Hulk Hogan.

Harder riuscì non solo a portare in aula un altro Hulk, ma attraverso la vicenda di Terry Bollea rafforzò il mito di ogni cittadino statunitense: il sogno americano, la possibilità, la necessità, il diritto di ognuno al riscatto.

La stessa ricchezza di Bollea smetteva di essere un affronto e confermava come in America quel riscatto fosse ancora alla portata di tutti.

Harder aveva vinto: far trionfare Terry Bollea in quel processo significava far trionfare il diritto di ogni americano a farcela. E *Gawker*, che voleva contrastare quel sogno, meritava ora solo di perdere.

In ultimo, l'avvocato scelto da Harder per l'arringa finale concluse il proprio discorso giocando un altro asso, cioè facendo leva sulla dignità e l'orgoglio di ogni buon americano: "Non siamo diventati tutti dei guardoni in questo paese."

Questo significava che gli americani potevano e dovevano fare a meno della spazzatura di *Gawker*. Sai a quanto fu condannata la società di Nick Denton? A 140 milioni di dollari di risarcimento complessivi. Gawker Media fu costretta a dichiarare bancarotta e nel 2016 il blog *Gawker* chiuse definitivamente i battenti.

La storia che ti ho raccontato ti avrà fatto sorridere, perché riguarda il mondo divertente e colorato di uno dei wrestler più famosi al mondo, ma ha a che fare in realtà con le storie più drammatiche che racconto in queste pagine. Segna un fatto epocale nella storia del giornalismo e della sua etica, e riveste un valore enorme per l'informazione negli Stati Uniti. Mostra in maniera paradigmatica come non basti dire la "verità" per assolvere al dovere dell'informazione. Attesta che nascondersi dietro al principio della libertà di stampa, garantita dal Primo emendamento, è un trucchetto che qualunque giurato è in grado di capire e smascherare.

La domanda che dovrai sempre farti, quando starai per riportare un'informazione, è se sia utile che tu lo faccia, se quella notizia serva a qualcuno, se può migliorare le cose o se invece il fartene vettore contribuisce solo a peggiorarle.

Informare è certamente un dovere, ma è soprattutto una responsabilità. Chi pensa di fare il giornalista prescindendo dal peso di questa responsabilità è un qualunquista prezzolato e come tale va giudicato.

Non passare mai del tempo sui siti come *Gawker*, non indulgere alla curiosità morbosa, non lasciare che ti convincano che "siamo tutti uguali", perché non lo siamo affatto. Un giornale è un giornale solo quando sa guadagnarsi autorevolezza, mostrando di essere disposto a perdere soldi e lettori evitando di dare notizie che invece di costruire distruggono. Fuori dall'etica non c'è informazione, c'è solo diffamazione, gossip, chiacchiericcio.

Quello di Hulk Hogan è per me uno dei più significativi processi mai celebrati nella Storia, dovrebbe entrare nei manuali scolastici e divenire programma di studio nelle università, perché smaschera, una volta per tutte, l'ipocrisia di chi cerca di far passare come informazione ciò che è solo pettegolezzo, gogna, bullismo e, in ultima analisi, la più pericolosa e sottile forma di censura. O meglio, è il volto che la censura ha assunto nel millennio appena cominciato.

GRIDALO QUANDO SFIDANO LA LUCERTOLA,
E DICONO DI AVER SFIDATO IL DRAGO.

Il caso "Hogan *vs* Gawker" è ricostruito in ogni dettaglio nel libro *Il post-giornalismo. Il caso Hulk Hogan/ Peter Thiel vs Gawker*, a cura di Mario Mancini, goWare, Firenze 2017.

Le frasi virgolettate riportate nel testo sono riprese da: Jeffrey Toobin, "Il duello Hogan-Gawker: Privacy *vs* diritto di cronaca", in *Il post-giornalismo*, cit.

L'espressione "bolla del Primo emendamento" di Amy Gajda è tratta da *The First Amendment Bubble: How Privacy and Paparazzi Threaten a Free Press*, Harvard University Press, Cambridge (MA) 2015.

KARINA BOLAÑOS

19.

HOTEL

> Ora tutti e due erano nudi, l'uomo e la donna,
> ma non ne provavano vergogna.
>
> *Genesi*, 2,25

Le camere di hotel sono mediamente più belle e più accoglienti di quelle di motel. Carta da parati color pastello, lampade da comodino con base in ottone e paralumi in stoffa che filtrano luce soffusa; qualche stampa di tipo inglese attaccata alle pareti; spalliere in legno massello e materassi alti e confortevoli.

La sensazione di spaesamento, però, è la stessa che si prova in un motel.

Facile desiderare di combatterla chiamando qualcuno al telefono: una voce amica, calda, familiare, quella di una madre, di un amico, di un amante.

Karina Bolaños lo fece registrando un videomessaggio per il suo amante.

Non avrei voluto usare la parola "amante", perché lei non la usò all'epoca dei fatti. Io non dubito di ciò che lei sostenne, e cioè che, al momento della chiamata, lei e il marito stessero attraversando una crisi, uno di quei periodi di sospensione che possono capitare nelle relazioni di lunga durata. E comunque – è ovvio, non c'è da discuterne – avrebbe potuto fare quella chiamata anche se tra lei e il marito le cose fossero andate bene. Detesto il moralismo sulle questioni di coppia e la riduzione della complessità di un rapporto a fatti banali di corna e proprietà di corpi.

Il fatto però di poter definire amante il destinatario della telefonata facilitò di gran lunga le cose a chi voleva delegittimare Karina Bolaños. Perché vedi, in questi casi, poter usare la parola "amante" fa rumore quanto una tromba da stadio. E così una cosa piuttosto tenera fu ingigantita, fraintesa, distorta.

Ma insomma, immagino tu voglia sapere cosa accadde in quella camera d'albergo...

Dopo una lunga giornata di lavoro Karina Bolaños, allora viceministra per la Gioventù del governo della Costa Rica – anche su questo si polemizzò, sul fatto che fosse in trasferta per conto del governo – si spogliò e restò in mutande e reggiseno stesa sul letto della sua stanza d'albergo. Accese il computer portatile, azionò la videocamera e iniziò a parlare come se il destinatario del suo messaggio fosse in ascolto. Gli disse che il suo corpo gli apparteneva, che aveva voglia di lui, che le mancava. Insomma, nulla di che, gesti e parole che al massimo potrebbero essere definiti sexy e teneri. Attenzione, ho detto sexy *e* teneri e non sexy *ma* teneri, perché sono assolutamente convinto che non ci sia nessuna contrapposizione tra sesso e tenerezza. All'epoca dei fatti, però, questo messaggio fu fatto passare come un video hot, hard, piccante, a luci rosse. Fu usato per costruire un'immagine di perversione e di immoralità intorno alla normalità della seduzione.

Sai – forse lo avrai già visto succedere a scuola –, cose del genere espongono soprattutto le ragazze, le donne, a gogne pesantissime. Se accadono a una donna nota al mondo poi, anche solo fare la fila per un concerto o entrare in un supermercato può trasformarsi in un incubo. Si udirebbe sempre il commento volgare di qualche maschio, che non colpirebbe allo stesso modo se fosse diretto da una donna a un uomo.

Il punto, in ogni caso, è che le parole private, quelle con cui esprimiamo le nostre emozioni, i nostri sentimenti nonché i nostri desideri sessuali, dovrebbero rimanere nostre. Essere ascoltate solo dalla persona o dalle persone a cui sono rivolte. Io poi – che ho il vizio dell'ermeneutica – ho capito che non c'è alcuna possibilità di arrivare alla verità quando ci mettiamo a spiare le parole scambiate da due persone che sono intime. Chi ha un'intesa affettiva sviluppa un proprio codice comunicativo: impossibile decifrarlo dall'esterno!

Ma torniamo ai fatti. Dopo lo scambio tra Karina Bolaños e l'uomo che frequentava, accadde che quell'atmosfera intima e serena di luci soffuse e carta da parati color pastello fu violata.

Non quella notte – quando Bolaños si limitò a spegnere il computer e abbracciare il cuscino, pensando di stringere il destinatario del suo messaggio –, ma molte notti più tardi. Anni dopo, infatti, un ingegnere informatico assunto per la manutenzione dei computer rubò l'intero contenuto dell'hard disk personale di Bolaños, compreso quel vecchio video. Dopo una lunga serie di ricatti e tentativi d'estorsione, e quando lei si rifiutò ancora di cedervi, il video fu messo in Rete.

È ancora lì, puoi vederlo anche tu. Può vederlo chiunque, può vederlo la madre di Karina, può vederlo il padre, può vederlo la figlia.

Non è stupro, questo?

Il punto della storia, però, non è tanto il fatto che quell'intimità fu violata e messa in Rete, ma che la presidente della Costa Rica Laura Chinchilla Miranda approfittò della questione per rimuovere Karina Bolaños, poche ore dopo la diffusione del video, dal suo incarico di viceministra.

Che motivo c'era di allontanare Karina Bolaños dal governo per fatti che riguardavano unicamente la sua vita privata? E per giunta la presidente della Costa Rica – fino ad allora – aveva sempre mostrato di non avere interesse a indagare le accuse di immoralità mosse alla propria squadra di governo, neppure quando queste parlavano di comportamenti predatori e di ricatto sessuale.

Perché lo fecero? Be', Bolaños all'epoca dei fatti – 2012 – era in politica. La Costa Rica è sempre stato un paese strano, non ha conosciuto la dittatura o la guerriglia dei paesi che gli siedono accanto, però ha pagato per mantenersi "neutrale". Ha dovuto sopportare una massiccia presenza dei militari statunitensi in casa propria e ha dovuto sacrificare agli interessi del neoliberismo nordamericano molta della sua identità, con concessioni crescenti che minacciano di far barcollare il suo welfare. Ecco, Karina Bolaños era una che non voleva cedere sulle conquiste fatte – scuola, sanità, lavoro –, al contrario voleva consolidarle, combattendo la corruzione e le ingerenze. Nulla di eversivo, qualcosa di semplicemente retto. Ma "retto" – lo sai – vuol dire "dritto" e allora è facile che finisca con l'intersecare tutto quello che invece si muove storto, tipo i carichi di cocaina che quotidianamente transitano dalla Colombia in Costa Rica per raggiungere gli USA.

In un'intervista rilasciata al settimanale spagnolo *Interviú*, Karina Bolaños svelò le trame politiche che ruotavano attorno alla vicenda. Accusò la presidente Chinchilla di proteggere i propri amici potenti e corrotti, di essere "la regina dei machi della Costa Rica", di aver giustificato comportamenti sessualmente predatori di altri esponenti del governo a lei vicini; denunciò presunti illeciti compiuti dal fratello della presidente e la corruzione che aveva compromesso la costruzione di un cantiere al confine con il Nicaragua, finanziato dal governo con più di 20 miliardi di colón costaricani. Io non ho dubbi: non ci sono amanti che tengano, Karina Bolaños si cercò di silenziarla.

Scorrendo il suo account Twitter, mi sono fatto l'idea che di Bolaños si volesse colpire anche il "buonismo". Parliamo di una di quelle persone che credono nell'impegno, nell'educazione, nella compassione, nella solidarietà, nei diritti delle minoranze: tutte cose che nel "mondo reale", lo so bene, sono considerate buoni sentimenti ipocriti. E invece no.

Questi valori – valori, li chiamano, ma io preferisco chiamarli bussole – sono lo scheletro, l'impalcatura, la struttura portante di tutti i post di Bolaños: testi di buonsenso in difesa dell'ambiente, della cultura, dei libri, degli omosessuali, delle donne. Nulla di particolarmente nuovo, geniale o eroico, ma una bussola, appunto. Eppure, tu lo vedi ogni giorno, ci sono parole come donna, come migrante, come omosessuale, come libro, cultura, rispetto, inclusione, solidarietà, disabilità, ambiente, onestà, che non puoi più pronunciare o postare sui social senza che ti si scatenino intorno convulsioni che a stento un esorcista come padre Amorth riuscirebbe a sedare.

Sai, la cosa che più mi è dispiaciuta di tutto l'"affaire Bolaños" – oltre al fatto che lei fu rimossa dal suo incarico – è che il suo caso dimostra in maniera lampante che la diffamazione funziona quasi sempre.

Commentando la vicenda, un conoscente, uno che frequento per motivi di lavoro, mi disse: "Robbé, hai visto poi che Karina Bolaños s'è messa a fare la pornostar?!"

La pornostar? A che cosa si riferiva?

A questo: Karina Bolaños – che sulle prime fu solo travolta da quella vicenda – decise di rivendicare il diritto alla propria vita privata posando in mutande e reggiseno per l'intervista che rilasciò a *Interviú*. Lo fece per dare una risposta al bigottismo di facciata. Ma certo, il bigottismo è per definizione sempre e solo di facciata. Il bigottismo di metodo, dovremmo invece dire, è quello con cui la rimossero dal suo incarico e la allontanarono dalla vita politica.

Non potendo bruciarla come adultera, come sarebbe avvenuto secoli prima, si puntò il dito sul falso nodo della menzogna: se hai mentito a tuo marito, chissà cosa potresti fare al tuo paese! È lo stesso argomento che fu usato contro Kennedy o Clinton, ed è proprio quel tipo di argomento che sembra intuitivo ma non lo è. Ci sono scelte, in campi fondamentali della nostra vita privata – la famiglia, l'amicizia, il sesso, l'amore –, che sono legate a patti esclusivi, che stringiamo in privato con i nostri amici, con i nostri fidanzati, con i nostri compagni. Di ciò dovremmo rispondere solo alle persone che sono nel patto con noi. Poi c'è invece il patto professionale che esce dal privato e che si sottoscrive in pubblico, quello che un insegnate sottoscrive con la scuola e con gli alunni, che un politico sottoscrive col proprio paese e con gli elettori, che un medico sottoscrive con Ippocrate e con i pazienti. Quando ti accorgi che qualcuno cerca di sovrapporre i piani, mischiando le carte in tavola, tu gridalo, perché un'insegnante non tradisce gli alunni se ha l'amante né il medico uccide il paziente se parcheggia in doppia fila. Chi finge di non capire che c'è una distinzione tra pubblico e privato, fa come quelli che gettano gas lacrimogeno sulla folla per fargli chiudere gli occhi e impedirgli di vedere. Quando ti accorgi che questo accade, gridalo!

E quando si costruisce una montagna da un fatto banale, tu vai sempre all'origine del dibattito, chiediti su cosa si sta discutendo, cos'è che ha generato il gonfiarsi del polverone, cos'è che ha causato la rimozione di Karina Bolaños dal suo incarico. Quando il fatto ce l'hai ben chiaro sotto gli occhi, analizzalo con il tuo metro di giudizio. Quindi ora vai in Rete, guarda quel videomessaggio, e poi chiediti se è la prova di un crimine, o anche solo un indizio di colpevolezza. Chiediti se sia la spia di una mancanza di professionalità e di competenza che giustifica la rimozione di Karina Bolaños dalla carica che ricopriva.

È dai tempi della Controriforma che i politici corrotti di tutto il mondo – quelli dediti alla vendita delle armi, alla rapina e all'omicidio – pretendono di equiparare i loro comportamenti delittuosi – da reato penale – a infrazioni di natura privata che al massimo potrebbe contestare un prete dentro un confessionale. Le scelte private non possono mai divenire misura per un giudizio morale sulla persona, altrimenti si tornerebbe alla lapidazione per le adultere, alle cure ricostituenti per "guarire" l'omosessualità e alla mutilazione dei genitali per impedire il piacere. Nonché a pronosticare la cecità per ogni adolescente sano che s'infila la mano dentro alle mutande.

Lo sai, la libertà dell'Occidente attira il disprezzo di molti paesi e di molte culture del mondo. Paesi che fanno della castità e dell'austerità la propria bandiera. Le minigonne delle ragazze, i jeans calati degli adolescenti, i tatuaggi sull'inguine, i sexy shop all'angolo della strada dove fai la spesa, la disinvolta promiscuità nei licei, la pornografia dilagante dentro e fuori la Rete hanno tracciato dell'Occidente un'immagine che in molti giudicano moralmente degradante e degradata. Non possiamo farci nulla, è una cosa che va avanti da molto tempo, almeno dagli anni sessanta, quando tu e io non eravamo neppure nati, ma ormai la libertà è divenuta per noi occidentali il solo fattore identitario, il nostro solo comune denominatore, la nostra malta aggregante. È anche una specie di vaccino: non importa se sei di destra o di sinistra, se sei ateo o credente, è un vaccino a cui nessuno si sente più di rinunciare da quando abbiamo toccato con mano quali siano i frutti della "purezza" dei costumi. Da quando abbiamo dovuto assistere allo spettacolo agghiacciante delle città dell'autoproclamato Stato islamico "ripulite" dalle minigonne e dai jeans calati – si va in galera per aver osato cantare! –, dai "froci", dai transessuali, dai telefonini, dalla PlayStation, dai party, dal gioco del calcio, dal rock satanico, dalle sigarette, dall'alcol, dalla cannabis. Da quando abbiamo capito che quelle città supercontrollate, ordinate o "morali" – dove non si muove un cane senza che un cecchino ce l'abbia a tiro – quelle città sì che ci fanno paura.

Laddove c'è troppo ordine, dove si viene arrestati per una scritta dissacratoria sulla maglietta, dove per un orecchino si va in prigione, dove si viene puniti se si hanno troppi partner, lì c'è un regime di polizia, c'è tortura e repressione. L'assenza di regole quando è assoluta ha conseguenze devastanti. Eppure uno stato che, all'opposto, priva i cittadini del diritto di scegliere – che significa, in alcuni casi, anche scegliere il male – è uno stato che nega la libertà.

GRIDALO CHE PER COMBATTERE NON DEVI TRASFORMARTI IN UN ASCETA.

Il video privato di Karina Bolaños è qui visibile: https://www.youtube.com/watch?v=Zyl-O6jil9E; per il servizio realizzato dalla rivista spagnola *Interviú* rimando alla pagina: https://www.youtube.com/watch?v=xEMNhcmZfNodel (*Interviú*, luglio 2012).

Cinque articoli che rivelano l'ombra del governo dietro l'"affaire Bolaños" sono quelli scritti da Dan Stevens per il *Costarican Times*:
– "Karina Bolaños Says Laura Chinchilla Only Protects the Corrupt", 11 settembre 2012, https://www.costaricantimes.com/karina-bolanos-says-laura-chinchilla-only-protects-the-corrupt/5129;
– "Karina Bolaños Has a Week to Prove Her Accusations of Corruption on the Border Trail", 13 settembre 2012, https://www.costaricantimes.com/karina-bolanos-has-a-week-to-prove-her-accusations-of-corruption-on-the-border-trail/5219;
– "Karina Bolaños to Tell the Truth on the Border Trail Corruption, Calls CR Government Bluff", 15 settembre 2012, https://www.costaricantimes.com/karina-Bolaños-to-tell-the-truth-on-the-border-trail-corruption-calls-cr-government-bluff/5306;
– "Lawyers Interviewing Karina Bolaños on Her Border Trail Comments", 30 ottobre 2012, https://www.costaricantimes.com/lawyers-interviewing-karina-Bolaños-on-her-border-trail-comments/7050;
– "Karina Bolaños Back in Politics", 16 gennaio 2013, https://www.costaricantimes.com/karina-Bolaños-back-in-politics/10495.

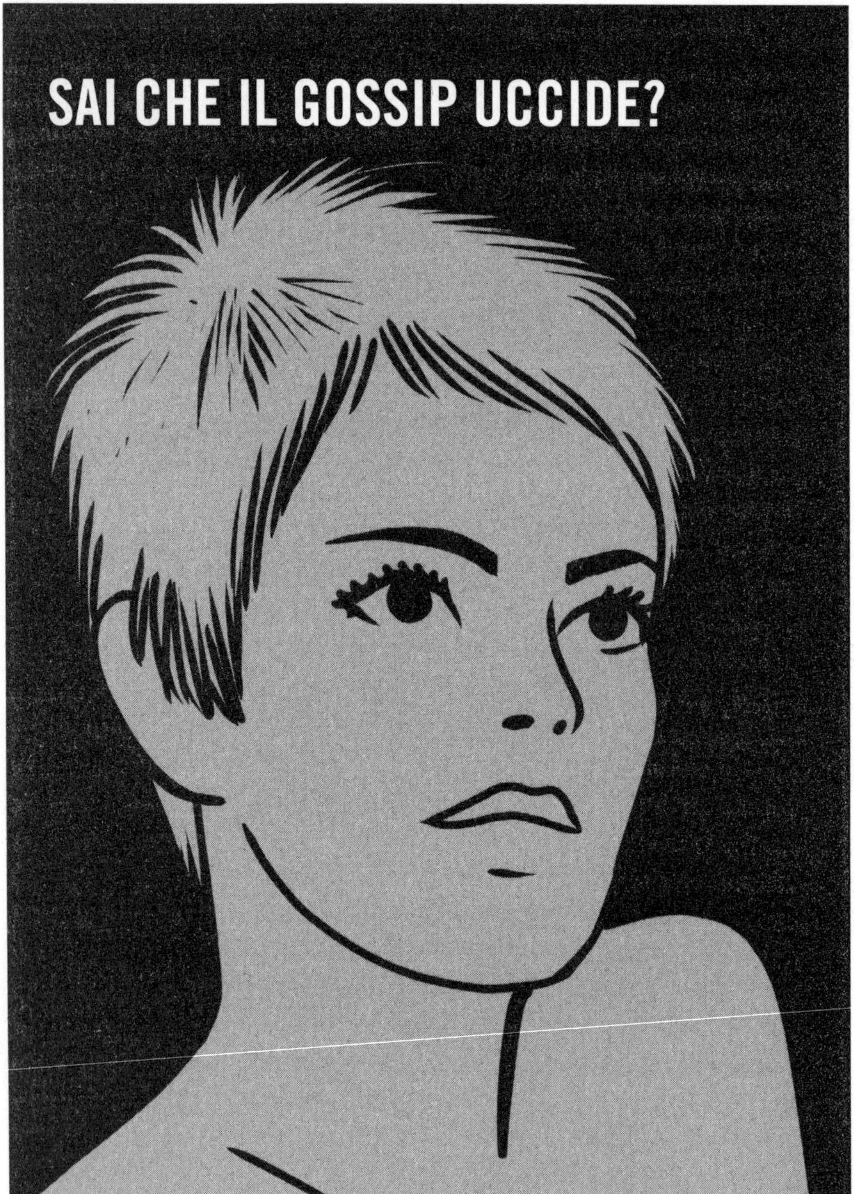

JEAN SEBERG

20.

NINA

> Io credo che sono gli ingiusti quelli che dormono meglio, perché se ne fregano, mentre i giusti non possono chiudere occhio e si fanno il sangue marcio per tutto. Se no non sarebbero giusti.
>
> Romain Gary

Non esistono ragionamenti più pericolosi di quelli sulla genetica. Perché quando si tratta di opinioni, è facile capire dove voglia andare a parare il nostro interlocutore, ma quando si tratta di scienza è più complicato, anche lì dovrai usare metodo. Tu chiediti sempre se chi difende una teoria scientifica lo fa con volontà neutra o se è mosso da un pregiudizio. Quando fai ricerca guidato dal pregiudizio, ricordati che stai contraendo un debito che prima o poi qualcuno pagherà; magari non sarai tu a pagare, magari non sarà neppure la tua generazione, ma prima o poi qualcuno pagherà. È sotto i regimi che si accumula la maggior parte di questi debiti.

Quando avevo la tua età, mi ronzava in testa una domanda: perché Stalin aveva perseguitato con tanta ferocia le teorie sui meccanismi dell'ereditarietà di Gregor Mendel? Io amavo Mendel e mi colpì leggere che Stalin aveva fatto deportare nei Gulag molti scienziati sovietici seguaci delle sue teorie. Non mi bastò neppure leggere più tardi, al liceo, che Stalin associava Mendel all'eugenetica nazista, perché Stalin non è mai parso preoccupato dei diritti, né dell'uomo né della scienza. Ho già accennato all'esperimento nazista dei Lebensborn, ricordi? Centri a metà tra la clinica privata e l'orfanotrofio dove uomini alti e biondi incontravano donne alte e bionde per generare figli alti e biondi, destinati a crescere soli nella grottesca fabbrica per ariani. Selezionare la razza, s'illudeva Hitler.

Quella risposta non mi bastava, però. Non poteva essere stato questo a infastidire Stalin, che non esitò a sigillare il patto con la Germania dei Lebensborn.

All'università, poi, incontrai le teorie di un agronomo molto apprezzato da Stalin, Trofim Denisovič Lysenko, il quale sostenne di aver trovato una soluzione per far fronte alle grandi carestie. Le sue tesi mi interessavano perché mostravano come in Russia Stalin stesse innestando una dottrina economica, il marxismo, sul terreno della superstizione. Proprio così: da una parte combatteva la superstizione e la fede religiosa, accusando entrambe di essere d'ostacolo all'ammodernamento del paese, dall'altra faceva passare come "scientifico" qualunque esperimento tentasse sul suo popolo, che doveva solo fargli da cavia nel suo sforzo di trasformare – in pochissimi anni – un paese rurale e arretrato, in uno industrializzato ed efficiente.

Studiare le teorie di Lysenko mi fornì un secondo indizio sul perché Stalin odiasse tanto Mendel. Lysenko, che si spacciava per genetista, era appoggiato da Stalin perché aveva promesso al popolo russo, affamato, di far crescere enormi distese di grano in mezzo al gelo della tundra. In che modo? Rieducando le distese di grano. Hai letto bene: Lysenko era davvero convinto che si potessero rieducare i geni così come il partito comunista dell'Unione Sovietica rieducava i dissidenti, esponendoli a ogni tipo di privazione. Se si fossero lasciate svernare in Siberia le piante del grano, quelle avrebbero forgiato un carattere nuovo, avrebbero smesso di cercare il sole, trasformando le immense distese di ghiaccio del Nord nel regno fertile e produttivo di Cerere. Questo secondo indizio mi convinceva molto più del primo, ma lo stesso il quadro non mi sembrava completo, perché l'odio che Stalin provava per Mendel – mai conosciuto per motivi anagrafici – era proprio quel tipo di odio che si prova per un nemico vero, uno che ti ha fatto un torto personale, che ti brucia dentro la carne. Uno, soprattutto, che senti potrebbe farti ancora male, che potrebbe azzannarti da un momento all'altro. Alla fine ho capito. Ma prima di dirti per quale ragione il defunto Mendel minacciasse da vicino Stalin, voglio ripercorrere con te la sua storia.

Gregor Mendel era nato nella prima metà dell'Ottocento, una cinquantina di anni prima di Stalin, in un villaggio fuorimano dell'impero austriaco. Fin da bambino era fissato con le api: le inseguiva, si lasciava pungere da loro, aveva imparato a distinguerle e a catalogarle. Gli piaceva osservare come prendessero il polline e come, dal diverso colore delle corolle, i fiori producessero diversi frutti. Gregor voleva imparare, così si trasferì nella vicina città di Olomouc, sulle rive della Morava, dove si dedicò agli studi di Filosofia che, nel suo cervello, produssero un cambiamento significativo: iniziò a sistematizzare. Ciò vuol dire che da quel momento ogni informazione, anche la più banale, cominciò a trovare posto nella sua mente in casellari ordinati, contraddistinti da un'etichetta: colore rosa, forma rotonda, superficie liscia, numero di petali, tipo di stelo, presenza di spine, assenza di foglie…

Mendel aveva bisogno di più libri, di molti più libri di quelli che riusciva a reperire. Attraverso i libri voleva guadagnare più vite, tutte quelle che a un solo uomo non sono concesse. Le vite di chi prima di lui aveva osservato api, mosche, semi. Chi aveva osservato la natura per vent'anni doveva passargli i suoi vent'anni di osservazione. Gregor avrebbe preso quei vent'anni e sarebbe ripartito da lì, aggiungendo un altro pezzo alla ricerca, per poi sedersi e attendere che arrivasse un altro ad aggiungere un'altra vita ancora.

Così decide di spostarsi in una città con ancora più libri, e va a Brno. Qui si fa frate ed entra nell'abbazia di San Tommaso.

I suoi confratelli, però, capiscono in fretta che il suo amore per lo studio supera di gran lunga quello per la preghiera, e persuasi del fatto che studio e preghiera in fondo siano la stessa cosa, lo aiutano ad accedere all'università di Vienna. Qui Gregor esce dall'isolamento scientifico in cui l'aveva relegato la sua nascita in provincia e, grazie ad alcuni colleghi, riesce finalmente a vedere la propria dottrina come l'aveva intuita da ragazzo. Ci riesce grazie all'innesto sulle piante dei piselli. Perché proprio i piselli? I piselli sono piante resistenti, si possono coltivare con facilità e si differenziano con nettezza nei loro caratteri – buccia liscia, buccia rugosa, colore chiaro, colore scuro – così da rendere osservabili a occhio nudo i cambiamenti che si producono nella trasmissione. Dall'innesto di piante di pisello verdi con piante di pisello gialle, alla prima figliazione il verde si perdeva.

Le osservazioni fatte nelle estati immobili della Moravia e, più tardi, nei giardini fioriti della capitale dell'impero si trasformarono così nella teoria dei caratteri dominanti e recessivi. Il frate moravo aveva compreso, già sul finire dell'Ottocento, che nella trasmissione ereditaria, non tutti i caratteri hanno lo stesso peso: nella prima generazione, quelli recessivi spariscono per poi riemergere, in percentuale minore, in quella successiva.

Adesso intuisci perché Stalin aveva così paura di Mendel? Il padre di Stalin era un alcolizzato. Quando la sera rientrava a casa ebbro picchiava forte suo figlio. Ora, da un'infanzia dura o si esce dritti come alberi ben piantati o curvi come canne piegate dal vento. Stalin s'incurvò irrimediabilmente già dai tempi delle scuole, quando iniziò a restituire parte dei calci e dei ceffoni presi da bambino.

Crescendo, le cose non cambiarono: festeggiò la maggiore età dando avvio a una sua cosca rivoluzionaria, attiva in tutta l'area del Caucaso per mandare a segno sequestri di persona e rapine.

Una volta divenuto Stalin, il soprannome con cui governò la Russia sovietica, pretese che chi lo circondava non alludesse mai al fatto che un tempo era stato Vissarionovič Džugašvili, un comune delinquente del Caucaso. Nessuno – neppure gli stessi familiari – doveva mai fare riferimento alle tare della sua giovinezza georgiana e all'album di famiglia.

Stalin doveva essere raccontato solo come l'"uomo nuovo". Il vecchio Vissarionovič Džugašvili era morto! Stalin voleva specchiarsi solo nel volto delle statue, che ovunque in Russia lo celebravano come "il piccolo padre", "l'uomo più buono del mondo", l'"infallibile guida".

È evidente allora che le teorie di Mendel avrebbero potuto ricordargli che non è così semplice sbarazzarsi del proprio passato e che, addirittura, qualcosa di quel passato può rimanere scritto nei tuoi geni, può essere tramandato ai tuoi figli. Questo era inaccettabile per lo Stalin-uomo-nuovo che decise, allora, di muovere guerra ai genetisti sovietici di stampo mendeliano – molti di loro persero le cattedre universitarie, altri furono mandati nei campi di rieducazione in Siberia o furono fatti scomparire – per dare spazio solo a Lysenko e ai lysenkoisti.

Lysenko al contrario, declinato sulla sua storia personale, stava lì a dire che i fattori ereditari – i geni – non si trovavano nei cromosomi, e che l'ereditarietà era piuttosto un processo fisiologico, legato all'interazione tra l'organismo e l'ambiente. Un organismo messo in un ambiente diverso, sottoposto a stimoli esterni diversi, poteva vedere scosso il suo assetto ereditario, e trasmettere i caratteri così acquisiti. Applicando questo modo di pensare non solo alla natura ma anche alla società, ci si poteva spingere a dire che né i geni dei propri genitori né i traumi infantili avevano un'influenza irreversibile sugli individui. O più precisamente, non dopo un congruo periodo di rieducazione. Stalin, lo sai, era certo che tagliando a forza la barba ai kulaki avrebbe cancellato il loro attaccamento alla terra, deportando i ceceni avrebbe spezzato il loro cordone ombelicale col Caucaso, togliendo il crocefisso dagli altari avrebbe sradicato la fede. Le teorie di Lysenko erano perfette per suffragare tutto questo e per far apparire del tutto ininfluenti agli occhi dello stesso Stalin le sue origini. In sintesi, Mendel avrebbe fatto riflettere il popolo russo su ciò che Stalin era stato, mentre Lysenko su quello che Stalin era diventato.

Ma un certo tipo di affermazioni sulla genetica sono potenzialmente pericolose perché generano l'illusione di poter ridisegnare l'uomo, proprio come si ridisegna un'auto o un prodotto qualsiasi. Anche oggi è così: di fronte all'evidenza che l'uomo non riesce più a sostenere i ritmi massacranti del turbocapitalismo, non si pensa a come cambiare le regole che producono quei ritmi, ma al contrario a come cambiare l'uomo.

Come si può ottimizzare il tempo che un uomo passa a installare una microcamera? A contattare clienti? A compiere operazioni di banca? A raccogliere pomodori? A lavare capelli? A vendere case? Queste sono le domande che ci si pone. Come si può fare in modo che oltre a produrre il doppio delle scarpe, un uomo sia anche in grado di procacciare il doppio dei clienti che le comprano? Come si può fare perché quest'uomo non si ammali, non vada mai in bagno durante l'orario di lavoro, non subisca sbalzi d'umore, non soffra la stanchezza? E poi, quando stacca dal lavoro, quando cioè da produttore si trasforma in consumatore, come evitare che crolli sul letto? Come tenerlo sveglio a consumare?

C'è bisogno di estendere il suo tempo, di dilatarlo fino a renderlo sottile come la sfoglia di una pizza. Non importa se alla prima spruzzata di pomodoro poi si buca. L'importante è provare a cambiare l'uomo: non il suo software, ma il suo hardware. Bisogna trovare il modo di fornirgli maggiore memoria volatile e il triplo di quella di massa, ma soprattutto lo si deve dotare di un turboprocessore. Lysenko commenterebbe che siamo sulla strada giusta, perché stiamo addestrando l'uomo alla privazione: dal sapore del cibo al tempo per coltivare ciò che gli piace, alla necessità di respirare ciò che non gli nuoce. Sì, Lysenko direbbe che già ci siamo, che proprio come le sue piante di grano a breve impareremo tutti a vivere esposti al gelo siberiano.

Un tempo, di tanto in tanto, qualcuno si chiedeva: come posso rendere felice l'uomo? Oggi la domanda è sempre e solo: come lo adatto alla produttività del mercato globale? Da quando siamo diventati noi i prodotti da vendere, e da quando ognuno è compratore del tempo e dei diritti degli altri, ci siamo entrati tutti dentro a questo meccanismo infernale: bambini, giovani, anziani, poveri, ricchi, uomini, donne, malati, sani, Nord del mondo, Sud del mondo. Produci, mordi, azzanna, consuma e distruggi. Questa è la frusta che scudiscia tutti indistintamente, e di tempo per capire dove lo schema è fallato, dove il mio gesto toglie aria a quello di un altro, e in quale remoto angolo del pianeta qualcuno sta invece giocando d'azzardo con la mia vita, non ce n'è. Così procediamo come bendati verso un baratro profondo, senza riuscire mai a capire dov'è che stanno impastando il mondo. Paradossalmente la connessione mondiale non ha aumentato la nostra conoscenza dei processi d'insieme, l'ha invece rimpicciolita, perché la catena di montaggio in cui stiamo lavorando a ritmi forsennati e alienanti non è più quella della singola fabbrica, ma è quella di un'unica fabbrica globale in cui il mondo intero si è trasformato e di cui siamo tutti operai. Questo ormai è accaduto, è così che stiamo pagando l'accesso illimitato ai beni che generazioni precedenti alle nostre potevano solo sognare. E a nessuno è stato spiegato perché dobbiamo continuare a lavorare a queste condizioni per produrre un'unica indistinta infelicità per tutti.

Ci siamo persi… Mendel. Torniamo a Mendel, perché la storia che sto per raccontarti ha avuto luogo negli anni sessanta del Novecento, proprio quando le sue intuizioni furono per sempre confermate da due biologi, lo statunitense James Watson e il britannico Francis Crick, i quali ricevettero il Nobel per aver scoperto l'esistenza della famosa doppia elica del DNA. In sintesi, Mendel aveva osservato nei piselli quello che quei due scienziati osservarono nel DNA dei cromosomi dell'uomo. Non si poteva più tornare indietro!

Se ho iniziato questa storia partendo da così lontano, è proprio perché vorrei che tu ti calassi nel clima di quegli anni, quando fu data la notizia della scoperta del DNA. Li senti gli strilloni, agli angoli delle strade delle città statunitensi, annunciare il conferimento del Nobel a James Watson, il loro connazionale? Li senti gli scienziati di mezzo mondo commentare che dunque la razza umana è innegabilmente una? Riesci a sentire le loro dichiarazioni? La scienza ha fornito le prove: l'elica è la stessa per tutti, rossi bianchi neri gialli!

E lo vedi ora, in risposta a questa notizia, lo sguardo dell'americano medio smarrirsi, farsi più scuro? L'americano medio è preoccupato. La senti la sua paura? Lui è cresciuto in case dove a cucinare sono stati i neri, dove a lavare i pavimenti sono stati i neri, dove a graffiarsi le mani per strappare i batuffoli dagli arbusti del cotone sono stati i neri... Lo senti il timore per il suo mondo che frana? E li vedi dall'altro lato della strada i neri brindare? Li senti gridare la fine della presunta "razza" inferiore? Fine dei bagni separati, fine degli alberghi per soli bianchi, fine delle scuole per soli neri, fine delle stronzate sui neri fisiologicamente cattivi e i bianchi fisiologicamente buoni!

Hai sentito il loro grido di sollievo? Perché se davvero l'hai fatto, se ti sei immedesimato come ti ho chiesto, se hai misurato fino in fondo la loro liberazione, allora sei pronto a sentire invece – come fosse uno schiaffo improvviso, di quelli che non riesci a capire da dove arrivi – la rabbiosa frustrazione, nei mesi successivi, nel realizzare che nulla era cambiato. Toccare con mano che quella sensazionale scoperta non solo non rimise le cose al loro posto negli Stati Uniti d'America, ma rafforzò nei bianchi la determinazione a tenere i neri in condizione di subalternità. La maggior parte dei bianchi finse che le scoperte sul DNA non avessero alcun punto di contatto col segregazionismo e continuò a ostacolare ogni tentativo delle "due razze" di avvicinarsi, di toccarsi, di mischiare l'alito, il calore, il sangue, lo sperma, il sudore. Se non terrai a mente questo dato, ti sfuggiranno i contorni inquietanti e punitivi della storia che sto per raccontarti.

Il 19 maggio del 1970 il *Los Angeles Times* pubblicò una storia morbosa di amore "interrazziale". I nomi dei protagonisti erano occultati, ma si diceva che lei fosse una famosa attrice di Hollywood, nota per le sue posizioni in favore dei diritti civili dei neri, e lui uno dei capi più in vista delle Black Panther. Negli Stati Uniti fu chiaro a tutti che ci si stava riferendo a Jean Seberg e Raymond Hewitt.

L'articolo si chiudeva con la notizia che la donna era incinta, e che il bambino che stava per nascere era quasi certamente figlio del rivoluzionario americano e non del marito francese dell'attrice.

Quest'ultimo si chiamava Romain Gary e non era un uomo qualunque. Negli anni in cui si svolge la storia, Gary ha già ricevuto il premio letterario più prestigioso di Francia, il Prix Goncourt, un riconoscimento meritato al punto tale da vincerlo di nuovo anni più tardi con quello che è il suo capolavoro, *La vita davanti a sé*, seppure il regolamento del premio vieti di aggiudicarselo due volte. E allora come fu possibile? Nessun imbroglio, è che dopo la storia che leggerai, Romain Gary iniziò a pubblicare con uno pseudonimo per tenere la stampa lontana dalla sua vita privata, così, quando il libro uscì, la giuria, non avendo modo di riconoscere il vero autore, lo selezionò di nuovo e lo proclamò vincitore.

Me la immagino una delle giurate – con una pila di romanzi sul comodino, stanca, pentita di essere entrata in giuria – aprire il libro di Gary con sospetto, iniziare a leggerlo e non riuscire più a spegnere la luce. Perché Romain Gary, quando ti porta dentro un bordello della Francia occupata, ti fa proprio annusare l'odore rancido della cipria a buon mercato stesa sul viso delle prostitute, ti fa sentire il loro petto nel tuo petto, ti fa provare il loro impulso a tagliare – da orecchio destro a orecchio sinistro – la gola dei clienti che entrano con la croce uncinata ben in vista sulla divisa.

Ma il presunto amante di Jean Seberg, padre del bambino, non è uomo di minor valore. E forse questo avrebbero dovuto scrivere i giornali, che il bambino che stava per venire al mondo aveva – in ogni caso – un padre di grande statura, perché Raymond Hewitt era il leader riconosciuto del movimento per i diritti degli afroamericani.

Raymond Hewitt è un uomo che ha studiato, che vuole mettere la propria consapevolezza al servizio della sua comunità, ed è il tipo di afroamericano fiero di non portare traccia, nel colore della propria pelle, dei ripetuti stupri perpetrati dai padroni bianchi sulle schiave nere.

La donna incinta, al contrario, è il tipo di bianca i cui progenitori devono essersi mossi dall'Africa già in era glaciale, giungendo presto in quelle lande dell'emisfero boreale dove, nel corso dei millenni e in assenza di forti raggi solari, si sono del tutto sbiancati. La pelle chiarissima, i capelli biondo platino, l'iride azzurra raccontano per intero la sua storia atavica.

A Hollywood Jean Seberg ha interpretato ruoli giudicati mediocri ma amatissimi dal pubblico, e film sofisticati mai visti dal pubblico, ma osannati dalla critica. È riuscita, cioè, nel sogno di molti artisti: fare cassetta con lavori modesti che inseguono il pubblico, per poi autofinanziare progetti più complessi che dal pubblico vogliono farsi inseguire.

Jean è disinteressata ai premi e alla carriera, detesta il lusso e fin dai tempi dell'adolescenza trascorsa nell'Iowa si è impegnata nel sostegno a favore della National Association for the Advancement of Colored People, associazione benefica per la tutela dei diritti civili delle persone di colore. Più cresce il suo successo, più le associazioni di lotta e di volontariato si rivolgono a lei, che puntualmente provvede a staccare un assegno o a pronunciare pubblici appelli a supporto di questa o quella causa umanitaria. Ciò le fornisce la motivazione necessaria a fare bene il suo lavoro anche quando non le piace il regista, non le piace il ruolo, e soprattutto non le piace la conferenza stampa studiata apposta per fare in modo che tutti affondino la mano in quel latte bianchissimo. Ovviamente i giornalisti, inviati dalle redazioni per riportare solo chiacchiere e pettegolezzi, non la raccontano come un'attrice forte e complessa, come è nei fatti, ma come il suo esatto opposto: una donna fragile e disorientata. Non parlano delle idee che la infiammano, ma insinuano che a piacerle non siano le idee, ma gli uomini che le propugnano. La sua timidezza non è descritta come pudore – sentimento sacro! – ma come fragilità emotiva. Tutto quello che interessa in redazione – perché questo è quello che "richiede" il mercato – è buttare giù un brutto articolo che però strombazzi di flirt e di corna.

Vista attraverso la lente deformante della stampa di retroscena, ogni sua amicizia diventa sporca, ogni sua relazione interessata, ogni suo impulso sbagliato, ogni sua lotta ingenua, ogni sua sensibilità malattia. E poiché è impossibile usare il trucco classico della diffamazione, sostenendo che a muovere le sue scelte sia il denaro – perché, come detto, il denaro non le manca –, si inizia a far intendere che ad animarla sia un compulsivo desiderio sessuale.

Nessuna delle sue relazioni viene misurata col metro del sentimento o con quello dell'affinità elettiva, ma sempre e solo con quello del capriccio e dell'instabilità emotiva. Si sottolinea inoltre, certi che per l'America puritana sia un'aggravante, che gli uomini con i quali si accompagna appartengono a categorie naturalmente immorali: neri, ebrei, musulmani, scrittori impegnati, attivisti, poeti, perdigiorno.

Il numero complessivo delle relazioni avute da Jean Seberg – al netto di quelle attribuitele arbitrariamente – non differisce dal numero di quelle che, oggi, ogni donna potrebbe mediamente dichiarare. E all'epoca non differiva dal numero delle relazioni avute dal marito nello stesso intervallo di anni. Le notizie però riflettono sempre e solo il punto di vista di chi le riporta: nel caso della vita privata di Jean Seberg, giornalisti retrogradi e bigotti.

Accadde così che, proprio come la Giovanna d'Arco del suo primo ruolo, fu trasformata in una donna ingenua e mentalmente instabile.

Un giorno del 1969, quando era poco più che trentenne, ricevette una telefonata da un'amica delle Black Panther, che le chiedeva un aiuto straordinario: il movimento voleva andare nelle scuole pubbliche dei quartieri neri per portare agli studenti la colazione. Era tempo che qualcosa che avveniva sporadicamente per l'iniziativa singola di qualche madre pietosa divenisse un'azione capillare e permanente: ogni bambino, adolescente e ragazzo afroamericano della California aveva diritto a ricevere un pasto nutriente e gratuito. E questo non una volta l'anno, ma tutti i giorni del calendario scolastico.

Le Pantere erano persuase che la chiave dell'emancipazione della comunità nera d'America risiedesse nella scuola. Solo con un percorso adeguato di formazione gli afroamericani avrebbero potuto tenersi lontani dalla strada, dal crimine e dall'alcolismo, settori nei quali la comunità nera continuava a essere sovrarappresentata nelle statistiche.

Questo era stato l'errore; fino ad allora, le Pantere erano intervenute per curare e non per prevenire: avevano pattugliato le strade di giorno e di notte per impedire che la polizia fermasse i fratelli con la scusa che fossero ubriachi o fatti, approfittandone poi per picchiarli o arrestarli; avevano portato viveri e parole di conforto a quelli che finivano dietro le sbarre, magari per una multa non pagata o per il furto di un panino; avevano fornito consulenza gratuita a chi veniva perseguitato dal fisco o dalla giustizia; avevano pagato le cure mediche a coloro che avevano subito incidenti sul lavoro. Ora, invece, avevano capito che bisognava intervenire molto prima. Prima di chiedere processi equi, rispetto per i diritti umani, piena fruizione dei servizi pubblici. C'era qualcosa che doveva arrivare prima, prima degli arresti, dei pestaggi, delle ingiustizie, dei processi, della diffamazione: la scuola. La scuola era il vero collo di bottiglia della segregazione. Quelle dei neri infatti erano le peggiori scuole del paese. Le aule rimanevano vuote troppo spesso, perché la mattina a casa non c'era nessuno a svegliare quei bambini, nessuno a preparargli la colazione, nessuno a ricordargli quanto fosse importante studiare. Le loro madri a quell'ora erano già fuori, in altre case, a preparare altre colazioni per altri bambini. Colpa dei bambini bianchi? Certo che no, quei bambini non potevano sapere che stavano rubando carezze e incoraggiamento ad altri bambini. Quei bambini erano un puro prodotto della Storia, come tutti noi.

In ogni caso, anche quando i bambini dei quartieri neri avevano imparato a svegliarsi da soli, ad allacciarsi le scarpe da soli e ad allacciarle anche ai fratelli più piccoli, una volta arrivati a scuola non riuscivano a concentrarsi. La fame li distraeva, i numeri gli si confondevano davanti agli occhi e l'immagine della maestra si faceva sfocata.

Magari in casa c'erano pure sacchi pieni di farina, olle colme di riso, bidoni di metallo riforniti di fagioli, bottiglie d'olio e barattoli riempiti di sale e di zucchero, ma a mancare era la spesa giornaliera, quella del pane, del latte, della frutta, delle uova, i soli prodotti con cui è possibile preparare qualcosa da portare a scuola. E questo nei casi più fortunati, perché a volte in dispensa non c'era né una manciata di riso né un pugno di fagioli.

Ancora oggi, del resto, i programmi più efficaci di adozione a distanza non inviano aiuti alle famiglie, ma distribuiscono pasti nelle scuole. Garantire un pasto decente dove il cibo scarseggia è il solo modo per fidelizzare i bambini alla scuola e impedire che si neghi loro la conoscenza. È l'unica maniera per mettere munizioni nel loro zaino, munizioni con cui non dovranno imparare a sparare, ma a difendersi. Rendere la scuola un posto in cui si garantisce questo diritto è come fissare con chiodi e martello una freccia che segnala l'uscita di sicurezza. E proprio questo volevano fare le Pantere, trovare un'uscita di sicurezza alla secolare segregazione dei neri.

Jean Seberg, che all'epoca aveva un figlio ancora bambino, Alexandre Diego Gary, e quindi era sensibile al tema, destinò alla causa diecimila dollari. Una donazione che verrebbe giudicata ragguardevole anche oggi. Non commettere l'errore di pensare che per lei quei soldi non significassero nulla. "Tanto è ricca!", non si dice forse così? È un'analisi sbrigativa, questa. Per lei quei soldi significavano molto, significavano dover accettare un film che altrimenti avrebbe rifiutato, significavano soprattutto doversi giustificare con un'infinita catena di parenti, di amici e di volontari che l'avrebbero rimproverata: perché quei soldi non li hai dati a me? A tuo cugino, che non ha lavoro? A tuo zio, che si deve operare? A tuo cognato, che deve rifare il tetto di casa? Perché non li hai impegnati per l'assistenza agli anziani? Per sostenere gli orfani di guerra? Per recuperare gli alcolisti? Per salvare le specie in via d'estinzione? Per i diritti delle donne? È così, sai: per ogni causa che sosterrai, per ogni battaglia che combatterai, ce ne saranno mille che non riuscirai ad abbracciare e per ciascuna te ne chiederanno conto.

Anche grazie al contributo più che generoso elargito da Jean Seberg, il progetto delle colazioni gratuite prese avvio, e dalla Oakland School da dove era partito si allargò a molte altre scuole degli Stati Uniti, fino a raggiungere oltre diecimila bambini che, prima di allora, non avevano mai consumato una colazione in vita loro.

Sì, ma cosa vuoi che siano diecimila bambini rispetto alle centinaia di migliaia che in altri luoghi del paese e del mondo sono senza cibo?

Ecco, quando ti dicono cose di questo tipo, prova sempre a immaginare di essere tu uno di quei diecimila bambini. Svegliandoti al mattino, avresti finalmente percepito la strada più corta, e visto la maestra più a fuoco, e sentito le parole più chiare. Immagina di tornare a casa con qualche conoscenza nello zaino, e non con lo stomaco perennemente bucato.

Quando la goccia che qualcuno sta stillando è la tua goccia, anche "uno" diventa un numero molto grande.

Poi, certo, può capitare che mentre stai bevendo in mezzo al deserto, arrivi qualcuno che con un calcio ti fa volare il bicchiere in aria, disperdendo l'acqua al suolo...

Mentre i bambini stavano consumando le loro colazioni sui banchi di scuola, mentre la maestra li guardava soddisfatta, persuasa che non si debba mai perdere la speranza perché le cose buone prima o poi accadono, i federali fecero irruzione nelle aule armati fino ai denti, strappando di mano il cibo ai bambini, facendolo cadere a terra, calpestandolo nella confusione generale.

"Perché?" gridò la maestra.

Le furono date molte risposte, tranne quella vera: questi luoghi non sono idonei al consumo di cibo, non tutte le madri hanno dato l'autorizzazione, non sono state rispettate le norme igieniche, le autorità non sono state adeguatamente informate dell'iniziativa. Quando nei giorni a seguire madri e maestre fecero di tutto per colmare le lacune segnalate dai federali, si resero conto che erano solo pretesti, che per ogni cavillo aggirato ne nascevano immediatamente altri cento. E comunque i bambini non avevano più fame, anzi ormai alla parola colazione associavano solo l'irruzione minacciosa delle forze dell'ordine, il panico, la maestra che urlava, i genitori fuori dai cancelli che piangevano...

Ma come, la polizia entrava a scuola a fermare dei bambini che mangiavano? starai pensando. Proprio così, e non credere che sia una cosa rara.

Immagino tu sappia che il sostegno dato a iniziative umanitarie, anche quelle più incontestabili, come garantire buoni pasto ai bambini che non possono permettersi la mensa scolastica, o salvare vite in mare, attira massicce dosi di odio. Questo ha a che fare, suppongo, con l'errata convinzione che allargare il numero di quelli che mangiano o restano in vita prima o poi minaccerà il tuo diritto a mangiare o a restare in vita. Come è possibile? Dare un diritto a qualcuno non vuol dire toglierlo a un altro. Hai ragione, ma accadde così anche con il voto alle donne: le suffragette non chiedevano di dare il diritto di voto alle donne e toglierlo agli uomini, nondimeno la maggioranza degli uomini non voleva concederglielo.

È un fatto che molti identificano il mondo intero con il proprio giardino di casa. Un giardino che deve essere costantemente difeso e protetto da quelli che un giardino non ce l'hanno, e che quindi, per deduzione, un giorno potrebbero reclamare quello altrui.

Questo modo di vedere le cose appartiene tanto a chi vive negli scantinati dei ghetti più degradati quanto a chi abita le villette ordinate dei quartieri residenziali.

Proprio in una di queste villette ben curate, al 413 di Seward Square a Washington DC, viveva un altro dei protagonisti della nostra storia.

Quest'uomo, il cui nome è J. Edgar Hoover – te ne ho già parlato, ricorderai cosa orchestrò contro Martin Luther King –, identificava l'America intera con il giardino di casa propria ed era disposto a farsi torturare, a morire e persino ad ammazzare pur di mantenerlo al sicuro. Dopo la morte della madre, che avvenne più o meno quando lui aveva quarant'anni, prese l'abitudine di tenere dei pesci rossi nella fontana del patio, e di dormire abbracciato al suo fucile, persuaso che, presto o tardi, qualcuno sarebbe entrato in casa sua. Se uno dei suoi collaboratori gli faceva notare che non c'era alcun pericolo e che il quartiere nel quale abitava era uno dei più tranquilli al mondo, Hoover provvedeva a farlo allontanare, asserendo che voleva solo gente sveglia al Federal Bureau of Investigation, l'agenzia che Hoover diresse dal 1935 fino al giorno della sua morte nel 1972.

I suoi dipendenti, dopo i primi licenziamenti, impararono a trovare per Hoover tutte le prove necessarie per "fabbricare il mondo in cui credeva". Questa cosa eccitava ancor di più il suo stato d'allerta, innescando un circolo vizioso per cui lui immaginava i pericoli, e i suoi uomini gli fornivano la prova che quei pericoli esistessero sul serio.

Non che Hoover fosse una persona davvero cattiva. Da che ne aveva memoria, si era sempre svegliato all'alba, aveva studiato e lavorato sodo, si era concesso ben pochi lussi e rarissimi svaghi. Aveva sempre pagato le tasse, buttato l'immondizia e curato la propria igiene personale. Aveva spesso mentito, questo sì, ma "per il bene dell'America!", ripeteva a se stesso, autoassolvendosi.

Da quelli che lo accusavano di aver deciso da solo, per decenni, in merito al destino di un'intera nazione, si schermiva dicendo che non voleva essere ringraziato. Non c'è quindi da stupirsi se J. Edgar Hoover diede vita nel 1956 a un piano fondamentalmente illegale, denominato Counter Intelligence Program, ma meglio conosciuto con l'acronimo COINTELPRO, finalizzato a raccogliere materiale potenzialmente compromettente sulla vita privata di chiunque, per tenere tutti inchiodati alla sua personale idea di America.

Spesso Hoover non trovava niente su quelli che attenzionava, ma era sufficiente protocollare un dossier nel casellario dell'FBI perché tutto quello che vi era annotato acquisisse evidenza di prova. Ancora oggi commettiamo l'errore – abilmente indotto dalla macchina del fango di Hoover – di credere che quello che è scritto nei verbali dell'FBI fosse un tempo corredato da prove, ma non è così. La cancellazione di parte del materiale raccolto, ordinata ciclicamente da Hoover per non lasciare traccia delle sue indagini non sempre autorizzate dal governo, contribuisce ad alimentare in noi quest'errata percezione. Il fatto che si dà per scontato che i servizi d'intelligence non debbano fornire prove – a motivo della segretezza che avvolge il loro operato e che è parte della deontologia professionale degli agenti – fa sì che noi, prove di quel che dicono, troppo spesso non ne abbiamo e non ne cerchiamo.

La verità, però, e questo lo capirebbe anche un bambino, è che negli archivi e nei casellari dell'FBI di Hoover trovarono spesso posto solo pistole giocattolo e parrucche glamour, rivendute poi come evidenze inattaccabili di vite spese nel crimine o nel disordine morale.

Poiché il suo mandato coprì quasi per intero la delicata fase politica della guerra fredda, Hoover utilizzò la paura del comunismo sovietico come spauracchio per mettere fuori gioco chiunque, permettendosi qualsiasi scorrettezza investigativa e ogni genere di ricatto. Se qualcuno entrava nel mirino del Federal Bureau, questi era accusato in automatico di nutrire simpatie sospette per la terra delle matrioske. Per Hoover però il problema fu constatare che i suoi connazionali risultavano così immuni dal virus dell'antiamericanismo da non riuscire mai a farli passare come cospiratori ai danni della nazione. Decise allora di cambiare terreno d'indagine: non avrebbe distrutto l'immagine politica dei "nemici dell'America", ma la loro immagine privata. Fu così che nel suo ufficio si iniziò a schedare ogni macchia di sperma schizzata sul sedile di una macchina o sul materasso di un motel. I suoi uomini furono costretti ad ascoltare – e a registrare – per ore ogni orgasmo affiorato sulla bocca dei suoi nemici. Questi ultimi, i suoi nemici, coincidevano come puoi immaginare con quelli che a suo modo di vedere non erano fedeli ai "veri valori" dell'America: hippie, tossicodipendenti, ecologisti, pacifisti, omosessuali, femministe, oppositori della guerra del Vietnam, "negri" e mafiosi italoamericani. I mafiosi, a dire il vero, non erano propriamente nemici, perché erano sì dediti al crimine, ma – in quanto odiati da tutti – non avevano alcuna chance d'influenzare l'opinione pubblica e questo li rendeva agli occhi di Hoover molto meno pericolosi.

Nel 1964 entrarono nella blacklist di COINTELPRO anche gli affiliati del Ku Klux Klan, ma solo perché avevano esagerato troppo nell'agire in autonomia in spregio al governo centrale.

I principali detrattori di Hoover – praticamente tutti e sei i presidenti che si susseguirono durante il suo mandato – speravano in segreto di vederlo sparire dalla faccia della terra. Erano anche persuasi che l'idea di usare l'arma dello scandalo privato fosse venuta a Hoover perché lui stesso viveva nella paranoia che la sua privacy fosse violata. Riempire i suoi schedari di giarrettiere e mutande sporche era, in altre parole, un'arma di difesa: ricattare prima di essere ricattato.

I fatti gli diedero ragione, perché riuscì in pochissimo tempo a divenire intoccabile. Lo so, ti starai chiedendo come sia possibile che nessuno abbia provato a fermarlo. Esiste un proverbio che spiega questa dinamica: una mela marcia ne guasta cento. Sì, perché a volte basta anche una sola persona, pagata apposta per spifferare informazioni dalla redazione di un giornale o dal consiglio direttivo di una casa editrice e tutto l'ingranaggio si blocca. Il Bureau aveva fatto in modo di avere figure di questo tipo in ogni settore dell'informazione. Così, ogni volta che un giornale o un editore si apprestava a denunciare i discutibili metodi dell'FBI, Hoover ne era informato in anticipo e faceva in modo di bloccare le rotative prima che le notizie andassero in stampa. Bastava poco: una volta sparivano le bozze, un'altra arrivava in redazione la foto della moglie del direttore che baciava l'autista "di colore", un'altra ancora una busta anonima contenente la prescrizione di liste infinite di psicofarmaci, o contravvenzioni non pagate, un assegno a vuoto, uno scoperto in banca, qualunque cosa. La pressione esercitata dal Bureau era tale e i mezzi in suo possesso così sofisticati che tutti finivano per cedere.

Nel 1950, però, un avvocato di Washington, Max Lowenthal, ex collaboratore del Congresso e consigliere del presidente Truman, decise di andare fino in fondo. Aveva passato dieci anni della propria vita a raccogliere prove inoppugnabili circa i metodi illegali usati dal Bureau di Hoover. Quei metodi, denunciò nel suo libro *The Federal Bureau of Investigation*, "minavano alle fondamenta la democrazia del paese". L'America doveva sapere.

Quando Hoover scoprì l'imminente uscita del libro, lottò come un leone. A volte, però, le palle vanno misteriosamente in buca, malgrado i tentativi fatti per bloccarne la corsa.

Il libro uscì.

"E allora?" mi chiedi tu. "Perché non accadde nulla?"

Perché il libro non fu letto da nessuno. Se c'è una cosa che non mi stancherò mai di ripetere è che non è quello che c'è scritto in un libro a fare paura, ma sono i suoi lettori. Se un libro non viene letto, la storia raccontata muore. Se, al contrario, diventa un caso, si trasforma in un grimaldello, e lì inizia a far paura.

Il punto è che Lowenthal non era uno scrittore. Era un bravo avvocato, un bravo consulente politico, e lo sforzo che fece per raccogliere prove contro l'FBI fu enorme e puntigliosissimo, ma il libro era pesante, più pesante del "verbale di un tribunale".

Ci fu un certo battage sui giornali, questo sì, soprattutto

perché Hoover commissionò alcune recensioni negative. Ma anche quel dibattito non fece che aumentare il potere di Hoover, perché l'unica cosa che gli americani capirono fu di essere tutti potenzialmente attenzionati; capirono anche che il Bureau provvedeva a inviare, in forma anonima, le informazioni che aveva raccolto ai giornali gossippari, vero braccio armato dell'FBI.

E ora possiamo riprendere la nostra storia dal punto in cui l'abbiamo lasciata perché, come immagini, sotto i colpi di quel braccio armato cadde Jean Seberg. Il Bureau intercettò una sua conversazione telefonica: Elaine Brown, attivista delle Black Panther, l'aveva chiamata per chiederle un nuovo aiuto per il movimento e nel corso di quella telefonata Jean le confidò di essere incinta. L'FBI allora provvide subito a inviare la notizia ai giornali, fingendo che si trattasse della soffiata di un'amica di Jean Seberg e lasciando intendere chi fosse il vero padre del bambino.

Nessun giornalista serio abboccò, tranne una editorialista del *Los Angeles Times*, molto popolare per via di una rubrica di cronaca rosa sulle star di Hollywood. Fu l'editore, per paura di querele, a imporre alla giornalista di omettere i nomi dei protagonisti. Ogni americano però, come ti ho detto all'inizio, fu in grado di capire che si trattava di Jean Seberg, perché in quegli anni di attrici "amiche dei negri" a Hollywood ce n'erano poche e nessuna di loro aveva un marito francese.

Malgrado ormai tutti sapessero, due mesi dopo il più popolare settimanale statunitense, *Newsweek*, volle tornare sull'argomento per precisare che si trattava proprio di lei e del leader delle Black Panther, Raymond Hewitt.

La ridda delle scommesse sul colore del nascituro a quel punto si rinfocolò: molti volevano essere certi che il bambino partorito fosse nero come la vergogna che la madre avrebbe provato di fronte al mondo. Si trattava solo di attendere ancora due mesi, prima che la madre si decidesse a spingerlo fuori dall'utero per darlo in pasto all'eccitata curiosità dei lettori.

Jean Seberg, che nel maggio del 1970 aveva retto abbastanza bene all'apparire della prima notizia, non riuscì a mantenere uguale distacco, due mesi dopo, quando fu informata che le dieci lettere del suo nome campeggiavano ben in vista sul più popolare settimanale d'America. Il telefono non smise di suonare per ore, ore interminabili passate a rassicurare i parenti che chiamavano per darle conforto, ma che finivano col voler essere confortati, a sorvolare sulle parole sibilline di chi chiamava eccitato dalla curiosità, e a respingere la processione degli amici invadenti al citofono. Nei giorni successivi le cose non andarono meglio, i vicini iniziarono a farle visita portando cesti di fiori solo per osservare lo scandalo più da vicino, o riportare i pettegolezzi appena ascoltati in strada.

Seberg entrò presto in uno stato confusionale che le provocò l'arrivo di contrazioni fortissime, nonostante fosse solo al settimo mese di gravidanza. Fu ricoverata d'urgenza, ma non si riuscì a evitare il parto. Era il 23 agosto del 1970: Nina, la creaturina che le fu estratta con il cesareo, era in buona salute, ma di due mesi prematura.

Forse proprio perché l'aria attorno a lei era tesa e malsana, la bambina si stancò presto di respirare.

Il giorno del funerale, che si tenne a Marshalltown, città natale della madre, il coperchio della bara fu tenuto aperto per tutto il tempo della funzione. Centottanta fotografi giunti da ogni parte del mondo per fotografare il cadavere di un bambino nero si accalcarono intorno alla bara. Purtroppo per loro, come avevano intuito quando da lontano avevano visto il feretro aperto, non avrebbero avuto la rivelazione tanto attesa: il corpicino era infatti, inequivocabilmente, bianco!

Mostrare durante il funerale il piccolo corpo di Nina fu una decisione estremamente sbagliata. Non servì, come i genitori avevano sperato, a mettere un punto fermo a quella storia. Quella concessione, al contrario, fu come un pezzo di carne gettato nelle fauci di una belva affamata che si mise subito a chiederne ancora. Già all'indomani del funerale, si scommetteva sull'identità del vero padre, il quale, appurato che non fosse nero, poteva anche non essere il marito di Jean Seberg.

Quando i due coniugi realizzarono che il film dell'orrore nel quale erano stati scritturati a loro insaputa non sarebbe mai finito, si separarono, forse per non essere l'uno per l'altro doloroso ricordo di quella terribile vicenda.

Negli anni a seguire, la settimana prima o dopo l'anniversario della morte di Nina, Jean provò più volte a togliersi la vita.

Nove anni dopo, infine, ci riuscì. Si chiuse in macchina e ingoiò una massiccia dose di barbiturici. Il corpo fu scoperto solo alcuni giorni dopo. Lasciò un biglietto al figlio Alexandre:

"Perdonami, non posso più vivere con i miei nervi."

Un anno e mezzo dopo, anche Romain Gary si tolse la vita, con un colpo di pistola in bocca. Anche lui lasciò un biglietto:

"Nessun rapporto con Jean Seberg."

Era il suo modo per impedire che la stampa tornasse a profanare i loro nomi, riunendoli insieme nell'ennesima versione di una vicenda che non doveva mai più essere raccontata.

Ti prego, su questa storia, di accontentarti di quello che hai letto qui, di non andare in Rete a cercare altro, altrimenti t'imbatterai, come è capitato a me, in articoli che per quanto scritti oggi riflettono il tono della stampa dell'epoca, una stampa puritana e razzista che non fece altro che deformare – anche quando fingeva di difenderli – l'attrice più impegnata di Hollywood e lo scrittore più originale e anticonformista di quegli anni.

Difficilmente chi legge il gossip di retroscena ha la reale consapevolezza di quello che sta facendo. Io stesso, negli anni, ho dovuto addestrarmi a non cedere a questa tentazione, anche quando per il mestiere che faccio può diventare dannoso, o quando le rivelazioni si annunciano succulente. Ho insegnato al dito che scorre veloce le notizie sul telefono a restare impassibile.

"L'ho letta solo per curiosità," mi dicono a volte gli amici. È proprio quella curiosità che delegittima e uccide le persone. Nina è morta così.

GRIDALO CHE NON PUOI DORMIRE
SE GLI ALTRI NON DORMONO,
CHE NON PUOI MANGIARE
SE GLI ALTRI NON MANGIANO,
CHE NON PUOI GUARIRE
SE GLI ALTRI NON GUARISCONO,
CHE NON PUOI AMARE
SE AD ALTRI È NEGATO AMARE.

Julian Huxley, *La genetica sovietica e la scienza*, trad. it. di Luciana Semenza, Longanesi, Milano 1952.

Joyce Haber, "Miss A Rates as Expectant Mother", in *Los Angeles Times*, 19 maggio 1970.

"Max Lowenthal, Lawyer, Dies. Book on FBI Stirred a Storm", in *The New York Times*, 19 maggio 1971.

Wendell Rawls Jr., "FBI Admits Planting a Rumor to Discredit Jean Seberg in 1970", in *The New York Times*, 15 settembre 1979.

M. Wesley Swearingen, *FBI Secrets. An Agent's Exposé*, South End Press, Boston 1995.

Duncan Campbell, "How the FBI Used the Gossip Columnist to Smear a Movie Star", in *The Guardian*, 22 aprile 2002, https://www.theguardian.com/media/2002/apr/22/mondaymediasection.filmnews.

Simon Sebag Montefiore, *Il giovane Stalin*, trad. it. di Giovanni Ferrara degli Uberti, Longanesi, Milano 2007.

Francesco Cassata, *Le due scienze. Il "caso Lysenko" in Italia*, Bollati Boringhieri, Torino 2008.

Curt Gentry, *J. Edgar Hoover. La vita e i segreti del primo capo dell'FBI*, trad. it. di Marina Astrologo, Mondadori, Milano 2012 (da cui sono tratte le due citazioni: le prove procacciate dagli agenti dell'FBI che dovevano servire a Hoover "per fabbricare il mondo in cui credeva" e "Il libro di Lowenthal era fondamentalmente noioso quanto il verbale di un tribunale").

Anthony Summers, *La vita segreta di J. Edgar Hoover. Direttore dell'FBI (1924-1972)*, trad. it. di Adriana Dell'Orto, Tilde Riva e Nicoletta Rosati, Bompiani, Milano 2012.

Ariane Chemin, *Mariage en douce. Gary et Seberg*, Équateurs, Paris 2016.

Romain Gary, *La vita davanti a sé*, Neri Pozza, Vicenza 2018, trad. it. di Giovanni Bogliolo, con illustrazioni di Manuele Fior.

Dale M. Brumfield, "Cheapened and Neutralized: Why the FBI Destroyed Actress Jean Seberg's Life", in *Medium*, 21 febbraio 2019, https://medium.com/lessons-from-history/cheapened-and-neutralized-why-the-fbi-destroyed-actress-jean-sebergs-life-4097d87e8195.

Debora Attanasio, "Il mistero di Jean Seberg, condannata dall'FBI per amore dell'uomo sbagliato", in *Marie Claire*, 29 luglio 2019, https://www.marieclaire.com/it/attualita/gossip/a28539660/jean-seberg-black-panther/.

QUANTE VOLTE HAI PENSATO DI UNA VITTIMA CHE "SE L'È CERCATA"?

PIER PAOLO PASOLINI

21.

IL DISTRIBUTORE DI BENZINA

Dovunque sia il cadavere, là si raduneranno gli avvoltoi.
Matteo, 24,28

Il 18 novembre del 1961 un uomo percorre in macchina la strada litoranea che da Sabaudia porta al Circeo. Sono da poco passate le tre quando si ferma a un distributore di benzina. Entra nel bar e ordina una Coca-Cola.

Il sole è ancora caldo nonostante sia autunno inoltrato, perché al Circeo l'estate di san Martino dura più a lungo.

Il bar sorge in un'area nuova di zecca resa calpestabile dalla bonifica mussoliniana, che lì ha piantato foreste di eucalipti voraci che hanno svuotato il terreno dagli acquitrini.

La presenza del mare tutto intorno è talmente forte e le dune di sabbia così ipnotiche da favorire, come in mezzo al deserto, frequenti stati di allucinazione.

Il bevitore di Coca-Cola posa il bicchiere ormai vuoto sul bancone e inizia a infilarsi lentamente un paio di guanti di pelle nera. A operazione ultimata tira fuori una pistola, apre piano il tamburo, recupera dalla tasca un proiettile e si accinge a caricare. Un raggio di sole si spinge pigro dentro al locale, va a sbattere sulla canna della pistola e rivela allo spaventato barista un altro particolare insolito: il proiettile è d'oro.

L'uomo punta ora la pistola contro il barista, reclamando l'incasso dell'intera giornata, comprensivo degli introiti della pompa di benzina. Il barista non si perde d'animo, afferra un coltello dal lato della lama, colpisce col manico il rapinatore e lo mette in fuga.

Il giorno dopo lo vede ricomparire in compagnia di un amico davanti al bar. Stavolta annota il numero di targa.

C'è da credere che il barista non abbia riconosciuto il suo rapinatore, lo scrittore e cineasta Pier Paolo Pasolini, perché al momento della denuncia presso la locale stazione dei carabinieri, dove si è affrettato ad andare, è in grado di fornire solo il numero di targa, ma non il nome del suo rapinatore. Strano che non l'abbia riconosciuto. Evidentemente non ha un televisore né legge i giornali, perché l'uomo che ha tentato di rapinarlo è da diversi anni al centro di forti polemiche a mezzo stampa. Ha pubblicato libri come *Ragazzi di vita* e *Una vita violenta* che hanno provocato fastidi e acuti mal di pancia perché si sono insinuati tra gli umori più neri della prostituzione maschile.

Un suo film, *Accattone*, è in uscita proprio in quei giorni nelle sale cinematografiche di tutta Italia, ed è già oggetto di un acceso dibattito. Immorale, indecente, incandescente, compiaciuto della propria colpa… questo rimprovera a Pasolini l'Italia democristiana, ma anche quella comunista.

A quanto pare la pompa di benzina ha resistito, come un baluardo, non solo all'avanzata delle notizie e dei mezzi di comunicazione sul litorale laziale, ma anche alle voci che circolano negli ambienti della mala romana. Altrimenti il barista sarebbe venuto a sapere che Pasolini è un personaggio in vista, che è spesso al centro di scandali e polemiche, che è già stato accusato di furto e di trascorrere le notti sotto la luna del Campidoglio, sul monte Caprino, dove si vende l'amore dei maschi.

Ma certo, hai ragione tu. Forse il barista sta mentendo. In realtà sa benissimo tutte queste cose, e anzi parteggia, come il resto degli italiani, a favore o contro Pasolini; sta solo tentando di disegnare uno scenario simile a quelli già ascoltati, ma stavolta al centro vuole mettere se stesso.

Alla stazione dei carabinieri, però, il barista giura di non averlo riconosciuto sul momento, e che non è in cerca di fama o di denaro né sta tentando d'infliggere l'ennesimo colpo a un uomo che ormai è stato trasformato in un bersaglio.

La denuncia costringe Pasolini ad abbandonare il lido pontino, dove sta portando a termine, insieme all'amico Sergio Citti, la sceneggiatura di un altro film, *Mamma Roma*. Deve rientrare di corsa in città per permettere ai carabinieri la perquisizione del suo appartamento in via Carini, dove con buona probabilità potrebbe aver nascosto la pistola e il proiettile d'oro.

"Ma quale proiettile d'oro?" protesti tu.

"I giudici mica avranno creduto davvero a un racconto tanto inverosimile?"

Sì, invece, ci hanno creduto.

In via Carini l'arma non salta fuori, ma la descrizione del barista è troppo vivida per essere ignorata e la pallottola d'oro un particolare troppo surreale per essere inventato.

Pasolini viene processato per rapina. Sì, hai capito bene. Pasolini viene processato per tentata rapina a mano armata. E condannato. Poi amnistiato e in terzo grado assolto, ma solo per mancanza di prove: la pistola non saltò fuori, e oltre al barista non c'era nessuno che aveva assistito alla scena.

Il 3 luglio del 1962, quando il processo si apre a Latina, l'avvocato difensore Francesco Carnelutti non rinuncia a sollevare l'argomento dell'inverosimiglianza del tentativo di rapina a ventiquattro carati.

Davanti alla corte, l'avvocato pone anche un'altra domanda, e la fa pure al paese: perché Pasolini – personaggio noto e benestante – avrebbe dovuto rischiare vent'anni di carcere per rapina a mano armata per duemila lire, cifra per lui irrisoria? E si può credere che il barista non abbia davvero riconosciuto l'avventore-rapinatore al momento della sua entrata nel locale?

Il tentativo di rapina raccontato ai carabinieri non potrebbe essere la montatura di un ragazzo in cerca di visibilità?

I quesiti dell'avvocato appaiono sorretti da una logica, ma l'attenzione dell'opinione pubblica si sposta in fretta su una questione più urgente sollevata dalla stampa: perché l'avvocato s'impegna con tanto zelo nella difesa del suo cliente? È pura deontologia professionale? O, più realisticamente, c'è da immaginare che Pasolini e il suo avvocato siano amanti?

Un modo perfetto – devi ammetterlo – per spostare il ragionamento dagli argomenti della difesa alla fibra delle persone: l'avvocato di Pasolini è gay? Uno che si dichiara credente, come l'avvocato Carnelutti, può essere gay? Chi dei due avrà sedotto l'altro?

E mentre l'opinione pubblica si morde la testa su questi interrogativi, il processo va avanti e Pasolini viene infine condannato.

Sì, hai capito bene: Pasolini, il più grande intellettuale italiano del Novecento, viene condannato per "minaccia con arma", un'arma caricata con un proiettile d'oro, dentro a un pubblico esercizio che si trova su una strada ad alto scorrimento, nel quale avrebbe potuto entrare chiunque in ogni momento, per giunta a pochi chilometri dalla casa dell'amica Laura Betti, da cui Pasolini deve recarsi di continuo per lavorare.

Il processo per la tentata rapina al barista del Circeo si chiude così con una condanna a quindici giorni di reclusione, cui si aggiungono una multa di diecimila lire (cinque volte la cifra che Pasolini avrebbe tentato di estorcere) per detenzione abusiva di armi e cinquantamila lire di risarcimento al padre del barista, all'epoca ancora minorenne.

Ma quali armi se la pistola non fu trovata? E che cosa doveva risarcire se la rapina era stata sventata?

Non chiedermelo, ti assicuro, i giudici ci credettero. La sentenza dimostrò di avere accolto come fosse vangelo quanto riferito dall'accusa: l'arma c'era, il proiettile d'oro pure, e la rapina fu evitata solo a prezzo di uno strenuo colpo di manico di coltello sferrato dal barista. Un colpo di manico?

Certo. Per giustificare il fatto che Pasolini non fosse ferito.

Lo so, anche questo è risibile, che qualcuno impugni un coltello dalla parte della lama.

La sentenza del tribunale fu portata davanti alla Corte di Appello di Roma, la quale, respingendo le richieste sia dell'imputato sia del PM, concedette però a Pasolini l'amnistia. Al successivo passaggio in Cassazione, l'altro avvocato di Pasolini, Giuseppe Berlingieri, lottò per ottenere l'assoluzione con formula piena, ma ottenne solo un'assoluzione per mancanza di prove, lasciando Pasolini con un chiodo piantato dentro la carne.

Quel giorno Pasolini comprese che l'abito da rapinatore – vero o presunto – gli sarebbe rimasto addosso per sempre. Il dubbio non sarebbe mai caduto.

Certo, quelle false notizie, quelle continue polemiche finivano per attirare attenzione anche sui suoi film e sui suoi libri, ma il prezzo da pagare era troppo alto, e per lui non più sopportabile. Si trattava ormai di una pressione quotidiana: ogni giorno spuntava una notizia falsa su di lui, ogni giorno lo si accusava delle cose più incredibili: di aver copiato il proprio cognome per darlo a uno dei personaggi dei suoi film, di aver plagiato il proprio romanzo, un romanzo mai edito, perché rimasto sul sedile posteriore di un'auto che era stata rubata, di essere andato in ospedale con un bastone piantato nell'ano.

Il film *Mamma Roma*, a cui Pasolini aveva lavorato tanto nell'entroterra del Circeo, alla fine uscì nel settembre di quello stesso anno. Anche stavolta Pasolini fece il pieno di denunce, soprattutto per offesa al comune senso del pudore e della morale. Inspiegabilmente, però, i giudici – questa volta – non lo rinviarono a giudizio.

Pasolini decise allora d'impegnare quelle energie insperate, quelle che era solito mettere in campo per difendersi nelle aule dei tribunali, nella promozione del film.

Il giorno della prima, al cinema Quattro Fontane, arriva speranzoso di conquistare il pubblico della capitale, perché la pellicola s'ispira a un noto fatto di cronaca cittadina: la morte in carcere, a Regina Coeli, del figlio di una prostituta romana.

Il racconto è straziante e la storia è di quelle che a stento, dice Pasolini, si digeriscono senza lacrime.

Pasolini ha appena finito di parlarne in sala quando, dalle gallerie laterali, un gruppo di picchiatori neofascisti cala in platea e lo assale. Alcuni tra i suoi amici più stretti, tra cui Sergio Citti e Laura Betti, si buttano nella mischia per difenderlo, ma vengono pestati a loro volta.

Rispetto alla prima romana del film *Accattone*, però, le cose vanno meglio. Allora gruppi neofascisti avevano oscurato la visione con lanci d'inchiostro sullo schermo.

Potrei fartela tutta la lista dei processi nei quali fu coinvolto Pasolini. In tutto trentatré. Ma voglio parlarti invece di un solo altro fascicolo aperto contro di lui, l'unico che – insieme a quello che ti ho appena raccontato – mi interessa guardare in filigrana.

Nel 1969 un allevatore della provincia di Catania denuncia Pasolini per aver provocato la morte di cinquanta pecore di sua proprietà.

Secondo la deposizione dell'allevatore, alla fine delle riprese del film *Porcile*, Pasolini ha liberato un numero imprecisato di cani, prima impiegati come comparse. I cani affamati hanno atteso la notte e sono entrati nell'ovile dell'allevatore, facendo strazio delle greggi. Le bestie sono per forza quelle di Pasolini, perché c'è da escludere che egli le abbia riportate a Roma. E per farci cosa, poi, con tutti quei cani?

Vedi, Pasolini era convinto, quando ad attaccarlo era la gente comune – come nel caso del barista del Circeo o del pastore catanese –, che la cosa dipendesse dal fatto che si trattava di gente semplice, scarsamente istruita e quindi suggestionabile, che finiva col fare confusione tra lui e i personaggi dei suoi romanzi. Qualcosa del tipo: se scrivi di droga, probabilmente sei un tossico. Ma questo genere d'innocente giustapposizione non si trasforma mai in persecuzione o vendetta. Quando i pregiudizi arrivano davanti a una stazione dei carabinieri per farsi verbale, lì non c'entra più la confusione tra chi scrive e quello che è stato scritto, lì si tratta di un veleno che è stato iniettato a poco a poco nel corpo della società.

Non erano la semplicità o il degrado culturale ad accusare Pasolini delle cose più inverosimili e ignobili, ma il clima d'odio che era stato creato attorno a lui. Un clima che, infatti, non si limitò a denunciarlo, a processarlo, a diffamarlo, ma che arrivò ad ammazzarlo.

Sai, l'hanno descritta talmente tante volte la scena del suo omicidio che quando ripenso a quella notte del 2 novembre del 1975 mi sale all'esofago il sapore rancido del pollo che Pino Pelosi mangiò al Biondo Tevere, prima di salutarlo. Mi ronza pure in testa il rumore del cambio dell'Alfa 2000 GT che scivola sulla Cristoforo Colombo fino a raggiungere lo sparuto campetto da calcio all'Idroscalo di Ostia. E ogni volta che ci torno, su quel campetto, al pensiero di tutti gli errori di schedatura e rilevazione che sono stati fatti mi prende la cefalea, mi sale la nausea.

Tu lo sai – vero? –, tu lo immagini perché furono inanellati così tanti errori?

Perché al fondo di tutto – della sua morte così come dei suoi processi – c'era il fatto che Pasolini era omosessuale. E allora poco importava che fosse stato Pelosi ad ammazzarlo da solo o insieme ad altri, oppure altri senza Pelosi, e se l'omicidio fosse politico o frutto di pura bestialità... non importa, tanto era un frocio, e un frocio prima o poi uno che gli dà una lezione lo trova sempre.

"Così ha imparato a conoscerla fino in fondo la fibra di quei balordi di borgata che lui amava tanto!" questo si pensava, così si commentava in Italia il suo omicidio.

Certo, in quei ragazzi non c'era solo la purezza incontaminata che lui ci vedeva, spesso era gente cotta dal crimine, abbrutita dalla ferocia, disidratata dalla miseria, che a metà degli anni settanta cominciava pure a sperimentare la droga. E, lo sai, nulla come la droga ha la capacità di carbonizzare il tuo stato di percezione. Allora, se ti metti a pestare con violenza su un corpo vivo, è come se quella violenza non fosse tua. Come se tu la stessi spremendo dentro a un videogioco. I videogiochi non c'erano, ma la droga sì, la droga iniziava a esserci, a diventare di massa, a erodere l'orizzonte delle periferie italiane.

No, Pelosi era pulito quella sera. Pasolini non si sarebbe lasciato slacciare i pantaloni altrimenti, perché lui quel mondo lo conosceva bene. Io parlo di quelli che raggiunsero Pelosi all'Idroscalo... ma certo, non è detto che qualcuno abbia raggiunto Pelosi all'Idroscalo quella notte, magari Pelosi agì davvero da solo come dichiarò subito dopo l'arresto. Per me, vedi, non cambia nulla. Non è la dinamica dell'omicidio che mi interessa, a me interessa quello che accadde prima, il fatto che ogni giorno si producessero su Pasolini fantomatiche storie di premeditati genocidi di pecore, di tentate rapine a mano armata, di improbabili plagi di libri, di ricoveri d'urgenza in ospedale per lesioni all'ano. Denunce buone per accenderci il camino d'inverno, ma che bugia dopo bugia avevano scavato nella testa della gente un cratere talmente profondo che non fu un caso se Pelosi, appena dopo l'arresto, dichiarò quello che tutti volevano sentire: aveva dovuto ammazzare Pasolini perché Pasolini aveva tentato di sodomizzarlo con un bastone.

Molti anni dopo ritrattò, disse che non era vero niente. Ma sul momento le sue accuse furono ritenute plausibili perché si voleva liquidare quell'omicidio come un regolamento di conti tra froci. Ciò che però non è ancora stato detto su quell'omicidio è che quella notte, all'Idroscalo, Pasolini ci arrivò già morto. Ci arrivò sfinito da quei trentatré colpi di processo. E che su trentatré colpi uno, alla fine, ti sia fatale, non è caso, è statistica.

Sai, la verità è che esistono solo due tipi di intellettuali: quelli che raccontano la vita osservandola come da dietro a un paravento, e quelli che ci si devono schiantare addosso, perché solo quando sono al tappeto, agonizzanti, allora riescono a descriverla. Pasolini era del secondo tipo: dentro alla vita. Scrivere sì, leggere sì, commentare sì, fare analisi sì, ma solo dall'alba al tramonto, perché – sparito il sole – iniziava il suo corpo a corpo con la vita. Pasolini non ha mai usato la testa per scrivere, ha usato sempre e solo il corpo, più precisamente il corpo a corpo.

I muscoli ancora ben delineati sul suo cadavere impastato di sangue, riverso sul campetto dell'Idroscalo, sono il marchio più evidente di quel suo combattimento quotidiano.

Lo raccontano, sai, quelli che lo hanno conosciuto da vicino, che all'alba rincasava randagio, come una bestia selvatica che rientra malandata dentro alla tana: ammaccato, braccato, pestato, lercio di marrana. Un giorno con la coda monca, un giorno senza un occhio, un giorno con la zampa penzola. Una bestia notturna. Uno che non poteva che essere l'abominio di tutti i buoni padri di famiglia. E, infatti, erano proprio gli "uomini medi", i "buoni padri di famiglia" l'ossessione di Pasolini. Quelli capaci dei crimini più orrendi. I conformisti, i razzisti, gli schiavisti, i qualunquisti che si vantano di vivere nel rispetto delle leggi, dentro a case sicure, con i gerani fioriti sui balconi e i monconi di cadavere chiusi a chiave dentro la ventiquattrore foderata in pelle scura.

GRIDALO CHE NON DIRAI MAI "SE L'È CERCATA".

Che l'"uomo medio", il buon padre di famiglia, sia "un pericoloso delinquente, conformista, colonialista, razzista, schiavista, qualunquista", Pasolini lo fa dire a Orson Welles nell'episodio "La ricotta" del film *Ro.Go.Pa.G.* (1963).

Il libro che ripercorre per intero la vicenda dei processi di Pasolini è *Pasolini: cronaca giudiziaria, persecuzione, morte*, a cura di Laura Betti, Garzanti, Milano 1977.

C'è un libro su Pasolini che – per me – dovrebbe essere imparato a memoria, e che non tratta dei suoi scritti: Umberto Apice, *Processo a Pasolini. La rapina del Circeo*, Palomar, Bari 2007.
Apice, tra le altre, riporta la frase pronunciata in aula dall'avvocato difensore di Pasolini, Francesco Carnelutti, che sintetizza il clima creato intorno a lui: "Volete sbranarlo, Pasolini."
Apice è anche il primo a capire ciò che con quel processo si voleva affermare, oltre l'aula del tribunale: "Il messaggio era che l'esempio di Pasolini non andava imitato, perché il potere dispone di anticorpi capaci di reagire e di annientare chi ostacola, anche solo con la parola, la libera gestione della cosa pubblica. Ecco il doppio obiettivo perseguito: a) tranquillizzare le fasce della sottocultura e della piccola borghesia: il sovversivo, il diverso, il 'frocio' si è ucciso con le sue stesse mani; b) minacciare i non allineati: chi si permette di contrastare la logica generale dello sviluppo e del neocapitalismo, chi pretende che l'economia debba anzitutto rispettare le regole del diritto, chi fa l'accusatore del regime che governa l'Italia, si aspetti di fare la stessa fine di Pasolini. Insomma, si deve capire, o intuire, che il regime è forte: 'Nessuno si può permettere di chiedere un processo a chi governa l'Italia.' E, ancora, è come se l'avvertimento dicesse: 'Tu sei scrittore, regista, intellettuale, ma la tua parola, i tuoi messaggi non valgono niente. Noi ti possiamo accusare delle cose più assurde: il mondo crederà a noi.' È la logica degli omicidi di stampo mafioso. Il mandante dev'essere riconosciuto, ma non inchiodato alle sue responsabilità: questo servirà agli altri perché imparino la lezione. Il nemico va distrutto, ma con lui deve sparire anche il suo esempio: non devono esserci altri ad imitarlo."

RULLI DI TAMBURO

Forse quando i popoli lontani di altri pianeti riescono a captare qualche lunghezza d'onda delle nostre, tutto quello che sentono è un urlo continuo.

Iris Murdoch

Hai in mente il tuo manuale di storia? Quello che apri per prepararti per l'interrogazione? Magari la materia ti piace, o forse lo consideri uno dei tanti libri che rendono pesante il tuo zaino. Ecco, in ogni caso, tieni a mente che per quel che riguarda il presente tu puoi cambiare il prossimo capitolo, quello della storia che sta per essere scritta.

Ci ho riflettuto. Non so se la storia, la memoria servano davvero a evitare il ripetersi delle catastrofi, però una cosa è certa: quando impari a capire come prendono avvio certi fenomeni, il primo rullo di tamburi impari a riconoscerlo in mezzo a mille rumori di fondo. Voglio che anche tu impari a farlo. Hai presente le piazze dei comuni italiani alla fine del Medioevo? È interessante iniziare da lì, perché la comunicazione di massa non nasce nel Novecento, ma dal tam-tam dei predicatori medievali. Predicatori infiammati che raggiungevano le piazze nei quaranta giorni precedenti alla Pasqua, preceduti dal ritmo quasi festoso dei tamburi. Predicavano la purezza dei costumi, della fede, un'ortodossia radicale che faceva molto comodo anche ai governanti di turno. Si rinfocolava negli ascoltatori il sospetto verso ogni diversità, le minoranze già scarsamente integrate, quelle da integrare con la forza o da cacciare: ebrei, prostitute, saltimbanchi, omosessuali, giocatori d'azzardo, mendicanti. I predicatori erano così bravi a infiammare gli animi che, puntualmente, alla fine dei loro comizi si verificavano disordini: una prostituta veniva picchiata a sangue, un ebreo gettato in acqua, le carte da gioco date alle fiamme e centinaia di specchi – strumento di vanità – mandati in frantumi.

Lì si iniziò a capire che la piazza è un luogo fragile: l'animo delle persone che la gremiscono può dare vita a vento pulito, che spazza le polveri sottili, o a uno spaventoso incendio. È la dimensione della piazza che ci porta a cedere o ad acquistare parti d'intelligenza, tutte quelle che ci servono per entrare in comunione con il nostro vicino. Quindi è estremamente importante controllare cosa gridi chi ci sta accanto, perché i fenomeni peggiori della storia – la caccia alle streghe, i pogrom degli ebrei, le guerre di religione, la ricerca degli untori, la propaganda fascista, le parate naziste , le domeniche organizzate dal partito nella Russia sovietica, l'uccisione di Sacco e Vanzetti, il maccartismo, i genocidi in Armenia, Ruanda, Bosnia, Kosovo, l'ISIS, i populismi, il razzismo, le leggende metropolitane, i falsi miti, gli attacchi alle ONG, le tesi complottiste, ogni fake news destinata a orientare i nostri comportamenti – sono nati da un banalissimo, quasi impercettibile rullo di tamburo.

Allora o cerchiamo di decifrare e bloccare quel ritmo con tutti i mezzi che abbiamo a disposizione, oppure quello che si scatenerà dopo sarà anche responsabilità nostra. E quelli che verranno dopo di noi si domanderanno che cosa stavamo facendo noi mentre quel tamburo iniziava a ronzare. E quando quel momento arriverà, non potremo scendere direttamente in campo per il corpo a corpo con il nemico. Prima dovremo affrontare le lame di quelli che ci diranno: "Rilassati!", "Non ti agitare sempre!", "Mica è il Ruanda!"

Il tam-tam non è mai innocente. Dal primo rullo, tu gridalo!

JOSEPH GOEBBELS

22.

TUTORIAL

C'è un momento nella vita in cui gridare è il solo dovere.
Giorgio La Pira

I tutorial sono utili. Io ho iniziato a fare la valigia mettendo gli indumenti arrotolati. Sì, così, tanti piccoli rotolini. È un metodo giapponese, appreso grazie a un tutorial. Un tutorial ha riorganizzato la geometria delle valigie di tutto il mondo, perché le camicie, i maglioni, arrotolati, occupano meno spazio.

Sai, quando avevo la tua età, negli anni novanta, andavano di moda i manualetti per i manager d'azienda: una sorta di tutorial cartaceo che spiegava come si diventa leader. Siediti più in alto del tuo interlocutore, piega le braccia in modo che la tua faccia si trovi al vertice di un triangolo, ostenta sempre convinzione, carisma, indossa pantaloni stretti per far vedere il dosso dei testicoli.

Ecco, i tutorial vanno bene per insegnarti come si usa l'aspirapolvere, come creare un orto sul davanzale, ma non lasciarti mai conquistare dai tutorial di vita, quelli che promettono di insegnarti che nella gara dell'esistenza puoi truccare il motore senza che l'altro se ne accorga, puoi superare a destra senza essere multato, puoi imparare l'arte della seduzione in dieci giorni… queste sono idiozie, in cui a volte si trovano delle citazioni interessanti, sono giochi divertenti, ma non sono manuali di vita. Non ti possono insegnare la vita.

Solo alcuni anni dopo il liceo ho scoperto una cosa che mi ha aperto gli occhi: quei kit di sopravvivenza del bravo manager, a cui oggi mostrano ancora di ispirarsi molti leader d'azienda o capi politici, traggono fondamento dalle linee guida della propaganda di Goebbels. Hai capito bene. Joseph Goebbels. Proprio lui. Il ministro della propaganda nazista.

Goebbels sosteneva che il consenso si ottiene mediante l'uso di un linguaggio basso. Un linguaggio che si adatti all'individuo meno intelligente del gruppo.

Il meno intelligente del gruppo: è lui l'idolo, il feticcio, il totem della propaganda. È lui che viene usato come matrice per una fabbrica di uomini costruiti al contrario: sul modello del meno dotato, del meno perspicace, del meno educato, del meno competente, del meno riflessivo, in modo da abbassare tutti al suo stesso livello. Se abbassi il linguaggio, chi è perspicace si sentirà migliore perché penserà di capire le ragioni sottese a quell'abbassamento, la maggior parte invece capirà il messaggio semplice e non si sentirà spinto a cercare oltre.

Quando invece un politico usa un linguaggio alto, fa sentire al proprio interlocutore che deve cambiare, migliorare, capire. Gli trasmette una sensazione – mai piacevole – di inadeguatezza. Se il politico ha programmi complessi, che richiedono tempo per essere studiati, passione e pazienza per essere migliorati, coraggio per essere intrapresi, non può che utilizzare un linguaggio altrettanto complesso, che fa sentire chi lo ascolta in una situazione di mancanza continua: quella che spinge a migliorare, a costruire, appunto. Invece, il politico che usa un linguaggio basico e propone sempre e comunque soluzioni semplici, sta dicendo a tutti: vai bene così come sei! Non sei ignorante, sono gli altri che ti vogliono far sentire ignorante per manipolarti! Questa è la fabbrica del pensiero unico, quella studiata apposta per spegnere le connessioni sinaptiche, per atrofizzare metà delle aree cerebrali, per azzerare la fantasia, il sogno, la speranza, la fiducia, la musica della vita. Una fabbrica che smercia solo un colore, un grigio indistinto per tutti.

Eppure lui, Goebbels, era il più colto dei gerarchi del Terzo Reich. Tra gli uomini che attorniavano Hitler, solo lui e Albert Speer avevano una cultura vera, articolata, composita. Gli altri erano mediamente ignoranti. Per questo il Führer lo scelse come ministro della propaganda. E come capo della propaganda, in effetti, Goebbels seppe rivelarsi una colonna portante del Terzo Reich.

I principi base della sua propaganda sono stati più volte spremuti a freddo dai suoi scritti, fino a formare un olio extravergine che in sintesi suona così:

PRIMO: mai mostrarsi riflessivi o interlocutori con l'avversario.

SECONDO: mai difendersi, sempre attaccare.

TERZO: riversare sul nemico insulti e bugie in quantità tale da non lasciargli il tempo di smentirle tutte.

QUARTO: lasciar intendere che le proprie idee non sono originali, ma che nascono sempre da un pensiero comune, largamente condiviso.

QUINTO: dotarsi di un nemico, ma senza inventarlo: recuperandolo, invece, tra i pregiudizi e le superstizioni consolidate nella nazione.

SESTO: fare attenzione a non moltiplicare il numero dei nemici; far rientrare tutti i nemici in un tipo unico, ben distinguibile.

SETTIMO: quando inizia a serpeggiare una cattiva notizia che riguarda te, inventarne sempre una altrettanto cattiva che non ti riguarda.

OTTAVO: non rispondere mai alla menzogna con la verità: sempre e solo con un'altra menzogna.

NONO: trovare il modo di ripetere una bugia cento volte, affinché diventi una verità.

DECIMO: tenere a mente che la verità, in quanto nemica della menzogna, è la più grande nemica dello stato, perché una verità che ostacola il potere è una menzogna e una menzogna che favorisce il potere diventa verità.

UNDICESIMO: combattere sempre e in ogni modo la parola e la satira politica.

Quest'ultima, la satira – Goebbels non aveva dubbi – era di "razza" ebraica.

Le barzellette a sfondo politico secondo Goebbels erano state inventate dagli ebrei per erodere i nobili valori del Popolo e della Nazione. Anche se – sta' attento – i veri nemici della Germania secondo lui non erano gli ebrei, ma le élite culturali, i cittadini che avevano studiato. Quelli che volevano leggere i libri. Per questo Goebbels i libri li bruciava.

A differenza di questo tipo di uomini, istruiti, mugugnoni e disfattisti, il Reich intendeva parlare al *Volk*, al popolo:

"Da noi [in Germania] la politica non era mai stata di competenza del popolo, ma rappresentava soltanto l'occupazione di una classe dirigente privilegiata. [...] Il fatto che dopo la guerra si fosse trascurato di costruire sale di riunione dove grandi folle potessero essere poste di fronte ai problemi politici era già la prova che i padri della democrazia non avevano alcuna seria intenzione di dare al popolo un'educazione politica, e che essi si limitavano a vedere nelle masse il gregge elettorale, buono unicamente per andare a buttare la scheda nell'urna, ma per il resto una *misera plebs* da tenere il più lontano possibile dai problemi della politica. Il movimento nazionalsocialista è stato, sotto molti aspetti, all'origine di una notevole trasformazione. Con la sua propaganda esso si è rivolto direttamente alle masse, [...] ha inventato un linguaggio nuovo, [...] ha saputo rendere accessibili al popolo i problemi della politica tedesca del dopoguerra."

In molti hanno voluto rintracciare nel nazismo una componente iniziatica, esoterica, ma il nazismo fu la negazione di tutto questo. Fu, al contrario, un movimento dichiaratamente populista e antielitario. Non appena ricevuto l'incarico di responsabile della propaganda nazista, Goebbels decise che l'atto di creazione di un tale ministero sarebbe coinciso – addirittura – con una rivoluzione culturale: il popolo tedesco non sarebbe mai più stato lasciato solo! Mai più abbandonato a se stesso! Il ministro della propaganda lo avrebbe accompagnato passo per passo, imboccandogli parole e idee da pensare, sempre pronto a difenderlo dalle menzogne degli intellettuali.

Tra tutte le parole, quella che Goebbels preferiva era *Volk*, "popolo". Fu sua l'idea di creare il mito di Hitler stretto al suo popolo, abbracciato, fuso con il suo popolo. Tutt'intorno, solo nemici. Nemici invidiosi di quella stretta calda ed esclusiva. O dentro a quell'abbraccio, oppure fuori, nella schiera dei nemici, fra i traditori della patria.

Tra quelli che da quell'abbraccio furono esclusi – s'intende – c'erano appunto gli intellettuali. Ebrei o ariani che fossero.

Certo, tra gli intellettuali si annidavano anche molti lacchè del partito nazionalsocialista, servi, allineati, conformisti, vigliacchi, però se un attacco alla propaganda nazista doveva arrivare, arrivava sempre da quel versante esposto e infido della montagna.

Goebbels, in ogni caso, a prescindere dagli attacchi, disprezzava sinceramente gli intellettuali. Gli "specialisti", diceva, i linguisti, i biologi, i filosofi, i fisici, i chimici, i matematici volevano sfruttare il partito per i propri fini, per far trionfare le loro "idee fisse", le loro teorie fumose, quando la funzione storica del nazismo stava tutta da un'altra parte. Goebbels li accompagnò alla porta senza tanti convenevoli:

"Tutte queste attività più o meno esoteriche furono agganciate al carro del partito. Gli specialisti confondevano le loro grottesche manie con il nazionalsocialismo ed esigevano che il partito si allineasse sulle loro rivendicazioni [...]. Noi non abbiamo mai permesso a quei fantasmi di prosperare nel nostro Movimento e più di un riformatore dell'universo che vagabondava dalle nostre parti in sandali, zaino in spalla e camicia sportiva, si vide espellere dal partito senza tante cerimonie."

Il linguaggio del Reich non doveva essere quello usato dagli "specialisti", anzi, Goebbels proibiva nella maniera più assoluta agli oratori del partito nazionalsocialista di fare riferimento nel corso dei loro comizi a dati, fonti, statistiche, teorie ragionate, ipotesi complesse. Un movimento ideologico – diceva – non ha mai a che fare con la ragione, ma sempre e solo con la fede! Il modello per coloro che dovevano andare in piazza per parlare alla gente doveva essere quello dei primi apostoli, che si esprimevano per immagini e parabole e dove loro parlavano d'amore bisognava mettere l'odio! "Gesù," diceva Goebbels, "non ha mai portato prove, ha solo fatto delle affermazioni."

Solo slogan, parole basiche, di facile memorizzazione, perché la massa – Goebbels ne era persuaso – non ha capacità di riflessione, e manda a memoria solo concetti semplici e ovvi:

"Il nostro modo di agire politicamente è stato spesso considerato rozzo e brutale. [...] La propaganda nazionalsocialista è senza dubbio elementare ma è altrettanto vero che il popolo pensa in modo elementare. La nostra propaganda semplifica i problemi, li spoglia consapevolmente dei loro confusi orpelli per inserirli in una prospettiva di facile comprensione. Quando le masse si resero conto che gli angosciosi problemi di attualità venivano discussi nelle riunioni nazionalsocialiste con un metodo e un linguaggio comprensibile a tutti, irresistibili fiumane di decine e di centinaia di migliaia di ascoltatori si riversarono allora nelle nostre riunioni. In esse l'uomo del popolo trovava chiarimenti, stimoli, speranza, fede. Vi rinveniva un solido punto d'appoggio cui aggrapparsi in mezzo ai dubbi del caos del dopoguerra."

Goebbels è tra i capi nazisti quello che ha scritto di più, per il semplice fatto che dall'età di ventisei anni fino al giorno della propria morte – quando di anni ne aveva quarantasette – tenne ininterrottamente un diario privato. Sai, proprio come i profili su Internet, che consentono di dare spazio a una parte di sé che altrimenti non si esprimerebbe mai; quando non esistevano i social quella parte di sé la si esprimeva nel diario privato.

Oggi una pagina Facebook o Instagram è il luogo in cui annoti giornalmente quello che ti accade. Secondo l'ordine – o il disordine – che ti impone la tua coscienza: foto, commenti, idee, emoticon, urla, battute. Ora, fai questo gioco: prova a scorrere la tua pagina Facebook. Rileggi te stesso, quello che hai postato. Lì quasi certamente non c'è quello che sei: lì c'è quello che vorresti essere. Una specie di dichiarazione d'intenti, un programma di lavoro al quale non è detto che tu riesca sempre a tener fede.

La verità è che tutti, le persone migliori come le peggiori, in uno spazio d'espressione totalmente libero – libero da quello che pensano i loro genitori, la fidanzata o il capo – possono lasciar emergere pulsioni opposte a quelle che esprimono di solito. Ora: una parte dell'animo di Goebbels non voleva affatto andare nella direzione in cui stava andando il nazismo. Ma la propaganda fa proprio questo: ti convince che il mondo vada in un'unica direzione. Se stai seguendo la corrente opposta, sei solo tu a farlo. Così alla fine ti lasci convincere di essere parte di una minoranza. Inizi a credere che le tue idee non sono condivise, peggio, che non sono efficaci e che quello che finora hai considerato "il nostro mondo" stia andando in frantumi. È questa l'abilità più strabiliante della propaganda: quella di farci credere che le sue bugie siano condivise da tutti. Che le sue bugie appartengano alla maggioranza delle persone. Che non sia lei, la propaganda, ad aver creato quelle idee, ma al contrario che sia lei, la propaganda, ad averle raccolte tra le persone. In questo lei, la propaganda, vince su tutti. Soprattutto su quelli che credono di esserne immuni, di essere in grado di smascherare le sue trappole e di denunciare le sue menzogne.

Per imparare a non sottovalutare mai il potere della propaganda, vorrei che tu leggessi i diari di Goebbels, che tu li scorressi nello stesso modo in cui scorreresti la pagina Facebook di una persona appena conosciuta, di cui ti sforzi di capire la reale natura, le parti in ombra.

Leggere i diari di Goebbels vuol dire inabissarsi dentro alla pagina Instagram del nazismo, seguire il susseguirsi a singhiozzo dei suoi tweet, toccare con mano la voragine dei suoi umori più neri. Leggerli ti fa capire come ognuno di noi possa creare la sua "fabbrica del consenso" in formato tascabile, perché Goebbels – devi ammetterlo – è stato il maestro insuperato dell'arte della propaganda.

Ci hai mai riflettuto? Noi non ce l'abbiamo un ministero della propaganda. Se fai una rapida ricerca ti rendi conto che nella storia si contano sulle dita di una mano – e sono quasi tutti fuori corso – i governi che hanno avuto il coraggio – o meglio l'insolenza! – d'inserire la parola "propaganda" nell'intitolazione di un ministero. Non che della propaganda non facciano uso tutti i governi del mondo, però è quel tipo di pratica che si fa, ma non si dice.

Lo stesso fascismo creò il suo "Ministero per la stampa e la propaganda", divenuto poi "Ministero per la cultura popolare", solo dopo averlo visto nascere nella Germania nazista. Hitler ci arrivò subito, a poche settimane dalla presa del potere: era il 13 marzo del 1933, dando vita appunto a quel singolare ministero. Chi aveva voglia di capire, quel giorno capì tutto, e poté vedere per intero il film della Germania nazista, compreso il suo catastrofico finale. Tutto quello che avvenne dopo era già scritto in quella data, 13 marzo 1933. Perché quando in un paese hai preso il controllo della scuola, dei mezzi di comunicazione e della cultura, il paese è tutto tuo.

La parola modella l'architettura delle nostre teste. Questo vuol dire che le nostre teste prendono la forma delle parole che ci mettiamo dentro.

Sai, io cerco di non pensare mai a questa evidenza. Vorrei nascondermela perché ogni volta che ci penso vengo preso dall'ansia di scrivere di più, di raccontare di più: più parole, più frasi, più storie. So che ogni storia che non racconterò verrà rimpiazzata da una storia di segno contrario. Ogni verità che non difenderò verrà sostituita da una menzogna. Ogni contraffazione che non sventerò occuperà altre teste e farà altre vittime.

Non devo darmi tutta questa importanza, dici tu. Hai ragione. Infatti sto cercando di convincermi del contrario, che le parole di odio che stiamo ingoiando non modificheranno il nostro DNA. Le espelleremo tutte intere, come alimenti non digeriti. Ma se nella digestione ne assimiliamo le scorie? Se il veleno intacca il fegato? Se in qualche modo, ingoiandole, ne tratteniamo tutta la tossicità? In fondo, voglio credere che i neuroscienziati abbiano torto, che le parole ci rimbalzino contro, che i nostri lobi frontali siano muri di gomma.

Hitler, in ogni caso, era invece convinto che una dittatura si attua a partire dalla selezione delle parole da spingere a forza nella testa della gente. Tutti quelli che alle parole del Reich provarono a opporsi – politici, insegnanti, scrittori, dissidenti, giornalisti – furono immersi nel fango e più tardi avviati ai campi di concentramento.

Ma non solo la parola dei vivi fu perseguitata: il nazismo combatteva anche quella dei morti. Vedi, un autore può ignorare quali saranno e in quale mondo vivranno i suoi lettori futuri, ma questo non lo rendeva meno colpevole e pericoloso agli occhi di Hitler.

Il lavoro di "purificazione della parola", nella Germania nazista, richiese tanto tempo e tanta pianificazione quanta ne servì per eliminare dal paese la sua componente ebraica. Che fosse viva o che fosse morta, la parola non allineata andava incenerita tutta. Spettacolari *Bücherverbrennungen*, roghi di libri, furono allestiti da Berlino a Lipsia, da Düsseldorf a Heidelberg, da Münster a Monaco di Baviera, da Rosenheim a Dresda. La parola bruciò senza sosta. Kafka. Ebreo e pure degenerato. Rosa Luxemburg. Ebrea, e "bolscevica da salotto". Heinrich Heine. Ebreo e romantico. Il romanticismo è malattia dell'animo! Marcel Proust. Ebreo e malinconico, forse addirittura omosessuale. Gli omosessuali: su questo Goebbels e Hitler erano d'accordo, dovevano essere estirpati. Karl Marx. Ebreo e padre del comunismo. Jack London. Non era ebreo, ma aveva scritto romanzi a sfondo socialista. Émile Zola. Per gli stessi motivi di Jack London e perché aveva difeso l'ebreo Dreyfus. Bertolt Brecht. Anche lui socialista e amico degli ebrei. Sigmund Freud. Ebreo e manipolatore della psiche. Albert Einstein. Ebreo e scienziato. Sholem Asch. Questo faceva proprio rizzare il pelo ai nazisti! Ebreo, certo. Ma soprattutto autore di una storia lesbica ambientata dentro a un bordello. Nell'inceneritore finì anche la parola pacifista, il primo Hemingway ed Henri Barbusse.

Non ti piace Goebbels. Lo so. E neppure a me.

Goebbels amava pensare che, come dice il proverbio, nella vita o ti manca il vino o ti manca il bicchiere.

Essere stato scelto come mente del nazismo non lo soddisfaceva, perché lui avrebbe preferito esserne un corpo. Più della propaganda, a Goebbels piaceva l'aspetto muscolare del nazionalsocialismo, l'indole superomistica, la rottura con la morale borghese, con la vita da uomini medi, comuni, asserviti. Il gesto, il balzo, l'assalto, la guerra, il sangue lo inebriavano. Sai, accade di frequente che dentro tu ti senta un vichingo, ma il tuo aspetto sia ordinario, esile, mite. Goebbels dentro si sentiva un ciclope, ma fuori era fragile, minuto, pesava poco più di cinquanta chili. Peggio, si portava dietro i segni di un'aggressione vigliacca: un'osteomielite l'aveva attaccato ancora bambino, quando non era in grado di difendersi, lasciandogli una gamba di cinque centimetri più corta dell'altra, mentre il piede destro era rivolto verso l'interno, ruotato rispetto all'osso della gamba.

Quando camminava, la gamba sfortunata andava un po' di qua e un po' di là, dondolando a destra e a sinistra. Non c'era verso di farla marciare in asse con l'altra. Però, te l'ho detto, Goebbels ci teneva moltissimo a essere un corpo: amava la prestanza fisica, voleva essere un soldato, maneggiare armi e indossare divise.

Da giovane ci aveva provato. Quando s'era aperta la campagna d'arruolamento della prima guerra mondiale, si era presentato volontario, ma l'avevano respinto.

All'epoca capitava piuttosto il contrario. Molti maschi non volevano andarci, al fronte, non la volevano combattere una guerra insensata in cui non credevano. S'ingegnavano allora a strofinare foglie di tabacco sotto le ascelle in attesa che gli salisse il febbrone, provavano a spaccarsi le dita dei piedi, oppure si facevano ustionare con ferri roventi la zona all'ano per produrre le fistole che garantissero loro di essere riformati. Per Goebbels però essere riformato era come essere marchiato a vita. Per un cultore della fisicità come lui equivaleva a tatuarsi sul volto la scritta SFIGATO, PERDENTE. Sai com'è la gente: fantastica, arzigogola e, alla fine, magari salta fuori a insinuare che non è solo la tua gamba a non funzionare, ma anche altro.

Respinto, umiliato, riformato. Goebbels si sentì condannato a vita a lottare contro un'immagine che non era la sua. Poi, quando Hitler lo scelse tra i suoi fedelissimi, l'incubo finì, e fu come essere ripescato dal barile dei pezzi venuti male.

Per esprimere gratitudine al mondo per quel dono inatteso, si mise allora a forgiare un'altra immagine di sé: l'esatto contrario di quella che gli era stata cucita indosso dalla sorte. La prima cosa che fece fu vestire la divisa, quella del partito nazionalsocialista, come risarcimento per quella che il Deutsches Heer, l'esercito imperiale tedesco, gli aveva rifiutato anni prima.

La divisa nazionalsocialista, però, per quanto aggressiva e muscolare, non poteva nascondere quella gamba che continuava a zoppicare in quel modo per lui ridicolo, così evidentemente diverso dalla zoppia dei soldati mutilati da una scheggia in guerra o dallo scampanare delle gambe ferite durante un assalto. Nel trionfalistico clima del neonato Terzo Reich, un capo che zoppicava – devi ammetterlo – non era il massimo.

Sai, credo che sia proprio dal modo in cui Goebbels seppe trasformare quella menomazione in un attestato di prestanza fisica che emerge quanto Hitler ci avesse visto bene: Goebbels era il perfetto capo della propaganda nazista.

Propaganda: secondo l'etimologia, ciò che deve essere propagato, diffuso, comunicato, spinto a forza nelle teste. La propaganda nasce prima della pubblicità, perché un tempo a venir pubblicizzate erano solo le idee e non i prodotti. La pubblicità si nutre dello stesso principio, ma ha una carica aggressiva attenuata, perché nella pubblicità acquistare deve essere sempre presentato come una gran festa, e invece la politica alza il volume a tutto. La pubblicità parla a te perché vuole che tu spenda soldi per un prodotto, mentre la propaganda parla a te perché l'oggetto con cui lucrare sei tu, direttamente.

Quello che accomuna la propaganda alla pubblicità è che entrambe vendono i loro prodotti, indipendentemente dai loro effetti collaterali, ed entrambe cercano di assuefare al consumo. A prescindere dalle idee, bisogna vendere. La propaganda politica deve assuefare gli elettori a idee accarezzabili con il desiderio: non pagheranno più le tasse, non ci saranno più malattie... Ma moltissime di queste idee non sono solo non realizzabili, ma anche non sostenibili. Oggi più che mai bisogna avere il coraggio di parlare di *idee non sostenibili*, proprio come i modelli di sviluppo. Bisognerebbe raccontare a quelli che hanno la tua età, ad esempio, che la stessa "felicità" – quella che la Costituzione americana pone tra i diritti fondamentali dei cittadini – non è un'idea sostenibile se si continua a propugnarla in questi termini: la cena in pizzeria, il bacio al fidanzato, la fiaba della mamma prima della buonanotte. Sono tutte cose che, s'intende, devi apprezzare perché sono tra i piaceri della vita, però fai attenzione: la felicità è un'altra cosa. È quella che anche quando sei solo in casa, o stai andando al lavoro in macchina, ti fa sentire che stai partecipando alla costruzione di qualcosa, che stai parlando anche se non proferisci parola. La certezza di esserne parte, anche se sei a letto malato e quindi fermo: questo è il diritto alla felicità, la certezza di sapere che, anche quando le cose vanno male, anche quando sei depresso, anche se hai delle difficoltà, tu sei considerato pienamente per ciò che sei. È la potenza dei diritti. O meglio lo sarebbe, se tu ed io, nel momento in cui raggiungiamo la felicità, potessimo al tempo stesso rendere felici anche gli altri.

L'illusione della felicità-da-soli è un'idea in cui cadono anche gli adolescenti delle paranze. Inizialmente entrano nelle organizzazioni criminali illudendosi che lo scambio di una vita lunga e noiosa con una vita breve ma adrenalinica sia una scorciatoia per la felicità. Poi, però, anche nella vita del "tutto e subito" si finisce col restare impigliati in qualche relazione. Un amico, una ragazza, una madre, un fratello, c'è sempre qualcuno a cui sei legato – o a cui ti legherai – che a un dato momento ti farà apparire quella corsa verso il baratro folle e inutile. E questo ti accadrà anche se sei giovanissimo, anche se hai deciso di giocarti la vita nel crimine organizzato o in un progetto politico aberrante come quello della Germania nazista.

Insomma, come i paranzini, Goebbels pensò di potersi dimenticare degli affetti e della complessità della vita, inseguendo solo il movimento e l'azione, ma anche per lui a un certo punto arrivò il rimpianto di averla svenduta nell'affiliazione al nazismo. Inizialmente entrare nel partito nazionalsocialista fu il mezzo per superare l'unica cosa che davvero gli stava a cuore: il problema dei limiti fisici. Cominciò allora a mentire, a rivendere la propria menomazione come una ferita di guerra. Una ferita della prima guerra mondiale. Certo, infatti: quella a cui non aveva mai partecipato! Poi, per riallineare definitivamente il proprio profilo all'estetica nazista, si circondò di molte donne. Raggiungere questo obiettivo per Goebbels fu semplice, perché in quanto ministro della propaganda era responsabile dell'industria cinematografica: uno sterminato terreno di caccia! Il richiamo sessuale però segue strade insondabili, disallineandosi spesso con i nostri più intimi convincimenti. Così Goebbels s'incaponì con una sola donna, e per di più con una *Unmenschliche*, una che la logica nazista bollava come "subumana".

Oggi tende a sfuggirci che i nazisti disprezzavano gli slavi.

Nel 2019 un'azienda del bresciano ha mandato una e-mail ai suoi fornitori, chiedendo che le consegne non fossero più recapitate da "trasportatori di colore", ma solo da immigrati dell'Europa dell'Est. Sottinteso: con la pelle bianca. Non sono sicuro che coloro che hanno fatto partire quella e-mail abbiano capito che cosa ci sia scritto nei loro testi di riferimento, perché vedi, gli europei dell'Est, a parte i rumeni e gli albanesi, sono slavi e i nazisti consideravano gli slavi una razza inferiore al pari degli ebrei.

Sì, è strano, oggi sono proprio gli slavi del Gruppo di Visegrád – un tempo "subumani" per i nazisti – a voler introdurre patenti di "superiorità etnica".

Voglio darti un consiglio: non dire mai "Io con una pakistana o un pakistano non starei mai", "con un napoletano no", "con una di Tirana neppure"... perché poi il fato, il destino, la sorte – chiamali come vuoi – si divertirà a mettere sul tuo cammino proprio quello che eri certo che non facesse per te. In ogni caso, a Goebbels le cose andarono proprio così: nel 1936 si ritrovò a smaniare per la ceca Lída Baarová.

Ovvio, la cosa non sarebbe stata di per sé grave se si fosse trattato di una semplice tacca da incidere sul calcio del fucile. Quella la si poteva giustificare anche agli occhi di un nazista ultraortodosso come lui e i suoi compagni di partito, ma stavolta non si trattava del solito trofeo: per Lída, Goebbels era pronto a lasciare la moglie e i figli, e infatti lo disse alla moglie. Lei non poté protestare più di tanto, perché era innamorata di Hitler e Goebbels lo sapeva. Sì, non so se l'hai letto, ma Hitler – anche se era idolatrato da folle sterminate di tedesche che sognavano di unirsi con il "capo" – aveva enormi problemi con le donne: perciò aveva bisogno di donne già selezionate, di provata fede al Reich, che non si aspettassero da lui le gesta eroiche che la propaganda nazista prometteva. Magda, la moglie di Goebbels, era perfetta da questo punto di vista. Era una "sicura", di famiglia, convintamente nazista, e aveva per il fragilissimo Führer un attaccamento affettuoso. Mai avrebbe spifferato che nell'intimità Hitler era estremamente timido e impacciato. Fu così che Goebbels, pur con profondo disgusto, tacitamente acconsentì a dividere la propria moglie con il capo.

Nei diari, però, gli effetti di questo accordo si volgono spesso in malumore. Intendiamoci, Goebbels adorava Hitler, si sarebbe gettato nel fuoco per lui, però insomma, un conto era che sua moglie avesse delle relazioni extraconiugali per i fatti suoi, un conto era che fosse apertamente parte di un triangolo morboso. Senza dubbio questi sono affari di Hitler, di Goebbels e di sua moglie. Quello che sorprende è come Goebbels abbia potuto credere, a un certo punto, di potersi sottrarre a una sudditanza così vantaggiosa per il Führer.

Quando il Führer fu messo al corrente che Goebbels aveva iniziato a respirare aria nuova ed era intenzionato a dare un calcio alla moglie, uscire dal partito e abbandonare la Germania si mostrò – com'era prevedibile – seriamente contrariato. Tra l'altro, noi siamo vittime di un equivoco, quello che ha costruito un'estetica postuma del nazismo, il "fetish nazista": fatto di sesso coi frustini, di divise SS e stivali con la punta mozza buoni per il sadomaso. Hitler, invece, predicava la morale piccoloborghese del buon padre di famiglia, era terrorizzato dagli scandali e imponeva a Goebbels e Magda di recitare la parte della coppia sana e felice, cioè monogama e genitrice di molti figli.

Goebbels non aveva fatto bene i suoi conti. Lui non era un dipendente qualunque, non era ammesso che un giorno arrivasse e dicesse: "Mi dimetto." Hitler non era il suo principale: era il suo padrino e lui era un semplice affiliato. Una volta mischiato il proprio sangue con il sangue del capo poi non si torna più indietro. Da un clan si esce solo dentro a una bara. Ci hai fatto caso? Mai nessuno può chiedere di uscire dal Sistema o da Cosa Nostra.

Hitler non sapeva che farsene di un uomo innamorato.

Hitler accanto a sé voleva gente rassegnata e sottomessa. Il potere, lo sai, chiede austerità e resa incondizionata, non certo realizzazione di sé.

Goebbels ci restò di ghiaccio. Non si rassegnava al divieto di potersi rifare una vita con Lída Baarová. Cercò l'aiuto di altre persone del "cerchio magico" affinché perorassero la sua causa presso il Führer, nella speranza che il capo ci ripensasse, che accettasse di lasciarlo andare, che venisse mosso a compassione dal suo stato di prostrazione. Se ti avventurerai tra le pagine dei diari di Goebbels, ti troverai a sperare che Hitler ceda, che gli dia infine il consenso a lasciare la moglie e a rifarsi una vita altrove, insieme a Lída. Inizierai a chiederti: ma se Hitler l'avesse lasciato libero? La macchina della propaganda si sarebbe bloccata? Forse il nazismo si sarebbe sgonfiato? Magari all'orrore finale non si sarebbe arrivati?

Sembra incredibile come, se guardato nell'intimo, la chiave per accedere all'uomo sia universale.

"Mi sento serrare il cuore. A volte sono profondamente disperato.
(8 luglio, '38)

Ora comincia una nuova vita. Una vita dura, crudele, dedita solo al dovere. La giovinezza è finita.
(16 agosto, '38)

Dal Führer.
Altro lungo colloquio con lui.
Ne esco profondamente turbato.
Non vedo più alcuna via d'uscita.
(17 agosto, '38)

Riesco a dormire solo con pesanti sonniferi. Sono tre giorni che non mangio. Non ce la faccio più. Non ho nessuno che mi aiuti. Né voglio nessuno. Bisogna gustare il dolore fino in fondo. E non tirarsi vigliaccamente indietro di fronte alle cose. Sto attraversando il periodo più difficile della mia vita. [...]
Fischia il vento e cade la pioggia. Il mio cuore è ferito a morte. È tutto così triste qui. Sono assillato da pene e affanni. Leggo un po'. Ma la mia mente è altrove. Mi corico presto. Non voglio né sentire né vedere niente. Solitudine!
(18 agosto, '38)

A letto tardi. Riesco a dormire solo ricorrendo a sonniferi, e non mangio più niente. [...] Mi sento così solo che mi sembra di scoppiare.
(19 agosto, '38)

Nel profondo del mio cuore è conficcata una spina che non riuscirò mai a estirpare.
(21 agosto, '38)

Mi sento molto stanco, malato, sfinito.
(23 agosto, '38)

È un momento terribile.
(28 agosto, '38)

Per me personalmente è stata una giornata triste e difficile. [...] Una volta ci manca il vino, un'altra il bicchiere.
(1° ottobre, '38)

Ancora una serie di faccende private che mi logorano i nervi. Non finirà mai. Non riesco a trovare una via d'uscita.
(4 ottobre, '38)

La mia salute è a pezzi. [...] Sono distrutto.
(10 ottobre, '38)

La situazione appare alquanto disperata. Ne rimango sconvolto, ma adesso è tutto chiaro. È in atto una grande tragedia umana in cui nessuno è colpevole o innocente. [...] Hanke ha consultato tutte le parti in causa. Su mio incarico adesso riferirà al Führer. È dalla sua decisione che dipende tutto il resto. Non voglio lamentarmi o disperarmi, né ho motivo di odiare o di indignarmi: attendo la decisione del Führer, e ad essa mi piegherò docilmente quale essa sia. In questi giorni sto attraversando momenti impossibili da sopportare. Devo affrancarmi da questo tormento e trovare il modo di riemergere. Ancora non so come. Ma com'è adesso non può né deve continuare.
(11 ottobre, '38)

Sono rimasto fuori, dormendo come sotto l'effetto di un narcotico. Sto malissimo. Il mio cuore a volte sembra volersi arrestare. Ma io serro i denti, e mi obbligo a resistere. Lo spettacolo del mio crollo non andrà in scena.
(19 ottobre, '38)

Sono completamente a terra. Che il destino si compia. Helldorff è molto gentile con me. Almeno un amico in questa mia sventura. Non riesco a dormire, che notte tremenda!
(20 ottobre, '38)

Di fronte a tale evenienza (la guerra), ogni brama o speranza personale deve essere messa a tacere. Per il momento non si trova una via d'uscita. Che devo fare?
(27 ottobre, '38)

Oggi è il mio compleanno, il compleanno più triste della mia vita. Provo disgusto per le persone e le cose. Non vedere, non udire e non sapere più nulla: ecco quello che ora desidero di più.
(29 ottobre, '38)

Ieri: il compleanno più triste della mia vita. Lo vivo come un nuovo tormento. È possibile che un uomo debba sopportare tutto questo?! [...] tutto è velato dal dolore e dalla malinconia. I giornali dedicano ampio spazio al mio discorso alla AEG, così come al mio compleanno. Tutto questo mi fa tremendamente male, ne soffro come di un tormento fisico.
(30 ottobre, '38)"

Che cosa ti aspettavi? Gli uomini sono un impasto di vita e di morte, di verità e menzogna, di debolezza e ferocia, di bene e male. A cambiare è solo la distribuzione delle parti, il dosaggio. E comunque – hai ragione tu – la storia controfattuale lascia il tempo che trova, ma vedi quello che volevo mostrarti, parlandoti di Goebbels e spingendoti a spiarlo nell'intimo dei suoi diari, non è come sarebbero potute andare le cose se la sua vita privata avesse avuto un altro corso, ma farti riflettere su quanto siano inaffidabili e bugiardi i tutorial per diventare leader, capi, Führer... Goebbels che ne era l'ideatore fu il primo a cadere sotto la propria umana debolezza e a non trarne alcuna ricetta di vita applicabile. Seduto alla sua scrivania, Goebbels riusciva a ideare linee guida di grandezza e potenza per il nazismo, a disegnare con mano ferma un'ideologia per soli forti, per soli invitti, ma poi come tutti, e peggio di tutti, alla prima difficoltà, cadde in ginocchio.

Per Goebbels scoprire che tra lui e il Führer si era trattato di un grosso equivoco fu, infatti, un colpo mortale. Lui aveva creduto che il Führer l'avesse scelto perché aveva saputo capire la forza vitale che scorreva nelle sue vene a dispetto della sua menomazione fisica e, invece, realizzava ora che Hitler l'aveva guardato proprio come l'avevano guardato tutti gli altri, come un debole. E non certo per quella sua gamba claudicante. Hitler aveva saputo cogliere in lui ben altra debolezza. Strano che una mente sottile e istruita come la sua non ricordasse che nella Storia i leader cosiddetti carismatici non si circondano mai di uomini forti, ma sempre e solo di uomini deboli, fragili, fragilissimi. Hai voglia! Marciare in divisa, vantare fantomatiche ferite di guerra, ostentare harem di amanti non diminuiva di un'oncia la sua debolezza! Era lampante, e il Führer l'aveva saputa leggere meglio degli altri. Goebbels non poteva negarlo, si era trattato di un grosso equivoco: non era stato reclutato in ragione della sua forza, ma per la sua visibile fragilità. In ogni caso non aveva più importanza, ora lui soffriva di un altro male: il Führer aveva fatto in modo che Lída fosse spinta a lasciare il Reich e imposto, invece, a lui di rimanerci intrappolato dentro. Non ne seppe più nulla.

Una notte si mise a letto con una dose massiccia di alcol e barbiturici nella speranza di non risvegliarsi più, ma il personale di servizio lo scoprì e lo soccorse. Fu così che Goebbels fu condannato a vivere: fine pena mai.

Lentamente, tornò alla vita di un tempo, tornò a oliare la macchina della propaganda e la fabbrica della morte voluta dal capo. Il suo sguardo si fece ancora più cinico e spietato. Le parole dei suoi diari sempre più aggressive e volgari:

"Questo è il sistema migliore per umiliare i ribelli. Nessuna misura cruenta, ma provvedimenti che rendono la vita opprimente e penosa. Questo colpisce nel segno! [...] è giusto lasciare ai polacchi i loro sistemi di amministrazione. Incoraggiandone la debolezza e la corruzione. È il metodo migliore per governare le razze inferiori.

(31 ottobre '39)

Giro del ghetto in automobile. Una cosa indescrivibile. Questi non sono più esseri umani, ma animali. Per tale motivo, il nostro compito non è più umanitario, ma chirurgico. Qui occorre prendere provvedimenti e bisogna che siano radicali, intendiamoci bene. [...]

Varsavia: questo è l'inferno. Una città ridotta in macerie. Le nostre bombe e i nostri proiettili hanno fatto un lavoro completo. Non c'è casa che non sia danneggiata. Una popolazione apatica, losca. Persone che strisciano per le strade come insetti. Repellenti e non facili da descrivere.

(2 novembre '39)

Il Libro Bianco degli Inglesi sui nostri campi di concentramento sta suscitando un certo interesse. Io preparerò due Libri Bianchi per controbatterlo: uno sulle atrocità coloniali degli Inglesi e un altro sulle bugie della stampa britannica. In questa maniera ne neutralizzerò l'effetto.

Con il Führer. Gli faccio un rapporto sul mio viaggio in

Polonia, che egli giudica molto interessante. In particolare: approva in pieno la mia esposizione del problema ebraico. *L'Ebreo è un prodotto di rifiuto. Un fenomeno più clinico che sociale.*
(3 novembre '39)"

Durante gli ultimi giorni di guerra della Germania – che per lui coincisero anche con gli ultimi giorni di vita – Joseph Goebbels, il "mezzo-uomo", ricevette un'incredibile gratificazione: fu nominato da Hitler cancelliere del Reich e incaricato della difesa di Berlino. "Lo storpio" – come si percepiva lui con rabbia – poteva decidere, adesso, della sorte di migliaia di soldati, guidare la nazione tedesca: lui che aveva sempre sognato di essere il prescelto tra i sani!

Ormai era tardi, però. L'Armata rossa avanzava rapida e presto sarebbe entrata a Berlino. Migliaia di adolescenti in quei giorni catastrofici furono sbattuti in strada per tentare una vana resistenza alla manovra di accerchiamento degli Alleati.

I propri figli, piuttosto che consegnarli a un mondo senza il Führer, Goebbels preferì portarseli dietro, ammazzandoli con le sue mani. Dopo averli sedati, li uccise col cianuro poche ore dopo il suicidio di Hitler. Poi la stessa sorte riservò a se stesso e alla moglie, come nell'antico Egitto, quando i servi venivano murati vivi insieme al cadavere del faraone.

GRIDALO QUANDO TI SCHIACCIANO
NELLE CLASSIFICAZIONI,
QUANDO VOGLIONO CHIUDERTI
IN UN NUMERO,
IN UN CREDO,
IN UN CORPO,
IN UN COLORE.

Le notizie generiche sulla vita di Goebbels sono tratte dalla biografia dello storico tedesco Peter Longerich, *Goebbels. Una biografia*, trad. it. di Valentina Tortelli, Einaudi, Torino 2016.

La conquista di Berlino è uno dei testi fondamentali per comprendere la costruzione della propaganda nazista, poiché Goebbels vi analizza la fase iniziale della conquista del consenso da parte del partito nazionalsocialista. I brani riportati sono citati da Joseph Goebbels, *La conquista di Berlino*, trad. it. di Marco Tarchi, Edizioni di Ar, Padova 2005.

Le linee guida della propaganda di Goebbels, qui riassunte rispetto alla più ampia versione originale, sono riprese da Leonard W. Doob, "Goebbels' Principles of Propaganda", in *The Public Opinion Quarterly*, 14, 3, 1950.

La frase "Gesù non ha mai portato prove, ha solo fatto delle affermazioni" – riportata in un articolo di Goebbels del 15 marzo 1927, apparso sul periodico *Nationalsozialistische Briefe* – è tratta da Longerich, *Goebbels. Una biografia*, cit.

L'anomalia biometrica degli arti di Goebbels fu annotata nella relazione redatta dai sovietici al momento della scoperta del cadavere, il 9 maggio del 1945, nel bunker berlinese in cui Goebbels si suicidò un giorno dopo Hitler, il 1° maggio del 1945.

Per comprendere le dinamiche interne al Gruppo di Visegrád – formato da Polonia, Repubblica Ceca, Slovacchia e Ungheria (quest'ultima con una maggioranza di popolazione magiara, quindi non slava) – vedi Fabio Parola, "Il Gruppo di Visegrád, tra boom economico e scontro con l'UE", https://www.ispionline.it/it/pubblicazione/il-gruppo-di-visegrad-tra-boom-economico-e-scontro-con-lue-22479.

L'insieme dei diari di Goebbels forma un corpus di trentadue volumi, editi a partire dal 1993 dalla storica tedesca Elke Frölich. L'intera opera, dal titolo *Die Tagebücher von Joseph Goebbels*, è stata completata nel 2008 con l'uscita dell'ultimo volume. Non tutti i volumi sono apparsi in edizione italiana.
I passi riportati nel testo riferiti all'anno 1938 sono tratti da Joseph Goebbels, *Diario 1938*, a cura di Marina Bistolfi, CDE, Milano 1994.
I passi riportati nel testo riferiti all'anno 1939 sono tratti da Joseph Goebbels, *I diari di Goebbels 1939-1941*, a cura di Fred Taylor, trad. it. di Rosanna Pelà, Sperling & Kupfer, Milano 1984.

La relazione tra Goebbels e Lída Baarová è stata ricostruita sulla base delle annotazioni autobiografiche – a volte esplicite, a volte camuffate – contenute nel diario dell'anno 1938, che Goebbels definisce come il periodo più difficile della sua vita. Il nome di Baarová vi compare spesso, dissimulato sotto quello della moglie, come ad esempio alla data del 16 giugno: "Magda passa a prendere un caffè, ci parliamo con il cuore in mano."

Sulle strategie di manipolazione del linguaggio, vedi Victor Klemperer, *LTI.*

La lingua del Terzo Reich. Taccuino di un filologo, trad. it. di Paola Buscaglione Candela, Giuntina, Firenze 2008.

L'espressione "la fabbrica del consenso" è una citazione del libro di Noam Chomsky e Edward S. Herman, *La fabbrica del consenso. La politica e i mass media*, trad. it. di Stefano Rini, il Saggiatore, Milano 2014.

Per la e-mail spedita ai fornitori dall'azienda del bresciano, vedi Stefano Galeotti, "'Chiediamo tassativamente che non si usino più trasportatori di colore o simili.' La mail razzista di un'azienda di Brescia", in *il Fatto Quotidiano*, 4 luglio 2019, https://www.ilfattoquotidiano.it/2019/07/04/chiediamo-tassativamente-che-non-si-usino-piu-trasportatori-di-colore-o-simili-la-mail-razzista-di-unazienda-di-brescia/5301941/.

Molti sono i passi in cui Hitler parla degli slavi come di un "popolo inferiore"; ne cito solo uno, a titolo esemplificativo, il primo del *Mein Kampf*: "La famiglia arciducale diventava sempre più boema, e fu forse la mano della dea di ogni giustizia e della solenne vendetta a permettere che il più mortale nemico della germanità austriaca, l'Arciduca Francesco Ferdinando, fosse ucciso da una pallottola che lui stesso aveva contribuito a fondere. Non era forse costui l'alto patrono di tutti coloro i quali si accingevano a slavizzare l'Austria?" Vedi Adolf Hitler, *Mein Kampf*, in *Il "Mein Kampf" di Adolf Hitler. Le radici della barbarie nazista*, a cura di Giorgio Galli, Kaos edizioni, Milano 2002.

KANTANO HABIMANA

23.

LO SPEAKER RADIOFONICO

> La storia non è poi
> la devastante ruspa che si dice.
> Lascia sottopassaggi, cripte, buche
> e nascondigli. C'è chi sopravvive.
>
> Eugenio Montale

Kantano Habimana è il nome del più popolare speaker radiofonico di quella che era la radio più ascoltata in Ruanda alla vigilia del genocidio.

Dai microfoni della RTLM, Radio Télévision Libre des Mille Collines, Kantano si rivolgeva agli ascoltatori con un linguaggio basico, viscerale, violento – a tratti molto spinto. Usava un tono confidenziale, amichevole, da fine serata.

Chiamalo populismo, chiamala demagogia, fatto sta che alla gente quel tono piacque. E lo so bene che quando qualcuno ti si rivolge così dalla radio dovresti chiederti se quel tono voglia dire "Rilassati!" o "Preparati a combattere!", ma chi lo ascoltava non se lo chiese e non capì che quell'uomo stava dicendo proprio: "Stira la tua mimetica e tieniti pronto!"

Comunque era una lotta impari. Da una parte c'era lui, scafatissimo, senza scrupoli e con una buona istruzione alle spalle – perché, certo, si studia anche per fottere il prossimo! –, dall'altra una massa di analfabeti, contadini, disoccupati, ignari del mondo. Gente che non aveva avuto né il tempo né la possibilità di farsi idee proprie. Terre vergini, in cui potevi piantare di tutto, compresi i semi dell'odio che attecchiscono su qualunque tipo di terreno.

All'inizio, gli ascoltatori della Radio Télévision Libre non immaginavano che Kantano Habimana – così alla mano e vicino ai problemi della gente – fosse pagato dall'odiata classe di governo. La parola che i ruandesi usavano fin dall'inizio degli anni ottanta per definire l'entourage del presidente Habyarimana era Akazu, "piccola casa" in kinyarwanda, ma da quando la moglie del presidente aveva inzeppato la "piccola casa" con i suoi parenti corrotti, la parola aveva preso a essere impiegata nello stesso senso in cui noi usiamo il termine "mafia". E, del resto, l'Akazu condivideva con le mafie di tutto il mondo il tipo di attività cui si dedicava: deforestazione dell'area vulcanica a nord del paese, sul confine con l'Uganda e con l'allora Zaire, per introdurre la coltura di marijuana da esportare, e traffico di armi da importare, ovviamente i fucili d'assalto AK-47 – i preferiti – e quelli a pompa del tipo MAG-7. Molto attivi erano anche nella cattura dei gorilla di montagna – specie protetta e in via d'estinzione –, che sul mercato internazionale fruttavano fino a 40.000 dollari a esemplare. Catturati vivi, venivano spediti all'ergastolo nei giardini privati di un boss della mala oppure venduti a qualche zoo europeo. Da morti, invece, venivano smembrati e acquistati per una manciata di dollari ad arto: una testa o una mano erano i pezzi più ricercati, da esporre, come trofei, sopra al caminetto di un lussuoso attico di città o all'ingresso di uno chalet di montagna.

Kantano Habimana, però, esordì dai microfoni della radio gridando "Abbasso la mafia!" e "La mafia fa schifo!", e allora nessuno sospettò che proprio con i soldi della mafia fosse pagato.

Lo so, gridare "Abbasso la mafia" è un vecchio trucco, che funziona anche oggi, qui da noi. Ora seguimi con attenzione, altrimenti quando leggerai che Kantano Habimana e gli altri speaker della Radio Télévision Libre, alla fine della guerra, furono ricercati come criminali dal Tribunale penale internazionale per il Ruanda, e, se catturati, condannati all'ergastolo, senza aver mai impugnato un machete, ti stupirai, ti chiederai come sia stato possibile!

Ripercorriamo la storia dal suo inizio. Te lo ricordi? O non eri ancora nato? La Radio Télévision Libre era semiprivata, ma in sostanza serviva la propaganda della famiglia presidenziale ruandese, una propaganda che pompava odio contro l'etnia tutsi.

Non crederai davvero che si trattò di una guerra tribale? Fu una cosa tutt'altro che incontrollata e spontanea, al contrario, un'operazione pianificata al millimetro. Certamente pesavano, in quella terra, le nefandezze del passato coloniale.

Quando, con la fine della prima guerra mondiale, la Germania perse tutti i suoi territori africani, la regione del Ruanda fu posta sotto il controllo del Belgio. I nuovi colonizzatori, appena arrivati, strumentalizzarono le differenze sociali (i tutsi, allevatori di bestiame, sembra facessero parte di un clan più agiato, gli hutu, agricoltori, di un clan economicamente meno abbiente, ma entrambi non erano altro che comunità di uno stesso popolo) e imposero regole dettate da idee razziste, in voga nell'Europa dell'epoca. Scelsero tra la popolazione quelli che avevano la pelle più chiara, i tratti del viso più affilati, il corpo più slanciato, in maniera che facessero da interfaccia ai colonizzatori: li istruirono alla loro politica, al loro modo d'agire, trasformandoli nel personale amministrativo della nuova classe dirigente. Si trattò, in breve, di un'operazione di "distinzione etnica" che favorì il clan dei tutsi. A forza di selezionare i più chiari di pelle e i più alti s'intendeva favorire la nascita di africani più "occidentali", finendo così per escludere la componente hutu.

Così come di lì a poco i nazisti avrebbero posto timbri a carattere "razziale" sui documenti degli ebrei, i colonialisti imposero a partire dal 1932 ai documenti ruandesi quel tipo di marchi, volti a segnalare gli "ariani" del Ruanda: i tutsi. Prima di allora, non è affatto certo che in Ruanda qualcuno percepisse differenze tra la popolazione. I belgi inoltre fecero di peggio, ricompensarono i tutsi per il servizio reso alla Corona belga con l'assegnazione di terre e fattorie, trasformando una presunta differenza etnica in un gigantesco divario sociale: tutsi ricchi, hutu poveri. Alla vigilia del genocidio, a quella distinzione se ne aggiungeva una nuova: tutsi "belli" e hutu "brutti". Come sempre accade, quando la Storia ti consegna delle storture, puoi metterti a lavorare alacremente per raddrizzarle oppure ci spargi sopra del fertilizzante affinché le lame dell'odio crescano ancora più forti e tu possa servirtene. Il presidente del Ruanda optò per questa seconda via.

A cosa servisse pompare odio contro i tutsi non me lo devi chiedere, lo devi dedurre come faresti con un problema di geometria. I tutsi dovevano fare da capro espiatorio. Dovevano mascherare i danni di una classe di governo concentrata solo a trasferire soldi sui propri conti bancari, incurante dei mostruosi indici di disoccupazione, della totale mancanza di infrastrutture, dell'inesistenza di un vero sistema sanitario.

Come ti ho detto, non voglio negare che tra le etnie dei tutsi e degli hutu ci fossero conti in sospeso, anzi, ma dico che quei conti sarebbero rimasti – appunto – "in sospeso" se il governo ruandese non si fosse messo a soffiarci sopra, trasformando un'intera nazione in un popolo di scannatori e agnelli.

Ma – sta' attento – Kantano Habimana, lo speaker radiofonico, ti direbbe il contrario, che furono i giornalisti che denunciavano gli illeciti della famiglia presidenziale a innescare la miccia. Che fu colpa dei giornali indipendenti, a forza di parlar male della classe di governo, corrotta e incompetente! Fu per questo – incalzerebbe lo speaker Kantano – che il presidente del Ruanda fu spinto a costruirsi una sua controinformazione, da opporre a quella cattiva stampa: e così il governo cominciò a utilizzare il periodico *Kangura* come un proprio organo di stampa, addirittura distribuendo gratuitamente le copie invendute per raggiungere il maggior numero possibile di persone.

Terzo principio della dinamica: a ogni azione corrisponde una reazione uguale e contraria. Tu hai un giornale, io mi faccio un giornale. Tu butti fango su di me, io butto fango su di te. Tu informi, io disinformo. Tu protesti, io ti diffamo. Nulla di personale, solo una legge della fisica!

Ma ecco il colpo di genio della squadra del presidente: quando capirono che in ogni caso non si riusciva a coprire il rumore della verità di chi li accusava di fomentare l'odio di matrice etnica, arrestarono i direttori dei giornali indipendenti!

Iniziarono dal *Kanguka*, il magazine rivale del *Kangura*. L'accusa era quella solita, quella generica, quando non se ne ha nessuna da fabbricare in fretta: tradimento della patria. Un giorno, mentre era di ritorno dal Kenya, arrestarono il direttore per avere intrattenuto relazioni "dubbie" con gli ex reali ruandesi. Poi, per allontanare il sospetto che si fosse trattato di un'operazione censoria, misero in scena anche l'arresto del direttore del proprio giornale, quello filogovernativo.

Sai chi era questo direttore? Hassan Ngeze, un ex bigliettaio di bus, senza alcuna formazione giornalistica, assunto dal presidente come prestanome, il che vuol dire che gli articoli per il *Kangura* li scriveva il presidente, poi però li firmava il direttore, cioè il bigliettaio.

Lo arrestarono per finta, e Ngeze stette al gioco. Sapeva che era tutto parte di un copione, infatti rideva mentre lo portavano via, certo che sarebbe tornato subito in libertà.

All'epoca, però, ci siamo cascati tutti. Tutti abbiamo gridato al tentativo di imbavagliare la stampa ruandese! Amnesty International e Reporters Sans Frontières si impegnarono in una campagna ostinata per la liberazione dei due giornalisti, vittime del regime. Uno solo tra loro, però, rischiava davvero la vita: Vincent Rwabukwisi, il direttore del *Kanguka*, che infatti fu ucciso nel 1994.

L'intimidazione ottenne l'effetto sperato: il giornale fermò le sue pubblicazioni. Rimaneva in campo solo un secondo giornale indipendente, e anche di questo misero fuori gioco l'intera redazione. Da quel momento il giornale filogovernativo del presidente regnò incontrastato: ormai la nazione non aveva alternative.

Festeggiò il nuovo corso dell'informazione ruandese pubblicando i "dieci comandamenti hutu". Qualcosa che più o meno suonava così: i tutsi sono ricchi; i tutsi sono traditori; hanno amicizie internazionali; congiurano contro il paese; vogliono il potere; non accoppiarti mai con un tutsi; non frequentare un tutsi; diffida dei tutsi; e, soprattutto, ODIA i tutsi.

Sai, questo genocidio è il primo che non ho conosciuto dai libri di storia o dalle foto di repertorio. Avevo quindici anni ed è il primo che ho vissuto in diretta, andandomi a cercare le notizie. Il primo sincronizzato con la mia vita, che ha dato al mio caffellatte, ogni mattina, per tre mesi, un gusto ferroso, lo stesso del sangue. Ma non è per questo motivo che mi batte in testa più degli altri. È che se lo guardi in sequenza ti accorgi di una peculiarità agghiacciante di quel conflitto: la campagna d'odio, in Ruanda, si focalizzò sulle donne.

Non sto dicendo che le donne non abbiano pagato prezzi incalcolabili in tutti i genocidi, anzi. Quando si tratta di isolare le donne, gli uomini si vengono incontro, persino quando si sparano da due lati opposti della barricata. E ti sia pure chiaro che la mia non è una classifica degli orrori, altrettanto bestiale fu la guerra in Bosnia. Quello che voglio dirti, però, è che in Bosnia le donne musulmane furono descritte come appartenenti a una "razza" repellente, da raddrizzare attraverso il seme serbo. Proprio nello stesso modo in cui le donne ebree, nella propaganda nazista, furono definite come indesiderabili, rappresentate sempre secondo lo stereotipo caricaturale del nasone, dei capelli crespi. E lo vedi accadere ancora oggi, la propaganda razzista stigmatizza le donne definendole "inferiori" e facendole passare come "non attraenti" per gli uomini. Vai in Rete e guarda le vignette o i fotomontaggi postati dai leghisti su Cécile Kyenge, ex ministro della Repubblica italiana di origine congolese!

Ma in Ruanda no. In Ruanda si fece il contrario. Era un gioco perverso: si diceva ai maschi hutu di stare alla larga dalle femmine tutsi, ma non perché fossero "inferiori", brutte o trasmettessero malattie, al contrario: perché erano troppo belle, troppo ben vestite, troppo profumate e troppo in calore. In Ruanda si assistette a qualcosa di nuovo: l'odio etnico fu indotto attraverso una campagna di eccitazione sessuale di massa. Le vignette razziste che uscirono sui giornali finanziati dalla famiglia presidenziale, durante quella campagna d'odio, non sono per nulla caricaturali. Al contrario, sono erotiche, tipo l'"hentai", la pornografia animata giapponese. Una di queste vignette l'ho fotografata da un libro. Ogni volta in cui mi capita di guardarla, mi chiedo come sia stato possibile pubblicarla sulla stampa ufficiale: un soldato belga, un casco blu dell'ONU, sdraiato a terra, la lecca a una donna tutsi, mentre lei lo succhia a un altro casco blu, che, a sua volta, si attacca al capezzolo di un'altra donna tutsi che, nel frattempo, viene sodomizzata con soddisfazione da un terzo soldato belga.

Sono stato volgare?

Avrei dovuto sorvolare su questa vignetta e affrontare l'argomento in termini cronachistici e asettici? Ma allora non avresti capito che cosa ci si voleva fare, con quel tipo di vignette. Perché possiamo stare qui a girarci intorno quanto vuoi, ma il fine era eccitare fisicamente chi le stava guardando. Ti spiego perché.

Alla vigilia della guerra, tra il gennaio del 1993 e il marzo del 1994, il Ruanda acquistò dalla Cina 581 tonnellate di machete, un numero spropositato ma comunque non sufficiente ad armare tutti i civili che si volevano impiegare nell'operazione di pulizia etnica. Così, a coloro che non poterono ricevere un machete per squartare fu chiesto di utilizzare il cazzo per stuprare.

La campagna d'odio, però, non poteva esser portata avanti solo attraverso le vignette. A un certo punto si iniziò a capire che, con quasi il 70% della popolazione in condizioni di totale analfabetismo, con i soli giornali non si sarebbe arrivati da nessuna parte. Per questo fu creata la Radio Télévision Libre, dove trovò subito impiego Kantano Habimana.

È incredibile come la meritocrazia, se usata al contrario, funzioni alla perfezione! Se per un ingaggio ti chiedono un profilo da avanzo di galera, sta' sicuro che se il tuo curriculum è il più adatto non ti passa avanti nessuno.

Sulla base di questo principio fu selezionato Kantano: non c'era dubbio, lui era davvero il peggiore. Anni prima era stato allontanato dalla radio nazionale perché considerato un attaccabrighe, un molestatore seriale, uno che faceva consumo eccessivo di alcolici e abusava di droghe, ma ora quelle note di demerito giocavano a suo favore. Alla Radio Libre serviva uno speaker che parlasse un linguaggio crudo, un linguaggio che sapesse di strada, che puzzasse di rancore; ci voleva un tono ammiccante, del tipo "tu e io ce la intendiamo", "tu mi capisci al volo", "dài, che tu sei un tipo sveglio!"

La parola doveva essere usata come il machete, una lama grezza, con un'impugnatura facile, che puoi costruire velocemente anche da solo per fare a pezzi tutte le canne che ti ostruiscono il cammino. E quando impari ad assestare bene i suoi colpi, allora ci fai saltare anche un braccio o ci apri una testa in due.

L'idea non era quella di flirtare con gli insegnanti o con gli operatori umanitari: Kantano voleva arruolare gente muscolosa e giovane. Non che sia necessaria una forza particolare per uccidere – perché uccidere è quasi sempre e solo una questione "di testa" – però ci volevano persone dai lobi frontali ancora acerbi. Questo lo potrai verificare: qualunque programma che voglia spingerti a uccidere, fa prima in modo di cambiarti la testa e solo dopo ti spiega come affondare una lama nella carne o inserire il caricatore dentro a un fucile a pompa.

Kantano puntò dunque sui più giovani, perché ci vuole spazio per infilare idee dentro a un cervello; se ne hai troppe di tue, il cervello le rigurgita come fanno i neonati quando hanno preso troppo latte. Insomma, era tra cortecce ancora verdi che si voleva reclutare il grosso della manovalanza: i potenziali scannatori da addestrare per il grande macello.

All'inizio, quelle di Kantano Habimana erano solo parole d'intrattenimento, che raccontavano barzellette già sentite tra la gente:

Una donna hutu, al rientro a casa del marito:

– Caro, sai cos'è successo oggi? Una cosa terribile!

– Cosa? Cara, cosa? I bambini hanno ingerito il diserbante? Hai di nuovo dato fuoco alla cucina?

– No, magari! Nostro figlio si è fidanzato con una tutsi!

Poi il tono si fece via via più aggressivo, i fatti di cronaca venivano riportati con commenti volgari; ci si riferiva agli altri giornalisti e ai politici dell'opposizione in maniera violenta e offensiva. Si sollecitava continuamente l'intervento delle "voci dalla strada", anche se in verità la voce era sempre e solo la sua, quella di "Kantano che manda affanculo la gente".

L'intervista sul posto, all'uomo che ciondolava nel bar, quando Kantano arrivava a farla, era sempre con la birra in mano, come a dire "Fammi sedere accanto a te, dimmi, chi ti ha fatto incazzare oggi? Ruttiamo insieme!", e giù battute al vetriolo, scherzi a raffica, risate sguaiate.

Al processo, alcune vittime ammisero di aver riso nell'ascoltare di striscio le battute pronunciate contro di loro, perché il tono di Kantano era: "Se lo penso, lo penso!" e "'Fanculo, dico quello che mi pare!" Questo alla gente piaceva, perché è quel tipo di tono che ti fa apparire sincero, diretto, uno che non sta lì a giocare coi paroloni o a ostentare titoli e diplomi, uno scorretto e quindi – in nome della scorrettezza – più libero. Ecco ascoltami bene: non devi mai commettere l'errore di pensare che sia liberatorio e salutare il "vaffanculo" quando viene usato da chi fa politica, o da chi deve garantire un'informazione corretta e di qualità. Un comico americano, Lenny Bruce, un giorno, nel corso di una sua trasmissione televisiva, ha detto che non si deve mai togliere alle persone la possibilità di dire "vaffanculo", perché se lo si facesse, è come se gli si stesse togliendo la possibilità di dire "vaffanculo alla politica", a un governo che non gli piace.

Ora io vorrei tu rovesciassi questa posizione, che in linea di principio condivido, perché abbiamo tutti diritto a dire "'fanculo l'ingiustizia!", "'fanculo la corruzione!", "'fanculo lo sfruttamento!", ma cosa accade quando è lo stesso vaffanculo ad andare al governo? Cosa accade quando è lo stesso programma politico a coincidere con il "vaffanculo"?

Immaginalo, proprio in questo momento: 'fanculo la scuola, 'fanculo l'educazione, 'fanculo la famiglia, 'fanculo le multe, 'fanculo i limiti di velocità, 'fanculo i poveri, 'fanculo i migranti, 'fanculo i malati, 'fanculo gli anziani, 'fanculo la morale, 'fanculo i vicini, 'fanculo gli insegnanti, 'fanculo i medici, 'fanculo i politici... Che cosa ti resta dopo che hai mandato a 'fanculo tutto? Che cosa resterà dopo che avrai svuotato fino in fondo il bicchiere della tua rabbia? Qualcosa intorno a te sarà cambiato? Qualcosa nella tua vita o nella possibilità di realizzarla sarà diverso? Non fidarti di quelli che dicono "'fanculo tutto", perché poi sono loro i primi a fotterti. Loro i primi a chiederti di non ragionare, di mandare a 'fanculo e basta! Ma dopo il "'fanculo" i tuoi problemi restano lì in fila e nessuno verrà a risolverteli.

Insomma, per Kantano fu un gioco da ragazzi formattare tutti gli hard disk vuoti all'ascolto: prima i giovanissimi, poi via via anche gli ascoltatori più maturi.

Dalla battuta ambigua passò alle parole esplicite: *inyenzi*, per esempio, cioè "scarafaggi", con cui si iniziò a chiamare i tutsi! Il tono dissacrante e ruffianesco catturava all'ascolto, ma poi ci voleva qualcosa di più forte per mettere il gregge al lavoro. Ci voleva qualcosa di morboso, e sai, sono il primo a riconoscere che quando mi fai intravvedere il buio di una penombra, io rizzo le orecchie come fanno i cani.

Kantano diede in pasto al suo pubblico molto più di una penombra: gli fece ascoltare i mugolii dei suoi orgasmi. Poi fu solo una sequenza di "cazzo", "fottere" e "scopare". E chiaramente specificò anche quali fossero le donne da "fottere": le tutsi. "Questo è quello che vogliono i tutsi", ripeteva Kantano: "Vogliono controllarci e sottometterci attraverso le loro donne… farci diventare loro schiavi sessuali… per tenerci buoni!" Insomma, latrava Kantano, era giunto il momento di scoparle, ma con violenza, per dominarle e non più per lasciarsi dominare. Non ci volle molto prima che i maschi hutu scendessero in strada e violentassero le donne tutsi fino ad ammazzarle.

In nessuna altra guerra lo stupro è stato un'arma altrettanto sistematica, quotidiana, totale. E questo sai perché? Perché non si trattò dell'atto isolato di alcuni militari, o della violenza di alcuni reparti deviati, ma di una consegna data a tutta la nazione. L'ordine dato a tutti non era solo di stuprare, ma di essere "bestiali":

"Vorrei salutare i giovani che sono presso il mattatoio di Kimisagara. […] Ieri li ho trovati che ballavano lo zouk. […] Vorrei dirvi che… ah! ah! quello che m'avete dato da fumare ha avuto un cattivo effetto su di me… Ho dato tre tiri… forte, forte! Ma pare che dia coraggio… Allora fate bene attenzione alle fogne, cosicché domani nessuno scarafaggio ci passi... Fumate, fumate e dategli la sorte che meritano. [...] Che i fornitori ve ne diano in quantità cosicché siate duri e bestiali..."

(Kantano Habimana, Radio Télévision Libre des Mille Collines, 26 maggio 1994)

Certo il tono schietto di Kantano non incantava tutti. C'erano anche hutu che provarono a denunciare la natura delle sue trasmissioni. Ci provarono. Gridarono che bisognava aprire gli occhi, che si doveva fermare il tam-tam! Urlarono che le parole di Kantano non erano affatto colore o innocente divertimento; giurarono che si stava scavando un binario sulle cui rotaie sarebbe presto o tardi passato qualcosa di atroce. Kantano, in risposta alle loro accuse, dai microfoni della radio iniziò a leggere la lista di tutti coloro che lo criticavano, che denunciavano la pericolosità delle sue parole. Leggeva le liste, senza aggiungere alcun commento, così, solo un nome dopo l'altro. Non chiese mai esplicitamente di farli fuori. Esortava solo gli ascoltatori a ricordare i loro nomi, poi dalle liste dei nemici personali passò a leggere quelle dei tutsi che abitavano in ogni villaggio.

Rifletti: quanto tempo ci vuole prima che un motivetto – anche scadente – passato in radio di continuo ti si pianti nella testa? Pochissimo. Inizi a canticchiarlo anche se ti fa schifo.

Tam-tam, batteva la Radio Télévision Libre. Tam-tam, i tutsi sono scarafaggi; tam-tam, le donne tutsi sono puttane; tam-tam, i giornalisti sono amici dei tutsi; tam-tam, le élite sono amiche dei tutsi; tam tam, i tutsi hanno amici stranieri; tam-tam, i tutsi hanno nasi troppo affilati; tam-tam, i tutsi sono troppo alti; tam-tam, bisogna ripulire le città dai tutsi; tam-tam, via per via; tam-tam, casa per casa; tam-tam, impara a memoria i nomi degli amici dei tutsi.

Una volta reclutati i caporali, furono loro a dirigere gli altri nel massacro: a volte qualcuno si rifiutava, ma poi gli puntavano la pistola alla tempia, minacciandoli di fare alle sue figlie e a sua moglie quello che lui doveva fare alle donne tutsi.

I turni erano massacranti. Spesso gli si chiedeva di segare gli arti dei tutsi per farli diventare della stessa misura di quelli degli hutu. Mi hanno detto che quelli che segavano erano talmente sfiniti dai ritmi di lavoro che qualche volta staccavano per la pausa pranzo lasciando in strada il lavoro mezzo iniziato e ancora da portare a termine. Corpi mezzi vivi, con gli arti segati a metà, aspettavano sotto il sole che terminasse l'ora della siesta per essere finiti.

E poi, a forza di dire ai tutsi che erano scarafaggi, quelli iniziarono davvero a comportarsi come scarafaggi. Cercavano riparo tra le intercapedini delle case, una fessura, un vuoto, un interstizio, qualunque buco era buono per nascondersi. Altri preferirono darsi alla fuga, prendendo con sé i figli, ma sbattevano puntualmente contro i blocchi dei miliziani, spuntati come funghi dopo una notte di tempesta. Sai?, morire di machete era spaventoso. Ma ancor più spaventoso era che gente come Kantano fosse animata da un'incredibile voglia di divertirsi. Lui stesso aizzava i macellai a prenderci gusto, a usare la fantasia, a giocare un po' prima di dare la morte.

Così un uomo in fuga fu messo di fronte alla scelta tra i suoi figli, perché solo a uno sarebbe stata risparmiata la vita. Lui iniziò a implorare di scambiare la propria vita con quella di tutti i suoi figli, ma questo non era previsto. Doveva morire lui e dovevano morire pure loro. Poteva sceglierne uno. Uno solo. L'uomo esitava. Aveva paura di dover sostenere lo sguardo degli altri figli, una volta scelto. Alla fine vinse l'istinto animale, quello della conservazione a tutti i costi, e pronunciò un nome.

Le femmine le aveva scartate a priori. Un barlume di lucidità gli era rimasto: le femmine in una situazione come quella devi strangolarle con le tue stesse mani. Il piccolo, quello che ancora si portava sulle spalle, non avrebbe resistito un giorno, da solo in quell'inferno. Così indicò il figlio maschio di otto anni. Sperò che i carnefici volessero adottarlo, come facevano i torturatori dei desaparecidos nell'Argentina di Videla, che adottavano i figli di quelli che avevano ammazzato e gettato in fondo all'oceano.

Uno dopo l'altro, ammazzarono gli altri tre sotto ai suoi occhi.

A mano a mano che cadevano, lui iniziava a sentirsi incredibilmente sollevato perché stava arrivando il suo turno. Davvero, dentro di sé chiamava "sorella" la lama del machete che lo avrebbe liberato. E invece no, non toccava ancora a lui. E a chi allora? Al figlio che aveva scelto. Lo misero dentro a un sacco, poi lo chiusero con un laccio e iniziarono a sbatterlo contro al muro. Ci vollero tre schianti secchi prima che la tela del sacco si tingesse completamente di rosso. Avevano barato.

Lo so, qualunque padre avrebbe accettato di giocare pur di salvare la vita anche di uno solo dei suoi figli. Tu però ricorda che non si vince mai al tavolo di gioco degli assassini.

Ma a chi serviva un milione di morti? Forse a quella stima non erano arrivati. Forse al milione di morti non avevano pensato; magari nei piani originari si voleva solo fare della minoranza tutsi un bersaglio, un capro espiatorio, un diversivo. Però lo sai poi com'è la Storia, no? È una bestia vorace: se ti metti a ingrassarla, non si placa finché non ne ha avuto abbastanza di sangue e carne umana.

Il direttore della Radio Libre, Ferdinand Nahimana, al processo – iniziato ad Arusha, in Tanzania, il 23 ottobre del 2000 – sostenne che il genocidio non ci fu. Sì, mi hai capito bene, che non ci fu genocidio in Ruanda. Che il milione di corpi sventrati era una montatura tipica dei tribunali pilotati da potenze straniere, nemiche della gente comune che abita le piccole realtà territoriali, genuine e incorrotte. Ma il direttore dell'ufficio d'informazione ruandese, Higiro, dichiarò invece che "la stampa in Ruanda, alla vigilia del genocidio, era considerata come un'arma per vincere la guerra, allo stesso titolo dei kalashnikov, degli R-4, dei MAG-7".

Questo stabilì, quindi, il Tribunale penale internazionale per il Ruanda: che il tam-tam degli speaker della Radio Télévision Libre – all'inizio solo insulti e mezze bugie, poi incitamento all'odio razziale e allo stupro etnico – seppe trascinare un'intera nazione all'inferno. Il punto che quel Tribunale seppe illuminare è che con le parole – soltanto con le parole – puoi uccidere fino a un milione di persone.

Capisci che cosa intendeva? Ogni volta che Kantano apriva il microfono, devi immaginare di sentire il click-clack del fucile a pompa, e a ogni barzelletta, l'esplosione del colpo, e poi il rumore di un corpo che cade a terra. Devi allargare la tua percezione, smettere di percepire le sue battute come semplici lazzi un po' triviali, devi chiudere le orecchie davanti alle risate di quelli che stanno ad ascoltare nelle loro case o sulla strada, e distinguere invece il rumore dei fucili raccolti in fascine e consegnati ai radioascoltatori; devi vedere le loro braccia tendersi verso la radio a pile, da cui escono le battute sarcastiche di Kantano, e poi seguirli mentre scendono in strada, con l'arma in braccio, incrociano per caso un passante tutsi, e click-clack, BUM!, carica e colpo, e poi di nuovo click-clack, BUM!, secondo colpo, e questo fino al tramonto. E ogni allusione al sesso, ogni invito a mantenerlo duro tra i pantaloni, devi recepirlo per ciò che è: l'ordine di usare anche quello come arma, di tenersi pronti a sventrare la carne con la carne.

La paura di subire una punizione esemplare, credimi, era paralizzante, e quasi sempre fermò quelli tra gli hutu che avrebbero voluto difendere i tutsi, frapporsi alle violenze. Una ragazzina hutu lo fece, aveva sedici anni appena. Il suo nome è Lucie, luce.

È il 1994, e Lucie sta tornando a casa quando vede un bambino, un tutsi, un suo vicino di casa, che trema, perché un gruppo di ragazzi hutu lo trattiene mentre discute di come ammazzarlo.

Lucie sa che a lei non faranno niente perché lei è una hutu, fa parte della loro stessa etnia, così d'istinto si mette in mezzo, con il suo corpo fa scudo al bambino. I ragazzi le intimano di allontanarsi, le dicono che a lei non faranno niente, se rientra a casa e lascia a loro il piccolo scarafaggio tutsi. Ma Lucie non si sposta, ora trema anche lei ma non si sposta. Sente il corpo del bambino dietro alla sua schiena e capisce che non può spostarsi perché ormai il suo corpo e il corpo del bambino si sono fusi. Sarebbe prudente staccarselo di dosso e correre a casa, ma farlo ora sarebbe come amputarsi una gamba, staccarsi da sola le braccia.

I ragazzi decidono allora di punirla, di darle una lezione che serva da monito per quelle che vogliano imitarla. Così, la stuprano a turno. Lasciano stare il bambino, stuprano lei. Quando hanno finito, tornano verso il bimbo. Lei si alza, cammina a stento, sa che non riuscirebbe a sopravvivere a un'altra violenza di gruppo. Ma gli si para davanti di nuovo. I ragazzi la guardano, ridono, poi se ne vanno.

Lucie prende il bambino e lo riporta da sua madre. Quando torna a casa vorrebbe dimenticare, ma scopre presto che il seme di uno degli stupratori in lei ha generato frutto. È incinta di due gemelli. Quando la cosa diventa visibile, la cacciano di casa, perché per la famiglia è un disonore la violazione che ha subito.

Ricordi? In alcune aree del mondo per una donna, per quanto spaventosa possa essere l'esperienza di uno stupro, il peggio arriva dopo, quando a far vincere le ragioni degli stupratori sono i parenti della vittima, che iniziano a trattarla come avesse la lebbra sulla pelle e il cancro nell'anima. Come se lei avesse tradito il suo Dio ed esposto al pubblico ludibrio la propria famiglia.

Ancora oggi le bambine e i bambini nati tra il 1992 e il 1995 dagli stupri in Bosnia sono emarginati, come se non avessero diritto a un posto nel mondo, come se l'essere nati da un atto atroce non gli facesse meritare la vita.

Che cosa è accaduto a Lucie? Action Aid, un'associazione con cui ho collaborato per raccontare queste storie, l'ha adottata.

Quando entrò nel programma, Lucie pensava che sopravvivere alla violenza fosse una condanna peggiore della morte stessa, ma poi, con il tempo, ha imparato a curare le piante, a seguire la semina e il raccolto. E imparando a tifare per la vita di quelle piante, ha ricominciato a tifare per se stessa, per i figli nati dall'orrore. Oggi Lucie e i suoi bambini sono autosufficienti grazie al suo lavoro: vende parte del suo raccolto e una piccola parte la tiene per sé e per i suoi figli.

GRIDALO QUANDO PROVANO
A METTERCI GLI UNI CONTRO GLI ALTRI.

Per le coltivazioni di cannabis introdotte dall'ex presidente del Ruanda Juvénal Habyarimana, vedi Jean Baptiste Kayigamba, *Rwanda-Development: Streets Paved with Drugs*, http://www.ipsnews.net/1997/06/rwanda-development-streets-paved-with-drugs/.

Del direttore del periodico *Kanguka*, Vincent Rwabukwisi, a lungo detenuto e infine ucciso, riferisce il sito del Committee to protect journalists: https://cpj.org/data/people/vincent-rwabukwisi/. A questa pagina invece si può scaricare una relazione di Amnesty International su altri giornalisti "dissidenti" della medesima testata arrestati e torturati in quegli anni: https://www.amnesty.org/download/Documents/200000/afr470161991en.pdf.

La vignetta razzista, intitolata "La force du sexe et les paras belges", è riportata in *Rwanda. Les médias du génocide*, a cura di Jean-Pierre Chrétien e con Reporters Sans Frontières, Karthala, Paris 1995. Nella sezione documenti dello stesso testo è riportato il discorso del 26 maggio di Kantano Habimana alla Radio Télévision Libre des Mille Collines.

Per i forti dubbi circa una differente origine delle etnie tutsi e hutu, vedi Jean-Pierre Chrétien, *Le défi de l'ethnisme: Rwanda et Burundi*, Karthala, Paris 1997.

Per l'implicazione dei media nel genocidio ruandese, vedi Darryl Li, "Echoes of Violence: Considerations on Radio and Genocide in Rwanda", in *Journal of Genocide Research*, 6, 1, marzo 2004; *The Media and the Rwanda Genocide*, a cura di Allan Thompson, Pluto Press, London 2007; Fonju Ndemesah Fausta, *La radio e il machete. Il ruolo dei media nel genocidio in Rwanda*, Infinito, Roma 2009; James T. McCoy, *Mbwirabumva ("I Speak to Those Who Understand"). Three Songs by Simon Bikindi and the War and Genocide in Rwanda*, Electronic Theses, Florida State University Libraries, Tallahassee (FL) 2013; William J. Bernstein, *Masters of the Word. How Media Shaped History*, Grove Press, New York 2013; James P. Farwell, *Persuasion and Power. The Art of Strategic Communication*, Georgetown University Press, Washington DC 2012.

Per i dati circa il numero di armi importate dal Ruanda tra il gennaio 1993 e il marzo 1994, vedi Renato Cecchetti, *Rwanda: dalle origini agli effetti di un genocidio*, tesi di laurea in Scienze politiche e Relazioni internazionali, La Sapienza, Roma 2011.

Il racconto del tutsi fermato al posto di blocco e costretto a scegliere tra i suoi figli è ispirato alla testimonianza di un sopravvissuto, vedi Giancarlo Somoncelli, "Il genocidio raccontato da un sopravvissuto", *Radioforum* di Radio3, 3 giugno 1998, http://www.rai.it/dl/portaleRadio/media/ContentItem-c851116a-a794-4200-af32-abce2293448b.html.

Racconti non dissimili sono stati raccolti dal giornalista d'inchiesta Nacho Carretero, "Ruanda, los cien días de la barbarie", in *Jot Down*, 26 marzo 2014, https://www.jotdown.es/2014/03/ruanda-los-cien-dias-de-la-barbarie/. Carretero riporta la testimonianza di due pazienti sopravvissuti al genocidio riferita dallo psichiatra che li ha in cura, il dottor Bizoza Rutakayile: "Ho due casi estremi. Uno è di un ragazzo che è stato costretto a bere il sangue di sua madre e mangiare i suoi organi sessuali prima che la uccidessero. L'altra paziente, una donna – che è oggi in stato di irreversibile depressione –, è stata costretta a mangiare uno dei suoi figli in cambio della vita degli altri."

Per la storia di Lucie, vedi "Il sogno di Beatrice", podcast *Uguali*, scritto e interpretato da Roberto Saviano in collaborazione con Action Aid e Spotify: https://www.actionaid.it/informati/notizie/uguali.

Sul tema dell'emarginazione delle vittime degli stupri etnici, vedi Linda Caglioni, "Guardateci, siamo i figli degli stupri etnici. E non vogliamo più nasconderci", in *l'Espresso*, 13 marzo 2019, https://espresso.repubblica.it/plus/articoli/2019/03/13/news/figli-stupri-etnici-bosnia-1.332399

Vedi anche Silvana Arbia, a lungo procuratore e poi *chief of prosecutions* presso il Tribunale penale internazionale per il Ruanda: *Mentre il mondo stava a guardare*, Mondadori, Milano 2011.

SETTIMIA SPIZZICHINO

24.

TAM-TAM

> Il grido. Sta all'inizio della vita dell'uomo sulla terra.
> Il grido di caccia, di guerra, d'amore, di terrore,
> di gioia, di dolore, di morte. Ma anche gli animali gridano;
> e per l'uomo primitivo grida anche il vento e la terra,
> la nube e il mare, l'albero, la pietra, il fiume.
>
> Emanuele Severino

Fa' che sui tuoi documenti non sia mai registrata la tua appartenenza etnica o religiosa – reale o presunta che sia – perché, se questo accadesse, se un giorno qualcuno avesse la malaugurata idea di aggiungere alle tue generalità una qualche annotazione di questo tipo: rom, tutsi, soninke, calabrese, siciliano, ladino, romano, bergamasco, magrebino, cristiano, musulmano, ebreo, se davvero questo accadesse, allora è meglio che scappi, ed è meglio che tu lo faccia più in fretta che puoi.

Certe parole sono marchi e vengono usate solo per marchiare.

Quindi, ricorda bene il mio ammonimento, se qualcuno mai mettesse un marchio sui tuoi documenti d'identità, scappa senza indugiare un solo istante.

E sta' attento, fa' anche in modo di non entrare mai in una lista.

Le liste sono come i mantra, come i novantanove nomi di Allah, come le Berakhot ebraiche: di ripetizione in ripetizione ti entrano dentro, ti si fissano in testa, come un tam-tam di tamburo.

Il tam-tam è un suono ripetitivo, ossessivo: palmo-falangi, palmo-falangi, palmo-falangi.

Il ritmo aumenta, prende quota, vola, montando progressivamente da basso e grave ad acuto e assordante.

Tam-tam ipnotico, monocorde, primitivo, viscerale. Ti prende, ti riempie, ti batte dentro, ti fa vibrare, ti spinge a seguire la sua musica.

Tam-tam delle notizie che ti si mettono in testa, solo apparentemente monotone e indolenti.

Tam-tam che ti narcotizza, ti anestetizza, ti deresponsabilizza, coprendo il suono del tuo pensiero, spegnendo ogni altro rumore interno.

Tam-tam come un dito costantemente premuto sul tuo cervello a impedire ogni altro ragionamento.

Tam-tam che non rassicura, che minaccia, che assedia il tuo recinto.

Tam-tam che eccita il tuo stato di allerta, che ti spinge fuori di te in cerca del tuo opposto, del tuo bianco se sei nero, del tuo *yin* se sei *yang*, del tuo nord se sei sud, del tuo giorno se sei notte.

Suono ancestrale di tamburi che accompagnano le grandi battaglie in campo, quelle dell'uomo contro uomo, del corpo a corpo, del nemico da sventrare.

Tam-tam che ti addestra alla battaglia, che ti sprona alla battaglia, che ti porta dritto sul campo di battaglia.

Tam-tam che pensa al posto tuo, che sa al posto tuo, che odia al posto tuo.

Non farti illusioni, però, quando il momento arriverà nessuno combatterà al posto tuo. Quando arriverà il tempo di lottare, ti scioglieranno il guinzaglio e allora sarai tu ad azzannare o a essere azzannato. Allora il tuo nemico ce l'avrai davanti: staccagli un orecchio, ora, succhiagli l'occhio, addentagli i testicoli. E non protestare che questo non è lavoro da uomo, perché tu uomo ormai non sei più, sei solo un cane su cui scommettere.

Sai a che cosa servono le liste? A contestualizzare l'odio, a dargli un'apparenza di legittimità e giustificazione. Servono a mettere insieme persone che non c'entrano nulla le une con le altre, ma che presentate tutte insieme appaiono una banda, un'associazione per delinquere, un'entità da temere. Servono per confondere. Una volta fatta la lista, non sei più tu che stai invitando a colpire, non sei tu quello che soffia sui carboni ardenti. Non sei tu che inciti all'odio, ma sono loro – quelli della lista – a rappresentare una minaccia.

Le liste sono fatte per mettere il bersaglio sopra la testa delle persone, proprio come accadeva con le liste di proscrizione di epoca romana, quelle che abbiamo ricordato parlando di Émile Zola.

Per Carlo Alberto Dalla Chiesa, Giovanni Falcone, Paolo Borsellino fu messo in atto lo stesso principio che presiede a ogni lista: fu come se lo stato si fosse fatto tacitamente ma esplicitamente da parte, in modo che chi li voleva morti capisse che poteva prendere la mira, perché lo scopo delle liste di proscrizione è esporre il proscritto in modo che chiunque possa fare impunemente strazio di lui.

Cicerone diceva che essere un proscritto è peggio che essere un cadavere. Per un cadavere il peggio è passato, l'ora è suonata, ma per chi entra in una lista l'agonia è appena iniziata. E i tempi d'attesa possono essere lunghi. Né di qua né di là. Non sei ancora un cadavere, ma non sei neppure davvero in vita; non puoi fare nulla di quello che fanno i vivi: non puoi passeggiare, non puoi andare al mare, non puoi fare progetti, non puoi intrecciare relazioni né sperare di scampare alla tua condanna. Puoi solo aspettare, giocare a scacchi con la morte, immaginarla, soppesarla, prevederla, senza sapere da quale lato ti piomberà addosso. Dal momento in cui il tuo nome entra in una lista, non c'è più cantina né androne né portico né interstizio né cripta né foresta né cavità di tronco che possa fungerti da riparo. Nessuno ti darà più asilo, nessuno potrà nasconderti o offrirti il riposo di una notte, perché persino a tua madre farebbero pagare con la vita un tale slancio.

Ricordalo sempre, i governi mutano, le epoche si rincorrono, ma la tendenza degli uomini a stilare liste, quella resta: stilare una lista ti dà garanzia di non sporcarti mai le mani. Ricordi il metodo di Kantano? Lui leggeva solo i nomi, poi chi ascoltava doveva recepire il messaggio. Ascoltatori in trance, guidati dalla falsa goliardia delle sue battute, privi di orientamento, impugnavano il machete e si davano alla brutalità, mentre lui rimaneva al sicuro dietro alle frequenze della Radio Télévision Libre.

E lo sai, lo abbiamo visto insieme, il clima generale era dire: "Ma cosa vuoi che faccia una battuta? Ridono persino i tutsi!"

Capita sempre di sottovalutare, quando i fenomeni iniziano a prendere forma, quando ne possiamo osservare solo un piccolo segmento. È accaduto anche con il coronavirus: all'inizio si pensava che quello che accadeva a Est non sarebbe mai accaduto a Ovest.

Tu, però, al primo rullo di tamburo, gridalo! Non lasciarti tranquillizzare da quelli che ti dicono: "Rilassati, mica è il Ruanda!"

Nella storia che sto per raccontarti non sono riuscito a rilassarmi. Ho sentito, invece, il rullo dei tamburi che montava. Così, ora chiedo a te di giudicare, di dirmi se anche a te sembra di sentire in lontananza i primi colpi di tamburo.

La storia è questa. Negli anni novanta negli Stati Uniti è stato creato un sito di incitamento all'odio denominato *Stormfront*. Sicuramente l'hai sentito nominare, perché il sito ha sue proprie declinazioni in diversi stati del mondo, pur restando sotto l'ombrello dell'unica casa madre, quella statunitense. Probabilmente lo sai, gli adepti di *Stormfront* vivono come un'insopportabile imposizione delle democrazie occidentali il non potersi richiamare in pubblico alle idee naziste e come atto d'intollerabile castrazione il non poter propagandare in modo esplicito la segregazione dei neri e lo sterminio degli ebrei. Tra gli stormfrontisti puoi trovare quindi gli adepti del Ku Klux Klan, gli Afrikaner che rimpiangono i tempi in cui Nelson Mandela marciva a Robben Island, i fanatici del pellegrinaggio alla tomba di Mussolini e gli ammiratori di Hermann Göring.

Negli anni *Stormfront* è diventato una comunità sempre più grande e frequentata. Nei suoi forum si discute di superiorità e inferiorità delle "razze", di complotti giudaici e dell'opportunità per le donne di tornare davanti ai focolari (o sopra ai marciapiedi, dipende dai casi), di isolare i disabili (non solo nelle scuole), di "curare" gli omosessuali (o segregarli) e di sterilizzare i rom (o eliminarli). Spesso si allude anche, più o meno direttamente, alla necessità di dare lezioni esemplari ai pacifisti (intollerabili ipocriti, per gli stormfrontisti!) e agli ambientalisti (spocchiosi saccenti, per gli stormfrontisti!).

Devi tenere a mente che gli stormfrontisti amano compilare liste. Adorano stenderle e poi lasciarle ad asciugare sul loro sito. Passano interi pomeriggi a schedare e a mettere insieme singoli nomi che non c'entrano nulla gli uni con gli altri, ma che raggruppati, come si diceva sopra, assumono il profilo di una banda consistente e minacciosa.

In una delle loro liste ci sono io. Così questa storia non te la racconto da narratore, ma da testimone. E vorrei, a questo proposito, che tu tenessi a mente una cosa: quando nella vita cercheranno di trasformarti in una vittima, tu allora fatti testimone. Gridalo, denuncialo, perché solo quando diventi un testimone, smetti di essere una vittima.

La giornata in cui da vittima sono divenuto testimone, presentandomi in aula in qualità di parte civile contro gli stormfrontisti italiani, da me citati in giudizio, ho preso appunti, registrato le mie impressioni. Quello che voglio fare è passarti quella pagina, più o meno come l'ho buttata giù quel giorno.

Roma, 28 maggio 2018. Oggi mi sono svegliato all'alba, come ogni mattina. Come ogni mattina ho avuto la tentazione di uscire e camminare per le strade vuote di Roma.

Se esco a quest'ora – penso – nessuno si accorge di me. Posso provare a respirare liberamente l'aria del mattino, il profumo dei tigli che hanno appena iniziato a fiorire. Se cammino a passi svelti, prima che il chiarore del giorno mi metta completamente in luce, posso persino sperare di raggiungere Campo de' Fiori prima che la mia scorta mi riacciuffi. Voglio poggiare la mano sul bronzo della statua di Giordano Bruno, voglio sentire di nuovo il crepitio delle fascine ardere, voglio sentirmi ancora una volta parte di quella sentenza, voglio pagare insieme a lui il prezzo delle sue parole.

È talmente presto, mi dico, che ho speranza di riuscire a farlo. Ma il piano che mi è appena balenato nella mente s'infrange subito, disintegrandosi in una miriade di piccolissimi spruzzi d'acqua. Il protocollo di protezione è un orologio di precisione che smette di funzionare quando tu decidi di non far più parte dell'ingranaggio, quando inizi cioè a comportarti come una rotella impazzita. E allora il nervosismo devo curarlo in casa, devo prenderlo in braccio e cullarlo sulle ginocchia. Ma non ho voglia di stare seduto. Voglio stare in piedi e camminare, così inizio a fare la spola tra il tavolo e il divano, tra il divano e il tavolo, poi riprovo a sedermi, ma cercando sempre la posizione più scomoda possibile. Non voglio rilassarmi. Prendo a fissare le lancette dell'orologio per avanzare insieme a loro, voglio imprimere ogni loro passo nella retina.

Alle sette e trenta, scatto sull'attenti. Gli uomini della scorta sono già pronti sotto casa. Entro in macchina, loro palpano la tensione e allora provano ad allentarla con una battuta, ma stamattina è più difficile del solito.

Lungo il tragitto penso alle persone che mi troverò davanti al processo, quelle che ho denunciato per incitamento alla violenza e alla discriminazione razziale in Rete.

Provo a immaginare i loro volti, provo a immaginarmeli in fila, uno dietro l'altro. Cerco di sentire l'odore dei loro capelli rasati, voglio palpare l'eccitazione che provano nel sentirsi al di là del bene e del male, voglio provare quello che provano, voglio avvertire l'adrenalina che avvertono nello stomaco ogni volta in cui mandano in frantumi un vaso colpendolo con una mazza. Perché è liberatorio, perché è veloce, perché il gesto con cui si fanno volare i cocci in aria è un gesto che ha ritmo. Quelli che, al contrario, stanno sempre attenti a spostarlo con cura, oppressi dalla paura di vederlo andare in frantumi, quelli vivono male, condannati a un limbo perenne, perennemente col giudizio sospeso. Invece: un colpo secco, e ti sembra ridicola anche la paura, ti appare innocuo persino il pericolo.

Sono finalmente in aula dove incontro i volti che, durante il tragitto, avevo solo immaginato. Me ne rimane impresso uno, quello di M.P., ha ventinove anni. Il suo nickname sulla piattaforma è ComplottoGiudaico ed è lui ad aver arricchito di nuovi bersagli – o, come dicono gli stormfrontisti, ad aver "migliorato" – la lista degli ebrei italiani, quelli che con la loro influenza terrebbero il paese per le palle. Quando ComplottoGiudaico ha scritto "dell'ebreo Saviano" era il 6 novembre 2012, e quindi M.P. aveva solo ventidue anni.

Mi sono chiesto cosa facessi io a ventidue anni. Studiavo Filosofia, una facoltà con cui non avrei trovato lavoro, così mi si diceva, e certamente si dice ancora oggi. È che io, a ventidue anni, volevo capire. Ecco cosa facevo io a ventidue anni, mi dico, volevo studiare Filosofia perché volevo capire. M.P., invece, a ventidue anni non vuole capire, vuole molto probabilmente solo stilare e migliorare liste: liste di ristoratori, liste di scuole, liste di cartolibrerie, liste di librerie, liste di torrefazioni, liste di alimentari, liste di pasticcerie, liste di politici, liste di filosofi, liste di scrittori, liste di avvocati, liste di insegnanti, liste di studenti… A cosa servono a M.P. e agli stormfrontisti tutte queste liste? Cosa cerca di capire M.P. con queste liste? Non vuole capire: vuole segnalare. Non sono liste qualunque, le loro, perché sono liste di ristoratori, di scuole, di cartolibrerie, di librerie, di torrefazioni, di alimentari, di pasticcerie, di politici, di filosofi, di scrittori, di avvocati, di insegnanti, di studenti di origine ebraica.

M.P. e gli stormfrontisti vogliono dare la percezione del grande numero, e la lista per definizione fa lievitare i numeri. Raggruppati tutti insieme, i tuoi nemici sembrano tanti e sembrano subito richiederti uno sforzo eccezionale, un'azione altrettanto grande per contrastarli. Raggrupparli in un'unica lista serve a darti la percezione che sono loro che dominano il mondo! Loro che gestiscono la ristorazione! Che hanno il monopolio delle banche! Che controllano le aule dei tribunali! Che manipolano l'informazione!

Se hai tempo, fa' questo esperimento: tirati giù dalla Rete dieci nomi di imprenditori lombardi, poi dieci direttori di banca, dieci scrittori, dieci giornalisti, dieci discografici, dieci influencer, tutti rigorosamente lombardi, e poi dà l'allarme: "I lombardi dominano il mondo!", "Loro sono dappertutto...", "Hanno in mano l'economia del paese", "Controllano la finanza di questo paese!", "Pilotano l'informazione!", "Possiedono l'editoria!" Ci sarà certamente qualcuno che prenderà queste affermazioni per vere. Vedi, mettendo in fila alcuni dati in un certo modo, non è affatto complicato distorcere la percezione di un fatto.

Eppure, dopo un po' che sono in aula, inizio a pensare di aver commesso un errore nel denunciarli. Dalle domande che mi fanno alcuni giornalisti e persino alcuni amici presenti in tribunale, capisco che il clima è quello dell'indulgenza, del lasciare stare. "Siamo qui per processare dei ragazzotti...", "Si tratta soltanto di bravate in Rete...", "Non è nulla di che..."

Provo a resistere alla tentazione di dargli ragione, ripenso a Kantano Habimana e mi dico che anche di Kantano si diceva questo. Quando da Radio Télévision Libre iniziò a dare degli scarafaggi ai tutsi, si disse che Kantano alla fine era solo un colossale maleducato, un provocatore, uno spaccone, nulla di che!

L'esempio di Kantano Habimana, però, su di me stamattina non funziona. Forse perché continuo ad avvertire forte la percezione che invece di processare loro si stia processando me, o meglio, non proprio me, ma il mio tentativo di portare a processo un gruppo di "spacconi". In sintesi, questo è il pensiero di fondo, sto tenendo impegnata per una banda di colossali maleducati l'aula di un tribunale che dovrebbe servire a processare i criminali veri.

Ho anche la sensazione che nell'aula questo pensiero si stia diffondendo rapidamente, come un contagio. Percepisco alcuni sguardi, alcuni ammiccamenti, alcune scrollate di spalle. Sì, ho l'impressione che sia così. Chi con un'espressione del volto, chi con un gesto delle braccia, chi con una smorfia delle labbra mi sta dicendo: "Ma chi te l'ha fatto fare? Sono solo ragazzotti ignoranti!" M.P., in effetti, non ha ucciso nessuno e, ormai, ne sono convinto anch'io: ho commesso un errore a trascinarlo davanti a un giudice. Infatti sto per alzarmi in piedi, sto per gridare alla corte che mi sono sbagliato, che voglio ritirare la mia denuncia. Sto per dirlo anche ai giornalisti presenti in aula: ho commesso un errore, ho esagerato, hanno ragione loro, si tratta alla fine di ragazzi poco istruiti, ragazzi che fingono di avere una cultura del male per darsi delle arie. Vorrei alzarmi per fermare il gioco: tutto finito, tutti a casa. Anzi, con la testa sono già fuori dal tribunale, sono già dentro all'auto blindata, sono già sulla via del ritorno.

Tutto un errore, un errore nonostante l'"elenco degli italiani che aiutano gli immigrati"; un errore nonostante la "lista delle comunità ebraiche in Italia", con indicazione di negozi, ristoranti e scuole; un errore nonostante l'"aggiornamento e miglioramento della lista degli ebrei influenti italiani", nonostante la lista delle "facce da cancellare dalla TV". Un errore nonostante alcuni organi di stampa abbiano riportato questi articoli con precise indicazioni su dove si trovino gli esercizi commerciali gestiti da ebrei, con via e nominativo del negozio... Un errore nonostante la conclusione sia: "Agite secondo il vostro..."

Il vostro cosa?, ti starai chiedendo... Niente, semplicemente agite come volete, come vi sentite, con le modalità a voi più affini.

Un nome, però, mi riporta di colpo in aula. Come fosse il boato di un tuono o un'improvvisa esplosione, mi sveglia dal mio torpore, dal credere che tutto sia stato un colossale equivoco.

Mentre si passano in rassegna i reati contestati agli stormfrontisti e le querele sporte, viene pronunciato un nome, Settimia Spizzichino, l'unico nome che riesce a bucare il groviglio dei miei pensieri.

Settimia Spizzichino viene citata in relazione ai commenti scritti su Carla Di Veroli, al tempo assessore al XI Municipio di Roma. "Carla Di Veroli," scrive A.M. aka Dagren, "come quasi tutti gli ebrei, è infiltrata nelle nostre istituzioni", è una "femminista convinta", "omosessualista sfegatata" e "coccola-negri". Ed è nipote, Carla Di Veroli, di Settimia Spizzichino che Dagren definisce *olomiracolata*. Anzi, per la precisione "l'ennesima olomiracolata".

Di Settimia Spizzichino ricordo di aver visto un'intervista in televisione, o forse in Rete.

Settimia Spizzichino era un'ebrea romana, rastrellata come gli altri ebrei romani nell'ottobre del 1943 e deportata prima ad Auschwitz e poi a Bergen-Belsen. L'ascolto della sua testimonianza, molti anni fa, ebbe un profondo effetto su di me. Non ricordo in maniera precisa le sue parole o gli avvenimenti, tali e quali a come lei li ha narrati, ma le impressioni prodotte in me mi sono rimaste incise nella carne. La sua permanenza nei campi di concentramento, un anno e sette mesi, come spesso ci succede quando ascoltiamo le parole dei sopravvissuti, è come se fosse la mia.

Quando da una città calda come Roma si arriva ad Auschwitz, ti colpisce il freddo. Un freddo che impietrisce la natura circostante, che informa di sé anche il silenzio: perché quel luogo anonimo, quel piccolo centro industriale all'epoca abitato solo da poche migliaia di persone, apparentemente tace, non leva al cielo alcun grido.

Nel quartiere dove è cresciuta Settimia nulla è così anonimo, al contrario, tutto è vivido e racconta una tradizione antica: ogni colonna un cimelio, ogni targa un memoriale. Il tentativo perpetrato per oltre cinque secoli di emarginare e segregare prima, di cancellare poi, la comunità ebraica abbarbicata sulla sponda sinistra del Tevere ha avuto come unico effetto il rinsaldarne i legami.

Me la immagino bambina, Settimia Spizzichino. Deve essere stata abituata a portarsi la sedia in strada per chiacchierare la sera con le amiche; deve essere stata spedita dai vicini a ricevere i mostaccioli, quando ne sfornavano di freschi; deve essere stata mandata a portare o a chiedere, a questa o quella famiglia, gli utensili in comune proprietà: la scala per prendere le coperte dai ripiani alti dell'armadio, il martello per battere i chiodi sulla parete, la pompa per gonfiare le ruote della bicicletta, la tavola di legno col mattarello per stendere la pasta sfoglia.

La volontà degli abitanti del ghetto di Roma di tenere in vita le tradizioni della comunità è infatti sempre stata caparbia al punto di trasformare quel quartiere in un piccolo paese rumoroso, pieno di gente, che vive da secoli affastellata in case cresciute le une sopra alle altre, perché, dove i metri quadrati non possono espandersi, allora prendono ad allungarsi.

Tutto è pieno di vita al ghetto, al Portico d'Ottavia, e nulla trasuda morte come invece accade lungo i binari di quell'anonimo snodo ferroviario polacco, costruito apposta per far transitare più velocemente le merci.

Penso a Settimia ancora ragazza, all'interminabile viaggio verso nord, all'arrivo al campo. La vedo mentre con la sorella viene messa nella fila delle "abili a lavorare". Vedo nelle sue spalle dritte e gelate l'angoscia, l'angoscia di dover rimanere in salute per continuare a lavorare, per sopravvivere ad Auschwitz. L'angoscia del giorno della visita medica. Una volta al mese circa, quando si selezionano le donne che possono ancora lavorare e quelle che, invece, devono essere avviate alla camera a gas.

È il giorno in cui bisogna restare nude davanti a un plotone di uomini e si deve correre, correre, correre, il più velocemente possibile, anche se non hai alcuna energia nelle gambe.

Più forza metti nella tua corsa, più aumentano le tue possibilità di restare in vita.

Se resti in vita, puoi sperare di tornare un giorno al Portico d'Ottavia, sentire di nuovo il profumo dei mostaccioli appena sfornati e provare a scoprire cosa ne è stato di tua sorella Giuditta, la più piccola, di cui poi, ad Auschwitz, hai perso completamente traccia. Lei è sempre stata la più bella della famiglia e quindi sei sicura che la morte davanti a lei ha indietreggiato. La morte si vergogna del proprio proposito quando ha davanti occhi tanto luminosi e labbra così ben disegnate. Nessuno può aver fatto a Giuditta quello che hanno fatto a te, senza più capelli, con le piaghe sulla pelle, i denti neri e un odore di urina persistente addosso. Davanti alla bellezza di Giuditta, chiunque perde il suo coraggio, perché profanarla sarebbe l'illecito oltre cui più nulla potrebbe essere tollerato, e a te dà forza il continuare a credere che esista qualcosa davanti a cui tutto si arresta.

Dunque, correrai. Ci proverai a salvarti la vita, per tornare a casa e ritrovare Giuditta. Tu e lei. Ricominciare da lì.

Il ricordo di una sorella, di una madre, di un padre, di una zia può dare ai muscoli l'impulso per mostrarsi ancora tesi e alle gambe la spinta per farsi giudicare ancora capaci.

In Polonia l'inverno è molto rigido, e la neve cade molte

volte l'anno. Così, spesso, quella visita per la sopravvivenza si fa sotto la neve.

Mentre le ragazze corrono completamente nude sotto la neve sopra la terra gelata, iniziano a perdere liquidi. Un fiume di feci inonda loro le gambe e a ogni giro di corsa si solidifica un po', si rapprende, si secca fino a formare un'unica crosta, gialla e compatta, una crosta destinata a restarti attaccata sulla pelle per giorni e a emanare un odore nauseante. Per quello, forse, si usa l'espressione "puzzi dal freddo", per dire che il freddo, quando è forte, come il caldo, provoca violenti attacchi di dissenteria.

Ecco, mentre il Pubblico Ministero mi chiama al banco dei testimoni, ho ben chiaro in mente cosa mi avesse colpito degli scambi tra stormfrontisti: il fatto che chiamassero Settimia Spizzichino, sopravvissuta ad Auschwitz, "olomiracolata". Era un attributo che usavano di continuo sulla loro piattaforma, proprio negli stessi giorni in cui attaccavano me. Questo neologismo mi aveva disgustato e, sentendolo pronunciare di nuovo in aula, mi ricorda finalmente cosa fu a muovermi, a spingermi a sporgere querela. Fu proprio quella parola: olomiracolata.

I giornalisti presenti annotano il senso che gli adepti di *Stormfront* hanno attribuito al loro neologismo. Con l'espressione "olomiracolata" intendono riferirsi a tutte quelle persone che, dal loro punto di vista, ricavano un enorme vantaggio dall'essere sopravvissute all'Olocausto. E se uso il termine Olocausto, e non Shoah, lo faccio di proposito, perché solo questo termine loro usano e da questo hanno fatto derivare quell'aggettivo.

È questo, dunque, che più di tutto tenevano a farci sapere, non che odiano gli ebrei in quanto tali, ma che per loro la signora Spizzichino è una che con l'Olocausto si è arricchita: mentre piagnucolava in giro per le scuole d'Italia, faceva soldi con il suo libro di memorie!

Mi stupisco di me. Invece d'indignarmi col cuore, mi metto a fare i calcoli da ragioniere con la testa, come fossi alle prese con la compilazione di un 730. I miei calcoli mi convincono del fatto che hanno ragione i miei colleghi, mi trovo davanti a degli ignoranti che non hanno idea di come va il mondo. Non devono mai aver tenuto un libro tra le mani, altrimenti saprebbero che la piccola casa editrice con cui ha pubblicato la signora Spizzichino avrà stampato al massimo cinquecento copie delle sue testimonianze, perché fuori dai circuiti scolastici questo tipo di libri non ha mercato.

Cinquecento copie vendute avranno fruttato alla signora Spizzichino qualche migliaio di vecchie lire, circa due o trecento euro, il che vuole dire che trarre un libro dalle sue memorie è stata per lei un'operazione antieconomica.

Le "conferenze nelle scuole", che nella mente dei ragazzi di *Stormfront* sono segno di fama e successo, non vengono pagate perché sono liberi interventi su temi proposti dall'autore e non corsi di formazione per i quali le scuole sono autorizzate a spendere parte del loro budget.

Quello che con ogni evidenza questi ragazzi non riescono a credere è che si possano scrivere libri solo perché scriverli è giusto e doveroso. Quello che non ritengono possibile è che si scriva perché si crede in un'idea. E, però, la cosa paradossale è che se siamo in aula stamattina è perché loro per primi credono in un'idea. Perché per quanto aberranti siano le loro idee, ComplottoGiudaico e Dagren hanno trascorso interi pomeriggi a redigere liste per le quali nessuno mai gli darà dei soldi. Evidentemente, ComplottoGiudaico, Dagren e gli stormfrontisti sono convinti che solo quando si difende l'odio si è sinceri, mentre, in caso contrario, si è degli ipocriti interessati.

Ci misuriamo continuamente con il bene e con il male, ma perché il male siamo in grado di riconoscerlo autentico e verso il bene, invece, nutriamo sempre diffidenza? Perché quando scorgiamo all'orizzonte una pratica di bene crediamo ci stiano fregando? È evidentemente una paura ancestrale quella che ci impedisce di credere che esista un bene che sia davvero disinteressato e gratuito: dov'è la fregatura? cosa ci guadagnano?

Ma c'è dell'altro e riguarda noi, sì, proprio noi, qui e ora. Tu che leggi e io che scrivo. Il consumismo è diventato un consumismo esistenziale che ha inquinato le nostre relazioni; siamo consumatori e al tempo stesso oggetto di consumo. Lo scambio economico diventa così l'unico modo di entrare in relazione con l'altro. Quindi, nel momento in cui tu mi offri qualcosa di gratuito, io non ci credo. Inoltre, l'uomo misura l'altro col proprio metro: ci aspettiamo che l'altro freghi noi come noi fregheremmo lui. In quest'ottica, pensare al bene gratuito spiazza, perché se è vero che è possibile amare in questo modo, significa che si può cambiare, ma cambiare costa e non tutti sono disposti a pagare quel prezzo.

Mi è stato detto che per perseverare in una battaglia bisogna trasformare quella battaglia nel volto di una persona, nei suoi occhi, nelle sue mani, nel tono della sua voce. Mi hanno detto che i principi, da soli, non bastano al cervello, che inizia a sentirli, oltre un certo periodo, come troppo astratti. I principi fanno da miccia, ma poi, sulla lunga distanza, tutto tende a smorzarsi e poi a confondersi: il tuo punto di vista con quello degli altri, le tue ragioni con quelle degli altri, il senso profondo della tua lotta, la sua importanza, la tua capacità di sostenerla.

Ecco, ora so perché resto in aula e perché andrò fino in fondo: perché ho dato alla mia battaglia gli occhi e il timbro basso della voce di Settimia Spizzichino.

GRIDALO CHE LE LISTE SONO MARCHI
E CHE TU NON VUOI MARCHIARE NESSUNO.
GRIDALO CHE NON È VERO CHE IL MALE
È SEMPRE AUTENTICO E CHE IL BENE NON LO È MAI.
GRIDALO CHE ESISTE IL BENE
GRATUITO E DISINTERESSATO
E CHE PER DIFENDERLO SEI DISPOSTO
A PAGARE QUALUNQUE PREZZO.

Le memorie di Settimia Spizzichino sono raccolte nel libro scritto insieme a Isa di Nepi Olper, *Gli anni rubati. Le memorie di Settimia Spizzichino, reduce dai Lager di Auschwitz e Bergen-Belsen*, Comune di Cava de' Tirreni, Cava de' Tirreni 1996.

Sui fatti che mi hanno portato in aula il 28 maggio 2018 rimando al verbale dell'udienza, alla sentenza emessa dal Tribunale Penale di Roma il 10 febbraio 2020 e all'articolo di Simone Somekh, "Roberto Saviano, Author of 'Gomorrah', Takes on Internet Nazis", in *Tablet Magazine*, 8 maggio 2018, https://www.tabletmag.com/sections/arts-letters/articles/roberto-saviano-nazis.

Sugli attacchi a Carla Di Veroli, vedi l'articolo di Federica Angeli e Gabriele Isman nella cronaca di Roma per *la Repubblica*, "Attacchi antisemiti sul web per la Di Veroli 'Contro via Almirante, ha zia olomiracolata', 22 ottobre 2012, https://roma.repubblica.it/cronaca/2012/10/22/news/attacchi_antisemiti_sul_web_per_la_di_veroli_si_opposta_a_viale_almirante_aveva_una_zia_olomiracolata-45030076/.

Per le parole di Cicerone vedi la sua orazione *Pro Quinctio*, 15.

Sul perché crediamo all'autenticità del male e all'inautenticità del bene rimando alla conversazione con don Davide Banzato a *Che tempo che fa*, a Rai3, dell'11 ottobre 2020.

In ultimo: ho preferito citare gli stormfrontisti solo mediante i nickname e le iniziali dei nomi. Non sarò di certo io a stilare liste, non mi interessa che associate le loro parole ai loro nomi; vi basti sapere che ciò che ho raccontato è accaduto e che il tenore dei messaggi presenti sulla piattaforma *Stormfront* era ben più violento di quanto si possa immaginare. Molte volte mi è stato detto: "Non ne parlare", "Se ne parli gli dai solo importanza", "Se ne parli esistono". Non sono d'accordo: bisogna parlarne e bisogna denunciare.

SAI ASCOLTARE
IL GRIDO SENZA VOCE
NASCOSTO NEGLI OGGETTI
CHE RIEMPIONO LE NOSTRE VITE?

XU LIZHI

25.

SOLO UNA VITE CHE CADE A TERRA

Il poeta ha un piede nel fango, un occhio alle stelle
e un pugnale in mano.

Peter Brook

C'era stato un tempo in cui Xu era una persona: 23% impegno, 12% cura del corpo, 34% gioco e televisione, 31% affetto.

Il 23% d'impegno lo doveva alla scuola. I suoi genitori non gli rivolgevano la parola per giorni se prendeva un brutto voto. Vivere in una casa in cui fingono che tu non esista ti fa sentire cancellato dalla faccia del mondo. Quindi da quello non poteva liberarsi, anche se a scuola la promiscuità con i compagni la pativa, così come la vicinanza stretta negli autobus. Era un bene, si diceva, essere nato in campagna, dove c'era tanto spazio.

Anche il 12% della cura del suo corpo era una tassa dovuta ai suoi genitori. E però non gli dispiaceva la sensazione di indossare del cotone appena lavato e passarsi la mano sui capelli puliti.

Il 34% di gioco e televisione era il suo regno, la sua vita vera, la sua terra d'esplorazione. Anche se i suoi genitori gli trasmettevano l'idea che il gioco fosse solo perdita di tempo, un privilegio concesso a chi non è costretto a lavorare per vivere. Per loro vivere – ne aveva sempre avuto percezione netta – era solo impegno e lacrime.

Il 31% di affetto non proveniva dai suoi genitori. I suoi genitori non erano capaci di fabbricare affetto, non perché non gli volessero bene, ma perché in loro quel tipo di abilità non si era mai attivata. In lui neppure, e infatti tutti gli rimproveravano di essere stato prima un bambino timido e poi un ragazzo solitario:

Tutti dicono
che sono un ragazzo di poche parole
e non lo nego

Ma in verità
che io parli o meno
sarò sempre in conflitto con questa società

(Xu Lizhi, *Conflitto*)

Poiché l'unico in grado di produrre affetto in famiglia era suo nonno paterno, Xu era convinto che quella capacità fosse direttamente proporzionale all'età e che quindi doveva solo aspettare che, con l'avanzare degli anni, si manifestasse.

Da bambino, non sapeva esattamente che età avesse suo nonno. Intuiva solo che era stato giovane in un tempo lontanissimo, durante la seconda guerra mondiale, la "guerra di resistenza contro l'aggressione giapponese", come la chiamava lui. Una guerra che si era presa anche la vita del nonno materno, a cui tutti dicevano Xu somigliasse.

I vecchi del paese dicono
che somiglio a mio nonno da giovane
a me non pareva ma a forza di sentirmelo dire
me ne sono convinto

Quasi provenissimo dallo stesso grembo
mio nonno ed io abbiamo in comune
l'espressione del viso, il temperamento, le passioni

I vecchi avevano soprannominato lui “canna di bamboo” e
me “attaccapanni”

Lui spesso mascherava i suoi pensieri
e io spesso sono perfino ossequioso

A lui piaceva tirare a indovinare
io credo nelle premonizioni

Nell’autunno del 1943
i diavoli giapponesi ci invasero
e lo bruciarono vivo

Aveva 23 anni

Quest’anno
anche io compio 23 anni

(Xu Lizhi, *Una sorta di profezia*)

Xu e il nonno erano straordinari raccoglitori. Passavano pomeriggi interi a classificare ogni genere di pianta e di frutto che nasceva spontaneo. Xu aveva fiuto e ostinazione da cercatore, gli dicevano in famiglia. La verità era che il suo naso aveva imparato a distinguere ogni tipo di erba buona perché, ogni volta che ne scopriva una, percepiva l’intima soddisfazione del nonno. E non c’era cosa che lo colmasse di più di gioia. Era un uomo mite il nonno, carico d’anni, che non traeva soddisfazione da alcun altro aspetto della propria vita, un’artrite cronica gli deformava le mani, rendendolo ormai inadatto al lavoro nei campi. Il nonno – da che Xu ne aveva memoria – era un uomo inutile. Non per Xu, chiaramente, ma questo è quello che mostravano di pensare i suoi genitori con infiniti piccoli gesti o impercettibili inclinazioni della voce, che nel tempo aveva imparato a decifrare, perché lo colpivano con una maggiore potenza, la stessa con cui ci toccano i colpi inferti a chi non ha forza per sostenerli.

A parte i suoi momenti con Xu, dunque, la vita del nonno appariva come incenerita. Xu non riusciva neppure a immaginare chi fosse stato prima della sua nascita. Da sempre, lo ricordava addormentarsi in un lettuccio accanto al suo, e quel letto, nella sua immaginazione, doveva essere stato anche la sua culla.

Morì quando Xu aveva diciassette anni. Quando ormai non erano più così legati. Nel tempo Xu era divenuto inquieto, non più così bravo a tenere accesa in lui la fiamma della soddisfazione. Aveva iniziato a leggere molto e per fare questo si isolava in un angolo della casa restando in disparte per ore. Il nonno finse di non accorgersene mai, ma Xu era certo che fosse stato quel distacco progressivo a ucciderlo.

Crescendo, non sapeva spiegare neppure lui come, i poli del campo magnetico entro cui si muoveva da bambino avevano iniziato a mutare. Ad attrarlo ora non era più il nonno, ma i suoi genitori.

Le loro inquietudini avevano attecchito in Xu in maniera imprevista e profonda. Dopo anni d'incubazione, il loro pessimismo – forse solo pragmatismo – aveva cominciato a manifestare i primi sintomi e a prendere il controllo su di lui. Sentiva ormai che la vita fosse solo obbligo e pena, proprio come lo sentivano loro. Il mondo intorno gli diceva questo, non solo i suoi genitori, ma anche la scuola e il governo. Così, una volta realizzato che non c'era scampo, decise d'iniziare a pagare il prima possibile il suo debito con la vita, a scontare la sua pena. Cercava uno strappo netto, sperando di scoprire che in fondo entrare nell'età adulta non fosse poi così doloroso.

Col tempo guardare il verde dei campi al mattino e le montagne azzurre al tramonto non riuscì più a consolarlo, come accadeva da bambino, perché ora sapeva che tutto doveva finire. E se tutto doveva finire, allora, che finisse il prima possibile.

Una volta concluse le superiori, come la maggior parte dei suoi compagni di Jieyang, prese il pullman che lo avrebbe portato nella capitale del Guangdong, deciso a guadagnare Shenzhen.

Shenzhen era la star tra le città della provincia in cui era nato. Tra le sue strade era nata Huawei, e tra le sue crepe aveva preso forma Foxconn, l'immensa multinazionale taiwanese, la più grande produttrice di componenti elettrici al mondo. Non c'era persona che non conoscesse il logo azzurro delle sue insegne pubblicitarie.

Per un ragazzo di provincia, abituato a vivere lontano dalle luci pulsanti della metropoli, quell'insegna intermittente e azzurrognola era il sogno. Foxconn era sinonimo di modernità, comfort, lusso, futuro, avvenire. Qualunque abitante del pianeta – che ne avesse o meno consapevolezza – doveva a Foxconn la propria possibilità di connessione. Un iPhone, un iPad, un iPod, un Mac, una Xbox, una PlayStation, un Wii U e un Kindle esistevano solo perché esisteva qualcuno seduto in una delle sue anonime scrivanie ad assemblarne i piccoli componenti. Tutte le meraviglie del mondo tecnologico danzavano grazie a un processore, a uno screen, a un led, a un microcircuito, a una camera, a un auricolare usciti dalle fucine di Foxconn City.

Per invogliare i ragazzi del Guangdong ad abbandonare le campagne povere in cui erano cresciuti e migrare a Shenzhen, portando forza lavoro agli impianti di Foxconn, venivano diffusi slogan come: "Non puoi scegliere la tua nascita, ma qui raggiungerai il tuo destino. Qui devi soltanto sognare, e volerai!"

Quello che Foxconn, però, non diceva nei suoi spot, era che Shenzhen era una ZES.

"Che cos'è una ZES?" chiese un giorno Xu al nonno.

ZES è l'acronimo di Zona economica speciale. Il che, gli spiegò il nonno in termini comprensibili a un ragazzo, voleva dire che a Shenzhen, a partire dalla fine degli anni settanta, era stato tentato il più grande esperimento al mondo che avesse come cavie degli esseri umani.

Proprio così disse il nonno: "Un esperimento che aveva come cavie gli esseri umani." Un esperimento che sfruttava un'intera città come fosse un gigantesco laboratorio a cielo aperto.

E, subito dopo averlo detto, si fece promettere da Xu che mai avrebbe lasciato la campagna per andare a lavorare lì.

Il governo cinese allora voleva lasciarsi alle spalle il sistema economico comunista. Non che intendesse rinnegare quell'esperienza *in toto*, anzi, voleva mantenere più salda che mai l'implacabile impalcatura dello stato, l'organizzazione capillare della sorveglianza e delle restrizioni: si doveva, certo, continuare a selezionare i libri che i cittadini potevano leggere, le idee che potevano pensare e i siti internet che potevano raggiungere. Ciò a cui s'intendeva voltare le spalle era, invece, il suo sistema economico. Quello, il governo era deciso a darlo via, nello stesso modo con cui si dà via un paio di scarpe ancora buone, ma di foggia antiquata, residuo di un tempo passato che ormai ci imbarazza e che continuare a portare verrebbe giudicato nel migliore dei casi un vezzo, e nel peggiore, ostentazione di cattivo gusto.

L'idea era dunque quella di tenere in piedi un pezzo consistente del sistema comunista, ibridandolo con un pezzo – altrettanto consistente – di sistema capitalista. Si trattava di portare avanti un'operazione opposta rispetto a quella tentata un secolo prima dalla rivolta dei Boxer. Allora, si volevano cacciare gli stranieri che facevano affari d'oro sotto il sacro cielo della Cina, ora, al contrario, si dovevano attirare gli stranieri cosicché fossero spinti a concludere affari sotto il sacro cielo della Cina.

Dunque a questo servivano le ZES, luccicanti specchietti per allodole che invogliassero il capitalismo mondiale a fare acquisti vantaggiosi, a prezzi quasi di costo, e attraessero quanti più investimenti possibili.

Per realizzare questo era necessario che milioni di lavoratori lasciassero le campagne e si trasferissero in città. Era il grande balzo dell'economia cinese.

Non si doveva richiamarli, però, con la forza, così come si sarebbe fatto ai tempi di Mao. Anche in questo bisognava ibridare il sistema e imparare dai paesi capitalisti: si dovevano accendere le strade come alberi di Natale e tappezzare i palazzi di pubblicità inneggianti alla felicità e al successo. Sarebbe bastato fingersi lanterna nel buio, e le falene sarebbero arrivate.

Non appena il governo cinese informò il mondo di poter contare sull'imminente afflusso di manodopera, gli investitori stranieri arrivarono per dare avvio all'esperimento del capitalismo "deframmentato". Come in informatica, si trattava di raccogliere i dati sparsi nei cinque continenti del mondo – le diverse fasi di produzione dei componenti – in un unico posto – la ZES –, così da averli ordinati alla fine del processo, un processo di ottimizzazione a cui tutti avrebbero – ciascuno secondo il proprio ruolo – preso parte.

Le multinazionali fecero a gara per entrare nell'affare, così arrivarono in Cina, certe che l'idea avrebbe funzionato e decise ad azzannare la torta.

Come accadde anche in Europa ai tempi della seconda rivoluzione industriale, i contadini si lasciarono attirare e fu così che, a partire dagli anni ottanta, prese avvio quel flusso dalle campagne che trasformò la piccola Shenzhen in una megalopoli di milioni di abitanti.

Xu e i suoi coetanei, prima di arrivare a Shenzhen, sapevano anche loro del rischio di finire cavie del grande esperimento, perché qualcosa trapelava anche all'esterno di Foxconn, l'azienda di elettronica che stava per adottarli.

Si sapeva ad esempio che lavorare nei suoi capannoni non

fosse quella meraviglia che la multinazionale propagandava nei suoi spot, sapevano che i turni di lavoro erano duri e le paghe basse, ma pensavano che sarebbe bastato reggere l'urto dei primi mesi, essere parsimoniosi con i primi stipendi. Poi, col tempo, una volta presa la mano, tutto sarebbe venuto naturale. Sì, questo pensava Xu, bisognava abituarsi, stringere i denti, mostrare determinazione. I racconti sugli orari di lavoro insostenibili, sulla crudeltà dei sorveglianti probabilmente erano stati messi in giro da chi non ce l'aveva fatta, da chi non era abbastanza forte o non si era rivelato abbastanza tenace. Ma lui, Xu, invece ce l'avrebbe fatta. Aveva una buona tempra, non si era mai concesso ozi, e poteva contare sull'ostinazione che suo nonno lodava da quando era ancora un bambino.

Nonostante per tutto il viaggio il tenore dei suoi pensieri fosse stato questo, quando il pullman sputò lui e i suoi compagni di viaggio davanti ai cancelli di Foxconn City, Xu ebbe il presentimento che quella cittadella industriale, nata come un'escrescenza tumorosa alla periferia di Shenzhen, non gli avrebbe dischiuso alcun orizzonte di felicità e realizzazione.

Guardie dal volto ostile li misero in fila lungo il muro di cinta e iniziarono a passarli in rassegna lentamente. L'attitudine era quella di chi sospettava qualche segreto difetto, schiene troppo curve, occhi che non vedevano bene, teste che non funzionavano. Eppure erano tutti visibilmente in buona salute e nessuno di loro superava i venticinque anni d'età.

Con lo stesso palpabile fastidio con cui li avevano esaminati, gli consegnarono un pass, che avrebbero dovuto strisciare ai checkpoint presenti a ogni entrata e a ogni uscita della cittadella. Gli dissero anche di non chiamarla "cittadella" o "dormitorio", e che il termine giusto era "campus".

Sì, gli dissero che stavano per entrare nel "campus" della Foxconn, dove le possibilità per un giovane motivato di continuare a studiare e allargare la propria mente non sarebbero mancate. All'interno, il complesso includeva una biblioteca, un centro di formazione, una palestra aziendali e una vasta sala computer con connessione a Internet. L'insistenza sul nome da attribuire al loro nuovo luogo di vita li stupì, ma capirono presto che era legata all'immagine che l'azienda voleva dare di sé. Richiamarsi alla parola "campus" voleva dire creare un'associazione di idee con i campus universitari statunitensi o con i residence superesclusivi degli impiegati della Silicon Valley.

Quello che contrastava con lo sforzo di suggerire scenari di vita rassicuranti e gioviali era il tono di voce con cui tutto questo gli veniva spiegato, come se fossero condannati per un crimine che dovevano scontare in quel luogo.

Il tono si fece più amichevole solo quando si trattò di convincerli a uscire dal "campus" il meno possibile, solo per motivi eccezionali, e solo se non avessero trovato già all'interno ciò di cui avevano necessità. Tutto, del resto – li rassicurarono –, era già dentro ai tre chilometri quadrati, piantonati e protetti, in cui stavano per entrare. Li dissuasero anche dal cercare un alloggio fuori dalla cittadella, perché un posto letto a Foxconn City equivaleva – gli dissero – solo a un ventesimo del loro stipendio, mentre per un monolocale in città avrebbero dovuto impegnarne almeno un terzo. Alloggiare lì, anche se avrebbero diviso la propria camera con altri dipendenti, significava avere più soldi da spendere e da inviare alle famiglie. Gli dissero che molti ragazzi, appena venuti dalla campagna, si facevano prendere dall'euforia della grande città e si "mettevano in testa" – proprio questa fu l'espressione che usarono – di cercare un alloggio tutto per loro, fuori dalla cittadella. Così facendo, dilapidavano lo stipendio e arrivavano a fine mese senza aver messo nulla da parte. In altre parole, pagare una casa tutta per sé equivaleva a buttare via il privilegio che Foxconn gli stava concedendo: reggersi sulle proprie gambe e aiutare chi aveva lavorato duramente per crescerli.

La capacità di mutare il tono di voce fu decisiva per conquistare, almeno in parte, la fiducia dei ragazzi, perché loro per primi guardavano a quello stipendio come a un beneficio raro e prezioso, che non doveva essere dilapidato.

Lo spirito con cui ognuno di loro varcava la porta di Foxconn City era quello di chi è ben deciso a mettere a frutto la propria vita, e i discorsi delle guardie sulla possibilità di guadagnarsi un posto rispettabile nel mondo stemperarono le cattive sensazioni del primo impatto.

Visto al suo interno, il perimetro di Foxconn City conteneva quindici fabbriche, dormitori per gli operai, un centro commerciale, una caserma per i pompieri, un ospedale e, come aveva già anticipato il personale di sicurezza, una biblioteca, una rete televisiva interna, la redazione di un giornale, qualche corso universitario e una piscina. Quest'ultima conferiva alla cittadella l'aspetto di ridente area residenziale e sembrava, infine, farle meritare l'appellativo di "campus" a cui Foxconn mostrava di tenere tanto.

Dopo alcuni giorni di permanenza, però, Xu scorse, dietro a quell'apparente normalità, gli indizi della vera vita che li attendeva. I volti delle persone che incrociava per strada erano cupi, lividi, a volte completamente inespressivi, svuotati di ogni emozione. Una strana stanchezza sembrava aver divorato gli operai dall'interno.

Fuori dai torrioni e dalle finestre dei dormitori erano stati montati parapetti e reti antisuicidio a cui nessuno nella fase dell'accoglienza aveva fatto riferimento. Xu sapeva che diversi operai residenti a Foxconn City si erano tolti la vita nell'ultimo decennio, saltando nel vuoto dalle finestre dei dormitori, ma preferiva credere che questo non avesse a che fare con Foxconn City, ma fosse dovuto a cause esterne, a motivi personali.

La cosa che più lo stupì il primo mese, però, fu comprendere che – a dispetto dei discorsi sulla sacralità del risparmio ascoltati al momento dell'accoglienza – Foxconn succhiava dalle loro buste paga, per l'acqua e l'elettricità, una cifra che era il doppio rispetto alle tariffe in vigore fuori, e per continuare ad avere un posto letto dentro al dormitorio bisognava adattarsi ai prezzi di Foxconn sulle forniture. Ben presto imparò anche che funzionava così per tutto. Lui e gli altri operai erano come clandestini. Il sistema cinese favoriva il mantenimento di questo stato di cose, in quanto i diritti di cittadinanza urbana si acquisiscono per nascita. Il sistema dell'"hukou" stabiliva che cittadini provenienti da diverse aree geografiche avessero diritti proporzionati ai finanziamenti locali delle zone di provenienza, così se nelle tue vene non scorreva sangue urbano non potevi sperare, cambiando residenza o domicilio, di ottenere o ampliare diritti legati al luogo di origine della tua famiglia: un migrante, anche se interno, restava comunque un cittadino di seconda classe.

Il fatto di lavorare in città con i diritti di uno nato in campagna equiparava la condizione di Xu a quella dei clandestini di tutto il mondo: riceveva la spesa dai "caporali" al doppio del prezzo di mercato, perché al supermercato di Foxconn City le carote comuni si vendevano al prezzo di quelle biologiche della California.

Il principio base del capitalismo – che Foxconn realizzava appieno – era che un'anima deve essere munta in molti modi, cosicché, a fine giornata, solo pochi yuan della sua paga restino nelle sue tasche.

La giornata lavorativa mediamente andava dalle 10 alle 12 ore, molte delle quali venivano proposte ai ragazzi come ore di straordinario, ma poi pagate come lavoro ordinario.

Il lavoro si svolgeva sotto lo sguardo vigile dei supervisori. Le pause erano quasi inesistenti e il ritmo di produzione ultraveloce. Non c'era modo di alzare lo sguardo dai piccoli arti di telefono o di PlayStation che ogni operaio assemblava seduto alla propria postazione. La gestione del lavoro era affidata ai capireparto, che lo assegnavano nella maniera più impersonale possibile, in modo da ridurre al massimo le interazioni umane.

Tra colleghi, le relazioni erano fortemente scoraggiate e lo spirito di solidarietà guardato con sospetto. Se riconosciuto, veniva immediatamente deriso. Se una mano si allungava per raccogliere il bulloncino caduto a un'altra, i sorveglianti provvedevano a mettere alla gogna non solo l'autore del gesto, ma anche il suo beneficiario, in modo che si fosse definitivamente dissuasi dal compierlo una seconda volta. Lo stesso accadeva a chi non faceva mostra di ridere quando la sorveglianza, ad alta voce, metteva in ridicolo questo o quel lavoratore, o chi provava a difendere gli altri. Quelli che si abbandonavano a certo tipo di atteggiamenti mostravano di essere dei nuovi arrivati; i vecchi, dopo le prime tre o quattro settimane, non manifestavano più certi impulsi, per evitare vessazioni soprattutto sugli altri. Se qualcuno nonostante le condizioni difficilissime intrecciava delle relazioni compiva ogni sforzo per tenere la cosa nascosta, perché questo innescava atteggiamenti punitivi da parte della sorveglianza.

La cosa più temuta all'interno dei capannoni di Foxconn City erano le relazioni sentimentali. Quando un'operaia o un operaio iniziavano a frequentarsi, infatti, diventavano insofferenti della vita nei dormitori, dove non era possibile alcuna privacy. Così cominciavano a fantasticare di prendere un alloggio in città e, dopo qualche tempo, le pance delle ragazze si gonfiavano. Statisticamente era confermato che i lavoratori con figli chiedevano diritti con più forza, quindi questo genere di circostanze andavano scongiurate in ogni modo.

Tutto era studiato per mantenere il più veloce possibile il ritmo di produzione, l'unica cosa a cui fosse consentito di rallentarlo erano le arringhe dei sorveglianti. Questi tenevano discorsi minacciosi di continuo, per chiedere tempi di lavoro supplementari e per mettere gli operai al corrente della situazione generale dell'azienda, che veniva puntualmente descritta come sull'orlo del fallimento. Ciò serviva a presentare ogni sacrificio, ogni rinuncia, ogni arbitrario allungamento del turno di lavoro come inevitabile, qualcosa a cui nessuno poteva sottrarsi, pena la perdita del lavoro per tutti. Il fallimento, la bancarotta erano sempre presentati come dietro l'angolo, e questo serviva anche a fare in modo che chi voleva protestare, chi aveva in progetto di mettere in atto una qualche forma di sciopero, chi pensava di rivelare all'esterno quanto accadeva dentro le mura di Foxconn City, venisse immediatamente isolato dagli altri, preoccupati di salvare l'azienda e con lei il proprio posto di lavoro.

Ogni distrazione era rimproverata pubblicamente in maniera da divenire un insegnamento per tutti. Se un pezzo era stato lavorato male, se non si era riusciti a mantenere il ritmo di produzione atteso, non si veniva ripresi presso la propria postazione, ma si organizzava un momento collettivo, fuori dell'orario di lavoro, durante il quale il reo era costretto a una pubblica ammissione di colpa.

Chi era stato messo sotto accusa doveva, con un discorso pubblico, articolato e ben studiato, passare in rassegna, scandagliandole, le proprie mancanze, insistendo sulla gravità delle colpe che le avevano rese possibili. Ognuno si impegnava con estrema serietà nel preparare la propria autoaccusa e nell'impetrare il perdono dalla direzione e dai colleghi, perché sapeva che finché non fosse stata fornita una messa in scena credibile, l'autoumiliazione sarebbe proseguita a oltranza.

Per questa ragione, ognuno di loro aveva imparato a scriversi un testo in anticipo, un'articolata autovalutazione, necessaria a convincere i carnefici che la resa fosse totale e sincera. Gli altri operai dovevano intervenire, durante l'autodafé, per rimproverare a loro volta il reo, pena l'entrare essi stessi in un cono d'ombra di biasimo e riprovazione da cui si tendeva a selezionare personale per la successiva rappresentazione.

Oltre al controllo dei capireparto, si era soggetti a quello dei sorveglianti. Sulla carta, non esisteva alcun rapporto di sudditanza nei loro confronti, ma il modo in cui essi si rivolgevano agli operai e i rituali che imponevano a quest'ultimi erano studiati apposta per creare invece la percezione contraria. L'idea era di farli sentire inquadrati in una disciplina militare e presentare, così, ogni eventuale errore come un'infrazione a un codice marziale.

Si faceva in modo di farli sentire inadempienti e lavativi, per scoraggiare qualunque richiesta e per rafforzare in loro la convinzione che mantenere il proprio posto di lavoro a Foxconn City fosse un privilegio che doveva essere ripagato con totale abnegazione e riconoscenza.

Non c'era alcun divertimento da parte dei sorveglianti nel fare questo, il metodo veniva imposto a loro per primi, e loro per primi ricevevano un uguale trattamento dai piani alti della struttura.

Deridere ogni loro parola, ironizzare su ogni possibile alleanza, serviva a farli sentire isolati e ridicoli, e questo, nell'idea dei vertici dell'azienda, sarebbe bastato a mantenerli docili e produttivi.

In ogni caso, per Foxconn City era solo una questione di calcolo matematico. Nel campus lavoravano 240.000 persone, tra operaie e operai, e se tutti e 240.000 si fossero coalizzati, avrebbero paralizzato la fabbrica, svuotato gli impianti; se poi la situazione fosse sfuggita di mano, avrebbero potuto anche distruggere i macchinari, danneggiare le strutture. A quel punto, certo, le autorità sarebbero intervenute e i colpevoli sarebbero stati puniti, ma si sarebbe dovuto ricominciare tutto da capo, causando un ritardo nella produzione che non potevano permettersi. Dunque, a Foxconn City, l'operazione più vantaggiosa era quella di prevenire, scoraggiare ogni tentativo di fare fronte comune, di figliare o di abbandonare la cittadella.

A Foxconn City si tentava l'operazione opposta a quella delle altre aziende di elettronica del mondo. In California si studiava come dotare le macchine dell'unica cosa che la tecnologia non riusciva a produrre: la capacità di sentire e provare emozioni. A Shenzhen si provava, al contrario, a estirpare dagli esseri umani quella capacità, giudicata un ostacolo al successo produttivo.

Col tempo, senza che nessuno glielo ordinasse, gli operai di Foxconn City impararono ad assecondare tutto questo, iniziarono ad allinearsi ai desiderata dei sorveglianti, persino quando rimanevano inespressi, perché col tempo ognuno di loro apprese la filosofia di fondo che vigeva a Foxconn City.

Così, senza aver mai ricevuto alcun invito in questo senso, iniziarono pure a bandire dai propri discorsi ogni riferimento alla Foxconn, o a Foxconn City, anche se erano lontani da orecchie indiscrete e fuori dall'orario di lavoro.

La paura, non dichiarata ma palpabile, dei capi di Foxconn City era che gli operai avessero coscienza di quanto accadeva loro, cioè che, in altre parole, quando erano insieme chiamassero le cose con il loro nome. Fondamentale era per l'azienda che tutto venisse descritto in un modo accettabile, una versione riferibile oltre i cancelli della cittadella.

Nella pianificazione aziendale, era come se si dovessero addestrare dei bambini a chiamare bacio ciò che era un calcio o uno schiaffo. Così se qualcosa fosse trapelato all'esterno, non sarebbe stato interpretato nel suo reale significato. Invertendo il senso di alcune parole e censurandone altre si potevano limitare i danni di un'incauta confidenza o di fuga maldestra di informazioni. L'impiego di parole contrarie al loro senso permetteva di immaginare che un bambino, arrivato in classe, dicesse alla maestra: "Papà mi ha tirato dei baci", in luogo di dire: "Papà mi ha tirato dei calci". E, in fin dei conti, era un modo come un altro per tamponare il dissenso interno alla cittadella, per evitare inutili fastidi o, peggio, rallentamenti, anche perché le conseguenze di una denuncia vera, fatta con lucidità e attraverso canali ufficiali, quelli di Foxconn non la temevano, in quanto gli operai sapevano che la polizia e il governo erano dalla parte dell'azienda multinazionale. E comunque, quegli operai ormai erano in trappola, non avevano nulla a cui poter tornare.

Da quel primo maledetto stipendio che avevano mandato a casa, ormai il loro destino era segnato.

Era come se avessero promesso alle famiglie di aiutarle per sempre. Il loro animo si era lasciato corrompere dai loro "Grazie ai soldi che hai inviato, abbiamo rifatto il solaio", "Per merito dei tuoi soldi abbiamo curato papà", "Grazie alla tua rimessa abbiamo ripianato i debiti", "Col tuo sostegno abbiamo aiutato la zia". Tornare indietro non significava solo far cessare gli aiuti all'improvviso, ma soprattutto costringere i genitori a ricominciare a dividere il poco riso tra troppe bocche, e a provare vergogna davanti ai vicini. "Perché era tornato?" si sarebbero chiesti.

E poi, una volta tornati, cosa pensavano di raccontare di Foxconn City? La polizia locale li avrebbe tenuti sotto sorveglianza, perché nessuno doveva parlare male di Foxconn. L'immagine del marchio all'estero era molto importante. Foxconn rendeva possibile l'assemblaggio di iPhone, di iPad, di iPod, di PlayStation, e non si poteva permettere che quegli oggetti di design fossero associati a fabbriche punitive dove si spremeva ferocemente la vita di ragazzi tra i 17 e i 25 anni di età. Era come per gli spot pubblicitari delle automobili, il cliente lo spingevi a comprare la sua nuova macchina se si suscitavano in lui immagini di libertà, vita, speranza, futuro, e non di dolore, sfruttamento e morte. Nessuno avrebbe potuto sperare di vendere quei prodotti associandoci slogan come: a Xu il tuo iPad è costato 12 ore di straordinario non pagato, a Li il tuo smartphone è costato aver perso il diritto a farsi degli amici, a Qiang di sposarsi, a Xia di avere un figlio, a Yumei di dormire in un letto decente.

Nulla doveva trapelare.

Un giorno, un giornalista parcheggiò davanti al muro di cinta di Foxconn City. Era un giornalista cinese che conosceva bene la politica di occultamento delle reali condizioni di vita e di lavoro degli operai e la connivenza del governo con l'azienda. Per questo non scese dall'auto e non tentò di sporsi fuori dal portello. Si limitò a filmare e scattare qualche foto, da dietro i vetri della macchina, col telefonino. I sorveglianti uscirono in strada, sorridendo e fingendosi solo curiosi, gli fecero tirare giù il finestrino. Come ebbe abbassato un po' il vetro, lo afferrarono per la giacca, gli aprirono la portiera e lo tirarono a forza fuori dalla macchina. Gli restituirono il telefonino, ormai completamente inservibile, solo dopo averlo riempito di botte.

Col tempo Xu capì che era destinato a essere dissolto dai succhi gastrici del pachiderma che, con il suo consenso, l'aveva ingoiato.

Foxconn City, ne era convinto, non era l'impero del male, era solo l'unione tra capitalismo e comunismo: il comunismo ti toglie la libertà, ma non ti sollecita il profitto, il capitalismo fa il contrario. Foxconn, faceva entrambe le cose: ti toglieva la libertà, sollecitando il massimo del profitto.

Xu capì che era stato uno sbaglio avere fretta d'iniziare a scontare la propria pena, che una pena così bisognerebbe iniziare a pagarla il più tardi possibile, quando le pareti del tuo cuore sono forti abbastanza da resistere allo schianto.

Aveva creduto che prima fosse entrato in quel mondo di impegno e lacrime, prima avrebbe sviluppato gli anticorpi per resistergli. Ma non esistono anticorpi per qualcosa come Foxconn City. Aveva sperato di trovare scorciatoie, d'inventare stratagemmi, di affidarsi al fiuto di quando era bambino nel saper scovare erbe commestibili che lo tenessero in vita. Era stato certo di poter digerire tutto quello che Foxconn City incarnava, ma si era sbagliato.

La digestione era proprio quel tipo di operazione che gli riusciva più complicata. Ogni volta in cui, a fine turno, rientravano, i coinquilini festeggiavano il ritorno alla libertà, fumando sigarette o bevendo birra negli spazi comuni dei dormitori. A questo e poco più si riduceva la loro libertà, perché il personale di sorveglianza controllava le loro vite anche oltre l'orario di chiusura delle fabbriche. Xu era uno dei pochi che, al rientro, non riusciva a introdurre nulla dentro al suo stomaco. Sapeva che doveva prima spurgare se stesso dai liquami accumulati durante la giornata. Sentiva che non gli sarebbe riuscito d'ingoiare neppure un piccolo pezzetto di pollo, senza prima liberarsi da quel veleno. Se avesse iniziato a mangiare prima di depurarsi, avrebbe avuto la sensazione di ingoiare, insieme alla cena, la sua stessa carne.

Il bacile entro cui svuotava ogni sera le sostanze di scarto era la carta. Sulla carta, vomitava le mignatte entrate nello stomaco durante il giorno, quelle che sentiva avevano già iniziato a ulcerargli gli organi interni:

Ho ingoiato una luna fatta d'acciaio
ne parlano come se fosse un'unghia

Ho ingoiato queste acque di scolo industriali, queste carte di disoccupazione
La gioventù chinata sulle macchine muore prima del suo tempo
Ho ingoiato il trambusto e l'indigenza
ingoiato ponti pedonali, vita coperta di ruggine

Non posso ingoiare altro
E tutto ciò che ho ingoiato ora rigurgita

dalla mia gola
spandendosi sulla terra dei miei avi
in un ignominioso poema.

(Xu Lizhi, *Ho ingoiato una luna fatta d'acciaio*)

Solo quando vedeva i parassiti contorcersi sulla carta, resi orfani della sua carne, riusciva a chiudere il quaderno. Allora poteva iniziare a mangiare.

Un giorno il suo stomaco, su quel quaderno, rovesciò questo:

Persino la macchina ciondola il capo
Officine sigillate ammassano acciaio ammalato

Salari negati con vari pretesti
come l'amore, che i giovani operai seppelliscono nel fondo dei cuori
Senza il tempo per esprimersi, il sentimento si sgretola in polvere

Hanno stomaci forgiati nel ferro
pieni di acido denso, solforico e nitrico

La fabbrica cattura le loro lacrime
prima che abbiano la possibilità di cadere

Il tempo scorre, le loro teste perdute nella nebbia
lo sfruttamento li invecchia,
il dolore fa gli straordinari giorno e notte

Nelle loro vite lo stordimento precoce è in agguato
la piallatrice scortica la pelle
e mentre lo fa li ricopre di uno strato d'alluminio

Qualcuno resiste ancora, mentre altri sono ghermiti dalla malattia

Sonnecchio tra loro facendo la guardia
all'ultimo cimitero della nostra giovinezza

(Xu Lizhi, *L'ultimo cimitero*)

A Foxconn City c'era una sala computer. Nessuno ci andava mai, perché navigare con i computer di Foxconn City era un modo perfetto per consegnargli l'altra metà della tua anima, quella che ancora non erano riusciti a estrarti. Per quanto tu potessi essere abile nello svuotare la cache di navigazione, tutto veniva spiato prima che tu decidessi di scollegarti.

Una sera, però, Xu decise di non rientrare subito al dormitorio dopo l'orario di lavoro. Voleva capire. L'ultimo atto della sua vita doveva essere capire quale fosse il contrappeso a tutto quel dolore. Voleva vedere di quale mosaico più ampio lui costituisse il pezzo più sfortunato e infelice. Se lui e i suoi compagni erano inchiodati notte e giorno a quel dolore, chi c'era dall'altra parte della catena, chi erano quelli che usavano i PC, gli iPhone, i tablet, le PlayStation che loro assemblavano?

Di loro sapeva solo quanto emergeva dalle statistiche: che i ragazzi cinesi costituivano il 30% della manodopera mondiale, che nel campo dell'elettronica però quella percentuale doveva essere alzata a circa il 69% della manodopera mondiale. Sapeva che ogni grande colosso occidentale in quel campo necessitava di pezzi fabbricati a Foxconn City per completare le macchine che venivano vendute sul mercato internazionale. Sapeva anche, ma questo non lo aveva trovato scritto da nessuna parte, gli era arrivato dal passaparola, che in Occidente c'erano stati insegnanti e studenti che avevano boicottato molti dei marchi che acquistavano pezzi da Foxconn per chiedere condizioni di lavoro umane e salari decenti per ragazzi come lui. Sapeva anche che nell'ultimo decennio il numero dei suicidi negli stabilimenti della Foxconn era aumentato del 300%, e che quelli che si suicidavano erano accomunati da una strana caratteristica: dopo l'ingresso a Foxconn City avevano iniziato a scrivere poesie.

Le stime, le analisi, però, non gli interessavano più. Ora voleva raggiungere qualcuno dall'altra parte della catena. Non aveva nulla da dirgli, voleva solo allungare la mano e sentire la sua dall'altra parte. Così, solo per unire in gesto ideale quelle due parti del mondo che vivono scollegate, ma una sulla schiena dell'altra. Era un gesto inutile, lo sapeva, ma anche le poesie che lui e altri operai scrivevano la sera erano inutili, se era per questo. Chi le avrebbe mai lette? A cosa potevano servire?

Anni prima aveva visto un filmato, o forse non aveva visto nulla, magari anche questo gli era solo stato riportato dal passaparola e non era neppure mai accaduto, forse era solo una leggenda metropolitana, però da qualche mese ci pensava sempre. Un'operaia del tessile, in una fabbrica di Shanghai, aveva infilato dentro alla tasca di un paio di jeans un biglietto. L'aveva scritto in inglese, indirizzandolo alla persona che avrebbe comprato – all'altro capo del mondo – i jeans che aveva appena cucito. Così, quella sera, i jeans contenenti il biglietto erano partiti insieme ad altre migliaia di jeans dalla fabbrica di Shanghai. Gli uni accatastati sugli altri, separati dalla carta velina e dal cellophane per evitare fallature, erano stati caricati nei container e scaricati dalle navi, poi caricati su altri furgoni e, solo alla fine di questo percorso, esposti nelle vetrine di Londra, Parigi, Johannesburg, Dakar e New York. Erano stati venduti più o meno all'equivalente di 80 euro, di cui solo 38 centesimi le erano stati corrisposti in busta paga per averli cuciti dal cavallo alla caviglia. Il giorno in cui furono acquistati, una donna aveva messo una mano nella tasca e aveva trovato il biglietto scritto a

Shanghai e inserito nei jeans insieme alla bustina di gel di silice. Nel biglietto c'era scritto:

"Sono io, Jia Li, che ho cucito i tuoi jeans.
A me questo è costato così tanto dolore!"

Ecco, Xu voleva fare come Jia Li, voleva dire a un ragazzo all'altro capo del mondo che il controller della sua PlayStation gli era costato così tanto dolore. Voleva dirgli: sono io che anche oggi non ho abbracciato, non ho baciato, non ho letto, non ho giocato, non ho corso, non ho camminato, non ho mangiato, non ho dormito per assemblare il tuo prossimo smartphone.

Per evitare di essere scoperto troppo in fretta, iniziò la sua ricerca coperto da un VPN. Creò un account, entrò nella chat e si mise in attesa. Dopo un po', accompagnato da un piccolo singhiozzo del computer, ecco apparire il messaggio di un altro utente… il suo nick era Bananaboss, scriveva proprio a lui, e lui rispose.

Dove abiti, Bananaboss? Oh, non sono mai stato a Madrid. Quanti anni hai Bananaboss?… Ah, allora sei molto più piccolo di me, io ne ho già 23 di anni… Cosa ti piace, Bananaboss? Perché non ti piacciono i tuoi genitori? Non so se mi piacciono i miei, non ci ho mai pensato, i genitori sono sacri… Perché ti piace giocare alla Play, Bananaboss? Qual è l'ultimo gioco a cui hai giocato? *The Last of Us*… no, non conosco questo gioco. Peccato non si possa giocare insieme a questo gioco… Dimmi com'è questo gioco. No, non so dove si trovi Salt Lake City. Ah, negli Stati Uniti… Cosa succede in questo gioco a Salt Lake City? Un ospedale, certo, anche da me ci sono molti ospedali… Devi curarti, Bananaboss, in questo ospedale? Ah, ho capito, devi portarci tua figlia. Okay, d'accordo, è solo nel gioco… si chiama Ellie, e per te è come una figlia… È stata contagiata da cosa? Ah, no, lei è l'unica a non essere stata contagiata… Da un fungo? Certo, da piccolo con mio nonno raccoglievo sempre i funghi… Ah, questo fungo rende gli umani aggressivi… come zombie… Cosa vuol dire zombie? Oh, ed Ellie è l'unica immune al fungo? Devono estrarre qualcosa dal suo cervello per creare il vaccino, ho capito… Le faranno del male… Esiste davvero questo fungo? No, non so cos'è il *Guardian*… Non credo di poter rimanere collegato abbastanza… Sì, cercherò l'articolo sul *Guardian*… Sì, la foto posso vederla subito, scrivimi la parola che devo digitare sul motore di ricerca… *Ophiocordyceps*, sì ecco, sto vedendo le immagini, la vedo, la testa della formica col fungo che spunta fuori, il parassita che le ha rubato la vita… È un fungo che prende il controllo di alcune formiche, gli si pianta nella testa… distrugge i loro tessuti nervosi… Iniziano a muoversi in maniera sconnessa… Non hanno più il controllo delle loro vite. Questo mi interessa. È come se dentro non ci fossero più loro, capisco questa sensazione… Diventano come automi, come robot, lo so bene… Capisco cosa vuol dire muovere le braccia senza essere dentro a quel gesto, senza volontà, capisco quello che dici… Ciao, Bananaboss… Ora devo proprio andare… Certamente… Tra una settimana… Buona fortuna, Bananaboss.

Nei giorni seguenti Xu faticò sempre più a trovare concentrazione. Gli sembrava di sentire il fungo di Bananaboss crescere dentro alla sua testa, come se ormai avesse il controllo dei suoi pensieri e dei suoi movimenti. Era come nel gioco di Bananaboss, lo sentiva premere per fuoriuscire dal cervello; dentro ormai non c'era più lui, Xu, ma il fungo parassita. Non poteva più concentrarsi sulle cose importanti, ma solo su fatti periferici, privi di ogni rilevanza, come quando una piccola vite cadeva a terra. Viti e bulloni erano gli unici pezzi che la sorveglianza non contava a fine turno, perché non valevano nulla. Così quando a qualcuno cadeva una piccola vite a terra non perdeva neppure tempo a raccoglierla, perché chinarsi a terra avrebbe rallentato il ritmo di produzione.

Una notte, durante un turno di straordinario, Xu osservò di nuovo una piccola vite cadere a terra. Nessuno percepì il tonfo d'attrito che produsse toccando il pavimento.

Sebbene quello suo e dei suoi colleghi fosse un lavoro di precisione, molte persone riunite insieme producevano comunque un rumore. Forse per questo nessuno udì quello schianto. In Xu, però, la capacità sviluppata da bambino nel distinguere le erbe impediva di percepire i suoni come fossero un unico amalgama. Ne distingueva, al contrario, le singole componenti. Riusciva a sentire il rumore vorticoso di una vite che perde l'equilibrio e rotola sulla console fino a precipitare nel vuoto. Sentiva il suo esile corpo fendere l'aria e udiva distintamente l'urto violento all'impatto col suolo. Quello che lo lasciò stupito è che quel rumore arrivasse solo a lui. Come era possibile? Quella notte realizzò che se avesse fatto anche lui come la vite, nessuno se ne sarebbe accorto.

La vita senza libertà che conduceva, pensò osservando quella vite schiantarsi a terra nell'indifferenza generale, gliene lasciava infine una. Uscire di scena, senza produrre effetti collaterali.

In questa notte oscura di straordinario
cadendo in verticale, tintinnando leggermente
una vite è caduta a terra

Non attirerà l'attenzione di nessuno

Proprio come l'ultima volta
in cui in una notte come questa
qualcuno crollò a terra

(Xu Lizhi, *Una vite è caduta a terra*)

Bananaboss non esiste, ma Xu Lizhi sì, lavorava alla Foxconn e scriveva poesie.

Si è tolto la vita il 30 settembre del 2014.

GRIDALO QUANDO, NEL SILENZIO GENERALE, UNA VITA CADE A TERRA.

Le poesie riportate nel testo sono tratte da Xu Lizhi, *Mangime per le macchine. Poesie*, trad. it. a cura dell'Istituto Onorato Damen della selezione di liriche pubblicata online dal blog libcom con il titolo "The Poetry and Brief Life of a Foxconn Worker: Xu Lizhi (1990-2014)". Entrambe le raccolte sono rispettivamente consultabili a queste pagine web: http://www.istitutoonoratodamen.it/joomla34/images/stories/libro%20poesie%20mangime%20per%20le%20macchine.pdf; https://libcom.org/blog/xulizhi-foxconn-suicide-poetry.

Per farti un'idea generale delle condizioni a cui sono sottoposti gli operai della Foxconn, vedi Brian Merchant, "Life and Death in Apple's Forbidden City", *The Guardian*, 18 giugno 2017, https://www.theguardian.com/technology/2017/jun/18/foxconn-life-death-forbidden-city-longhua-suicide-apple-iphone-brian-merchant-one-device-extract.

Pun Ngai, Jenny Chan e Mark Selden, *Morire per un iPhone. La Apple, la Foxconn e la lotta degli operai cinesi*, a cura di Ferruccio Gambino e Devi Sacchetto, Jaca Book, Milano 2015.

Il suicidio di Xu Lizhi, le migliaia di migranti cinesi dalle campagne alle città e l'alienazione di tutti gli operai del mondo sono ricordati nel cortometraggio di Andrea e Marco Nasuto, *Il cielo. Così lontano, così vicino*, 16 ottobre 2019, https://www.facebook.com/kosmonautsmovie/videos/2541152993l6323/.

Sul fungo parassita che rende zombie le formiche, vedi Ian Sample, "'Zombie Ants' Controlled by Parasitic Fungus for 48m Years", in *The Guardian*, 18 agosto 2010, https://www.theguardian.com/science/2010/aug/18/zombie-carpenter-ant-fungus; il videogioco a cui fa riferimento Bananaboss è *The Last of Us* per la piattaforma PlayStation.

VIVA L'ITALIA!

FRANCESCA SAVERIO CABRINI

26.

DAGOS

Abbiamo chiamato braccia e sono venuti uomini.
Max Frisch

Tu credi di essere bianco. Ma poi capita che tu, che credi di essere bianco, perché magari per le strade di Torino o di Palermo ti considerano tale, camminando per le vie di New York abbia, invece, la sensazione netta di non esserlo. In Nord America, succede di frequente che ti facciano capire che non sei bianco, se sei italiano. Non sei black, ma neppure white.

Perché negli Stati Uniti "bianco" è un colore che si dà per scontato sia riferibile solo ai WASP, a quelli cioè che vantano tutte e tre le credenziali di un white vero, cioè quello che in America è considerato affidabile a prescindere, onesto a prescindere, credibile a prescindere.

E vedi, tra queste credenziali non c'è solo il colore della pelle, ma anche la discendenza e la religione, che devono essere rigorosamente anglosassone e protestante. In altre parole, la storia del tuo sangue deve iniziare sul legno delle navi che, a partire dalla *Mayflower*, trasbordarono nel 1620 i primi coloni dalla Gran Bretagna a Cape Cod. Perché questo vuol dire WASP: white anglo-saxon protestant. Dunque, tu puoi avere la pelle bianca e però non sentirti affatto sicuro a camminare da solo per le strade di notte, intimamente persuaso che, se la polizia ti fermasse, qualcosa potrebbe andare storto. Perché sai che, presa visione dei tuoi documenti, il fatto che tu non sia un WASP lavorerà nell'inconscio profondo del poliziotto di turno, come fosse un fucile carico puntato nella tua direzione, pronto a esplodere il colpo o a esercitare una violenza che potrebbe non farti rivedere il giorno.

Ho da raccontarti una storia, accaduta alla fine dell'Ottocento in Nord America, sulle rive del Mississippi, resa possibile da un sentimento di impunità vivo non solo nella testa di molti poliziotti, ma di tanti cittadini, sicuri che nei confronti di alcuni tipi di barbe, di tagli di capelli, di preghiere, di abitudini alimentari tutto fosse permesso.

Ogni volta che una parola, un gesto, un comportamento contribuisce a diffondere l'idea che i diritti valgano solo per alcuni umani privilegiati, tu gridalo, ribellati, opponiti, gridalo ancora, perché ogni volta in cui di fronte alla discriminazione – anche quella più sottile e garbata, e non solo quella sbandierata, crassa e volgare – non reagiamo, stiamo fornendo complicità a una parte di mondo (non necessariamente quella a cui apparteniamo) che si sentirà legittimata a diffamare, insultare, depredare, impoverire, torturare, sopraffare, schiavizzare e uccidere l'altra.

Alla fine dell'Ottocento potevi essere nel porto di Palermo, in quello di Napoli o di Genova, e il rito era sempre lo stesso. Quando la rotta verso gli Stati Uniti risucchiava manovalanza italiana, assistevi allo spettacolo di centinaia di braccia che dal ponte delle navi tendevano una corda.

Se eri tu a partire, avevi in tasca una corda e quando eri sulla nave la tiravi fuori e la lanciavi sulla banchina, dove una fidanzata, una moglie, un figlio erano pronti a riceverla, per aggrapparsi ancora un po' alla tua vita. Poi si rimaneva così, uniti alle due estremità, a guardarsi in silenzio, uno a bordo, l'altro a terra, finché il pachiderma non iniziava a muoversi a fatica, come una bestia ferita che lancia in aria il suo grido di dolore.

Allora la fune si spezzava, sulla banchina i pensieri si facevano neri, malgrado chi si trovava in quella situazione si fosse preparato per tempo all'evento. Tenevano stretta la corda come se potesse fermare la nave. Te lo immagini? Puoi trattenere una nave al molo, al guinzaglio di un filo di ragnatela? No, non si può. Quando la fune puntualmente cedeva e la mano rinculava all'indietro per effetto della tensione che tutta insieme si annullava, la nave scivolava via e restava solo il vuoto, due crateri aperti dallo spezzarsi di quelle vite che si perdevano.

Ognuno riponeva il suo moncone di fune nella tasca di un vestito, in un cassetto o tra la biancheria di un armadio, consapevole che il verdetto era stato già pronunciato, perché se la metà più lunga era rimasta nelle mani dell'emigrante, quello non sarebbe più tornato a casa: troppa la distanza da ripercorrere all'indietro. Mentre se il pezzo più lungo finiva nelle mani di chi rimaneva, allora chi partiva non avrebbe perso la strada del ritorno.

Vedi, "patria" è un concetto spesso carico di retorica, però è simile a quello di "madre": devi per forza averne una, altrimenti non vieni neppure al mondo. Retorico o no che sia, è qualcosa con cui non puoi fare a meno di misurarti, e quando con la patria il rapporto è difficile le cose si fanno complicate.

Un giorno, sulle onde del porto, tra le centinaia di funi che si spezzano, con un biglietto di terza classe per New York in mano, c'è anche una suora. Ha trentanove anni, ma il suo viso è ancora quello di una bambina, pulito e trasparente; anche i capelli sono quelli di una bimba, lucidi e neri, ripartiti a metà sulla fronte sotto la cuffia da suora, linda e ordinata.

Lo sguardo invece no, quello non è da bambina; al contrario è severo, imbronciato, come quello di chi guarda ma non è mai contento di ciò che vede, di chi osserva ed è sempre sul punto di gridare.

Il suo sguardo è stato spinto controvoglia su quella nave, perché quello è un tipo di viaggio in cui Cristo lo incontri così tante volte che arrivi al punto di non riuscire più a dargli da bere e da mangiare. Venticinque giorni nella stiva, insieme a Cristo nudo e affamato, sono troppi anche per lei, che a quel tipo d'incontro è abituata.

In quei viaggi transoceanici della speranza, infatti, solo dopo giorni s'iniziava a capire che le compagnie di navigazione avevano fatto apposta a dare indicazioni sbagliate sulla quantità di cibo e di acqua da portare a bordo, in maniera che la terza classe salisse poi a comprare, a qualunque prezzo, ciò di cui, a un certo punto della traversata, non poteva più fare a meno. Se restavi senza cibo, potevi attingere a quella somma minima di denaro che ogni emigrante doveva dimostrare di possedere per entrare negli Stati Uniti. Dovevi scegliere. Mangiavi, bevevi, ma poi ti rispedivano a casa, oppure non mangiavi, non bevevi, ma salvavi la speranza che ti aprissero i cancelli dell'America. La nausea, la preoccupazione, la paura, lo sconforto, in perenne centrifuga tra le onde dell'oceano, rendevano il viaggio ancora più doloroso e interminabile.

Francesca è il nome della suora che sta viaggiando in terza classe, diretta a New York. Cabrini è il suo cognome. Ha anche un nickname. Un nick da maschio: Saverio. È il nome del santo che le piaceva da bambina, il santo che ammirava, Francesco Saverio. Il suo nome se l'è voluto dare da sola, prendendolo così com'è, al maschile, Saverio e non Saveria. Voleva che risuonasse quasi uguale al suo: Francesco Saverio lui, Francesca Saverio lei. Anche adesso, mentre è sulla nave, sentirsi quel nome addosso le dà la certezza di avere la sua stessa forza, quella di Francesco Saverio il missionario.

Da bambina, avrebbe voluto andare in Cina come lui, perché lì – aveva sentito – uccidevano le bambine appena nate e lei voleva salvarle.

Sichuan, Qinghai, Shanxi, questi erano i luoghi che Francesca Saverio aveva sognato di raggiungere e non New York, Chicago o New Orleans… Adesso però le tocca quello, di viaggio, le tocca di vedere all'orizzonte la Statua della Libertà, la dea benigna e bugiarda, farsi sempre più grande, le tocca di scoprire che solo da lontano lascia brillare la sua fiaccola, perché quando ti avvicini invece la spegne, e le falene poi restano al buio.

Al tonfo secco della passerella sul molo, Francesca si mette in fila dietro alle altre donne, coperte dalla testa ai piedi, coi fazzoletti sul capo, in modo da non mostrare alcuna forma, in modo da rendere manifesto che, fatica e umiliazione a parte, niente di quei corpi è in vendita.

Quelle più giovani sono le più attente a tenere gli occhi neri come succo di seppia abbassati, rivolti a terra, in maniera da schermare la bellezza del viso.

Anche gli uomini si sono messi in fila. Solo i più fortunati hanno donne e bambini al seguito, la maggior parte, invece, sbarca sola, senza valigia, con una coperta in mano, perché partendo non ha trovato null'altro da portarsi dietro.

Francesca sa che cosa vuol dire non trovare altro che la miseria da portarsi dietro, ci è cresciuta con le famiglie povere del lodigiano da cui provengono molti di loro. Famiglie contadine in cui la cultura cristiana è ancora la chiave per leggere il mondo. Andare a messa la domenica, mandare a memoria le parabole, imparare la grammatica per leggere il vangelo, le vite dei santi e dei missionari, ha prodotto in Francesca la capacità di orientarsi in quel mondo, gli strumenti per affrontarlo. Forse, addirittura, cambiarlo.

Da adulta, prima come maestra poi come fondatrice di scuole, Francesca decide di trasmetterla, quella grammatica. Scuole speciali, pensate per accogliere le bambine, quelle rimaste senza genitori, perché le bambine sole sono sempre le più fragili, pensa Francesca, quelle più esposte e condannate in maniera certa alla strada.

Dove Francesca arriva, raccoglie bambine, inserisce munizioni nei loro zaini. Non si tratta di esplosivo, non sono proiettili, ma scienza, conoscenza, numeri, segni, parole, armi con cui difendersi. Francesca sa che l'unico modo di ridisegnare il mondo è l'alfabeto.

Un giorno va a trovarla un prete, un prete che ha sentito parlare di lei e della sua grammatica. Il prete si chiama Giovanni, vuole che Francesca lasci le sue scuole nel lodigiano, che sotterri il suo sogno di raggiungere, un giorno, le terre dei mandarini, che si metta sulla grande rotta, quella della disperazione e della vergogna, la stessa attraverso la quale erano state strappate anime all'Africa e che ora chiedeva schiavi all'Europa: la maledetta rotta atlantica. Giovanni per primo, a causa di quella rotta, aveva rinunciato ai suoi sogni. Perché è proprio così, non sei sempre tu ad andare a vedere le cose, a volte sono le cose che vengono a farsi vedere da te.

A lui era successo un giorno alla stazione di Milano, tra centinaia di migranti. In piedi appoggiati alle colonne, seduti sulle panchine con i bambini in braccio, distesi a terra, mezzi addormentati. Si era guadagnato il binario a fatica, spingendosi a forza in mezzo a loro, respirando il loro sudore, toccando la loro miseria, palpando la loro rassegnazione. E dopo, ogni volta che aveva guardato, non aveva visto che questo.

Preti come lui, al contrario, non vedevano. Dai pulpiti delle chiese di tutt'Italia, spingevano a partire, a raggiungere Genova, Napoli, Palermo per imbarcarsi sulla rotta maledetta.

Era la grande truffa covata dal governo italiano, spingerli a partire tutti, facendogli intravedere prospettive di guadagno altrove. Cacciavano miseria, cacciavano rivolte, per tenere al sicuro le loro ville nel latifondo, per proteggere le loro case, che sarebbero state occupate, per difendere le loro fabbriche, che non riuscivano a dare lavoro. Braccia, corpi, fatica in cambio di prezzi di favore sul carbone, sullo zucchero, sul cotone. C'era un tintinnare di soldi in quello schema, soldi che ognuno avrebbe rimandato in patria, soldi che gli armatori avrebbero guadagnato centuplicando i loro viaggi, soldi per gli intermediari delle ditte e dei governi stranieri che procacciavano manovalanza, girando di villaggio in villaggio, spingendo a partire. Sacerdoti, giornalisti, sindaci dovevano dire che La Merica è bella, che La Merica è grande, che La Merica è ricca.

E così accadeva, accadeva ogni volta: i sacerdoti la domenica gli dicevano di andare, le madri li spingevano a provare, i fratelli li pregavano di tentare, le fidanzate non gli impedivano di partire, perché lasciarli andare su quelle navi significava l'abito di nozze più bello, il pollo tutte le domeniche, il latte tutti i giorni, la biancheria e le coperte calde sul letto. Ognuno, a suo modo, dava un contributo affinché il flusso si gonfiasse.

Menzogne su menzogne, illusioni su illusioni. "Tanto che importa?" pensava la ferocissima borghesia italiana: era solo gente ignorante, analfabeta, abituata a prendere pedate nel culo, a malapena avrebbero capito in quale terra sarebbero sbarcati.

E invece, alla stazione di Milano, quel giorno, Giovanni aveva letto nell'espressione dei loro occhi che capivano eccome. Che sapevano benissimo di non essere i fortunati ma quelli rimasti fuori dalla conta, di non avere il numero vincente ma quello estratto alla lotteria della disperazione.

L'aveva capito dalla loro mansuetudine, la mansuetudine di chi sa che è solo questione di tempo, che un verdetto infelice pesa già sulla propria testa, l'aveva capito dalla loro dignitosa ma mesta rassegnazione. L'aveva dedotto dall'assoluta apatia con cui sopportavano ore d'attesa senza sedersi, senza bere, senza mangiare, senza alcuna prospettiva di guadagnarsi, a breve, un posto in cui dormire. Come se ognuno avesse già messo in conto di essere il predestinato, di dover caricare sulle proprie spalle la ferita di molti, di doversi sacrificare per salvare tutta la famiglia:

Io no, nun torno. Me ne resto fore,
e resto a faticà pe' tutte quante;

i' c'aggio perzo patria, casa, onore,
i' so' carne 'e maciello: so' emigrante!

(Ma no, non torno. Rimango all'estero,
rimango a lavorare per tutti quanti;
io che ho perso la patria, la casa, l'onore,
io sono carne da macello: sono emigrante!)

Nei tribunali americani, quando, in veste di imputati, arrivavano gli italiani, si usava spesso l'espressione: "Siete venuti da noi per trovare il Bengodi in cui arricchire!", ma nessuno, nemmeno il più ingenuo ci credeva. Sì, c'era un sogno, un'aspirazione, ma era un'ingenuità che serviva a vestire le tue paure, come a confortarle, come ad accompagnarle. In realtà lo sapevano, lo sapevano che nel Nuovo Mondo le strade non erano d'oro, che le strade dovevano costruirle loro. Lo sapevano che per uno che faceva fortuna, cento tornavano indietro a mani vuote. Lo sapevano che avrebbero ricevuto solo parole ostili e sorrisi di traverso. Sapevano che sarebbero stati derisi perché firmavano con una croce e dicevano dieci per dire cento, perché di più non sapevano contare. Lo sapevano che una volta partiti sarebbe stato vano scrivere a casa per trovare conforto. Lo sapevano che era inutile mentire dicendo che andava tutto bene, perché di là tutti sapevano. Sapevano se mangiavi oppure no, sapevano quante ore eri stato sotto il sole o sottoterra con il piccone in mano. A parlare era il fatto che tua madre, al paese, s'era comprata il cappotto, che tua moglie aveva riparato il tetto, che tuo figlio s'era presentato a scuola con le scarpe. Queste erano le prove di come stava andando oltreoceano. Sapevano pure che la nostalgia è un lusso che solo chi non emigra si può permettere, e che in patria non esiste vergogna più grande dei soldi che non hai mandato, dei soldi che non hai guadagnato e pure dei soldi che ti sei speso nella terra in cui lavori.

Quando entri in una rotta maledetta smetti di essere un singolo, diventi una famiglia, un clan, un villaggio, perché a quel punto un'intera famiglia, un clan, un villaggio pesa su di te. E stai certo che nessuno si è mai chiesto quanto costino i soldi che ritornano in patria.

La famiglia, ricordatelo, non è sempre una risorsa. Dipende da cosa ti chiede: se ti chiede di fare ciò che non faresti mai, voltale le spalle e non barattare la sua accoglienza finendo anche tu nel circolo vizioso della vergogna e dell'onore. La famiglia spesso è solo un ricatto, solo istigazione. Non preoccuparti di deludere un fidanzato, una madre e persino un figlio, quando le loro aspettative su di te prevaricano la tua visione del mondo, le tue scelte di vita. E vale lo stesso per la tua patria, per la tua città d'origine: se ti chiede di tacere, di chiudere un occhio, di farti complice del crimine e della corruzione, di partecipare a un gioco ignobile sotto la bandiera di un sentimento nobile, tu gridalo, invece, che è un trucco. Gridalo, non ti piegare al ricatto.

Quando all'estero, per dire italiano, sentirai dire con disprezzo "famiglia", non essere troppo duro nel giudicarli, perché loro intendono dire questo di noi, che siamo pronti ad anteporre, a qualsiasi valore, l'interesse particolare della famiglia. Ma loro non sanno che per noi, come per molti altri, la famiglia è dannazione e salvezza: quando non c'è altro, quando non c'è stato, quando non c'è democrazia, quando non c'è libertà, tu esisti solo perché hai uno zio, un nonno, una madre, un padre, un fratello e tanti cugini che possono darti qualcosa. Perché se qualcuno ti fa male, non c'è un tribunale o una legge che ti protegga, ma solo la loro vendetta. Spesso, all'estero, non sanno che è così, che ha questa origine il nostro anteporre la famiglia a tutto. Né pigrizia né amore di mammà, ma questo soltanto: mancanza, una mancanza che crea un'organizzazione del sangue. E allora sentirai tutto l'imbarazzo del fatto che in Italia "famiglia" è un'espressione sacra, mentre fuori, all'estero, dal nostro attaccamento alla famiglia misurano quanto siamo disposti all'immoralità.

Era così forte il peso del ricatto che la patria e la famiglia caricavano sulle spalle dell'emigrante che, quando giungeva a Ellis Island, se gli ispettori e i medici gli dicevano che non era "idoneo" a restare e quindi lo reimbarcavano per rispedirlo in Italia, nel viaggio di ritorno preferiva gettarsi in alto mare. Meglio sentire lo scoppio dell'acqua salata nelle tempie che toccare di nuovo terra in patria, dove avresti scoperto solo che il tuo posto letto era stato già assegnato, la tua sedia già venduta, le tue posate già impegnate.

No, non esisteva una via del ritorno. Non esiste mai, neppure oggi, una via del ritorno per chi lascia la propria terra. Chi va via è percepito solo in termini di centimetri cubi di aria che libera e di chilometri di strada che non calpesta.

In età antica, sulle cartine geografiche, l'Africa non era ancora disegnata come l'enorme triangolo largo e allungato che conosciamo oggi. Non era noto, allora, il suo perimetro completo. La costa mediterranea era ben dettagliata, ma poi, all'altezza del Sahara, tutto sfumava in un non-luogo.

Mettere qualcuno su una nave o su un aereo per rimpatriarlo è un po' come fingere di non sapere che sulla cartina il suo paese non è segnato, perché a chi parte si cancella sempre la patria di sotto ai piedi.

"Francesca, va' da loro," le dice Giovanni, "non lasciarli soli, non sanno come difendersi, non ci sono neppure preti laggiù che parlano la nostra lingua, non ci sono oratori né parrocchie né confessori. Va' da loro, Francesca, segui questa emorragia di sangue. Guarda questo giornale, Francesca, arriva dagli Stati Uniti, lo vedi il disegno nella vignetta, e la capisci l'ironia della didascalia? *Le camere da letto degli italiani*. Lo vedi, Francesca, in dieci dentro una stanza... per terra, sul pavimento, con una coperta tirata sulla schiena alla buona... Non è una caricatura, Francesca! Dormono davvero così. Perché 'vignetta' non vuol dire per forza 'caricatura', non vuol dire per forza che mistifichi o stravolga la realtà: a volte, Francesca, la vignetta te la racconta la realtà, proprio così com'è, come in una fotografia. Noi la chiamiamo comunque 'vignetta' o 'caricatura' solo per dire che c'è contrasto, contrasto tra l'immagine e il commento.

"Poi, certo, ci sono anche le vignette bestiali. Guarda, Francesca, sono uomini, ma nei loro disegni sono oranghi con la barba, sono donne, ma nei loro disegni sono scrofe con la gonna, guarda, Francesca, sono bambini, ma nei loro disegni hanno la coda... li disegnano così solo perché sono italiani."

"Come è possibile questo?" chiede Francesca.

"Non lo so, ma accade."

"Ma è molto letto, questo giornale?"

"Sai, Francesca, un giornale non è mai le copie vendute, ma le mani attraverso cui è passato. Lo legge il negoziante mentre ne batte il prezzo alla cassa, lo leggono il primo e l'ultimo degli avventori di un bar, lo leggono i viaggiatori in treno, lo leggono i turnisti in fabbrica, al momento della pausa, lo legge persino il vento, che lo sfoglia quando è abbandonato in strada. Anche un libro non è mai chi lo legge o lo compra in libreria, è un'idea, una sintesi, un rimbalzo, un commento, un litigio a cena, una descrizione, una speranza, una prescrizione, una consegna, l'inizio di una rivoluzione, di un cambiamento... Ecco perché ho paura di queste vignette, non perché questo giornale lo comprano in molti, ma perché una volta disegnate, quelle idee esistono, e allora esistono quelli che ci ridacchiano sopra, quelli che se le passano come un contagio, e allora poi per davvero tutti inizieranno a vedere quei bambini con la coda, quelle donne come scrofe e quegli uomini come oranghi..."

"Ma perché proprio io, Giovanni?"

"Perché non tu?"

"E cosa dovrei fare?"

"Ti ricordi dove hai fondato il tuo primo ricovero?"

"Ti riferisci a Codogno?"

"Sai cosa vuol dire 'codogno'? Vuol dire cotogno. È l'albero delle mele. Non mele qualunque, perché non puoi mangiarle così, appena prese dall'albero, sono troppo dure e aspre. Però se le sbucci, se metti la loro polpa dentro a una casseruola, se ci aggiungi molto zucchero, se le lasci cuocere, allora viene fuori una gelatina nutriente che non ne esiste una più sostanziosa al mondo. Con un campo di mele e uno di canna da zucchero ci sfami un villaggio intero. Va', Francesca, mischia la polpa delle tue terre con lo zucchero delle loro, e nutri la miseria della nostra gente."

"Ma non saprei neanche da dove cominciare, Giovanni..."

"Comincia dalla parola. Insegna a leggere, leggendo impareranno a difendersi, a rispondere nelle aule dei tribunali, a contrattare il prezzo, magari pretenderanno un po' di diritti... Combatti le bestialità che scrivono sui loro giornali, perché quelle idiozie stanno uccidendo i nostri emigranti, più delle pallottole, più delle botte che gli danno quando non pagano la pigione in tempo. Va', Francesca, racconta un'altra verità, racconta agli americani cosa siamo, non stancarti di farlo... e non preoccuparti, il resto verrà da sé, Francesca, perché verità e bene coincidono sempre."

"Ma, Giovanni, anche se fosse così io sono solo una goccia minuscola in quest'oceano immane, immenso..."

"Francesca, una goccia è una goccia, ma se una goccia sgocciola sulla lingua di un assetato salva una vita. E poi... non è fatto di miliardi di gocce l'oceano?"

È esile e minuta, malata ai polmoni, secondo i medici non le restano più di due anni di vita. E però alla fine sale lo stesso su quella nave. È fragile dalla nascita, avvenuta prematura, in un'epoca in cui non ci sono ancora né incubatrice né latte in polvere, in un'epoca in cui la mortalità infantile è così alta che in casa di Francesca, su undici figli, ne sono sopravvissuti solo quattro.

Da adulta, il suo corpo non riuscirà mai a pesare cinquanta chili, e la sua salute, a causa degli sforzi e dei viaggi, si comprometterà sempre più. Però, in ogni luogo in cui la sua fragilità arriva, nascono scuole, ricoveri, mense sociali, ospedali. E, puntualmente, ogni volta in cui è certa di tornare dalla sua ultima missione – perché le sue forze oltre non possono sopportare – Giovanni le rimette la croce in mano e la rispedisce in America.

Sempre lei.

Perché?

Perché lei ha un talento che altri non hanno: sa raddoppiare la carità. Quasi mai accetta denaro, non raccoglie fondi, non si occupa delle strutture che devono nascere. Lei convince i benefattori, in particolare gli italiani che in America hanno fatto fortuna, a reinvestire i loro guadagni nella calce e nei mattoni di un ospedale, nel legno e nel vetro di una scuola, nei lettini e nelle stufe di un orfanotrofio. Dovranno andare di persona a contrattare il prezzo dalle ditte, dovranno farsi fare il progetto e poi sorvegliarlo, dalla posa della prima pietra fino all'inaugurazione dell'immobile, e poi dovranno curare la manutenzione della loro creatura, selezionare il personale, imparare a memoria i nomi e i cognomi di chi ci si cura, di chi ci si ammala, di chi ci mangia, di chi ci studia.

Non basta staccare un assegno. Per Francesca far nascere una scuola è come mettere al mondo un figlio: non basta farlo nascere, poi te ne devi occupare. Questo pretende e ottiene Francesca dai propri donatori, figli e non appendici. Oltre ai finanziamenti devono metterle a disposizione la propria conoscenza, la propria capacità di far fruttare il denaro, l'oculatezza, l'esperienza, gli avvocati, i commercialisti, perché difficile non è creare, ma mantenere in vita.

Questo modo di organizzare l'assistenza serve a Francesca anche per tenere a bada un altro male, l'unico che lei non potrebbe sopportare, la diffamazione. Nessuno dovrà dire che le sue suore hanno mangiato su quei fondi, nessuno dovrà obiettare che hanno investito male il denaro raccolto o, peggio, che l'hanno dilapidato. Francesca non vuole essere costretta a mostrare, a ogni traversata, il suo biglietto di terza classe: lei viaggia solo lì, sempre in terza classe.

Poi succede qualcosa che cambia anche il suo modo personale e ostinato di fare la carità, cambia il suo modo di occuparsi dei migranti: Francesca si mette a indagare. Nella primavera del 1892 sbarca a New Orleans per indagare il linciaggio di undici italiani, avvenuto un anno prima nella prigione locale. New Orleans è una città fondata dai francesi, all'epoca è la terza città degli Stati Uniti per importanza, e dopo New York il più potente miraggio per i migranti di tutto il mondo.

Perché una suora vuole mettersi a indagare? Le risuonano in testa le parole di Giovanni: verità e bene coincidono sempre, e a New Orleans la verità è stata insabbiata, stravolta, occultata, come fosse un cadavere assassinato in decomposizione. La vulgata è che si sia trattato di un attacco di ferocia della folla, in seguito all'uccisione del capo della polizia locale, David Hennessy, di cui sono stati giudicati responsabili gli italiani.

Però c'è qualcosa nella sintassi di quella narrazione che non convince, e non convince nemmeno Francesca. La polizia di New Orleans non sta simpatica a nessuno, e comunque ad accendere lo spirito di vendetta della folla è sempre l'ingiustizia sull'indifeso, quello senza armi, senza testimoni, quello in cui ognuno si può identificare. Chi è che si mette a vendicare la polizia? Solo la polizia vendica la polizia, per spirito di corpo, mai la ferocia della folla. E poi c'è un'altra considerazione: Francesca non crede alla colpevolezza della folla, perché è una maestra e sa che "folla" è solo un nome collettivo, un'espressione astratta, una formula discorsiva con cui per comodità si indica un insieme di persone che nella realtà restano singole. Francesca vuole trovare chi ha dato fuoco alle polveri.

Va a stare nella Little Italy locale, che però a New Orleans tutti chiamano Little Palermo, perché i cognomi di quelli che ci abitano sono Schirò, La Rocca, Vitale, Rappolo, Provenzano, Pecoraro, Sciacca, Di Maggio, Giuffré, Rosolino, Zito, Lomonaco, Monasterio, Polizzi, Abbagnato, Maselli. Tutti insieme rappresentano il dieci per cento della popolazione. In altre parole, a "Nuovaorleanza" ogni cento uomini che alzano il mento dal barbiere dieci sono siciliani; ogni cento bicchieri di whiskey fatti scivolare in fretta sul bancone di un saloon dieci sono per i siciliani; ogni cento cappelli di paglia venduti negli empori del Vieux Carré – il quartiere francese, cuore pulsante della città – dieci vanno a coprire le teste dei siciliani. Qui la gente per dire italiano dice siciliano, come oggi in Italia per dire magrebino molti dicono marocchino. E, comunque, in verità, non li chiamano né siciliani né italiani... li chiamano *dagos*, perché a New Orleans i siciliani sono gli "as the day goes". Chi sono gli "as the day goes"? Sono quelli del "come va la giornata", quelli che aspettano all'alba, sulle strade periferiche della città, che qualcuno passi a prenderli. Qualcuno mandato da uno di quei proprietari terrieri che col suo cotone veste quattro grandi quartieri di Londra, provvede al corredo nuziale di tutte le ragazze da marito dalla Sicilia al Veneto, soddisfa il fabbisogno di garze sterili di tutti i nosocomi della Baviera e della Sassonia, rifornisce le fabbriche tessili di tutta Genova, dove cuciono quei pantaloni blu che gli anglosassoni chiamano Gene's, i calzoni "di Genova".

I dagos sono quelli a cui a volte la giornata va male e allora non arriva proprio nessuno a prenderli, nessuno gli paga un salario, a volte invece la giornata va bene e allora vincono la loro piccola lotteria quotidiana: un giorno intero nelle piantagioni, dove in estate, alle sei di sera, il sole brucia come fossero le due, e a tramontare non ci pensa neanche, come oggi non ci pensa a tramontare sulla schiena di quelli che a Nardò, in Puglia, raccolgono i pomodori.

Sparisci, sole, fatti ingoiare, disintegrati, smaterializzati, cala, velati, copriti, nasconditi. Questo dalle cinque del mattino alle cinque della sera pregano gli "as the day goes" nelle piantagioni della Louisiana, e quello, però, si ostina a non tramontare.

Il sole piace ai turisti, a chi ha una vita libera, non a chi fa la vita nei campi, dove invece è odiato, detestato. A te piace la giornata di sole, il tepore, la luce. Sembra impossibile che qualcuno possa detestarlo. Ma quando ti brucia la schiena, ti acceca gli occhi, ti spacca le dita, allora sì che inizi a odiarlo.

Madonna quant'è àutu stu suli!
Pi carità facìtilu cuddari!
Non lu faciti, no, pi lu patrùni,
ma pi sti puvereddi iurnatàri.

(Madonna quanto è alto questo sole!
Per carità, fatelo calare!
Non lo fate per i padroni,
fatelo per questi poveri lavoratori a giornata.)

Nulla di quello che accade agli italiani nelle piantagioni è nuovo per Francesca. Nella sua pianura padana i braccianti devono lottare con una fibra non meno ribelle del cotone, il lino. E pure lì, a pesare sulla giornata lavorativa dei braccianti, solo distese di sole, di zanzare, di umidità e febbri malariche.

I più fortunati tra gli "as the day goes", così, fuggono le piantagioni come si fugge un serpente. Preferiscono aspettare per giorni, distesi sulle banchine del porto, lo sbuffo di un vapore. Allora saltano in piedi sull'attenti e svuotano le interiora a una di quelle navi che allacciano la Kalsa di Palermo al Vieux Carré di New Orleans e che portano dal marsala siciliano allo zucchero della Louisiana, dai limoni di Siracusa al cotone del Mississippi.

"As the day goes!" Prova a ripeterlo velocemente. Un po' più velocemente di come stai facendo. Sta' attento all'intonazione, deve essere proprio quella americana.

Hai sentito che parola viene fuori?

Deigos.

Esatto.

Che in inglese si scrive "dagos".

Dagos, appunto, erano chiamati gli italiani di New Orleans, indipendentemente dal lavoro che facevano, non necessariamente saltuario e malpagato, ma apposta per infierire, perché negli Stati Uniti, nel sentire comune, guadagnare poco è sempre una colpa. Capisci perché quel soprannome era così tanto infamante? Persino più infamante di quanto non sarebbe stata una pessima stigmatizzazione fisica o un'orrenda etichettatura caratteriale? Guadagnare poco doveva essere la colpa dei dagos, una colpa che gli veniva fatta scontare ogni ora nel chiacchiericcio continuo della strada:

"Che cosa fanno i dagos?"

"Danno da mangiare alle loro zecche!"

"Ahahaha!"

"Mamma, mamma, ho visto un dagos!"

"Ecco, allora fai il bravo, sennò ti faccio portare via da lui."

"Jack, è vero che i dagos hanno il bamboo grosso come i niggers?"

"No, no, i dagos ce l'hanno piccolo, però come quello dei niggers è sempre affamato, quindi tieni lo stesso le donne sottochiave..."

"Ma perché i dagos non ce l'hanno grosso come i niggers?"

"Nessuno può avercelo grosso come i niggers, è merito dei loro ex padroni che erano allevatori e con certe cose ci sapevano fare."

"Fare cosa?"

"Migliorare la razza."
"Quale razza?"
"Quella degli schiavi."
"E come si faceva?"
"Si facevano accoppiare dentro alla stalla le schiave più alte e robuste con gli schiavi più alti e robusti."
"Quelli col bamboo più lungo?"
"Certo, quelli col bamboo da inseminatore."
"E i dagos come li hanno allevati invece?"
"Non lo so, perché i dagos non sono nati qui da noi, vengono da molto lontano, non sono come i niggers che stanno qui da sempre. Però una cosa è certa, i dagos devono avere nelle loro vene un po' del sangue dei niggers, perché solo i dagos riescono a sopportare il loro stesso lavoro."
"Sì, be' certo, nelle piantagioni..."
"Te lo ricordi, che tutti quegli altri non resistevano? Che morivano come mosche?"
"Certo, come non me lo ricordo, quando hanno liberato i niggers..."
"Dopo la guerra, certo, quando i niggers lasciavano i padroni. Te lo ricordi, no?, che i campi marcivano!"
"Come no, e nessuno che andava a raccogliere."
"Nessuno."
"Poi ci misero i cinesi, gli irlandesi, i tedeschi, i francesi, i creoli, i cubani, ma niente! Fottute razze bastarde, morivano o si beccavano la febbre gialla e per tutta la stagione non tornavano più sui campi..."
"Sono come gli indios, che morivano sotto la frusta, più li frustavi e meno lavoravano, lo facevano apposta, più li frustavi e più morivano!"
"I dagos invece no! Quelli li pesti e però, non si sa come, sopravvivono. Dev'essere brutto il posto da cui arrivano... oppure è come ti dico, hanno il sangue nigger nelle vene!"

"Eh sì, c'hanno proprio il sangue nigger anche quando si divertono!"

"È vero, e infatti se la spassano insieme ai niggers! Li vedi, dopo il tramonto sui campi? Li vedi di notte per strada? Gli piacciono le stesse cose, ballare scomposto, suonare la musica strana, gesticolare tanto quando parlano, alzare sempre la voce..."

"Hanno pure fondato un sindacato insieme, giù al porto!"

"Eh sì, hanno fatto alleanza..."

"Gran bella alleanza! Te lo immagini? Un nigger che difende un dagos e un dagos che difende un nigger!"

La prima cosa che capisce Francesca è proprio questa: i dagos sono stati messi a lavorare nelle piantagioni per prendere il posto dei niggers. E ci voleva fegato, se non eri nato in catene, a stare immersi per dodici ore di fila, con i piedi piantati nella terra, in piantagioni che si trasformavano in sangue, dove si respirava a fatica dall'alba al tramonto.

Dunque, questo era il problema a New Orleans. I padroni non sapevano come tenerceli, i dagos, a lavorare nelle piantagioni. Per trecento anni con i niggers era stato facile, perché si erano potuti permettere le catene, ma ora che la schiavitù era stata abolita e in molti se ne erano andati, con i dagos quella stessa cosa non si poteva fare, perché almeno sulla carta i dagos erano nati liberi. Come potevano, infatti, si cercavano un posto nel commercio e non mettevano più piede nei campi che costeggiavano la Great River Road. E siccome i dagos discendevano da antichissime popolazioni di naviganti e di mercanti, greci e fenici, gli riusciva spesso di farsi un carretto, e dopo alcuni anni un negozio, e vendere frutta, oppure comprare un battello e portare quella frutta su e giù per il fiume e, qualche volta, un piroscafo per portarla su e giù per l'oceano: limoni dalla Sicilia e banane dall'Honduras.

A fare fortuna con l'import-export della frutta e verdura, però, tutti i popoli erano capaci, ma nei campi solo i dagos resistevano. Allora al massimo gli si poteva concedere di fare ciò che fanno molti tra quelli che emigrano: succhiare il sangue ai propri connazionali, sfruttare quelli che si affacciavano dopo di loro, perché una volta appurato che non c'era nessun Eldorado nel Nuovo Mondo, restavano due strade: azzannare o farsi azzannare.

Ma se le cose stavano così, se riguardavano il destino di migliaia di italiani, a che serviva indagare su quel linciaggio? A chi poteva importare del destino di undici miserabili sacrificati nel quadro di una tragedia molto più ampia?

È che Francesca è convinta che accadrà di nuovo. Che il modo in cui quel massacro è stato e continua a essere raccontato stia preparando la strada a una nuova vampa, un nuovo inaudito linciaggio, sempre nella stessa città e ai danni della stessa comunità, quella che per dire "back garden" dice beccheraggia, per dire "bricklayer" dice briccoliere, carru per dire "car" e truccu per dire "truck".

Accadrà di nuovo, ne è certa, perché come dice Giovanni la menzogna è sempre l'inizio del male. Accadrà di nuovo quello che è già accaduto, che entrino nella bottega di un ciabattino, uno che s'è messo a risuolare le scarpe per i connazionali, e che lo portino in prigione, senza uno straccio di prova. Accadrà di nuovo che la polizia prelevi ad arbitrio un povero cristo a cui in America è andata bene, uno di quelli che aveva la fortuna di aver imparato a suonare nella banda comunale del proprio paese e allora è riuscito a scampare alle piantagioni, suonando di notte nei night club insieme ai "negri".

Accadrà di nuovo che urleranno "assassino" a uno che persino i connazionali chiamano "'u pazzu", "'u fuddi", "'u mattu". Gli chiederanno, pur sapendo che non sa quel che dice: "Hai ucciso tu il capo della polizia? Hai ucciso tu David Hennessy?" E quello si metterà a fare di sì con la testa, come fa a ogni domanda, pure quando gli chiedono se è lui lo sceriffo della città. Allora poi diranno che è reo confesso, così come hanno già fatto tante volte, e per lui non servirà neppure un processo.

Accadrà di nuovo che prelevino con la violenza Toni 'a viddura che c'ha messo dieci anni per fittarsi un negozio e abbandonare il carretto, andranno pure da Mimmu 'u custureri, quello che ti cuce subito l'abito elegante quando torni al paese, quello che non è capace di spiaccicare al muro neppure una zanzara. E accadrà pure che nessuno si presenterà invece ad arrestare i Provenzano, che non stanno a Little Palermo, ma in una villa fuorimano che sa di soldi e di malaffare. Ai Provenzano, a quelli nessuno per la strada oserà dire quello che urlano agli altri dagos per prendere in giro la loro lingua infernale: "Uchilladacif!", "Avete ucciso il capo!"

Sui giornali, però, anche di questo Francesca è certa, solo titoli che urlano contro undici poveracci e blandiscono invece lo stato, vittorioso sulla mafia italiana di Little Palermo.

Indagare non è facile, indagare è roba da porte sbattute in faccia, da risposte che hanno il suono della minaccia, ma farlo in una terra ostile, alla fine dell'Ottocento, con la gonna indosso e per conto della religione sbagliata, è roba da pallottola in mezzo alla strada.

Ogni volta in cui Francesca pronuncia quel nome, David Hennessy, ha la sensazione che quella pallottola le entri nel corpo, si vede cadere a terra, vede i volti mezzi sfocati delle sorelle che si disperano, che chiedono perché? Perché proprio a loro? Perché una missione così pesante? È certa che andrà così, lo capisce dagli sguardi di quelli che interroga, sguardi che pensano: Ma che vai cercando? Ma a che razza appartieni? Che divisa porti? Cosa vuoi provare? Va' a parlare piuttosto con quella feccia che infesta le nostre città... va' dai polacchi, dagli irlandesi, dai tuoi bravi connazionali... e se alle dieci di sera ne vedi uno sobrio, allora vuol dire che hai bevuto anche tu!

Tutto quello che le ripetono, come fosse un refrain che sono stanchi di cantare, è che è stato solo un attacco rabbioso della folla. Sono solleciti, qualche volta, solo a consegnarle i ritagli di giornale, quelli di un anno prima, quelli usciti dopo l'omicidio di David Hennessy, articoli che riportano la loro versione dei fatti: un'esplosione di odio improvviso. Un'ondata di rabbia senza controllo.

È un modo gentile, per ora, di dirle di lasciar perdere, che non serve indagare, che è già stato detto tutto su quel massacro. Solo una comunità poco integrata, tutto qui.

Su questo Francesca è d'accordo con loro: la comunità degli italiani non è per nulla integrata. E come potrebbe? Non si trovano italiani che conoscono l'inglese a Little Palermo! Prova tu a vivere in un paese che non ti sente. Cammina tu, da muto, per le sue strade; gesticola per farti capire quando entri nei negozi, prova a spiegare che non volevi rubare il palloncino recuperato per un bambino in un parco; guarda tu, inebetito, il vicino sull'autobus che ti dice: "Fa caldo!"; prendi una strada a caso, tanto non leggi le indicazioni! Senza le tue parole, anche il più acuto dei tuoi pensieri appare stupido a chi ti guarda.

Oggi questo a te non può accadere perché l'inglese internazionale, più o meno, ti permette di comunicare con tutti e in tutto il mondo, ma immaginatelo come doveva essere spostarsi allora.

Immaginalo bene cosa voglia dire essere totalmente analfabeta, immaginalo davvero cosa può significare muoversi nella vita, quando nessuno ha spinto dei segni convenzionali nella tua testa. È come andare in guerra bendati: il primo proiettile che vola in aria è il tuo.

Questo tormenta Francesca, non è una questione di dialetto o di grammatica, è questione di strutture, senza strutture una lingua non si riceve, perché non si hanno ripiani su cui appoggiarla.

Che senso ha dire "verbo" a chi non sa cos'è un verbo? Prima di insegnargli l'inglese bisognava arare il campo, bonificare gli spazi entro cui seminare. Bisognava iniziare col farli riflettere sulla propria lingua. I dagos non erano "biologicamente inferiori e meno intelligenti", come scrivevano i giornali americani, non erano incapaci di uscire dal perimetro della loro lingua: il punto è che non erano andati a scuola, neppure al loro paese. Non era mancanza di intelligenza se in venti, in trent'anni non riuscivano a imparare che poche parole, per ripeterle poi storpiate. Quell'incapacità nell'apprendere la lingua veniva presentata come prova della loro manifesta inferiorità, mentre era solo il segno che nessuno aveva messo dei numeri nelle loro teste, e però tutti continuavano a parlargli sempre e solo con equazioni.

E comunque, chi familiarizza con una lingua che ti dà soltanto calci? Chi riesce ad abbracciare segni che sulla pelle provocano solo ustioni?

Il fatto che i dagos non riuscissero a imparare la lingua non dimostrava che erano stupidi, ma, al contrario, che erano intelligenti, che capivano che dovevano proteggersi da un codice che a loro riservava solo odio.

Facili sono le parole che ci accarezzano e ci fanno coraggio, le altre restano per noi impronunciabili.

Francesca capisce che deve smettere d'indagare e riprendere a fare, a New Orleans, quello che faceva nella pianura padana: deve aprire scuole. Ma prima di mettersi a cercare finanziatori, vuole lavare e pettinare tutti i bambini di Little Palermo, perché le parole le impariamo da chi ci ama e ci cura e le rifiutiamo da chi ci disprezza e ci umilia. Questa è la regola che stabilisce Francesca a Little Palermo: prima di ogni lezione le suore devono pettinare i propri studenti, accarezzarli con la spazzola.

Non è facile tirare su una scuola in un quartiere spuntato come un fungo, senza ospedali, senza strade, senza negozi o fognature. Un quartiere che non è proprio un quartiere, piuttosto un cantiere abbandonato, dove ognuno si trova un angolo per appoggiarsi di notte. E, però, non c'è scelta, bisogna raddrizzare proprio quello lì di quartiere, perché i dagos continueranno a fare la fila per abitarci tutti, per restarci tutti insieme. E anche per questo dicevano che erano stupidi, per quell'ostinazione a vivere in dieci, in quindici in un appartamento, tutti nello stesso posto, dove, quando volevano linciarli, li trovavano subito. Altrove ci sarebbe stato più spazio, altrove avrebbero diviso i loro mali, mentre tutti insieme – diceva la gente – risultavano più brutti, più pelosi, più bassi, più rozzi, più sporchi.

Qualche volta c'era pure una vecchia madre con loro, una che cucinava per tutti, una con i vestiti lisi e le ciabatte bucate, che però non si vendeva mai gli orecchini d'oro che portava ai lobi. Anche questo non dimostrava che erano molto stupidi? Non sarebbe stato meglio venderseli, quegli orecchini? Ecco, accade questo, che spesso le persone che hanno studiato si mettano a fare ragionamenti basici che neppure il meno sveglio dei dagos farebbe... Perdere quegli orecchini avrebbe significato perdere l'unica cosa di valore che c'era in quel groviglio di rughe e di stracci, l'unica cosa che impediva di credere che quel corpo potesse essere gettato via, come si farebbe con la spazzatura. Gli orecchini d'oro servivano a ricordarle che qualcuno – magari uno zio, un nonno, una madre, un marito – aveva investito su di lei. Forse si era trattato di una cresima, forse di un compleanno, forse di un matrimonio, ma qualcosa degno di nota c'era stato nella sua vita.

È proprio così, visti da lontano sembrava che divisi sarebbero stati meglio: divisi avrebbero puzzato di meno, sarebbero apparsi meno brutti, meno strani, meno storti, meno miseri, meno disperati... Tutti insieme, invece, davano proprio nell'occhio, si passavano le malattie, i modi di fare, le ambizioni volgari, in un misero gioco al ribasso, che allargava sempre di più il solco esistente tra loro e il resto della città.

C'era una cosa che però sfuggiva ai concittadini dei dagos e che invece a Francesca, che viaggiava spesso con loro nella stiva delle navi, era evidente: vivevano insieme per capitalizzare le conoscenze, quelle poche che si potevano permettere e che erano fondamentali per salvarsi la vita. Dove trovare un posto letto, dove cercare lavoro, di quali caporali fidarsi, come rispondere alla polizia quando ti fermava, come procurarsi un visto, da chi andare in caso di malattia, cosa raccontare nelle lettere a casa. Le conoscenze bisogna passarsele sempre, perché fanno risparmiare un sacco di strada ed evitare le trappole: lavori che non ti verranno mai pagati, caporali che ti lasceranno puntualmente a piedi, a trenta chilometri da casa, poliziotti da cui è meglio stare alla larga, perché ti faranno saltare i denti a prescindere.

In quel "ghetto", che visto dal di fuori era solo degrado e disperazione, già dalla prima sera ottenevi un corso di formazione completo.

Per quello, anche se tutti le dicono che sarebbe meglio costruire strade e fognature, Francesca decide di iniziare invece da una scuola, perché una strada, quando finiscono i soldi, nessuno la mantiene, nessuno la ripara, ma se formi una testa quella poi ti ripara molte strade.

Quando a Little Palermo iniziano a capire che le sorelle solo questo cercano, di costruire per loro scuole, senza chiedere nulla in cambio, senza fare prediche o cercare conversioni, iniziano a collaborare, ad aiutarle anche a trovare le risposte in cerca delle quali avevano risalito le correnti del Mississippi.

Dicono a Francesca e alle sue sorelle di capire meglio chi fosse il capo della polizia che era stato assassinato a New Orleans la notte del 15 ottobre 1890.

Francesca sa che si chiamava David Hennessy, che il giorno della morte aveva trentatré anni e che era di origini irlandesi. Sa che aveva cominciato come detective e che, all'inizio della sua carriera, si era guadagnato un'onorificenza sul campo per avere assicurato alla giustizia un boss della mala italiana. Sa anche che al porto era di sua competenza dare il passaporto alle merci e il visto d'ingresso ai migranti.

Ma tutto quello che sa, dicono gli italiani di Little Palermo, non è sufficiente. Deve indagare meglio e di più.

Cercando nella direzione in cui le è stato suggerito, Francesca capisce che Hennessy non era affatto l'eroe che i giornali descrivevano. Ad esempio, aveva assistito impassibile all'assassinio di un uomo da parte di suo cugino nel corso di una lite. E, dopo il fatto, aveva testimoniato in favore del cugino che aveva premuto il grilletto, dicendo che si era trattato di legittima difesa. L'uomo ucciso si era poi scoperto essere il principale concorrente di Hennessy alla carica di capo della polizia.

Francesca intuisce di dover andare più a fondo. A Little Palermo le dicono di cercare meglio tra le amicizie di Hennessy, tra le persone con cui era solito attardarsi nei saloon della città. Persone con cui era stato visto di notte, sulle banchine del porto, scambiarsi armi e favori.

E così Francesca scopre che è vero quello che dicono gli italiani a Little Palermo, che solo in pubblico la mafia siciliana era nemica di Hennessy, mentre in privato era piuttosto la sua mangiatoia.

Hennessy era amico intimo di quei Provenzano che nella loro villa privata avevano persino una cappella con la statua di santa Rosalia, con tanto di corona di rose, che pareva proprio quella scolpita nella facciata della chiesa di Corleone.

La statua, i Provenzano se l'erano fatta arrivare dall'Italia e, durante quella traversata, Rosalia era stata l'unica passeggera di terza classe a non salire in coperta per cercare cibo e acqua.

Da quando viveva in casa dei Provenzano, a New Orleans, ogni estate le facevano la festa e i siciliani confluivano nella villa per rendere omaggio, non si sa bene se alla santa o ai boss che la ospitavano.

Ebbene, a Little Palermo giurano che a quelle feste a volte c'era pure David Hennessy. E che senza Hennessy i Provenzano non avrebbero potuto far entrare nel porto la strage di merci che ogni anno drenavano dall'America Latina e dall'Europa: banane, cacao e caffè dal Centro America, e poi agrumi, mandorle e zolfo dalla Sicilia, dove rimandavano invece zucchero e cotone. Il tutto garantendo ad acquirenti e fornitori tempi di consegna efficienti e nessuna pratica burocratica, niente timbri, visti o lasciapassare: solo parola data, fiducia, onore e fedeltà.

Garantire tutto questo aveva dei costi, denaro che, però, Hennessy era disposto a incassare, insieme alla garanzia di un accesso illimitato e gratuito a tutti i bordelli della città. E quando gli uomini di Hennessy, con i soldi dei contribuenti, non arrivavano a fare tutto il lavoro sporco che serviva a tutelare gli interessi dei Provenzano, ci pensavano gli uomini armati pagati dalla potente famiglia siciliana.

Ma se i Provenzano erano amici di Hennessy, perché il sindaco aveva dichiarato il contrario, che erano nemici e che a spargli erano stati, invece, i migranti siciliani di Little Palermo?

A Francesca dicono di andare al porto a fare le sue domande, perché ogni cattivo odore che appesta la città promana sempre dalle banchine del porto.

Francesca inizia a cercare tra quelli che stanno sdraiati al molo ad aspettare che si affacci una nave: che cosa era successo lì, solo un anno e mezzo prima?

Nessuno ricorda, tutti dicono che neppure lavoravano lì all'epoca. Poi, però, appena Francesca si volta, li sente intimidirla da dietro la schiena: "Una suora dovrebbe restare in chiesa a pregare!"

Uno solo – e uno bastava –, la raggiunge per dirle di chiedere del figlio di Charles Matranga.

Il giovane Matranga, Francesca lo scopre dopo giorni, è il delfino del clan, che con i Provenzano si spartisce gli affari al porto. Anche se, a detta di tutti, quella coabitazione faceva venire il mal di stomaco a entrambe le famiglie.

Francesca si fa dare l'indirizzo di Matranga e si presenta da lui senza preavviso. Non ha paura di entrare nella casa di un boss, non più di quanta ne abbia avuta a scendere negli scantinati di Brooklyn, dove la polizia non metteva piede da anni.

Ad aprire si presenta una domestica che parla solo l'italiano. La fa aspettare in un atrio luminoso, dov'è appesa una marina italiana, e un ritratto a matita di santa Rosalia.

Quando il giovane Matranga scende dal piano superiore, non mostra né fastidio né stupore d'incontrarla, sapeva che presto o tardi "la suora dei migranti" sarebbe arrivata da lui. Scende lentamente, a piccoli scossoni, aiutandosi con una stampella. Gli manca una gamba.

Francesca gli chiede come sia capitato, e il ragazzo risponde che sono stati i Provenzano a strappargliela. È un peccato, hanno strappato la gamba all'unico giovane siciliano di cui, a New Orleans, tutti trovavano bello il colore olivastro della pelle e le sopracciglia unite sopra agli occhi. Non si era trattato di un incidente, le dice, come avevano scritto i giornali locali, i Provenzano gli avevano sparato di proposito e in pieno giorno per dare un avvertimento a tutta la sua famiglia: dovevano lasciare il porto. E quel giorno, dopo la mitragliata, Hennessy – che era stato avvisato di stare alla larga dal porto – arrivò giusto in tempo per testimoniare quello che non aveva visto, ma che voleva ripetere in un'aula di tribunale: i Provenzano avevano sparato sui Matranga per legittima difesa. Legittima difesa! Da quando era nato, Hennessy non aveva imparato a testimoniare altro!

Il resto è cronaca, non c'è bisogno di raccontarglielo, Francesca può leggerlo sui giornali:

"New Orleans, 15 ottobre 1890, ore 22:30. Il capo della polizia locale, David Hennessy, esce dal Dominic Virget's Saloon per rincasare. A pochi isolati si congeda dall'amico Bill

O'Connor, poliziotto con altro distintivo, e viene raggiunto sull'uscio di casa da una raffica di colpi esplosi alle sue spalle."

A Little Palermo le dicono che quando Hennessy fu portato all'ospedale non sembrava spacciato, perché i proiettili non avevano raggiunto alcun organo vitale. Nella notte, quando la notizia si era sparsa per la città, una processione di colleghi si era formata fuori dall'ospedale, e alla madre, giunta al capezzale, il poliziotto aveva detto di mettere ordine ai suoi affari, ma poi aveva trovato anche il modo di scherzare. Ad alcuni giornalisti, invece, che insistevano per sapere cosa fosse accaduto, aveva risposto di non essere in grado di fornire dettagli, ma aveva ripetuto più volte quello che solo gli stava a cuore:

Mi hanno tirato contro, ma mi sono difeso!
Mi hanno tirato contro, ma ho risposto!
Mi hanno tirato contro, ma sono stato pronto!

Perché nella testa di un poliziotto non esiste altra vergogna che quella di morire da ingenuo, da debole, da sprovveduto, da impreparato, da tonto. Non è un poliziotto quello che muore come una pecora.

Il primo comandamento per chi vive in simbiosi con un'arma dovrebbe essere quello di non usarla mai. La prima cosa che si dovrebbe appurare, quando qualcuno fa richiesta di entrare nelle forze dell'ordine, è se abbia reale ripugnanza per le armi. Capire se il click del fucile a pompa lo eccita o lo disgusta e poi prendere solo quello che da quel suono è nauseato. Un poliziotto, un carabiniere, un finanziere, un militare obbedisce al suo giuramento solo quando spara meno del meno possibile. È così che dovrebbero dare le medaglie e le promozioni, sulla base degli arresti che non hai fatto, dei colpi che non hai esploso, del manganello che non hai usato, valutando come sei riuscito a evitare il crimine, impedire il colpo, non usare il manganello. E invece succede che ti promuovono se fai il contrario, che sottilmente ti inculcano l'idea che forte è quello che per primo fa fuoco, quello che è sempre all'altezza della situazione in un gioco in cui è in ballo l'onore personale, come per Hennessy:

> Mi hanno tirato contro, ma mi sono difeso!
> Mi hanno tirato contro, ma ho risposto!
> Mi hanno tirato contro, ma sono stato pronto!

Negli Stati Uniti, è il vecchio far west ad avvelenare ogni cosa: oggi come allora, è nell'immaginario della polizia americana, solo formalmente organo di stato. Nella realtà, quando un poliziotto e un civile si affrontano, nella percezione profonda di entrambi sono sempre e solo due uomini armati che si sfidano. Due cowboy sottoposti a nessun'altra legge se non quella del chi spara per primo. È solo un caso se a un certo punto, negli Stati Uniti, si è deciso che la violenza privata dovesse divenire di competenza pubblica. Sono quelle cose nate male fin dall'origine. Dopo quella decisione, di non farsi più giustizia da soli, i cowboy entrarono in massa nelle forze dell'ordine per continuare a fare quello che facevano prima. E quelli che invece seguivano l'ideale della giustizia di stato furono i primi a essere aggrediti. Questo era Hennessy, un pistolero spavaldo cui premeva solo di salvare il suo onore.

Però, mentre lui, Hennessy, si sforzava di morire da duro, da uno che aveva risposto fuoco su fuoco, atterrando i suoi stessi nemici, qualcuno nell'ombra si sforzava invece di trasformarlo in vittima invendicata. Così, quando intorno alle dieci del mattino, malgrado le ottimistiche previsioni dei medici, David Hennessy esalò il suo ultimo respiro, questo qualcuno uscì dall'ombra e occupò finalmente la scena. Si trattava del suo amico Bill O'Connor, quello che la sera dell'agguato lo aveva accompagnato fin quasi sotto casa, abbandonandolo poi nelle braccia della morte. Bill O'Connor dichiarò ai giornalisti che durante la notte gli era stata fatta una rivelazione:

"Hennessy è stato ammazzato dai dagos!"

"Come lo sai?" gli chiesero.

"Sono state le sue ultime parole, lui e io in ospedale, finalmente soli, prima dell'alba, gli occhi negli occhi, uno pronto a ricevere le consegne dall'altro: 'Chi è stato, David?' 'I dagos, Bill!'"

"Dagos," giura O'Connor ai giornalisti, "sono state queste le ultime cinque lettere che ha pronunciato, cavate a forza insieme al suo ultimo grido."

I dagos, certo, pensa Francesca, ma quali dagos? I Matranga, nemici dei suoi amici, oppure i suoi stessi amici, i Provenzano, che magari avevano voluto punire Hennessy per qualche licenza non concessa o per qualche infedeltà accarezzata? Ma che c'entravano quei duecentocinquanta siciliani prelevati a forza a Little Palermo e i cinquanta arresti che ne seguirono? Per mandare a segno un colpo contro la mafia siciliana, per punirla, per bloccarla, per eradicarla dal porto bastavano e avanzavano i nomi dei Matranga e dei Provenzano. Perché coinvolgere tutti quegli innocenti, alcuni ancora minorenni, fermati con i più assurdi pretesti, le facce ignare di cosa li si accusasse?

Mesi dopo, davanti al tribunale che doveva pronunciarsi sulla loro colpevolezza, furono spediti in diciannove. Nel vederli tutti in fila, da vicino, la giuria si convinse che non erano poi tutti uguali i dagos, come si diceva. Chissà perché – pensarono i giurati – quelli che vediamo da lontano ci sembra che abbiano la stessa faccia, forse perché non riusciamo a metterne a fuoco i gesti e le parole, che disegnano particolari geografie sul volto delle persone. E non era neppure vero che fossero tutti bassi, che puzzassero e fossero violenti. Avevano, sì, qualcosa di più carnale rispetto ai white veri, ai WASP, ma forse questo aveva a che fare con quella differenza di vita che rende diversi i privilegiati dagli sfruttati.

Devi pensare che in questo consiste la white fragility, la fragilità dei bianchi: nella certezza che la vita dura degli sfruttati renda forti. Non importa di che colore sei, è una contingenza storica se si chiama white fragility, avrebbe potuto essere una green, una red, una black, una violet fragility. È la vulnerabilità provata da chi ha vissuto all'ombra del privilegio, il sentirsi fragile di fronte a chi ha dovuto superare ostacoli insormontabili. La mancanza di scuole, di ospedali, di ricreazioni innerva i corpi e li rende acciaio. Tenersi i posti migliori, le case migliori, le terre migliori, sedere dietro a scrivanie comode, fare poca strada per raggiungere il lavoro, subappaltare il lavoro domestico alla servitù, al contrario, rende fragili. La giuria pensò che non si potesse invidiare i dagos anche per questo, per essere stati degli svantaggiati. Non c'erano prove contro di loro. L'accusa continuava a incartarsi in congetture che non riusciva a sostenere. Non c'erano testimoni, e David Hennessy non era mai parso uno stinco di santo a nessuno.

Il verdetto fu univoco: innocenti.

Questo stabilì, a sorpresa, la giuria dei bianchi privilegiati: che quei dagos erano innocenti.

Tutta la comunità degli italiani sfilò per le vie della città in trionfo. A uscire dall'aula del tribunale come si esce da un ring dopo aver subito un KO furono invece il sindaco e tutta la polizia locale. I giurati non avevano creduto alle parole di un poliziotto, anzi di due, anche se quelle di David Hennessy le aveva ascoltate solo Bill O'Connor!

"L'assoluzione dei dagos," dissero a Francesca a Little Palermo, era "la prova che la città sapeva, che era diffidente nei confronti delle istituzioni locali!"

I dagos, ritenuti responsabili per quell'affronto, non furono rilasciati immediatamente, si addussero cavilli per tenerli ancora in cella: "Ventiquattr'ore ancora!" gli dissero... e poi invece, arrivò quel proclama sul giornale!

"Quale proclama?" chiese Francesca.

Quello con cui si invitava la cittadinanza a ribellarsi contro l'ingiusto verdetto della giuria, quello con cui si dava appuntamento in piazza alla cittadinanza per sovvertire l'assoluzione!

All'insolito appello risposero diversi politici, alcuni proprietari terrieri, molti industriali e il braccio destro del sindaco. E prima che dal palco si smettesse di inveire contro l'oltraggiosa assoluzione dei dagos, si erano già materializzati in piazza, non si sa bene da dove, cento giustizieri a cavallo, armati di fucile Winchester a ripetizione.

Chi aveva risposto all'appello non intendeva solo dire "presente!", voleva anche agire. Quando il comizio di slogan e insulti terminò, la folla si mosse compatta dietro ai pistoleros, inscenando un funerale livido, diretto verso i locali della prigione, dov'erano ancora rinchiusi i dagos.

Per sollevare lo sceriffo da ogni responsabilità, qualcuno lo aveva avvisato di non farsi trovare in sede, cosicché, abbattute le porte, si poterono prelevare le vittime senza il coinvolgimento diretto delle autorità. Ne appesero uno a ogni lampione della strada, poi il corteo si spostò a Little Palermo, dove incendiò i negozi e le case degli italiani. A nessuno fu permesso di tirare giù i corpi dai lampioni per giorni.

Ecco com'era andata. Nessuna improvvisa esplosione da parte della folla sconsiderata, questo Francesca scrisse a Giovanni, il razzismo non era nei molti, ma nei pochi che lo cavalcavano, come si cavalcano le fobie di un bambino, come si gioca ad aizzare le paure più buie che albergano dentro di noi.

Ma quale folla? Ma quale piazza? Ma quale popolo? Il sindaco e i poliziotti corrotti avevano voluto dare una lezione alla legge, ai giudici, alla magistratura. E avevano pure voluto dire ai dagos che per loro non c'era alcuna possibilità di riscatto a New Orleans, che se volevano restare, dovevano farlo a testa bassa, senza diritti, senza velleità di aprirsi negozietti o darsi al commercio internazionale. Per loro ci doveva essere solo il lavoro nelle piantagioni. Il lavoro buono, quello nel commercio, negli uffici, nelle istituzioni era appannaggio dei soli bianchi, quelli che, ieri come oggi, sanno bene che, una volta riposti i fucili, per loro non c'è alcuna possibilità di mantenere quegli stessi posti sulla base del merito e nel rispetto della legalità.

Questo Francesca scrisse a Giovanni. E aggiunse che il vero scandalo non era la stampa americana, quella che faceva da volenterosa cassa di risonanza al razzismo bianco dei WASP, ma quella italiana che le faceva il verso. Non solo non smentiva, ma si dava da fare per mostrarsi violenta coi connazionali. Per paura di essere confusa con gli italiani criminali, non difese gli italiani innocenti. Per questo versava nafta sul fuoco, svendendo e diffamando la propria carne. Quante interviste e articoli di accademici pubblicava la stampa italiana dopo ogni linciaggio. Il razzismo più pericoloso, quello che si tentava di far passare come scientificamente fondato, quello della "razza" mediterranea naturalmente stupida e violenta lo diffondevano gli italiani stessi. Quanti accademici, che non si accontentavano di essere applauditi in patria, andavano a prendersi gli applausi oltreoceano parlando degli emigranti come dei cittadini meno sviluppati del paese!

Era recente la scoperta in Germania dei resti del Neanderthal, e allora devi immaginare che l'idea di due tipi di uomini, quello più intelligente e quello più stupido, animava gli incubi della specie umana. Il Sapiens e il Neanderthal avevano convissuto insieme in Europa, finché – legge di natura! – il più intelligente aveva sottratto cibo e acqua a quello stupido, condannandolo all'estinzione. Questo erano allora i dagos che in patria facevano vergognare i loro connazionali con i loro crimini: discendenti del Neanderthal! Lo mostrava la cresta sopraccigliare spessa e indurita di molti loro. Lo denunciavano le sopracciglia folte, unite ad arco. Lo rivelava la stessa conformazione del cranio, più schiacciato e oblungo, dicevano.

Proprio la conformazione del cranio li denunciava come criminali fin dalla culla, perché criminali si nasce, dicevano quegli scienziati. Giovanni e Francesca, invece, sostenevano l'esatto contrario, che criminali si diventa, ogni volta in cui capita di crescere in terre maledette, in cui mancano le scuole, gli ospedali, le mense, le associazioni di volontariato, gli SPRAR, gli oratori, i circoli ricreativi, le biblioteche, gli assistenti sociali, gli psicologi, i medici, gli insegnanti, i teatri, gli artisti, i poeti, gli sportivi, i campi da calcio, i cinema, le piste di pattinaggio, i musicisti, ogni volta in cui manca qualcuno che ti spazzola i capelli, che ti mette a letto, che non ti dice che andrà tutto bene, ma che si impegna affinché vada tutto bene. Criminali si diventa dove mancano la libertà, la giustizia, il diritto, cioè dove è impossibile costruirsi e riscattarsi, ma solo vendicarsi e tentare di strappare ciò che ti è stato negato.

Francesca scrisse a Giovanni che il razzismo non doveva essere combattuto dal basso, perché non nasceva dal basso, come aveva dimostrato il verdetto dell'onesta giuria popolare di New Orleans, ma dall'alto, dai vertici istituzionali, dai cui scranni troppo spesso si soffiava sul fuoco dei pregiudizi, si seminavano paure, si fabbricavano fobie che poi si spargevano apposta e per interesse tra la gente.

GRIDALO CHE LA MENZOGNA UCCIDE.

La canzone napoletana citata nel testo è *Lacreme napulitane* (1925) di Libero Bovio.

La storia del linciaggio degli italiani a New Orleans nel 1891 è ricostruita nel libro di Enrico Deaglio, *Storia vera e terribile tra Sicilia e America*, Sellerio, Palermo 2015.
Sempre dal testo di Deaglio è riportato il brano della canzone siciliana, *Madonna quant'è àutu stu suli!*

Sulle condizioni e la storia degli italiani a New Orleans, vedi Joseph Maselli e Dominic Candeloro, *Italians in New Orleans*, Arcadia Publishing, Charleston (SC) 2004.

La vita di Francesca Saverio Cabrini, celebrata dalla Chiesa cattolica come la santa patrona dei migranti, è ricostruita in Giuseppe dall'Ongaro, *Francesca Cabrini. La suora che conquistò l'America*, Rusconi, Milano 1982; Lucetta Scaraffia, *Francesca Cabrini. Tra la terra e il cielo*, Edizioni Paoline, Milano 2003.

Il sacerdote che compare con il nome di Giovanni è Giovanni Battista Scalabrini (1839-1905), vescovo di Piacenza. Scalabrini fu attivo nel portare aiuto agli emigranti di qualunque fede e nazionalità, e per questo soprannominato il "vescovo degli emigranti".

SAI CHE NEGARE DIRITTI
AD ALTRI VUOL DIRE
PRIVARTENE ANCHE TU?
BLQ

27.

CONTRADE

> L'attaccamento alla Contrada non ha nulla a che fare con le idee, col partito politico, con gli interessi. Dipende in modo esclusivo dal luogo di nascita, dall'atavicità, da tutto quello insomma che è prenatale; non è pensiero, ma passione contratta con il semplice venire al mondo.
>
> Guido Piovene

Il palio di Siena è l'Italia.

Tu sai chi sono i nemici al palio? Le contrade vicine.

E sai chi sono gli amici? Le contrade più lontane.

Sai dirmi ora qual è il fine del palio? Vincere? Eh, ma allora non conosci il palio.

Il palio è vedere le contrade nemiche cadere, e non vincere la corsa.

Se vince una contrada amica, bene. Se tu perdi, ma perde anche una contrada nemica, bene, anzi meglio. Su tu perdi per far cadere una contrada nemica, be', allora non hai perso il palio.

Il primo obiettivo del palio è sempre quello di non far vincere i tuoi nemici.

Questo spirito è quello che ha fatto sempre sentire soli gli italiani all'estero: tifare per un tedesco, per un olandese, per un inglese, ma mai per un italiano!

L'Italia è un paese di contrade, e c'è chi dice che sia stato l'odiarci l'un l'altro ad aver creato quella straordinaria competizione di bellezza che disegna l'Italia. Il campanile, la piazza più bella, in ogni paese, in ogni città, venivano su seguendo nessun altro schema razionale, se non quello irrazionale del voler vincere, del voler battere, del voler sconfiggere, del voler distinguersi dal paese vicino, dalla città prossima, dalla contrada limitrofa. Risultato: un tripudio di bellezza!

Unendoci ci sarebbe stata una sola magnifica piazza, unendoci ci sarebbe stato un solo magnifico campanile, e invece guardaci, una distesa infinita di piazze e di magnifici campanili. Unendoci ci sarebbe stata meno fatica e più efficienza, e invece abbiamo prodotto più fatica, più dolore, più conflitto.

Nella mente di un italiano, nel profondo, c'è sempre quest'idea: l'importante è battere un connazionale, l'importante è che non vada bene a un connazionale.

Perché?

Perché la rabbia, il risentimento, la frustrazione dell'italiano sono così estesi, così grande è la sua sfiducia, la sua rassegnazione, il suo sentimento d'impotenza, che l'italiano ha necessità di sapere che in Italia si stia tutti sulla stessa barca. Perché vincere in Italia è così raro, così difficile, così impossibile, che quando accade è un destino che non può essere condiviso, perché troppo esclusivo e individuale.

L'italiano è cresciuto in un paese in cui gli è stata istillata la certezza che la sua patria non crede in lui, non scommette su di lui, neppure fa il tifo per lui. Anche quando si toglie di mezzo, anche quando emigra, anche mentre mangia pane straniero, respira aria straniera, calpesta terra straniera, l'Italia continua pervicace a non sostenerlo.

L'hai visto con i dagos: avevano accettato di lasciare le proprie città, le proprie famiglie per divenire moneta di scambio nella transazione tra il governo italiano e i governi stranieri, eppure gli scienziati italiani li inseguivano nelle loro terre d'esilio, per spiegare a tutti che erano feccia!

È rassegnato l'italiano. È così sicuro che non vincerà, che la vittoria non se la pone neppure come sogno o come obiettivo. E in un paese in cui ti spiegano, da quando nasci, che non puoi farcela, ti metti solo a sperare che perdano pure gli altri. Anzi, lo pretendi che chi ti sta vicino resti incatenato al tuo stesso destino. Solo così il tuo fallimento si mimetizzerà, perché non sarà più il "tuo" fallimento individuale, ma diventerà un fallimento collettivo. E solo apparentemente – perché di apparenza si tratta – ti sembrerà più facile sopportarlo.

Se un italiano vincesse, invece, ti toglierebbe la consolazione che la sconfitta non sia colpa tua. Ed è vero, non è colpa tua! Questo è un paese che rende talmente difficile la vita ai suoi cittadini da esporli a ogni genere di piaga: dalla tassazione insostenibile alla burocrazia punitiva, entrambe coalizzate nel fare lo sgambetto a tutto ciò che si muove: partite IVA, giovani imprenditori, nuove attività commerciali, cooperative, start-up, associazioni. Tutti soggetti che in Italia vivono sott'acqua. Soggetti che nascono sani, ma che il paese poi spolpa o ammala.

Così grande, così nera, così atavica è la rabbia degli italiani che ormai c'è solo la tifoseria da palio, quella che non punta più a vincere, ma vuole solo impedire che a vincere siano le contrade vicine, quelle dei fratelli, dei cugini, dei nipoti, degli zii, degli amici, dei conoscenti.

Come lo so? Sono cresciuto in una terra in cui il peggio delle dinamiche italiane arriva con venti, trent'anni d'anticipo. Un giorno, a Caserta, dove ancora vivevo quando avevo la tua età, il papa fece arrivare una grande comunità di artisti dai paesi dell'Est Europa, perseguitati allora dal comunismo sovietico. In segno di ringraziamento verso la mia città, che li aveva accolti, quegli artisti realizzarono bellissimi giochi in legno per i bambini in una delle piazze più frequentate dai casertani: un gallo meraviglioso, un aeroplanino buffo, una libellula sinuosa, tutti magnificamente intarsiati nel legno. I bambini salivano e dondolavano, si avvicinavano e li accarezzavano, oppure ci si piazzavano davanti e aspettavano che i genitori gli facessero la foto. All'epoca non c'erano gli smartphone e i selfie, le foto erano rare, perché costava molto far poi sviluppare i rullini, e allora in posa ti ci mettevi di rado, solo quando davanti a te c'era qualcosa di straordinariamente bello e insolito. E quello era il caso.

Una notte, non erano passati ancora dieci giorni da quell'apparizione, scesero in piazza con asce e benzina, rasero al suolo e incendiarono tutto.

Perché?

Perché quei giochi erano di tutti, e – pensa l'italiano – quello che è di tutti non è mio! E se non è mio, io non voglio che un altro ci salga sopra, e 'fanculo anche a questo bellissimo dondolo!

Se può essere mio, lo difendo, me lo porto a casa, lo metto nel mio giardino e poi non lo faccio toccare a nessuno. Se invece lo devi avere anche tu, allora lo brucio.

Mentalità diffusa nel Sud Italia, mentalità ormai tristemente diffusa anche nel Nord, dove l'odio ha attecchito così forte da cancellare, anche lì, quel tipo di urbanità che regna dove regnano diritto e senso civico.

Oggi, tra Nord e Sud questa differenza non esiste più, è stato facile convincere tutti che chiunque può toglierti qualcosa, che meno diritti condividi con gli altri, più diritti hai tu.

Ti faccio un esempio. Hai mai sentito parlare dello *ius soli*? Che danno avresti se i tuoi compagni, nati da genitori stranieri, avessero la cittadinanza italiana sin dalla nascita? Nessuno. E, però, da Nord a Sud stanno facendo barricate affinché quel diritto minimo non venga concesso, affinché per raggiungerlo si debba aspettare il diciottesimo anno di età, quando un funzionario, nel formalizzarlo, pronuncerà queste parole: "Benvenuto tra noi!" Davvero: benvenuto tra noi... Riesci a immaginare l'umiliazione che prova chi sente augurarsi il benvenuto pur essendo nato in Italia? Pur avendo sempre vissuto in Italia? Pur avendo, sin dalla nascita, parlato solo italiano e frequentato solo scuole italiane? Pur essendo sempre stato italiano?

È così, è come ti dico, l'italiano è certo di non valere, sa che nessuno crede in lui, che lo stato non investirà su di lui, e allora desidera solo vedere tutti monchi, tutti malati, tutti disperati, perché chi vive all'inferno vuole solo che tutti siano dannati.

Ma a essere dannato, credimi, è il paese tutto intero, un paese da cui si emigra da centocinquant'anni senza soluzione di continuità. Dannati erano i migranti ai tempi dei dagos, quando gli si diceva che a emigrare erano i più stupidi; dannati sono oggi, quando gli si dice che non hanno voglia di fare sacrifici, che sono pigri, scansafatiche, Peter Pan, viziati e bamboccioni!

Chi parte ha sempre torto, questo ricordatelo.

In Italia ha torto l'italiano che resta, ma ha ancora più torto quello che parte. E l'emigrazione italiana sta già tornando nella sua forma più cupa.

Fino a qualche anno fa, infatti, emigrava la "testa", emigrava cioè chi andava all'università, chi cercava un lavoro qualificato, chi voleva guadagnare di più. Adesso invece si ricomincia a emigrare per andare a fare i lavori più umili e più duri. Ma perché, starai pensando, in Italia non ci sono lavori umili e duri? Certo che ci sono, ma spesso sono in nero, senza contratti, senza garanzie. Allora si emigra in cerca di un lavoro duro ma che dia garanzie. Duro, ma sicuro, sottratto al capriccio del datore di lavoro a cui oggi servi e domani non servi più. Pensaci quando ti dicono che gli immigrati vengono in Italia a rubare il lavoro agli italiani. Gli immigrati non rubano il lavoro agli italiani, ma sono costretti, perché irregolari, ad accettare lavori a condizioni che gli italiani non vogliono accettare. Prima dicevamo: gli immigrati fanno lavori che gli italiani non vogliono più fare, ma dovremmo aggiungere: a condizioni che gli italiani non vogliono accettare. E sai che ti diranno? Che è comunque colpa degli immigrati... che accettando di lavorare senza contratto e per 3 euro l'ora rovinano il mercato. Quando senti questi discorsi tu gridalo che non è possibile trasformare la vittima in carnefice, che la colpa non è dello sfruttato me è sempre e solo dello sfruttatore. Che se non cambiano le leggi, la catena padrone-schiavo non la spezzeremo mai.

Ebbene, stanno ricominciando a emigrare le braccia dell'Italia, e la novità è che oggi, a differenza che nel passato, sono i figli a partire per primi perché non trovano lavoro, ma poi chiamano i genitori, che nel frattempo il lavoro l'hanno perso.

Meno il tuo paese è democratico, meno investe su di te, meno il tuo paese crede nella tua crescita, più a te toccherà di andare via disperato. E andrai via disperato anche quando la tua sarà un'emigrazione di tipo culturale.

Io sono emigrato, non ti chiederò quindi di non farlo, però voglio dirti di tenere a mente questo: neppure andandotene risolverai.

Emigrando, otterrai certamente, a Londra, a Berlino, a New York, per diritto quello che in Italia puoi avere solo come favore o privilegio, perché il più umile dei lavori in Italia, il più difficile, quello meno retribuito, lo ottieni comunque con una mediazione, con una negoziazione. Potrà capitarti anche all'estero di essere sottoimpiegato o sottopagato, anzi ti capiterà certamente, ma la differenza è che se in Germania o in Francia ti accadrà di essere sfruttato, sarà perché tu sarai riuscito a farti sfruttare. In Italia, anche per farti sfruttare avrai bisogno di ottenere un favore o una grazia.

È come ti dico, se non risolvi quello che accade in Italia, andandotene non potrai voltarle le spalle.

C'è una spia che misura il malessere profondo dell'emigrante italiano all'estero: la lingua.

Gli emigranti italiani che sono andati in Australia, in Canada, negli Stati Uniti non hanno tramandato la propria lingua. Perché?

Perché non volevano che i nipoti imparassero la lingua del paese che li aveva cacciati, presi a calci, la lingua di un paese corrotto, che tutti raccontavano come un bellissimo golfo, una bellissima cena, uno splendido cielo, ma che in realtà era un paese ferocissimo, da cui chi emigrava voleva solo tenere i propri figli lontani. Un paese dove nessuno vuole che i figli o i nipoti facciano ritorno. Se tornano, dev'essere per una vacanza, per andare a trovare qualche parente al cimitero, per partecipare a un matrimonio, ma poi subito scappare.

Perché Andrew Cuomo non sa parlare italiano?

Perché James Gandolfini non sapeva parlare italiano?

Perché Madonna non conosce una sola parola di italiano?

Perché Lady Gaga sa al massimo quattro parole d'italiano?

Perché Dean Martin non capiva l'italiano? Perché Rocky Graziano, Robert De Niro, Al Pacino, Francis Ford Coppola, Martin Scorsese non parlano italiano?

Semplice. Perché i loro genitori non volevano che lo imparassero. Volevano che italiana fosse la polpetta, le canzoni, la pizza, san Gennaro, ma non il diritto, non l'organizzazione, non le istituzioni, non il voto, non la loro vita... non volevano che il loro sangue tornasse, là dove con tanta fatica era riuscito a scappare.

Probabilmente emigrerai, qualunque sia la tua scelta. Se sei del Sud emigrerai al Nord o andrai all'estero, se sei del Nord andrai solo all'estero, andrai in Corea del Sud, in Albania, dove ci sono migliaia di italiani, in Canada, in Francia, in Portogallo, andrai ovunque. Forse oggi ti sembra impensabile, come per me lo era alla tua età. Io volevo crescere e vivere al Sud, mi identificavo profondamente nella corteccia meridionale, mi sentivo protetto da quella corteccia. E invece...

Se vorrai tentare altrove, partirai, però ricorda che non c'è vergogna nel decidere di restare. E non è come dicono, che la nostra emigrazione è cambiata, che oggi se ne vanno solo i talenti, le teste, la generazione Erasmus, quella che ha studiato, che all'estero sa come muoversi, che non ha più bisogno di chiudersi nelle Little Italy, nei ghetti strapaesani, perché sa mischiarsi, sa affittare appartamenti confortevoli nel centro delle città e intrattenere amicizie internazionali. Chi parte oggi prova spesso la stessa umiliazione, lo stesso sconforto, proprio perché sa due lingue e ha quasi sempre una laurea in tasca. E non credere neppure a quelli che ti dicono che è fisiologico, che è desiderio giovanile di un'esperienza all'estero. I tedeschi, gli spagnoli, i francesi fanno un'esperienza all'estero: poi però, appunto, dopo l'esperienza, spesso rientrano.

Noi perché non rientriamo? Perché in Italia non c'è alcuna prospettiva di un lavoro a cui tornare, e quindi è meglio restare all'estero e non buttare via gli anni dell'università, del master, del dottorato. E poi, ogni volta in cui metti la testa fuori dall'Italia, poi ti abitui a vivere in un paese dove le cose funzionano, in un paese senza mazzette e raccomandazioni. E allora è difficile tornare in Italia. Però, quando dirai che, guardata dall'estero, l'anomalia italiana ti appare ancora più indigesta, ti risponderanno che non ami il tuo paese, che lo svendi, che non vuoi aiutarlo ad affrancarsi dal "pregiudizio" che dell'Italia continuano ad avere oltreconfine.

Lo sai cos'è il Commonwealth? È un'unione ideale, un sovra-stato che si estende seguendo le linee della storia, invece che quelle della geografia. La storia della corona britannica fuori dai suoi confini, la storia del suo colonialismo, del suo imperialismo, della sua espansione politica e commerciale. Ecco, io invece ho sempre pensato a noi come a un Commonwealth non fatto di cannoni e di prigioni, di miniere e di dominio, ma come a un Commonwealth immenso, forse il più grande e dignitoso del mondo: il Commonwealth dei migranti! Siamo secondi solo ai cinesi in questo. Per ogni cento italiani che vivono in Italia, ce ne sono nove che vivono all'estero. Sono quasi cinque milioni e mezzo gli italiani che vivono oggi all'estero: tra questi 850.000 in Argentina, 750.000 in Germania, oltre 600.000 in Svizzera, oltre 400.000 in Brasile e in Francia, oltre 300.000 in Inghilterra e quasi 300.000 negli Stati Uniti. Ma il dato che più mi impressiona è che i discendenti dei nostri emigranti, contati tutti insieme, in tutte le latitudini, sono stimati tra i sessanta e gli ottanta milioni.

Questo vuol dire che se quelli che nell'Ottocento e nel Novecento sono andati via fossero invece rimasti, oggi noi supereremmo la popolazione di Germania e Francia messe insieme, oggi noi saremmo tra i 120 e i 140 milioni, perché a questa cifra ammonta il sangue italiano che calpesta il mondo. E lo sai qual è lo scandalo? Il grande paradosso? Sono di più i discendenti del sangue emigrato che di quello rimasto in patria, è più grande la comunità di italiani sparsa per il mondo che quella che si sveglia ogni giorno entro i suoi confini nazionali. E noi non riusciamo ancora ad analizzarla questa ferita, non riusciamo ancora a fare sintesi di questa diaspora, non riusciamo a uscire dalla retorica di patria, quella del paese più bello, del cibo più buono, delle donne e degli uomini più sensuali, quando dovremmo iniziare dal primo giorno di scuola, dalla prima lezione di geografia a dire la verità: l'Italia è formata dalle Alpi, dagli Appennini e dall'emigrazione. L'Italia è strutturalmente, da secoli, un paese di emigrazione.

Anzi, comincia tu. Se ti chiedono di associare tre parole all'Italia, tu non dire:

moda
cibo
calcio

Tu di':

moda
calcio
emigrazione

Oppure:

pizza
mafia
emigrazione

Oppure:

arte
bellezza
emigrazione

Declinale come vuoi quelle tre parole, però fa' in modo che "emigrazione" ci resti sempre dentro, perché l'italiano che emigra è un'icona del nostro paese al pari della Ferrari, del Parmigiano, del Chianti e di san Gennaro.

Ogni manuale di storia dovrebbe contenere un capitolo sull'emigrazione italiana. Bisognerebbe decretare che, senza, non si possono licenziare i manuali, perché sono inservibili come una bicicletta senza ruote o una lavatrice senza centrifuga. Ogni politico che non investe su questo, che non riflette su questo, che non cerca soluzioni a questa piaga dev'essere considerato cieco o folle.

Che cos'è questa maledizione?

Da dove nasce?

Come si combatte?

E che significa quando ti dicono: canta la tua terra, racconta la bellezza della tua città, impara a guardare la grandezza del tuo paese?

Ma che bellezza è quella di un paese che da un secolo e mezzo fornisce cuochi, magazzinieri, domestici e lavapiatti a mezzo mondo?

In Germania è così?

In Francia è così?

In Inghilterra è così?

No, in nessun altro paese europeo è così.

Nessun paese europeo soffre una malattia come questa. Noi non siamo un paese sviluppato, noi non siamo un paese democratico, siamo fratelli della Turchia, dell'India, del Bangladesh, dello Sri Lanka, dell'Albania, apparteniamo a quell'infinita razza umana che non è in grado di aspettare il tempo della riforma, il sogno della rivoluzione: il cibo è oggi, la dignità è oggi, il salario è oggi, la pensione è oggi, la retta da pagare è oggi. E, quindi, si emigra. Non credere alla retorica del paese ricco, evoluto, sviluppato: sarebbe un errore. Questo è, ma solo in alcune zone, ed è stato, solo in alcuni anni, ma già ora non lo è più.

A questo paese manca l'elaborazione dei propri problemi, e provare a cambiare un paese senza elaborarne i nodi che più fanno male è come entrare in campo senza avere uno schema di gioco o tirare su una casa senza aver chiesto prima il progetto a un geometra o a un ingegnere. Una città senza piano regolatore ti viene su lo stesso, poi però non la raddrizzi più. Se non cominci da un piano, da un progetto, da un'idea, non c'è modo di risolvere i problemi. Ci si limiterà – ancora una volta – alla solita celebrazione della patria più bella, del popolo più creativo, della musica più originale, un refrain a cui nessuno crede, che nella routine quotidiana è solo un inutile rumore di fondo, e quando tocca a te di andartene, diventa un suono sparato a decibel insopportabili.

Mentre fai le valigie, mentre compri un biglietto aereo e invece vorresti restare, sentir parlare della bellezza dell'Italia ti farà solo urlare.

E allora tu gridalo che non è un privilegio andare! Gridalo che in Italia per essere autonomi, ieri come oggi, bisogna emigrare! Gridalo che non si riesce ad affittare una casa con un contratto regolare! Gridalo che non puoi ottenere un'autorizzazione in tempi normali! Gridalo che per avviare una start-up in Italia ci vogliono settanta diverse certificazioni, mentre all'estero puoi aprirla in ventiquattr'ore e per i primi anni non ci paghi le tasse! Gridalo che solo questo fa decollare i progetti, la grafica, il cinema, il fumetto, la moda, la musica, la ristorazione, la cultura, lo sport, l'ambiente!

È tutto bello in Italia, poi, però, quando si tratta di avere visione delle cose, quando si tratta di un progetto politico, di investire sul cambiamento, allora ti accorgi che non puoi muovere un passo. È un paese splendido, e poi, però, vai all'estero e scopri cosa dicono gli imprenditori e gli investitori stranieri. Dicono che qui da noi sono costretti ad affittare case e capannoni in nero, che non riescono ad avere regolari permessi se non ungendo gli ingranaggi "giusti", che per ottenere un certificato standard devono aspettare tempi biblici; dicono che trucchiamo ancora oggi gli appalti, non credono che vinciamo onestamente i concorsi, dicono che in Italia nulla è diritto e tutto è concessione.

Ma in Italia nessuno vuole riflettere su questo, si preferisce pensare che sia l'invidia dell'Europa verso questo paese così bello e creativo, così ordinato e legale. Un paese meraviglioso dove però l'emorragia di quelli che se ne vanno non si ferma.

Dalle sabbie mobili di questo paese capisco che tu voglia allontanarti, capisco che tu voglia fuggire. Però quello che ci tengo a dirti è che, comunque, non c'è nessun Eldorado là fuori ad attenderti, per cui pensa bene se è ciò che vuoi, perché chi emigra si porta sempre dietro un marchio, come fosse un difetto di fabbrica: al primo incidente ti verrà rimproverato.

La storia che sto per raccontarti parla di questo.

GRIDALO CHE SE NON SALVI IL BOSCO IN FIAMME,
L'INCENDIO TI RAGGIUNGERÀ OVUNQUE.

Per un'introduzione e uno sguardo d'insieme sul fenomeno dell'emigrazione italiana, vedi Giancarlo Perego, "Il Rapporto Migrantes Italiani nel Mondo 2011", http://banchedati.chiesacattolica.it/cci_new_v3/allegati/21532/introduzione.pdf.

Per i dati e le statistiche dei cittadini italiani residenti all'estero, vedi: *Rapporto italiani nel mondo 2019. Sintesi*, a cura di Fondazione Migrantes, https://www.migrantes.it/wp-content/uploads/sites/50/2019/10/Sintesi_RIM2019.pdf; Davide Mancino, "Gli italiani all'estero: quanti sono, dove sono andati e quando sono partiti", in *Il Sole 24 Ore*, 15 novembre 2019, https://www.infodata.ilsole24ore.com/2019/11/15/gli-italiani-allestero/.

GLORIA TREVISAN

28.

GLORIA

Se voi però avete diritto di dividere il mondo in italiani e stranieri allora vi dirò che, nel vostro senso, io non ho Patria e reclamo il diritto di dividere il mondo in diseredati e oppressi da un lato, privilegiati e oppressori dall'altro. Gli uni son la mia Patria, gli altri i miei stranieri.

don Lorenzo Milani

2500 sterline. Sai quante sono? Poco meno di 3000 euro. Se una famiglia risparmiasse 3000 euro in un anno, poi con quei soldi non riuscirebbe a comprare neppure una macchina usata.

Per una società risparmiare 3000 euro vale ancora meno, può organizzarci al massimo un rinfresco per i suoi dipendenti o una vacanza per la famiglia del titolare, ma dovrebbe comunque far passare quella spesa come viaggio di lavoro, prima di metterla a bilancio, a conclusione dell'anno finanziario. Sono davvero pochi 3000 euro di risparmio per una società.

Dal giorno 14 giugno del 2017, 3000 euro è una cifra che non riesco più a pronunciare. Da quel giorno ho cancellato la cifra 3000 dal mio libro contabile, perché per risparmiare 3000 euro sono stati uccisi due ragazzi italiani, emigrati a Londra. Voglio che tu conosca la loro storia. Per raccontartela, ho dovuto immaginare, in qualche punto, quello che gli articoli di giornale, il processo in corso, le dichiarazioni rese dai genitori, le foto non permettevano di ricostruire con certezza.

Io sono ossessionato da questa storia, ce ne sono altre simili, e però ci sono storie che dentro di me gridano più forte delle altre e io non riesco neppure a spiegarti fino in fondo il perché.

Ho tolto e rimesso questa storia dal libro decine di volte, perché sapevo che nello scriverla avrei dovuto affrontare l'indicibile, la morte di un figlio per un genitore. Ho tolto e rimesso questa storia dal libro decine di volte, perché so che per i genitori, per gli amici, per i parenti di Gloria e di Marco, ogni parola scritta su di loro non fa che rinnovare la ferita.

Se tu ora la stai leggendo sappi che è un caso, che l'ho rimessa nel libro nell'ultima frazione di secondo possibile prima che andasse in stampa e solo perché, rispetto al rischio di ferire, o di aver immaginato dettagli della storia non rispondenti alla realtà, ho sentito più urgente il dovere di rendere loro omaggio. E l'urgenza di gridare contro chi ha insinuato che della propria morte Gloria e Marco sono stati in parte "colpevoli". Mentre è chiaro ed evidente che colpe ci sono state ma sono altrove.

Quando una madre è incinta prova una gioia velata, una gioia a metà, perché ha la sensazione di avere una pancia di cristallo che un nonnulla potrebbe mandare in frantumi. Ha paura di mangiare male, perché magari il bambino potrebbe risentirne; ha paura di essere troppo nervosa, perché magari il benessere della sua bambina ne sarebbe influenzato; ha una paura costante che qualcosa vada storto durante il parto, e paura che la stessa paura possa essere dannosa.

Credo che fosse più o meno questo il tenore dei pensieri e delle paure di Emanuela Disarò, durante i nove mesi che precedettero la data del 2 dicembre del 1991, giorno in cui diede alla luce Gloria, la sua bambina.

Emanuela e il marito, Loris Trevisan, compresero da subito che le loro ansie nei mesi della gestazione erano state inutili, perché Gloria era una bambina sana, bella e molto perspicace e sono certo che i genitori dovevano vivere nella consapevolezza di essere particolarmente fortunati.

Sin da piccola, Gloria ama disegnare, le piacciono i disegni geometrici che si possono eseguire con la squadra e col righello, come quelli dei treni, dei ponti e delle case, però le piacciono anche i ritratti a mano libera, quelli dei volti delle persone a cui vuole bene, la cugina, il fratello, le amiche.

È una bambina serena, Gloria, cresce bene, con amiche fidate e un'ottima inclinazione allo studio.

Capita spesso ai bambini che crescendo perdano un po' della loro bellezza, ma a Gloria questo non accade, continua a portarsi dietro lo sguardo sereno di chi ha fiducia nel mondo.

Mi sono sempre chiesto perché tra Padova e Venezia tanti ragazzi si laureino in Architettura. Mi hanno risposto che un po' in tutta Italia continua ad accadere che la laurea in Architettura sia ambita, nonostante il mercato sempre più ristretto offra meno possibilità di lavorare, perché nascere in Italia ti dà un imprinting particolare: quello indotto dall'innegabile bellezza della sua architettura.

Io però sono convinto che non sia solo la nazione, la città o il paese in cui nasci a determinare la tua spinta. Magari sì, nel caso di Gloria hanno influito quei campanili antichi che svettano sulla pianura padana, creando un gioco di linee verticali e orizzontali, però sono sicuro che ci sia stato qualcosa di più personale, il desiderio di progettare il bello per gli altri, di mettere ordine in uno spazio, perché creare armonia attorno alle persone significa già risolvere i loro problemi. Lo spazio è come il campo da semina: più lo organizzi, più lo rendi bello e funzionale, più il seme produce frutto.

L'ambiente che ci sta intorno ci adotta, ci svezza, ci nutre, ci determina, e Gloria voleva fare questo, progettare spazi armonici in cui le persone potessero realizzare la propria aspirazione al bello.

La foto del giorno della sua laurea in Architettura è quella di una ragazza felice che ha appena realizzato un sogno, che è tanto più bello perché non è soltanto suo, ma è anche il sogno dei suoi genitori, che infatti abbraccia. Una festa è doppia, quando è di tutti.

Questa è l'Italia. Un paese fatto da famiglie. Una distesa sconfinata di famiglie che cercano di farsi struttura in un paese che struttura non ha. Famiglie che si prendono meticolosamente cura dei propri figli, che li tirano su con attenzione, stando attenti ad annaffiarli il giusto, né troppa né poca acqua, né troppo né poco sole. È ansiosa la famiglia italiana e, di conseguenza, ansiogena per i figli. Sa che deve proteggerli a ogni passo, sa che, oltre a lei, nessuno lo farà. E allora dal giorno in cui nascono, la preoccupazione è come schermarli dal dolore, dall'ingiustizia, dalla sopraffazione, dalla disoccupazione, dall'impossibilità di coltivare le proprie aspirazioni.

In un paese senza speranza, la famiglia non ha uno sguardo di fiducia verso il futuro dei propri figli. Chi fa un figlio in Italia sa già che dovrà sostenerlo sempre, perché se gli verrà a mancare il sostegno della famiglia, non ci sarà lo stato a provvedere.

In Italia, un figlio è destinato a pesare sulla famiglia quasi per sempre. E infatti il discrimine sociale vero non è più tra ricchi e poveri, ma tra chi è aiutato o meno dalla famiglia. Prestiti d'onore per i giovani, come accade nel Nord Europa, in Italia non ce ne sono.

In Italia, a un figlio non si deve garantire solo la nascita, la crescita, gli studi, si deve aiutarlo sempre. Con i risparmi, con le conoscenze, con una fideiussione sul mutuo, accudendo i nipoti, in attesa che le infinite liste d'attesa dei nidi scorrano.

In Italia, se fai mancare a un figlio il tuo aiuto sai già che cadrà, perché oltre la famiglia si estende il deserto.

Per quanto Loris ed Emanuela si siano impegnati, come la maggior parte delle famiglie italiane, a schermare la figlia dal dolore, il giorno della laurea questa schermatura a oltranza cade: in Italia non c'è lavoro. Non c'è lavoro neppure per Gloria, che è una ragazza di talento, che conosce l'inglese e il mondo digitale, e ha appena preso una laurea a pieni voti. Non c'è lavoro né per lei né per il fidanzato, Marco, anche lui tirato su dall'amore caparbio di una famiglia italiana, che lo ha accompagnato fino alla laurea.

Si sono conosciuti all'università, Gloria e Marco.

Quando Gloria ha iniziato a parlare di lui in famiglia, il fratello e la madre devono aver pensato che Gloria esagerasse, perché quando qualcuno è innamorato siamo sempre persuasi che l'amore favorisca l'iperbole. Poi, però – ha ricordato in un'intervista la madre di Gloria –, quando l'hanno conosciuto si sono dovuti ricredere: nessuna esagerazione nelle parole di Gloria, solo ponderate valutazioni. Marco era proprio quel tipo d'albero le cui foglie, dense di clorofilla, sono capaci di portare a termine la fotosintesi a qualunque esposizione di luce.

Per i genitori di Marco e per quelli di Gloria non deve essere stato facile mettere al mondo dei figli in Italia. Devono aver pensato tante volte a quel giorno, al giorno della laurea, quando avrebbero dovuto rassegnarsi all'idea di vederli partire.

Quel giorno, dunque, arriva. Gloria e Marco devono aver riflettuto sul fatto che, rimanendo in Italia, avrebbero potuto sperare in un lavoro saltuario, magari in un call center, e solo dopo una decina d'anni dalla laurea in un lavoro stabile, non necessariamente nel campo per cui avevano studiato. A quel punto, Gloria avrebbe più di trentacinque anni, e con i soldi messi da parte, e un piccolo aiuto da parte delle famiglie, potrebbe accendere un mutuo insieme a Marco e sperare di avere un figlio.

Ma Gloria probabilmente non ha nessuna intenzione di "vivacchiare", passando da un lavoretto all'altro, pesando sui suoi genitori, attendendo dieci lunghissimi anni prima di costruire la propria vita con Marco. Preferisce, come tanti suoi compagni di università, lasciare l'Italia.

Gloria vuole poter sostenere, se necessario, la propria famiglia, portare le sue qualità umane e professionali all'estero, certa che, ovunque andrà, l'estero sarebbe stato comunque meno avaro del suo paese.

È un paese curioso quello in cui è cresciuta Gloria, un paese dove, grossomodo, lo stato lo incontri due volte, quando ti ammali e quando vai a scuola. Perché in tanti anni di mala amministrazione l'Italia è riuscita a salvaguardare, almeno in parte, due cose: la scuola e la sanità pubblica. E però l'Italia, che ha speso denaro per far arrivare Gloria al giorno della laurea in salute, ora che è sana e laureata, non ha più intenzione di investire su di lei.

Il paradosso è che la formazione di Gloria è costata allo stato italiano – facendo un calcolo approssimativo, dalla scuola dell'infanzia alla laurea – circa 150.000 euro. Questo vuol dire che, oggi, lo stato italiano investe i suoi soldi a costruire autostrade che non utilizzerà mai.

All'estero, sono ben felici di raccogliere quei frutti che altri hanno seminato, assumendo personale altamente qualificato, la cui formazione non gli è costata un euro.

Quando il curriculum di Gloria arriva sul tavolo dello studio di architettura Peregrine Bryant di Londra, chi prende visione delle sue tavole deve intuire che il mittente è una persona ben formata, infatti la contatta subito per un colloquio di lavoro.

Dopo l'incontro, allo studio situato nel quartiere di Fulham, sono doppiamente convinti di assumerla perché non solo è competente, ma è umile e fattiva, qualità preziose che in genere sviluppa chi cresce in terre con poche opportunità.

Gloria allora deve aver spiegato ai genitori quello che già presentivano: ha ottenuto un lavoro all'estero e vuole andare, perché non ha studiato per tenere la sua laurea chiusa in un cassetto.

La madre deve aver avuto la sensazione di tornare indietro nel tempo, a quei mesi prima del parto, quelli in cui si prova una gioia velata, velata dalla preoccupazione. Come tutte le madri, però – racconta –, non mette la figlia a parte delle proprie ansie, ma la abbraccia e la benedice.

I genitori di Marco sono costretti a fare lo stesso, perché anche lui ha trovato lavoro a Londra, un lavoro per il quale, in Italia, non sarebbero bastati dieci anni di gavetta e di paziente ricerca.

Il fatto che Gloria e Marco andranno all'estero insieme tranquillizza le famiglie, perché i primi tempi sono i più duri e in due all'estero si resiste meglio.

A Londra, Gloria e Marco affittano un appartamento al ventitreesimo piano della Grenfell Tower, nel quartiere di North Kensington.

Il quartiere è bello e centrale e la torre, ventiquattro piani complessivi, è stata appena rivestita da pannelli esterni di alluminio, che le conferiscono l'aspetto luccicante dei grattacieli di New York.

Si è trattato di un importante lavoro di ristrutturazione costato dieci milioni di sterline, che ha fruttato alle società responsabili del restauro un notevole aumento del valore dell'immobile e che ha fatto lievitare i prezzi dell'affitto degli appartamenti. Anche l'interno delle unità abitative è stato ammodernato e arricchito con un arredamento funzionale. I ragazzi sono certi di investire bene le loro 1000 sterline mensili, perché lo spettacolo che va in onda ogni giorno, a tutte le gradazioni di luce, dagli oltre duecento piedi d'altezza del loro appartamento vale pienamente quella spesa.

Appena arrivati, Gloria scatta una foto allo skyline della città e la posta sul suo profilo Facebook. Le amiche commentano: "Magnifico", "Ce l'hai fatta", "Che bella città!"

Sono passati solo pochi mesi da quando i ragazzi sono arrivati a Londra e Gloria ha già disegnato per lo studio Peregrine Bryant il suo primo progetto, mentre Marco ha avuto modo di farsi apprezzare per il suo inglese pulito e i suoi modi riservati.

Una sera di fine primavera, la sera del 13 giugno del 2017, immagino Gloria rincasare con del sushi, magari lo ha appena comprato nel quartiere limitrofo di Notting Hill, e forse Marco, invece, è rientrato portando dei fiori, perché a chi si ama capita spesso di celebrare il momento in cui, a fine giornata, ci si ritrova.

Forse dopo cena hanno guardato insieme la loro serie preferita su Netflix, come facciamo in tanti, e poco dopo la mezzanotte Gloria si sarà struccata davanti allo specchio del bagno, mentre magari Marco si è rimesso ancora un po' al tavolo da lavoro per ultimare un progetto.

Prima di spegnere la luce, sono sicuro che Gloria deve aver gettato un ultimo sguardo incantato alla grande vetrata della sala, quella sparata sul cielo notturno di Londra, perché quella vista, che aveva subito voluto condividere con le amiche, ha il potere di ricordarle perché è lì, a tanti chilometri dalle sue amiche, dalle sue abitudini e dalla sua famiglia; il potere di renderla orgogliosa e di ripagarla dell'impegno degli anni di studio; il potere di fornirle benzina per affrontare la sua vita in quel nuovo paese, così lontano da tutto ciò che per lei è casa.

Magari si è appena stesa e ha chiuso gli occhi, ma li ha dovuti subito riaprire perché suonano alla porta. Si alza dal letto perplessa, da quando sono a Londra nessuno deve aver suonato a quell'ora di notte, anzi, nessuno deve aver suonato neppure di giorno, senza essere atteso, perché non è molto che sono lì. Marco forse le dice che può tornare a dormire, va lui a vedere chi è, ma Gloria lo segue, e mentre lui apre lei resta alle sue spalle. Sono i vicini di casa, dicono che al quarto piano è scoppiato un incendio, che non sanno cosa fare.

Marco chiama i vigili del fuoco per segnalare quanto riferito dai vicini, chiede se abbiano mandato qualcuno. I vigili del fuoco gli confermano che un'unità è già sul posto, raccomandando di stare tranquilli. Chiusa la comunicazione, Marco guarda verso il quarto piano ma non vede niente. Rassicura i vicini, i pompieri stanno già spegnendo l'incendio: un cortocircuito al quarto piano, un frigorifero, poi le fiamme che non si sa come hanno attecchito sulle pareti esterne dell'appartamento.

I vicini si scusano per il disturbo e rientrano nel loro alloggio. Gloria torna a letto, Marco riprende a disegnare.

Dopo venti minuti i vicini suonano di nuovo: dicono che ora le fiamme sono visibili anche da quell'altezza, l'incendio non appare affatto domato. Gloria guarda dalla finestra e, senza rispondere ai vicini, afferra il telefono e chiama la madre.

"Mamma, è scoppiato un incendio al quarto piano, già da una mezz'ora..."

"Prendete due asciugamani bagnati, metteteveli intorno alla testa e scendete subito le scale!" raccomanda Emanuela.

Gloria si ricorda solo in quel momento della presenza dei vicini, ripete loro il consiglio suggerito dalla madre, gli asciugamani bagnati intorno alla testa, poi passa il telefono a Marco, perché la madre vuole parlargli, lei adesso è troppo agitata e dalle sue parole non riesce a misurare l'entità del pericolo.

Marco rassicura Emanuela, chiamerà nuovamente i pompieri e poi le farà sapere. Ai pompieri Marco dice che sono pronti a scendere insieme ai vicini di casa, terranno un asciugamano bagnato premuto sulla testa per impedire alle fiamme di attaccare i capelli, poi, una volta giù, si spegneranno le fiamme sui vestiti, aiutandosi l'un l'altro con una coperta.

I pompieri gli dicono di non farlo. Di non muoversi, di chiudersi in casa e aspettare. Gli dicono che nessuno può scendere dalla tromba delle scale, che è invasa dalle fiamme, che è troppo pericoloso e che comunque non c'è motivo di allarmarsi perché la situazione è sotto controllo e saliranno loro a prenderli.

Quando Gloria vede, infine, arrivare le fiamme davanti alla vetrata del suo appartamento, chiama la madre per l'ultima volta:

"Non c'è più speranza mamma... Sono nel soggiorno e vedo fiamme dappertutto, stiamo solo aspettando... Non ci credo che debba finire così mamma, non ci voglio credere... Mi dispiace per voi, mamma... Adesso voglio restare con Marco... È tempo di dirci addio, grazie per tutto quello che avete fatto per me... siate forti!"

Due anni prima della notte in cui Gloria chiamò sua madre per dirle addio, gli appaltatori presentarono alla Kensington and Chelsea Tenant Management Organisation (KCTMO) e alla Royal Borough of Kensington and Chelsea (RBKC) – le società che gestivano allora l'intero immobile e dovevano supervisionare i lavori di ristrutturazione – due diversi preventivi di spesa per il rivestimento esterno del grattacielo: il primo costava meno perché la qualità dei pannelli perimetrali era inferiore, non era ignifuga. Però permetteva di risparmiare circa 300.000 sterline. Il risparmio, in verità, era ancora maggiore, ma gli appaltatori, sembra, presentarono un preventivo falsato, per lucrarci sopra.

Al momento di sottoscrivere l'ordine di acquisto di quei pannelli, i manager della KCTMO e i funzionari della RBKC approvarono il primo preventivo, quello meno costoso, che avrebbe fatto risparmiare alla società 2500 sterline ad appartamento. Poco meno di 3000 euro.

L'inchiesta e il processo alle società cui furono appaltati i lavori, alla KCTMO e alla RBKC sono ancora in corso.

Il padre di Marco ha detto di avere avuto la sensazione fisica di vedere il figlio morire ammazzato per la seconda volta, quando di recente il ministro inglese per i rapporti con il Parlamento, Jacob Rees-Mogg, ha dichiarato che Gloria e Marco, quella notte, avrebbero dovuto disattendere le indicazioni dei vigili del fuoco perché, uscendo subito dal grattacielo, avrebbero fatto ancora in tempo a salvarsi.

Il padre di Marco ha detto che questa affermazione ha insultato la memoria dei due ragazzi, in quanto tesa a instillare il dubbio che siano morti a causa della loro scarsa intelligenza o di una loro mancanza di buonsenso. Mentre invece sono stati ammazzati, insieme ad altri settanta coinquilini, da un'imprenditoria sempre più ingorda e irresponsabile e dall'incapacità d'intervento dei soccorsi.

È vero che non partiamo più con la valigia di cartone, che abbiamo spesso una laurea e conosciamo la lingua del luogo in cui andremo a stare, ma l'emigrante, proprio come ai tempi dei dagos, ogni volta in cui le cose si mettono male continua a essere descritto come poco intelligente, perché la sua intelligenza è temuta, la sua intelligenza genera concorrenza. Quando emigri, quando sei straniero, non devi disturbare mai, neppure quando si tratta di provare a non morire.

GRIDALO CHE NON SI PUÒ BALLARE
IN UN CAMPO MINATO,
CHE NON SI PUÒ BERE UN TÈ
SULLA LAVA DI UN VULCANO,
CHE NON PRENDI IL SOLE
SU UN'ISOLA DI PLASTICA.

Paul Bracchi, "Profits of Misery: How People 'Who Fitted Out Grenfell Tower on the Cheap' Are Mired in Claims of Tax Avoidance, Shoddy Work and Shameful Management Despite Six-Figure Salaries, £2m Homes and Even a Gong", in *Daily Mail*, 16 giugno 2017, https://www.dailymail.co.uk/news/article-4612322/People-fitted-Grenfell-Tower-mired-accusations.html.

"'Mamma, sto per andare in cielo'. Le ultime parole di Gloria e Marco", in *L'Eco di Bergamo*, 17 giugno 2017, https://www.ecodibergamo.it/stories/Cronaca/mamma-sto-per-andare-in-cielole-ultime-parole-di-gloria-e-marco_1240221_11/.

Enrico Ferro, "I visi di Gloria e Marco nel cuore degli inglesi", in *Il Mattino di Padova*, 18 giugno 2017, https://mattinopadova.gelocal.it/padova/cronaca/2017/06/18/news/i-visi-di-gloria-e-marco-nel-cuore-degli-inglesi-1.15504500.

Alessandro Allocca, "'Il dolore non passerà mai, ma vogliamo la verità': Emanuela Trevisan a Londra per ricordare Gloria", in *Londra, Italia*, 13 giugno 2018, http://www.londraitalia.com/cronaca/dolore-verita-emanuela-mamma-trevisan-gloria-grenfell-tower-20180530/.

"Gloria, l'ultima chiamata dalla Grenfell Tower. La madre: 'Mise giù per non farci sentire che stava morendo'", in *Il Messaggero*, 5 dicembre 2018, https://www.ilmessaggero.it/italia/gloria_trevisan_grenfell_tower_marco_gottardi_ultima_telefonata_mamma-4153035.html.

Annalisa Grandi, "'Ha messo giù perché non voleva la sentissi morire.' L'ultima telefonata di Gloria, morta nella Grenfell Tower", in *Corriere della Sera*, 5 dicembre 2018, https://www.corriere.it/esteri/18_dicembre_05/ha-messo-giu-perche-non-voleva-sentissi-morire-l-ultima-telefonata-gloria-morta-grenfell-tower-7762b71c-f86a-11e8-95fd-6a8b22868d97.shtml.

Antonello Guerrera, "'Chiudo perché non voglio che tu senta le urla': l'ultima telefonata di Gloria Trevisan alla mamma", in *la Repubblica*, 5 dicembre 2018, https://www.repubblica.it/esteri/2018/12/05/news/_non_puo_finire_cosi_l_ultima_telefonata_di_gloria_trevisan_alla_mamma-213472600/.

Susanna Picone, "Grenfell Tower, per ministro 'vittime senza buon senso'. Il papà di Marco: 'Parole odiose'", in *Fanpage.it*, 6 novembre 2019, https://www.fanpage.it/attualita/grenfell-tower-per-ministro-vittime-senza-buon-senso-il-papa-di-marco-parole-odiose/.

Rowena Mason e Libby Brooks, "Shifty shades of May: Boris Johnson dodges voters in week of election pain", in *The Guardian*, 8 novembre 2019, https://www.theguardian.com/politics/2019/nov/08/shifty-shades-of-may-boris-johnson-dodges-voters-in-week-of-election-hell.

Intervista di Tiziana Panella ai genitori di Marco e Gloria, in *Tagadà*, 22 novembre 2019, https://www.la7.it/tagada/video/il-ricordo-di-marco-e-gloria-morti-nellincendio-della-grenfell-tower-a-londra-22-11-2019-294811.

Robert Booth, "Green Lights to Shine for Grenfell Victims on Anniversary of Disaster", in *The Guardian*, 12 giugno 2020, https://www.theguardian.com/uk-news/2020/jun/12/green-lights-to-shine-for-grenfell-victims-on-anniversary-of-disaster.

Id., "Grenfell Firm Took Some of Cladding Savings for Itself, Inquiry Told", in *The Guardian*, 20 luglio 2020, https://www.theguardian.com/uk-news/2020/jul/20/grenfell-firm-rydon-promised-five-times-to-appoint-fire-safety-advisers-inquiry-told.

Id., "Grenfell Refurbishment Firm Called Residents Who Complained 'Rebels'", in *The Guardian*, 22 luglio 2020, https://www.theguardian.com/uk-news/2020/jul/22/grenfell-refurbishment-firm-called-residents-who-complained-rebels.

Mark Townsend, "Grenfell Families Want Inquiry to Look at Role of 'Race and Class' in Tragedy", in *The Guardian*, 26 luglio 2020, https://www.theguardian.com/uk-news/2020/jul/26/grenfell-families-want-inquiry-to-look-at-role-of-race-and-class-in-tragedy.

MARCO GOTTARDI

RESPIRO

ANCHE TU PROVI ORRORE
QUANDO LA SCELTA
È TRA IL MALE
E “UN MALE MINORE”?

29.

THE TAG WRITER

Grido, dunque sono.
Reinaldo Arenas

È successo in Siria: il tentativo della popolazione di chiedere riforme, accesso libero all'informazione, rilascio dei prigionieri politici, fine delle violenze da parte delle forze dell'ordine ha scatenato una vera e propria vendetta di stato contro la popolazione civile. Una popolazione a maggioranza sunnita, discriminata dalla minoranza al governo.

Sì, vedrai accadere anche questo nel mondo: non solo le minoranze discriminate e perseguitate dalle maggioranze, ma anche le maggioranze perseguitate e discriminate dalle minoranze. Del resto, una minoranza smette di essere tale quando diventa clan e decide di usare ogni mezzo per tenere sottomessa e senza diritti la maggioranza della popolazione. Questo ha fatto Bashār al-Asad, si è garantito la forza del clan: uffici, burocrazia, armi, cariche politiche, incarichi militari, informazione, ha fatto in modo che fossero controllati solo dal suo clan. Nella Siria di Asad e prima di lui nella Siria di suo padre, chiunque pretenda di governare, di stare nei gangli della macchina dello stato, deve avere un certificato, deve mostrare bene in vista il suo marchio di produzione, e quel marchio può essere uno solo: alauita. Questo gli dà la garanzia che tutte le parti della macchina rispondano ai suoi comandi e che le milizie si muovano al suo fianco, strette da un patto che vale più di uno stipendio, di un contratto d'impiego e della legge stessa: un patto etnico, un patto di fratellanza che obbedisce al codice non scritto della carne e del sangue.

Questo patto di sangue fa da sempre talmente paura alla popolazione civile, consapevole di essere esclusa, di non poter aspirare a divenire membra di quell'unica carne, che per rompere quella paura, l'ha dovuta prima di tutto dichiarare. "Non abbiamo paura!" hanno gridato come prima cosa contro Asad. "Non abbiamo paura" vuol dire abbiamo paura, ma non ci faremo fermare dalla nostra paura. Stavolta la paura ce la metteremo sotto le scarpe, e non ci sarà alcuna esemplare atrocità che riuscirà a bloccarci, a renderci statue di pietra, incapaci di muovere un passo. "Non abbiamo paura!" vuol dire: "Fermati, tiranno!" perché neppure le seimila croci di Crasso, piantate in fila e ben in vista lungo la via Appia, come monito per i ribelli di Roma, riusciranno a fermare la nostra rivolta.

Questa storia, ho voluto farla iniziare come una favola perché parla di bambini. Tu, però, che non sei più un bambino, leggila come tributo a tutti quei bambini cui la ferocia di Asad, in questi anni, non ha dato alcuno scampo. So che ti chiederai perché, tra le molte forme di repressione usate da Asad in Siria, io abbia scelto di raccontarti quest'unico episodio. Avrei potuto parlarti delle bombe a grappolo, al fosforo, dei missili Scud usati sulla popolazione civile. Avrei potuto parlarti delle violenze nelle carceri, gli stupri e le torture infinite. Avrei dovuto parlarti della propaganda di Asad, che usa le accuse di tradimento della patria contro i dissidenti, o che parla di complotto organizzato dalle potenze straniere come pretesto per non concedere la libertà di informazione, di associazione, di accesso ai mezzi di comunicazione, di connessione della Siria al resto del mondo arabo e al mondo esterno in generale, tutte libertà che la popolazione richiede da tempo. Avrei potuto parlarti dei molti giornalisti che Asad tiene in carcere per aver raccontato sui giornali e sui social i suoi crimini, o per aver scattato foto ai suoi crimini. Quando le osservo, queste foto, in particolare quelle che un anonimo – nickname "Caesar" – ha passato a Human Rights Watch, provo un insopportabile senso di inquietudine, un orrore che sale dalla bocca dello stomaco fino a urlarmi in testa. Lo stesso che proverei se, entrando in una casa, scorgessi un uomo visibilmente sconvolto, che stringe tra le mani un coltellaccio da cucina, le lenti degli occhiali schizzate di sangue, le mani e la camicia sporche di rosso, e guardando a terra capissi che i corpi di cui ha appena fatto strazio sono quelli dei suoi figli, della moglie, del cane.

Però io ho voluto raccontarti un'unica storia, quella di Alàa.

È un pomeriggio di fine inverno a Dar'a, estremo avamposto siriano, asserragliato davanti alla frontiera giordana, sferzata da un vento che non è mai leggero, sempre carico di sabbia.

Il nome Dar'a in arabo vuol dire "fortezza" e Dar'a, in passato, è stata davvero una fortezza, da cui i militari tenevano d'occhio il confine in attesa che un attacco prendesse forma dal deserto.

Ci hai mai fatto caso? Tiriamo su muri solo verso l'esterno, mentre la minaccia più spesso prende forma dall'interno, come un morbo da sempre incistato nelle nostre carni.

Nel 2011, a Dar'a, il nemico arrivò dall'interno.

Sai, non c'è cosa peggiore che vivere all'inferno quando il paradiso è a pochi chilometri da te. A te sembra di poterlo toccare, così lui non smette di chiamarti, di tormentare i tuoi sogni, come fanno le sirene dell'ultima città della Spagna, Tarifa, quando come un'allucinazione, potente e allettante, richiama i migranti ammassati a Tangeri, in Marocco.

Neanche dieci chilometri tra Dar'a e il confine giordano. Però, al di qua le parole di protesta si pagano con la tortura e la morte, al di là ottengono concessioni e riforme.

La Giordania non è l'Eldorado, ma guardata da Dar'a è un eden: là c'è un sovrano che vuole mostrarsi padre per i propri figli, e qua, invece, uno che vuole imitare il padre-padrone, quel tipo di padre, cioè, che si sfila la cinta dei pantaloni ogni sera per frustare i propri figli a sangue.

'Abd Allāh II, re di Giordania, e Bashār al-Asad, presidente della Siria, sono nati entrambi negli anni sessanta. Tra la nascita del primo e quella del secondo corrono appena tre anni: nessuna distanza generazionale a spiegare dunque le loro innegabili differenze.

Assumono il governo dei loro rispettivi paesi a un anno di distanza l'uno dall'altro, intorno al 2000. Di fatto, sono entrambi dei monarchi, anche se uno dei due, Bashār, preferisce farsi chiamare solo presidente.

Entrambi hanno studiato all'estero, entrambi hanno passato molti anni nel Regno Unito. Entrambi sono di cultura paraoccidentale. E tu lo sai com'è l'Occidente, no? T'ipnotizza: i *Simpson*, *Star Trek*, il rock, il pop, il punk, le punchlines, il perizoma, il piercing, lo chatouche, i tattoo, i selfie, il mojito, lo spritz, i trend topic, la pizza, lo shit, lo skate, la street art... Se ti spari anche una sola di queste cose endovena, poi, l'idea di una società austera e ordinata, di tipo militare, diventa indigesta. Non è un caso, quindi, che tutti e due vedano come fumo negli occhi il fondamentalismo religioso. Anche perché il primo, il re di Giordania, è figlio di un matrimonio poco ortodosso e molto chiacchierato – sua madre era un'inglese, un'occidentale, mai convertita all'Islam –, il secondo, il presidente siriano, appartiene a una corrente religiosa, l'alauita, che come ti ho detto è minoritaria nel paese.

Il primo, per impedire ai fondamentalisti islamici di minare la laicità dello stato, concede riforme. Il secondo, nel dubbio che qualcuno lo disarcioni da cavallo, schiaccia tutto quello che si muove a pelo d'acqua. Così, in Siria, le parole dei progressisti laici, assetati di libertà e democrazia, finiscono in carcere insieme a quelle dei fondamentalisti, fanatici della tradizione e della purezza dei costumi.

Dar'a è popolata dalla corrente religiosa maggioritaria, la sunnita, che si oppone ad Asad, e trovandosi più a sud di Damasco riceve le scudisciate del vento prima della capitale.

Questo la rende una città vulnerabile e sospetta. O quantomeno, Asad è pronto a giurare che se la tempesta ci sarà, il vento soffierà da quella città di frontiera.

Nel 2011, il pomeriggio di un inverno mediterraneo che già respira forte l'aria di primavera, all'uscita della scuola un gruppo di ragazzini si ferma a scrivere sui muri esterni dell'edificio scolastico.

Questo tu lo sai, lo sanno i tuoi coetanei di tutto il mondo: non c'è protesta che non abbia inizio con una scritta sul muro. Il più immediato atto ribelle di un ragazzino è scrivere "abbasso la scuola" sul muro della classe. Anche la ribellione dei bambini siriani prende corpo così, con un "abbasso" scritto sul muro: "Abbasso il regime". Lo stanno scrivendo proprio in quei giorni anche i loro coetanei egiziani e tunisini. Gridano che il mondo arabo è in rivolta, che si sta sollevando lungo tutta la costa mediterranea per chiedere diritti, per chiedere una primavera. Non quella che porta il volgere delle stagioni, ma la primavera della Storia, quella che porta libertà e democrazia.

Le scritte di protesta sui muri, diceva Keith Haring, devono essere tracciate di preferenza con lo spray rosso, perché "Il rosso è uno dei colori più forti. È come il sangue, colpisce subito l'occhio!"

All'uscita di scuola, i ragazzini di Dar'a con lo spray rosso personalizzano, rispetto agli slogan dei ragazzi nordafricani in rivolta prima di loro, il loro "abbasso", che a Dar'a diventa "Abbasso Asad".

La notizia che, sul muro esterno di una scuola, una spruzzata di vernice dissidente se ne stia, indisturbata, a seccare al sole raggiunge velocemente Damasco. La reazione non tarda ad arrivare: coinvolgono il mukhabarat, la polizia segreta, per stanare i graffitari.

Polizia segreta, sembra un ossimoro, no? Riflettici, polizia ha la stessa radice di *polis*, in greco antico "città", che è il luogo in cui i cittadini scelgono di vivere, perché insieme, solo insieme è possibile organizzare la vita degli uomini. Ma se a quel sostantivo "polizia" aggiungi l'aggettivo "segreta", subito senti lo strumento della violenza di stato, subito senti la sospensione del diritto, subito senti il contrario della *polis*.

La popolazione di Dar'a viene informata: da Damasco stanno venendo a cercare i bambini. Da Damasco hanno mobilitato blindati e carri armati, per venire a stanare i bambini. Da Damasco hanno già dato disposizione alle forze dell'ordine locali di bucare i serbatoi dell'acqua, di bloccare Internet, di requisire i generatori di corrente, finché non salteranno fuori i bambini.

I bambini, allora, scavano una fossa, ci si calano dentro e ci restano nascosti un'intera notte per evitare che gli uomini di Asad li trovino. Ma quelli hanno cani addestrati a riconoscere il fiato dei dissidenti, quelli pestano a sangue la gente per ottenere informazioni: "Dove sono? Dove li avete visti l'ultima volta?"

Alla fine, trovano la buca dove si sono nascosti. Li tirano fuori e li riportano a scuola, quella dove hanno "sporcato" i muri.

Li fanno mettere in fila dentro alla palestra: uno è un ragazzino pingue e ha lo sguardo d'angelo, un altro è magrissimo, gli si vedono tutte le ossa, un altro ha l'espressione furba, uno è timido e ha il viso sfigurato dai brufoli, uno sta tremando, trattiene a forza la pipì, certo che la paura gliela farà fare addosso. Uno è coraggioso, li sfida con lo sguardo, si fa notare con insistenza: se c'è da torturare, che prendano lui.

In fondo alla fila, seminascosto tra le gambe dei più grandi – che fanno di tutto per schermarlo – c'è un bambino di sei anni. Ha lo sguardo perso nel vuoto, non capisce perché si trova a scuola di pomeriggio, quando della maestra non si vede neppure l'ombra.

Non sa ancora scrivere. Il giorno dei graffiti, infatti, ha solo fatto compagnia al fratello più grande. Alàa, così si chiama, a rigore non dovrebbe essere lì, perché lui tecnicamente non ha scritto, ha solo disegnato, passando un po' di vernice rossa dentro alle lettere già tracciate dal fratello. "Regime" e "democrazia" in ogni caso, questo lo capirebbe chiunque, sono parole troppo astratte per entrare nella testa di un bambino così piccolo.

Quando i militari lo scorgono, cominciano a sorridergli con interesse, il fratello più grande mangia la foglia e gli dice di non toccarlo, che lui è innocente, che non sa ancora scrivere. Ma quelli gli rispondono che poco importa se sappia scrivere oppure no, perché, in ogni caso, quando imparerà a farlo scriverà di sicuro le parole sbagliate. Tutte quelle che ha imparato dal cane traditore di suo padre: cattiva la pianta, cattivo il frutto. Ma quando avranno finito con lui e con i suoi compagni, andranno in cerca della madre, e glielo pianteranno loro, nell'utero, il seme giusto, quello che le farà partorire il bambino giusto, il bambino capace di scrivere e pensare le parole giuste. Anzi, neppure andranno a cercarla, sarà lei che arriverà piagnucolando da loro per chiedere notizie del suo povero bambino "torturato dalla polizia cattiva di Asad", e allora si metteranno al lavoro anche con lei. Tutte le madri verranno a chiedere notizie di loro, e con tutte le loro madri – possono esserne certi – si daranno da fare. E se, invece, si presenteranno i loro padri, gli diranno di mandare in commissariato le madri, perché le notizie sui figli le daranno solo alle madri e solo di persona.

Per fortuna Alàa non riesce a cogliere per intero il senso di quelle parole, e mentre gli legano i polsi neppure piange, frastornato com'è dalle regole di quel nuovo gioco, che non capisce. Quando all'improvviso lo sollevano da terra, però, lo scossone lo fa urlare di dolore. Per farlo tacere, gli piazzano una bastonata secca sul viso, il sangue zampilla da un occhio, ma Alàa non smette di urlare e chiamare la mamma: che venga subito a prenderlo, che lo riporti a casa, perché lì non vuole più stare.

Ma la madre non lo sente. Lo cerca da ore, ma non riesce a sentirlo.

A un certo punto Alàa si rassegna, la mamma non verrà a prenderlo, non lo riporterà a casa. Nessuno lo salverà. Allora si assenta dal gioco. Non vuole più partecipare. Ma i militari, invece, con una serie calcolata di scosse elettriche, ce lo riportano dentro. Scosse troppo deboli per finirlo ma sufficientemente forti per rianimarlo. La tortura funziona – lo sai, vero? – solo se è partecipata, se il torturato partecipa anima e corpo al tuo gioco. La tortura richiede più tempo, ma è più istruttiva della morte, perché insegna che un regime la morte non te la dà mai gratis. La morte te la devi guadagnare, sotto un regime.

Ad Alàa il regime di Asad la morte la regala solo dopo tre giorni di gioco. Non chiederti come si possa torturare un bambino di sei anni appena. Non chiederti perché scelgano proprio il più piccolo. Scelgono il più piccolo per dimostrare che non si fermeranno di fronte a niente.

Il racconto che ti ho fatto l'ho costruito ispirandomi alle storie di Alàa, di Hamza Alì al-Khatib, di tanti bambini siriani dei quali ci sono giunte testimonianze grazie ai volontari di Save the Children e di Human Rights Watch. Queste storie dei ragazzini di Dar'a solo di rado arrivano da noi, ma tu, quando ti capiterà di incontrarle, raccoglile, impara a comprendere da dove arrivano e poi gridale.

GRIDALO QUANDO IMBAVAGLIANO I BAMBINI.

Il capitolo è ispirato a tutte le storie dei bambini siriani torturati e minacciati dello stupro della madre e della morte del padre. Per molti di loro, le minacce sono divenute realtà.
La storia di Alàa, sei anni, è stata raccontata da un bambino siriano – Wael, sedici anni – ai volontari di Save the Children in un campo profughi della Giordania, vedi Monica Ricci Sargentini, "Torture e massacri, i bambini siriani raccontano l'orrore", in *Corriere della Sera*, 26 settembre 2012, http://lepersoneeladignita.corriere.it/2012/09/26/i-bambini-raccontano-le-torture-in-siria/.

Per la storia di Hamza Alì al-Khatib, vedi l'articolo di Hugh Macleot e Annasofie Flamand, "Tortured and Killed: Hamza al-Khateeb, Age 13", in *Al Jazeera*, 31 maggio 2011, https://www.aljazeera.com/features/2011/05/31/tortured-and-killed-hamza-al-khateeb-age-13/.

L'ONU ha raccolto 256 testimonianze di torture su minori compiute in Siria tra marzo e novembre 2011 dal regime di Asad. La storia del gruppo di ragazzi e dei loro graffiti sul muro della scuola, cui seguì prima la rappresaglia degli agenti di sicurezza e poi le note proteste popolari, è raccontata, tra gli altri, nel breve documentario del 2017 *The Boy Who Started the Syrian War*, https://www.aljazeera.com/programmes/specialseries/2017/02/boy-started-syrian-war-170208093451538.html.

Per il tenore delle risposte date ai genitori che si rivolsero alle autorità per avere notizie sui loro figli, torturati, spesso uccisi, si veda Alia Malek, *Il Paese che era la nostra casa. Racconto della Siria*, trad. it. di Giovanni Zucca, Enrico Damiani Editore, Salò 2018: "I genitori terrorizzati si rivolsero alle autorità, chiedendo notizie dei loro figli. – Dimenticatevi dei vostri figli – fu la risposta. – Se volete dei figli, fatene degli altri. E se non sapete come si fa, portateci le vostre donne e ci penseremo noi."

In merito alla repressione messa in atto da Asad contro la parola dissidente, vedi: Abdullah Alhallak, *Un vulcano chiamato Siria. Testi e testimonianze*, trad. it. di Giacomo Longhi, Jouvence, Milano 2018; Carla Del Ponte, *Gli impuniti. I crimini in Siria e la mia lotta per la verità*, trad. it. di Anna Maria Foli, Sperling & Kupfer, Milano 2018; Lorenzo Trombetta, "Sangue e misteri sulla via di Damasco", in *Limes*, 3, 2011, https://www.limesonline.com/cartaceo/sangue-e-misteri-sulla-via-di-damasco.

GEORGE FLOYD

30.

ARIA

> Se in Cina ci fosse libertà di parola,
> non ci sarebbe alcuna crisi da coronavirus.
> Verna Yu

Il grido del neonato, appena uscito dal liquido amniotico, a cui per la prima volta entra aria nei polmoni è lo stesso che ci separa dalla vita, quando il corpo di aria non ne trova più.

Il primo grido annuncia alla madre meglio di ogni altra parola che il parto è compiuto, la vita è cominciata.

Il secondo è un'invocazione estrema, prima della fine. È nei resoconti di guerra: i soldati muoiono chiamando "Mamma!"

I soldati della prima guerra mondiale che avevano vissuto gli effetti del gas mostarda, l'iprite, ne erano così spaventati che passarono la vita a cercare di dimenticarlo. Chi sopravvisse non volle più tenere né aglio né senape in casa, perché il loro odore ricordava quello del veleno che avevano respirato al fronte.

La Germania di Hitler scoprì un nuovo gas, il nervino, il quale, al contrario del mostarda, non aveva alcun odore, colore, sapore. Era un gas che ti entrava dentro senza che te ne accorgessi e in pochi secondi svuotava tutto il serbatoio dell'aria, lasciandoti appena il tempo di gridare.

Ne furono prodotti centinaia di litri nella Germania nazista, perché Hitler era ossessionato dal gas, perché del gas era un sopravvissuto.

A differenza di Goebbels, infatti, che come sai non partecipò mai alla prima guerra mondiale, Hitler aveva combattuto al fronte e di essere un sopravvissuto del gas voleva portare traccia sul volto, come fosse un tatuaggio. Sì, quei baffetti che nessuno vuole più portare per non essere associato alle atrocità del nazismo, quei baffi a "spazzolino" che Charlie Chaplin ha reso caricatura con Charlot e che oggi a te appaiono ridicoli erano, invece, un marchio preciso. Dopotutto, se i baffi si curano per un motivo estetico, perché farseli crescere a quel modo? Perché non i lunghi baffi alla maniera prussiana, il baffo a tricheco che era stato di Bismarck o quello imperiale dei Kaiser? Il baffo latino, quello folto, alla Emiliano Zapata o, perché no, la fitta barba di Garibaldi?

No, il baffo di Hitler non aveva nulla a che fare con questo e neppure con il pizzetto, quello che un tempo si chiamava l'"onore del mento". Il suo non era un baffo-abbellimento, il chiaroscuro del viso, un modo per migliorare i propri tratti. Per Hitler quel baffo aveva un solo significato: "Ho affrontato i gas, sono sopravvissuto!" Per Hitler, quel baffo era un messaggio in codice destinato a tutti quelli che avevano vissuto gli orrori del gas, che ne erano stati terrorizzati, che avevano dovuto tagliare male i loro baffi per farli entrare dentro a una maschera.

Li aveva tagliati in quel modo quando era una recluta. Prima di allora, erano allungati e arcuati all'estremità, secondo il costume dell'epoca, ma lui dovette disciplinarli, ridurli a quell'ombra stretta, aperta sulla ferita della sua bocca, perché, diversamente, baffi così lunghi si sarebbero frapposti fra la pelle delle guance e le giunture della maschera antigas, che non avrebbe aderito perfettamente al volto.

È così atroce l'attacco col gas che – prima nel 1925 a Ginevra e poi nel 1993 a Parigi – il mondo decise che è consentito far saltare in aria con le bombe, sventrare col tritolo, mutilare con le raffiche di mitraglia, ma uccidere con il gas no. A nessuno deve essere permesso di portarti via l'aria, risucchiartela all'indietro, dalla trachea, mentre tutto il corpo inizia a cercarla: i pori la cercano, gli occhi la cercano, il naso la cerca, la bocca la cerca, le mani la cercano, il fegato la cerca. Sì, il Protocollo di Ginevra e la Convenzione di Parigi stabilirono che tutto questo non sarebbe dovuto mai più accadere. E invece è successo di nuovo, i gas sono stati usati ancora. Li ha usati Mussolini in Libia e in Etiopia, li ha usati Saddam Hussein sui curdi a Halabja nel 1988, li ha usati Asad a Ghuta, nel 2013 e nel 2018.

Vedi, durante la prima guerra mondiale, se avvertivi la puzza d'aglio o di senape, voleva dire che eri a diversi chilometri dal centro abitato. Sopravvivere al gas era cosa da soldati. Nelle trincee, al primo farsi insalubre dell'aria tiravi su la maschera in dotazione all'esercito, e con la stessa meccanicità con cui stringevi più forte l'elmetto quando dal cielo piovevano granate iniziavi a respirare attraverso la sua membrana.

A Ghuta, invece, un territorio a est di Damasco dove vivevano due milioni di persone, il governo siriano – e questo ormai puoi immaginarlo, perché di Asad ti ho già parlato – usò il gas sui civili, che non avevano alcuna maschera in dotazione. Non importava se fossero donne incinte o bambini piccoli. Prima li spaventò con granate e bombardamenti, poi, quando da soli, spingendosi nei sotterranei dei palazzi, si erano messi in trappola, da quegli scantinati si portò via tutta l'aria.

I sopravvissuti, quelli che avevano potuto respirare a una certa distanza dal veleno di Asad, filmarono la scena con gli occhi per trattenere ogni prova, e riuscirono poi a raccontarla ai medici locali e ai volontari di Human Rights Watch: non si doveva negare loro di essere dei sopravvissuti al gas. Questo non lo avrebbero accettato. I razzi che avevano visto cadere non contenevano tritolo, ma vapori tossici, e i loro corpi, ancora contaminati, lo provavano.

Ogni volta in cui, dopo l'impatto, non avevano visto alcun muro schiantarsi o edificio crollare, nessuna pioggia di calcinacci o incendio, s'erano accorti che le persone intorno a loro morivano lo stesso, morivano come in fermo immagine, colte nel loro ultimo gesto: chi in quello di provare a fuggire, chi in quello di gridare, chi nel tentativo di fare scudo col proprio corpo a un figlio.

Quelli tra loro che avevano respirato meno da vicino la deflagrazione erano riusciti a risalire le scale e a uscire in strada, per poi accasciarsi quasi subito sul marciapiede. I corpi, cui la forza non era bastata a scappare più in là del marciapiede opposto, continuavano ad agitarsi ancora per qualche secondo con spasmi involontari. Cessavano di vivere, anche se a te che stavi osservando la scena da lontano sembrava invece il contrario, perché dall'interno continuavano ad affiorare liquidi: schiuma dalla bocca, fluidi dal naso, feci e urina dal basso ventre.

I cani schizzavano via, attraversando a saetta la strada, ma quasi mai arrivavano dall'altra parte della carreggiata, crollavano in mezzo alla via, prima che il parafango della tua auto li avesse potuti sfiorare. Se erano donne ad attraversare, capitava che, prima di franare, facessero scivolare a terra il fagotto che stringevano tra le braccia. Gli anziani cadevano riversi sulla schiena, come spinti all'indietro da un inciampo inatteso.

Se avevi avuto la fortuna di respirare solo superficialmente quei fumi, riuscivi invece ad allontanarti ancora. Con l'auto, a piedi, sul camion di un conoscente, provavi a cercare aria. Spingevi con tutta la forza che avevi dentro ai muscoli, preoccupato che accadesse anche a te di finirla all'improvviso. Intorno a te, molti ci avevano provato senza che le gambe gli avessero retto.

Tutti, i vivi e i morti, erano stati esposti a esalazioni di gas nervino, tutti – sia quelli che erano precipitati al suolo all'istante sia quelli che erano riusciti a fuggire – presentavano sintomi da soffocamento: chi mostrava segni di paralisi respiratoria, chi veniva preso da convulsioni, chi da vertigini, chi vomitava, chi perdeva coscienza, chi si inondava all'istante di diarrea, chi rilasciava involontariamente urina, chi iniziava a colorarsi di blu intorno agli occhi e alla bocca.

Asad negò che fossero stati usati i gas e quando arrivarono le foto, i filmati, le interviste, le testimonianze raccolte da Human Rights Watch, da Médecins Sans Frontières e dai commissari dell'ONU, disse che quei razzi erano partiti dai quartieri dei ribelli, cioè da quella parte di siriani che, dopo la primavera araba del 2011, manifestavano per chiedere democrazia, riforme e ormai anche la sua cacciata. Tra questi c'erano anche i genitori di Alàa e dei suoi amici, i ragazzini torturati e uccisi di cui ti ho parlato.

Nel 2018, prima che i gas cadessero dal cielo un'altra volta, un uomo, dal chiuso degli scantinati di Ghuta, con il suo cellulare aveva filmato il pianto della propria figlia, poi lo aveva postato nella speranza che qualcuno fuori dalla Siria lo ascoltasse.

Il pianto di quella bambina mi ossessiona. Ho visto quel video talmente tante volte che volevo che la mia rabbia non finisse mai. Non volevo sentirmi triste, volevo essere carico di rabbia per quei bambini che Asad non lasciava respirare. Quel viso di bambina così pallido, costretto in quel velo grigio, la sua voce tenera, rotta dal pianto, che chiede cibo, che chiede coperte, che chiede di uscire, di rientrare a casa, di far cessare la pioggia di bombe mi è entrato dentro e non è mai più uscito.

Noi abbiamo gridato per questo? No, noi abbiamo taciuto, siamo stati zitti. Abbiamo lasciato che il gas fosse usato un'altra volta, ci siamo limitati a discutere se si trattasse di sarin o di cloro… E mentre si stabiliva quale tipo di gas fosse stato usato, ha gridato solo quella bambina.

In quella bambina c'è tutto il coraggio che ho provato a raccontare in queste pagine. Quella bambina non sta né con i ribelli né con Asad, quella bambina grida e basta. Ha paura, è terrorizzata, ma grida, non sta scegliendo perché non ha scelta, non può stare né con chi ha lanciato quel gas né con gli islamisti dell'ISIS che combattono Asad. Il suo dolore è il vero programma di liberazione.

Non sentirti forte quando decidi di non seguire la pista del dolore. Non lasciarti affascinare da chi ti dice che le campane del dolore suonano sempre a morto. O da chi ha usato il velo grigio di quella bambina come alibi per non ascoltare quelle campane.

Asad verrà ricordato come uno dei grandi macellai della Storia, al pari di Hitler o di Stalin. E però avrà – le ha già – molte persone che sono pronte a difenderlo. Persone che sono persino disposte a negare la realtà, a dire che non ci sono prove, che i video non sono video, che le voci non sono voci, che le testimonianze non sono testimonianze, che i corpi non sono corpi. Perché lo fanno?

Asad li ha pagati?

Asad gli ha concesso favori?

Asad li ha invitati a cena?

Asad li ha mai incontrati?

Asad gli ha reso un qualche omaggio?

Hanno forse interessi comuni, magari nascosti?

No, nulla di tutto questo. I dittatori hanno sempre questa grande fortuna: hanno amici ovunque, senza che debbano meritarseli, come invece accade alla gente comune. Asad ha amici disposti a battersi come leoni per difendere il suo operato, amici pronti a sostenere che non ha mai usato i gas, che non ha mai fatto torturare i bambini, che non ha mai cercato di strangolare il suo popolo.

Perché? Perché fanno questo?

Perché pensano di scegliere il male minore. Sono certi di poter scegliere tra le sole carte che sono in tavola. E mentre fanno questo, cadono nella trappola dei dittatori. Vedi, anche quando tu lo ignori, il dittatore fa in modo di farti trovare la tavola già apparecchiata, ti costringe a credere, quando ti fermi un attimo a pensare, che ci siano solo due vie, solo due possibilità. Il punto, però, è che tutte e due provengono dalla sua cucina. L'alternativa al suo regime è stato lui stesso a crearla, proprio per rendere obbligata la tua scelta.

L'ho visto accadere decine di volte nella mia terra. Quando un boss vuole strappare i terreni a un fattore non si presenta subito a fargli una proposta. Prima gli brucia il raccolto, poi gli ruba gli attrezzi, poi gli ammazza le bestie, e solo allora, quando il contadino è piegato, ridotto in ginocchio, avanza la sua offerta d'acquisto.

Anche Asad ha fatto così. Il giorno dopo l'inizio della primavera araba ha dato ordine di liberare dalle carceri siriane gli islamisti più violenti, quelli che si erano macchiati dei crimini peggiori. Poi, per un po', ha lasciato che si muovessero indisturbati, che si organizzassero, che reclutassero gente, persino che si armassero. Solo quando si sono gonfiati nella macchia nera dell'ISIS ha detto a tutti: scegliete, o me o l'inferno. Ma quell'inferno l'ha creato lui.

L'aveva già fatto Stalin a Katyn'. Sì, aveva usato la stessa strategia, aveva fatto massacrare migliaia di ufficiali polacchi, e poi aveva dato la colpa ai nazisti, presentandosi così come l'unica alternativa a Hitler.

Vedi, oggi a te è evidente che tra Stalin e Hitler non c'è scelta possibile, come domani sarà lampante che tra Asad e ISIS non c'è scelta possibile. Però in molti sono pronti a giurare che invece Asad sia il male minore.

Tu non caderci, non cadere nella trappola della falsa alternativa. Sono così tanti i "Katyn'" di Asad, così numerosi gli attacchi che ha fatto passare come opera dell'ISIS… Te lo ripeto, è una strategia antichissima quella di seminare il terrore, di sciogliere il guinzaglio a una belva feroce e poi, quando le zanne stanno per affondare nelle tue carni molli, dirti: "Scegli, o me o lei."

Tu chiediti sempre se sia possibile farlo.

Studia, approfondisci, capisci.

Come faccio a capire? Un razzo è un razzo! Non posso chiedere a un razzo chi siano i suoi nonni materni o capire dall'inflessione dialettale in quale quartiere di Damasco sia cresciuto. I razzi cadono a terra, vai poi a capire di chi sono figli…

Questo mi stai dicendo?

Non è così, anche gli esplosivi, gli autocarri con le rampe di lancio per i razzi, le mitragliatrici, le pistole, i fucili a pompa, raccontano per intero la loro storia, proprio come fanno le persone. Ogni calibro, ogni gittata, ogni detonatore corrisponde a un anno di produzione, a una fabbrica, a un governo, a una transazione tra due paesi. Così accade che, dopo un attacco addebitato ai ribelli, tu possa raccogliere i resti di un razzo, un 140 mm, ad esempio, cioè un razzo capace di far detonare grossi quantitativi di esplosivo, che non puoi telecomandare, che puoi solo lanciare da una distanza massima di dieci chilometri.

Che importa questo?, dirai, a me interessa stabilire il chi e non il come.

Eh, però, vedi, prima di arrivare al *chi*, devi passare per il *come*. Quel tipo di razzi, quelli che sono stati riempiti di gas nervino da Asad, non erano in dotazione ai ribelli. Un 140 mm è roba d'altri tempi, non puoi improvvisarne così la detonazione, non ordini il suo lanciarazzi su Internet. Per far esplodere un 140 mm hai bisogno di una rampa di lancio che sia montata su un autocarro pesante, del tipo di un BM-14, oggi fuori produzione. Alla fine degli anni sessanta, però, alcune centinaia di quei mezzi pesanti furono venduti dai produttori russi al governo siriano.

Riempire un razzo di esplosivo, del resto, è un'operazione relativamente semplice, che può compiere anche un civile accorto, ma immettere un agente chimico dentro a un razzo è un'altra cosa, è un'operazione molto difficile, per cui occorrono squadre specializzate, in grado di proteggersi dalle esalazioni, munite di tute e maschere antigas, perché la fuoriuscita di una piccolissima quantità basterebbe a sottrarti all'istante tutta l'aria.

Usare il gas è proibito, ma se lo usi nessuno ti punisce. Asad l'ha usato e nessuno l'ha punito per questo. Però, ricordati, per chi usa armi chimiche poi è impossibile confondere le acque, perché ogni attacco fatto col gas reca nitida la propria firma.

Se indaghi a fondo prima o poi capisci sempre, riesci sempre a leggere la firma.

Non sentirti migliore quando credi di aver saputo scegliere tra A e B. Chiediti, invece, se, per caso, A e B non coincidano. Sentiti forte solo quando riesci a capire l'inganno della scelta duplicata. Sentirsi migliori, senza avere approfondito, è come pensare di poter vincere un incontro di boxe, andando in palestra solo una volta al mese. I muscoli, la velocità nelle gambe, lo scatto del destro, richiedono allenamento continuo, tempo e fatica. Anche per la ricerca della verità è così.

È la stessa cosa per ciò che riguarda le morti nel Mediterraneo: ti stanno chiedendo di scegliere tra A e B.

"Cosa vuoi?" ti dicono, "salvarli o impedirgli di partire? Perché più ne salvi, più ne partono!"

Ma la scelta non è tra queste due opzioni, chi la mette così sta solo facendo il gioco di Stalin a Katyn' o di Asad a Ghuta: duplica se stesso e poi ti dice che puoi scegliere. Chi ti racconta questo non vuole risolvere un bel niente, ti chiede solo come preferisci che quelle persone muoiano: "Nelle carceri libiche oppure nelle acque del Mediterraneo?" E più tu continui a dire che *non vuoi* che muoiano, più quello continuerà a chiederti *come vuoi* che muoiano.

Questo cortocircuito nella comunicazione è possibile perché tu vuoi trovare una soluzione, mentre chi ti sta costringendo a scegliere – chi ti propone "A o A" – non vuole affatto gestire o risolvere il problema, vuole solo lasciarlo andare alla deriva. Però pretende di farlo con la tua benedizione, con la tua assoluzione, con il tuo consenso, persino con la tua partecipazione.

Ma tu non scegliere mai tra A e A. Quando vorranno costringerti a un "A uguale ad A", allora gridalo! Fai saltare il tavolo, quando ti accorgi che le carte che ci hanno messo sopra sono tutte uguali. Non scegliere mai tra chi ha rubato di più e chi ha rubato di meno, tra chi ha ucciso di più e chi ha ucciso di meno, sottraiti sempre a questo inganno, perché non c'è opzione possibile se tra le alternative che ti sottopongono non c'è la tua. Se l'alternativa che ti propongono è una falsa alternativa, vuol dire che l'alternativa la devi trovare tu, che devi cercare tu la tua parte: e quando la tua parte non c'è, fatti parte tu stesso, attivati. Ho scelto apposta la forma del libro per parlarti, e ora ti dico il perché.

Ci hai fatto caso? Quando ci piace tanto un libro e poi ci capita di vedere il film o la serie tratta da quel libro, non siamo mai contenti. La trasposizione di quello che abbiamo letto da parte di un regista non corrisponde mai all'universo che il libro ha scavato dentro di noi, a quello che abbiamo immaginato, ai processi mentali che ha avviato, alle determinazioni a cui ci ha fatto giungere, ai meccanismi che ha sbloccato. Di solito ce la prendiamo col regista, o con lo sceneggiatore, gli diamo del traditore: "Non si è mantenuto fedele al testo!" E magari lui lo scrittore l'ha pure sentito, si è fatto consigliare, gli ha fatto domande, perché, invece, avrebbe voluto essergli fedele.

Ma il punto è che quello che manca al film, quello che noi non ci ritroviamo, il regista non poteva mettercelo, perché dentro al libro non c'era. C'è dentro di noi, l'abbiamo costruito noi quando a ogni parola abbiamo fatto corrispondere un mattone. Il regista non ha alcuna possibilità di attingere all'altra metà del libro, quella che è stata costruita dal lettore.

Perché il libro non è un prodotto finito, un circuito chiuso, un pacchetto "tutto compreso". Non è un film appunto, non è una serie di Netflix, in cui trovi già tutto quello che serve: audio e video, pensiero e azione, causa ed effetto.

Non puoi restare passivo mentre leggi, non puoi goderti lo spettacolo sdraiato sul divano. Se non ti attivi davanti al libro, se non gli dai immagini, corpi, timbri di voce, non si muove niente. Se al bivio non scegli tu dove andare, le parole del libro restano inermi. Per questo ho scelto il libro e non un'altra forma per parlarti. Per spezzare il pane. Cinquanta, cinquanta. Cinquanta tu, cinquanta io.

Ogni notte in cui un barcone si rovescia, i bambini che cadono in mare gridano "Mamma!" Nell'aria nera gridano "Mamma!" Quando sotto l'acqua è ghiacciata e sopra il cielo è buio, anche gli adulti gridano "Mamma!" E gridano "Mamma!" anche quando è giorno, e da ore sono in mare e i soccorsi non arrivano, quando vedono persino la terraferma di lontano, e però a ogni colpo di reni gli arriva un remo d'acqua in faccia, gli entra un'onda di salsedine nelle narici che gli caccia via tutta l'aria dai polmoni. Quando non ce la fanno più ad allungare bracciate, gridano "Mamma, non ce la faccio più!", "Mamma, mollo!", "Mamma... è finita!" Chiamano quella stessa madre che ha pagato per tenerli in vita, quando sono rimasti intrappolati nei campi libici. È lei che ha fatto il giro di tutti i parenti per far arrivare i soldi ai carcerieri.

Nessuna famiglia africana conta meno di cento persone, perché la famiglia africana deve sostituirsi a tutte quelle strutture che in Africa non ci sono. Se vuoi capire velocemente quante strutture, quante istituzioni, quanti diritti manchino in un paese, cerca sempre di capire quanto in quel paese la famiglia è grande. Se si limita a tenere legati i genitori ai figli, passando al massimo per i nonni, o se invece è l'insieme coeso di tutti i cugini, gli zii e i nipoti, di sangue e acquisiti, fino al terzo, quarto grado.

Nei paesi in cui a garantire l'ordine non c'è che l'esercito o poco altro, puoi aggrapparti solo alla famiglia. L'abbiamo già fatto questo discorso, ricordi? Se mancano le infrastrutture, se lo stato è distratto, se intorno a te non c'è niente, sarà un cugino a farti trovare un lavoro, sarà uno zio a farti uscire di prigione, e anche quando ti sposi per te sarà meglio restare all'interno del recinto del clan, così non rischi, così puoi essere sicuro che chi si unisce a te remerà dalla tua stessa parte.

Più c'è diritto, più c'è lavoro, più c'è legalità in un paese, più ti è possibile staccarti dalla famiglia e seguire i tuoi sogni. Più manca tutto questo e più ti devi adattare a essere parte del sogno della tua famiglia. E, adattandoti, piegarti al ricatto di un sogno che, nonostante non sia il tuo, chiede ogni giorno il tuo sacrificio.

Così, in Africa, quando uno cade, quando rimane solo, quando è spacciato, la famiglia interviene.

La madre inizia all'alba a fare il giro dei parenti, quelli che abitano più lontano e quelli che vivono più vicino. Chiede loro aiuto per quel figlio che è in difficoltà, per quel figlio che agonizza in Libia, quel figlio che ormai si vorrebbe far tornare. Con i soldi di tutta la famiglia paga perché i carcerieri lo tengano almeno in vita, gli diano da mangiare, lo facciano uscire da quell'inferno, lo rimandino a casa. Ma a questo, a rispedirlo indietro, i carcerieri non acconsentono mai, perché indietro non vale più nulla, mentre avanti vale ancora il prezzo del suo riscatto, quello che pagherà non appena arriverà nella sua terra di lavoro. Nulla è gratis nelle terre senza diritti, anche essere torturati in una prigione davanti al Mediterraneo, anche un posto su un gommone precario dove nafta e salsedine ustionano le gambe, anche un letto dentro a una palazzina abbandonata di una città europea ha un costo salatissimo, che dovrà essere saldato con uno o due anni di lavoro nel posto in cui il naufrago arriverà, se ci arriverà. Poi, solo dopo aver pagato il suo debito, quel naufrago inizierà a mandare qualcosa a casa.

Pensaci sempre, coloro che sopravvivono ai campi libici sono quelli che a casa hanno una madre che ha pagato per tenerli in vita, quella stessa madre che mettendoli al mondo li ha incatenati a un destino atroce. E però è quella madre che chiamano per l'ultima volta quando è finita, perché, per quanto atroce sia stato il loro destino, l'ultimo grido è uguale al primo.

"Mamma… è finita!" è stato anche l'ultimo grido di George Floyd. La sua vicenda probabilmente la conosci e quindi sai che l'aria che aveva in corpo gli è stata tolta per una somma ridicola, venti dollari appena, quelli della banconota falsa con cui ha pagato un pacchetto di sigarette. Una banconota che quasi certamente George Floyd non sapeva fosse falsa: che senso avrebbe avuto altrimenti rimanere a fumare davanti al negozio dove l'aveva utilizzata?

E comunque, in ogni caso, venti dollari non può essere il prezzo di una vita.

Quel giorno, il 25 maggio del 2020, a Minneapolis, invece è accaduto proprio questo. Mentre ancora fumava, seduto dentro alla sua auto, davanti al tabacchi, due agenti hanno bussato al finestrino e intimato a George Floyd di scendere. George ha aperto la portiera, è sceso e si è lasciato ammanettare. Quando lo hanno spinto verso il muro del negozio, si è accasciato a terra e ha aspettato. Ha aspettato che gli agenti parlassero tra di loro, ha aspettato che gli agenti chiamassero i colleghi al telefono, ha aspettato che gli agenti dessero corso alle procedure.

Poi, all'arrivo dei rinforzi, George Floyd si è lasciato condurre verso l'auto della polizia, senza opporre resistenza, senza protestare, senza inveire. Al momento di entrare nell'auto, però, qualcosa l'ha trattenuto, deve aver fatto la stima dei metri cubi d'aria che poteva contenere l'abitacolo, separato da un divisorio dal vano del guidatore, e aver concluso che fossero davvero pochi: "Amico, sono claustrofobico, sul serio. Non posso respirare," ha spiegato all'agente. O forse deve aver pensato che dalla sua testa al bacino corressero 90 centimetri, e poi dal bacino ai piedi ne corressero altri 100, e da una spalla all'altra almeno altri 65, e che quei centimetri, tutti insieme, dentro l'abitacolo non sarebbero entrati, o comunque sarebbero stati molto stretti. "Non posso respirare," ha ripetuto all'agente. Forse se si fosse provato con un altro blindato, magari con un furgone, quella sensazione di claustrofobia si sarebbe dileguata, perché in un furgone si sale e si scende come dalle scale di casa.

Arrivato sul posto, preso il comando, l'agente Derek Chauvin non ha voluto perdersi in questo tipo di considerazioni, ha preferito invece punire George Floyd per quel suo pacifico diniego. Non si è neppure chiesto se fosse una disposizione eccessiva tenere ammanettato un uomo per il presunto spaccio di una banconota falsa da venti dollari, né deve aver pensato che quel dispiego di agenti – quattro, lui compreso – fosse sproporzionato per fermare un uomo disarmato, che non aveva né ucciso, né ferito, né minacciato il commerciante. Non si è chiesto se davanti a quello che era un evidente attacco di panico dovesse mostrarsi meno ostile, meno opprimente, meno crudele, perché per lui George Floyd non era un cittadino che forse aveva sbagliato ma un antagonista da sfidare a un braccio di ferro. Per vincere la sua sfida, Derek Chauvin ha chiesto ai colleghi di immobilizzare George, di trascinarlo di fianco all'auto, a terra, e poi lui stesso ce l'ha inchiodato, tenendogli premuto il ginocchio sul collo, in maniera da schiacciare il viso di George tra la ruota e l'asfalto.

Vedi, la cosa incredibile di questa storia, quello che la rende eccezionale, diversa da ogni altra è che Derek Chauvin sapeva qualcosa che altri agenti come lui – agenti di polizia scoperti ad abusare del proprio potere – non sapevano: Derek Chauvin sapeva di essere ripreso da una videocamera. Sapeva che, mentre continuava a tenere appoggiati i suoi anfibi pesanti sull'asfalto nel gesto di esercitare quella pressione sul collo di George Floyd, una videocamera lo stava registrando. Sapeva quindi anche che il modo in cui stava conducendo l'arresto sarebbe stato visto da tutti. Lo avrebbero visto i suoi parenti al telegiornale, lo avrebbe visto un insegnante a Oslo, lo avrebbe visto uno studente a Dakar, lo avrebbe visto un commissario dell'ONU a New York, lo avrebbe visto un operaio a Hong Kong. Derek Chauvin sapeva che sarebbe stato ricordato per sempre in quella posa: mentre con le mani in tasca, senza vergogna, senza sforzo, teneva inchiodato George Floyd al suolo. Sapeva anche che l'aria nei polmoni di George Floyd stava per finire perché George stesso glielo aveva detto, lui stesso gli aveva chiesto di alzare un po' il ginocchio per permettergli di respirare.

Derek, però, non ha alzato il ginocchio, gli ha consigliato di stare zitto, di consumare meno aria.

Otto minuti e 46 secondi impiega Derek Chauvin per svuotare tutta l'aria dai polmoni di George Floyd. Otto minuti e 46 secondi, durante i quali il suo pensiero resta calmo, il suo sguardo fisso alla videocamera.

Quando i polmoni di Floyd, infine, non trovano più aria, tutto il suo corpo inizia a cercarla, i pori la cercano, gli occhi la cercano, il naso la cerca, la bocca la cerca, le mani la cercano, il fegato la cerca. Alla fine George Floyd grida: "Non respiro più… Mamma, è la fine!"

Non appena gli occhi del mondo vedono quel video, gli occhi dei neri s'identificano con George Floyd.

E quelli dei bianchi? No, quelli dei bianchi non si identificano con Derek Chauvin. L'umanità è una: non esistono bianchi e neri, non esistono donne e uomini, adulti e bambini, musulmani ed ebrei, esistono solo giustizia e ingiustizia, e questo è l'unico derby all'interno del quale sei autorizzato a tifare.

L'ho chiesto a un infermiere, un infermiere che, nei mesi bui della pandemia, ha vissuto in pianura padana la prima linea. Gli ho chiesto di farmi capire cosa si prova quando si contrae il Covid-19. Mi ha detto che è come se qualcuno ti togliesse l'aria all'improvviso, come se all'improvviso ti costringessero a respirare sotto a un getto fortissimo di acqua, come se un pistone ti entrasse nella bocca e ti risucchiasse tutta l'aria dalla trachea, e allora tutto il tuo corpo inizia a cercarla: i pori la cercano, gli occhi la cercano, il naso la cerca, la bocca la cerca, le mani la cercano, il fegato la cerca, proprio come fa il bambino quando nasce, quando è strappato dal liquido amniotico e l'aria, per la prima volta, gli arriva improvvisa e dolorosissima nei polmoni.

Quello stesso infermiere mi ha raccontato l'urlo continuo delle sirene, il montare vertiginoso delle chiamate, le centinaia di persone che al mattino ti aprivano la porta per permetterti di prelevare un malato e poi, nel pomeriggio, a essere prelevate erano proprio loro.

"Non siamo in guerra!" mi ha detto quell'infermiere. "La metafora della guerra è sbagliata! Non siamo in guerra, dobbiamo procedere uniti invece. Quando c'è un'emergenza, dobbiamo prenderci cura l'uno dell'altro, quando c'è un'emergenza ci vuole comprensione, dialogo e direzione comune, perché non dobbiamo vincere. Dobbiamo guarire. Non importa come chiameremo questo virus tra cent'anni," mi ha detto, "se gli daremo una nazionalità, se ci ricorderemo di lui come del virus cinese, italiano, americano. Non importa chi arriverà per primo al vaccino. Non siamo su fronti opposti, non ci sono generali schierati, non dobbiamo bombardare obiettivi militari né far saltare in aria ferrovie o aeroporti. O guariremo insieme o non si salverà nessuno..." ha detto.

Sì, è così, ha ragione lui, non siamo in guerra, in guerra s'impara a diffidare di tutti, a considerare orizzonte primario la salvezza individuale, a pensare alla propria cantina come al rifugio più sicuro, ad alzare confini protetti dal filo spinato. La metafora della guerra è utile per legare il Covid alla politica, ma la gestione dell'emergenza Covid non è una questione politica, non è neppure questione di decidere se parteggiare per "i catastrofisti" o "i negazionisti".

La differenza è solo tra uniti e disuniti, dove "uniti" significa dalla parte dei più deboli e "disuniti" a discapito degli ultimi.

La gestione del Covid non è una questione politica, è una questione di diritti e di democrazia. Più mancano diritti e democrazia, più il Covid avanza, e i suoi danni sono a cascata, uno contenuto dentro all'altro, come nelle scatole cinesi.

"Non siamo in guerra!": ha ragione quell'infermiere, neppure il vaccino è di destra o di sinistra, perché i responsi della scienza non sono mai né di destra né di sinistra. E quando si usa la scienza per la propaganda politica nascono scienziati feroci, del tipo di Lysenko, delle cui aberrazioni pseudoscientifiche ti ho già parlato. Tu non caderci, resta lucido, non guardare mai alla scienza con i paraocchi del tuo colore politico o della tua fede religiosa. Per aumentare opportunità e diritti la scienza deve essere libera e deve potersi esprimere solo quando ha dati a disposizione, solo quando ha condotto studi sufficienti, solo quando il dibattito è su studi di uguale valore, di uguale serietà, e mai tra uno studio messo a confronto con un'opinione, tra una sperimentazione posta in alternativa a un'invocazione ottimistica, tra un azzardo offerto al posto di un protocollo ponderato.

La politica ha costretto gli scienziati a pronunciarsi sul Covid-19 alla velocità del Web e alla frequenza con cui un'agenzia di stampa batte le notizie. La politica ha presentato le ipotesi avanzate via via dalla scienza come fossero ogni volta responsi oracolari, svuotandole di autorevolezza. La scienza è un metodo che impone verifiche e non l'auspicio di una schedina vincente. Gli scienziati hanno bisogno di tempi lunghi di osservazione, di uno spoglio sistematico dei dati. Una teoria scientifica non può essere elaborata da un blogger, da un influencer e neppure da un editorialista sagace, sulla base di sensazioni. Le risposte veloci non appartengono alla scienza. La scienza ha bisogno di incrociare i dati, quelli osservati in corsia, quelli rilevati dai medici di assistenza primaria, quelli studiati dai ricercatori in laboratorio. Un'ipotesi per la scienza è solo un programma di lavoro, un percorso di indagine, un sentiero da battere, non è una risposta. E invece, ogni volta in cui uno scienziato, un medico, un virologo presenta una pista d'indagine, il Web la fa rimbalzare come fosse una verità assodata.

Abbiamo chiesto ai virologi, ai medici, ai ricercatori, di dirci minuto per minuto cosa stavano osservando al microscopio, dimenticando che un singolo scatto non è sufficiente per la scienza. Il cortocircuito della tua lavatrice durante un temporale non è scienza. Scienza è il cortocircuito di tutte le lavatrici del mondo, durante un temporale.

"Non siamo in guerra!" e dire il contrario è pericoloso, perché quando sei in guerra tutto passa in secondo piano, anche i tempi della scienza, la deontologia, il metodo.

"Non siamo in guerra!" anche per un'altra ragione, perché quando si entra in guerra si smette di vigilare, si spengono i riflettori dove invece devono restare sempre accesi. E del silenzio, di quei riflettori puntati solo sulla malattia, approfitta poi la criminalità organizzata.

Devi immaginare che ogni giorno di pandemia ha aperto emorragie che le organizzazioni criminali si sono precipitate subito, fameliche, a tamponare.

Immagina il quartiere di Matamoros, città del Messico al confine con gli Stati Uniti, quando inizia a divampare la febbre, quando le persone non sanno cosa pensare, non capiscono e vedono gli anziani morire. Sono tanti, sono troppi, sono impareggiabili per numero a quelli che se ne vanno di solito, e hanno sintomi tutti uguali: si sentono soffocare, non riescono più a mandare ossigeno ai polmoni, di notte li trovi immobili, con le bocche spalancate, aperte a cercare aria.

"Che succede?" si chiede la gente. Ma lo stato non risponde, anzi si fa reticente, non sa, non capisce neppure lui. Sembra dire ai suoi cittadini: "Sbrigatevela da soli." Ma il punto è che non riescono a sbrigarsela da soli, infatti continuano ad ammalarsi, e poi, quando vengono decretate le prime chiusure, le entrate iniziano a scarseggiare, la spesa di settimana in settimana si assottiglia, finché non basta più per arrivare a fine mese. Ed è allora che nelle strade chiuse di Matamoros arrivano i SUV, decine di SUV. Uno dietro all'altro, come fossero il corteo cupo di un funerale.

Le donne si affrettano a far rientrare i bambini che giocano sui balconi, serrano le tapparelle, mentre gli uomini abbassano le saracinesche dei negozi. Tutti si aspettano la sparatoria, il regolamento di conti, lo scontro tra cartelli, perché questo accade quotidianamente a Matamoros, dove il Covid non ha fermato gli omicidi – in Messico dall'inizio dell'epidemia segnano 99 morti al giorno, uno in più rispetto ai mesi precedenti.

Sui SUV, per le strade di Matamoros, hanno viaggiato sempre e solo le armi e la droga, non ha mai viaggiato altro. Così, appena la colonna minacciosa dei SUV si arresta, nessuno esce, da dietro agli scuri gli occhi si fanno ansiosi di conoscere il motivo della loro visita. Al click del primo portabagagli in testa alla colonna, le pupille nascoste si dilatano, come se si trattasse di un inizio di smitragliata. Una dopo l'altra le chiusure automatiche dei portelloni si spalancano e braccia solerti iniziano a scaricare. Scaricano… buste, migliaia di buste del supermercato. Ci sono olio, latte, pane, miele, pasta, fagioli, riso, salsa, zucchero. Dietro alle tende tutti tirano allora un sospiro di sollievo.

Poi, alla vista del primo coraggioso che si avvicina e riceve in dono una busta, si precipitano in strada, ma quelli che hanno aperto i portelloni iniziano a gridare: "Te traeré la comida, abuela… Quédate en casa, no bajes, quédate en casa… no bajes, abuela!" Ma le famiglie scendono, i bambini scendono, gli anziani scendono. Uno degli uomini del SUV torna al cofano, fruga, estrae una pettorina, la indossa e con la pettorina in primo piano scatta una foto ai bambini, alle mamme, agli anziani accorsi per ricevere la spesa miracolosa di Matamoros. Sulla pettorina c'è scritto "Cartel del Golfo" e quelli che hanno appena portato in casa le buste sanno cosa vuol dire, lo sanno perché per il Cartel del Golfo tante volte hanno impacchettato nel cellophane la marijuana e l'eroina locale e la cocaina colombiana da spingere al di là del confine, fino al cuore degli Stati Uniti.

No, non si chiedono perché il Cartel del Golfo si sia messo a distribuire cibo. Il cibo è cibo, e quando hai fame allunghi la mano e lo prendi, chiunque sia a dartelo.

Quelli del cartello vogliono tutelare la propria gente, aiutare i propri quartieri, proteggere la propria manodopera, sanno che senza quella gente non andranno da nessuna parte. E allora organizzano i convogli di SUV due volte la settimana, fanno prima e fanno meglio di quanto non facciano i loro vicini, gli Stati Uniti, che invece lasciano per settimane i cittadini senza aiuti, senza sussidi e senza alcuna protezione: portieri, autisti, barellieri, collaboratrici domestiche, lasciati soli ad arrangiarsi. Quelli che possono si chiudono in casa, si proteggono, mentre quelli che non hanno niente continuano a lavorare, anzi approfittano per lavorare il doppio, convinti dal loro presidente che solo i deboli contrarranno il virus. Poi invece, prendono ad ammalarsi a ritmo esponenziale, passandosi velocemente il virus gli uni con gli altri, finché non iniziano a mancare.

Solo a quel punto la società statunitense comprende che le persone su cui ha fondato la propria efficienza sono quelle che ha più ignorato, maltrattato, quelle a cui sono stati concessi meno diritti, nessun sussidio, nessuna tutela. E quei diritti negati, quei diritti ristretti, ricadono ora anche su di loro, perché i loro cuochi, i loro autisti, i loro babysitter, i loro dogsitter si ammalano, lasciandoli soli: a piedi, con i vestiti stropicciati, con le valigie ancora da disfare, con la casa da pulire, il pranzo da organizzare, i bambini da accudire, la spesa da fare. Tutti quelli che – direttori di banca, politici, consulenti, grandi azionisti, investitori – credevano di gestire il mondo, di essere loro a tenerlo in piedi, si accorgono che senza gli altri sono come paralizzati, non muovono più un passo. Hanno vissuto per anni sulle spalle di una classe sociale dimenticata, ignorata, malpagata. Una classe sociale fondamentale che ora, suo malgrado, gli presenta il conto della propria emarginazione.

Be', mi dirai tu, per una volta in Italia è andata meglio. No, in Italia non è andata meglio, perché in Italia l'emergenza pandemica ha aggravato una crisi i cui germi da tempo portiamo dentro il corpo nazionale. L'economia più ricca d'Italia – quella del Nord, quella che troppe volte ha pensato di essere immune al crimine organizzato, che la camorra e la 'ndrangheta fossero un fenomeno del Sud, che imputava al Meridione mancanza di moralità, di voglia di lavorare e di capacità di produrre – ha iniziato ad aprire gli occhi, a vedere la realtà per quella che è. Al Sud le mafie sparano e reclutano manodopera, ma è al Nord che ingrassano. Al Sud la mafia lavora senza alcuna interfaccia, usando i propri cognomi, il proprio linguaggio, al Nord invece manda avanti i broker, gli avvocati, i commercialisti, gli investitori, perché il sistema mafioso è innanzitutto mimetico: assume la pigmentazione del corpo a cui aderisce. Al Sud la mafia è folclore, processioni, santo patrono, spesso l'ultimo a cui votarsi; al Nord è liquidità, investimento, fatturato, impresa. Così, in tempo di pandemia, il Nord è stato travolto da quel meccanismo, quello che ha masticato il Sud riducendolo a brandelli, e ha dovuto farlo mentre intorno tutta la regione bruciava. Da questo punto di vista il Sud è più forte, perché è abituato a vivere in ginocchio, il Nord, invece, da sempre ha l'illusione di essere immune alla criminalità organizzata. Perciò, quando gli imprenditori brianzoli hanno iniziato a cadere, è stato un trauma tanto più grande quanto più inatteso.

Non è questione antropologica, non è che il fegato, lo stomaco, il pancreas di un imprenditore del casertano non avvertano i cazzotti, è solo che lui c'è abituato ai cazzotti. Quando la violenza e l'impunità lo aspettano sotto il portone di casa non si sorprende, anzi, fa come ha fatto don Puglisi davanti ai suoi assassini. Semplicemente si gira e dice: "Me l'aspettavo." L'imprenditore brianzolo, invece, lui no che non se l'aspetta, perché lo avevano convinto che solo al Sud lo stato fosse assente, che solo al Sud le organizzazioni criminali agissero indisturbate.

Uomini come Gelindo Riva, come Lorenzo Rigamonti, come Loris Bonacina... Nomi di fantasia questi, ma che scrivo solo per farti immaginare meglio – immagina che abbiano un volto, un timbro di voce, corporatura esile o magari no: carnagione scura, mani spesse, di chi nella vita ha sempre faticato, di chi nella vita non si è mai visto regalare niente, di chi non ha mai avuto sconti e mai ne ha chiesti. Ecco, immagina uno che in Brianza ha tirato su dal niente il suo albergo, a gestione perlopiù familiare, prendendosene cura giorno e notte, come si fa con una creatura. Sveglia all'alba, nottate a fare i conti, mai una vacanza, sempre al chiodo, occhi puntati sul bilancio che deve quadrare, attenzione fissa ai pagamenti dei fornitori che devono essere sempre puntuali. Pochi dipendenti, cibo selezionato, gerani ben curati sui balconi, lenzuola stirate che sanno di bucato. Mai una bolletta scaduta, una tassa non pagata, una multa inevasa, una contravvenzione ricevuta, mai un ritardo nei salari dei dipendenti.

Poi arriva il Covid, l'attività si paralizza e lo stato mette tutti in cassa integrazione. I soldi della cassa integrazione, però, tardano ad arrivare, allora Gelindo Riva tampona, pagando di tasca sua gli stipendi, fino a quando non ce la fa più, perché l'attività non riparte, mentre le cartelle esattoriali continuano ad arrivare.

Dopo aver fatto il giro delle banche della zona, senza ottenere gli aiuti promessi dal governo, le sue preoccupazioni si trasformano in prostrazione. Ed è a quel punto che giunge a fargli visita un uomo affabile, uno che ha le mani ben curate e il colletto della camicia inamidato, uno interessato a investire nel settore turistico italiano per conto di una società che ha sede in Lussemburgo; il visitatore inatteso gli mostra il denaro, gli spiega il piano di rilancio dell'attività, poi gli propone di entrare nella sua società rilevando una quota minoritaria, il trenta per cento. Gelindo Riva accetta, perché così può restare al timone della propria azienda, ottenendo liquidità, quella di cui ha disperato bisogno per provare a ripartire.

La sera, a letto, ripensa a quell'incontro come a una benedizione. Ora non dovrà più tenere gli occhi bassi davanti ai dipendenti, potrà tornare agli sportelli di banca non più per mendicare come ha fatto negli ultimi mesi, nel tentativo estremo di salvare la sua attività, ma per versare contanti. Il turismo, però, non accenna a ripartire e i limiti per il pagamento delle imposte non vengono rinviati a lungo. Allora Gelindo Riva telefona al tizio dalle mani ben curate, quello che rappresenta la società d'investimenti lussemburghese, e gli chiede di divenire socio di maggioranza in cambio di altra liquidità. Ed è così che la 'ndrangheta, senza sparare un colpo, senza minacciare, senza infrangere leggi o tabù, si è presa l'attività di Gelindo Riva, sicura che brano a brano rosicchierà anche il resto della Brianza.

Sai, il Covid non è la peste, la vera peste è la peste economica, la peste sociale, quella che devasta questo capitalismo marcio. In attesa che le istituzioni dessero le garanzie alle banche, in attesa che i politici concordassero a chi destinare i sussidi, in attesa che i cittadini venissero sostenuti, laddove lo stato per difficoltà oggettiva o incapacità non è arrivato, qualcun altro si è fatto avanti.

Prova ancora a immaginare: a Roma c'è un ristorante, si chiama Da Rosa, o magari si chiama Da Mario, Da Ciccio, Da Romolo, oppure Il Colosseo, L'obelisco, Il Santo – però ecco, c'è un ristorante, anzi ce n'è più di uno, dove i dipendenti lavorano in nero. In uno di questi ristoranti lavora Danilo, quarant'anni, un diploma da perito tecnico, due figli e una casa in affitto a Parco Leonardo. Il lockdown lascia Danilo senza lavoro e siccome sulla carta lui non esiste, non è un lavoratore, non può neppure contare sui soldi della cassa integrazione, come i dipendenti di Gelindo Riva.

Danilo ha sentito dire dai colleghi che l'usura in città ha abbassato i tassi di interesse, che punta ad attirare quelli che non possono più aspettare gli aiuti promessi dal governo.

"E poi chissà se arriveranno, gli aiuti," pensa Danilo, "io alle promesse da tanto tempo non credo più."

I nordeuropei continuano a tenere il pollice abbassato, dicono che agli italiani i soldi non bisogna darli, che poi si sa come vanno le cose in Italia, finisce tutto in pasto alle mafie.

"Che frase del cazzo!" pensa Danilo. Come se le mafie avessero bisogno dei soldi dell'Europa, come se le mafie i soldi non li avessero già, come se non volessero solo azzannare poveri cristi come lui, quelli a cui ora l'Europa nega un aiuto e che proprio per questo saranno costretti a cercare sostegno altrove. Come se i soldi delle mafie non parlassero già l'inglese di Oxford o non intasassero già la foce dell'Hudson, come se la "mafizzazione" dei capitali non fosse uno stadio evolutivo già inscritto nella storia del capitalismo, come se la mafia non fosse un morbo che contagia economia e finanza, un morbo che i paesi si sono già da un pezzo passati, così come si sono passati per mesi, e senza saperlo, il coronavirus. È l'esatto contrario, pensa Danilo, non devi lasciare i corpi a secco, perché non è che se ammazzi i corpi, ammazzi i parassiti. Non funziona così con le mafie, i mafiosi li tengono in vita i corpi su cui mangiano, e proprio quando quelli stanno per stramazzare, proprio quando pensano di non poterne più, li rialzano, li nutrono per continuare a servirsene. Non è indebolendo i corpi che cacci quel tipo di parassiti: così facendo glieli consegni solo, e glieli consegni tutti, anche quelli che avevano giurato che loro con la mafia non avrebbero mai avuto a che fare!

Però Danilo, quando a casa la sua famiglia inizia a restare senza spesa, smette di temere l'usura, perché per lui è peggio affrontare lo sguardo deluso di chi lo ama piuttosto che quello duro di chi lo minaccia. D'altra parte, pensa Danilo, mettersi nelle mani dell'usura non è come mettersi in quelle della mafia, della 'ndrangheta, della camorra. Le bande di quartiere hanno sempre tenuto a marcare la distanza tra loro e l'usura, perché gli usurai sono impopolari e la criminalità organizzata vuole essere percepita come un pronto soccorso, un welfare privato dalle comunità di riferimento. Poi, certo, è vero, gli usurai si servono delle stesse persone usate dalle mafie per fare il recupero crediti, e l'usura non muove un passo senza il loro benestare, ma Danilo vuole credere che non sia un patto per la vita quello che stringi con l'usura, che, una volta pagato il tuo debito, poi torni libero, poi volti pagina.

Appena l'economia ripartirà, pensa Danilo, lui si farà tutte le domeniche, oltre ai sabati che già si faceva, e piano piano ripianerà quel debito che ora sembra deciso a contrarre.

Danilo non è cresciuto in strada, però la strada l'ha frequentata, allora è strano che non ricordi che a Roma gli usurai li chiamano cravattari… e li chiamano così perché quando non restituisci i soldi, quelli ti mettono una cravatta al collo e poi stringono forte fin quando il viso non ti diventa cianotico, fin quando tutto il tuo corpo non inizia a cercare l'aria, fin quando i pori, gli occhi, il naso, la bocca non la cercano, fin quando le mani non la cercano, fin quando il fegato non la cerca.

E perché sennò gli usurai ti concederebbero in ventiquattr'ore quello che le banche non ti concedono in ventiquattro mesi? E perché senza garanzie? Perfino quando l'unica garanzia che sei in grado di offrire è di non essere in grado di ripagare il tuo debito?

Non è vero che l'usura non si prende la sua garanzia: la tua vita è la garanzia, la tua gamba rotta è la garanzia, l'ustione del tuo corpo è la garanzia, lo stupro di tua figlia è la garanzia, l'incendio della tua casa è la garanzia. E allora, perché nulla di questo accada, tu farai qualunque cosa: chiederai ai parenti, venderai la macchina, venderai la casa, tutto venderai, e imbroglierai, ruberai, forse addirittura ammazzerai. O magari, invece, ti andrà bene, sarai tu il "fortunato" a cui proporranno di ripagare il debito facendo da testa di legno: intestandoti case e società che non sono tue, oppure organizzando la campagna elettorale a qualcuno, garantendo di portare molti voti.

Sì, ma se poi non sei tu il fortunato? Se qualcosa va storto?

Il fatto è che tante domande, quando sei stritolato dai debiti come Danilo, non te le puoi più fare. Se perdi il lavoro sei certo di finire male, e allora non ti spaventa più nulla, neppure l'usura.

Così dopo una notte insonne, Danilo chiede il suo prestito ai cravattari.

Poi, alla fine del lockdown, torna al ristorante Da Rosa, speranzoso di lavorare di più e di poter ripagare il debito. La gente ormai ha ripreso a uscire e a sedersi ai tavoli, però al ristorante ora, al posto suo, lavora la figlia di Rosa, quella che studiava a Londra, che si manteneva con un impiego precario ma ben pagato. A causa della pandemia, la figlia di Rosa ha perso il lavoro ed è tornata a Roma nel ristorante della madre. Danilo questa cosa la capisce, perché anche lui avrebbe fatto lo stesso, anche lui si sarebbe ripreso la figlia a lavorare, però quando ritorna a casa dai suoi, di figli, questa cosa non riesce a spiegargliela, perché sono troppo piccoli per capire quello che è successo alla figlia di Rosa.

L'angoscia è ormai la sua compagna di vita: lo aspetta ogni sera al rientro, dopo che ha percorso in lungo e in largo la città in cerca di un impiego, ogni mattina gli allaccia le scarpe, mentre pensa a quando, scendendo la prima rampa di scale, incontrerà il padrone di casa, che si presenta ogni giorno alla porta per l'affitto; l'angoscia lo aspetta quando rientra per la cena, lo aiuta a portare su le buste della spesa, sempre più magre. Ogni giorno, Danilo esce di casa e finge di andare al lavoro, ma poi, invece, si mette a caccia di annunci, chiede ai conoscenti, telefona agli amici, passa e ripassa al bar e al ristorante sotto casa per sapere se hanno qualcosa per lui. Nessuno lo vuole, nessuno chiama. La musica è sempre la stessa, i locali sono in crisi, molti hanno già chiuso, e quelli che non chiudono fanno fatica a tenere i dipendenti che già hanno. Alla radio, al telegiornale dicono che la domanda di lavoro invece esiste, e questo gli fa ancora più rabbia, perché i posti di lavoro di cui parla il telegiornale lui non li vede, magari sono lontani, e comunque nessuno fa nulla per aiutarlo a mettersi in contatto con loro. Passano i giorni e il lavoro non si trova, il telefono è muto. Già la sente, Danilo, la stretta al collo della cravatta, che pure non porta, già sente l'aria che non passa, il respiro che si fa ogni ora più corto. Questo è quello che vogliono i cravattari, che senta il loro fiato sul collo.

E infatti, a fine mese gli si parano davanti, sotto casa. Gli danno due spintoni e sette giorni ancora d'ossigeno. Ma, trascorsa la settimana, tornano e, rimasti a mani vuote, lo trascinano in un vicolo e lo pestano.

Danilo si rialza, si ripulisce, barcolla verso casa, ma davanti al portone non si ferma. Si allunga fino a una palazzina ancora in costruzione, a pochi isolati dalla sua. Sale al secondo piano, aggancia la corda, appena comprata, a un nervo scoperto che fuoriesce metallico da un pilone di cemento, la stringe al collo e salta nel vuoto.

Mentre penzola, ancora cosciente, i suoi pori iniziano a cercare l'aria: gli occhi la cercano, il naso la cerca, la bocca la cerca, le mani la cercano, il fegato la cerca. Poi, il suo ultimo grido.

GRIDALO QUANDO SENTI CHE STANNO PROSCIUGANDO IL TUO RESPIRO.

L'esergo iniziale è tratto dall'articolo di Verna Yu, "If China Valued Free Speech, There Would Be No Coronavirus Crisis", in *The Guardian*, 8 febbraio 2020, https://www.theguardian.com/world/2020/feb/08/if-china-valued-free-speech-there-would-be-no-coronavirus-crisis. Di Verna Yu vedi anche "Fates of Coronavirus, SARS Doctors Shift Focus to China Rights", in *Voice of America*, 12 febbraio 2020, https://www.voanews.com/science-health/coronavirus-outbreak/fates-coronavirus-sars-doctors-shift-focus-china-rights.

Per i baffetti di Adolf Hitler, vedi Rich Cohen, "Becoming Adolf", in *Vanity Fair*, 9 ottobre 2007, https://www.vanityfair.com/news/2007/11/cohen200711.

Sulla questione siriana e su Asad, vedi Carla Del Ponte, *Gli impuniti. I crimini in Siria e la mia lotta per la verità*, trad. it. di Anna Maria Foli, Sperling & Kupfer, Milano 2018, e Sam Dagher, *Asad or We Burn the Country. How One Family's Lust for Power Destroyed Syria*, Little, Brown and Company, New York 2019.

Sugli attacchi col gas a Ghuta, vedi il reportage di Human Rights Watch, *Attacks on Ghuta. Analysis of Alleged Use of Chemical Weapons in Syria*, 2013, https://www.hrw.org/sites/default/files/reports/syria_cw0913_web_1.pdf.

Il grido della bambina filmata da suo padre in uno scantinato di Ghuta lo puoi ascoltare qui: https://www.youtube.com/watch?v=rHHgEDOxtYk.

Per l'omicidio di George Floyd:
https://www.bbc.com/news/world-us-canada-52861726
https://www.repubblica.it/esteri/2020/07/09/news/morte_george_floyd_nuovi_dettagli-261402807/
https://www.youtube.com/watch?v=VhwxGzYU2ts&bpctr=1601506807.

Per la metafora della guerra in tempo di pandemia, vedi Daniele Cassandro, *Siamo davvero in guerra? Metafore e parole del nuovo Coronavirus*, Nuovadimensione, Portogruaro 2020.

CONSEGNA

Caro Roberto, studente del Diaz, che stai uscendo dal cancello di scuola, coi lunghi capelli ramati – dove sono finiti, maledizione, quei capelli? –, passo nervoso, vita da anarchico, proprio non vuoi girarti? Proprio non vuoi fermarti, vero? Non vuoi ascoltare le cose che ho da dirti?

No. Non vuoi. Forse se ti girassi non riusciresti neanche a riconoscermi, a riconoscerti, nei tratti dell'uomo che oggi hai davanti. Anzi, dietro. E soprattutto non riusciresti mai a credere a quello che ho da dirti.

Il dolore è indicibile, lo sanno tutti gli scampati, ma la più grande paura è il non essere creduti. Perché il dolore, col tempo, te lo togli dalla carne, ma il non essere creduti è una condanna che non finisci mai di scontare.

Allora va', se è questo che vuoi io non ti fermo, segui il tuo sogno fino in fondo al cunicolo. Va' pure a Napoli, è questo che sogni, no? Prenditi la tua stanza, quella da studente, nei Quartieri spagnoli, poi portaci dentro un letto, magari sfondato, mettici tante coperte di lana, così risparmi sul riscaldamento elettrico, che costa troppo.

Appendici un poster del tuo Majakovskij, attacca in bella vista la locandina del *Camorrista*, io non posso fermarti, perché tu quel dannato libro lo vuoi proprio scrivere, quelle cose le vuoi proprio dire, la realtà sei proprio illuso di poterla cambiare. "La forza rivoluzionaria di una pagina!", "Il potere della parola!", quante volte ti ho sentito ripeterlo, dannazione.

Allora va', raccatta la scrivania dalla monnezza, piazzaci sopra un PC, azzeccalo davanti al davanzale, così poi scrivi in presa diretta – non è questo che intendevi? –, immerso nella realtà che descrivi...

Va', io non posso fare più niente per te. Che posso dirti? A te sembrerà bello persino l'armadiaccio di cattivo gusto di quella stanza ammobiliata, importanti pure le sue pareti sbiadite, l'intonaco scrostato. E allora va', io non ti fermo, comprati la vespa nera, ronza impazzito di qua e di là, ficcati dentro alla massima che ti sei dato come programma di lavoro, in cui ti sei rifugiato: "Non devi andare a vedere le cose, le cose devono vedere te." Sì, perché tu vuoi proprio andare dove le cose accadono, sentire l'adrenalina, perché "se le cose ti vedono, le cose ti cambiano. Se invece sei tu che vedi le cose, allora sei tu a cambiare loro". Va', grand'uomo, va'.

Però sta' attento, perché la tua certezza di cambiare una terra che è contraddizione rischia di crollare! Mica ti sei messo in testa che sarà facile? Ah, certo, me lo ricordo, anche questo lo dicevi sempre: "La forza è d'esserci nato, nella terra che vuoi cambiare!", "Questo è il vantaggio," ripetevi...

E qual è questo vantaggio? Certo che me lo ricordo, ma voglio sentirtelo dire, per vedere se davvero ci credi ancora: "Il vantaggio è la consapevolezza di essere considerati gli ultimi e la certezza invece di essere per questo tra i primi, i migliori per capacità di sopravvivenza e di adattamento."

Allora va', chi ti trattiene? Segui la tua ossessione, va', e poi gridalo, grida che è una necessità sopravvivere alla camorra, grida che quel sistema governa tutto, che ha mani grandi, capaci di spazzare via ogni cosa.

Va', però ricordati, quello che racconterai ha una mole così abnorme per chi la guarda da fuori che in troppi non ti crederanno. Di fronte all'abisso, la risposta è sempre la stessa: "Non è vero."

E gli altri? Quelli che ci vivono in mezzo? Quelli che sanno che è vero? Anche quelli avranno il coraggio di dire che non è vero? No, quelli ti diranno che già si sapeva tutto, che non hai scoperto nulla. E poi ti diranno anche: "Ma chi te lo ha fatto fare?", "Ti facevi gli affari tuoi e campavi cent'anni."

Tu però, studente del Diaz, non ci credere quando ti diranno: "Tanto non cambia nulla", "Ma chi ti credi di essere?", "Meglio se te ne stai al tuo posto." E non lasciarti svuotare da quelli che negheranno, perché sì, è così, negheranno. Hanno torturato donne e bambini nei campi libici: "Non è vero." La mafia sta corrodendo tutta l'economia sana del mondo: "Non è vero". Il pianeta sta morendo: "Non è vero." Di fronte a tanta ostinazione, quante volte ti tornerà in mente il passo di Leopardi: "Il genere umano non odia mai tanto chi fa male, né il male stesso, quanto chi lo nomina." E tu?

Tu di fronte a questo che fai?

Come dici? Ti mantieni neutrale?

Neutrale non esiste, perché neutrale vuol dire complice!

L'hai visto, no, il medico che ha denunciato il coronavirus a Wuhan? Quelli che hanno dato l'allarme per la peste del Seicento a Napoli e Milano? E chi ha messo in guardia contro il colera nell'Ottocento? Hanno subito tutti la stessa sorte: isolati e puniti.

Perché questo sempre si pensa: "Eliminati loro, eliminato il morbo." Tolto di mezzo chi grida "al fuoco!", spento il fuoco.

Perché è così, perché il primo istinto è lo stesso in tutti e se lo neghi non sei sincero: quando la sveglia suona insistente le tiro contro qualcosa, o se non ho niente tra le mani la faccio saltare con un calcio. La sveglia smette di urlare e io me ne torno a dormire.

Un proverbio dice "ambasciator non porta pena". Ecco, ho avuto il sospetto, così sono andato a cercarne l'origine e ho scoperto che è proprio quello che accadeva nel mondo antico: quando un ambasciatore recava cattive notizie, lo uccidevano. Nel 491 a.C. successe agli ambasciatori persiani di Dario, in missione a Sparta e ad Atene. Nel 438 a.C. agli ambasciatori romani inviati a Fidene. La lista è lunga. Quello che voglio dirti è che se alla fine si fu costretti a istituire un salvacondotto per tutelare la vita degli ambasciatori, è perché il semplice suono delle notizie cattive scatenava in chi le ascoltava l'istinto a massacrarli. Succedeva allora, succede oggi. Quello l'istinto, quella la risposta.

Il moto di fastidio e di rifiuto che nasce spontaneo di fronte a ciò che ci ferisce, che ci allarma, che ci mette in crisi, è un impulso umano, lo stesso che Leopardi deplora: identificare la cattiva notizia con chi la dice.

Tu però non cedere. Resisti all'impulso di schiacciare o allontanare chi il male lo nomina. Accogli il male e analizzalo per cercare soluzioni. E non cedere neppure all'inganno che il mondo sia solo questo. È vero, io non vedo più molta speranza. Forse l'ultima speranza sei proprio tu, tu che ora stai seduto al banco del Diaz al posto mio, tu che devi ancora scegliere quasi tutto, tu che devi scegliere a quale lato del mondo credere, tu che devi decidere in che misura restare in ombra e quanto invece andare in cerca della luce. Tu che devi scegliere, soprattutto, cosa lasciare in ombra e cosa portare alla luce. L'essenziale, qualunque sia la tua scelta, è proprio che tu scelga, che tu scelga sempre. Che tu decida sempre da che parte stare: parteggiare non vuol dire essere parziali, al contrario, vuol dire farsi corpo di una visione del mondo. Oggi in politica non si insegna più, come si faceva quando ero studente io, a parteggiare. Oggi l'obiettivo, in politica, non è più "far votare la propria parte", convincere a votare per te, ma impedire che gli altri votino i tuoi avversari, impedire che quelli che non stanno dalla tua parte vadano a votare. Oggi gli spin doctor, quelli considerati bravi, quelli considerati vincenti, i consulenti politici, gli esperti di comunicazione non cercano neppure per un attimo di convincere le persone a votare. Sanno che l'astensionismo è il più potente alleato. Non investono nemmeno nella propaganda, come faceva Goebbels nel Novecento. Oggi spesso la politica non cerca più nemmeno argomenti. E questo accade per un motivo semplice: puoi provare a convincere gli altri solo quando hai delle idee, quando credi in qualcosa. Se in realtà non credi in nulla, non ti rimane che rimestare nell'odio per portare avanti solo il tuo interesse. Anzi, proprio questo vogliono farti credere, che l'interesse sia l'ultima verità rimasta. E chi dice che non è vero, che non è l'interesse l'unico motore del mondo, allora – suggeriscono – ti sta imbrogliando. Chi dice che vuole battersi per i diritti di tutti, compresi quelli dei propri nemici, è sicuramente un furbo, uno che ci sta guadagnando. Solo chi ammette di agire per il proprio interesse e tornaconto è percepito come autentico, uno che merita di essere votato.

Se qualcuno ti dice che il suo obiettivo è fotterti, allora sì che ti fidi, perché forse non sarà vero, ma certo è che da lui non potrai aspettarti nulla di peggio. E se poi quello ti fotte davvero, avrai avuto la prova della sua sincerità: dopotutto lui te l'aveva detto, non ti ha mentito. Una specie di formula nuziale pronunciata al contrario: "Prometto di esserti infedele sempre, nella buona e soprattutto nella cattiva sorte." Un compagno così sincero non merita forse di essere sposato? A che serve seguire quelli che s'immolano per diritti che non verranno mai conquistati? Quelli che vorrebbero arruolarti per cause perennemente perse? No, il politico che deve piacerti è quello che scopre subito le carte, che lo dice subito che non farà nulla per i tuoi diritti e i diritti di chi sta peggio di te. Quello che si limita a regalare biglietti della lotteria: qualcuno vincerà, tutti gli altri resteranno indietro, forse creperanno – pazienza! La vita è una partita, qualcuno che paga alla fine c'è sempre, e se non sei tu, tanto meglio. Se non sei tu quello chiamato in campo dalla sorte a pagare per tutti, allora puoi sperare di avere in tasca la combinazione vincente e fare jackpot. E 'fanculo gli altri.

Non c'è merito, non c'è contenuto, non c'è niente dentro, solo una scatola vuota. E la stessa macchina del fango oggi funziona al contrario: ti delegittimano non per dimostrare, come si faceva un tempo, che loro sono "gli onesti", "i competenti", "i capaci". L'obiettivo non è più dire "noi agiamo bene" e "voi agite male". L'obiettivo è dire che tutti siamo marci, disonesti. Sì, questa è l'ultima verità rimasta: siamo tutti uguali, cioè tutti fottitori o aspiranti tali.

Io, caro studente del Diaz, il senso di tutto non l'ho trovato.

La morte come la vita è una cosa stupida. Casuale. Nasciamo perché due persone ci hanno concepito in un pomeriggio pigro. Moriamo per un virus che ci infetta all'improvviso. Questo basterebbe per dire che, in fondo, hanno ragione loro.

Molti insegnano la cattiveria come strumento per mostrarsi superiori, per ostentare di aver capito tutto, perché tanto a dire che siamo tutti marci e che corriamo tutti verso il baratro non si sbaglia mai.

Il pessimismo, però, da cui io per primo sono costantemente tentato, è un vizio: non commettere l'errore di scambiarlo per virtù. E se ti dico questo, non è perché io abbia speranza. La speranza di quel Roberto lì – lo studente del Diaz – ormai è andata per sempre: però, lungo la strada percorsa, solo nella lotta mi sono sentito uomo, solo nella lotta ho provato un senso profondo di appartenenza al genere umano.

Ascoltami, il senso di vuoto che ti senti dentro riempilo di conoscenze, perché le conoscenze determinano sempre un percorso migliore di quello che scava, nella pancia, la rabbia: una voragine che presto o tardi t'inghiotte dopo averti masticato per bene.

"Maggior sapere, maggior dolore" dice l'adagio biblico, io ti dico: maggior sapere, più strumenti per capire il dolore. Le storie che ti ho raccontato a questo servono, a darti diottrie per capire meglio il dolore e non a paralizzare i tuoi passi. Lo so che leggere il dolore ha come effetto immediato porsi domande. A che serve? Ha senso lottare in un mondo a tal punto storto?

Ma vedi, è sapere dove ha origine l'ingiustizia che ci aiuta a capire. E capire allarga la superficie dei nostri scudi, aumenta la massa dei nostri muscoli, fa prendere volume alla nostra fibra, getta malta negli interstizi del nostro gregge, ci mostra la direzione, ci rende scaltri, ci fa prevedere il pericolo, la trappola: vedere l'ingiustizia aumenta la nostra capacità di resistenza.

Ma ecco che ti sei fermato, ecco che ti stai girando. Alla fine mi hai sentito!

Adesso però sono io a non volere più che tu mi incontri, ti giro le spalle, sono io che me ne vado.

Quello che potevo darti è tutto qui, in questo libro, nelle sue parole. Nelle mie parole.

Nelle parole di chi ha compreso che la felicità o è collettiva o non è, che il benessere o è collettivo o non è, che la libertà o è di tutti o non è.

GRIDALO CHE NON VALE LA PENA
VIVERE A QUESTE CONDIZIONI,
GRIDALO CHE TUTTO DEVE CAMBIARE!

Riguardo al negazionismo e alla rimozione in tempo di epidemie, vedi innanzitutto il XXXI capitolo de *I promessi sposi* di Alessandro Manzoni. Ma anche:

Salvatore De Renzi, *Osservazioni sulla topografia medica del Regno di Napoli*, Napoli 1829-1830 e *Storia della medicina italiana*, Napoli 1845-1848 (volume V).

Idamaria Fusco, *Peste, demografia e fiscalità nel Regno di Napoli del XVII secolo*, FrancoAngeli, Milano 2007.

Frank M. Snowden, *Naples in the Time of Cholera, 1884-1911*, Cambridge University Press, Cambridge 1965.

Id., *Epidemics and Society: From the Black Death to the Present*, Yale University Press, New Haven (CT) 2020.

Paolo Mieli, "Febbre 'spagnola', milioni di morti. L'influenza che venne censurata", in *Corriere della Sera*, 29 gennaio 2018, https://www.corriere.it/cultura/18_gennaio_29/febbre-spagnola-saggio-influenza-marsilio-laura-spinney-c86748be-0511-11e8-8913-7ceabd19f7b3.shtml.

Guido Santevecchi, "Coronavirus, morto il medico Li Wenliang: diede l'allarme ma non fu creduto", in *Corriere della Sera*, 6 febbraio 2020, https://www.corriere.it/esteri/20_febbraio_06/coronavirus-ha-ucciso-li-wenliang-dottore-che-primo-aveva-l-allarme-ed-era-stato-censurato-fed0fee6-48f2-11ea-91e8-775bd36e4cb6.shtml.

Gianfrancesco Turano, "Il colera di Napoli al tempo dei Borboni", in *L'Espresso*, 6 aprile 2020, https://espresso.repubblica.it/attualita/2020/04/06/news/il-colera-di-napoli-al-tempo-dei-borboni-1.346685.

GRIDALO

Gridalo quando ti costringono
alla banalità della semplificazione.
Gridalo che tu impari da chi pensa
quello che non pensi.
Gridalo che denunciare
non è sputtanare la patria!
Gridalo quando sta per vincere
– anche in te –
la certezza che nulla cambierà.
Gridalo che ciascuno ha diritto
alla sua zona cieca.
Gridalo che non vuoi essere trasformato
nel miliziano armato di alcuna guerra.
Gridalo che non sono mai state solo parole.
Gridalo che la parola resiste al fuoco.
Gridalo quando usano tecnicismi eruditi
per coprire la luminosità del vero.
Gridalo quando coprono di fango
gli uomini di buona volontà,
quando deridono gli eroi.
Gridalo quando uccidono i poeti.
Gridalo che di ogni notizia
cercherai la fonte.

Gridalo che non crederai in un'idea
solo perché ti rassicura.
Gridalo che devono giudicare
quello che fai e non quello che sei.
Gridalo che, comunque,
difenderai sempre quello che sei.
Gridalo che il tuo paese non è in vendita.
Gridalo che la politica
non ti deve accarezzare,
che non deve dirti:
bravo tu, cattivi gli altri.
Gridalo che nessuno scatto
deve fermare il movimento.
Gridalo quando sfidano la lucertola,
e dicono di aver sfidato il drago.
Gridalo che per combattere
non devi trasformarti in un asceta.
Gridalo che non puoi dormire
se gli altri non dormono,
che non puoi mangiare
se gli altri non mangiano,
che non puoi guarire
se gli altri non guariscono,
che non puoi amare
se ad altri è negato amare.
Gridalo che non dirai mai
"se l'è cercata".
Gridalo quando ti schiacciano
nelle classificazioni,
quando vogliono chiuderti
in un numero,
in un credo,

in un corpo,
in un colore.
Gridalo quando provano a metterci
gli uni contro gli altri.
Gridalo che le liste sono marchi
e che tu non vuoi marchiare nessuno.
Gridalo che non è vero che il male
è sempre autentico e che il bene non lo è mai.
Gridalo che esiste il bene
gratuito e disinteressato
e che per difenderlo sei disposto
a pagare qualunque prezzo.
Gridalo quando, nel silenzio generale,
una vita cade a terra.
Gridalo che la menzogna uccide.
Gridalo che se non salvi il bosco in fiamme,
l'incendio ti raggiungerà ovunque.
Gridalo che non si può ballare
in un campo minato,
che non si può bere un tè
sulla lava di un vulcano,
che non prendi il sole
su un'isola di plastica.
Gridalo quando imbavagliano i bambini.
Gridalo quando senti
che stanno prosciugando il tuo respiro.
Gridalo che non vale la pena
vivere a queste condizioni,
gridalo che tutto deve cambiare!

INDICE

MISTO
Carta da fonti gestite in maniera responsabile
FSC® C021883

Finito di stampare nel mese di ottobre 2020 presso
Grafica Veneta S.p.A.
Via Malcanton 2 - Trebaseleghe (PD)

Printed in Italy